Loreth Anne White

Mädchengrab

Das Buch

Ein einsames Grab im Wald und die atemlose Suche nach einer tödlichen Wahrheit.

Vor vierundzwanzig Jahren verschwand die junge Jasmine spurlos in den dunklen Wäldern der kanadischen Westküste. Ein grausiger Skelettfund schafft endlich Gewissheit über ihr Schicksal, aber er wirft auch neue Fragen auf. Eine Herausforderung für Privatdetektivin Angie Pallorino, die so viel wie möglich über die letzten Tage der lebenshungrigen Studentin in Erfahrung bringen soll.

Die Suche nach der Wahrheit führt Angie tief in die düstere Geschichte eines kleinen Küstenortes, in dem nichts ist, wie es scheint, und jeder etwas zu verbergen hat. Zu spät erkennt sie, dass ihre Fragen nicht nur alte Wunden aufreißen, sondern sie selbst das Leben kosten könnten …

Die Autorin

Loreth Anne White ist eine mehrfach preisgekrönte Autorin, die sowohl Thriller als auch Mystery- und Romantic-Suspense-Romane schreibt. Sie stammt ursprünglich aus Südafrika, lebt jedoch mittlerweile mit ihrer Familie in den Coast Mountains an der Westküste Kanadas. An diesem Ort sagenhafter Abenteuer und Romantik kam sie auf den Gedanken, ihre Karriere bei der Zeitung aufzugeben und sich in die Welt der Romane zu begeben, in eine Welt der gefährlichen Männer und abenteuerlustigen Frauen.

Wenn sie nicht schreibt, findet man sie beim Schwimmen, Ski- oder Radfahren und beim Wandern oder Joggen mit ihrem schwarzen Labrador. Im Sommer ist sie häufig mit ihrem Mann unterwegs, sucht nach abgelegenen Campingplätzen und den besten Plätzen zum Fliegenfischen.

LORETH ANNE WHITE

MÄDCHEN GRAB

EIN ANGIE-PALLORINO-THRILLER

Aus dem Amerikanischen von Diana Bürgel

Die amerikanische Ausgabe erschien 2018 unter dem Titel
»The Girl in the Moss« bei Montlake, Seattle.

Deutsche Erstveröffentlichung bei
Edition M, Amazon Media EU S.à r.l.
38, avenue John F. Kennedy, L-1855 Luxembourg
Dezember 2020

Die Übersetzung dieses Buches wurde durch Amazon Crossing ermöglicht.

Umschlaggestaltung: semper smile, München, www.sempersmile.de
Originaldesign: Rex Bonomelli
Umschlagmotiv: © Barnaby Hall / Getty; © Hisako TANAKA / Getty;
© DmitryPrudnichenko / Shutterstock
Lektorat: Cathérine Fischer
Korrektorat: Manuela Tiller/DRSVS
Gedruckt durch:
Amazon Distribution GmbH, Amazonstraße 1, 04347 Leipzig /
Canon Deutschland Business Services GmbH, Ferdinand-Jühlke-Straße 7,
99095 Erfurt /
CPI Books GmbH, Birkstraße 10, 25917 Leck

ISBN: 978-2-49670-021-3

www.edition-m-verlag.de

Für all jene, die nach den Vermissten suchen.

Ein Geheimnis wohnt dem inne

Gott, der Herr, ließ aus dem Ackerboden allerlei Bäume wachsen, verlockend anzusehen und mit köstlichen Früchten, in der Mitte des Gartens aber den Baum des Lebens und den Baum der Erkenntnis von Gut und Böse.

Genesis 2,9

September 1994

Zwielicht senkt sich über dem einundfünfzigsten Breitengrad herab und färbt den Himmel indigoblau. Winzige Sterne blitzen und schimmern wie Goldstaub am Firmament. Es ist kalt, der Winterfrost knistert bereits im Atemhauch des Septemberabends. Dunst steigt geisterhaft von dem schaumigen weißen Wasser der Plunge Falls auf, und dichter Nebel hängt über dem Wald und spielt Verstecken mit den zerklüfteten Gipfeln der Berge ringsum. Vorsichtig bewegt sie sich über die rutschigen Felsen am Rand der tiefgrünen Wirbel und Becken des Nahamish River.

Einen Moment lang bleibt sie stehen und betrachtet eine Wolke kleiner Insekten, die knapp über der launischen

Wasseroberfläche umherschießen. Es herrscht vollkommener Frieden, ein greifbares Etwas, das sich anfühlt wie eine weiche Decke über ihren Schultern. Sie ist ganz im Moment, als sie in die Hocke geht und eine geldbeutelgroße Fliegenbox aus der Vordertasche ihrer Anglerweste zieht. Sie öffnet den kleinen Silberkasten und lauscht auf das Donnern der Wasserfälle ein Stück flussabwärts. Der Wind streicht durch die Bäume am Waldrand entlang des Bergrückens hinter ihr. Sie wählt eine winzige Trockenfliege aus, die am besten zu den Insekten passt, die hier am Wasser brüten. Sie hält die Fliege zwischen den Zähnen fest, während sie die Angelschnur von der Rute zieht. Mit geübten Bewegungen knotet sie die Fliege an das Tippet, das mit dem Lederstück am Ende ihrer Trockenschnur verbunden ist. Ein kleiner Silberhaken verbirgt sich zwischen den Federn, die der Forelle vorgaukeln sollen, die Fliege sei ein Leckerbissen. Sie lächelt.

Dann erhebt sie sich wieder und beginnt, ihre Schnur auszuwerfen – eine Abfolge großer graziöser Kreise. Die Schnur lässt Wassertropfen aufspritzen, die in der kühlen Luft funkeln wie Diamanten. Sie fühlt einen kleinen Freudenhüpfer im Bauch, als ihre Fliege am Rand eines tiefen, ruhigen Wasserbeckens landet, genau dort, wo die Strömung die Wasseroberfläche zu kräuseln beginnt und wo die Fische auftauchen, um nach den Schlüpflingen zu schnappen.

Doch während die Fliege allmählich flussabwärts getrieben wird, spürt sie auf einmal etwas. Eine fremde Präsenz. Als würde sie jemand beobachten. Bewusst. Sie verharrt reglos, doch ihr Herz schlägt schneller. Sie nimmt die Geräusche um sich herum überdeutlich wahr.

Ein Bär?

Wolf?

Puma?

Da wird ihr klar, dass sie die anderen nicht mehr hören kann. Sie befinden sich flussaufwärts auf einem Campingplatz, dort, wo die Boote anlegen. Dort sitzen sie am Lagerfeuer, nippen an ihren Drinks, warten, dass ihre beiden Guides das Abendessen zubereiten, und freuen sich darauf, zu lachen, zu essen und bis spät in die Nacht hinein Geschichten zu erzählen. Sie dagegen hatte noch ein paar letzte Würfe machen wollen, bevor es ganz dunkel war und der vorletzte Tag ihrer Reise endete. Das war eine ihrer Schwächen – immer wollte sie noch einen letzten Versuch von allem, sie konnte einfach nicht aufhören. Vielleicht war das keine gute Idee gewesen. Sie schluckt, dreht den Kopf und mustert die felsige Böschung hinter sich. Nichts regt sich zwischen den dunkler werdenden Schatten der Bäume, die dicht an dicht entlang der Felskante wachsen. Trotzdem fühlt sie es – da ist etwas. Berührbar. Lauernd. Bösartig. Etwas jagt sie – wägt sie als mögliche Beute ab. Genauso wie sie selbst die Forellen jagt. Wie die Forellen die Insekten jagen. Ihre Anspannung wächst. Sie verengt die Augen zu Schlitzen und späht in die Düsternis, versucht zwischen den Schatten Bewegungen auszumachen. Auf einmal löst sich irgendwo ein Stein. Er stürzt die Böschung hinab und reißt weitere Steine mit sich, die prasselnd zum Fluss hinunterrollen und schließlich platschend im Wasser landen. Die Angst schlägt die Klauen in ihr Herz. Sie hört das Blut in ihren Ohren rauschen. Da sieht sie es – einen Umriss. Die Gestalt tritt vor, löst sich aus dem Waldschatten. Menschlich. Eine rote Wollmütze.

Erleichterung durchläuft sie.

»Hey!«, ruft sie winkend.

Doch die Person nähert sich schweigend. Entschlossen steigt sie den Hang hinab und kommt direkt auf sie zu, in der Hand etwas Schweres. Ein Holzscheit. Oder eine Metallstange. Etwa so lang und breit wie ein Baseballschläger. Die Unruhe kriecht zurück in ihre Brust. Unwillkürlich weicht sie einen

Schritt zurück, näher an die Wasserkante heran. Ihre Watstiefel geraten trotz der Stollensohlen auf den moosigen Felsen ins Rutschen. Sie schwankt, findet ihr Gleichgewicht wieder und lacht nervös.

»Du hast mich erschreckt«, sagt sie, als die Person bei ihr ankommt. »Ich wollte gerade zusammenpacken und …«

Der Schlag kommt schnell. So schnell. Sie fährt herum, versucht, außer Reichweite der Waffe zu gelangen, doch bei der Drehbewegung rutschen die Stiefel unter ihr weg. Ihre Angelrute fliegt hoch in die Luft, dann kracht ihr Körper hart auf die Felsen und sie rollt mit einem lauten Platschen in den Fluss.

Das Wasser ist eiskalt. Der Schock raubt ihr den Atem. Die Kälte strömt in ihren brusthohen Watanzug, sickert in die Stiefel, durchdringt ihre Weste, ihr Wollshirt, ihre Thermounterwäsche – das Gewicht all dessen zieht sie hinab. Wild rudert sie mit den Armen, versucht den Kopf über Wasser zu halten, greift nach den glitschigen Felsen, während die Strömung sie flussabwärts zieht. Doch ihre Finger finden keinen Halt.

Sie wird immer schneller. Der Fluss trägt sie in seine Mitte, wo die tiefe, starke Strömung sie auf die donnernden Plunge Falls zutreibt, über denen dichter Nebel wabert. Sie tritt mit den Beinen, versucht zu schwimmen, ans Ufer zurückzukommen, aber der Nahamish hat andere Pläne. Der Fluss packt sie wie mit neu gewonnener Freude, mit unfassbarer Kraft. Er schleudert sie herum wie eine Puppe und zieht sie hinab in seine wirbelnden Eingeweide. Gerade als ihre Lunge zu platzen droht, wirft die Strömung sie wie im Spiel wieder an die Oberfläche.

»Hilfe!«, schreit sie und schnappt nach Luft, als ihr Kopf durch die Wellen bricht. Flehend reißt sie die Hand hoch aus dem schäumenden Wasser.

»Hilfe!« Wieder geht sie unter, schluckt Wasser, würgt. Und wieder schenkt ihr der Fluss falsche Hoffnung und zeigt ihr die Oberfläche. Einen Moment lang gelingt es ihr, das Kinn über Wasser zu halten. Sie sieht, wie die Gestalt am Ufer kleiner wird, das Gesicht unter der roten Mütze ist weiß, die Augen sind nur noch dunkle Löcher. Hinter dem Umriss marschiert eine Armee aus schwarzen Bäumen am Rand der Böschung entlang, die scharfen Spitzen recken sich empor und durchbohren den Nebel.

Warum? Das ist das Einzige, was sie noch denken kann. Es ergibt einfach keinen Sinn.

Der Nahamish zieht sie wieder hinab und stößt sie gegen einen Felsen. Schmerz explodiert in ihrer linken Schulter. Sie weiß, dass es nur noch Sekunden dauern wird, bis die Unterkühlung verursacht, dass sie nicht mehr denken kann. Dass sie ihre Bewegungen nicht mehr koordinieren, nicht mehr kämpfen, nicht mehr schwimmen kann. Verzweifelt und ungeschickt wirft sie sich gegen die Strömung. Sie muss sich irgendwo festhalten, bevor sie bei den Wasserfällen ist. Doch ihre Hände sind zu verkrampften Klauen gefroren. Ihr Watanzug und die Stiefel zerren sie hinab wie ein Monster, das sie in seinen Bau schleppen will, tief, tief hinab, in ein nasses Grab.

Ihre Lungen brennen. Wieder wird sie herumgeschleudert und schlägt gegen Felsen. Sie weiß nicht mehr, wo oben und unten ist, wo sie Luft finden kann. Als ihr Bewusstsein schwindet, drückt sie der Fluss ein weiteres Mal an die schäumende Oberfläche und wirbelt sie in eine kleine Bucht. Ihr Kopf bricht durch die Strudel und sie ringt nach Luft wie eine Wahnsinnige. Wasser füllt ihren Mund. Sie hustet und wird erneut in die Tiefe gesogen. Sie streckt die Hand nach einem umgestürzten Baumstamm aus, der vom Ufer in den Fluss ragt. Dieses Mal finden ihre Klauenfinger, was sie suchen.

Festhalten. Festhalten, verdammt … festhalten.

Ihr Herz hämmert wild gegen die Rippen. Sie gräbt die Fingernägel in die aufgeweichte Rinde, und die Äste des gefallenen Baums umgeben sie, als wäre sie in einem Sieb hängen geblieben. Sie spürt, wie die dünnen Zweige brechen, wie ihr Griff von dem verrottenden Holz abrutscht. Der Fluss zerrt hartnäckig an ihr.

Ich hätte eine Schwimmweste tragen sollen. Aber hätte das denn geholfen?

Es gelingt ihr, Luft zu holen. Dann noch einmal. Absurderweise fällt ihr der indigoblaue Himmel auf – die hellen Punkte zweier Abendsterne, die dort oben hängen wie Notfallleuchtgeschosse. Dabei sind es Planeten. *Jupiter? Venus? Keine Ahnung.* Trotzdem vermitteln sie ihr ein Gefühl für das Universum, für ihren winzigen Platz darin. Ein Gefühl von Hoffnung.

Funkel, funkel, kleiner Stern, ach wie bist du mir so fern … In Nächten wie dieser – in denen sie mit ihrem Vater, der ihr das Fliegenfischen beibrachte, als sie noch ein kleines Mädchen gewesen war, am Lagerfeuer saß – hatte ihre Reise begonnen, die sie an diesen Punkt geführt hatte, an diesen Fluss, wo sie nun sterben würde. *Das Leben ist wie ein Fluss. Das Leben ist absurd. Das einzig Konstante ist der Strom der Veränderung.*

Noch einmal holt sie Luft, dann gelingt es ihr, einen besseren Halt am Baumstamm zu finden. Sie zieht sich in Richtung Ufer.

Sonderbar, wie sich die Zeit verlangsamt und dehnt. So etwas hat sie schon einmal erlebt, bei einem Frontalzusammenstoß auf einem verschneiten Highway. In Momenten zwischen Leben und Tod konnte man die Dinge tatsächlich wie in Zeitlupe betrachten, obwohl in Wahrheit kaum mehr als ein Wimpernschlag verging. Klauenhand um Klauenhand kämpft sie sich näher zum Ufer. Sie greift nach blattlosen Sträuchern, die am Fluss wachsen. Die Böschung ist sehr steil an dieser

Stelle. Eine Weile bleibt sie keuchend liegen, noch halb im Wasser. Ihre Wange ruht auf schleimig grünem Moos und schwarzem Lehm. Es riecht nach Kompost, nach Pilzen. Wie an einem Koiteich im Garten.

Ein Geräusch dringt in ihr Bewusstsein – ein Rabe. Er krächzt. Er muss ganz in der Nähe sein, irgendwo in den Bäumen über ihr. Sonst würde sie ihn über das Tosen der Plunge Falls nicht hören. Der Rabe ist ein Aasfresser. Er ist klug. Er weiß, dass sie stirbt. Zuerst wird er sich ihre Augen holen, die weichsten Körperteile. Allmählich wird alles dunkel um sie.

Nein. Nein!

Ich muss mein Gehirn wach halten. Mehr habe ich nicht. Nur meinen Verstand. Ich muss ihn benutzen. Ich muss ihn benutzen, um meinen Körper am Leben zu halten.

Keuchend liegt sie im glitschigen Schlamm, im Moos und den toten Blättern. Sie kämpft darum, ihre Situation zu begreifen, die Abfolge der Ereignisse, die sie in den Fluss befördert haben. Wieder will sich Schwärze in ihrem Kopf ausbreiten. Nun fühlt es sich beinahe an wie eine Erleichterung. Sie heißt dieses Gefühl willkommen. Doch der kleine verstreute Funke in der Dunkelheit will einfach nicht verglühen. Er lodert ein wenig. Flackert. Dann flammt er gleißend auf, als die Angst einen Stromstoß zu ihrem Herzen schickt.

Du.

Ich denke an dich. Meine Angst gilt plötzlich dir, obwohl ich einmal geglaubt habe, du wärst nicht wichtig.

Sie reißt die Augen auf. Ihr Puls rast. Adrenalin wird durch ihre Adern gepumpt.

Jetzt bist du wichtig. Jetzt, da ich dem Tod ins Auge sehe. Was sagt man über Menschen, die entgegen aller Wahrscheinlichkeit überleben, wo andere mit Sicherheit gestorben wären? Über diesen Mann, der sich den eigenen Arm abgesägt hat, um sich aus dem Felsmaul zu befreien, das ihn gepackt hielt; über die junge Frau, die in Minirock und ohne Unterwäsche nach einem Flugzeugabsturz einen verschneiten Berghang hinabgestiegen ist; über das Mädchen, das trotz Fieber und Insektenbissen wochenlang im Dschungel des Amazonas durchhielt, nachdem es noch immer an den Flugzeugsitz geschnallt wie eine trudelnde Ahornsamenkapsel vom Himmel gestürzt war; den Mann, der monatelang auf einem Floß über das Meer getrieben war? Sie alle hatten nach ihrer Rückkehr in die Zivilisation dasselbe gesagt. Sie hatten überlebt, sie hatten weitergelebt, weil es jemanden gab, für den sie es tun mussten. Einen geliebten Menschen. Der Gedanke an diesen Menschen hatte ihnen die überirdische Kraft verliehen, gegen den Tod zu kämpfen, weil sie nach Hause zurückkehren mussten. Zu diesem geliebten Menschen. *Ich muss für dich zurückkehren. Ich muss für dich leben. Das ändert alles. Alles. Ich darf dich nicht im Stich lassen. Ich bin alles, was du hast.*

Langsam streckt sie den Arm nach einem Wurzelbündel aus, zieht sich Stück für Stück die Böschung hinauf. Sie schöpft Atem, reckt sich, um an ein weiteres Pflanzengeflecht heranzukommen, zieht daran. Ihr Körper schreit auf vor Schmerz. Sie genießt es. Sie ist noch am Leben. Sie kämpft gegen den Tod, in dem Wissen, dass ein Abgleiten, ein verfehlter Griff ausreicht, und schon wird sie den Hang wieder hinabrutschen und zurück ins Wasser stürzen. Über die Kante der Wasserfälle.

Fast hat sie den Kamm des Hangs erreicht. Sie hält inne, holt noch einmal Luft, bündelt ihre letzten Kräfte, würgt. Der Nebel kriecht über sie dahin, feucht in der sich hinabsenkenden Dunkelheit. Wieder spürt sie etwas. Sie ist nicht allein. Eine seltsame Mischung aus Hoffnung und Furcht erfüllt sie. Langsam, ganz langsam, voller Angst, was sie sehen könnte, blickt sie auf.

Ein schwarzer Umriss zwischen den Bäumen. Tödlich still. Reglos. Er mustert sie aus der Dunkelheit heraus. Sieht zu, wie sie kämpft.

Oder halluziniert sie? Der Wind regt sich im Geäst, biegt die Zweige, und die Gestalt bewegt sich. Kommt sie näher? Oder sind es nur Schatten im Wind?

Qualvoll, langsam löst sie ihren Griff um ein Büschel Gras, wodurch sie ihren Halt am Hang gefährdet. Sie hebt die freie Hand, streckt den Arm nach der Gestalt aus.

»Hilfe«, flüstert sie.

Nichts bewegt sich.

»Bitte. Hilf … mir.« Sie hebt die Hand noch höher, gibt der Schwerkraft mehr Macht. Keine Reaktion.

Verwirrung erfüllt sie. Dann trifft sie die Erkenntnis. Wie ein Schlag aus dem Nichts. Und als sie begreift, was hier vorgeht, warum das passiert, wird jeder Hoffnungsschimmer aus ihrem Körper gesogen. Mit ihm verschwindet auch ihre letzte Kraft. Ihr ausgestreckter Arm bringt sie aus der Balance, und sie rutscht ab. Immer schneller stürzt und rollt sie wieder hinab zum Fluss. Die Schwerkraft ist begeistert, sie zurückzuhaben. Mit einem lauten Platschen landet sie im Wasser. Die Strömung packt sie freudig, während die menschliche Gestalt sie noch immer von den Bäumen aus beobachtet. Ein letzter Gedanke blitzt auf, bevor sie untergeht.

Man kann kein Leid erfahren, ohne dass irgendjemand dafür bezahlt.

Aber wer wird bezahlen, wenn ich ertrinke?

Wie wirst du Gerechtigkeit bekommen? Woher soll irgendjemand davon wissen?

Tote können nichts mehr erzählen.

Kapitel 1

Sonntag, 28. Oktober
Vierundzwanzig Jahre später

Der fünfundsechzigjährige Budge Hargreaves erblickte die Pilze, sobald er das Wäldchen betrat – goldbraune Trichter, die sich durch einen Teppich aus Fichtennadeln und Zweigen schoben. Schwarze Lehmkrümel hingen noch an ihnen wie die Reste eines Schokoladenkuchens, die sie sich noch nicht von den Lippen gewischt hatten.

Eine freudige Aufregung erfasste ihn. Endlich hatte er eine gute Stelle gefunden. Er konnte diese Schönheiten sammeln, bevor es vollkommen dunkel wurde. Er kletterte über einen moosigen Baumstumpf, so dick wie ein Männertorso, und verzog kurz das Gesicht, als sein arthritisches Knie hörbar knackte.

Regen tropfte vom Schirm seines Caps, als er zwischen den Farnen in die Hocke ging. Sanft löste er einen der großen Pfifferlinge mit seinem Messer aus der Erde. Er wischte die Tannennadeln ab und roch an dem Pilz – fruchtig, wie Aprikosen. Ein kleines bisschen pfeffrig. Ganz anders als die unverträglichen Falschen Pfifferlinge. Das hier waren die echten.

Vorsichtig legte er seinen Fund in die dünne Tasche, die er sich über die grellorangerote Weste geschlungen hatte. Sein Hund

Tucker, ein Deutsch Drahthaar, trug ebenfalls eine orangerote Weste. Außerdem hing an seinem Halsband ein Glöckchen. Es waren die letzten Tage des ersterbenden Oktobers – Jagdsaison in diesem Teil des Landes. Budge hatte ganz und gar nicht vor, sich oder Tucker in den dunklen Nahamish-Wäldern mit einem Reh verwechseln zu lassen. Erst letzten Herbst hatte eine Truppe Jäger ein paar Meilen östlich von hier einen schwarzen Labrador mitten ins Herz geschossen. Sie hatten behauptet, den Hund für einen Schwarzbären gehalten zu haben.

Arschlöcher. In diesem Teil des Landes ist die Bärenjagd verboten. Immer. Und die Typen hatten nur eine Jagderlaubnis für Damwild, also warum haben die überhaupt mit einem Flintenlaufgeschoss um sich geschossen? Auf einmal wurde ihm bewusst, dass er Tucks Glöckchen schon eine ganze Weile nicht mehr gehört hatte. Sein Hund lief gern voraus und schnüffelte ein bisschen herum, aber normalerweise blieb er nicht lange außer Sicht- und Hörweite.

Budge pfiff – drei kurze Töne, ein langer. Sein spezieller Ruf für Tuck. Aber kein Hund kam durchs Unterholz gebrochen. Kein Klingeln von Tucks Bärenglocke war zu hören. Ein Gefühl von Unruhe sickerte in Budges Brust. Noch einmal pfiff er, dann lauschte er sorgsam auf die Laute des Regenwalds.

Wasser trommelte stetig auf die Ärmel seiner Gore-Tex-Jacke und lief seinen Nacken hinab. Überall um ihn herum zitterten Tropfen im Laubdach und fielen von den tellergroßen Blättern der urwüchsigen Igelkraftwurzsträucher, die rings um ihn herum wucherten. Es roch nach nasser Erde. Fruchtbar. Aus der Ferne drangen Stimmen an sein Ohr. Sie kamen vom Fluss her, der sich etwa zweihundert Meter weiter unten an dem dicht bewaldeten Hang, an dem Budge hockte, zu einem Delta weitete. Das mussten die Fliegenfischer sein, die er vorhin in ihren Jetbooten auf dem Fluss hatte treiben sehen.

Plötzlich brach ein Streifenhörnchen in eine Maschinengewehrsalve aus wütendem Keckern aus, als Tuck durch den Farn gesprungen kam. Budge erschrak, fühlte dann aber eine Welle der Erleichterung. Tuck hechelte, seine Augen glänzten, seine Schnauze war voll schwarzem Schlamm. Budge nahm ihn am Halsband und zerzauste ihm das Fell.

»Wo ist denn deine Bärenglocke hin, hm, alter Junge? Hast du die an irgendeinem Ast abgestreift oder so? Und wo hast du deine schmutzige alte Hundeschnauze denn jetzt wieder reingesteckt, du Halunke? Hast was Gutes gefunden? Was richtig schön Verrottetes? Hast das Versteck von diesem Streifenhörnchen geplündert, was?«

Tuck wedelte mit seinem Stummelschwanz, sodass sein ganzer Körper wackelte. Dann versuchte er, Budge über die Wange zu lecken.

»Ey, weg da, Junge. Du zertrampelst mir noch die ganzen Pilze.« Er gab ihm einen freundschaftlichen Klaps auf die Seite und erlaubte ihm, wieder im Unterholz zu verschwinden und weiter dort herumzugraben, wo er offenbar etwas Spannendes gefunden hatte. Das Licht schwand nun rasch unter dem Laubdach der alten Bäume, und es war noch ein ganz schönes Stück zurück zu der Stelle, wo er seinen Truck an der alten Waldstraße abgestellt hatte. Am Vortag hatte er nur etwa drei Kilo Pfifferlinge gefunden. Aber heute würde die Ausbeute viel besser sein, wenn er vor Einbruch der Dunkelheit alles ernten konnte.

Er arbeitete schnell und bewegte sich dabei immer weiter in den Wald hinein. Die Vegetation um ihn wurde dichter, moosiger, ursprünglicher. Die Geräusche drangen nur noch gedämpft heran. Flechten hingen von den gewaltigen Zedern herab und fleckten die Baumrinde schwarz. Es war unheimlich hier, wo der Nebel geisterhaft um die Baumstämme waberte. Etwas landete mit einem dumpfen Geräusch auf dem Schild seines Caps.

Er fuhr zusammen und fiel vor Schreck auf den Hintern. Das Ding plumpste von seinem Cap zu Boden.

Mit hämmerndem Herzen betrachtete Budge das, was da auf ihn gefallen war. Die verrotteten Überreste eines Fischs. Adrenalin strömte durch seine Adern. Er sah auf. Ein weiterer toter Fisch hing im Geäst über ihm, schleimig weiß und glänzend. Adler, dachte er. Diese verdammten Aasfresser. Jedes Jahr versammelten sie sich im Norden, wenn die Lachse den Nahamish heraufkamen, um hier zu laichen. Wenn die Fische dann starben, holten die Adler sie mit ihren Klauen aus dem Fluss und trugen sie hoch in die Bäume, wo sie sich an dem aufgeblähten Fleisch gütlich taten.

Auch Bären schleppten die Kadaver in den Wald. Budge war einmal Holzfäller gewesen, er hatte die guten Lachsjahre immer anhand der Baumringe bestimmen können – in diesen Jahren war der Boden sehr stickstoffhaltig gewesen. Aber ein verfaulter Fisch, der ihm in diesem gottverdammt gruseligen Zwielicht auf dem Kopf landete? Zu viel für einen alten Mann. Er hob das Messer auf, das er hatte fallen lassen, fluchte laut und ausgiebig und beschloss, es für heute gut sein zu lassen.

Er kam wieder auf die Füße.

»Tuck?«, rief er.

Keine Antwort.

»*Tucker!* Wo zum Teufel bist du, Junge? Wir müssen heim!« Budge kämpfte sich weiter voran durch Brombeerranken und Farne. Ein Knurren und Scharren drang vom anderen Ende einer Lichtung herüber. Es schien von einigen wilden Blaubeer- und Lachsbeerbüschen her zu kommen. Budge blieb stehen. Nun machte sich die Unruhe in ihm wieder bemerkbar. »Tuck?« Er ging auf das Geräusch zu, die Faust um das Messer geballt. »Was hast du da, Junge?«

Er schob ein paar Farnwedel aus dem Weg. Tuck sah mit glühenden Augen zu ihm auf. Wieder knurrte er, die Zähne um einen langen, schmutzverkrusteten Knochen geschlossen.

»Herrgott, gib das her! Wir gehen.« Budge griff nach dem Knochen, aber Tuck wich ihm aus und packte seine Beute noch fester. Er senkte den Kopf und sein Knurren wurde tiefer, während sich sein Nackenfell sträubte.

»Verdammt noch mal, Tuck! Du weißt genau, dass du das nicht darfst. Aus. *Sofort.*«

Der Hund senkte den Kopf noch bedrohlicher, gehorchte aber und ließ den Knochen los. Budge beugte sich vor, um zu sehen, von welchem Tier dieser Knochen stammen könnte. Da erblickte er den aufgewühlten Moosteppich hinter Tuck, und sein Blut gefror zu Eis.

Aus der feuchten schwarzen Erde ragte ein großer Rippenkasten. Budge schluckte. Sein Blick wanderte die Rippen hinauf. Ein Schädel ruhte seitlich im Lehm, als hätte sich dort jemand zum Schlafen hingelegt. Die freigelegte Augenhöhle war schmutzverkrustet. Die linke Seite des Schädels war eingedrückt.

In Budges Ohren rauschte es. Das da war kein Beutetier eines Jägers. Kein Elch und kein Hirsch, der hier im Wald verendet war.

Es war ein Menschenschädel.

Kapitel 2

Angie Pallorino gab der Rute einen Ruck aus dem Handgelenk und versuchte, die Fliege durch schiere Willenskraft dazu zu bringen, genau dort zu landen, wo sie es wollte. Was ein Knoten in der Schnur leider verhinderte. Fluchend holte sie ihre verhedderte Leine wieder ins Boot. Es waren die letzten Stunden der viertägigen geführten Tour den Nahamish entlang für sie und ihren Freund Detective James Maddocks, und an diesem Tag angelten sie im flachen Wasser unter den Plunge Falls. Sie hatte gehofft, dass sie diese Fliegenfischersache allmählich draufhätte, aber sie wollte sich ihr einfach nicht erschließen, diese offenbar geradezu esoterische Kunst. Angie mochte es nicht, wenn sie bei irgendetwas versagte. Ärgerlich fädelte sie ihre Trockenschnur wieder auf die Angelrolle und machte sich für einen weiteren Wurf bereit.

»Es ist besser, nicht direkt in den Wind zu werfen – er frischt auf«, rief ihr die junge Führerin vom Heck des Jetboots zu, von wo aus sie es den Fluss entlangsteuerte.

Jaja, tu dies, lass das, versuch's noch mal. Aber Claire Tollet hatte recht. Die Brise wurde ungemütlich und raute die sonst so glatte Wasseroberfläche an dieser seichten Stelle auf. Ab und zu brachte sie auch einen eisigen Hauch von den verschneiten Gipfeln im Norden mit. Angie zog sich die Wollmütze tiefer über die Ohren und warf noch einmal. Sie fluchte leise, als ihre Fliege nur ein paar Meter vor dem Boot landete. Dann setzte sie sich und sah ihrer Schnur nach.

»Hey, der war doch gar nicht so schlecht«, kommentierte Maddocks. Angie nannte ihn immer noch öfter Maddocks als James. Sie hatten zusammengearbeitet, und unter Polizisten war es üblich, sich beim Nachnamen zu nennen. Außerdem war dieser Rufname schon vor Jahrzehnten Teil seines Privatlebens geworden. Niemand nannte ihn James, schon gar nicht er selbst.

»Du wirst schon sehen, nächstes Mal wird es viel leichter.« Er stand über ihr im Boot und hielt seine Angelrute fest, während er langsam seine Schnur einholte und die Fliege auf dem Wasser tanzen ließ, als wäre sie lebendig.

»*Nächstes* Mal?«

»Klar, es wird ein nächstes Mal geben.« Er grinste, was seine dunkelblauen Augen erstrahlen ließ und Lachfältchen in sein Gesicht zauberte, die Angies Herz erwärmten. In seiner Wathose und der Anglerweste, das rabenschwarze Haar vom Wind zerzaust, sah er aus wie ein waschechter Trapper. Kein Vergleich zu dem adretten Mordermittler in Anzug und Krawatte, in den sie sich vor fast einem Jahr verliebt hatte. Doch da fiel ihr wieder ein, was er im Auto auf der Fahrt die Insel hinauf zu der entlegenen Lodge gesagt hatte.

Sie wandte den Blick ab und sah stattdessen wieder ihrer Fliege zu, während sich Nervosität in ihr regte. Herbst auf dem Nahamish – es hatte so romantisch geklungen, als er das vorgeschlagen hatte. Und genau das hatte ihr Ausflug auch sein sollen: eine romantische Auszeit, um ihre Beziehung wieder anzufachen, fern von Handys und dem Stress ihrer jeweiligen neuen Arbeitsgebiete.

Doch seine Worte – diese eine Frage – hatten irgendwie alles in Schieflage geraten lassen, bevor sie überhaupt am Fluss angekommen waren.

Hast du je darüber nachgedacht, ob du Kinder haben willst?

Angies Schnur wurde schlaff. Sie holte sie ein wenig ein, wie sie es gelernt hatte. Das Wasser war nicht tief. Sie konnte die schleimigen Steine auf dem Flussgrund sehen. Darüber trieb ein Schwarm aus toten Lachsen in der leichten Strömung. Das Gewicht der Köpfe hielt die toten Fische an Ort und Stelle, flussaufwärts gewandt, während der Flusslauf ihre Körper leicht wiegte und so den Anschein erweckte, als würden die Lachse noch schwimmen. Zombiefische, dachte Angie, dazu verdammt, auf ewig ihren geisterhaften Kampf gegen die Strömung zu führen, während sich das verrottende Fleisch von den Rippen löste. Zumindest bis die Weißkopfseeadler sie aus den Wellen fischten. Oder bis die Bären und Wölfe, die nachts zum Flussufer kamen, sie sich holten.

Es war ein Ritual, das sich jedes Jahr wiederholte, wenn Millionen Exemplare des Keta-, Pink-, Königs- und Silberlachses aus dem Pazifischen Ozean auf einmal durch einen biologischen Impuls zum Frischwasser des einen Flusses gelockt wurden, in dem sie geschlüpft waren. Sie schwammen zur Mündung und kämpften sich gegen die Strömung flussaufwärts, zerschlugen und zerschunden ihre Körper an Felsen und stellten sich dem Weißwasser, nur um hier zu laichen. Um die Eier zu befruchten. Und dann zu sterben. Damit der Kreislauf aufs Neue beginnen konnte.

Angie und Maddocks angelten jedoch nicht nach Lachsen. Sie jagten die muskulösen, silbrigen Forellen, die zwischen den Lachsschwärmen schwammen. Trotzdem fiel es Angie schwer, sich gedanklich von den aufgeblähten Fischkadavern zu lösen, die unter ihrem Boot umhertrieben. Der Gestank nach totem Fisch drang bis ans Flussufer. Dieser ganze Geburt-Todes-Kreislauf ließ sie über die Sinnlosigkeit all dessen nachdenken. Was hatte es für einen Zweck, sich durch die Strömungen des Lebens zu kämpfen, nur um sich fortzupflanzen und dann zu sterben? Das alles unterstrich Maddocks' Frage auf düstere Art und Weise, aber ihr fehlte trotzdem eine Antwort darauf.

Hast du je darüber nachgedacht, ob du Kinder haben willst?

Mit raschen, ruckhaften Bewegungen begann Angie, ihre Schnur wieder einzuholen.

»Alles in Ordnung?«, fragte Maddocks.

»Bestens«, sagte sie und stand auf, etwas wackelig in dem schwankenden Boot. Ein weiteres Mal warf sie ihre Leine aus. »Aber wenn es ein nächstes Mal gibt, dann irgendwo, wo es wärmer ist.«

»Komm schon, du findest es super. Gib's zu.«

»Ja, klar.« Sie wich seinem Blick aus, indem sie ihre Aufmerksamkeit auf das zweite Boot ihrer Reisegesellschaft lenkte. Hugh Carmanagh war der Guide am Steuer, er betreute ein schon lange verheiratetes Paar aus Dallas. Alte Leutchen mit der Begeisterung von Teenagern. Während der vergangenen vier Tage hatten sich die beiden Paarundsiebzigjährigen in die Reiseaktivitäten gestürzt, als wollten sie auch den letzten Tropfen aus den paar Jahren herausholen, die ihnen noch auf dieser Erde blieben. Wieder fragte sich Angie, was das alles sollte – die Ansammlung an Lebenserfahrung in der Brust, kurz bevor man den Löffel abgab, womit all die Erinnerungen einfach verpufften. Sie hatte bemerkt, dass auch Maddocks das Paar beobachtete. Sie sah ihm an, dass er neidisch auf die beiden war. Dass er sich vielleicht wünschte, dass auch Angie und er eines Tages einmal so wären; dass sie zusammen alt wurden. Zusammen lachten. Sex in Zelten hatten und Abenteuer bis ganz zum Schluss erlebten. Dass sie die verlorene Zeit wieder wettmachten – seine gescheiterte erste Ehe, ihre traumatische Vergangenheit.

Angie kamen diese beiden Senioren jedoch eher verzweifelt vor. So als hätten sie Panik bekommen, nun, wo sie die Ziellinie vor Augen hatten. Außerdem war sie sich auch, was ihre Beziehung zu James anging, nicht vollkommen sicher. Im Augenblick wollte sie nichts dringender, als in die Stadt zurückzukehren, um die Stunden zu sammeln, die sie für ihre Lizenz als private Ermittlerin brauchte. Sobald sie die erforderliche Zeit abgeleistet hatte, konnte sie daran denken, ihre eigene Agentur zu gründen. Sie hatte es satt, für irgendwelche Idioten zu arbeiten. Sie konnte es kaum erwarten, selbst den Ton anzugeben und sich ihre Fälle nach eigenem Ermessen auszusuchen. Bis dahin kam ihr alles andere wie Zeitverschwendung vor.

Das Licht verblasste und die Schatten auf dem Wasser wurden lang. Die Geisterfische unter dem Boot kamen ihr dadurch noch realer vor. Regen begann sanft zu fallen. Angies Gedanken wandten sich einer heißen Dusche und dem warmen Abendessen zu, das in der Lodge auf sie wartete. Und ein richtiges Bett, nach drei Nächten im Zelt – wenn es doch nur schon so weit wäre. Morgen in aller Früh würden Maddocks und sie zurück nach Victoria fahren.

»Packen wir zusammen«, sagte Claire und setzte sich ihren Regenhut auf. »Holt die Leinen ein.« Sie griff nach ihrem Funkgerät und drückte eine Taste. »Claire ruft Rex, Claire ruft Rex.« Sie ließ die Taste los.

Das Funkgerät knisterte. »Rex hier. Ich höre, Claire.«

»Wir legen an. Wie lautet deine geschätzte Ankunftszeit mit dem Hänger beim Anleger?«

»Ich bin fast da.«

»Perfektes Timing«, antwortete sie fröhlich. »Es wird schnell dunkel. Wir sehen uns gleich.«

»Verstanden. Over.«

Claire winkte zum anderen Boot hinüber. »Hey, Hugh!« Ihre Stimme hallte über das Wasser, während sie die Hand hoch in der Luft kreisen ließ. »Wir packen zusammen. Rex ist gleich am Anleger.«

Hugh hob den Daumen. Seine Schäfchen begannen, ihre Leinen einzuholen.

Claire ließ den Motor an. Hustend erwachte er zum Leben und stieß eine blaue Rauchwolke aus. Doch als Claire das Boot umdrehte, erhaschte Angie eine Bewegung am anderen Flussufer. Sie verengte die Augen und versuchte, die dichte Baumreihe zu durchdringen, unsicher, was sie da im schwachen Licht und durch den Nebel sah. Ein Mann, der am Ufer stand und wild gestikulierte. Neben ihm erkannte sie einen Hund. Beide trugen grelle orangerote Jagdwesten.

»Hey!«, rief Angie über den Motorenlärm und hob die Hand, um Claire aufzuhalten. Sie deutete auf den Mann. »Was ist denn das da?«

Claire stellte den Motor wieder ab. Stille senkte sich wieder auf den Fluss herab. Und dann hörten sie ihn.

»Hilfe! Hier drüben! Ich brauche Hilfe! Kein Handyempfang!«

Rasch griff Claire wieder nach dem Funkgerät. »Hugh, hörst du mich? Hugh?«

»Hugh hier. Was'n los, Claire?«

»Ein Mann am Südufer. Er ruft nach Hilfe. Wir fahren rüber.«

»Verstanden. Ich bringe meine Kunden zum Anleger. Ruft, wenn ihr mich braucht.«

Erneut ließ Claire den Motor an. »Festhalten!« Sie gab Vollgas. Die Nase des Bootes hob sich aus dem Wasser, und sie rasten auf das jenseitige Ufer zu, eine glatte Spur aus Kielwasser hinter sich herziehend.

Als sie sich dem Ufer näherten, bremste Claire ab. Ein alter Mann kam etwas wackelig den steinigen Strand entlanggeeilt. Sein Hund folgte ihm. Um den Oberkörper hatte er eine Tasche geschlungen. Als Claire vorsichtig am kiesigen Ufer anlegte, kam der Mann ins Wasser gewatet und umfasste das Dollbord.

Er keuchte schwer. Angie schätzte ihn auf Ende sechzig. Er hatte einen dicken Bauch, einen grauen Schnurrbart und ein wettergegerbtes Gesicht, das von der Kälte gerötet war – oder von jahrelangem Trinken. Oder von beidem.

»Budge?«, fragte Claire und zog den Motor aus dem Wasser, damit sich die Schraube nicht in den Boden grub. »Was ist los?«

»Ich … ich …« Ein Hustenanfall schüttelte ihn. Er ließ das Dollbord los, beugte sich vornüber, stemmte die Hände auf die Knie und schnaufte und keuchte.

Maddocks sprang aus dem Boot, seine Stiefel platschten ins Wasser. Angie folgte ihm, gelangte dank ihrer Wathose und Stiefel trockenen Fußes zu dem Mann und legte ihm eine Hand auf die Schulter.

»Alles in Ordnung, Sir?«, fragte sie.

Er hob die Hand, was wohl bedeuten sollte, dass es ihm gut ging, dass er allerdings erst einmal fertig husten musste. Schließlich richtete er sich wieder auf, schlug sich mit der Faust auf die Brust und räusperte sich. Seine Augen tränten. »Verdammte Zigaretten. Ich hab auf dieser Seite keinen Handyempfang, aber ich hab das Logo auf den Booten erkannt. Predator Lodge. Ich weiß ja, dass ihr Typen Funkgeräte habt und dass ihr in der Lodge Bescheid geben könnt. Die dort können dann die Cops aus Port Ferris rufen. Ich … ich …« Erneutes Husten.

»Atmen Sie ein paar Mal tief durch, Sir, entspannen Sie sich einen Moment«, sagte Angie.

Er nickte und holte pfeifend Luft, ganz langsam und tief. Dann richtete er sich wieder auf. »Ich habe eine Leiche gefunden – ein Skelett.«

Kapitel 3

Angie übernahm die Schlussposition, als der Mann, der sich selbst als Jim »Budge« Hargreaves vorgestellt hatte, sie in einer Reihe durch den immer dunkler werdenden Wald führte. Jeder von ihnen hielt eine Taschenlampe aus dem Boot in der Hand, und die verschwimmenden Lichtkegel prallten am Nebel ab, durchdrangen hin und wieder das Wabern und ließen Schatten umherhuschen und wieder verschwinden. Der Hund Tucker zog ganz vorn an seiner Leine. Urwüchsige Farne wucherten überall und Wasser tropfte durch das Laub, während der Regen weich auf die Blätter fiel.

Ein Laut drang an ihre Ohren und sie hielten in der Bewegung inne. Sogar Tucker wurde ganz still.

Da war es wieder – ein fernes Heulen, das sich erhob, anschwoll und dann in Bellen überging und von den schneebedeckten Bergen widerhallte.

»Wölfe«, flüsterte Claire. »Sie werden mutiger. Jeden Herbst kommen sie näher an die Lodge heran.«

Gänsehaut überlief Angies Arme, als eine rudimentäre Erinnerung in ihr erwachte. Auf einmal befand sie sich wieder in dem Wald auf der Insel, auf der ihr biologischer Vater sie und ihre Zwillingsschwester als Kinder gefangen gehalten hatte. Wo er Angies Schwester und ihre Mutter ermordet hatte. Auf dieser Insel hatte es auch Wölfe gegeben. In manchen Nächten hatte Angie sie gehört, ihr Heulen war durch die Gitterfenster gedrungen. Angst kroch in ihr empor. Alte neurale Verbindungen erwachten wieder. Sie ballte die Hände an ihren Seiten zu Fäusten und versuchte, sich im Griff zu behalten, in der Gegenwart zu bleiben. PTBS war ein Biest. Wenn man es am wenigsten erwartete, hob es seinen Schlangenkopf und schlug zu.

Die Wölfe verstummten. Wie aufs Stichwort begann Tucker wieder hechelnd an der Leine zu ziehen, um zu den menschlichen Überresten zu gelangen. Doch als sie ihren Gang durch den Wald wieder aufnahmen, hatte sich Angies Stimmung verändert. Ein nasser Zweig schwang zurück und schlug ihr ins Gesicht. Sie zuckte zusammen.

Atme.

Atme. Alles ist gut.

Es wird wieder gut. Nur Erinnerungen. Geh weiter.

»Alles in Ordnung?«, fragte Claire, die sich umgedreht hatte, um auf Angie zu warten, während die anderen weitergingen. Claire klang kühl. Gefasst. Auf vertrautem Terrain. Das ärgerte Angie. Nicht weil die Frau jung war und eine natürliche Schönheit besaß mit ihrem dicken schwarzen Haar und den moosgrünen Augen, und auch nicht, weil sie mit der Wildnis vertraut war und Angie nicht. Sondern weil Angie ihre eigene Angst verachtete. Sie verabscheute das, was ihre verschüttete Vergangenheit ihr immer noch antun konnte. Sie *hasste* es, dass sie diesen posttraumatischen Mist nicht einfach abschütteln konnte, der sie immer noch heimsuchte und es wahrscheinlich auch immer tun würde.

»Kennen Sie Budge Hargreaves?«, fragte sie Claire und lief weiter. Es klang knapp. Zum Teil stellte sie die Frage, um sich von ihrer Anspannung abzulenken. Als Detective bei den Sexualverbrechen und später auch bei der Mordkommission des Metro Victoria Police Department war die Befragung der Menschen ihre große Stärke gewesen. Sie war zwar kein Cop mehr, trotzdem war es eine einfache Bewältigungsstrategie, wieder in ihre alte Polizeiroutine an einem potenziellen Tatort zu verfallen. Eine Möglichkeit, ihre Gefühle vor anderen zu verbergen.

»Jeder hier kennt Budge«, antwortete Claire. »Er hat über zwanzig Jahre als Holzarbeiter in der Gegend gearbeitet, bevor er in den Ruhestand gegangen ist. Er tut mir leid. Er hat seine Frau vor etwa sechsundzwanzig Jahren bei einem schlimmen Unfall verloren und ist danach irgendwie abgerutscht. Hat angefangen zu trinken. Dann hat er sein Haus in der Stadt verkauft und sich eine Hütte im Wald gebaut, nur ein kleines Stück östlich von hier auf dem Land, das meine Familie ihm verpachtet hat. Er bleibt meistens für sich. Wenn er nicht gerade durch den Wald streift, findet man ihn meistens im ›Hook and Gaffe‹, der Kneipe in der Stadt.«

»Ihrer Familie gehört ein Teil des Waldes südlich des Nahamish? Ich dachte, das ganze Gebiet auf der Landesinnenseite des Port Ferris wäre Kronland.«

»Große Teile davon werden tatsächlich staatlich verwaltet. Aber uns gehören kleine Privatgebiete aus der Zeit, als mein Urgroßvater sich hier niedergelassen und eine Mühle gebaut hat.«

Vor ihnen blieben Budge und Maddocks stehen. Tucker bellte und warf sich nun wie verrückt in sein Halsband. Als Angie und Claire zu ihnen stießen, richtete Budge den Strahl seiner Taschenlampe auf dichtes Gestrüpp. »Das Skelett liegt dadrinnen, hinter dem ganzen Igelkraftwurz.«

»*Oplopanax horridus*«, erklärte Claire leise. »Das Zeug will man nicht auf die Haut kriegen.«

»Claire, Budge, warum warten Sie beide nicht hier?«, schlug Maddocks vor. »Angie, du kommst mit mir.«

»Jawohl, Sir«, brummte sie. »*Du* bist hier der Polizist.«

Er warf ihr einen Blick zu, seine Augen schimmerten im Zwielicht. Spannung hing zwischen ihnen in der Luft. Seit Angie gefeuert worden war, simmerte dieser heikle Punkt immer knapp unter der Oberfläche.

»Natürlich nur, *falls* du mitkommen möchtest«, fügte er leise hinzu.

Sie antwortete nicht. Sie teilten die Farne und traten ins Dickicht. Das Moos fühlte sich weich an unter ihren Watstiefeln. Eine schwere Stille schien über dem Gebiet zu hängen. Selbst der Hund war verstummt. Es war, als müssten jene, die diese Stelle des Waldes mit den uralten Bäumen betraten, ihnen Ehrfurcht zollen.

Maddocks leuchtete den nassen Boden hinter dem Igelkraftwurz ab. Was einmal ein gleichmäßig smaragdgrüner Moosteppich gewesen war, lag nun in Fetzen und gab den glänzend schwarzen Lehm darunter frei. Aus der frisch aufgewühlten Erde ragte teilweise ein Rippenkasten heraus. Darüber ruhte ein noch halb vergrabener Schädel. Ein seltsam fruchtbarer Geruch stieg von dem Grab auf. Nebelfinger wehten durch die Bäume, als wollten sie sich nach den Knochen ausstrecken und sie streicheln.

»Hab mich zu Tode erschrocken, als ich das da gesehen hab!«, rief Budge von hinter den Büschen herüber. »Wie gesagt, ich hätte ja gleich die Polizei gerufen, aber in diesem Gebiet gibt es keinen Handyempfang.«

Maddocks ging in die Hocke. Angie tat es ihm nach. Langsam leuchteten sie die freigelegten Teile des Skeletts ab. Angies Puls beschleunigte sich, als sie die vertraute Aufregung beim Betreten eines möglichen Tatorts überkam. Im Kielwasser dieses Rausches folgte jedoch ein scharfer Schlag, als die Wirklichkeit sie traf. Sie würde niemals wieder offiziell damit beauftragt sein, einen Tatort zu sichern.

Angesichts dieser überwältigenden Erkenntnis presste sie die Lippen zusammen. Dann sagte sie: »Der Coroner wird ein volles Team hier brauchen. Es wird dauern, bis das da ausgegraben ist.« Sie beugte sich weiter vor, um den Schädel näher zu betrachten. Er war schmutzverkrustet und es waren keine Überreste von Haut und Fleisch erkennbar. Eine schlammgefüllte Augenhöhle starrte ihr entgegen. »Irgendeine Druckfraktur.« Sie deutete auf das Loch an der linken Seite des Schädels, wo die Knochenplatte eingedellt war, Risse liefen von der Stelle nach außen wie bei einem Strahlenkranz. »Diese Person hat einen harten Schlag auf die linke Seite des Kopfes abbekommen.«

»Wir werden erst wissen, ob das post-, ante- oder perimortal geschehen ist, wenn sich das ein forensischer Anthropologe genauer angesehen hat«, kommentierte Maddocks.

»Ein paar Rippen fehlen.« Angie richtete den Strahl ihrer Lampe auf den erdverkrusteten Rippenkasten.

»Vielleicht war das der Hund. Oder andere Aasfresser ...« Maddocks' Hand hielt inne, als das Licht seiner Lampe auf etwas fiel, das am Ansatz des Rippenkastens aus der Erde ragte. »Vielleicht irgendein dunkler Stoff?«

»Welcher Stoff hält sich länger als die Zeit, die ein Körper braucht, um vollständig zu skelettieren?«

Maddocks sah sie an. »Gore-Tex? Neopren? Diese Stoffe zersetzen sich nicht.«

»Vielleicht eine Wathose aus Neopren?«

»Hmm.« Er sah auf. »Scheint ein bisschen weit weg vom Fluss zu sein für einen verirrten Angler.«

»Wir tragen unsere Wathosen doch auch noch«, warf sie ein. »Diese Person könnte hierhergelaufen sein, genau wie wir. Wir sind diesen verschlungenen Pfad vom Strand heraufgekommen, aber ich würde schätzen, dass der Fluss via Luftlinie nur ein paar hundert Meter nördlich von diesem Grab fließt.«

»Schon, aber via Luftlinie ist da nur alter Wald und undurchdringliches Dickicht. Wenn irgendjemand diesen Weg vom Strand heraufgekommen ist, müsste er sich sehr entschieden durchs Gebüsch gekämpft haben.«

Angie verlagerte ihr Gewicht, während Maddocks sprach. Ihre Glieder wurden allmählich steif, und ihre eigenen Neoprenhosen hatten der heraufkriechenden Abendkälte nicht viel entgegenzusetzen. Bei ihrer Bewegung bemerkte sie plötzlich einen weiteren Knochen, der aus dem zerrissenen Moosteppich zu ihren Füßen herausragte.

»Oh, Mist!« Sie wich zurück. »Noch einer. Genau hier, unter meinen Stiefeln.«

Sie beide starrten auf den Knochen hinab. Er war lang und das gerundete Ende wies weiße Kratzer auf, so als hätte etwas vor Kurzem daran genagt.

»Ein Oberarmknochen vielleicht«, sagte sie.

»Was ist das da? Daneben?« Maddocks deutete auf einen runden Gegenstand voller schwarzer Erde.

Angie beleuchtete das Ding. »Sieht aus wie ein Armband oder ein Teil, das zu irgendeiner Maschine gehört. Wir müssen hier weg. Bis das Gegenteil bewiesen werden kann, ist das hier ein Tatort. Wir sollten das gesamte Gebiet absperren, bis der Coroner und die örtliche Polizeibehörde übernehmen können.«

»Die nächstgelegene RCMP-Station ist in Port Ferris«, sagte Maddocks und stand auf. Angie und er gingen vorsichtig den Weg zurück, den sie gekommen waren. Budge und Claire warteten geduldig im triefenden Regen und der immer schwärzer werdenden Dunkelheit auf sie. Tucker winselte leise und wedelte mit dem Schwanz, als sie sich näherten.

»Können Sie einen Funkspruch an die Lodge durchgeben, Claire?«, fragte Maddocks. »Irgendjemand dort muss bei der RCMP in Port Ferris anrufen und ihnen mitteilen, dass ein Hund ein bisher unentdecktes Grab gefunden hat. Geben Sie ihnen die GPS-Koordinaten durch. Und richten Sie aus, dass Sergeant James Maddocks vom MVPD aus der Abteilung für Schwerverbrechen in Victoria am Fundort ist und versuchen wird, das Gebiet zu sichern, bis sie mit dem Coroner hier sein können.«

Claire griff nach ihrem Funkgerät und trat beiseite, um die Nachricht durchzugeben.

Angie wandte sich an Budge. »Gibt es auf dieser Seite des Nahamish eine Straße von Port Ferris hierher?«

»Nur ein stillgelegter Ziehweg, der nicht mehr oft benutzt wird. Außer von ein paar Jägern und von mir und Axel Tollet, der hat hier auch eine Hütte. Aber ein Stück weiter westlich.«

Maddocks drehte sich zu Angie um und sagte mit gesenkter Stimme: »Der Coroner und die Polizei können unmöglich heute Abend noch herkommen. Bis es wieder hell wird, kann hier sowieso nicht viel passieren – und diese Überreste laufen uns nicht weg. Nicht nach so vielen Jahren.«

»Was ist mit Aasfressern? Jetzt, wo die Knochen ausgegraben sind.« Budge deutete auf einen dunklen Haufen neben seinen Stiefeln. »Ein Bär war schon da. Das ist frischer Kot. Den hat der Bär fallen lassen, nachdem ich weg bin, um euch zu holen.«

Das Funkgerät knisterte und eine Nachricht von Rex auf der anderen Seite des Nahamish kam herein. »Verstanden, Claire. Die Nachricht ist in der Lodge angekommen. Kommt ihr jetzt wieder rüber?«

Sie wandte sich fragend an Maddocks und Angie.

Maddocks sagte: »Ich bleibe über Nacht hier draußen und sichere den Fundort, bis die lokalen Behörden hier sind. Kann ich ein paar Vorräte aus der Lodge bekommen? Ich brauche ein Zelt, einen Schlafsack und ein Funkgerät. Ein bisschen trockenes Holz für ein Feuer, das die Wildtiere fernhält. Bärenspray und Bleistiftfackeln, nur für alle Fälle. Und ein Seil. Oder eine

Schnur oder Klebeband – irgendetwas, mit dem ich das Gebiet um das Grab absperren kann.«

Angie starrte ihn an und ihr Gesicht wurde heiß. Er gab ihr das Gefühl, vollkommen überflüssig zu sein, womit er klarstellte, dass man sie gefeuert hatte. Dass sie keine Polizistin mehr war.

»Das ist kein Problem«, antwortete Claire. »Ich mache mich selbst gleich auf den Weg zur Lodge und bringe die Ausrüstung dann per Boot über den Fluss her. Kommen Sie mit mir, Angie?«

»Ich campe auch hier. Mit ihm.«

Sein scharfer Blick richtete sich auf sie. »Bist du sicher?«

»Natürlich bin ich sicher«, fauchte sie. »Was glaubst du denn? Dass ich dich einfach hier draußen allein lasse?« So viel zu der heißen Dusche, dem warmen Essen und der weichen Matratze. »Das geht alles klar, solange ich bis morgen Abend wieder für meinen Job beim Flughafen in der Stadt bin. Wenn nicht, schmeißt Brixton mich nämlich hochkant raus.«

Jock Brixton, der Leiter von Coastal Investigations, hatte Angie ohnehin nur widerwillig eingestellt, wegen ihres berüchtigten Rauswurfs beim MVPD und der Medienhysterie nach der Enthüllung, dass sie es gewesen war, die den Serienvergewaltiger und Mörder, bekannt unter der Bezeichnung »Der Täufer«, erschossen hatte.

Darüber hinaus hatten sich die Berichterstatter geradezu überschlagen, als herauskam, dass Angie auch noch die geheimnisvolle kleine Jane Doe war, die man vor über dreißig Jahren in einer Babyklappe gefunden hatte, und dass ihr biologischer Vater ein Menschenhändler war, der unter anderem ihre Mutter und ihre Schwester ermordet hatte. Angie hatte Brixton geradezu angefleht, ihr diese Stelle zu geben, weil keine andere private Detektei ihr einen Job hatte geben wollen. Doch das Gesetz schrieb vor, dass sie eine feste Stundenzahl für ein eingetragenes Unternehmen arbeiten musste, um die Prüfung für eine Lizenz ablegen zu können, mit der sie offiziell als Privatermittlerin tätig sein durfte. Sobald sie diese Lizenz hatte, konnte sie daran denken, ihre eigene kleine Detektei zu eröffnen. Sie hatte sogar angeboten, für weniger Lohn als üblich zu arbeiten.

Schließlich hatte Brixton nachgegeben und ihr eine Stelle auf Probe angeboten. Was bedeutete, dass Angie den Bodensatz der Überwachungsaufträge übernehmen musste. Hauptsächlich bestand ihre Arbeit darin, untreuen Ehepartnern zu folgen oder den Kindern reicher Eltern, denen es Spaß machte, ihre Sprösslinge auszuspionieren. Ein echt mieser Job. Anders konnte man es nicht sagen. Aber sie musste einfach nur ihr Ziel im Auge behalten – ihr eigenes Unternehmen. Wenn sie ihre Stelle verlor, dann würde sie dieses Ziel aufgeben müssen.

»Hey, also, wenn mich hier niemand mehr braucht, kann ich dann vielleicht zurück zu meinem Truck?«, fragte Budge. »Die Cops aus Port Ferris wissen ja, wo sie mich finden können, wenn sie noch Fragen haben oder so.«

Maddocks antwortete: »Finden Sie den Weg allein? Im Dunkeln?«

»Ich hab mein Navi und meine Stirnlampe. Und Tuck. Wir kennen den Weg. Haben das schon öfter gemacht, bei viel mieserem Wetter. Außerdem wohne ich nicht weit weg.« Er zog sich die Stirnlampe über die Kappe und schaltete sie ein. Dann nickte er und ging in den Wald davon. Sie sahen zu, wie das kleine Licht durch die Finsternis wanderte und schließlich verschwand.

»Wollen Sie mitkommen und mir beim Tragen der Ausrüstung helfen, während Maddocks hier wartet?«, fragte Claire an Angie gewandt.

Sie nickte und wollte Claire schon den Pfad entlang zurück zum Strand folgen, als Maddocks ihren Arm ergriff und sie noch einen Moment aufhielt.

»Alles okay?«

»Warum denn nicht?«

Er legte den Kopf schief, seine Haut wirkte blass im Schein ihrer Taschenlampe. »Weil du so reagierst. So schnippisch. Was ist los? Die Wölfe? Rütteln sie alte Erinnerungen wach?«

Sie funkelte ihn an, während eine Mischung widerstreitender Gefühle in ihr tobte. Er machte sich Sorgen. Er war ein guter Mann. Sie liebte ihn von ganzem Herzen, aber ein Teil von ihr war auch wütend auf ihn, weil er so gottverdammt perfekt war. Weil er immer noch ein großer Detective war und sie nicht. Weil sein Erfolg – seine Beförderung vor Kurzem zum Leiter einer neuen Abteilung für Schwerverbrechen – ihr eigenes Versagen nur noch unterstrich. Weil irgendetwas in ihr sich immer noch dagegen wehrte, sich der Beziehung zu ihm restlos hinzugeben. Sie verstand selbst nicht, warum, und es machte sie traurig und verwirrt. Auf keinen Fall wollte sie, dass er sie wie ein Opfer behandelte. Sie wollte seinen Respekt. Sie wollte ihm ebenbürtig sein. Sie wollte, dass er sie bewunderte, nicht bemitleidete.

»Seit ich herausgefunden habe, dass mein Vater ein Mörder ist, behandelst du mich wie ein Porzellanpüppchen«, flüsterte sie, damit Claire es nicht hörte. »Ich weiß deine Absicht zwar zu schätzen – wirklich –, aber ich bin aus härterem Holz geschnitzt, als du offenbar glaubst, okay? Ich will nicht verhätschelt werden. Lass mir ein bisschen Raum.«

Irgendwo rief eine Eule. Der Wind rauschte in den Baumwipfeln. Sein Blick hielt ihren, und zwischen ihnen hing noch etwas anderes in der Luft. Etwas, das noch tiefer ging.

Hast du je darüber nachgedacht, ob du Kinder haben willst?

»Ich bin eine Überlebenskünstlerin, Maddocks«, wiederholte sie. »*Kein* Opfer.«

Etwas in seiner Miene veränderte sich. Er trat einen Schritt zurück und straffte die Schultern. »Gut«, sagte er. »Bist du sicher, dass du heute Nacht mit mir hier draußen bleiben willst?«

»Willst *du* denn, dass ich bleibe?«

»Das weißt du genau, Angie.« Er hielt inne. Seine Augen funkelten im Dunkeln. »Ich will dich immer. Mir macht nur Sorgen, was *du* im Moment willst.«

Sie biss die Zähne zusammen und hielt seinen Blick noch einen weiteren Moment. Dann wandte sie sich ab und folgte Claire in den Wald. Das Herz hämmerte ihr gegen die Rippen.

Kapitel 4

James Maddocks stocherte mit einem Ast im Lagerfeuer herum, und eine Wolke orangeroter Funken stieg in die Nacht empor. Angie hatte sich an ihn gelehnt, eine Decke lag über ihren Schultern. Eine zwischen den Ästen der Bäume gespannte Plane hielt sie trocken, während Regentropfen zischend in die Flammen fielen. Angie reichte ihm einen Flachmann mit Brandy. Er nahm ihn und nippte schweigend daran, während er auf das Heulen der Wölfe in den Bergen lauschte. Das unheilvolle Donnern der Plunge Falls schien in der schwarzen Kälte der Nacht immer näher zu kommen.

Angie schauderte und zog die Decke noch enger um sich.

»Kalt?«, fragte er.

»Es sind diese Wölfe«, antwortete sie. »Du hattest recht. Das Heulen schickt mich wirklich zurück in die Vergangenheit.« Sie schenkte ihm ein schiefes Lächeln. »Und dass wir hier neben menschlichen Überresten campieren, ist auch nicht gerade hilfreich.«

»Claire sagt, das Rudel bleibt meistens auf der anderen Flussseite.«

»Na, hoffentlich. Ich bin im Umgang mit OC etwas aus der Übung«, sagte sie und benutzte den Polizeiausdruck für

Bären- oder Pfefferspray, das den Wirkstoff Oleoresin Capsicum enthielt.

Er musterte sie, die Art, wie der Feuerschein über ihr blasses Gesicht huschte. Er liebte ihre Züge, die starken Linien, die eindringlichen grauen Augen. Sogar die schiefe Narbe über ihrem Mund. Der Schimmer der Flammen verwandelte ihr rotes Haar, das ihr offen und dicht über die Schultern fiel, in Kupfer. Er dachte an Sex und wandte sich wieder dem Feuer zu.

Er hatte nur eine ruhige, rustikale und entspannte Auszeit gewollt. Weit fort von der Stadt und der Arbeit. Eine Chance, ihrer Beziehung wieder Auftrieb zu geben, die unter den Anforderungen von Angies Ausbildung zur privaten Ermittlerin zu leiden gehabt hatte. Darüber hinaus war er selbst zusätzlichem Druck ausgesetzt, seit er die Leitung einer neuen Abteilung beim MVPD übernommen hatte. Er führte nun das Integrated Major Incident Team oder iMIT, wie es jetzt genannt wurde.

Stattdessen saßen sie nun hier, im eiskalten nassen Wald neben einer skelettierten Leiche. Ein ironisches Lächeln zupfte an seinem Mund. Vielleicht war das ja nur passend.

Und vielleicht lag es auch an ihm, dass ihre Beziehung gerade etwas holprig verlief.

Er hatte Angie vor neun Monaten zu einem ziemlich schlechten Zeitpunkt einen Heiratsantrag gemacht. Kurz nachdem sie nur knapp mit dem Leben davongekommen war, nachdem ihr Vater sie entführt und ein zweites Mal versucht hatte, sie umzubringen. Nur wenige Monate vorher hatte sie ihren früheren Partner und Mentor Hash Hashowsky bei einem Einsatz verloren, bei dem auch ein kleines Mädchen gestorben war. Angie war wegen all dem in Therapie und arbeitete hart daran, mit ihrem posttraumatischen Belastungssyndrom zurechtzukommen, genau wie sie es versprochen hatte. Wie immer ging sie die Sache frontal an. Packte sie mit beiden Händen und versuchte, sie mit allen Mitteln unter Kontrolle zu bekommen – Angie-Style eben. Trotzdem blieb die Angst, und wahrscheinlich würde sie nie verschwinden. Über eine Vergangenheit wie ihre kam man nicht einfach »hinweg«. Was Maddocks Sorgen machte, war ihre emotionale Distanz – diese subtile Mauer, die zwischen ihnen wuchs. Es war, als lebte Angie in einem heimtückischen Widerstreit zwischen ihrem Verlangen nach Einsamkeit und ihrer Sehnsucht nach Intimität. Maddocks glaubte, dass es genau dieser innere Kampf war, der schließlich zu ihrer Sucht nach aggressivem anonymem Sex geführt hatte.

»Das hätte eigentlich anders laufen sollen«, sagte er.

»Was denn?«

»Dieser Ausflug. Heute Abend.« Er zögerte, dachte dann aber: *Was soll's? Wenn mir schon alles um die Ohren fliegt, dann will ich das lieber gleich wissen.* Er schob die Hand in die Innentasche seiner Weste und berührte das kleine Fliegenkästchen, das dort steckte. Es war warm von seinem Körper, unter den Daunen, nahe bei seinem Herzen. Er zog das Kästchen hervor und holte tief Luft. Auf einmal war er nervös. »Ich … wollte es offiziell machen.«

Sie senkte den Blick auf die kleine Box und runzelte die Stirn. »Was meinst du damit?«

Er öffnete die Box. In dem Schaumstoff, in dem normalerweise die Haken der Fliegen steckten, ruhte ein schlichter Platinring mit einem einzigen blauweißen Diamanten. Der Stein funkelte im Feuerschein.

Ihr klappte der Mund auf und sie sah ruckartig zu ihm auf. Er erkannte den Schrecken in ihrem Blick.

»Heirate mich, Angie Pallorino.«

»Du … ich … du hast mich doch schon gefragt.«

»Und du hast gesagt, du würdest darüber nachdenken. An ein hieb- und stichfestes Ja kann ich mich nicht erinnern.« Wieder holte er tief Luft. »Wir waren beide so beschäftigt, dass wir noch gar nicht darüber sprechen konnten oder darüber, wie es weitergehen soll. Deshalb wollte ich diese paar Tage allein mit dir. Ich wollte, dass es etwas Besonderes wird, Ange. Offiziell. Mit einem Ring. Mit einem festen Hochzeitsdatum.« Er schnaubte leise. »Ich habe die Köchin in der Lodge gebeten, ein besonderes Dinner für uns an unserem letzten Abend vorzubereiten. Dazu dieser französische Wein, den du so magst. Ein Feuer sollte im Kamin in unserem Zimmer brennen. Der Whirlpool auf der Terrasse sollte blubbern. Ein bisschen richtiger Lodge-Luxus nach drei Nächten im Zelt. Aber stattdessen sitzen wir hier und bewachen ein Skelett.« Er lächelte. »Typisch, was?«

Sie starrte den Diamanten in seinem Schaumstoffbett an. Ihre Augen schimmerten verräterisch. Der Wind ließ das Panzertape, mit dem sie das Grab kreisförmig abgesperrt hatten, flattern.

»Ich … weiß nicht, was ich sagen soll.«

Er wurde unruhig und betrachtete sie schweigend, während sie den Ring ansah, ohne ihn zu berühren. Ihre Miene wirkte angespannt und sie hatte die Lippen fest aufeinandergepresst, als würde sie darum kämpfen, ihre Gefühle im Zaum zu halten. Als würde sie um Worte ringen. Wieder einmal spürte er, dass er dabei war, sie zu verlieren. Er fühlte sich verletzlich, entblößt, dem Wind ausgeliefert.

Er hatte Angst.

Du könntest einfach Ja sagen.

Er räusperte sich und fragte leise: »Du wolltest diesen Ausflug doch auch, oder? Ein bisschen Romantik?«

»Jaja, natürlich. Ein bisschen Romantik, aber … ich … ich wusste nicht, dass du *das* hier vorhast.«

»Ich habe dich überrumpelt.«

Sie schluckte. Ihre Nasenspitze wurde rot. Sie wischte sich über den Mund.

»Schau mich an, Angie. *Sprich* mit mir.«

Vorsichtig hob sie den Blick. Was er in ihren Augen las, traf ihn mitten ins Herz.

»Vielleicht sollten wir noch warten, Maddocks«, sagte sie. »Bis ich genug Arbeitsstunden gesammelt habe und meine eigene Detektei gründen kann.«

»Warum? Warum warten?«

Schweigen.

»Angie?«

»Sobald ich alles in Ordnung gebracht habe, weißt du? Dann kann ich besser planen. Sobald …«

»Du läufst davon. Seit ich dir diese Frage zum ersten Mal gestellt habe, weichst du mir aus. Du vermeidest es, darüber zu sprechen, über uns. Du willst kein Datum festlegen. Keine Hochzeitspläne machen. Du benutzt diesen ganzen Mist mit den Arbeitsstunden, den Vierundzwanzigstundenschichten, dem Wochenenddienst als Ausrede …«

»Ich habe es dir doch *erklärt*! Ich finde es zum Kotzen, was ich gerade tue. Nachts durch die Gegend zu schleichen und in billigen Clubs und Motels herumzuhängen. Pärchen bei ihren schmutzigen Affären auszuspionieren und zu versuchen, sie in flagranti zu erwischen, um traurigen, eifersüchtigen Ehepartnern ihre Untreue zu beweisen, die *mich*« – sie stieß sich den Finger vor die Brust – »dafür hassen, dass ich ihnen den Fotobeweis unter die Nase halte.« Sie fluchte leise. »Aber ich muss meine Stunden so schnell wie möglich ableisten, damit ich diesen Trottel Brixton loswerden und endlich alleine anfangen kann. Ich …«

»Hör auf. Mach mir nichts vor, Angie«, sagte er fest. »Das hier hat nichts mit Jock Brixton zu tun, sondern viel mehr mit der Frage, die ich dir auf der Fahrt hierherauf gestellt habe. Ich habe deine Reaktion gesehen. Diese Frage hat das ganze Wochenende bestimmt. Genau darum geht es. Auch bei uns. Nicht wahr?«

Sie wandte das Gesicht ab, von ihm, von dem Diamantring, den er ihr immer noch hinhielt und den sie nicht einmal berührt hatte. Sie starrte in die Flammen. Er sah den Puls an ihrem Hals wild pochen.

»Es war nur eine einfache Frage darüber, ob du je über Kinder nachgedacht hast, Angie.«

Sie fuhr zu ihm herum. »Hör zu …«

»Nein, jetzt hörst du mir zu. Es ist mir egal, ob wir Kinder haben, wenn du keine willst. Ich habe Ginny – ich hatte das alles schon. Ich *muss* nicht noch einmal von vorn mit dem Elternsein anfangen. Ich wollte nur wissen, was du möchtest. Weil ich gern verstehen würde, was in der Frau vorgeht, die ich liebe. Der Frau in meinem Leben. Der Frau, mit der ich den Rest meiner Tage verbringen will. Es ist eine ganz normale Frage, eines der Dinge, über die man eben spricht, wenn man sein restliches Leben miteinander verbringen möchte.«

Eine Träne löste sich und lief ihr über die Wange.

Maddocks fluchte innerlich. Er hatte das Falsche gesagt. Wie könnte Angie Pallorino »normal« sein? Ihre Kindheit, ihre Vergangenheit waren brutal und blutig und voller Missbrauch gewesen. Sie war ein Paradebeispiel für psychologische Opferstudien. Und, ach ja, bald würde ein True-Crime-Buch über ihr Leben erscheinen, geschrieben von dem forensischen Psychiater Dr. Reinhold Grablowski. Gegen Angies ausdrücklichen Widerstand und ohne ihre Mithilfe. Es war ein Wunder, dass sie überhaupt ein funktionelles Leben führte.

»Es fehlt mir«, sagte sie schließlich, sah ihn jedoch immer noch nicht an. »Der Job. Meine Abteilung. Die Mordkommission. Polizistin zu sein. Eine Waffe zu tragen. Eine gewisse Autorität an einem Tatort zu haben. Eine Ermittlung zu leiten.«

»Ich weiß.«

Ruckartig wandte sie sich ihm zu. Ihre Miene wirkte aufgewühlt. »Das macht mir zu schaffen. Ich weiß nicht, wie ich *keine* Polizistin mehr sein soll, Maddocks. Ich komme mir irgendwie … minderwertig vor. Und eine so gewaltige Lebensentscheidung zu treffen, in einer Zeit, in der ich nicht einmal weiß, wer ich eigentlich bin, wer ich sein will – ich weiß einfach nicht, ob das richtig ist.« Ihr Blick schien ihn zu durchdringen. »Weil ich dich vor allem anderen nicht enttäuschen will. Ich will nicht, dass du irgendwann vielleicht denkst, dass du einen schrecklichen Fehler gemacht hast.«

»*Das* hier war ein Fehler«, sagte er und schloss das Kästchen, verbarg den Diamanten wieder vor dem Licht. »Mein Fehler.«

Er hatte sein Mädchen zu einer Entscheidung gezwungen und sie hatte ihn zurückgewiesen. So war es – glasklar: Es würde nicht funktionieren mit Angie. Er wankte fast unter der Wucht des Schlags. Es machte ihm bewusst, wie sehr er sie in seinem Leben haben wollte; an seiner Seite, für immer und ewig. »Ich hätte warten sollen«, flüsterte er, mehr zu sich selbst als zu ihr. »Ich hätte es ein anderes Mal tun sollen. Ich wollte nur eine Bestätigung dafür, dass es mit uns vorwärtsgeht, aber …«

Sie legte ihm zwei Finger auf die Lippen und schüttelte den Kopf. Nun liefen ihr die Tränen übers Gesicht. Sie nahm ihm das Kästchen aus der Hand, öffnete es schweigend und löste den Ring aus dem Schaumstoff. Dann streifte sie ihn auf ihren Ringfinger und streckte die Hand aus, damit der Feuerschein darauf schimmern konnte.

Ihm wurde die Kehle eng, während er ihr Gesicht betrachtete.

»Er ist zu groß«, sagte er, und es klang heiser. »Ich sehe, dass er zu groß ist.« Er räusperte sich. »Ich habe für das Größenmaß einen Ring genommen, den ich in deiner Kommode gefunden habe.«

»Der gehörte meiner Adoptivmutter. Mein Dad hat ihn mir gegeben, nachdem sie ins Pflegeheim gekommen ist. Er passt mir nicht. Ich hebe ihn nur auf … um an sie zu denken. An alles.«

»Gib ihn mir zurück«, sagte er. »Ich lasse ihn umarbeiten. Wir … wir probieren es später noch einmal.« Aber wie konnte er diesen Geist zurück in die Flasche zwingen? Das wäre, als wollte man Rauch zurück in die Flammen schicken. Unmöglich.

»Er ist wunderschön«, flüsterte sie, den Blick immer noch auf den Ring gerichtet. »Elegant. Rein. Schlicht.«

»Gib ihn mir. Ich bringe das in Ordnung.«

»Nein, James Maddocks«, widersprach sie leise und löste das Silberkettchen, das sie um den Hals trug. Dann fädelte sie es durch den Ring.

»Komm, hilf mir, es wieder zuzumachen.« Sie strich sich das Haar über die Schulter nach vorn und beugte den Kopf.

Er schloss die Kette in ihrem Nacken, und sie schob den Ring unter ihr Shirt. »Ich trage ihn, bis wir ihn anpassen lassen können. Zusammen.«

Es schnürte ihm die Brust zusammen. Zittrig holte er Luft. »Bedeutet das, was ich denke, dass es bedeutet?«

Sie legte ihm eine Hand an die Wange. »Ja«, flüsterte sie. »Hundertmal ja. Ich liebe dich, James Maddocks. Ich wusste nicht einmal, dass man jemanden so sehr lieben kann, wie ich dich liebe. Ich wusste nicht, dass ich dazu fähig bin.« Sie zögerte. »Oder wie eingeschüchtert und verletzlich mich das machen würde. Und wie sehr ich mich davor fürchte, ich könnte dich enttäuschen.«

Tränen verschleierten seine Sicht. »Lass es uns noch vor Ende nächsten Jahres tun. Noch vor Weihnachten. Vielleicht im kommenden Frühling oder Sommer?«

»Ich mag den Frühling«, flüsterte sie. »Ich habe es schon immer geliebt, wenn die Straßen in Victoria voller

Kirschblütenblätter sind.« Sie beugte sich vor und küsste ihn auf den Mund. Ihre Lippen und Wangen waren nass und kalt. Er nahm ihren Duft wahr, diesen Duft, den er so liebte. Seine Hand glitt unter ihr Haar, schloss sich um ihren Nacken. Er vertiefte den Kuss, und Lust regte sich warm und tief in seinen Lenden.

Sie gab ein leises Keuchen von sich und sank gegen ihn, während ihre Zungen einander umspielten. Sie strich seinen Oberschenkel hinauf und umfasste seine immer härter werdende Erektion.

»Zelt«, murmelte er, die Lippen ganz nah an ihrem Mund.

Sie liebten sich im dunklen Zelt, mitten in der Wildnis, feierten das Leben mit ursprünglicher sexueller Wildheit, so als wollten sie dem Tod trotzen, der neben ihnen in seinem flachen Grab schlief.

Doch als sie schließlich nebeneinanderlagen, zufrieden und erschöpft, eng umschlungen in den miteinander verbundenen Schlafsäcken, Angies Haar weich an seiner Wange, da hörte Maddocks die Wölfe wieder. Sie jagten, riefen, paarten sich. Das Gefühl, dass mit ihm und Angie immer noch etwas nicht stimmte, beschlich ihn. Unter ihrem Ja lag noch etwas anderes. Leise löste er sich aus der Umarmung seiner schlafenden Geliebten, kroch aus dem Schlafsack und zog sich an.

»Wohin gehst du?«, murmelte sie, drehte sich um und streckte den Arm nach ihm aus.

»Holz nachlegen.«

Er stieg aus dem Zelt und schloss den Reißverschluss der Klappe hinter sich. Allein saß er unter der Plane und starrte in die Flammen, für eine lange, lange Zeit, während sich die Erde unter dem Himmelsgewölbe drehte. Er spürte, dass auch Angie im Zelt wach lag.

Seine Gedanken wandten sich seiner vorherigen, gescheiterten Ehe zu. Im Leben gab es keine Garantie. Ein »Ich will«

mochte ein Versprechen sein, ein Versprechen für immer und ewig, bis dass der Tod uns scheidet, aber das bedeutete nicht, dass es auch wirklich so kam. Zum Teufel, er hatte den ganzen Zirkus mit Brie, seiner Ex-Frau und Ginnys Mutter, schon einmal versucht. Er hatte gedacht, er würde es richtig machen – Geld für seine Familie verdienen, seine Vaterrolle erfüllen und gleichzeitig seine Karriere als Mountie vorantreiben. Also, warum wollte er es überhaupt noch einmal versuchen? Warum um alles in der Welt glaubte er, dass es dieses Mal klappen würde?

Besonders mit einer Frau wie Angie.

Lebe im Moment. Ein Schritt nach dem anderen. Mehr können wir nicht tun. Das Skelett, das in dem flachen Grab hinter ihm zerfiel, war der beste Beweis für die Vergänglichkeit der Dinge. Er griff nach einem Holzscheit und warf ihn ins Feuer. Knisternd loderten die Flammen empor und wärmten sein Gesicht. Er dachte an den Körper da hinten im Moos. Wer war dieser Mensch gewesen? Woher war er gekommen? Wie war er oder sie gestorben und warum hatte niemand die sterblichen Überreste entdeckt? Bis jetzt.

Der Ruf eines einsamen Wolfs stieg empor, höher und höher, hallte durch die endlose, kalte Wildnis. Ein Hauch des nahenden Winters schlich heran.

Kapitel 5

Montag, 29. Oktober

Angie erwachte unter einer seltsam fahl leuchtenden Kuppel. Fast sofort begriff sie, dass sie in einem Zelt lag und dass der silbergrau anbrechende Morgen die Plane erhellte. Sie drehte sich in ihrem Schlafsack herum. Maddocks war nicht da. Sie lauschte einen Moment auf die Umgebungsgeräusche des Waldes. Vögel, so viel Zwitschern und Zirpen. Das scharfe Stakkato eines Eich- oder Streifenhörnchens. Das Rauschen der Wasserfälle. Sie zog sich die Wollmütze tief über die Ohren – sie hatte mit Mütze und Daunenjacke geschlafen. Dann öffnete sie den Reißverschluss der Zeltklappe, schlug sie zurück und spähte hinaus.

Dichter Nebel waberte umher. Rauchfahnen stiegen von den Kohlen des Lagerfeuers auf. Maddocks lag schlafend unter der Plane neben dem sterbenden Feuer.

Angie schlüpfte wieder zurück ins Zelt, zog sich ihre Jeans über die Thermoleggins und schnallte sich den Gürtel mit ihrem Jagdmesser um die Hüfte. Es war eine Angewohnheit, ein Messer zu tragen. Schließlich stieg sie in ihre Stiefel und kroch aus dem Zelt.

Ihre Schritte waren lautlos auf dem Moos, als sie sich Maddocks näherte. Die beiden letzten Holzscheite glühten noch, also musste er den Großteil der Nacht wach geblieben sein und dafür gesorgt haben, dass das Feuer weiterbrannte und die wilden Tiere fernhielt, während sie wie ein Baby geschlummert hatte. Ungewöhnlich für sie. Er hatte sich die Kapuze des Reserveschlafsacks über den Kopf gezogen. Sie musterte sein Profil – kräftige Stirn, markantes Kinn. Er war ein schöner Mann, dieser Top-Ermittler der Mordkommission. Ehrgeizig. Gerecht. Er strahlte Autorität aus. Er war der geduldige Gegenpol zu ihrer Ungeduld. Kühl, wo sie überreagierte. Ein scharfer Schmerz schnitt durch ihr Herz, gefolgt von der beunruhigenden Ahnung, dass sie nicht gut genug für ihn war. Dass sie seine Liebe nicht verdiente. Wie konnte sie auch nur daran denken, seine Kinder zu bekommen? Sie wäre die schrecklichste Mutter der Welt.

Oder meldeten sich da verborgene Schuldgefühle?

Scham darüber, wer ihr Vater war. Dass sie durch einen Akt der Gewalt von einer minderjährigen Sexsklavin empfangen worden war. Scham darüber, dass sie diejenige gewesen war, die »Glück« gehabt hatte, die man in der Babyklappe zurückgelassen hatte, während ihre Zwillingsschwester gestorben war. Angies Therapeut hatte angesprochen, dass es da möglicherweise verborgene Schuldgefühle geben könnte. Bis zu diesem Punkt war sie nie auf den Gedanken gekommen, sie könnte unter einem unterbewussten Gefühl der Demütigung oder Minderwertigkeit leiden. Sie hatte sich nie mit der Opferrolle identifiziert, doch dann hatte er es ausgesprochen: »Verborgene Schuldgefühle.«

Sie müssen sich selbst verzeihen, Sie dürfen sich nicht die Schuld geben. Lassen Sie es los. Geben Sie sich Zeit.

Zeit.

Es waren erst zehn Monate vergangen, seit sie erfahren hatte, dass ihr ganzes Leben eine Lüge war. Trotzdem wollte Maddocks jetzt eine verbindliche Antwort von ihr. Ein Schraubstock aus

Angst zog sich um ihre Brust zusammen. Sie holte tief Luft und ließ ihn schlafen, während sie zum Grab ging.

Hinter der provisorischen Absperrung blieb sie stehen und betrachtete den Schädel und den Rippenkasten, die teilweise aus der Erde ragten. Bei hellem Tageslicht erkannte sie, dass vermutlich ein viel größerer Bereich gesichert werden musste. Vergrabene Überreste konnten sich sehr lokal auf eine Stelle konzentrieren, sie konnten aber auch in weitem Umkreis verstreut sein, dank der Aktivität von Raubtieren und Naturgewalten.

Angie überlegte, welche Schritte sie selbst einleiten würde, wenn dies hier ihr Tatort wäre. Der Radius musste systematisch genau ermittelt werden, wenn nötig mithilfe einer Hundestaffel oder durch die Entnahme von Bodenproben. Dabei musste man sich sorgfältig und gründlich kreisförmig von der Fundstelle nach außen bewegen. Ein forensischer Anthropologe musste hergeschafft werden, um nach Unregelmäßigkeiten der Erdoberflächenbeschaffenheit zu suchen. Nach Irregularitäten in der Vegetation, nach Veränderungen des Moos- und Pilzteppichs, nach Anzeichen von Erdverdichtung und Tieraktivitäten, um weitere Überreste oder andere Beweisstücke zu finden.

Sobald das Ausmaß des Gebiets ermittelt war, musste es auf einer Karte eingezeichnet werden. Jedes noch so kleine Beweisstück musste eingetütet, beschriftet und mithilfe von GPS-Positionsdaten auf der Karte eingetragen werden. Danach würde die sorgfältige Ausgrabung erfolgen. Weitere gefundene Beweismittel würden auf gleiche Weise erfasst und in eine Einrichtung gebracht werden, wo man sie beschreiben, fotografieren und unter gesicherten und vertraulichen Bedingungen aufbewahren konnte. Man würde eine Autopsie durchführen, und danach würde der Prozess der Identifikation beginnen. Man würde auch versuchen, Todesart und Todesursache zu bestimmen.

Angie rieb sich über die Stirn.

Es fehlte ihr wirklich. Wie ein körperlich spürbares Loch in ihrem Bauch. Sie griff nach der Kette um ihren Hals und zog den Ring unter ihrer Jacke hervor. Der Diamant schimmerte im silbernen Morgenlicht, makellos in seiner schlichten Platinfassung. Kein modischer Schnickschnack. Maddocks kannte sie gut. Zu gut. Sie schloss die Hand um den Ring und wandte ihre Aufmerksamkeit wieder dem aufgescharrten Grab zu. *Dein Leben ist jetzt anders. Akzeptier das. Es ist nicht dein Fall.*

»Hey.«

Sie zuckte zusammen und fuhr herum.

Zwischen den Bäumen tauchte Maddocks im Nebel auf, auch seine Schritte wurden durch den Moosteppich gedämpft. Er trug seine große Daunenjacke, und sein Haar war zerzaust und stand in alle Richtungen ab, so wie sie es am liebsten mochte.

Sie lächelte. »Meine Güte, du hast mich erschreckt.«

»Ich bin ein Bär.« Er hob die Hände wie Tatzen über den Kopf und schwankte von einem Bein aufs andere wie ein Grizzly auf den Hinterpfoten. Er knurrte.

»Idiot.« Lachend schlug sie ihm auf den Arm.

Mit beiden Händen umfasste er ihr Gesicht und küsste sie fest auf den Mund. Dann lehnte er sich zurück und musterte sie. »Gut geschlafen?«

»Zu gut, verdammt. Die Wölfe hätten einfach ins Zelt marschiert kommen und mich beißen können, bevor ich auch nur gemerkt hätte, dass sie da sind. Ich weiß auch nicht, was da los war – so fest schlafe ich eigentlich nie. Und du? Konntest du denn schlafen, so ganz im Freien?«

Er neigte den Kopf zur Seite und grinste schief. »Was bringt dich auf den Gedanken, dass ich geschlafen habe? Ich habe gesehen, wie du aus dem Zelt gekrochen bist.«

Wieder schlug sie ihm auf den Arm.

Er schob die Hände tief in die Jackentasche und betrachtete die Szenerie.

»Der Umkreis muss vergrößert werden«, sagte er.

»Genau das habe ich auch gedacht.«

Stille senkte sich herab, während sie die aufgewühlte Erde musterten, das zurückgekratzte Moos, die entblößten Knochen eines Menschen, der vielleicht einmal geliebt worden war.

»Was hast du noch gedacht?«, fragte Maddocks. Eine gewisse Schwere war in seine Stimme gesickert.

»Sind es in Beziehungen nicht immer die Frauen, die so viele Fragen stellen?«

Er warf ihr einen Seitenblick zu. »Hätte nicht gedacht, dass du in Stereotypen denkst, Pallorino.«

Sie schnaubte und steckte ihre kalten Hände ebenfalls in die Jackentaschen. »Ich habe daran gedacht, dass es nicht mein Fall ist.«

»Meiner auch nicht.«

»Du weißt, was ich meine.«

Ein Turmfalke rief irgendwo über dem Blätterdach und der Wind rauschte durch die Baumwipfel und schüttelte Tropfen von den Ästen.

»Was mich aber nicht davon abhält, wissen zu wollen, was mit dem Toten passiert ist«, sagte sie und deutete mit dem Kinn auf die Leiche. »Wie lange, glaubst du, liegt er oder sie schon dort?«

Er schürzte die Lippen. »Könnten Jahrzehnte sein. Je nach der chemischen Zusammensetzung der Erde natürlich. Auch das Wetter spielte eine Rolle. Wie kalt waren die Winter, wie nass? Wie warm waren die Sommer?« Während er sprach, drang das ferne Röhren von Motoren an ihre Ohren. Sie wandten sich der Geräuschquelle zu. Der Motorenlärm wurde lauter und kam näher.

»Das klingt nach Quads«, bemerkte Maddocks. »Sie kommen aus der Richtung, in die Hargreaves gestern Abend verschwunden ist, vermutlich diesen kleinen Pfad entlang.« Sie gingen den Weg zurück, den sie gekommen waren, auf das Geräusch zu, um die Fahrzeuge aufzuhalten, bevor sie dem Fundort zu nahe kamen.

Zwei schlammverkrustete Quads tauchten zwischen den Bäumen auf, drei behelmte Gestalten saßen darauf. Die beiden Fahrer trugen Jacken der Royal Canadian Mounted Police und Hosen mit gelben Streifen an den Seiten. Der dritte, ein Beifahrer, trug eine Jacke, auf der das Wort CORONER zu lesen war.

Die Quads hielten und die Motoren wurden abgestellt. Der größere der beiden Mounties stieg zuerst ab, zog Helm und Handschuhe aus und trat mit ausgestreckter Hand vor. »Constable Darnell Jacobi«, sagte er. »Port Ferris RCMP.«

Angie und Maddocks schüttelten ihm die Hand und stellten sich vor. Jacobi war glatzköpfig, seine Gesichtszüge wirkten aggressiv. Falkenhafte Brauen beschatteten seine hellbraunen Augen. Löwenaugen, dachte Angie. Ein intensiver Mann. Mit einem Handschlag wie ein Wrestler, den er auch für eine Frau nicht abmilderte. Sie schätzte ihn auf Mitte bis Ende fünfzig.

»Und das hier sind Corporal Erick Watt und Coroner in Bereitschaft Robin Pett«, stellte er seine Begleiter vor.

Officer Watt nahm seinen Helm ab und schüttelte ihnen die Hand. Er war viel jünger als Darnell Jacobi, über eins achtzig groß, und er trug die Haare kurz geschoren. Germanisches Aussehen. Geradewegs aus der Ausbildung, vermutete Angie. Ein frischgebackener Rookie, der noch grün hinter den Ohren war und einer hübschen kleinen Abteilung an der Küste zugewiesen worden war, damit er sich dort seine Sporen verdienen konnte.

Robin Pett nahm ihren Helm ab. Darunter kamen eine dunkle Kurzhaarfrisur und ein zartes Gesicht mit großen braunen Augen zum Vorschein. »Ich habe gehört, Sie haben den Bereich bereits abgesperrt«, sagte sie.

Als zuständigem Coroner dieser Region fiel die Leiche in Petts Verantwortungsbereich – sie würde die menschlichen Überreste in Verwahrung nehmen. Sollte es jedoch Hinweise darauf geben, dass irgendetwas nicht stimmte, dann würden die Ermittlungen sofort an die Polizei aus Port Ferris übergehen.

»So gut es im Dunkeln eben ging«, antwortete Maddocks. »Wahrscheinlich werden Sie einen sehr viel größeren Bereich absperren wollen.« Er führte das Team in einer Reihe auf ihren eigenen Spuren zurück zum Fundort. Angie bildete das Schlusslicht. Vor der Absperrung blieben sie stehen. Das Klebeband flatterte in einem Windstoß.

»Es war Budge Hargreaves, der die Überreste gefunden hat?«, fragte Pett, während sie eine Kamera aus ihrer Tasche zog.

»Ja«, bestätigte Maddocks mit den Händen in den Jackentaschen. »Hargreaves hat uns vom Ufer aus alarmiert. Wenn er Handyempfang gehabt hätte, dann hätte er Sie selbst angerufen.«

Die beiden Polizisten tauschten einen Blick. Der Rookie drehte sich langsam um die eigene Achse und musterte die Umgebung: die gewaltigen alten Bäume, die toten Fische zwischen den Ästen, die urwüchsigen Farne, die Igelkraftwurzsträucher, die Moose an den Stämmen und die Flechten, die von den Ästen herabhingen und sich sanft im Wind wiegten. »Dann ist Hargreaves also nur ganz zufällig hier vorbeigekommen?«, fragte Watt. »Er ist einfach über diese abgelegene Stelle gestolpert? Es gibt keinen erkennbaren Pfad oder Ähnliches.«

Angie antwortete: »Hargreaves hat uns gesagt, er hätte nach Pilzen gesucht, als sein Hund die Überreste entdeckt hat. Als er uns vom Ufer aus zu sich rief, hatte er eine Tasche voller Pfifferlinge um den Oberkörper geschlungen.«

Ein weiterer rascher Blickwechsel zwischen den Mounties. Angie bemerkte es. Maddocks wohl auch, denn er runzelte leicht die Stirn.

»Ist Hargreaves polizeibekannt?«, fragte sie neugierig.

Petts Blick streifte sie kurz, aber sie schwieg. Genau wie die Officers. Für sie war Angie ganz eindeutig nur eine Zivilistin, und diese Sache ging sie nichts an.

Kühle Verärgerung breitete sich in ihrem Bauch aus. »Tja, wenn Sie mich hier nicht mehr brauchen …« Sie warf einen Blick auf die Uhr. »Ich habe heute Abend einen Auftrag in der Stadt zu erledigen. Ich muss zurück.«

»Corporal Watt wird eine vollständige Aussage von Ihnen beiden aufnehmen und Sie außerdem nach Ihren Kontaktdaten fragen«, sagte Jacobi. »Dann können Sie gehen.«

Kapitel 6

Angie lief am Flussufer auf und ab und blickte immer wieder auf die Uhr. Sanfter Regen hatte erneut eingesetzt, ein weiches, unablässiges Nieseln, das auf die Campingausrüstung niederging, die Maddocks und sie am Ufer zusammengetragen hatten. Sie wurde immer angespannter. Sie hatten ihre Aussagen gemacht, ihre Sachen zusammengepackt und über das Satellitentelefon, das Claire ihnen gebracht hatte, bei der Lodge angerufen. Dann waren sie den Pfad zurück zum Fluss gegangen, um auf das Boot zu warten, das sie abholen sollte.

Aber das Boot kam und kam nicht.

»Was ist los?«, fragte Maddocks. »Wenn du so weitermachst, gräbst du noch Spurrillen in die Felsen hier.«

»Schau mal auf die Uhr. Um sieben muss ich in meinem Auto vor dem Flughafen in Victoria sitzen, und wir sind noch nicht einmal über den Fluss. Es geht um Brixtons ›besten Kunden‹, den wir ›nicht verlieren dürfen‹.« Angie tupfte Anführungszeichen in die Luft. »Dieser Kunde ist fünf Tage nicht in der Stadt, und er hat Brixton gesagt, dass seine Frau wahrscheinlich ihren Liebhaber am Flughafen abholen wird, wenn der unter irgendeinem geschäftlichen Vorwand aus Seattle ankommt. Ich soll das Frauchen und Lover Boy vom Flughafen aus verfolgen und Fotobeweise für ihre Affäre sammeln – wenn möglich soll ich sie direkt beim Sex ablichten. Das ist eine große Sache für Coastal Investigations. Wenn ich das vermassle …«

»Das wirst du nicht. Wir sind rechtzeitig zurück.«

Sie strich sich über das feuchte Haar. »Ich stehe bei Brixton sowieso schon auf dünnem Eis. Wenn ich diese Gelegenheit versaue …« Wieder sah sie auf die Uhr. »Haben die Lodge-Leute gesagt, wann sie in etwa hier sein wollen?«

»Angie, entspann dich. Jock Brixton weiß, dass er mit dir einen guten Fang gemacht hat.«

»Er ist ein Trottel«, fauchte sie. »Ein in die Jahre gekommener Ex-Detective, der zuerst wegen Insubordination degradiert und dann gefeuert wurde, weil er während seiner Probezeit die Polizeidatenbanken für persönliche Zwecke missbraucht hat.«

Maddocks hob eine Braue und legte den Kopf schief.

»Was? Du willst doch nicht etwa sagen, dass das, was *ich* getan habe …« Sie fluchte. »Das war etwas ganz anderes, klar?«

»Du warst total auf der schiefen Bahn. Du hast unautorisiert deine Polizeimarke benutzt.« Ergeben hob er beide Hände. »Hey, ich bilde mir da kein Urteil, ich sage nur, wie es war. Ich verstehe vollkommen, warum du es getan hast. Das tun wir alle. Sogar die Chefriege beim MVPD. Ich sage nur, dass du vielleicht etwas weniger hart mit Brixton sein solltest. Er hat seine Gründe.«

Sie musterte ihn, wobei ihr immer heißer wurde. Der Wind trieb den Regen in Böen über den Fluss. »Tut mir leid«, sagte sie schließlich. »Ich weiß, dass ich Fehler gemacht habe. Ich … will einfach besser sein als das. Besser als *er.* Ich möchte über meine Vergangenheit hinauswachsen, anstatt mit einer Bande alter Versagercops und Detectives im Ruhestand herumzuhängen.« Pause. »Seine Detektei ist die einzige, die mir einen Job angeboten hat. Ich muss meine Stunden dort hinter mich bringen. Ich brauche diese verdammten Stunden.«

Maddocks tat ihr den Gefallen, nicht zu antworten. Angie ließ sich auf einen nassen Baumstamm plumpsen und sah einem Adler zu, der sich von einem emporragenden Baumstumpf erhob. Er flog immer höher und höher hinauf und begann, mit ausgestreckten Flügeln auf der unsichtbaren thermischen Luftströmung zu segeln, den Blick fest auf die winzige Welt unter sich gerichtet. Aasfresser. Killer. Angies Gedanken wanderten zu den Geisterfischen unter der quecksilbernen Oberfläche des Flusses. Sie dachte an die Sinnlosigkeit, sich selbst für ein bestimmtes Ziel zu Tode zu kämpfen. Einfach zu sterben.

»Ein Tag nach dem anderen«, sagte Maddocks.

»Ja, klar.« Das hatte sie schon öfter gehört. Maddocks rief ihr ständig in Erinnerung, im Moment zu leben, die kleinen Freuden zu genießen. Sie wusste, dass sie das hören musste, aber es passte ihr trotzdem nicht. Sie holte tief Luft.

»Ich höre das Gespann«, rief Maddocks auf einmal. Angie hob den Kopf. Sie hörte es auch, ein ferner Dieselmotor, der den alten Ziehweg auf der anderen Seite des Flusses heraufkam.

Angie schlug die Kapuze zum Schutz des immer stärker werdenden Regens hoch und machte sich bereit, weiter zu warten. Wieder überprüfte sie die Zeit, dann dachte sie an das Skelett im Moos.

»Hast du gesehen, wie sich diese Cops angeschaut haben, als die Rede von Budge Hargreaves war?«

Maddocks gab ein Brummen von sich. Er kniete auf dem Kies und war damit beschäftigt, das Gepäck vor dem Regen zu sichern.

»Wie Hargreaves seine Frau wohl verloren hat?«, überlegte sie laut. »Claire hat erwähnt, dass er nach ihrem Tod abgerutscht ist. Er hat angefangen zu trinken und er hat das Haus in der Stadt verkauft und ist in die entlegenen Wälder gezogen. Er ist ein Einzelgänger, sagt sie.«

Maddocks blickte auf, und Licht schien ihm in die Augen. Regentropfen schimmerten wie Diamanten in seinem dichten schwarzen Haar. »Was? Glaubst du, Hargreaves wusste, dass diese Überreste hier liegen? Dass er wollte, dass sie gefunden werden? Wie ein Mörder, der an den Tatort zurückkehrt?«

»Ich halte nur alle Möglichkeiten offen.«

Ein Lächeln zauberte Lachfältchen in sein Gesicht.

»Was ist so lustig?«

»Du. Wie du versuchst, keine Polizistin zu sein. Ist irgendwie genauso, als wärst du Polizistin.«

Spielerisch trat sie mit dem Stiefel ein paar Kiesel nach ihm. Seine Hände verharrten und seine Augen wurden dunkler, während er ihren Blick hielt.

Angie schluckte, als eine sanfte Welle des Verlangens in ihrem Bauch aufbrandete. Der Geist ihrer Zukunft stieg in der Stille zwischen ihnen empor. Ja, dachte sie, als sie in Maddocks' dunkelblaue Augen blickte, sie würde dafür sorgen, dass es funktionierte. Sie würde ihre verrückten Arbeitszeiten ein wenig zurückfahren, sich zügeln. Sie würde versuchen, ihr Leben zu genießen und diesen Mann gleich mit. Denn ehe man sichs versah, war man nur noch ein Körper in einem Grab, genau wie die Knochen im Wald hinter ihnen.

»Wir könnten uns ein Haus kaufen, weißt du«, sagte er, stand auf und wischte sich Sand von der Hose. »Wir könnten mit der Suche anfangen, sobald wir zu Hause sind. Und dann zusammenziehen.«

Das traf sie unvorbereitet. »Ich … Was ist mit deinem Boot? Ich dachte, du lebst gern an der Marina.«

Er lachte. »Das ist nicht groß genug für zwei. Wir könnten es trotzdem behalten und den alten Kasten vielleicht zu deinem Büro machen.«

»*Mein Büro?*«

»Klar. Du weißt schon, wenn du deine ›Boutique-Detektei‹ eröffnest.« Nun malte auch er Anführungszeichen in die Luft und grinste. »Jack-O würde ein super Firmenmaskottchen abgeben, meinst du nicht auch? An der Marina gibt es auch noch andere kleine Geschäfte. Der perfekte Ort dafür. Nahe an der Innenstadt und trotzdem mit einer gewissen Privatsphäre. Ein ganz eigenes Prestige. Ich denke, das könnte gut passen.«

Sprachlos starrte sie ihren Verlobten an. Das Bild seiner hölzernen, charaktervollen Yacht und seines kleinen, dreibeinigen Straßenköters, den er gerettet hatte, tauchte vor ihrem inneren Auge auf. Sie konnte es sich tatsächlich vorstellen. Gott, es war wirklich verlockend. In diesem Moment hatte er ihr ein greifbares Bild dessen gegeben, wie ihr Ziel aussehen könnte, etwas, an dem sie sich festhalten konnte, während sie für Jock Brixton die Drecksarbeit erledigte. Doch bevor sie noch etwas sagen konnte, kam ein Hupen vom Fluss her, und ein großer roter Ford mit Anhänger und einem Jetboot darauf fuhr rückwärts ans Ufer heran.

Angie und Maddocks sahen zu, während die Crew – offenbar Claire Tollet und Hugh Carmanagh – daran arbeitete, das Boot zu Wasser zu lassen. Hinter ihnen stieg eine dritte Person aus dem Truck. Ein großer Mann mit hellblauer Jacke und rotem Baseball-Cap. Um den Hals trug er eine Kamera mit einem gewaltigen Teleobjektiv.

»Scheiße«, flüsterte Angie und schirmte die Augen gegen den Regen ab, während der große Mann zum Ufer schlenderte. Dann blieb er stehen, sah sie direkt an und hob die Kamera.

»Ist es das, wonach es aussieht?«, fragte sie. »Die Medien?«

»Könnte sein«, antwortete Maddocks und ließ den Kerl nicht aus dem Blick.

Angie fluchte noch einmal und Spannung schloss sich um ihre Brust. »So viel also zu einem netten Rückzugsort, weit fort vom Stress der Stadt.«

Sobald das Boot im Wasser war, kletterten Claire und der große Kerl hinein. Claire übernahm das Steuer, und Hugh stieß sie in die Strömung hinaus. Das Boot schaukelte, dann erwachte der Motor grollend zum Leben. Claire hielt auf Angie und Maddocks zu. Das Boot sprang über die Wellen, während es über die Flussbreite auf sie zujagte.

Während sich das Boot näherte, hob Blaujacke wieder die Kamera und schoss offenbar eine ganze Fotoserie von Angie und Maddocks am Ufer.

»Verdammter Mist«, flüsterte Angie. Sie wurde wütend. »Genau das brauche ich jetzt. Dass ich wieder in der Presse auftauche. Das nimmt Brixton nicht hin – auf keinen Fall. Er hat mir ganz klar gesagt, dass ich den Ball flach halten und unter dem Radar bleiben muss, wenn ich weiter für ihn arbeiten möchte. Er will, dass seine Ermittler inkognito sind und überall mit dem Hintergrund verschmelzen können.«

Als sich das Boot dem Südufer näherte, drosselte Claire den Motor, bis sich die Nase des Bootes sanft auf den Ufersand schob. Claire warf Maddocks die Halteleine zu, er fing sie und zog sie an Land.

Angie marschierte direkt auf den breiten Kerl in der blauen Jacke zu, als dieser aus dem Boot kletterte und durch das seichte Wasser zum Ufer kam.

»Was machen Sie da mit der Kamera?«, wollte sie wissen.

»Hey.« Lächelnd streckte er ihr eine Riesenpranke hin. »Ich bin Dave Falcon. Reporter beim Port Ferris Beacon und Korrespondent beim CBC. Sie müssen Angie Pallorino sein.«

Sie funkelte ihn an und ignorierte seine Hand. »Woher wissen Sie, wer ich bin?«

Sein Lächeln wurde etwas zögerlich. Rasch hob er die Hand an sein Cap, um es gerade zu rücken. »Ich habe heute Morgen dem Funk zugehört, als die Meldung kam, dass man menschliche Überreste im alten Wald am Nahamish gefunden hat. Ich habe bei der Lodge angerufen.« Sein Blick huschte kurz zu Claire, die gerade Maddocks dabei half, die Campingausrüstung ins Boot zu laden. »Ich kenne die Leute von der Predator Lodge.

Sie haben mir gesagt, dass Sie – Angie Pallorino – und Detective James Maddocks vom MVPD das Grab gefunden haben.« Dave nickte Maddocks zur Begrüßung zu, während er sprach. Maddocks achtete nicht auf ihn und lud weiter die Taschen ein.

»Wir haben gar nichts gefunden«, entgegnete Angie kühl. »Das war ein Pilzsammler. Mit uns hat das nichts zu tun.«

»Aber Sie beide haben doch hier gezeltet, richtig? Sie haben den Tatort gesichert und auf die RCMP und den Coroner gewartet.« Er wischte sich Wasser vom Kinn. Mittlerweile regnete es recht heftig. »Claire hat gesagt, wenn ich sofort zur Lodge käme, könnte ich mit ihr rüberfahren. Ich mache mich jetzt auf den Weg in den Wald, damit mich Darnell und Erick auf den neuesten Stand bringen können, solange sie noch da sind.«

»Darnell? Erick? Sind das Freunde von Ihnen?«

»Die Mounties?« Er zuckte mit einer massigen Schulter. »Klar. Kleinstadt, Sie wissen schon. Jeder kennt jeden. Wir kennen uns alle schon immer, und bei unseren Eltern war das auch nicht anders.« Er wandte sich dem dichten Wald am Ufer zu. Ein spärlicher roter Pferdeschwanz hing aus dem Loch seines Caps. »Sie sind also das Engelskrippenkind«, sagte er, den Blick auf die Bäume gerichtet.

Angies Herz schlug schneller. Sie sah, wie Maddocks ihr einen scharfen Blick zuwarf, um sie daran zu erinnern, vorsichtig zu sein.

»So eine coole Geschichte«, sagte er lauter und immer noch den Bäumen zugewandt. »Ich habe Ihren Namen sofort erkannt. Bei dem Medienrummel vor Kurzem.« Nun sah er sie an. Ein harter Glanz lag in seinen Augen. Er lächelte und entblößte dabei spitze kleine Eckzähne. »Ich freue mich schon darauf, Dr. Reinhold Grablowskis Buch zu lesen, sobald es nächsten Monat erscheint. Sie haben beim MVPD mit ihm zusammengearbeitet, richtig? Am Täuferfall. Bevor man Sie entlassen hat.«

Sie biss sich fest auf die Zunge und durchbohrte ihn mit ihrem Blick. Ihr Zorn loderte flammend rot auf.

»Dieser forensische Psychologe hat jedenfalls den richtigen Riecher, damit so schnell an die Presse zu gehen.« Betont musterte er die Narbe an ihrem Mund. »Und die Tatsache, dass ausgerechnet Sie das Skelett im Moos gefunden haben? Eine so berüchtigte Person? So ein Glücksfall, mein Redakteur beim CBC ist ganz wild darauf. Die *Sun* und der *Colonist* wollen auch Fotos und einen Bericht. Im Laufe der Jahrzehnte hat es hier so einige Vermisstenfälle gegeben. Diese Überreste könnten zu allen möglichen …«

»Sie dürfen mein Foto nicht verwenden«, sagte sie, es klang sehr leise und sehr bestimmt. »Oder meinen Namen.«

Er legte den Kopf schief und hielt ihren Blick, ohne zu blinzeln. Blaue Augen, registrierte Angie. Blassblau. Unter seinen Fingernägeln klebte Schmutz. Die Härchen auf seinem Handrücken waren rot. Ein Armband aus winzigen bunten Perlen hing neben seiner Garmin-Uhr. Afrikanischer Ramsch für Touristen. Angie ordnete ihn als Pseudoliberalen ein. Ein Arschloch, das sich als Globetrotter gab. Doch sie würde ihren Hintern darauf verwetten, dass er niemals allein jenseits der ausgetretenen Touristenpfade wandeln würde. Ein Möchtegernheld, der es nicht in den internationalen Journalismus geschafft hatte und versuchte, das wettzumachen, indem er die Story um sie voll ausschlachtete.

»Ich würde Sie wirklich gern interviewen, und Detective Mad…«

»Sie können mich mal«, flüsterte sie.

Etwas veränderte sich in seinen blassen, schlaffen Zügen. »Ich brauche Ihre Erlaubnis nicht, Ms Pallorino. Genauso wenig, wie Dr. Grablowski Ihre Erlaubnis gebraucht hat, um sein True-Crime-Buch zu schreiben. Dass Sie dieses Skelett gefunden haben, ist jetzt Allgemeingut. Sie sind Allgemeingut.«

Kapitel 7

Jilly Monaghan nahm die Fernbedienung und hievte ihre arthrosegeplagten Füße auf den Polsterschemel. Sie wählte CBC und wartete auf die 22-Uhr-Nachrichten, eine Gewohnheit, die das Ende jedes Tages einleitete. Tage, die viel zu lang und viel zu langweilig waren. Verdammt, sie hatte sich vom Ruhestand deutlich mehr versprochen.

Kurz vor den Nachrichten brachte Gudrun Reimer, ihre Pflegerin, ihr abendliches Gläschen Brandy auf einem Tablett.

Jilly nahm das Cognacglas, ohne den Blick vom Fernseher zu lösen. »Danke, Gudrun.«

»Sonst noch etwas?«

»Nein.«

Wie ein Schweizer Uhrwerk verließ Gudrun das Wohnzimmer genau um 22 Uhr. Wenn sie schon Hilfe brauchte, dann war Gudrun vermutlich die beste Kandidatin. Nicht gerade jung – Mitte sechzig. Aber körperlich und geistig solide. Ihre fünf Kinder waren alle erwachsen und ausgeflogen, und so hatte Gudrun nichts Besseres zu tun, als sich um eine alte Frau zu kümmern, die sich das leisten konnte. So gesehen waren sie beide ein gutes Team: zwei ältere Damen, die in die Dämmerung des Lebens hineinspazierten, Gudrun die stützende Hand am Ellbogen und die fürsorgliche Erinnerungshilfe, wenn Jilly mal etwas vergessen hatte. Und Jilly versüßte Gudrun die goldenen Jahre mit einem saftigen Gehalt. Eine praktische Symbiose. Davon abgesehen war die Deutsche keine schlechte Köchin, und Jilly aß gern gutes Essen.

Sie stellte die Lautstärke höher. Die Zusammenfassung des Tages barg wenig Spannendes. Eigentlich war das doch gut. Langweilige Nachrichten bedeuteten, dass alles im Lot war. Jilly schlürfte ihren Brandy, während der Sprecher eine Lokalnachricht anmoderierte.

»Auf Vancouver Island wurde ein jahrzehntealtes Mysterium ans Licht gebracht: sterbliche Überreste in einem flachen Grab. Der Hund eines Pilzsammlers fand sie am späten Nachmittag etwa zweihundert Meter vom Ufer des Nahamish entfernt, nördlich der Kleinstadt Port Ferris.«

Jilly setzte sich ruckartig auf und verschüttete dabei ihren Drink. Sie schnappte sich die Fernbedienung und stellte lauter und noch lauter.

»Robin Pett, Rechtsmedizinerin aus Port Ferris, ist für den Leichnam zuständig. Sobald man die sterblichen Überreste geborgen hat, wird man eine Obduktion durchführen und versuchen, den oder die Tote zu identifizieren. Unser Lokalreporter Dave Falcon war vor Ort. Dave, was können Sie uns sagen?« Das Bild schaltete zu einem großen, rothaarigen Mann mit teigigem Gesicht.

»Ich bin hier ganz in der Nähe des Fundorts mit Budge Hargreaves, dessen Hund Tucker gestern die Knochen fand.« Dave Falcon hielt einem rotgesichtigen alten Mann mit Schnurrbart und unruhigen Augen das Mikrofon hin. »Können Sie uns sagen, was passiert ist?«

»Mein Hund Tuck hat es ausgebuddelt. Das Skelett oder, sagen wir, einen Teil der Knochen. Gleich dort drüben.« Die Kamera schwenkte auf gelbes Flatterband zwischen alten Bäumen. »Empfang gibt es dort keinen, ich musste erst zum

Fluss runter. Dort hatte ich Boote von der Predator Lounge gesehen. Ich hab um Hilfe gerufen. In einem der Boote war ein Detective aus Victoria. Er kam an Land und hat den Fundort gesichert, bis unsere Leute da waren.«

Das Bild zeigte wieder Dave Falcon. »Der Detective im Boot war Sergeant James Maddocks vom MVPD«, erläuterte er. »Sergeant Maddocks befand sich im Urlaub und war gerade beim Angeln mit seiner Partnerin Angie Pallorino, einer ehemaligen Polizistin, die vor Kurzem als das Mädchen aus der Engelskrippe und Beamtin des MVPD in den Schlagzeilen war. Sie war es, die den Serienmörder Spencer Addams erschossen hat, besser bekannt als ›Der Täufer‹.«

Ein Frauengesicht füllte Jillys Fernseher aus. Langes rotes Haar, blasser Teint, böse Narbe über der linken Seite des Mundes. Jilly wusste, woher Angie Pallorino diese Narbe hatte. Sie hatte alles über sie gesehen und gelesen. Und der Nahamish? Menschliche Knochen? Wenn eine Leiche skelettiert war, hieß das doch, dass sie schon ziemlich lange dort gelegen hatte. Jillys Herz pochte.

»Gudrun!«, rief sie. »Gudrun! Komm her, schnell!«

Gudrun platzte mit panischem Gesichtsausdruck ins Zimmer. »Ist alles in Ordnung?«

»Gib mir bitte das Foto vom Regal. Ja, genau das.«

Gudrun eilte mit dem eingerahmten Bild einer jungen Frau herbei. Jilly riss es ihr fast aus den Händen und starrte darauf. Die junge Frau erwiderte den Blick aus so dunklen mandelförmigen Augen, dass man sie fast für schwarz hielt. Eine tiefschwarze Mähne fiel ihr über die schlanken Schultern. Ihr Lächeln war breit, weiß und verführerisch, genau wie die kokette, leicht schiefe Kopfhaltung, mit der sie den Fotografen ansah. Sie trug brusthohe Watstiefel und hatte eine Fliegenrute in der Hand. An ihrem Arm war ein Silberarmband zu erkennen. Jilly hatte es ihr aus Ägypten mitgebracht.

Bist du es? Ist das möglich? Nach all diesen Jahren?

»Was ist denn?«, fragte Gudrun und stellte den Fernseher leiser.

Jilly sah auf. Ihre Augen waren feucht. »Sie ist es«, raunte sie. »Ich weiß, dass sie es ist, Gudrun. Sie muss es sein. Endlich hat man sie gefunden.«

Kapitel 8

Dienstag, 30. Oktober

Angie fuhr auf den Parkplatz und stellte den Wagen vor einem zweistöckigen Gebäude mit Backsteinfront ab. Es war 8:55 Uhr. Sie saß im Auto und ließ den Motor laufen, damit es warm blieb, während sie durch die regennassen Scheiben die nichtssagende Fassade betrachtete. Auf dem Schild an der gläsernen Eingangstür stand COASTAL INVESTIGATIONS (CI). Das Gebäude war zur Linken von einem Howard Johnson Inn und zur Rechten von einem rund um die Uhr geöffneten Tim Hortons flankiert. Das Schnellrestaurant war ein spätabendlicher Magnet für Polizeieinsatzkräfte, das wusste Angie noch aus ihrer Zeit beim MVPD.

Sie strich sich das Haar glatt, straffte ihren Pferdeschwanz und stieg aus, um sich dem Unvermeidlichen zu stellen.

Auf der Rückfahrt vom Nahamish waren sie und Maddocks auf der Autobahn durch einen schweren Unfall mit einem Holztransporter aufgehalten worden. Es hatte zwei Tote gegeben. Auf allen Spuren hatten die Baumstämme verteilt gelegen. Fünf Stunden lang war die Strecke über den Malahat-Pass in beide Richtungen gesperrt worden, damit die Verletzten in Krankenhäuser gebracht werden konnten und die Polizei den

Unfall aufnehmen konnte. Sie hatte Jock Brixton angerufen und ihm erklärt, dass sie es nicht rechtzeitig zum Flughafen schaffen würde. Er hatte sie angewiesen, um neun am nächsten Morgen in seinem Büro zu erscheinen. Angie rechnete mit dem Schlimmsten.

Sie betrat das Gebäude, stieg die Holztreppe in den ersten Stock hinauf und öffnete die Tür zum Großraumbüro. Die meisten Schreibtische waren um diese Zeit noch unbesetzt, aber Jock Brixtons Tür war angelehnt. Angie klopfte gegen das Milchglas.

»Herein!«

Sie drückte die Tür auf. Das Büro war klein und warm. Es roch nach Kaffee und Gebäck. Eine Tüte von Tim Hortons stand auf Brixtons Schreibtisch. Brixton stand vor dem grauen Fenster, hielt einen To-go-Kaffeebecher in der Hand und betrachtete den Regen, der von außen gegen das Fenster schlug. Der ehemalige Polizist war ein paar Zentimeter kleiner als Angie, hatte aber breite Schultern und einen prallen, vorstehenden Bauch, der das Hemd an den Nähten spannen ließ. Jock Brixton hatte etwas übrig für Alkohol. Für Junkfood. Und für billigen Sex. Angie entging die Ironie der ganzen Sache nicht: ein verheirateter, notorischer Fremdgeher, der seinen Lebensunterhalt damit bestritt, Fremdgeher zu überführen. Angie behielt das im Auge. Man wusste ja nie, wozu einem das noch nützlich sein konnte.

Auf dem Schreibtisch neben der Tüte mit Gebäck lag der *Colonist*. Daneben ein Umschlag mit ihrem Namen darauf in Großbuchstaben.

»Hinsetzen«, befahl er, ohne sie anzusehen.

Angie blieb stehen. Er drehte sich um, griff nach dem Umschlag und warf ihn näher zu ihr hin. Sie machte keine Anstalten, ihn an sich zu nehmen.

»Was ist das?«, fragte sie.

»Deine Kündigung.«

Ihr Puls schaltete eine Stufe höher. »Du kannst mich nicht feuern, bloß weil ein Holztransport seine Ladung verliert. Es gab keinen Weg daran vorbei. Die halbe Stadt stand gestern im Stau, nachdem die Autobahn gesperrt worden war. Als sie wieder freigegeben wurde, war es Viertel vor sieben, und dann auch nur eine Spur.«

Er stellte seinen Kaffee ab und drehte die Zeitung so, dass Angie sie lesen konnte. Dann setzte er seinen Wurstfinger auf die große Überschrift.

Menschliche Überreste in verborgenem Grab gefunden

Unter der Überschrift, knapp über der Faltkante, war ein Foto von Angie, durchnässt und übernächtigt im Nebel am Ufer des Nahamish. Zögerlich zog sie die Zeitung näher und las die Bildunterschrift.

Ex-MVPD-Cop Angie Pallorino und MVPD-Detective James Maddocks bewachten das Grab bis zum Morgen. Pallorino, die kürzlich wegen ihres Vorgehens im Fall des erschossenen Serienmörders Spencer Addams alias ›Der Täufer‹ ihren Job verlor, ist auch bekannt als das Kind aus der Engelskrippe.

»Ich habe dir gesagt, du sollst dich bedeckt halten.«

Ihre Miene verhärtete sich vor Wut. »Ich habe die verdammte Leiche nicht gefunden. Mein Verlobter ist nun mal Detective in der Abteilung für Schwerverbrechen. Er hat lediglich einen Ort bewacht, den ein Pilzsammler zufällig gefunden hatte. Genau wie du es getan hättest, wenn du noch im Dienst wärst. Wie wohl jeder Detective. Ich war nur dabei …«

»Eben«, sagte er und wurde rot im Gesicht, weil Angie seinen Status als Ex-Detective so betont hatte. »Du kannst dich nicht mal am Arsch kratzen, ohne dass jemand ein Foto macht und dich in die Schlagzeilen bringt, Pallorino. So ist das bei berühmten – oder eher berüchtigten – Leuten. Aber nicht nur das, du hast etwas mit dem besten Cop der Stadt, der gerade Chef einer neuen, hochkarätigen Einheit geworden ist, die direkt dem neuen Bürgermeister und dem Police Board untersteht. Alles schaut auf James Maddocks und sein Team und wie er mit den anderen Organen zusammenarbeitet. Und das macht dich« – dabei zeigte er mit dem Finger auf Angie – »zu einem Risiko für mich.«

»Du hast genau gewusst, wer ich bin, als du mich eingestellt hast.«

»Unter Vorbehalt, und das habe ich dir auch gesagt. Du solltest unauffällig arbeiten und unterm Medienradar bleiben.«

»Ich habe nichts getan, verdammt noch mal!«

»Das musst du auch gar nicht. Das ist das Los der Berühmt-Berüchtigten. Wie bei Angelina-Scheiß-Jolie, alles, was ein Promi macht, wird eine verdammte Schlagzeile. Du bist hier bekannt wie ein bunter Hund. Das hier ist eine Kleinstadt, so überfüllt ist die Insel nun mal nicht. Ich weiß es zu schätzen, dass du versucht hast, inkognito zu bleiben – aber diese Insel ist zufällig mein Revier. Die Geschäftsgrundlage von Coastal Investigations. Meine gesamte Belegschaft hängt von dieser Geschäftsgrundlage ab. Und das Motto von CI ist ›diskret und vertraulich‹.« Er zeigte auf die Tür. »Das steht da draußen dran. Das sind die Grundfesten meiner Firma. Man kann deinem Freund und iMIT nur viel Glück wünschen. Egal, wo du hingehst und was du tust, er und sein Team werden immer mit durch den ganzen Medienkakao gezogen werden.«

Angie sprach betont leise und ruhig. »Und den Medienkakao kennst du ja, nicht wahr, Jock? Du bist ja auch schon in ihm geschwommen.«

Es war, als hätte sie eine unsichtbare elektromagnetische Bombe in das kleine Büro geworfen. Angie konnte spüren, wie hitzige Energie in Wellen von Brixton ausging.

»Und was genau soll das bitte heißen?«

Fehler. Rückzug. Ich brauche diesen Job. Schmeicheln, Angie. Er mag es, wenn man ihm schmeichelt.

»Ich sage nur, dass du diesen Medienzirkus auch schon einmal überlebt hast. Und sieh dir an, was du trotz allem mit CI aufgebaut hast. Bitte, lass es mich versuchen. Eine letzte Chance. Bitte.«

Seine Augenlider flatterten.

»Es ist doch so«, sagte sie schnell, um keine große Lücke entstehen zu lassen. »Ich habe die Frau des Klienten vielleicht verpasst, als sie ihren Lover Boy am Flughafen abgeholt hat, aber die Affäre mit ihm ist offensichtlich keine Eintagsfliege. Und dein Klient ist ein hohes Tier und andauernd dienstlich verreist. Es wird wieder passieren. Und beim nächsten Mal bin ich da. Ich kriege sie vor die Kamera.«

»Meine Klienten werden dich erkennen. Das ist nur eine Frage der Zeit. Schau dich doch an. Dein Aussehen ist unverwechselbar. Die Narbe. Die Haare. Das Gesicht. Du bist überall auf den Titelblättern und im Fernsehen. Wenn Norton herausfindet, dass ich jemanden wie dich auf den Fall angesetzt habe, wenn seine Frau oder ihr prominenter Lover dich erkennen …« Er fuhr mit der Hand über seine fast vollständige Glatze. »Norton ist derzeit unser wichtigster Klient. Er ist ein großer Fisch. Wenn ich ihn zufriedenstellen kann, wird er CI weiterempfehlen. Ich kann nicht zulassen, dass du die Sache für uns alle hier vermasselst.«

»Werde ich nicht. Ich habe schon undercover gearbeitet. Ich werde mich verkleiden, Perücken kaufen. Die Klamotten wechseln. Ich kann das, Jock. Bitte. Ich bin besser als die Hälfte deiner ganzen Crew, und das weißt du auch.«

Er holte tief Luft.

»Eine Chance.« Sie hielt ihren Zeigefinger hoch. »Eine letzte Chance.«

Er drehte sich zum Fenster und sah auf ihren Wagen auf dem Parkplatz. Ein hübscher neuer Mini Cooper, den sie noch abzahlte. In Cremeweiß mit markanten Streifen an der Seite.

»Ein anderes Auto hole ich mir auch«, sagte sie schnell. »Mietwagen, die zur jeweiligen Situation passen. Bezahlt aus eigener Tasche.«

Sie sah, wie seine Schultern herabsanken, als er die Luft aus dem Brustkorb ließ, und wollte gerade selbst wieder durchatmen, weil er sich hatte erweichen lassen.

»Es tut mir leid«, kam es von ihm. »Das war schon deine letzte Chance.«

Ihr sank das Herz. »Ach, komm schon, Jock, es war ein Unfall. Es …«

Er wandte sich um. »Es sind die Schlagzeilen, Pallorino.« Er deutete mit seinem fülligen Kinn auf die Zeitung. »Diese Story da nimmt doch erst Fahrt auf. Das kannst du mir glauben. Die setzt sich fest, und dann köchelt sie wochenlang vor sich hin. Du und unter dem Radar? Keine Chance. Und ich werde dich bestimmt nicht auf einen anderen meiner wichtigen Fälle ansetzen.«

Angie schlug der harte Wind der Realität ins Gesicht und ihr wurde übel. Sie hielt sich an einem Stuhlrücken fest und hörte noch immer ein winziges Aber in seinen Worten.

Es kam nicht.

»Und wie wäre es, wenn ich die Verwaltungsarbeit mache? Die Routinefälle? Eben Schreibtischdienst?«

»Es tut mir leid. Ehrlich. Ich habe wirklich versucht, dir eine Chance zu geben, das weißt du. Aber es war mein Fehler. Du ziehst diesen ganzen Mist magisch an, Pallorino. Die Probezeit ist um. Du bist raus.«

Die Anspannung wurde zu einem Knoten in ihrem Magen. Sie sah ihn weiter an und traute ihren Ohren nicht, obwohl sie das hier in dem Augenblick hatte kommen sehen, als sie Dave Falcon und seine Kamera auf der anderen Seite des Nahamish entdeckt hatte. Angie wollte diesem verfluchten Reporter den Hals umdrehen. Sie wollte ihn umlegen, mit einer Kugel, mitten ins Gesicht. Genau wie den Täufer.

»Also nimm schon deine Kündigung und hau ab.«

»Das wird dir noch leidtun, Jock.«

»Ja, es tut mir leid. Du bist eine gute Detektivin. Ich hoffe, du findest etwas anderes.« Er drehte sich wieder um und starrte aus dem Fenster.

Angie schnappte sich den Briefumschlag von seinem Schreibtisch und stürmte aus Jock Brixtons Büro. Ihr Herz brannte vor Wut, Verletztheit und Enttäuschung.

Sie verließ das Gebäude, setzte sich die Baseballkappe gegen den Regen auf und spürte, wie ihr altes Ich anfing zu schäumen und zu gären – die böse Angie, die jemandem eine verpassen wollte. Irgendjemandem. Nur weil er ihr im Weg stand.

Wir könnten den alten Kasten vielleicht zu deinem Büro machen … Du weißt schon, wenn du deine »Boutique-Detektei« eröffnest.

Tja, daraus würde wohl nichts werden.

Jock Brixton hatte gerade ihren Traum zerstört.

Kapitel 9

Angie duckte sich zur Seite und wich dem Schlag von Chai Buis Boxhandschuh gerade so aus. Sie atmete schwer, glänzte vor Schweiß und trat einen Schritt auf der Matte zurück, als Chai, ihr Muay-Thai-Trainer, wieder angriff.

»Die Hände höher!«, befahl Chai. »Schütz dein Gesicht. Beine versetzt, immer in Bewegung bleiben, von einem Fuß auf den anderen. Immer schön auf den Ballen. Die Eier nach vorn. Gesicht zu mir …« Der Roundhouse-Kick kam schnell. Chais Fuß rauschte von der Seite heran. Sie riss noch das Knie hoch, um den Schlag zu parieren, aber es war zu spät. Chais Bein krachte ihr in die Seite und presste ihr die Luft aus der Lunge. Im selben Augenblick schnellten seine Hände hoch und packten ihren Kopf. Dann riss er sie nach vorn und brachte sein Knie vor ihr Gesicht. Kurz bevor er sie berührte, ließ er wieder los.

Angie wich zurück und wischte sich mit dem Handrücken über die Stirn.

»Kapiert?«, sagte Chai.

»Jaja, kapiert. Nur an der Umsetzung hapert es noch.«

Chai Bui grinste. Er war ein kleiner, tätowierter und drahtiger Ex-Muay-Thai-Champion aus Malaysia und lehrte die alte Kunst des Thaiboxens in seinem kleinen Kampfsportstudio in der Nähe von Chinatown. Angie hatte fast jeden Nachmittag oder Abend seit dem Angelausflug damit verbracht, von Chai oder einem seiner Schüler auf die Matten geschickt zu werden, während er ihr beibrachte zu sparren, zu parieren, zu blocken und zu kicken. Immerhin machte es sie schlank und stark.

Angie hatte auch die Hoffnung, dass es ihre mentale Stärke verbesserte, denn seit Brixton sie eiskalt entlassen hatte, stand sie gefährlich auf der Kippe. Entweder sie ging in Buis Boxstudio oder in eine Bar oder, noch schlimmer, in den Sexclub. Sie spürte ein altbekanntes Ziehen – das verzweifelte Verlangen, alles zu verdrängen, auf ihre alte Bewältigungsstrategie zurückzugreifen und sich mit schnellem, anonymem Sex abzulenken.

Sie konnte Maddocks das nicht antun.

Oder sich selbst.

Deswegen war sie hier sicher. Sicher vor der Versuchung, während sie alles gab, um ihre Dämonen mit Ellbogen, Schlägen und Tritten zu bekämpfen und zu bezwingen.

Aber es gab noch einen anderen Grund. Eines der wenigen Bewerbungsgespräche, zu denen sie es in den vergangenen dreieinhalb Wochen gebracht hatte, war für eine Securitystelle in einer geschlossenen Luxuswohnanlage gewesen, wo sie hauptsächlich in einem kleinen Kabuff am Tor sitzen würde. Ein anderes war für Personenschutz. Für beide Jobs hatte sie eine Zusage bekommen, und sie überlegte, die Stelle als Bodyguard anzunehmen, weil ihr langsam die Optionen ausgingen – keine Detektei in der Umgebung war an ihr interessiert. Der Job als Bodyguard setzte voraus, fit und jederzeit bereit für einen Kampf zu sein. Außerdem bedeutete er umfangreiche Auslandsreisen, bei denen sie monatelang von zu Hause weg sein würde.

Die Aufgabe bestand darin, einen weiblichen Popstar Mitte zwanzig zu beschützen, eine talentierte, aber auch jähzornige und vulgäre Sängerin, die international gerade ziemlich durchstartete. Eine junge Frau, die nicht mit Reizen geizte und Probleme hatte, die Finger von Alkohol und Männern zu lassen, und sich dadurch immer wieder in Schwierigkeiten brachte. Angie erwartete also besseres Babysitting. Allein vor der Vorstellung graute ihr. Trotzdem überlegte ein Teil von ihr, ob es nicht eine gute Idee wäre, für eine Weile aus dieser Stadt wegzukommen, weg von den Medien, weg von den ehemaligen Kollegen des MVPD, die sie an jeder Ecke an ihre zerstörte Karriere erinnerten. Aber der Job würde ihre Beziehung zu Maddocks auf die Probe stellen. Vielleicht mussten sie sogar ihre Hochzeitspläne und die Haussuche auf Eis legen.

»Bald bist du bereit für den Ring«, witzelte Chai und grinste schelmisch.

»Wer's glaubt.« Angie nahm einen großen Schluck aus ihrer Wasserflasche und ließ zu, dass ihr das Nass über den Hals lief und ihren Brustkorb kühlte. »Wohl eher bereit, den abgedrehten Fans einer kleinen Popdiva eins auf die Nase zu geben.« Sie wischte sich das Gesicht mit ihrem Handtuch ab und warf es wieder auf ihre Sporttasche, die an der Wand stand.

»Fertig?«, sagte Chai und ging in die Muay-Thai-Grundstellung: Hände oben vorm Gesicht, den Kopf geduckt, die schwarzen Augen auf sie gerichtet.

Sie nickte und trat auf die Matte. Dann hob sie die Hände als lockere Fäuste vors Gesicht und begann, von einem Bein aufs andere zu tänzeln. Dabei erwiderte sie seinen Blick.

»Du stellst die Hüfte immer noch schräg, Angie. Das ist die Boxgrundhaltung.«

»Pure Gewohnheit. Die Waffe schützen und dem Gegner weniger Körperfläche als Ziel bieten.«

»Ja.« Er ließ sein Bein vorschnellen. Der Tritt traf sie schwer, bevor sie das Knie zum Schutz hochziehen konnte.

»Siehst du?«, sagte er. »Deswegen. Stehst du mit der Hüfte schräg, kommst du nicht schnell genug in die richtige Haltung, um meine Kicks abzuwehren.« Er bewegte sich mit fast graziler

Aggressivität auf sie zu und drängte sie zurück. Plötzlich flog seine Faust auf sie zu, er pendelte, sein Ellbogen, er pendelte wieder, sein Bein, hart landete sie auf der Matte. Beim Aufprall mit dem Rücken wurde ihr die Luft erneut aus der Lunge gepresst.

»Herrgott noch mal.« Sie rappelte sich so schnell auf, wie sie konnte. Ihr Atem ging schwer und neues Adrenalin rauschte ihr durch die Adern.

»Wie ich gesagt habe. Die Eier nach vorn. Den Körper direkt frontal. Du sollst deinen Gegner mit deinem ganzen Körper als Zielscheibe locken. Wenn er kommt, greifst du an, parierst, blockst. Und schlägst zu.«

»Ja. Glaubst du, ich habe keine Eier? Was ist dein Problem, Chai? Noch nie mit einer Frau gearbeitet?« Sein Kick kam schnell. Sie machte einen Seitschritt und reagierte mit einem eigenen Kick. Richtung Kopf. Er duckte sich. Sie vollendete die Bewegung, landete auf einem Fuß und brachte sofort ihr anderes Bein nach oben, um ihn von der anderen Seite zu treffen, während sie die gegenüberliegende Hand hob, um Kopf und Ohr vor dem Schlag zu schützen, mit dem sich Chai rächen würde. Sie traf ihn mit dem Fuß, pendelte und setzte mit dem Ellbogen nach.

»Gut! Sehr gut.« Er lachte und wich zurück. »Das will ich sehen – acht Kontaktpunkte. Nutze sie alle. Ellbogen, Knie, Hände, Füße.« Er kehrte in die Grundhaltung des Muay Thai zurück und Angie folgte seinem Beispiel, den Blick konzentriert auf ihn gerichtet, den Körper dieses Mal frontal, die Hüfte gerade. Sie zögerte nicht. Angriff, Kick, Jack, Parieren, Schritt, Knie, Kick. So arbeiteten sich die beiden in einen heißen Rausch, Kampf und Tanz zugleich, der den Schweiß auf ihren Körpern glänzen ließ. Angie war in Gedanken weit fort, als sie plötzlich ihr Telefon in der Sporttasche klingeln hörte.

Sie war kurz abgelenkt und Chai nutzte die Lücke. Sein Fuß traf sie am Kopf.

Der Tritt machte sie benommen und sie stolperte zur Seite.

Er lachte. »Das war nur ein Klaps, Ange. Die Konzentration muss stimmen, und zwar immer, kapiert?« Er griff nach seinem Handtuch, legte es sich um den Nacken und nahm die Enden, um sich über das Gesicht zu wischen. »Beim nächsten Mal kriegst du einen richtigen Gegner im Ring. Du trägst volle Schutzkleidung, und dann kannst du mal richtig loslegen.«

Angie schnaubte und suchte schwer atmend in ihrer Tasche nach dem Telefon. Unbekannter Anrufer.

Sie runzelte die Stirn und hielt das Telefon an das Ohr, das nicht von Chais letztem Kick dröhnte.

»Ja?«, meldete sie sich mit rauer Stimme und tupfte sich mit ihrem Handtuch den Schweiß vom Nacken.

»Angela Pallorino?«

Angie hielt inne. Die Stimme war weiblich und durchdringend. Irgendetwas am Tonfall ließ ihren Puls in die Höhe schnellen. Reporterin, war ihr erster Gedanke. Sie sah zu Chai, der sich für den nächsten Schüler bereitmachte, und drehte ihm den Rücken zu.

»Wer ist da?«

»Wenn Sie Angela Pallorino sind, möchte ich Ihre Dienste buchen. Für einen Fall.«

In Angie breitete sich erst Überraschung, dann Argwohn aus. »Mit wem spreche ich?«

»Jilly Monaghan. Der Fall ist schon alt – ein ungeklärter Fall. Sie kennen ihn. Kommen Sie morgen Nachmittag um Viertel nach vier zu mir nach Hause. Dann bin ich von meinem Spaziergang zurück, und es ist Zeit für den Tee. Wir können dann über den Fall und die Bezahlung sprechen. Meine Adresse ist …«

»Stopp, stopp, einen Moment«, sagte Angie schnell und hob ihre Tasche auf. Dann ging sie in Richtung Umkleide, wo es etwas ruhiger war. »Ich nehme keine neuen Fälle an. Ich …«

»Ich sorge dafür, dass es sich für Sie lohnt. Finanziell gesehen. Sehr lohnt.«

Angie blieb im Gang neben dem Trinkbrunnen stehen. Jetzt war sie neugierig. »Ms Monaghan, ich muss Ihnen mitteilen, dass ich nicht länger für Coastal Investigations arbeite. Und ich bin nicht …«

»Und für wen arbeiten Sie jetzt? Als ich Sie zum letzten Mal in den Nachrichten gesehen habe, waren Sie noch bei Coastal.«

»Ich … ich bin gerade zwischen zwei Anstellungen. Ich …«

»Schön. Dann arbeiten Sie eben direkt für mich.«

»Das ist leider nicht mög…«

»Alles ist möglich, Angela.«

Langsam war ihre Geduld am Ende. »Angie. Mein Name ist Angie, und ich rede gern ohne Unterbrechung aus.«

»Ja, natürlich, ganz, wie Sie wollen. Angie. Seien Sie morgen um Viertel nach vier bei mir, und wir reden über alles. Ich wohne 3579 Seafront Road in der Nähe von Harling Point. Das ist kurz hinter Gonzales Bay. Viertel nach vier. Samstag.« Es klickte, und das Gespräch war beendet.

Angie starrte auf ihr Telefon. *Was zum …? Jilly Monaghan?* Wer zum Teufel war Jilly Monaghan? Irgendwie kam ihr der Name bekannt vor. Die Frau klang älter, wie eine Seniorin, trotzdem resolut und selbstbewusst. Wie jemand, der es gewohnt war zu bekommen, was er wollte.

Angie ging in die Umkleide. Sie schälte sich aus ihren feuchten Sportsachen, und während sie duschte, sann sie über den seltsamen Anruf nach.

Zugegeben, bei zwei bestimmten Worten war Angie sofort angesprungen: *ungeklärt* und *Fall.* Die finanzielle Aussicht war nur eine Art Bonus.

Auch wenn Angie ohne Lizenz keinen Fall bearbeiten durfte, jedenfalls nicht legal, und obwohl sie keine eigene Lizenz bekommen konnte, bis eine Firma sie anstellte und ihr genügend Arbeit unter Aufsicht gab, bis sie die nötigen Stunden beisammenhatte, wusste sie, dass sie sich bei Jilly Monaghan blicken lassen würde. Wenn auch nur, um sie anzuhören. Sie hatte den Köder geschluckt.

Harling Point. Teures Pflaster, dachte Angie und trocknete sich mit einem frischen Handtuch ab. Sie ging an ihren Spind und überlegte, was sie über die Gegend wusste. Das Viertel lag auf einer Landzunge, war tief in der Geschichte Victorias verwurzelt und einst Heimat der Alkoholschmuggler, Badehäuser, Teestuben und Tanzlokale gewesen. Heute wohnten hier der alte Geldadel und die Multimillionäre mit einem Faible für elegante Designerhäuser. Angies Neugier war geweckt. Sie zog sich an, schlüpfte in ihre Lederjacke und hängte sich die Tasche über die Schulter.

Auf dem Weg nach draußen winkte sie Chai noch einmal zu und trat in den kalten Freitagnachmittagsregen. Zu dieser Jahreszeit und mit den tief hängenden Wolken war es bereits dunkel. Sie stieg in ihren Wagen, ließ den Motor an und parkte rückwärts aus. Dann rief sie per Freisprechanlage Maddocks an und hoffte, ihn noch zu erwischen, bevor er mit seinen Kollegen ins Flying Pig ging. Sie wusste, dass er das an diesem Freitagabend vorhatte, vor allem, weil sie gerade einen großen Fall abschließen konnten.

Sein neues Team hatte einen Serienvergewaltiger verhaftet und angeklagt, der seit über fünf Monaten Frauen in der Gegend um Harris Park nachgestellt hatte. Es war ein großer Coup für iMIT und damit auch für das Police Board und den neuen Bürgermeister. Es zeigte, dass dieser Ansatz der kombinierten Ermittlungsarbeit funktionierte. Und Maddocks konnte ganz persönlich stolz darauf sein, hatte er doch das Team aus Top-Ermittlern zusammengestellt.

Es war aber auch ein Fall, an dem Angie gearbeitet hätte, wäre sie noch beim MVPD. Sexualverbrechen waren ihr Ressort gewesen. Das sollte ihr Fall sein.

»Hey«, sagte sie, sobald er ans Telefon ging. »Ich dachte, ich melde mich noch mal, bevor ihr ins Pig feiern geht.«

Er bat sie um einen Augenblick Geduld, und sie hörte im Hintergrund, wie jemand etwas zu Maddocks sagte. »Entschuldige«, meinte er dann. »Letzte Absprachen zum Harris-Park-Fall mit dem Staatsanwalt. Was hast du gesagt?«

»Nichts. Ich wollte mich nur melden und Hallo sagen.«

»Wir fahren zur Happy Hour ins Pig. Kommst du mit?«

»Auf gar keinen Fall. Ich betrinke mich nicht mit Leo und den anderen alten Säcken, während sie mich schadenfroh und hämisch angrinsen, weil ich gefeuert wurde.« Sie stockte, war verärgert und fühlte sich ausgegrenzt, obwohl es ihre eigene Entscheidung war, nicht hinzugehen. Diese alten Armleuchter von Ermittlern hatten von ihrem ersten Tag beim MVPD an versucht, sie auszubooten und loszuwerden, und am Ende hatten sie gewonnen. Zumindest sahen Leo und einige andere das so. Angie musste aussprechen, was ihr auf der Zunge lag. »Wie du genau weißt, also warum fragst du überhaupt?«

»Tut mir leid, Ange. Ich … Der einzige Grund, wieso ich hingehe, ist doch …«

»Ich weiß, ich weiß. Dein Team. Dein Fall. Die Verhaftung und die Anklage kannst du dir auf die Fahne heften. Du hast dir den Abend verdient. Ich schaue ein bisschen Netflix und gehe dann früh schlafen.«

»Wie lief denn die Jobsuche heute?«

Ihre Stimmung sank noch weiter. Er fragte sie wieder nach ihrer täglichen Tortur. Und wieder hatte sie wenig Neues zu berichten.

»Ich überlege, ob ich den Job als Bodyguard machen soll«, sagte sie und blieb mit laufenden Scheibenwischern an einer roten Ampel stehen.

»Das bedeutet, dass du monatelang weg sein wirst.«

»Ja.« Es wurde grün und sie fuhr weiter. »Aber es tut mir vielleicht auch ganz gut, hin und wieder mal aus der Stadt zu kommen.«

Er schwieg. Als er wieder etwas sagte, war der Unterschied im Tonfall kaum zu überhören. »Das bedeutet, dass wir die Hochzeitspläne und die Haussuche auf Eis legen.«

»Für eine Weile vielleicht. Aber es ist ein Job, Maddocks, bis ich was Besseres finde.«

Schweigen.

»Bist du noch da?«, fragte sie.

»Ja. Hör zu, Ange, es muss noch was anderes geben. Überstürz nichts, ja? Wir bleiben bei unserem Plan und ziehen zusammen. Ich habe einen Job. Ich kann …«

»Du kannst was? Mich durchfüttern?«

»Natürlich.«

Der Frust brannte in ihr. Das war ihr schlimmster Albtraum, der Wechsel von der selbstbestimmten Unabhängigkeit zum Bund fürs Leben und der völligen Abhängigkeit von einem Partner. Es untergrub alles, wofür sie seit ihrem Erwachsenwerden gekämpft hatte. »Ich muss arbeiten, verstehst du?«, sagte sie.

»Musst du nicht.«

»Doch. Muss ich.« Sie bog in ihre Straße nahe am Gorge. »Aus einer ganzen Reihe von Gründen. Auf so vielen Ebenen.«

»Ich will nur … Überstürz einfach nichts, okay? Such noch ein bisschen weiter. Und rede mit mir, bevor du große Entscheidungen triffst. Du bist eine verdammt gute Ermittlerin – es wird sich etwas ergeben. Und wir finden einen Weg. Zusammen.«

»Ja.«

»Wie wär's mit einem späten Essen oder einem Drink hinterher?«

»Ich bin total erledigt. Ein andermal, ja?«

Wieder schwieg er. Sie hielt vor dem Tor zur Tiefgarage und scannte ihre Karte ein. Das Tor fuhr hoch.

»Seit wir verlobt sind, verbringen wir noch weniger Zeit miteinander«, kam von ihm. »Ich habe dich seit dem Angeltrip kaum gesehen.«

Seit wir verlobt sind.

Schuldgefühle meldeten sich. Angie war ihm aus dem Weg gegangen, so viel war sicher. Bei den wenigen Gelegenheiten in den vergangenen dreieinhalb Wochen, bei denen sie sich gesehen hatten, war die Stimmung zunehmend angespannt gewesen. Angie hatte aber den Eindruck, dass auch Maddocks die gemeinsame Zeit bewusst begrenzte. Es war, als hätten sie beide Angst davor, in dieser Phase ihres Lebens zu viel Zeit miteinander zu verbringen und damit ihre ohnehin immer zerbrechlicher werdende Beziehung noch mehr zu belasten. Keiner von beiden wollte den Grund für einen endgültigen Bruch liefern, und so schien es sicherer, sich aus dem Weg zu gehen.

»Ja, na ja, du hattest mit dem Harris-Park-Fall und deiner neuen Einheit ziemlich viel zu tun.« Was auch stimmte. »Und ich habe an der Jobfront nicht viel zu berichten.« Was bei ihr für immer mehr Frust sorgte und für das Gefühl, wertlos zu sein.

»In einer Partnerschaft geht es nicht darum, einander Dinge zu berichten, Ange.«

Sie holte tief Luft und fuhr in die Garage. »Ich weiß. Ich weiß.«

»Wie wäre es morgen Nachmittag? Morgen ist doch Samstag.«

»Ich … da habe ich einen Termin.«

»Am Samstag?«

»Ja, irgendeine Frau, die mich wegen eines möglichen Auftrags als Privatdetektivin sprechen will.«

»Sie hat eine Stelle zu vergeben?«

»So was in der Art.« Angie räusperte sich und parkte rückwärts ein. Eigentlich war das nicht gelogen. Aber wenn sie Maddocks erzählte, dass irgendeine Frau sie privat auf einen ungelösten Fall ansetzen wollte, würde er sie daran erinnern, dass sich ein Ermittlungsauftrag zwar sehr verlockend anhörte, dass es da aber ein grundlegendes Problem gab. Sie war auf legalem Weg nicht dazu berechtigt. Nicht wenn sie ihre eigene Lizenz anstrebte. Nicht wenn sie eines Tages ihre eigene Firma gründen wollte.

»Und was ist mit Samstagabend?«

»Hast du vergessen, dass ich da mit Flint zum Abendessen verabredet bin? Und Sonntagfrüh fliege ich los. Das Strafverfolgungsseminar auf dem Festland; bis Montagabend bin ich unterwegs.«

»Ach, verdammt, ja, habe ich vergessen. Soll … soll ich dich zum Flughafen fahren?« Angie stellte den Motor ihres Mini Cooper ab und spürte, wie sie eine seltsame Mutlosigkeit und Resignation beschlich. Sie wusste, was sie tat – was sie beide taten –, aber sie konnte nicht umschalten und die Einbahnstraße verlassen, in der sie sich offenbar befanden.

Und auch Maddocks konnte offensichtlich nicht die Richtung wechseln. Seine Stimme klang kühl. »Nein. Da komme ich schon irgendwie hin. Ich rufe dich an, wenn ich gelandet bin.«

Mit einem Klicken war das Gespräch beendet.

Kapitel 10

Maddocks beendete den Anruf mit Angie und merkte, wie sich seine Laune verfinsterte. Er drückte die Tür auf und betrat die frisch renovierten Räume der iMIT. In der Einheit herrschte Trubel; alle freuten sich über die Festnahme des sogenannten Harris-Park-Vergewaltigers, eines Serientäters, der sich zum Mörder gesteigert hatte. Maddocks brachte all seinen Enthusiasmus für sein Team auf und reckte triumphierend die Faust in die Luft. »Die Staatsanwaltschaft klagt ihn in allen Punkten an!« Jubelrufe ertönten.

»Die erste Runde im Pig geht auf mich«, sagte er und arbeitete sich durch das Großraumbüro voller Metallschreibtische vorbei in Richtung seines Glaskastens.

Als er an Harvey Leos Schreibtisch vorbeiging, murmelte dieser jedoch deutlich hörbar: »Verrückt, wie Pallorino es immer noch schafft, das MVPD in den Nachrichten zu untergraben. So wie sich die Reporter auf die Story stürzen, könnte man meinen, sie hätte gerade die ganze Stadt gerettet, weil sie dieses Skelett im Moos gefunden hat. Die nehmen das als Steilvorlage, damit sie den ganzen Müll über Polizeibrutalität wieder ausgraben können und wie sie in einem Wutanfall ein Magazin in den Täufer gejagt hat. Das lenkt doch die Aufmerksamkeit völlig von dem ab, was wirklich wichtig ist – nämlich, dass wir einem weiteren Serientäter das Handwerk gelegt haben. Ohne ihn abzuknallen.«

Abrupt blieb Maddocks stehen. Dann drehte er sich zu dem altgedienten Polizisten um.

Es wurde still im Büro, als die beiden Männer einander anstarrten. Die Anspannung war mit Händen zu greifen. Draußen schlug der Regen gegen die Fenster. Ein Heizlüfter brummte, und plötzlich war der Geruch des neuen Teppichs wieder wahrnehmbar.

»Wie war das, Detective Leo?«

Leo verschränkte die Arme vor seinem massigen Brustkorb und lehnte sich im Stuhl hinter seinem chaotischen, mit übervollen Akten beladenen Schreibtisch zurück. »Ich sage nur, was die Medien immer noch über uns Polizisten hier in der Stadt berichten. Pallorino spuckt uns ständig in die Suppe. Dass sie Ihre Freundin ist, hilft auch nicht sonderlich, denn bei allem Respekt, was auch immer Sie als Chef von iMIT tun, sie liegt wie ein Fluch auf uns. Wenn sie auch nur mit einem der Fälle in Berührung kommt, die einzig und allein in die Hände der Ordnungskräfte gehören, wird es sofort in den Zeitungen heißen, dass sie Insiderinformationen aus unseren Reihen bekommt. Ich will nur sagen, dass wir unsere persönlichen Beziehungen und die Arbeit strikt trennen sollten.«

Der Druck in Maddocks' Brust wurde unerträglich. »Sie haben recht, Leo«, sagte er sehr leise. »Persönliche Befindlichkeiten, wie zum Beispiel lang gehegte Feindseligkeit und Neid, sollten Sie lieber ganz schnell hinter sich lassen. Sie können nämlich das Urteilsvermögen trüben und einen Polizeibeamten dazu bringen, sehr dumme Dinge zu sagen und zu tun. Dinge, aufgrund derer man ganz schnell aus dieser Einheit geworfen werden kann.« Maddocks wandte sich der versammelten Menge zu.

»Ich möchte eine Sache klarstellen. Und das betrifft euch alle. Was auch immer in dieser Einheit passiert, was auch immer hier besprochen wird, bleibt in dieser Einheit.« Er pochte mit dem Zeigefinger auf Leos Schreibtisch, den Kiefer angespannt, die Wut nur mit Mühe unterdrückt. »Nichts, und damit meine ich nichts, wird gegenüber der Presse oder irgendjemandem geäußert, der auch nur auf entfernteste Weise mit der Presse zu tun hat. Ihr sprecht nicht mit euren Ehepartnern über laufende Ermittlungen; nicht mit eurer Freundin oder eurem Freund und nicht mit euren Kindern oder Großeltern. Ihr sprecht mit niemandem.« Er sah jeden in der Abteilung direkt an. »Und das gilt auch für mich. Habt ihr das verstanden? Ich gebe keine vertraulichen Informationen an meine Partnerin weiter, und genauso wenig werdet ihr das tun. Wenn jemand – egal wer – damit oder mit meiner Beziehung zu Pallorino ein Problem hat, soll er jetzt den Mund aufmachen.«

Er wartete.

Allgemeines Schweigen entstand. Einige Kollegen rutschten auf ihren Sitzen hin und her. Jemand räusperte sich.

»Gut. Wir sind nämlich alle Profis hier. Wir wissen, wie man Arbeit und Privates trennt. Ich vertraue euch. Ihr werdet mir vertrauen. Und sobald ich das nicht mehr kann« – er zeigte auf den Ausgang – »da ist die Tür. Es warten ein Dutzend andere hochqualifizierte Kollegen vom MVPD darauf, hier reinkommen zu dürfen und Teil dieses Teams, dieser Elite zu werden. Aber Inspector Flint und ich haben euch gewählt. Ich habe mich für jeden Einzelnen von euch verbürgt, weil ich davon überzeugt bin, dass ihr das Zeug dazu habt und spezielle Fähigkeiten für schwere Fälle mitbringt. Wer mir das Gegenteil beweist, den ziehe ich ab. Ohne Vorwarnung. Ohne zweite Chance. Kapiert?«

Niemand bewegte sich.

Er wandte sich dem alten Detective zu. »Ihre Fähigkeiten und Ihre langjährige Erfahrung im Dienst werden bei einer neuen Untereinheit gebraucht, die ich im Augenblick aufstelle. Es wird gerade eine neue Einsatzzentrale eingerichtet, eine Tür weiter. Raus mit Ihnen. Warten Sie dort auf mich.«

Leos blaue Augen flackerten. Er runzelte die Stirn; Verwirrung zeigte sich auf seinem rauen Gesicht.

»Heute noch, Leo.«

Leo löste die verschränkten Arme, nahm Notizbuch und Stift vom Tisch, stand langsam auf und ging an den Schreibtischen vorbei. Alle Augen waren auf ihn gerichtet.

»Holgersen«, rief Maddocks und deutete mit einer Kopfbewegung auf sein Büro. »Auf ein Wort?«

Holgersen folgte ihm in den Glaskasten. Maddocks schloss die Tür und versuchte, nicht das Foto von Angie auf seinem Schreibtisch anzusehen. Mit dieser Bodyguardgeschichte lief sie schon wieder davon. Er wusste es. Sie wusste es. Aber er wusste weder, was er dagegen tun, noch, wann er aufgeben sollte, es zu versuchen. Ihm fiel ein Zitat von einem alten Poster in seinem Kinderzimmer ein.

Was du liebst, lass frei. Kehrt es zurück, gehört es dir … An diesem Punkt steckte er fest. Er fragte sich, ob Angie tatsächlich zu ihm zurückkehren würde, wenn sie diesen Job weit weg von zu Hause annahm. Und ob er sich nicht einfach damit abfinden musste.

»Ich habe etwas Neues für dich«, sagte er. »Ich gründe eine Einheit für ungelöste Fälle. Ungelöste Morde und verdächtige Vermisstenfälle. Das wird eine kleine Einheit unter dem Schirm von iMIT. Es stehen neue Gelder dafür bereit, und auch das Police Board will in diese Richtung expandieren. Zusätzlich herrscht aber auch enormer politischer Druck, unsere Aufklärungsrate zu steigern. Wenn wir einige der ungelösten Fälle wieder aufrollen und neue forensische Methoden sowie rechnergestützte Datenbanken und soziale Medien einsetzen, könnte uns das dabei sehr helfen. Als Erstes richtet ihr innerhalb der nächsten Tage eine spezielle Hotline für Hinweise ein, zusammen mit Accounts in den sozialen Medien und den dafür nötigen Hilfskräften. Du bekommst je nach Bedarf Zugriff auf zusätzliche Ressourcen und Personal. Die Anfragen gehen direkt an mich.« Er wartete.

Holgersen trat von einem Bein aufs andere. Seine braunen Augen huschten hin und her wie die eines Junkies auf der Suche nach dem nächsten Schuss. »Wie groß ist diese Einheit – wie viele Leute sind im Team?«

»Zwei Detectives. Erst einmal. Du und Harvey Leo.«

Holgersens Blick schnellte zu Maddocks. »Verdammte Scheiße, willst du mich verarschen?«

Maddocks hielt schweigend seinem Blick stand.

»Oh nein. Auf gar keinen Fall. Ich … Himmelarsch, ist das der Grund, wieso du ihn ins iMIT geholt hast? Um ihn in irgendeiner Untereinheit auf verlorenen Posten zu setzen? Wir haben uns alle an den Kopf gefasst, als du ihn aufgestellt hast. Und was ist mit mir? Was hab ich dir getan, Boss?« Er angelte in seiner Hosentasche nach seinen Nikotinkaugummis. Dann mühte er sich damit ab, ein Dragee herauszubekommen, und trat wieder von einem Bein aufs andere.

»Die Einheit hat Potenzial. Deine Aufgabe wird es sein, die Akten des MVPD über ungelöste Fälle zu priorisieren und die Fälle herauszufiltern, bei denen die Erfolgswahrscheinlichkeit am höchsten ist. Wie bei einer Triage. Und die Fälle mit dem größten Potenzial knöpft ihr euch dann vor und fahrt ein paar Ergebnisse ein, die wir denen da oben präsentieren können. Je nachdem, wie die Sache läuft, könnte diese Untereinheit dein Baby werden. Wir sprechen hier über einen möglichen Karrieresprung.«

Holgersen hatte inzwischen den Kaugummi befreit. Er warf sich das grüne Dragee in den Mund, fing wild an zu kauen und schüttelte den Kopf. »Läuft nich. Ich arbeite nich im Einzelteam mit Harvey Leo. Das kannst du so was von vergessen.«

Maddocks warf einen Blick durch das Fenster auf die Kollegen hinter ihren Schreibtischen. »Doch, das wirst du«, sagte er betont leise. »Und ich möchte, dass du Detective Leo beobachtest. Mit Argusaugen.«

Holgersen hielt mitten im Kauen inne. »Also … wie jetzt? Ich soll Harvey Leo *ausspionieren*? Willst du das damit sagen?«

»Beobachte ihn einfach für mich. Nach welchem Muster er die Fälle bearbeitet und priorisiert.«

Holgersen runzelte die Stirn. »Ich kapier's nich.«

Maddocks griff nach der Klinke. »Komm. Wir bereiten alles vor, damit ihr am Montag anfangen könnt. Leo wartet schon.« Er öffnete die Tür.

Aber Holgersen stockte. »O Mann, Boss, Scheiße noch mal«, brummte er. »Das ist nich dein Ernst?«

»Mein voller Ernst.«

Er fluchte noch einmal, wetzte seinen Stiefel am Boden und sah nach unten. »Hüter der verlorenen Posten«, murmelte er. »Ungeklärte Fälle und Harvey Leo bespitzeln.« Er sah auf. »Verrätst du mir wenigstens, was mit Leo los ist? Wonach soll ich denn suchen?«

»Wenn du es siehst, wirst du es wissen.«

»Soll das 'n Scherz sein?«

Maddocks lächelte betrübt. »Wenn ich dir etwas sagen könnte, würde ich es tun. Du verstehst?«

Holgersen legte den Kopf schief. »Stochern im Dunkeln? Du hast einen Verdacht, aber keine Beweise dafür?«

Maddocks sagte nichts.

»Steckt die Innere dahinter? Arbeite ich jetzt für die Innenrevision oder so, ohne es zu wissen? Weil …«

»Du hast die Wochenenden frei und eine normale Arbeitswoche, meistens jedenfalls.«

»Ich mag Wochenenden nicht.«

»Du kommst schon noch auf den Geschmack.«

Kapitel 11

Samstag, 17. November

Angie hielt am Tor vor dem Haus auf Harling Point.

Das Anwesen war eine dieser modernen Erscheinungen mit klaren Linien, viel Glas und stacheligen Pflanzen, was eine ziemlich feindselige Landschaft ergab. Die allmählich einsetzende Dämmerung verstärkte die trostlose und düstere Atmosphäre noch. Angie ließ das Fenster herunter und entdeckte den Klingelknopf, der in eine der Steinsäulen am Tor eingelassen war. Sie war neugierig.

Im Internet etwas zu Jilly Monaghan zu finden, war ein Kinderspiel gewesen. Angie war nach kurzer Zeit eingefallen, wieso ihr der Name bekannt vorgekommen war. Sie war Richterin am Obersten Gerichtshof von British Columbia gewesen, und es gab jede Menge Artikel über sie.

Justice Monaghan war während ihrer gesamten Laufbahn für ihre Unverfrorenheit und Direktheit bekannt gewesen. Es hatte einen Medienskandal gegeben, als die Richterin wegen Fehlverhaltens vor den kanadischen Richterrat gestellt wurde, nachdem sie während eines Prozesses wegen häuslicher Gewalt die Klägerin fälschlicherweise mehrfach als »die Angeklagte« bezeichnet hatte. Außerdem hatte sie die Klägerin vor Gericht gefragt, wieso sie ihren Mann nicht verlassen hatte, nachdem sie gemerkt hatte, dass sie von ihm schwanger war, vor allem vor dem Hintergrund der Gewalt im häuslichen Umfeld. Das hatte für Spekulationen gesorgt, ob die betagte Richterin an altersbedingtem geistigem Verfall litt. Bevor jedoch irgendwelche Schritte nötig wurden, setzte sich Richterin Monaghan an ihrem fünfundsiebzigsten Geburtstag zur Ruhe.

Angie drückte auf den Knopf.

»Wer ist da?«, ertönte eine weibliche Stimme.

»Angie Pallorino. Ich bin mit Justice Monaghan verabredet.«

Das Tor öffnete sich. Angie ließ das Fenster hoch und fuhr langsam aufs Grundstück. Hinter ihr schloss sich das Tor wieder. Sie parkte vorm Hauseingang. Eine beleibte Frau mit grauen Haaren öffnete.

Angie stieg aus und eilte mit geducktem Kopf durch den Regen.

»Ich bin Gudrun Reimer«, sagte die Frau und reichte Angie die Hand. »Ich bin die Haushälterin.«

Der kräftige Händedruck war für Angie wie ein Schock. Raue, trockene Hände. Extrem kurze Fingernägel, kein Nagellack. Deutscher Akzent.

»Sie sind zu früh«, stellte Gudrun fest.

»Vier Minuten«, erwiderte Angie und sah auf die Uhr.

»Die Richterin wird in vier Minuten zurück sein. Wenn sie etwas ist, dann pünktlich. Im Augenblick ist sie auf ihrem Gesundheitsspaziergang. Gerade ist Ebbe. Kommen Sie rein. Sie können auf der Terrasse auf sie warten oder im Wohnzimmer. Wenn Sie draußen warten wollen, lassen Sie bitte Schuhe und Mantel an.«

Ja, Ma'am, Sir.

Angie folgte Gudrun von der Diele, wo man seine schmutzigen Schuhe und Jacken ablegen konnte, in ein offen gebautes und sehr helles Haus. Die weißen Wände und die cremefarbene Einrichtung wurden durch dunkle Ledermöbel und farbenfrohe moderne Gemälde an den Wänden akzentuiert. Die gesamte Gebäudefront in Richtung Meer war aus Glas. Angie konnte sich gut vorstellen, dass der Blick über die Juan-de-Fuca-Straße auf die Olympic-Halbinsel des Bundesstaates Washington mit ihren schneebedeckten Gipfeln bei klarem Wetter atemberaubend sein musste.

Gudrun schob eine Glastür auf. Angie trat auf die Terrasse und ging vor ans Geländer. Das Haus war dreistöckig. Von der obersten Terrasse, auf der sie stand, überblickte man eine weitere Terrasse mit einem Infinity Pool.

»Da kommt sie«, sagte Gudrun von der Tür aus.

Angies Blick folgte dem deutenden Zeigefinger der Haushälterin. Weit unten am Strand senkte eine gedrungene Gestalt den Kopf gegen Wind und Regen und mühte sich an Krückstöcken voran. Ein brauner Mantel flatterte hinter ihr her. Die Gestalt erinnerte Angie an einen Mistkäfer, der entschlossen unter einem dramatischen Himmel voranmarschierte. Die alte Richterin kämpfte auf ihrem Weg nach Hause offensichtlich sowohl gegen das Wetter als auch gegen das Alter.

Das Bild dieser einsamen alten Frau im Sturm vor dem grauen Meer ließ Angie nicht kalt. Die Richterin musste mindestens Anfang achtzig sein. Sie erreichte die Stufen am unteren Ende des Grundstücks, und Angie drehte sich zu Gudrun um. »Das sind aber viele Stufen. Braucht sie keine Hilfe?«

»Sie muss es nur bis zum Fahrstuhl schaffen. Sie ist selbstständig. Wenn sie Hilfe braucht, wird sie es schon sagen. Kommen Sie rein. Ich nehme Ihren Mantel und mache den Tee fertig.«

Gudrun brachte Angie ins Wohnzimmer und verschwand, um den Tee aufzusetzen.

Angie setzte sich mit Blick aufs Meer und sah auf die Uhr. Punkt Viertel nach vier.

»Guten Tag, Angela!«

Erschrocken sprang sie auf und drehte sich um. Justice Monaghan hatte Mantel und Stiefel gegen einen großen Pullover und Hausschuhe getauscht. Sie humpelte entschlossen und mit harter Miene ins Zimmer. Nachdem Angie jedoch gesehen hatte, wie sehr sie am Strand zu kämpfen gehabt hatte, erkannte sie den wahren Grund für ihr verkniffenes Gesicht – es war ein Kraftakt gegen den Schmerz, gegen eine Gebrechlichkeit, die nicht nach außen dringen sollte. Die Frau hatte ihren Stolz. Eigenartigerweise machte sie ihr das sympathischer. Es gab Angie einen winzigen Einblick in ihre Seele, und Angie verstand etwas von Schmerz und Stolz. Und von der Angst, ihre Verletzlichkeit nach außen zu kehren.

»Angie«, korrigierte sie, trat vor und reichte der Richterin die Hand. »Angie Pallorino. Nicht Angela.«

»Ja, natürlich.« Die Richterin hatte den Händedruck eines Mannes. Ihr Blick schien Angie zu durchbohren. »Sehr schön, Sie kennenzulernen. Sie sehen besser aus als im Fernsehen und in der Zeitung. Setzen Sie sich. Gudrun bringt uns Tee, es sei denn, Sie möchten lieber Kaffee.«

»Ich trinke, was Sie trinken.«

»Tee.« Die Richterin verzog das Gesicht, als sie sich in einen Sessel schräg gegenüber sinken ließ, der gläserne Kaffeetisch zwischen ihnen. Gudrun erschien und stellte ein Tablett auf den Tisch. Die Haushälterin goss Tee in Porzellantassen mit Untertasse und reichte dazu einen Teller mit Ingwerplätzchen. So war es in Victoria – die Tradition der ehemaligen britischen Kolonie lebte fort. High Tea im Empress Hotel am Hafen war zur Attraktion für amerikanische Touristen geworden, genau wie die Bonbongeschäfte und andere britische Eigenarten im historischen Viertel der Stadt. Gudrun holte eine lederbezogene Aktenkiste aus einem Sekretär in der Ecke des Wohnzimmers. Sie stellte die Kiste neben die Richterin auf den Boden.

Die alte Dame hob die Tasse mit einer leicht zitternden Hand an den Mund und nippte an ihrem Tee. Dabei beobachtete sie Gudrun, bis diese das Zimmer verlassen hatte. Dann sagte sie: »Ich komme gleich zum Punkt. Ich möchte Sie auf einen ungelösten Fall ansetzen. Einen, der lange zurückliegt.«

»Nun, wie ich am Telefon bereits sagte, ich nehme keine Fälle mehr an.«

»Und doch sind Sie hier.«

Angie änderte ihre Sitzposition auf dem Sofa. »Ich gebe zu, Sie haben mich neugierig gemacht.«

Die Richterin schenkte ihr ein kleines Lächeln. »Was immerhin ein Fensterchen öffnet. Jetzt muss ich Ihnen nur noch den Arm auf den Rücken drehen und Sie durch dieses Fenster stoßen.«

Angie öffnete den Mund, aber die Richterin schüttelte schnell den Kopf. »Nein. Warten Sie. Hören Sie mich an. Vor vierundzwanzig Jahren ist meine Enkelin Jasmine Gulati auf eine Angelreise gegangen. Die Gruppe bestand aus neun Frauen und ihren zwei männlichen Guides. Jasmine war damals fünfundzwanzig und machte ihren Master an der UVic in englischer Literatur. Sie war eine ausgezeichnete Anglerin – das hatte sie bei ihrem Vater gelernt, meinem Schwiegersohn.«

Die Richterin beugte sich vor und stellte Tasse und Untertasse mit leichtem Klirren auf den Tisch. »Der Ausflug wurde von einer Frau namens Rachel Hart organisiert. Hart ist Fliegenfischerin und Filmemacherin, sie hat eine Dokumentation über die Reise gedreht. Der Arbeitstitel lautete *Frauen im Strom.* Das Projekt wurde von der Zeitschrift OutsideLife und von Kinabulu finanziert, einem Hersteller von Outdoorausrüstung, der sich besonders an die Anhänger der ›stillen Sportarten‹ richtet.« Die Richterin tupfte Anführungszeichen in die Luft. »Sportarten wie Klettern, Trail Running, Angelsport, Surfen, Skifahren. Meine Jasmine ist auf diesem Ausflug verschwunden.« Sie verstummte und sah Angie an. »Jasmine wurde zum letzten Mal gesehen, als sie am vorletzten Tag der Reise bei den Plunge Falls im Nahamish in die Tiefe stürzte. Sie hatte allein in einer kleinen Bucht oberhalb des Wasserfalls geangelt. Man geht davon aus, dass sie auf den glatten Felsen ausgerutscht und in den Fluss gefallen ist. Ihre Leiche wurde nie gefunden.«

Angie bekam Gänsehaut. »Der Nahamish?«, fragte sie.

Die Richterin legte den Kopf schief und musterte Angie. »Ich habe Sie in den Nachrichten gesehen«, erwiderte sie. »Dieses flache Grab, die menschlichen Überreste; das ist meine Jasmine.«

Angie beugte sich rasch vor. Sie stellte ihre Tasse samt Untertasse ab. »Die Überreste wurden einwandfrei identifiziert?«

»DNS, zahnärztliche Unterlagen und Schmuck haben bestätigt, dass die Leiche meine vermisste Enkelin ist. Der Gerichtsmediziner hat mich gestern Morgen angerufen.« Die Richterin schwieg wieder und beobachtete sie. Angie hatte das Gefühl, irgendwie ausgetrickst zu werden.

»Also … haben Sie mich in den Nachrichten gesehen und dann beschlossen, mich anzurufen?«

»Die Dinge passieren aus einem bestimmten Grund, Angela. Davon bin ich fest überzeugt. Und man muss die Gelegenheit beim Schopf packen, wenn sie sich einem bietet. Sie haben sie gefunden. Sie sind Ermittlerin – Sie haben sich mir quasi angeboten.«

»Ich habe das Grab nicht gefunden.«

Justice Monaghan winkte ab. »Ich weiß, ich weiß. Aber Sie waren dort, am selben Fluss wie meine Jasmine. Sie haben in derselben Hütte gewohnt wie sie und die acht anderen Frauen. Sie haben am selben Strand gezeltet. Sie waren genau zu dem Zeitpunkt auf dem Wasser, als der Hund des Pilzsammlers Jasmines Grab gefunden hat, nach all den Jahren. Er rief um

Hilfe, und Sie waren es, die reagiert hat. Sie haben sie dort liegen sehen, ihre Knochen. Sie haben sie mit eigenen Augen gesehen.« Die Richterin stockte, als müsste sie Atem schöpfen oder ihre Gefühle unter Kontrolle bekommen.

»Jetzt haben Sie eine persönliche Verbindung zu meiner Jasmine. Und ich weiß einiges über Ihren Hintergrund aus den Nachrichten, Angela.«

»Angie«, sagte sie leise.

»Ja, natürlich. Angie. Von dem, was ich über Ihre Vergangenheit weiß, sind Sie mehr als in der Lage dazu, die Antwort auf die Frage zu finden, was Jasmine vor vierundzwanzig Jahren auf dem Fluss wirklich zugestoßen ist.«

Angie starrte die Frau an und spürte, wie ihr immer unwohler bei der Sache wurde.

»Was wissen Sie über meine Vergangenheit?«

»Ich verfolge die Nachrichten im Fernsehen und in den Zeitungen gewissenhaft. Ihre Geschichte mit der Engelskrippe und der Tötung des Täufers hat mich fasziniert. Ich weiß, dass Sie in Ihrem eigenen ungelösten Fall ermittelt haben. Ich weiß auch, wie Sie herausgefunden haben, wer Ihr biologischer Vater ist. Seine Gerichtsverhandlung erwarte ich mit Spannung, und ich habe Dr. Grablowskis unautorisierte Biografie über Sie schon bestellt.« Sie beugte sich vor. »Und all das« – dabei machte sie eine ausladende Handbewegung zum Fenster hin, als bärge der Ozean dort draußen alle nötigen Informationen – »sagt mir eins: Sie sind stur. Wenn Sie etwas wollen, verbeißen Sie sich darin, egal, was es Sie kostet. Sie lassen sich von Hindernissen nicht aufhalten.« Justice Monaghan schwieg und sah Angie an. »Ich mag Sie.«

Angie blinzelte.

»Sie sind ein Pitbull. Ich mag Pitbulls.«

Angie räusperte sich. »Sie sagen, Ihre Enkelin war …«

»Jasmine. Sie heißt Jasmine. Nennen wir sie doch beim Namen.«

»Sie sagen, Jasmine wurde zuletzt gesehen, als sie die Plunge Falls hinuntergestürzt ist, und dass sie womöglich in den Fluss gefallen ist?«

»Ja.«

»Also hat man angenommen, dass sie ertrunken ist?«

»Ja.«

»Welche Fragen haben Sie dann zum Geschehen vor vierundzwanzig Jahren?« Angie hatte längst selbst eine Frage: Wenn die Enkelin der Richterin die Plunge Falls hinabgestürzt war, wieso wurden ihre Überreste dann fast zweihundert Meter vom Fluss entfernt gefunden?

Richterin Monaghan nahm ein Plätzchen und biss ab. Sie kaute bedächtig, schluckte und wischte sich mit einer Serviette den Mund ab. »Ich möchte Ihnen etwas zeigen.« Sie beugte sich zu der lederbezogenen Schachtel und zog eine Akte und ein eingerahmtes Foto heraus. Die Akte legte sie auf den Tisch und hielt Angie das Bild hin.

Angie nahm es. Es war das Porträt einer hübschen jungen Frau. Dunkle Haut. Glänzende, schwarze Augen mit dichten Wimpern. Ein breites Lächeln mit strahlend weißen Zähnen wie aus einer Zahnpastawerbung. Dunkles Haar fiel ihr über die schlanken Schultern. Sie trug Wathosen und eine Fliegenfischerweste. In der Hand hielt sie eine Angelrute.

»Sehen Sie den Armreif?«, fragte die Richterin.

Angie ging näher heran. Ihr Puls wurde schneller, als sie an das schwarze, verkrustete, metallisch aussehende Armband dachte, das neben dem langen, abgenagten Knochen gelegen hatte.

»So sieht es aus, wenn es sauber ist.« Die Richterin holte ein Foto aus der Aktenmappe und schob es über die Glasplatte in Angies Richtung. »Ich habe Jasmine den silbernen Armreif geschenkt. Den habe ich im Urlaub in Ägypten gekauft. Er passte wie angegossen und hatte einen stabilen Verschluss, weswegen er vermutlich nicht abgefallen ist, als sie den Wasserfall hinunterstürzte. Der Armreif wurde bei ihrer Leiche gefunden. Er war der erste Hinweis darauf, dass es sich um Jasmine handeln könnte. Und das hier lag auch in ihrem Grab.« Die Richterin schob Angie ein zweites Bild zu. »Dieser Ring. Sie hatte ihn noch am Finger oder, besser gesagt, am Knochen, der einst ihr Ringfinger war.«

Angie betrachtete das Foto. »Ein Verlobungsring?« Sie dachte an ihren eigenen Diamanten an der Kette und ihr wurde heiß. Sie hatte Kette und Ring vor dem Muay-Thai-Training abgenommen und im Handschuhfach verstaut, dann aber beides dort vergessen. Angie nahm sich vor, sofort nachzusehen, wenn sie wieder im Wagen saß.

»Das ist zum Beispiel eine meiner Fragen.«

Angie war noch in Gedanken und sah auf. »Wie bitte?«

»Ist das ein Verlobungsring? Er liegt noch beim Gerichtsmediziner, genau wie der Armreif. Jasmines Überreste sind noch nicht freigegeben, und der endgültige Bericht liegt noch nicht vor. Aber ich kenne so einige Leute und habe mir eine Kopie des vorläufigen Autopsieberichts besorgt.« Die Richterin deutete auf das Bild in Angies Hand. »Die Diamanten sind echt. Vom Feinsten. Das ist ein sehr teurer Ring. Ich wüsste gern, woher Jasmine ihn hatte. Wer ihn ihr gegeben oder ob sie ihn sich selbst gekauft hat.«

»War sie zum Zeitpunkt des Unfalls in einer Beziehung?«

»Nicht dass ihre Eltern oder ich davon gewusst hätten. Keine ihrer Freundinnen hat einen Partner erwähnt. Und niemand hat sich gemeldet, als sie verschwand.«

»Also hat sie sich den Ring womöglich tatsächlich selbst gekauft.«

»Genau das möchte ich wissen. Das ist meine erste Frage. Und meine zweite: Wo ist ihr Tagebuch? Jasmine musste alles aufschreiben. Sie war eine geborene Geschichtenerzählerin. Seit sie neun Jahre alt war, führte sie Tagebuch. Hier auf diesem Bild hält sie eins davon in der Hand.« Die Richterin kramte in der Aktenmappe und zeigte Angie ein weiteres Bild.

»Das ist die gesamte Gruppe auf dem Zeltplatz am zweiten Abend.«

Angie betrachtete das Foto. Jasmine Gulati saß auf einem Baumstamm. Sie lachte und ihre Augen funkelten. In der Hand hielt sie ein violettes Buch. Neben ihr und hinter ihr saßen oder standen acht Frauen, deren Altersunterschied bemerkenswert war. Die Jüngste sah aus, als wäre sie kaum ein Teenager, die Älteste schätzte Angie auf über siebzig. Die Gruppe wurde eingerahmt von zwei Männern. Der eine war groß und schlank und hatte strohblonde Haare. Der andere war etwas kleiner und wie ein Wrestler gebaut. Er hatte dichtes schwarzes Haar und einen gepflegten Bart. Blaue Augen. Blau wie Kornblumen, eindringlich. Er kam Angie irgendwie bekannt vor. »Ist … ist das der junge Garrison Tollet?«, fragte Angie und zeigte auf den dunkelhaarigen Mann.

»So hieß der eine Guide, ja.«

»Er betreibt heute die Predator Lodge«, erwiderte Angie. »Sie gehört ihm. Seine Tochter Claire war Guide auf unserem Boot.«

Die Richterin sah Angie an. »Sehen Sie?«, sagte sie leise. »Sie sind die Richtige für diesen Auftrag.«

»Wer ist der andere Führer?«

»Jessie Carmanagh.«

»Carmanagh? Unser zweiter Guide hieß Hugh Carmanagh. Sind die beiden verwandt?«

»Ich habe keine Ahnung.«

»Es gibt in der Nähe der Lodge einen See, den Carmanagh Lake. Man hat mir gesagt, er sei nach einer Familie benannt worden, die die Gegend vor langer Zeit bewohnbar gemacht hat. Wer hat das Gruppenfoto eigentlich aufgenommen?«

»Garrison Tollets Frau, vermute ich.«

»Sie war auch auf dem Ausflug?«

»Nein, sie hat nur Vorräte zu ein paar der Campingplätze geliefert.«

Angie legte die Fotos zurück auf den Tisch. »Und Sie möchten wissen, woher Jasmine den Ring hatte und was mit ihrem Tagebuch passiert ist.«

»Ja. Ich habe eine Liste der Sachen, die an ihre Eltern zurückgegeben wurden. Darunter befindet sich kein Tagebuch. Ich vermute, dass Jasmine etwas zu verbergen hatte. Meiner Ansicht nach gab es tatsächlich einen Mann in ihrem Leben. Und ich möchte wissen, wieso er sich nicht zu erkennen gegeben hat, als sie verschwunden ist. Ich möchte ganz genau wissen, was in den Monaten zuvor passiert ist. Und ebenso genau, wie es dazu kommen konnte, dass sie diesen Wasserfall hinunterstürzte.«

Angie sah die Richterin an. Der Regen wehte böig gegen die großen Fenster, Wasserspritzer auf dem Glas.

»Sie glauben nicht, dass es ein Unfall war.«

»Nein.«

»Wissen Sie, manchmal ist die Todesnachricht in ihrer Endgültigkeit schwer zu akzeptieren. Manchmal brauchen Menschen jemanden, dem sie die Schuld geben können …«

»Nein.« Die Richterin beugte sich vor, und ihr Blick wurde scharf und stechend wie der eines Adlers. »Das hier ist anders. Als ich gehört habe, dass es Jasmine ist, die in diesem flachen Grab liegt, habe ich diese Aktenkiste herausgeholt und bin den Inhalt durchgegangen. Übrigens zum ersten Mal. Die Kiste habe ich nach dem Tod von Jasmines Eltern bekommen. Meine

Tochter und mein Schwiegersohn kamen vor sieben Jahren bei einem Autounfall ums Leben, und als ich diese Kiste erhalten habe, war Jasmine schon fast zwei Jahrzehnte tot, also habe ich mich nicht weiter darum gekümmert, bis ich die Nachrichten gesehen habe und der Gerichtsmediziner mir bestätigt hat, dass es meine Enkelin war, die gefunden wurde. In den Unterlagen befinden sich Kopien der Zeugenbefragungen durch die Polizei, der Bericht des Such- und Rettungsteams, das nach Jasmines Leiche gesucht hat, und einige Fotos der Reisegruppe. Und jetzt, wo ich mir das alles angesehen habe, fühlt sich irgendetwas nicht richtig an.«

»Fühlt sich nicht richtig an?«

»Ach, kommen Sie, sagen Sie mir nicht, dass Sie als Detective niemals aus einem Bauchgefühl heraus gehandelt haben oder einer Vermutung gefolgt sind. Tun Sie nicht so, als hätten die besten Ermittler da draußen nicht einen sechsten Sinn, der ihnen verrät, wenn irgendetwas nicht stimmt oder jemand etwas zu verbergen hat. Und selbst wenn ich falsch liege, bin ich immer noch Jasmines einzige noch lebende Verwandte. Ihr Verschwinden hat beinahe das Leben und die Ehe meiner Tochter zerstört. Ich möchte lediglich einige Antworten, bevor ich die sterblichen Überreste meiner Enkeltochter angemessen und endgültig zur letzten Ruhe bette.« Die Richterin musste Atem schöpfen. »Wenn Sie Ihr Bestes geben, um mir ein Bild von Jasmine Gulatis Leben und ihrem Umfeld in den letzten Monaten vor ihrem Tod zu zeichnen, wenn Sie alle Personen befragen, die mit dieser Reise zu tun hatten und noch am Leben sind, wenn Sie Ihr Äußerstes tun, um ihr Tagebuch zu finden und herauszubekommen, wer dieser geheimnisvolle Verlobte war, dann bin ich bereit, das Folgende zu zahlen.« Sie schrieb einige Zahlen auf ein Stück Papier, faltete es und schob es zusammen mit einem Scheck über den Tisch.

Angie nahm den Zettel und faltete ihn auf. »Die erste Summe ist eine Anzahlung – ein Vorschuss«, sagte die Richterin. »Die zweite Summe ist der Betrag, den ich Ihnen pro Stunde zuzüglich Spesen zahle, wenn ich mit Ihren Fortschritten zufrieden bin. Die dritte Summe ist der Bonus, wenn mich die Ergebnisse überzeugen.«

Angie ließ den Blick über die Zahlen wandern, die Justice Monaghan aufgeschrieben hatte, und sah dann auf den Scheck. Sie musste sich zusammenreißen, um nicht zu blinzeln oder nach Luft zu schnappen.

»Damit würde ich Sie ausnutzen«, sagte Angie und faltete das Papier sorgsam wieder zusammen.

Die Richterin hielt beide Hände abwehrend hoch, als Angie ihr den Zettel wiedergeben wollte. »Nein. Ich bin diejenige, die Ihr Können und Ihre Zeit ausnutzt. Ich kann es mir leisten. Tun Sie mir den Gefallen, Angie. Gönnen Sie einer alten Frau ein paar Antworten, bevor sie stirbt.«

»Ich kann nicht. Es ist gesetzlich verboten. Sie dürfen mich nicht direkt engagieren. Es tut mir wirklich leid.«

»Nehmen Sie es einfach, nehmen Sie die Kiste, nehmen Sie den Scheck. Und finden Sie einen Weg.« Sie stand ächzend auf und drückte sich mit schmerzverzerrter Miene die Hand in den Rücken.

»Ist sie je veröffentlicht worden?«, fragte Angie.

»Wer?«

»Die Dokumentation.«

»Welche Dokumentation?«

»*Frauen im Strom*, der Film, den Rachel Hart auf dem Fluss gedreht hat.«

Justice Monaghan sah auf einmal verwirrt aus. Dann wurde ihr Blick panisch. »Gudrun! Wo bist du?«

Die Haushälterin kam hereingestürzt.

»Zeig … äh … Miss Pallor… Palloridio die Tür. Und pass auf, dass sie diese … diese Kiste mitnimmt.« Die Richterin schlurfte eilig auf eine Tür zu, die aus dem Wohnzimmer führte. »Wenn Sie Fragen haben, Angela, dann rufen Sie mich an.« An der Tür fing sie an zu singen, zuerst leise, dann in immer kräftigerem Sopran. Ihre Stimme war erstaunlich. Angie starrte Justice Monaghan verblüfft hinterher. Sie kannte Melodie und Text – ein Lied darüber, sich in den Armen eines Engels geborgen zu wissen.

Angie sah der Richterin immer noch nach, als diese schon durch die Tür verschwunden war.

»Ein Lied für das Engelskrippenkind.«

Verwirrt wandte sie sich der Haushälterin zu.

»Sie verliert langsam den Verstand«, erklärte Gudrun. »Wenn sie müde wird, setzt ihre Erinnerung plötzlich aus. Für eine Frau mit ihrem Intellekt ist das ein furchtbarer Verlust. Sie ist gelangweilt. Und sie kann es sich leisten, Sie zu bezahlen. Sie sollten ihr den Gefallen tun.«

»Also bin ich ein Unterhaltungsprogramm?«

»Es gibt Schlimmeres.« Die Frau zögerte. »Zum Beispiel arbeitslos zu sein.«

Sie hatte an der Tür gelauscht.

Gudrun legte die Fotos und Unterlagen zurück in die Kiste und nahm sie hoch. »Kommen Sie, ich zeige Ihnen den Ausgang.« Sie begleitete Angie mit der Kiste unterm Arm zur Haustür.

Im Foyer schlüpfte Angie in ihren Mantel. »Rachel Hart, die Filmemacherin, lebt noch«, sagte Gudrun. »Falls es Sie interessiert. Sie ist mittlerweile Mitte siebzig und wohnt in Metchosin. Im Bericht der Such- und Rettungsmission und des Gerichtsmediziners von vor vierundzwanzig Jahren gibt es eine Liste aller Mitreisenden. Und nein, der Dokumentarfilm wurde nie gezeigt. Die Sponsoren haben dem Projekt nach der

Tragödie den Geldhahn abgedreht. Sehen Sie sich die Sachen einfach an.« Sie hielt Angie die Schachtel hin. »Bitte.«

* * *

Im Auto durchsuchte Angie das Handschuhfach bei laufendem Motor und Lüftung auf höchster Stufe, damit die Scheiben nicht beschlugen. Erleichtert fand sie ihren Verlobungsring dort, wo sie ihn versteckt hatte. Sie betrachtete den Ring und dachte an Maddocks, an ihr Telefongespräch. Ihr Magen zog sich zusammen.

Sie legte die Kette an und zögerte, die Hand um den Ring geschlossen. Sie wollte Maddocks anrufen. Und zugleich wollte sie es nicht.

Sie legte den Gang ein. Am besten wartete sie, bis er von seiner Reise zurück war. Es würde ihnen beiden eine kleine Atempause geben. Und ihr etwas Zeit, um sich wegen der Anstellung als Bodyguard zu entscheiden. Über das Angebot der Richterin durfte sie noch nicht einmal nachdenken.

Erstens war es nicht legal und sie riskierte, niemals eine eigene Detektei eröffnen zu können. Zweitens hatte Angie ihren Stolz – sie war eine gute Ermittlerin, kein Pausenclown. Und drittens kam es ihr wie Missbrauch vor, von einer alten Frau Geld zu nehmen, die langsam senil wurde.

Trotzdem warf Angie einen kurzen Blick auf die in Leder eingebundene Schachtel auf dem Beifahrersitz, als sie durch das Tor des Monaghan-Anwesens fuhr.

Vielleicht würde sie die Sachen kurz durchsehen, wenn sie nach Hause kam. Zumindest würde sie das von ihren eigenen Problemen ablenken, während sie an einem Samstagabend allein in ihrer Wohnung saß.

Kapitel 12

Das improvisierte Whiteboard, das Angie an eine Wand geklebt hatte, um in ihrem eigenen ungelösten Fall zu ermitteln, war noch da. Computer und Drucker standen säuberlich daneben. Den Inhalt von Richterin Monaghans Schachtel auf dem Esstisch auszubreiten und eine neue Ermittlung zu beginnen, fühlte sich tröstlich und vertraut an. Wie eine Flucht.

In der Schachtel befand sich der ursprüngliche Bericht des Gerichtsmediziners zu Jasmine Gulatis Verschwinden vor vierundzwanzig Jahren. Auch der Polizeibericht von den Kollegen in Port Ferris war darunter, mitsamt der Zeugenbefragungen und einem Bericht über die Suchaktionen.

Angie legte die Berichte beiseite und griff nach einem Stapel Fotos. Auch diese verteilte sie auf dem Tisch. Es waren mehrere Nahaufnahmen von Jasmine Gulati dabei, ohne Zweifel eine sehr gut aussehende Frau. Mit einem Nachnamen wie Gulati war anzunehmen, dass Jasmines Vater – der Schwiegersohn der Richterin – südasiatische Wurzeln hatte.

Unter den Fotos waren auch mehrere Gruppenbilder der neun Frauen. Eines war vor einem Holzgebäude aufgenommen worden, wo die Frauen lachend unter einem Schild mit der Aufschrift »Hook and Gaffe« standen. Auf der Rückseite des Fotos las Angie die Worte: »Tag 1. Port Ferris. Das erste Treffen.«

Die Mitreisenden wurden als Rachel Hart, Eden Hart, Trish Shattuck, Willow McDonnell, Jasmine Gulati, Irene Mallard, Donna Gill, Kathi Daly und Hannah Vogel aufgelistet.

Angie drehte das Bild wieder um und betrachtete die Gesichter. War das junge Mädchen bei der Gruppe Eden Hart und war Eden die Tochter von Rachel Hart? Auf einigen Fotos waren auch die beiden männlichen Guides Garrison Tollet und Jessie Carmanagh zu sehen.

Das letzte Foto im Stapel zeigte Jasmine mit zwei Frauen etwa im gleichen Alter. Dieses Foto war woanders aufgenommen worden. Es zeigte sie beim Sonnen am Strand, alle im Bikini. Die beiden jungen Frauen bei Jasmine waren auch nicht in der Reisegruppe am Nahamish dabei. Angie drehte das Bild um. Auf der Rückseite stand: »Die drei Amigas – Jasmine Gulati, Mia Smith und Sophie Sinovich – auf Hornby Island, Sommer 1993.«

Angie sah auf die Uhr und war überrascht, wie spät es schon war. Und erleichtert. Dieser Fall war eine dringend benötigte Ablenkung für sie. Erfreulicherweise hatte sie einen Mordshunger. Schnell legte sie die Fotos auf den Tisch und ging in die Küche, wo sie die Reste von Mario's in die Mikrowelle stellte.

Während das italienische Essen warm wurde, entkorkte sie eine Flasche Merlot, die Maddocks in ihrer Wohnung gelassen hatte. Sie drehte den Gasofen auf, und als ihr Essen fertig war, nahm sie Teller und Weinglas und setzte sich mit den Berichten der Suchmannschaften und des Gerichtsmediziners aufs Sofa. Sie gabelte sich die Pasta in den Mund, nippte am Wein und las die Berichte. Der Wind pfiff draußen um den Balkon, und auf dem Meer tönten Nebelhörner, aber Angie war endlich wieder warm.

Laut ihren Aussagen gegenüber der RCMP von Port Ferris hatten die neun Frauen und ihre beiden Guides an ihrem vorletzten Abend die Boote nahe eines Campingplatzes oberhalb der Plunge Falls an Land gebracht. Es war derselbe Zeltplatz, auf dem auch sie und Maddocks übernachtet hatten, bevor sie ihre Boote um die Wasserfälle herum transportiert und weiter unten in den Untiefen des Nahamish gefischt hatten. Dort hatte Budge Hargreaves sie vom Ufer aus gerufen.

Laut der Aussagen hatte Jasmine Gulati den anderen gegenüber erwähnt, sie habe einen Fischbrutplatz im Strudel einer kleinen Bucht flussabwärts vom Campingplatz entdeckt. Sie wolle vor der Dunkelheit noch ein Paar Würfe wagen. Jasmine hatte daraufhin den Campingplatz mit ihrer Angelausrüstung verlassen. Tollet und Carmanagh hatten ein Feuer angefacht. Die anderen Frauen hatten es sich mit ein paar Drinks gemütlich gemacht, und die beiden Guides waren anschließend auf Feuerholzsuche für die Nacht gegangen.

Kurze Zeit später war Garrison Tollet gerade dabei gewesen, oberhalb eines Geröllhangs Holz zu sammeln, als er eine Frau, die er für Jasmine hielt, im Fluss um sich schlagen und dann über die Wasserfallkante stürzen sah.

Jessie Carmanagh hatte sich tiefer am Hang befunden. Sein Blick auf den Fluss war von den Bäumen verstellt gewesen und er hatte keine freie Sicht auf den Wasserfall gehabt. Garrison Tollet hatte Jessie Carmanagh zugerufen, er solle per Funk Hilfe holen. Jessie Carmanagh war zurück zum Zeltplatz gerannt, weil sein Funkgerät dort lag, während Garrison Tollet die Uferböschung hinuntergeklettert und über eine tückische Felswand neben dem Wasserfall abgestiegen war, um zu sehen, ob er Gulati dort unten finden konnte.

Carmanagh rief vom Zeltplatz aus per Funk um Hilfe. Bis die freiwilligen Helfer für die Such- und Rettungsmannschaften vor Ort waren, war es dunkel gewesen. Eine Suchaktion mit

Scheinwerfern wurde am Flussufer unterhalb des Wasserfalls gestartet. Beim Morgengrauen wurde die Suche intensiviert. Rettungshunde verstärkten die Mannschaften. Gulatis Angelweste und eine kleine Silberschachtel mit ihren Fliegen wurden weiter flussabwärts gefunden. Aber sonst nichts.

Die Suchaktion wurde schließlich zur Bergungsaktion. Aber von Gulati fehlte weiterhin jede Spur.

Als der Winter gekommen und vergangen, der Schnee geschmolzen war und der Fluss wieder Niedrigwasser führte, hatte man eine weitere Bergungsaktion unternommen. Auch sie ergab nichts. Da wurden die Bemühungen eingestellt. Der Gerichtsmediziner bestimmte, dass Jasmine Gulati aller Wahrscheinlichkeit nach ertrunken war.

Im Bericht des Gerichtsmediziners stand, dass es in den fünfzehn Jahren vor Jasmine Gulatis Unfall fünf Todesfälle an den Plunge Falls gegeben hatte. Zwei davon wurden als Unfälle eingestuft, drei als mögliche Suizide. Es schien, als wären die Plunge Falls ein beliebter Ort für Menschen mit Selbstmordabsichten. In drei Fällen wurde nie eine Leiche gefunden. Der Wasserdruck unterhalb des Wasserfalls wurde als hoch bezeichnet, und es gab tief unter Wasser Hohlräume, die man nicht gefahrlos untersuchen konnte.

Jasmine Gulatis Fliegenrute war an einem sehr glatten Bereich des steinigen Flussufers gefunden worden, wo sie ihrer eigenen Aussage nach zum Fliegenfischen hatte hingehen wollen. Es gab Spuren im schleimigen Moos nahe der Wasserkante. Dort war sie offensichtlich mit ihren Watstiefeln ausgerutscht.

Angie griff nach ihrem Weinglas und trank einen Schluck. Alle gingen davon aus, dass es sich um einen simplen, wenn auch sehr bedauerlichen Unfall handelte. Gulati war in den Fluss gestürzt. Ihre Wathose hatte sich schnell mit Wasser gefüllt. Der Fluss war zudem extrem kalt – gespeist vom Gletscherwasser des Carmanagh Lake –, und teilweise war die

Strömung ausgesprochen stark. Selbst eine gute Schwimmerin hätte unter diesen Umständen den Kampf gegen den Fluss verloren und wäre den Wasserfall hinuntergestürzt.

Jasmines Leiche war vermutlich vom Wasserdruck tief nach unten gedrückt worden, oder sie hatte sich unter den Felsen verfangen und war jahrelang in eisigen Temperaturen gefangen gewesen. Wieso war sie dann wieder aufgetaucht und letzten Endes unter einer flachen Erdschicht fast zweihundert Meter vom Flussufer entfernt begraben worden?

Angie stellte den Wein ab und nahm sich die aktuellen Befunde des Gerichtsmediziners zu den Überresten vor.

Alles an der Grabstätte war in situ dokumentiert worden, erst dann hatte man die Überreste geborgen und in ein Leichenschauhaus gebracht. Die Leiche war skelettiert, weswegen die Obduktion eher eine anthropologische Untersuchung unter Anwesenheit sowohl eines Anthropologen als auch des Gerichtsmediziners war.

Man hatte die Kleidung und alle Gegenstände bei der Leiche dokumentiert, darunter auch den Ring und den Armreif, die erst fotografiert und anschließend gesäubert und noch einmal fotografisch festgehalten worden waren.

Der Ring wurde als Weißgoldring beschrieben, mit einem Diamanten im Prinzess-Schliff, umgeben von einem Hof von kleineren Brillanten. Angie sah sich das Foto des gesäuberten Rings genauer an. Vom Design her war es eindeutig ein klassischer Verlobungsring, aber natürlich musste das nichts heißen. Allerdings hatte man das Schmuckstück am linken Ringfinger des Skeletts gefunden. Unwillkürlich griff Angie nach ihrem eigenen Verlobungsring an der Kette um ihren Hals.

Auf dem Armreif aus Silber waren ägyptische Insignien, was zu Jilly Monaghans Behauptung passte, sie habe ihrer Enkelin den Reif aus Ägypten mitgebracht.

Das einzige Kleidungsstück an der Leiche, das in dem offenbar sehr sauren Boden noch nicht zerfallen war, war die brusthohe Wathose aus Neopren. Die Marke hieß Kinabulu. Im Bericht stand, dass der Outdoorhersteller die Reise gesponsert und alle Teilnehmer und die Guides mit Ausrüstung ausgestattet hatte, darunter Wollmützen, Wathosen, Fleecewesten und Jacken.

Angie blätterte um und las weiter. Die Wathosen waren aus Neopren gefertigt – genauer Polychloropren –, einem synthetischen Kautschuk, der durch die Polymerisation von Chloropren gewonnen wurde. Das Material war chemisch stabil und blieb über einen breiten Temperaturbereich elastisch. Die Wathosen waren fünf Millimeter dick, und die angehefteten Watstiefel bestanden aus einer Mischung aus Kautschuk und Gore-Tex. Im Bericht stand, dass sowohl Neopren als auch Gore-Tex nicht biologisch abbaubar waren.

Angie sah sich das Bild der Gummisohlen an. Gutes, tiefes Profil. Aber es hatte Jasmine nicht davor bewahrt, auf den glitschigen Steinen am Ufer auszurutschen.

Angie nahm sich das Foto vor, auf dem das Skelett in anatomischer Anordnung auf dem Seziertisch positioniert war. Alle Knochen waren vorhanden. Nichtmenschliche Knochen, die man bei der Leiche gefunden hatte, darunter die von kleinen Nagern, waren abgesondert worden. Zu den aufgelisteten Anomalien des Skelettapparats gehörte eine Drehfraktur des linken Arms, typisch für reißende Kräfte. Es gab keine Anzeichen für eine Heilung, was darauf hinwies, dass die Verletzung perimortal eingetreten war – um den Todeszeitpunkt herum. Es war gut möglich, dass sie bei Jasmine Gulatis Sturz über den Wasserfall entstanden war.

Die Röntgenaufnahmen zeigten auch leichte Eindellungen auf der dorsalen Oberfläche des Schambeins nahe der

Schambeinfuge. Angie lehnte sich gespannt vor und las die Analyse des Anthropologen:

Während das Vorhandensein dieser dorsalen Furchen stark auf eine ausgetragene Schwangerschaft hindeutet, korreliert die Anzahl und Größe der Furchen nur schwach mit Schwangerschaften an sich. Aktuelle Untersuchungen haben gezeigt, dass diese Furchen auch bei Männern sowie bei Frauen auftreten, die nie entbunden haben.

Angie kaute auf der Innenseite ihrer Wange und überlegte. Justice Monaghan hatte gesagt, sie sei Jasmines letzte Verwandte. Wenn Jasmine ein Kind gehabt hatte, wo war es jetzt? Angie nahm ihren Notizblock und schrieb:

Hat Jasmine ein Kind auf die Welt gebracht? Wenn ja, was ist mit dem Baby passiert?

Sie wandte sich wieder dem Bericht zu. Der Anthropologe hatte eine weitere Anomalie festgestellt – Narbenbildung im linken Schultergelenk, was angeblich mit einer chronisch ausgekugelten Schulter einherging. Angie runzelte die Stirn. Eine ausgekugelte Schulter, die nicht ordentlich eingerenkt wurde, musste doch extrem schmerzhaft sein, oder nicht? Oder zumindest sehr unangenehm. Es kam ihr seltsam vor, dass jemand mit Jasmine Gulatis sozioökonomischem Hintergrund nicht sofortige und effektive medizinische Behandlung in Anspruch genommen hatte.

Angie notierte:

Hat sich Jasmine je die Schulter ausgekugelt und ist nicht behandelt worden? Vielleicht als Kind?

Sie blätterte um und studierte die Bilder der Schädelfrakturen.

Das Trauma durch stumpfe Gewalteinwirkung war offensichtlich – ein Loch in der Größe eines Golfballs mit konzentrischen und strahlenförmigen Rissen drumherum. Laut Bericht war zwar die äußere Rindenschicht des Schädelknochens gebrochen, ein Teil der inneren Rindenschicht aber wie bei einer Grünholzfraktur nach innen gedrückt worden. Angie hatte etwas Ähnliches schon einmal bei einem Mordfall gesehen, wo das Opfer mit einem Hammer getötet worden war.

Dem Anthropologen zufolge war das Schädeltrauma perimortal aufgetreten und eine mögliche Todesursache. Wenn das Opfer nicht vorher ertrunken war, dachte Angie. Oder gleichzeitig, was durchaus möglich war, wenn die Verstorbene kopfüber den Wasserfall hinuntergeschwemmt worden und mit dem Kopf gegen einen scharfen Stein geschlagen war.

Angie nahm ihr Glas, lehnte sich zurück und nippte geistesabwesend an ihrem Wein, während sie sich ein hypothetisches Szenario ausmalte: Jasmine, die in ihren Wathosen zu nah am Ufer steht und ihre Rute auswirft. Vielleicht überschätzt sie sich und gerät aus der Balance, was dazu führt, dass sie mit den Watstiefeln auf den Steinen ausrutscht. Sie lässt die Fliegenrute fallen und stürzt, dabei schaben ihre Stiefel über das glitschige Moos. Im Fluss füllt sich ihre Wathose schnell mit kaltem Wasser und zieht sie nach unten, wo die Strömung sie erfasst und immer schneller auf den donnernden Wasserfall zuträgt. Vielleicht fällt sie mit dem Kopf voran in die Tiefe, prallt gegen Felsen, dabei verdreht sich ihr Körper und der Arm bricht. Die herunterstürzenden Wassermassen drücken sie hinab und womöglich in einen Hohlraum, wo sie jahrelang festhängt, bis sich Wassermenge, Druck und Strömung auf einmal so verändern, dass die Leiche freikommt und in das flache Flussdelta gespült wird.

Wie aber gelangte die Leiche in ein zweihundert Meter vom Ufer entferntes Grab?

Angie blätterte durch den restlichen vorläufigen Bericht des Gerichtsmediziners und fand dabei die Antwort. Es hatte in den vergangenen fünfundzwanzig Jahren zwei signifikante Überschwemmungen gegeben, die dazu geführt hatten, dass der

Nahamish im Flussdelta unterhalb des Wasserfalls über die Ufer getreten war. Das Wasser hatte sich am südlichen Ufer mehr als zweihundert Meter weit ausgebreitet. Das konnte eine mögliche Erklärung sein. Eine Überschwemmung konnte die Strömung und den Fließdruck derart verändern, dass Jasmine Gulatis sterbliche Überreste aus ihrem Unterwassergefängnis befreit worden waren. Die Flutwelle konnte sie bis zu den Bäumen gespült haben. Als sich das Wasser wieder zurückzog, blieb sie dort liegen, möglicherweise unter einer Schlammschicht, auf der sich im Laufe der Jahre Moos und andere Pflanzen angesiedelt hatten.

Angie nahm sich ein Foto von Jasmine, auf dem man den Diamantring klar und deutlich an ihrer linken Hand erkennen konnte. Hatte sie niemand von den Mitreisenden darauf angesprochen? Was war mit den beiden Freundinnen im Bikini? Und falls es doch Fragen gegeben hatte, was hatte sie erwidert? Angie betrachtete das Foto von Jasmine mit Mia Smith und Sophie Sinovich auf Hornby Island. Sie musterte es genau. Auf diesem Foto, das einen Sommer zuvor gemacht worden war, trug Jasmine den Ring noch nicht. Wie lange hatte sie ihn schon?

Angie leerte ihr Weinglas und stand auf. Dabei schalt sie sich selbst. Sie versuchte hier schon, Justice Monaghans Fragen zu beantworten. Dabei durfte sie den Fall überhaupt nicht annehmen.

Jedenfalls nicht offiziell, nicht, ohne dafür ihren Traum von einer Lizenz und einer eigenen Detektei aufgeben zu müssen.

Sie spülte das Glas aus, stellte es auf die Abtropffläche und ging zurück zum Tisch. Dort griff sie nach dem Scheck mit Justice Monaghans Anzahlung. Fünfundzwanzigtausend Dollar, nicht zurückzahlbar, einfach nur für die Zusage, Ermittlungen aufzunehmen. Darüber hinaus bot ihr die Richterin dreihundert Dollar pro Stunde an, zuzüglich Spesen und eines Bonus bei zufriedenstellender Durchführung, der noch höher war als die Anzahlung. Das war doch lächerlich. Nur um herauszufinden, von wem der Ring war? Ob ein Mann ihn ihr geschenkt hatte? Wie Jasmine Gulati in den Monaten vor ihrem Tod gelebt hatte? Und nur weil eine Richterin außer Dienst, die langsam senil wurde, das Gefühl hatte, etwas stimme nicht?

Sie ließ den Scheck wieder auf den Tisch segeln. Justice Monaghan wollte es einfach nur nicht wahrhaben. Angie hatte dieses Verhalten schon oft bei Angehörigen von Opfern erlebt. Sie wollten etwas tun, das Gefühl haben, die Kontrolle zu übernehmen. Sie brauchten einen Schuldigen. Wollten Rache. Wenn sie reich waren, dachten sie immer, es würde helfen, mit Geld um sich zu werfen, um das Problem zu lösen.

Ihr Mobiltelefon klingelte. Angie schreckte hoch. Sie nahm es vom Tisch und spürte, wie sich ihr Brustkorb zusammenzog, als sie Maddocks' Namen sah. Erst zögerte sie und dachte an ihr letztes, gestelztes Gespräch, aber dann ging sie ran.

»Hey«, sagte sie.

»Bei dir alles in Ordnung?« Seine Stimme klang kühl, distanziert, als wäre es ein Pflichtanruf, um ihre mentale Verfassung zu erfragen.

Angie atmete ein. »Ja, es geht mir gut, danke. Bist du fertig bei Flint? Hattet ihr einen schönen Abend?«

»Ja. War gut. Wir haben einiges über iMIT besprochen. Wie ist es bei deinem Termin gelaufen? Diese Frau mit dem Ermittlungsauftrag, den du erwähnt hast?«

Er versuchte, ihr etwas zu entlocken. »Ich glaube, daraus wird nichts«, sagte Angie und blieb absichtlich vage. Sie konnte jetzt keine Vorwürfe ertragen, weil sie Jilly Monaghans Kisten mit Akten und Bildern mit nach Hause genommen hatte.

»Hast du gerade viel zu tun?«

»Jetzt gerade? Wieso?«

»Ich dachte, es wäre bestimmt zu spät, um noch zu dir zu kommen, aber dann bin ich an deiner Wohnung vorbeigefahren und habe noch Licht gesehen.«

»Wo bist du?«

»Draußen. Im Auto.«

Sie eilte zum Fenster und schob die Gardine beiseite. Sein Auto konnte sie nicht erkennen. Es war zu dunkel. Der Regen verschmierte die Lichter. Schwarzes Wasser glänzte im Gorge gegenüber.

»Darf ich raufkommen?«, fragte er.

Schlagartig verknotete sich ihr Magen, und ihr Herz fing an zu rasen. Sie warf einen Blick auf den von Akten und Fotos übersäten Tisch. Sie wollte nicht, dass er das sah – wollte sich nicht erklären müssen, sich seine Fragen anhören, seine Belehrungen, die garantiert kommen würden, wenn auch getarnt als gut gemeinte Ratschläge. Sie sah auf die Uhr. Es war tatsächlich schon spät – 23:45 Uhr. Sie hatte die Zeit völlig vergessen. Erfreulicherweise. Sich in Jasmine Gulatis Fall zu vertiefen, hatte ihr eine Atempause von ihrem eigenen verkorksten Leben eingebracht. Da kam ihr völlig aus dem Nichts eine Idee.

Sie wusste jetzt, wie sie den Gulati-Fall doch annehmen konnte, ganz legal. Aber um das hinzukriegen, musste sie früh aufstehen und in Topform sein.

»Es ist vielleicht keine so gute Idee, Maddocks. Ich … es ist schon spät. Und …«

»Und ich muss morgen früh zum Flughafen.«

»Ich weiß. Wir …« Sie fuhr sich mit der Hand durchs Haar und merkte, wie das Band um ihren Brustkorb immer enger wurde. »Wir sehen uns, wenn du wieder da bist.« Dann war ihr Plan vielleicht schon aufgegangen. Sie würde auf sicheren Beinen stehen. Nach vorn denken können, darüber, wie sie ihr gemeinsames Leben planen konnten.

Die Sekunden vertickten. Der Regen trommelte gegen die Fenster.

»Wie stehst du zu diesem Job als Bodyguard?«

»Ich … ich denke über alle möglichen Optionen nach.«

»Verdammt, Angie«, flüsterte er. Ein weiterer leiser Fluch folgte. »Ist es das, was du willst? Brauchst du Abstand? Von uns, von unserer Beziehung? Denn das hier hört sich verdammt danach an.«

»Nein, natürlich nicht. Es ist …«

»Ich glaube, genau so ist es. Ich glaube, du hast schon vor unserem Ausflug zum Nahamish kalte Füße gekriegt. Oder Klaustrophobie oder Festlegungsphobie oder was auch immer du bekommen hast, und dann habe ich noch Kinder erwähnt und dir obendrein noch den Ring gegeben und dich dazu gedrängt, ein Hochzeitsdatum festzulegen. Ich habe davon gesprochen, wie es wäre, zusammenzuziehen … Das hat dich kalt erwischt, oder? Das hat dir zu schaffen gemacht, und jetzt musst du über alles nachdenken, weil du nicht weißt, ob du den Rest deines Lebens mit mir verbringen kannst.«

»Maddocks …«

»Verdammt, Angie, ich bin kein Idiot. Also behandle mich nicht wie einen. Es geht hier nicht um deine Karrieremöglichkeiten; es geht um uns.«

»Pass auf, komm hoch. Dann reden wir. Ich mache dir die Parkgarage auf …«

»Nein. Vergiss es. Du kriegst deinen Abstand.«

»Warte, Maddocks, ich …«

»Vielleicht brauche ich auch welchen. Ich will keine einseitige Beziehung. Ich will nicht der Einzige sein, der immer Druck macht.« Seine Stimme wurde belegt, dann stockte er. Es zerriss ihr das Herz, ihn so zu hören. Sie fing an zu zittern.

»Bitte, Maddocks, tu das jetzt nicht.«

»Jetzt? Angie, ich versuche seit vier Wochen, mit dir zu reden, seit wir wieder zurück sind!«

»Es ist die Jobsuche. Ich brauche …«

»Du brauchst Zeit. Ich weiß, du sagst mir das seit Wochen. Du brauchst Zeit, um über alles nachzudenken. Also schön, Angie, nimm dir die Zeit. Nimm dir den Abstand, oder was auch immer du verdammt noch mal brauchst. Nimm den Job als Bodyguard an. Stoß dir die Hörner ab. Ich bin es leid, immer zu versuchen, dich zu stützen, dir zu helfen und dich und deine Gefühle in Watte zu packen, ohne je etwas zurückzubekommen. Ich weiß, dass du eine Menge durchgemacht hast, und PTBS verschwindet nicht einfach wieder, aber ich will deine *Liebe.* Deine ehrliche und deine ganze Liebe, und ich will spüren, dass du weißt, dass ich für dich da bin, dass du mir vertraust. Vielleicht muss ich mich einfach mit der Tatsache abfinden, dass du meine Liebe nicht erwiderst. Vielleicht muss ich mich mit der Tatsache abfinden, dass du andere Träume hast als ich. Vielleicht brauchst du nicht, was ich brauche.«

»Maddocks, bitte …«

»Nein, sag nichts. Ich bin fertig. Jetzt bist du am Zug. Eins musst du wissen, Angie – ich liebe dich. Wenn du meine Verlobte bleiben möchtest, wenn du willst, was ich will, nämlich heiraten – dann bin ich da. Ich gehöre dir. Aber das ist deine Entscheidung. Ruf mich erst wieder an, wenn du wirklich dazu bereit bist. Bis dahin ist es zwischen uns vorbei.« Die Verbindung wurde abgebrochen.

Angie starrte auf ihr Telefon und merkte, wie ihre Hände bebten.

Sie hatte es getan. Sie hatte den Mann, den sie liebte, zu weit von sich weggeschoben. Tief in ihrem Innern wusste sie, was sie da tat. Sie hatte es kommen sehen und es trotzdem nicht geschafft, den Kurs zu ändern. Vielleicht hatte sie es auch so gewollt.

Aber jetzt hatte er einen Strich gezogen.

Er hatte den Ball direkt in ihr Feld gespielt. Wenn es eine Hochzeit geben sollte, dann nur, wenn sie voll und ganz dahinterstand. Jetzt war *sie* dran. Dafür gebührte ihm ihr Respekt. Maddocks war kein Fußabtreter. Jetzt in diesem Augenblick verabscheute sie sich selbst dafür, einfach vorausgesetzt zu haben, er würde immer für sie da sein.

Er kannte sie gut. Zu gut. Gut genug, um zu wissen, dass es genau das war, was sie brauchte, wenn ihre Beziehung jemals funktionieren sollte.

Kapitel 13

Sonntag, 18. November

»Wer zum Teufel hat dich hier reingelassen?« Jock Brixton wurde rot und blieb wie angewurzelt in der Tür stehen, als er Angie in seinem Büro erblickte.

Angie sprang auf. Seit acht Uhr morgens hatte sie hier auf Brixton gewartet. Sie wusste, dass er sonntags gern in die Detektei kam, um in Ruhe zu arbeiten und Papierkram zu erledigen. Außerdem war auch ein Minimum an Personal anwesend. »Einer deiner Angestellten hat mich reingelassen«, antwortete sie.

»Ich dachte, ich hätte dir gesagt, dass wir fertig miteinander sind.« Er ging auf seinen Schreibtisch zu und drückte auf die Ruftaste seines Telefons. »Debbie! Schick die Security her. Ich will, dass diese Frau hier verschwindet. Sofort.«

»Warte«, sagte Angie und hob beschwichtigend die Hände. »Bitte warte einen Moment. Ich habe einen Vorschlag für dich.«

»Herrgott, Pallorino, du hast echt Eier, einfach so hier aufzutauchen, das muss ich dir lassen, aber …«

Zwei bullige Sicherheitsmänner erschienen in der Tür. »Sie haben gerufen, Sir?«

»Schaffen Sie diese Frau hier raus.« Brixton umrundete den Schreibtisch und ließ seine Aktentasche darauf fallen. »Sie ist unbefugt hier eingedrungen.«

»Einen Moment«, wies Angie die Sicherheitsmänner an. »Jock, das wirst du hören wollen.«

Die Männer traten trotzdem ein und ergriffen ihre Arme. Brixton öffnete die Tüte von Tim Hortons, die er sich mitgebracht hatte, und holte sein Frühstückssandwich heraus. Ohne Angie zu beachten, legte er es auf einen Teller.

»Hör dir einfach an, was ich zu sagen habe, dann bin ich weg. Versprochen.«

»Du hast schon gebettelt. Ich habe schon zugehört. Mir ist bereits ein nervöser, öffentlichkeitsscheuer und extrem reicher Klient abgesprungen wegen dem ganzen Medienrummel um dich und diese verdammte Leiche im Moos. Am liebsten würde ich dich umbringen, Pallorino. Das kann ich dir sagen.«

»Siehst du das hier?« Mit dem Kinn ruckte sie in Richtung des Schecks, den sie auf seinen Schreibtisch gelegt hatte. »Das ist ein Vorschuss. Dazu kommt ein Stundensatz von dreihundert Dollar. Plus einer Bonuszahlung. Plus Ausgaben. Alles für dich, abgesehen von fünfzig Prozent der Bonuszahlung, die an mich gehen, falls die Klientin zufrieden ist.«

Er senkte den Blick. Verwirrung malte sich in seine breiten Züge, während er die Summe las. »Welche Klientin? Was ist das?«

»Es gehört dir – das geht alles an Coastal Investigations, wenn du mir erlaubst, diesen Fall unter dem Schirm deiner Detektei zu übernehmen. Die Klientin will nur mich, sonst niemanden.«

»Wovon zum Teufel sprichst du da?«

»Schick deine Sicherheitsleute weg, dann erkläre ich es dir.«

Er ruckte mit dem Kopf zur Tür. »Lasst sie los. Gebt uns eine Minute. Wartet draußen und macht die Tür hinter euch zu.«

Angie wartete, bis die Security das Büro verlassen hatte. Sobald sie allein waren, sagte sie: »Mir wurde ein Fall angeboten. Die Klientin ist prominent. Wie ich gesagt habe, das Geld gehört dir, abzüglich meiner Ausgaben und einem Teil der Bonuszahlung. Aber nur, wenn du mich wieder einstellst. Nur für diesen Auftrag.«

»Dreihundert pro *Stunde*?«

»Jep.«

Er warf den Scheck zurück auf den Schreibtisch. »Und wird der Vorschuss gegen den Stundensatz aufgerechnet?«

»Der kommt noch obendrauf.«

»Wer ist die Klientin?«

»Sie hat Verbindungen zu den richtigen Leuten. Wenn sie mit uns zufrieden ist, dann wird sie uns weiterempfehlen. Dann kommen weitere Aufträge wie dieser.«

»Uns? Es gibt kein ›uns‹, Pallorino.«

»Auch gut.« Sie streckte die Hand nach dem Scheck aus. Aber er zog ihn zurück.

»Was ist das für ein Fall?«, fragte er. »Wird er uns noch mehr in Schwierigkeiten bringen?«

»Ein Cold Case. Ein ziemlich alter. Nichts Verdächtiges daran, soweit ich das bisher sagen kann. Die Klientin möchte nur Informationen darüber, was während der Zeit vor dem Unfalltod des Opfers geschehen ist. Das Opfer ist ein Familienmitglied. Es ist eine persönliche Sache, um abschließen zu können.«

Er wirkte noch immer nicht überzeugt. Hart rieb er sich übers Kinn, dann warf er einen Blick aus dem Fenster, so als suchte er nach einem Ausweg, bei dem er gleichzeitig das Geld behalten könnte. Er holte tief Luft.

»Ich sage dir noch was, Jock. Meine Medienbekanntheit, meine traurige Berühmtheit ist genau der Grund dafür, dass ich diesen Fall bekommen habe.« Langsam setzte sich Angie, nahm mehr Raum ein, um Selbstvertrauen und eine entspannte Haltung zu vermitteln. Auch wenn sie sich ganz und gar nicht so fühlte. Doch auf Brixton hatte es sofort eine beruhigende Wirkung. Sie hatte gelernt, wie sie mit ihm umgehen musste.

»Soll heißen?«

»Manchen Leuten gefällt es, dass ich einen Serienkiller von der Straße geholt habe. Sie können sich mit meiner Geschichte identifizieren. Sie erkennen, dass ich eine harte Kindheit hatte und dass ich mir seither jeden Schritt auf dem Weg erarbeitet habe. Dass ich Polizistin geworden bin, um für Gerechtigkeit zu kämpfen. Dank der Berichterstattung der Presse wissen sie, wie hartnäckig ich an meinem Cold Case drangeblieben bin, und das alles betrachten sie als Vorzüge einer privaten Ermittlerin. Sie wollen, dass ich dasselbe für sie und ihre Liebsten tue.« Sie beugte sich vor. »Siehst du? Das, wofür ich berüchtigt bin – meine sogenannte aggressive Pitbull-Mentalität –, kann dir sogar Aufträge *einbringen*. Ganz bestimmte Aufträge. Du könntest davon profitieren, mich als Ass im Ärmel zu haben. Wenn du mich wieder einstellst, dann werde ich Coastal Investigations nicht auf meine Visitenkarten drucken. Ich werde CI nicht einmal erwähnen. Ich werde nur deine stille Spezialermittlerin sein. Keine Zusage deinerseits, abgesehen davon, dass ich unter deiner Schirmherrschaft arbeiten und deine Datenbanken und den technischen Support benutzen darf.«

»Du willst meine Schirmherrschaft doch nur, um deine Stundenzahl vollzukriegen.«

»Ja. Und? Immerhin bekommst du dafür den Großteil meines Honorars.«

»Und dann, sobald du alle Stunden zusammenhast, bist du weg. Nachdem du unseren Firmennamen benutzt hast.«

»Nein, Jock, du hörst mir nicht zu. Ich werde deinen Firmennamen nicht benutzen. Ich werde unter meinem eigenen Namen arbeiten. Mit neuen Visitenkarten. Ich verwende nur deine Infrastruktur. Wenn CI mir natürlich weitere Aufträge zuschanzen möchte, dann können wir darüber reden.« Sie lehnte sich zurück. »Warum machst du dir überhaupt Gedanken darüber, dass ich danach weg sein könnte? Du wolltest doch, dass ich gehe, weißt du noch? Und jetzt willst du mich *festnageln*?«

Er kratzte sich den Nacken. »Lass mich darüber nachdenken, okay?«

»Nein.« Sie machte Anstalten aufzustehen. »Es gibt andere Unternehmen, die sich für diesen Deal mit mir interessieren würden. Die Klientin will, dass ich sofort anfange.«

Justice Monaghan hatte ihr in einem sehr entscheidenden Punkt die Augen geöffnet: Ihr Ruf, ihre Vergangenheit konnten tatsächlich ein Vorteil statt eines Hindernisses sein.

»Okay, okay. Setz … dich einfach wieder hin.«

Sie tat es. Und wartete.

Noch einmal betrachtete er den Scheck. »Okay«, sagte er dann und sah ihr in die Augen. »Wir haben einen Deal.«

»Gut. Ich brauche keinen Schreibtisch oder so, aber wie gesagt, ich werde Zugang zu einigen deiner Strukturen und zu deinem Personal brauchen, falls ich ein Autokennzeichen oder eine Strafakte überprüfen oder einen Hintergrundcheck durchführen muss. So was eben.«

Sie griff in die Innentasche ihrer Jacke und holte das Dokument hervor, das sie in der Nacht vorbereitet hatte. Eine schlaflose Nacht nach Maddocks' Anruf. Doch dies war ihr Weg voran, ihr einziger Weg, mit der Situation zurechtzukommen. Sie würde sich auf den Jasmine-Gulati-Fall konzentrieren. Ja, vielleicht war sie nicht mehr als eine Form der Ablenkung für Justice Monaghan, ein Unterhaltungsprogramm in ihren späten Jahren, doch Justice Monaghan tat dasselbe für Angie: Sie lenkte sie von ihren Problemen ab. Und sie eröffnete ihr einen Weg zu ihrem eigenen Unternehmen. Was gleichzeitig auch der

Weg zurück zu Maddocks war. Das machte es Angie leichter, das Geld der Richterin anzunehmen.

»Und, wer ist die Klientin?«, wollte Brixton wissen. »Was ist das für ein Job?«

Angie faltete das Dokument auseinander und schob die Papiere über den Schreibtisch zu ihm hinüber. »Zuerst der Vertrag. Wir müssen ihn noch unterschreiben.«

Seine Augen wurden schmal. »Da muss ich erst unseren Anwalt …«

»Nein, Jock. Keine Zeit dafür. Es ist ganz einfach. Ich arbeite für CI an diesem Fall. Ich habe dabei das Sagen. Das Honorar geht an Coastal, minus der Ausgaben, die minimal bleiben dürften. Und minus fünfzig Prozent der Bonuszahlung, falls ich sie mir verdiene. Ich verwende deinen Firmennamen nicht. Ob du meinen Namen erwähnen oder deinen Klienten meine individuellen Dienste anbieten möchtest, ist ganz dir überlassen. Dieser Vertrag gilt nur in Verbindung mit diesem einen Job. In Zukunft können wir einfach von einem Auftrag zum anderen arbeiten, wenn du das möchtest. Oder falls du zufrieden mit unserem Arrangement bist, können wir auch etwas Längerfristiges festschreiben.«

Er holte tief Luft, zog dann seinen Stuhl zurück und setzte sich. Er nahm das Dokument. Die alte Uhr auf seinem Aktenschrank tickte, während er den Vertrag sorgfältig durchlas. Draußen fiel der Regen, und in der Ferne heulte eine Sirene.

Er griff nach seinem Stift und unterschrieb neben Angies Namen.

»Und die Kopie darunter auch. Für jeden von uns eine Ausführung.«

Er unterschrieb auch das Duplikat und blickte dann auf. »Also, wer ist die Klientin?«

»Die Richterin im Ruhestand Jilly Monaghan.«

»Senator Blackfords Witwe?«, hakte er nach und ein dunkles Glimmen schimmerte in seinen Augen auf.

»Ja. Man hat die menschlichen Überreste, die am Nahamish River gefunden wurden, als diejenigen von Jasmine Gulati identifiziert. Eine Masterstudentin an der University of Victoria, die im Jahr 1994 vermutlich ertrunken ist. Sie war Justice Monaghans Enkelin. Monaghan will, dass ich einige fehlende Puzzleteile in den letzten Monaten von Jasmine Gulatis Leben finde.«

Er senkte den Blick wieder auf den Scheck. »Für *diese* Summe?«

Angie zuckte mit den Schultern. »Sie hat mich in den Nachrichten gesehen. Sie weiß, dass ich an diesem Fluss war und dass ich das Grab und das Skelett mit eigenen Augen gesehen habe. Außerdem hat sie meine Geschichte in den Nachrichten verfolgt. Sie wollte unbedingt mich. Siehst du? Die Tatsache, dass ich in den Nachrichten aufgetaucht bin, hat mir diesen Fall überhaupt erst eingebracht.«

Er grinste und lehnte sich zurück. »Ich könnte anfangen, dich zu mögen, Pallorino.«

»Geht mir genauso, Jock«, log sie und lächelte.

* * *

»Ich übernehme den Fall«, sagte Angie ins Handy. »Unter den vorgeschlagenen Bedingungen.«

»Ich dachte, das könnten Sie nicht. Was hat sich verändert?« Justice Monaghans Stimme donnerte in Angies Ohr, die rasch das Handy ein Stück von ihrem Kopf weghielt, um ihr Trommelfell zu schützen. Sie saß im Auto und hatte die Richterin noch vom Parkplatz vor Brixtons Büro aus angerufen. Sie verlor keine Zeit.

»Ich habe meinen alten Job zurück. Ich arbeite gemeinsam mit Coastal Investigations an Ihrem Fall.« Sie zögerte, sprach es dann jedoch einfach aus. »Das ist Ihrem Scheck zu verdanken. Danke dafür.«

»Ha, freut mich zu hören, dass ich noch zu etwas gut bin! Es gefällt mir, dass Sie nicht hinterm Berg halten, Angela. Genau *das* will ich. Dass Sie sagen, wie die Dinge stehen, ganz egal, was Sie über meine Enkelin herausfinden.«

Dieses Mal ließ Angie es der Richterin durchgehen, dass sie wieder ihren Namen falsch verwendet hatte, besonders nach Gudruns Erklärung, dass Jilly Monaghan ihr Gedächtnis verlor. »Aber ich habe noch ein paar Fragen, bevor ich weitermachen kann«, sagte sie stattdessen. »Das können wir auch übers Telefon machen, wenn das in Ordnung ist.«

»Schießen Sie los.«

»Da ist ein Foto bei den Unterlagen, die Sie mir gegeben haben. Auf der Rückseite steht: ›Die drei Amigas.‹ Wer …«

»Jasmines beste Freundinnen. Die drei standen sich sehr nah. Mia Smith und Jasmine kannten einander schon seit der dritten Klasse. Sophie Sinovich hat das Trio im ersten Jahr an der Junior High komplett gemacht. Die drei waren zusammen an der UVic.«

»Leben Sophie Sinovich und Mia Smith noch in der Gegend?«

»Ich weiß es nicht. Ich habe seit Jahren nicht mehr an die beiden gedacht.«

»Dann wissen Sie also auch nicht, ob sie vielleicht verheiratet sind und nun andere Nachnamen tragen?«

»Nein.«

»Was ist mit den anderen Frauen bei dieser Flussreise? Können Sie mir irgendetwas über deren Verbleib sagen, bevor ich mit der Suche anfange?«

»Rachel Hart lebt mit ihrem Mann Doug in Metchosin. Wo ihre Tochter Eden wohnt, weiß ich nicht, und auch nicht, was aus den anderen geworden ist. Bei der Reise war auch eine Frau dabei, die schon über siebzig war. Mittlerweile ist sie vermutlich tot.«

»Dann ist Eden also Rachel Harts Tochter?«

»Ja.«

»Nur um das noch einmal abzuklären, die Dokumentation wurde von den Sponsoren gekippt und nie ausgestrahlt?«

»Korrekt. Mein Schwiegersohn Rahoul Gulati hat den Sponsoren gedroht, sie zu verklagen, wenn sie das Bildmaterial in irgendeiner Weise verwenden, was dazu führte, dass sie sich aus dem Projekt zurückgezogen haben. Rahoul wollte nicht, dass Rachel Hart oder ihre Sponsoren Jasmines Tod zur Sensation machen und Kapital daraus schlagen. Ich glaube, Rachel hätte es in irgendein Abenteuerdrama umgewandelt, wenn sie die Chance dazu bekommen hätte.«

»Und was ist aus dem ungeschnittenen Bildmaterial geworden, das Rachel Hart aufgenommen hat? Haben Sie je etwas davon gesehen?«

»Nein. Rachel hat angeboten, eine Filmmontage von Jasmines letzten Tagen für ihre Eltern zusammenzustellen, aber meine Tochter Kitt hat abgelehnt. Sie meinte, dass es zu schmerzvoll für sie wäre. Es war eine wirklich schlimme Zeit für Kitt damals.«

»Wie kommt es, dass Sie eine Enkeltochter haben, die schon so alt war?«, fragte Angie. »Jasmine war vor vierundzwanzig Jahren fünfundzwanzig. Da waren Sie ...«

»Kitt war die Tochter meines Mannes aus seiner ersten Ehe. Ich habe Logan Blackford geheiratet, nachdem er schon eine Weile verwitwet war. Er war ein ganzes Stück älter als ich. An meinem Hochzeitstag war ich einunddreißig. Kitt Blackford war schon dreiundzwanzig, als sie rein formell meine Stieftochter wurde. Es war ein holpriger Weg für Kitt und mich. Aber im Laufe der Jahre sind wir uns sehr nahegekommen. Und nach Logans Tod sogar noch mehr.«

»Nur für meine Aufzeichnungen – dann war Jasmine also keine Blutsverwandte von Ihnen?«

»Sie war meine Enkelin, Blut hin oder her. Ich habe sie abgöttisch geliebt, schon als sie noch ein Baby war. Sie war das Kind, das ich nie hatte, das ich nie bekommen konnte. Ich bin Jasmines einzige noch verbliebene Familie. Es ist meine Aufgabe, dafür zu sorgen, dass sie angemessen zur Ruhe gebettet wird, bei ihren Eltern.«

»Ich verstehe.« Angie ließ den Motor an und schaltete die Scheibenwischer ein, da der Regen immer heftiger fiel. »Noch zwei Fragen, wenn es Ihnen nichts ausmacht. Wissen Sie, ob sich Jasmine jemals die linke Schulter ausgekugelt hat?«

»Nein, nicht dass ich wüsste. Ich habe die Erwähnung der Schulterverletzung im pathologischen Bericht gesehen, und ich glaube, dass ich es wissen *müsste*, wenn Jasmine sich je so schwer verletzt hätte. Die Gerichtsmedizinerin hat mich auch danach gefragt. Aber nein, ich erinnere mich nicht an eine Schulterverletzung.«

»Okay. Und hat Jasmine ein Kind geboren?«

»Die Erwähnung der postpartalen Furchen habe ich auch gesehen. Nein. Sie hat kein Kind geboren.«

»Wüssten Sie es denn, wenn es so wäre?«

»Natürlich. Ich stand Kitt nahe. Kitt stand Jaz nahe. Kitt hätte es gewusst.«

»Hätte Kitt es Ihnen auch gesagt? Falls Jasmine nur mit ihrer Mutter darüber gesprochen hätte?«

Die Richterin zögerte. »Vielleicht nicht. Aber ich habe natürlich schon darüber nachgedacht, und ich kann mich wirklich an keine Zeit in Jasmines Leben erinnern, in der sie schwanger ausgesehen hätte oder in der sie lange genug verschwunden wäre, um ein Kind zu bekommen und es wegzugeben. Aber jeder hat Geheimnisse, das weiß ich. Außerdem weiß ich aus dem pathologischen Bericht, dass solche postpartalen Furchen kein Beweis dafür sind, dass eine Frau ein Kind geboren hat. Genau deshalb habe ich Sie angeheuert, Angie. Ich kenne die Antworten auf diese Fragen nicht, und ich möchte, dass Sie das alles herausfinden und mir davon erzählen.«

»Und wenn ich nichts Verdächtiges herausfinde? Wenn Jasmine ein ganz normales Leben geführt und einfach einen schrecklichen Unfall gehabt hat?«

»Dann will ich das auch wissen. Damit ich sie mit dem Gefühl beerdigen kann, das Richtige für sie getan zu haben.«

Angie legte auf, ließ den Kopf nach hinten sinken und schloss die Augen, während ihr wieder Maddocks' Worte aus der vergangenen Nacht durch den Kopf gingen.

Eins musst du wissen, Angie – ich liebe dich. Wenn du meine Verlobte bleiben möchtest, wenn du willst, was ich will, nämlich heiraten – dann bin ich da. Ich gehöre dir. Aber das ist deine Entscheidung. Ruf mich erst wieder an, wenn du wirklich dazu bereit bist. Bis dahin ist es zwischen uns vorbei.

Sie schloss die Augen. Das war es. Dieser Fall, dieser Job – es war ihr Weg zurück zu Maddocks. Zu diesem Traum.

Sie wollte Sergeant James Maddocks heiraten, ein Haus finden und es mit einem warmen Familiengefühl erfüllen. Sie wollte ihre eigene Detektei eröffnen und von dem Boot an der Marina aus führen, mit dem dreibeinigen Jack-O als Maskottchen. Sie konnte es sehen, es *schmecken*. Alles. Sie würde sich diese Vision glasklar vor Augen halten, während sie weitermachte. Sie würde nicht zulassen, dass dieses Bild stürzte und zerbrach. Niemals. Sie würde es ihm zeigen. Sie würde einen Weg finden, etwas Konkretes, um ihm zu beweisen, dass sie dasselbe wollte wie er.

Sie legte den Gang ein und fuhr vom Parkplatz.

Kapitel 14

Montag, 19. November

Kjel Holgersen ließ zwei weitere Aktenkisten auf einen Tisch in der kleinen Einsatzzentrale fallen. Leo trat hinter ihm ein und hievte seine Last ebenfalls auf den Tisch. Fluchend klopfte sich Leo den Staub von der Hose. Sein Gesicht war rot angelaufen und Schweißperlen glänzten auf seiner Oberlippe. Er roch nach schalem Schnaps.

»Dann ist es gestern im Pig also mal wieder spät geworden?«, fragte Kjel und hob den Deckel von einer der Kisten.

»Musste meine Sorgen ertränken. Warum zum Teufel hat mich Maddocks überhaupt aus der Mordkommission in sein Team geholt?« Leo deutete mit übertriebener Geste auf den Kistenstapel. »Nur damit ich jetzt in diesem Drecksloch festsitze? Diese Fälle da sind tot, das sag ich dir. Kalt und tot. Während der Rest des Teams da draußen heißen Spuren bei Schwerverbrechen nachgeht, müssen wir uns durch *diesen* Mist wühlen?« Er schob seinen Schreibtisch unter das Fenster, während er sprach, und beanspruchte so den besten Platz im ganzen Raum für sich. »Scheiße, das ist Maddocks' Rache, weil ich mit Grablowski darüber gesprochen habe, dass sie das Krippenbaby ist. Er denkt, ich habe Pallorinos Geschichte durchsickern lassen und bin deshalb verantwortlich dafür, dass Grablowski das Buch geschrieben hat.«

»Du hast es ja auch durchsickern lassen.«

»Tja, ich sag dir was, ich hab dieses blöde Buch aber nicht geschrieben. Dieser forensische Psychoheini hätte Pallorinos Geschichte sowieso rausgekriegt, mit oder ohne mich. Ich hab's nur leichter gemacht, die Dinge ein bisschen beschleunigt.«

»Gegen Bezahlung.«

Leo ignorierte den Seitenhieb und schlenderte zur Kaffeemaschine hinüber. »Die Frage ist nur, warum Maddocks *dich* aufs Abstellgleis geschoben hat, oder, Holgersen? Was hast du angestellt, um dir diese Sonderbehandlung vom neuen Boss abzuholen?«

Kjel schob seinen eigenen Metallschreibtisch hinüber zur Wand neben dem Whiteboard. »Weil er glaubt, ich hab das Zeug dazu, die gesamte Aufklärungsrate der Mordkommission und der Abteilung für vermisste Personen zu verbessern. Aber hey, wenn wir Erfolg haben, wenn wir bei ein paar dieser Fälle eine neue heiße Spur finden, dann bekommen wir mehr Personal, mehr Ressourcen. Ist gar nicht so übel.«

»Träum weiter, Kumpel.« Leo goss sich eine Tasse Kaffee ein und stellte sie auf seinen Schreibtisch. Dann ging er zurück zu den Kisten, hob von einer weiteren den Deckel ab und begann, in den alten Mordfallakten herumzukramen. »Wo zum Teufel sollen wir bei dem ganzen Mist denn anfangen?«

»Genau da. Wie du's gerade tust«, antwortete Kjel. »Wir nehmen uns jeden einzelnen Cold Case vor, dokumentieren ihn in unserem neuen Computersystem …«

»Das System läuft ja noch nicht mal.«

»Das wird es bis heute Abend. Die Techniker kommen in einer Stunde. Sobald wir einen Fall eingetragen haben, gibt das System eine Wertung ab bezüglich der Lösbarkeit, des öffentlichen Interesses und des Potenzials, dass sich durch den Einsatz der sozialen Medien neue Spuren ergeben könnten. Dazu kommen eine Einschätzung über den Nutzen des Einsatzes von neuester DNS-Technologie, mögliche Verbindungen zu anderen alten Fällen, potenzielle Zeugen, die es vielleicht immer noch gibt und die inzwischen bereit sind zu reden, und so weiter. Sobald wir eine Prioritätenliste erstellt haben, fangen wir dann an, unsere Topfälle den Kriminalanalytikern vorzuführen. Wir leiten sie an die Social-Media-Abteilung weiter und stellen die DNS-Beweise und Fingerabdrücke in die Warteschlange der Kriminallabore. Falls sich dabei Treffer ergeben, dann gehen wir ihnen nach. Und wenn wir mehr Personal brauchen, dann fragen wir. Ganz einfach.«

Leo gab ein Schnauben von sich und klappte eine Mordakte auf. Er überflog den Inhalt. »Tja, für den Anfang können wir gleich ein paar von denen hier wegwerfen.«

»Von welchen?«

»Tote Junkies.« Mit einem haarigen Zeigefinger tippte er auf das Polizeifoto einer jungen Frau. »Obdachlose wie diese nutzlose Speedsüchtige hier. Hat man vor fünf Jahren in der Nähe des Gorge gefunden.«

Kjel ging zu ihm, um sich die Akte anzusehen. Er las den Namen des Opfers. Seema Solomon. Eine Tochter. Vielleicht eine Schwester. Vielleicht sogar eine junge Mutter. Ein Mensch, der Respekt verdient hatte. Ein Mensch, der irgendwie auf die schiefe Bahn geraten und der jetzt tot war. Gestorben unter verdächtigen Umständen.

Leo schloss die Akte und schob sie zur Seite. Dann wandte er sich wieder der Kiste zu.

»Und was hast du mit den Akten der toten Junkies vor?«, fragte Kjel.

»Nada. Die wandern auf den Stapel für die aussortierten Fälle.«

»Nur weil die Opfer einer Randgruppe angehört haben?«

Leo hielt inne und warf Kjel einen Blick zu. »Willst du mich verarschen? Seit sich der Schweinebauer Robert Pickton seine Opfer in Vancouver Downtown Eastside unter den Prostituierten ausgesucht hat, ist plötzlich jeder vermisste oder ermordete Obdachlose ein potenzielles Opfer eines Serienmörders?«

»Das wissen wir erst, wenn wir's überprüft haben.«

Wieder schnaubte Leo abfällig. »Betriebsblindheit ist das eine, aber man kann's auch übertreiben, Kumpel.«

Kjel nahm eine weitere Akte aus einer anderen Kiste. Sie enthielt die Details eines Vermisstenfalls aus dem vergangenen Dezember. Er überflog die Informationen.

»Hey, das hier ist Annelise Janssens Akte«, sagte er. »Weißt du noch? Die Studentin, die letzten Winter vom Campus der UVic verschwunden ist?« Er sah von der Akte auf. »Sie wird immer noch vermisst. Ihr Vater ist 'n ganz großes Wirtschaftstier. Schwimmt im Geld.« Kjel tippte auf die Akte. »Das da ist hochbrisant, und die Öffentlichkeit interessiert sich brennend dafür. Eine hübsche junge Blondine aus guter Familie, die einfach vom Campus verschwindet. Puff, und weg. Und niemand hat angeblich einen Schimmer, wo sie hin ist. Wenn wir ein, zwei Fälle wie den da lösen können, dann ist die Sache geritzt.« Kjel schlenderte zu seinem neuen Arbeitsplatz hinüber und ging die Akte genauer durch. »Ja, das weiß ich noch. Ich war damals Pallorinos Partner bei den Sexualverbrechen, als eine Frauenleiche im Gorge aufgetaucht ist. Letzten Winter. Erst dachten alle, es wäre Annelise Janssens Leiche. Das war die erste Frage, die wir von den Reportern gestellt bekommen haben.« Er sah auf. »Ich würde mal sagen, das da kommt ganz oben auf unseren Stapel. Zuerst melden wir uns bei der Social-Media-Abteilung und machen klar, dass wir immer noch nach Hinweisen über Janssen suchen.«

»Im letzten Dezember waren die sozialen Medien voll damit.«

»Schon, aber du weißt ja, wie das ist. Manchmal haben die Leute Angst, sich zu melden. Dann verändern sich ihre Lebensumstände, und plötzlich wollen sie reden. Oder vielleicht gibt's auch jemanden, der was weiß, aber letzten Winter keine der Meldungen gesehen hat.« Kjel wandte sich wieder der Akte zu, sah aus dem Augenwinkel jedoch, dass Leo die Mordakte der Süchtigen vom Stapel nahm und zu seinem eigenen Schreibtisch hinübertrug.

Ein seltsames Gefühl beschlich Kjel, als ihm Maddocks' Worte wieder einfielen.

Beobachte ihn einfach für mich. Nach welchem Muster er die Fälle bearbeitet und priorisiert.

Kapitel 15

Es war beinahe schon Mittag, als Angie am Montag an der Tür der Residenz der Harts klopfte. Es war ein weitläufiges Anwesen am Meer, in der Nähe von Metchosin, einer fast schon ländlichen Gegend, eine halbe Autostunde von der Stadt entfernt. Es war nicht weiter schwer gewesen, Rachel Harts Adresse herauszukriegen. Die Dokumentarfilmemacherin, inzwischen zweiundsiebzig Jahre alt, besaß eine Website, auf der ihre Kontaktdaten zu finden waren. Angie hatte vorher angerufen, um zu erklären, wie es zu ihren Ermittlungen kam, und um einen Termin zu vereinbaren.

Ein Mann, etwa Anfang siebzig, öffnete die Tür. Er war groß und langgliedrig, hatte ein schmales Gesicht und verspielte, hellblaue Augen. »Angie Pallorino?«

»Ja, ich …«

»Rachel erwartet Sie schon. Kommen Sie rein. Ich bin ihr Ehemann Doug.«

Angie nahm seine Hand. Sein Griff war fest, und immer noch lächelte er sie warm an. Sie mochte ihn sofort. Sie hatte ein wenig nachgeforscht, bevor sie hergekommen war, und herausgefunden, dass Rachel mit Dr. Douglas J. Hart verheiratet war, einem vor Kurzem in den Ruhestand gegangenen Dekan für Geisteswissenschaften an der University of Victoria. Es war dieselbe Universität, die auch Maddocks' Tochter Ginny besuchte und an der Angies Vater als Professor für Anthropologie gelehrt hatte. Bevor sie zur Polizei gegangen war, hatte Angie geglaubt, sie würde selbst einmal eine akademische Karriere verfolgen.

»Kommen Sie, hier entlang. Lassen Sie die Schuhe ruhig an – Rachel ist draußen, hinten am Strand. Beim Fliegenfischen.« Er führte Angie durch einen offenen Wohnraum zu einer Schiebeglastür, durch die man eine Rasenfläche sehen konnte, die sich bis zu einer Bucht hinab erstreckte. Das Haus der Harts war von schlichten, klaren architektonischen Linien und viel natürlichem Licht geprägt. Eine Reihe von Schwarz-Weiß-Fotografien zierte eine der Wände. Angie blieb stehen, um die Bilder kurz zu betrachten. Einige davon zeigten Doug und Rachel, andere einen kleinen Jungen mit einem Mädchen. Dann das Mädchen allein, in verschiedenen Altersklassen, während die Jahre voranschritten.

»Ist das Ihre Tochter Eden?«, fragte sie. »Ich glaube, ich erkenne sie von den Fotos der Flussreise wieder.«

»Ja. Und das ist unser Junge Jimmy. Wir haben ihn verloren, als er vier war.«

»Das tut mir so leid.« Sie sah Doug an.

»Jimmy ist auf seinem Dreirad gefahren und über den Rand eines Docks ins Wasser gefallen. Bei einem Haus am See, das wir den Sommer über gemietet hatten. Als wir sein Verschwinden bemerkt haben, war es schon zu spät. Es war eine schlimme Zeit.« Er öffnete die Tür und ließ die frische Herbstluft herein. »Ich bringe Sie zum Strand runter. Rachel übt gern ihre Würfe dort unten, wenn sie nachdenken muss oder sich entspannen möchte.« Über die Schulter warf er ihr ein freundliches Lächeln zu. »Rachel hat seit einer ganzen Weile nicht mehr an diese

Flussreise gedacht. Es hat sie tief getroffen, als Sie ihr gesagt haben, dass man Jasmines Leiche gefunden hat.«

Sie liefen über den Rasen. Das Meer tanzte und funkelte im Sonnenlicht. Am Rand des Anwesens standen die Laubbäume noch in flammenden Herbstfarben. Die Blätter raschelten in der Brise. Es war ein herrlicher Tag.

Bei einem grasigen Hügel blieb Doug stehen, die Hände in den Taschen. »Da ist sie.« Er deutete mit dem Kinn Richtung Wasser.

Am Fuß der Anhöhe, direkt am Meeresufer, stand eine schlanke Frau mit langem, zu einem Pferdeschwanz gebundenem Silberhaar und warf ihre Schnur in majestätischen Bögen aus. Wassertropfen glitzerten in der Sonne. Ihre Körperhaltung und ihre Bewegungen schienen ihr Alter Lügen zu strafen.

Schweigend sahen Angie und Doug zu. Wie Poesie der Bewegung, dachte Angie. Ein ätherischer Bändertanz mit einer hauchzarten Schnur. Aus eigener Erfahrung wusste sie ja inzwischen, wie verdammt schwer es war, so elegant mit einer Fliegenschnur umzugehen.

»Was möchte sie denn fangen?«, fragte Angie.

»Nichts. Sie benutzt eine Fliege ohne Haken. Es ist nur zur Übung. Ihr persönliches Beruhigungsmittel.« Er verstummte und schien seinen eigenen Gedanken nachzuhängen, während er seiner Frau am Strand zusah.

»Ist es okay, wenn ich mit ihr über Jasmine spreche?«, fragte Angie leise. »Und darüber, was auf dieser Reise geschehen ist?«

Doug kehrte von dem Ort zurück, an den ihn seine Gedanken gebracht hatten, und antwortete: »Nein. Ich meine, ja, natürlich spricht sie darüber. Es ist nur schon so lange her, dass wir Jasmine verloren haben. Ihr Anruf – die plötzliche Enthüllung, dass diese menschlichen Überreste zu Jaz gehören –, das hat alles wieder aufgewühlt. Rachel hat es damals sehr schwer getroffen. Es war ihre Reise. Sie hat alles organisiert. Sie hat Jasmine eingeladen, und sie hatte das Gefühl, für die Sicherheit der anderen verantwortlich zu sein.«

»Kannte sie Jasmine denn gut?«

Er sah sie an. »Gut genug. Vielleicht können die Wunden ja nun heilen, nachdem man Jasmine gefunden hat. Gehen Sie ruhig runter und stellen Sie sich vor, dann setze ich schon mal Kaffee auf. Ich bringe ihn zum Tisch im Hof – es wäre eine Schande, bei einem so herrlichen Tag wie heute nicht draußen zu bleiben.«

* * *

Angie und Rachel saßen vor ihrem Kaffee an einem kleinen runden Tisch im samtigen Licht der tief stehenden Sonne. Die goldenen Strahlen schmeichelten den Gesichtszügen der älteren Frau. Angie gefiel dieses Gesicht. Es zeigte interessante Linien, ein festes, entschlossenes Kinn und scharfe graue Augen. Die Fältchen erzählten von einem Leben voller Nachdenken und Lachen. Auch von Traurigkeit. Einzelne silbergraue Haarsträhnen hatten sich aus dem dicken Pferdeschwanz gelöst, was Angie an die Verhaltensforscherin Jane Goodall erinnerte.

»Macht es Ihnen etwas aus, wenn ich unser Gespräch aufnehme?« Angie legte ihr digitales Aufzeichnungsgerät auf den Tisch zwischen sie.

Rachel musterte das Gerät. »Warum das?«

»Nur zu meiner Erinnerung. Ich kann präsenter sein und besser zuhören, wenn ich mir dabei keine Notizen machen muss.« Sie lächelte.

Rachel nickte, hob die Kaffeetasse und verharrte dann. »Erklären Sie mir bitte noch einmal, warum Justice Monaghan Sie angeheuert hat. Gibt es irgendetwas Verdächtiges an Jasmines Tod?«

»Nein. Jasmines Tod wird als Unfall eingestuft. Ich glaube, dass sie mich engagiert hat, ist Jilly Monaghans Art, mit dieser Neuigkeit umzugehen. Sie hat das Gefühl, etwas tun zu müssen. Irgendetwas.«

»Sie verliert ihr Gedächtnis, wissen Sie das? Angeblich leidet sie an einer Form der Demenz.«

»Das habe ich gehört. Ich nehme an, für eine Frau von ihrem beträchtlichen Intellekt, eine Frau, die einmal über die Macht verfügte, Menschen einsperren zu lassen, ihnen die Freiheit zu nehmen – ich glaube, das hier gibt ihr das Gefühl, die Kontrolle zurückzubekommen. Vielleicht ist es auch einfach ihre Art, um damit abschließen zu können.«

Rachel hielt Angies Blick, die Tasse noch immer in der Luft, während sie darüber nachdachte. Etwas in der Haltung der älteren Frau wurde weicher, und Angie hatte das Gefühl, sie hätte irgendeine Art Geheimtest bestanden.

Rachel trank einen Schluck. »Ich stand kurz vor meinem achtundvierzigsten Geburtstag, als ich auf die Idee gekommen bin, diesen Dokumentarfilm zu drehen«, erzählte sie. »Damals setzte die Perimenopause ein und hat mich wie ein Schlag ins Gesicht getroffen. Ich konnte nicht gut mit den Veränderungen meines Körpers und meiner Psyche umgehen: mit der Reizbarkeit, der Nervosität, der dünner werdenden Haut, den plötzlichen Gelenkschmerzen, schlaflosen Nächten und schlimmen Träumen. Mit den Hitzewallungen und der Erschöpfung. Die Liste ist endlos. Für mich war es grausam und es hat mich unvorbereitet getroffen.« Sie hielt inne. »Am schlimmsten waren, glaube ich, die Stimmungsschwankungen. Manchmal hatte ich fast das Gefühl, selbstmordgefährdet zu sein.« Sie sah Angie in die Augen. »Meine einzige Rettung waren meine Angelrute und der Fluss. Das Fischen in der Wildnis hat mir Frieden gebracht. Auf einmal wurde mir klar, dass mir das Angeln während mehrerer Phasen meines Lebens Glück geschenkt hat. Begonnen hat es, als ich noch ein kleines Mädchen war und auf dem Knie meines Großvaters gesessen bin. Ich habe ihm zugesehen, wie er unglaublich feine kleine Fliegen gebunden hat, um geheimnisvolle Geschöpfe aus der Tiefe des Flusses zu locken. Er hat mir beigebracht, die Natur zu beobachten, sie nachzuahmen, ganz im Stillen. Stark zu sein und trotzdem einen sanften Griff zu behalten, um jede Bewegung der Schnur wahrzunehmen. Keine Angst vor der Wildnis zu haben, sondern ihre Launen anzunehmen. Trost in Mutter Naturs Armen zu finden.« Sie nippte an ihrem Kaffee, ihr Blick ging in die Ferne, und das Licht der Herbstsonne erhellte ihre Augen. »Das Angeln und die Campingausflüge haben mich durch die Pubertät gebracht. Sie haben mir geholfen, als ich in der Schule gehänselt wurde. Als ich mich zum ersten Mal verliebt habe und auch bei dem darauffolgenden Herzschmerz. Sie haben mir geholfen, als mein Sohn starb, und sie haben mich meiner eigenen Tochter nähergebracht. Sie haben mich zu meinem Beruf geführt – zu dem Wunsch, Leben und Sport in der Natur aus einer weiblichen Perspektive zu dokumentieren. Also habe ich mich angesichts der Menopause wieder dem Fluss, dem Angeln und meiner Leidenschaft fürs Filmemachen zugewandt. Ich habe beschlossen, eine Geschichte über Frauen in unterschiedlichen Phasen ihrer Entwicklung zu zeigen, mit dem Fluss als Metapher für das Leben an sich. Ich wollte zeigen, wie sie alle zum Angeln gekommen waren und wie jede von ihnen das Fischen und die Natur verwendeten, um ihre Rollen und ihr Verständnis von Weiblichkeit in einer Männerwelt zu definieren.«

Angie gefiel diese Frau immer besser. »Deshalb der Titel? Frauen im Strom?«

Rachel nickte. »Ich habe eine Anglerin in den Siebzigern und eine in den Sechzigern eingeladen; außerdem eine geschiedene, alleinerziehende Mutter; eine Frau, die zwar verheiratet, aber aus eigenem Willen kinderlos war, und ein lesbisches

Pärchen, das gern ein Kind adoptieren wollte. Dazu meine eigene Tochter Eden, die gerade in die schwierige Teenagerphase eintrat.« Sie sah weg, als würde sie sich erinnern. »Wir alle hatten unsere eigene Art, mit unserer Sexualität und unserer Weiblichkeit umzugehen. Jaz beispielsweise war die kapriziöse Verführerin, der die Welt noch zu Füßen lag. Ihr Leben war noch nicht geformt von partnerschaftlichen Verpflichtungen und von Mutterschaft. Alle Entscheidungsmöglichkeiten hingen noch verlockend vor ihr.« Sie räusperte sich. »Ich habe die Idee entworfen, Sponsoren gefunden und Pläne gemacht. Im September des Jahres 1994 sind wir aufgebrochen.«

Angie betrachtete ihr Aufnahmegerät und prüfte, ob das rote Lämpchen immer noch brannte.

»Es muss schlimm gewesen sein, dass Jasmine auf der Reise gestorben ist.«

Ein Schimmern trat in Rachels graue Augen. Sie nickte und blickte aufs Meer hinaus. »Ich war am Boden zerstört«, sagte sie. »Jasmine war für mich die Verkörperung der Weiblichkeit in ihrer vollen, üppigen, herrlichen Blüte. Sie hätte jeden Mann haben können, den sie nur wollte. Sie hatte sich noch nicht festgelegt. Sie stand für das, was viele von uns anderen verloren hatten: Wahlmöglichkeiten.« Rachel sah sie an. »Würde Jasmine noch leben, dann wäre sie jetzt fast fünfzig.«

Es war ein plötzlicher Paradigmenwechsel. Angie begriff auf einmal, dass Jasmine nun älter wäre als sie selbst. Das wiederum brachte ihr zu Bewusstsein, dass sie damals, als jene verhängnisvolle Reise stattgefunden hatte, etwa in Eden Harts Alter gewesen sein musste. Damals hatte sie noch in glücklichem Unwissen über ihre eigene tragische und brutale Kindheit sowie ihre wahre Identität gelebt.

Sie schob die Hand in ihre Umhängetasche, die sie über die Stuhllehne geschlungen hatte, und holte eine Akte heraus. Sie entnahm die Fotos, die Justice Monaghan ihr gegeben hatte, und legte das Bild der lachenden Frauen unter dem Schild des Hook and Gaffe auf den Tisch.

»Können Sie mir auf dem Foto zeigen, wer wer ist? Und vielleicht noch ein paar Worte über jede der Frauen anfügen?«

Rachel nickte. »Dieses Bild wurde vor dem Motel und Pub in Port Ferris aufgenommen, wo wir uns alle am ersten Abend getroffen haben. Unsere Guides sind auch dazugestoßen. Wir haben unsere Autos beim Motel gelassen, und die Guides sind mit uns am nächsten Morgen in ihren Allradautos zur Predator Lodge hochgefahren. Das da bin offensichtlich ich.« Sie deutete auf sich selbst. »Und das ist meine Tochter Eden. Das ist Willow McDonnell. Sie war damals neununddreißig, homosexuell, eine Anwältin. Das hier ist ihre Partnerin Trish Shattuck, zweiundvierzig, Landschaftsarchitektin. Zur Zeit der Reise haben sie gerade versucht, ein Kind aus Korea zu adoptieren, aber es war ein langwieriger Prozess mit vielen Enttäuschungen. Beide waren – und sind es noch – begeisterte Fliegenfischerinnen. Beide hatten eine schwere Beziehung hinter sich, die eine mit einem Mann, die andere mit einer Frau. Für sie beide war ihre Partnerschaft eine zweite Chance, und sie haben hart daran gearbeitet, etwas aus dem, was das Leben ihnen noch zu geben hatte, zu machen.« Dann deutete sie auf die Blondine auf dem Foto. »Kathi Daly, damals neununddreißig. Eine gute Freundin von mir.« Rachel lächelte ein wenig wehmütig. »Ein freches Mundwerk und eine scharfe Zunge. Sie war frisch geschieden, alleinerziehende Mutter von vier Kindern, und sie hatte das Gefühl, nie gut genug zu sein. Ihr Ex-Mann hatte eine Midlife-Crisis, so banal und abgedroschen, wie es nur geht: neuer Sportwagen und eine ganze Reihe hübscher junger Betthäschen. Viele von ihnen musste er auf die eine oder andere Art bezahlen, weshalb er kein Geld mehr für den Unterhalt seiner Kinder übrig hatte. Der Rotschopf da ist Irene Mallard, zweiundvierzig. Verheiratet. Keine Kinder. Sie glaubte, ihr Ehemann hätte eine Affäre, weil ›ihre Vagina nicht mehr straff genug war‹.« Sie schnaubte. »Als wäre sie irgendeine Penishülle, die ihr Verfallsdatum überschritten hatte. Irene machte sich ständig Gedanken darüber, ob sie doch Kinder hätte bekommen sollen, weil sie ihren auf Abwege geratenen Ehemann vielleicht so hätte halten können. Allerdings war der Grund dafür, dass sie sich überhaupt erst gegen Kinder entschieden hatte, der, dass sie eine Frau ihrer Meinung nach schneller altern ließen.« Rachel blickte auf. »Jaja, sagen Sie es nicht, ich weiß schon. Ich habe Irene überhaupt nicht verstanden, aber sie gab dieser Reise der Weiblichkeit eine weitere Perspektive. Außerdem war sie eine hervorragende Anglerin. Das Fliegenfischen hat ihr Distanz zu sich und ihren ständigen Selbstvorwürfen gebracht.«

Angie dachte an Maddocks' Frage im Auto. Die Frage, ob sie Kinder haben wolle. Ihr wurde die Brust eng. »Was ist mit den anderen beiden?«

»Donna Gill. Einundsechzig. Triathletin. Aus eigener Entscheidung heraus alleinstehend. Sie meinte, sie sei zu selbstbezogen, um eine feste Beziehung einzugehen – sie wollte sich nicht für einen Mann versklaven. Donna war Wellness-Coach. Sie hat Sportkurse für Senioren geleitet, im Sommer Wandergruppen geführt und im Winter Schneeschuh- und Langlauftouren organisiert. Sie war unglaublich fit. Ironischerweise ist sie nur fünf Jahre nach der Reise gestorben – Herzversagen. Furchtbar schlechte Cholesterinwerte. Und das da ist Hannah Vogel. Sie lebt ebenfalls nicht mehr. Damals war sie Mitte siebzig. Deutscher Hintergrund. Hat als Kind in europäischen Flüssen geangelt und später in Nordamerika bei Fliegenfischwettbewerben ganz neue Maßstäbe gesetzt. Zur Zeit der Reise war sie verwitwet und ihre Kinder waren erwachsen. Sie war Schriftstellerin – narrative Sachliteratur. Ein Teil von mir wollte so sein wie Hannah.«

»Es ist gut, dass ich den Namen in Justice Monaghans Akte jetzt Gesichter zuordnen kann«, sagte Angie. »Sie hat eine Liste für mich erstellt, und mit Willow McDonnell und Trish Shattuck konnte ich gestern Abend bereits Kontakt aufnehmen. Sie stehen im Telefonbuch und wohnen gar nicht weit von hier. Auf dem Rückweg nach Victoria mache ich bei ihnen Halt. Da Donna Hill und Hannah Vogel tot sind, kann ich sie wohl von meiner Liste streichen. Aber was ist mit Irene Mallard und Kathi Daly? Wissen Sie, wo die beiden jetzt sind?«

»Warum wollen Sie überhaupt mit ihnen sprechen?«

»Um ein Gefühl dafür zu bekommen, wie Jasmines letzte Tage verlaufen sind. Ich möchte hören, was sie von Jasmine hielten und was sie ihnen vielleicht erzählt hat.«

Rachel musterte sie. »Kathi wohnt ein Stück weiter oben auf der Insel, in Ladysmith, ganz in der Nähe meiner Tochter. Eden ist inzwischen Psychotherapeutin. Sie hat eine Praxis in der Innenstadt von Nanaimo. Irene lebt mittlerweile in Australien. Müssen Sie wirklich mit allen sprechen?«

»Gibt es ein Problem damit, wenn ich sie befrage?«

»Nein, nein, es ist nur … ich fühle mich in gewisser Weise verantwortlich dafür, was passiert ist, und ich möchte nicht, dass sie sich wegen meiner Reise damals wieder unwohl fühlen müssen.«

»Als ich am Telefon mit Willow und Trish gesprochen habe, meinten sie, dass sie sich sehr gern mit mir treffen würden. Das alles ist natürlich vollkommen freiwillig.« Angie lächelte und hoffte, dass es warm und ermutigend wirkte. »Ich bin keine Polizistin mehr. Ich kann niemanden mehr zu irgendetwas zwingen. Ich versuche nur, für mich selbst ein Bild der Reise zu erstellen und von den Monaten davor in Jasmines Leben.«

»Sie tanzen nach Justice Monaghans Pfeife, ist Ihnen das bewusst?« Rachel sah ihr fest in die Augen, und Angie verspürte einen Anflug von Feindseligkeit.

»Sie hat Fragen. Sie hat mir ein Honorar dafür angeboten, dass ich versuche, Antworten darauf zu finden.«

Rachel stieß hörbar die Luft aus. »Also ist es vielleicht eher so, dass Sie sie ausnutzen. Sie nehmen Geld von einer alten Frau an, die dabei ist, den Verstand zu verlieren.«

Angie hob eine Braue. »Das ist ziemlich grob.«

Ein Windstoß blies Rachel ein paar Haarsträhnen über das Gesicht. »Es tut mir leid. Aber die Richterin hat … sie hat den Ruf, eine selbstsüchtige Unruhestifterin zu sein. So war sie während ihrer gesamten Karriere. Eine herablassende Bärin auf ihrem Richterstuhl. Fragen Sie Willow. Sie ist Strafverteidigerin, und sie hatte das Pech, in Monaghans Gerichtssaal auftreten zu müssen. Sie wird Ihnen sagen, dass Justice Monaghan das hier vermutlich nur deswegen tut, weil sie es kann. Um Ärger anzuzetteln und sich darüber zu freuen.«

»Sie mögen sie nicht?«

»Es gefällt mir nicht, dass sie alles wieder ausgräbt. Es war für uns schon beim ersten Mal schwer genug, darüber hinwegzukommen.«

»Ich glaube, ich kann verstehen, was die Richterin tut«, sagte Angie. »Ich werde diskret mit Ihren Freunden sein. Ich habe nur ein paar einfache Fragen. Außerdem möchte ich wirklich niemanden aufbringen oder verärgern.«

Rachel sah weg. Sie atmete tief durch. »Also gut. Was möchten Sie sonst noch über mich wissen?«

»Können Sie mir sagen, wie Sie Jasmine Gulati kennengelernt haben?«

Rachel befeuchtete sich die Lippen. »Jaz hat an einem meiner Kurse über Drehbuchschreiben teilgenommen. Ich habe früher im Sommer immer eine Seminarreihe an der University of Victoria gehalten. Sie war Masterstudentin im Fach Englisch und hat zur Zeit der Reise gerade an ihrer Masterarbeit geschrieben. Ich kannte sie recht gut, weil sie auch eine der

Studentinnen meines Mannes war. Doug war Professor an der englischen Fakultät, bevor er zum Dekan wurde.«

»Dann kennt Doug vermutlich auch meinen Vater«, warf Angie ein. »Mein Dad war Professor für Anthropologie an der UVic.«

»Ich weiß.«

Ihre Blicke trafen sich, und da begriff Angie, wie recht Jock Brixton hatte – sie war berüchtigt. Fremde wussten persönliche Dinge über ihr Leben. Es wäre nahezu ausgeschlossen, dass man sie bei zukünftigen Ermittlungen nicht erkannte. Dass die Leute, mit denen sie sprach, nicht über ihre Vergangenheit Bescheid wüssten. Darüber, was sie getan hatte. Doch sie war entschlossen, dies zu ihrem Vorteil zu nutzen. Das war ihre einzige Chance, wenn sie ihre eigene Detektei gründen und mit ihrer Beziehung auf festen Boden kommen wollte.

»Können Sie mir einen kurzen Überblick über die letzten Stunden geben, bevor Jasmine verschwunden ist?«

Rachel nippte an ihrer Tasse und dachte offenbar nach. »Wir haben die Boote an einem Campingplatz ein Stück oberhalb der Plunge Falls an Land gezogen, dann haben wir unsere Ausrüstung für die Nacht ausgeladen. Die beiden Guides – Garrison und …«

»Jessie«, sprang Angie ein.

»Ja, Jessie. Jessie Carmanagh und Garrison Tollet. Sie haben die Zelte aufgestellt und Snacks verteilt. Der Rest der Gruppe hat es sich mit ein paar Drinks gemütlich gemacht. Jaz meinte, sie habe in einer Bucht einen Brutplatz entdeckt und wolle noch ein paar Würfe wagen, bevor es dunkel würde. Sie ist losgegangen, während Garrison und Jessie ein Feuer angezündet haben. Aber es gab zu wenig Holz. Also haben sie das Camp kurz nach Jaz verlassen, um welches zu sammeln.«

»Und alle anderen sind im Lager geblieben?«

»Ich habe es auch verlassen. Nach den Guides. Ich bin am Ufer entlang flussaufwärts gelaufen. Zu einer Landzunge, die in den Nahamish hinausragte. Von dort aus habe ich ein paar Aufnahmen von unserem Camp gemacht. Ich wollte die Stimmung einfangen. Das Feuer, den Rauch, die anbrechende Dämmerung. Dort war ich immer noch und habe gefilmt, als ich Männer schreien gehört habe. Ich bin so schnell ich konnte durch den Wald zurückgerannt. Als ich wieder beim Lager war …« Sie hielt inne, fasste sich. »Dort habe ich erfahren, dass Garrison gesehen hatte, wie Jasmines Leiche über die Plunge Falls gestürzt ist. Er hatte es von weit oben gesehen, von einem Schiefersteinabhang, auf dem er gestanden hatte. Von dort aus hatte er einen guten Blick auf den Wasserfall.«

»Sie haben ›Leiche‹ gesagt. Besteht denn Grund zur Annahme, dass Jasmine zu diesem Zeitpunkt schon nicht mehr am Leben war?«

Vorsichtig stellte Rachel ihre Tasse ab. »Nein. Das habe ich vermutlich rückblickend gesagt, in dem jetzigen Wissen, dass sie tot ist.«

Angie legte ein weiteres Foto vor Rachel hin und deutete darauf. »Auf diesem Bild hat Jasmine ein violettes Buch in der Hand. Justice Monaghan glaubt, dass es ihr Tagebuch ist. Sie sagt, Jasmine hat fast ihr ganzes Leben lang geradezu zwanghaft ein Journal geführt.«

»Ja. Sie hat auch auf der Reise geschrieben. Normalerweise am frühen Abend am Feuer.«

»Haben Sie irgendeine Ahnung, was aus diesem Buch geworden ist? Es befand sich nicht unter den Dingen, die Jasmines Familie übergeben wurden.«

»Nicht?«

»Ich habe eine Kopie der Auflistung. Darauf ist kein Tagebuch vermerkt. Können Sie sich vorstellen, was damit passiert ist?«

Rachel schürzte die Lippen, dann schüttelte sie den Kopf. »Ich kann nur vermuten, dass es irgendwann zwischen den ganzen Campingsachen verloren gegangen ist.«

»Dann könnte es also jemand anderes noch haben?«

»In diesem Fall hätte derjenige es doch sicher zurückgegeben?«

»Sollte man annehmen.«

»Es sei denn … Das ist jetzt ziemlich weit hergeholt, aber als einer der Guides Jaz gefragt hat, was sie da immer in ihr Buch schreiben würde, da hat sie verlauten lassen, dass es erotische Aufzeichnungen wären. Zu heiß für die beiden Männer, hat sie gesagt.« Rachel zuckte entschuldigend mit den Schultern. »So war Jaz eben. Eine Verführerin. Alles drehte sich um Sex. Vielleicht wollte einer der beiden Männer einen Blick hineinwerfen und hat sich dann zu sehr geschämt, es während des Aufruhrs um ihr Verschwinden zurückzugeben.«

Angie merkte sich diese Erklärung und legte das Foto des Diamantrings auf den Tisch. »Hat Jasmine erwähnt, woher sie diesen Ring hatte?«

Rachel zog das Foto näher zu sich heran. »Nein. Das wollte sie uns nicht verraten. Wir haben sie danach gefragt, aber sie hat ein großes Geheimnis daraus gemacht.«

»Wissen Sie, ob es in Jasmins Leben jemand Wichtigen gab? War sie möglicherweise verlobt?«

»Nein. Noch einmal: großes Geheimnis.«

»Warum hat Jasmine Ihrer Meinung nach ein Geheimnis daraus gemacht?«

Rachel gab einen abfälligen Laut von sich. »Weiß der Teufel. Vielleicht, weil es dieses Geheimnis überhaupt nicht gab. Vielleicht hat Jasmine den Ring selbst gekauft und ein Spielchen mit uns allen gespielt. Vielleicht war ihr Bedürfnis nach Aufmerksamkeit pathologisch. Oder vielleicht hat sie sogar selbst an ihre falsche Verlobung geglaubt. Was sie allerdings nicht davon abgehalten hat, mit den Guides zu flirten.«

»Sie glauben, Jasmine hat ihre Fantasien möglicherweise für die Realität gehalten?«

»So war Jasmine. Sie war ein bisschen … seltsam.«

»Trotzdem haben Sie sie zu der Reise eingeladen.«

Rachel lächelte ein wenig schief. »Im Jahr 1994 war die TV-Show *Survivor* zwar erst ein Funke in Mark Burnetts Gedanken, aber das Konzept entsprach in etwa meiner Vorstellung von *Frauen im Strom*. Ich wollte Konflikte. Ich wollte Ecken und Kanten an meinen Frauen, die weit fort von der Zivilisation auf so engem Raum miteinander auskommen mussten. Ich habe gehofft, auf Film bannen zu können, wie sie ihre Konflikte durcharbeiten. Es wäre eine sogar noch bessere Dokumentation geworden, wenn sie aneinander hochgegangen wären.«

»Letztendlich wurde der Film nie ausgestrahlt?«

»Nein. Jasmines Vater Rahoul Gulati hat mit einer Klage gedroht, falls der Film je das Licht der Welt erblicken sollte. Letztendlich haben die Sponsoren den Stecker gezogen, und ich habe die unbearbeiteten Bänder einfach eingelagert.«

»Haben Sie das ungeschnittene Bildmaterial noch?«

»In irgendwelchen Kisten in unserem Keller. Da liegen die Bänder.«

»Ist es möglich, dass ich mir die Aufnahmen ansehen kann?«

»Sie befinden sich alle auf alten VHS-Kassetten. Ziemlich vielen VHS-Kassetten.«

»Wenn es geht, würde ich sie mir sehr gern ansehen.«

»Genau genommen gehören die Aufnahmen den Sponsoren, aber es kann wohl nicht schaden, solange Sie nicht vorhaben, irgendetwas von dem Material zu verwenden. Allerdings brauchen Sie einen VHS-Rekorder, um sich die Bänder anzusehen. Oder Sie müssten alles digitalisieren lassen.«

»Das kann ich tun.«

Rachel betrachtete Angie, und auf einmal war Misstrauen in ihrer Miene zu lesen. »Entgeht mir hier etwas? Dieser ganze Aufwand, nur um Jilly Monaghan ein Bild von Jasmines letzten Tagen zu vermitteln? Diese ganzen unbearbeiteten Bänder durchzusehen, wird nämlich sehr lang dauern.«

»Justice Monaghan bezahlt mich gut für meine Zeit.«

Rachel befeuchtete sich die Lippen und nickte langsam. Wieder dieses ironische Lächeln. »Ich verstehe. Man fragt sich, wer hier nach wessen Pfeife tanzt.« Sie erhob sich. »Man nennt sie Jukebox-Jill, wussten Sie das?«

»Nein.«

»Wollen Sie wissen, warum? Weil sie immer anfängt zu singen, wenn ihr Gedächtnis sie auf einmal im Stich lässt. Um von ihrer Krankheit abzulenken. Sie kann über jede nur mögliche Frage einfach hinwegsingen, wie eine echte lebende Jukebox. Ihre Erinnerung an Songtexte funktioniert hervorragend, aber es ist eine reine Ablenkungstaktik. Sie verwirrt die Leute, damit sie vergessen, worüber sie gerade gesprochen haben.«

»Sie ist eine verdammt gute Sängerin.«

»Stimmt. Ich bitte Doug, Ihnen die Bänder aus dem Keller zu holen.« Rachel sah auf die Uhr. »Aber mich müssen Sie jetzt entschuldigen. Ich habe gleich ein Skype-Meeting, auf das ich mich noch vorbereiten sollte.« Sie öffnete die Schiebetür zum Wohnzimmer und wartete auf Angie.

Angie schaltete ihr Aufnahmegerät aus und sammelte ihre Fotos und Akten zusammen. Sie schob alles in ihre Tasche und stand auf. »Wissen Sie, ob Jasmine jemals ein Kind bekommen hat?«

Rachel blinzelte. »Wie bitte?«

»Hat Jasmine ein Kind geboren?«

Rachel starrte sie an. »Nein. Ich ... Gott, nein, nicht dass ich wüsste.«

»Gab es rückblickend irgendetwas, das darauf schließen lassen könnte, dass sie ein Kind hatte?«

»Nein. Ich …« Nun verwandelte sich das Misstrauen in Argwohn. »Ich hätte mir das einfach nicht vorstellen können. Warum fragen Sie mich das?«

»Es ist nur eine Frage, die aufgetaucht ist.«

»Wie ist sie aufgetaucht? Bei der Autopsie?«

»Nichts Eindeutiges.«

Rachel hielt Angies Blick, musterte sie. Raschelnd trieb der Wind das gefallene Herbstlaub über die Terrasse, und die Luft wurde kühler. »Ich kann mir das einfach nicht vorstellen.«

Doug erschien. Er kam aus Richtung der Küche und trocknete sich die Hände an einem Geschirrtuch ab. Rachel sah ihn an. »Ich muss mich für meine Besprechung bereitmachen, Doug. Könntest du für Angie die Filmaufnahmen von damals aus dem Keller holen?« Sie wandte sich wieder an Angie. »Es war nett, Sie kennenzulernen.« Sie wandte sich ab, zögerte dann aber und drehte sich noch einmal um. »Wahrscheinlich ist es unwichtig, aber in den Aufnahmen wird es ein paar Mal erwähnt. Da waren drei Männer, die unseren Booten gefolgt sind. Am Ufer entlang. Sie haben einigen der Frauen Angst gemacht. Ich glaube, genau das war ihre Absicht.«

»Sie haben Sie *verfolgt*?«

»Ich glaube, sie gehörten zu einer Gruppe von Männern, denen wir am ersten Abend im Hook and Gaffe begegnet sind. Eine Bande betrunkener Rednecks. Jaz hat sich mit ihnen angelegt, und ich glaube, sie wollten es ihr heimzahlen, oder uns allen. Trotzdem denke ich, dass es harmlos war. Ich dachte nur, ich sollte es erwähnen.«

»Jaz hat sich mit ihnen angelegt? Wie?«

Sie schnaubte. »Das ist alles auf den Bändern. Ich konnte Jaz in voller Aktion aufnehmen.« Eine kurze Pause entstand. »Es wäre eine verdammt gute Dokumentation über die Weiblichkeit geworden. Das werden Sie sehen. Die Bänder sind alle markiert, und die Szenen sind auf der beiliegenden Bestandsliste aufgeführt.«

Damit verschwand Rachel den Flur hinunter, vermutlich in Richtung ihres Büros.

Kapitel 16

Auf dem Weg nach Colwood, einem Städtchen im Umkreis von Victoria, rief Angie bei Eden Hart an, um einen Termin mit ihr in ihrer Praxis in Nanaimo zu vereinbaren. Doug hatte Angie die Telefonnummer seiner Tochter gegeben, zusammen mit einem Stapel Kisten voller VHS-Bänder, die nun auf dem Rücksitz ihres Autos lagen.

Sie fuhr langsamer und hielt nach den Hausnummern der Gebäude Ausschau. Sie fand diejenige, nach der sie suchte, und bog in die Einfahrt. Gepflegter Rasen. Frisch gejätete Blumenbeete. Diese Ordnung, diese gezähmte Natur schien überhaupt nicht zu einem lesbischen Pärchen zu passen, das die Wildnis und das Fischen in unbändigen Flüssen liebte. Oder vielleicht war auch genau das der Grund, warum Menschen wie Willow McDonnell und Trish Shattuck die Wildnis liebten. Es war ein Weg hinaus aus den Zwängen der Vorstadt und der gesellschaftlichen Erwartungen.

Doug hatte Angie gesagt, dass Willow und Trish, inzwischen dreiundsechzig und sechsundsechzig, schließlich tatsächlich ein fünfjähriges Mädchen aus Korea hatten adoptieren können. Die Adoption war sechs Monate nach der tragischen Reise auf dem Nahamish zustande gekommen. Mittlerweile waren sie stolze Großeltern, was anhand des Spielzeugbergs in ihrem Vorgarten offensichtlich war. Trish, hatte Angie erfahren, war Rentnerin, aber sie setzte ihr Können in der Landschaftsarchitektur immer noch für wohltätige Zwecke ein. Willow arbeitete nach wie vor als Strafverteidigerin in einer Rechtsberatungsstelle, allerdings ebenfalls hauptsächlich ehrenamtlich.

Noch bevor Angie ganz ausgestiegen war, wurde die Haustür bereits geöffnet. Eine kompakte Frau mit rotem Fleecepulli, Cargoshorts, Socken und Birkenstocksandalen trat auf die Veranda hinaus. Als Angie die Holzstufen hinaufschritt, kam die Frau mit ausgestrecktem Arm auf sie zu.

»Trish Shattuck«, sagte sie und schüttelte Angie herzhaft die Hand. Ihr Lächeln war breit, ihre Zähne gerade und strahlend weiß im Kontrast zu ihrem gebräunten und wettergegerbten Outdoorgesicht. Ihr grauer Bürstenhaarschnitt war oben etwas länger, die Haare waren mit Gel zu einer Igelfrisur aufgestellt. Sie trug eine Brille mit rotem Plastikrahmen. »Kommen Sie rein.«

Drinnen zog Angie Jacke und Schuhe aus und lief auf Socken über den Hartholzboden hinter Trish her, die sie in eine große Küche führte. In einer Schüssel auf dem Tresen marinierten gerade Steaks, und es duftete nach frisch gebrühtem Kaffee und Gebäck. Durch das Fenster konnte Angie einen kleinen Garten sehen mitsamt Pool und ordentlich gemähtem Rasen. Zwei knopfäugige King Charles Spaniels spähten durch die Schiebetür herein und drückten die Schnauzen gegen das Glas. Trish öffnete die Tür und ließ die Hunde in die Küche. Schwanzwedelnd beschnüffelten sie Angies Jeans. Sie streichelte deren seidenweiches Fell.

»Willow ist auch hier«, sagte Trish. »Sie arbeitet gerade noch in ihrem Büro an einem Rechtsdokument. Kaffee? Ich habe auch frisch gebackene Hafer-Schoko-Kekse.«

»Unbedingt«, antwortete Angie grinsend. Sie hatte zwar auch bei den Harts schon Kaffee getrunken, aber hier duftete es einfach zu verführerisch, um abzulehnen.

»Setzen Sie sich doch.« Trish deutete auf einen Barhocker am Granittresen. Sie holte drei getöpferte Tassen aus einem Küchenschrank und goss Kaffee ein. Eine der Tassen stellte sie mit Zucker und Sahne vor Angie hin, dicht gefolgt von einem Teller mit Keksen. Angie schnappte sich einen davon, biss hinein und schloss genießerisch die Augen.

»Oh, die sind ja himmlisch. Haben Sie die gebacken?«

»Tja, das ist das Einzige, wozu ich jetzt noch tauge.« Trish grinste. »Erstaunlich, was Enkelkinder einem so beibringen können. Ah, da kommt Willow.«

Angie musste zweimal hinsehen, als eine weitere Frau in die Küche trat. Ihre Körperhaltung war die einer Balletttänzerin, ihre Bewegungen waren fließend und graziös. Ihr Gesicht wirkte zart und ihre Augen schimmerten wie klarer, heller Bernstein. Sie lächelte und stibitzte sich ebenfalls einen Keks. »Sie müssen Angie Pallorino sein?«

Angie stand auf und schüttelte der Anwältin die Hand. Willow biss in ihren Keks und musterte Angie auf eine Weise, bei der sie sich fast ein wenig nackt fühlte. »Vermuten Sie, dass bei Jasmine Gulatis Tod irgendetwas nicht stimmt?«, fragte sie und kam damit gleich zur Sache.

Angie erklärte den Frauen, wonach Justice Jilly Monaghan suchte. Aufmerksam hörten sie zu.

Willow zog sich einen Hocker heran und griff nach ihrer Kaffeetasse. »Ich kann verstehen, warum Justice Monaghan das tut. Sie war – ist – eine außergewöhnliche Frau. Ich hatte öfter beruflich mit ihr zu tun. Justice Monaghans Gerichtssaal betrat man nicht ungewappnet.«

Angie legte beide Hände um ihre Tasse. Es fühlte sich tröstlich an. Warm. Genau wie dieses Paar, wie dieses Zuhause. Genau so ein Heim wollte sie eines Tages mit Maddocks teilen. Einen Ort, der diese Herzlichkeit ausstrahlte. Dieser Gedanke – ein sehr bildlicher, fühlbarer Gedanke – blendete sie fast. Ihr Herz schlug schneller. Rasch stellte sie die Tasse ab und räusperte sich. Sie richtete ihre Konzentration wieder auf den Grund ihres Hierseins. »Macht es Ihnen etwas aus, wenn ich unser Gespräch aufnehme? Nur für meine persönlichen Aufzeichnungen.«

Die beiden Frauen tauschten einen Blick. »Ist mir recht«, sagte Trish.

»Mir auch«, bestätigte Willow.

Angie holte ihr Aufnahmegerät aus der Tasche, schaltete es ein und legte es neben den Keksteller.

»Haben Sie beide Jasmine auf der Reise kennengelernt?«

Trishs Miene wurde ernst. Wieder sah sie Willow an. Diese nickte fast unmerklich.

»Wir mochten sie nicht«, sagte Trish. »Ich sage das nur gleich geradeheraus, um Ihnen dabei zu helfen, das Bild zu bekommen, nach dem Sie suchen.« Sie griff nach ihrer Tasse. »Wahrscheinlich war Jasmine tief im Herzen ein gutes Mädchen, und vielleicht hat sie damals nur eine Phase durchgemacht, aber auf der Reise wirkte sie sehr selbstbezogen. Arrogant. Provokativ.« Noch ein Blick zu Willow. »Habe ich etwas vergessen?«

Ein schiefes Lächeln erschien in Willows Gesicht. »Es war nicht leicht, mit ihr warm zu werden, es sei denn, sie brauchte etwas von einem. Dann konnte Jasmine auf einmal lächeln und ihren unwiderstehlichen Charme spielen lassen. Ich glaube, unter ihrer Fassade lag echte Tiefe. Sie war intelligent, belesen. Manchmal fast philosophisch. Ich hatte das Gefühl, dass sie herausfinden wollte, wer sie wirklich war. Sie hat sich ausprobiert, Grenzen verschoben, einfach, um zu sehen, wie weit sie gehen konnte. Vielleicht war sie ihrer Großmutter im Grunde sehr ähnlich. Jilly Monaghan hatte – und hat vermutlich immer noch – eine sehr raue Schale, sowohl mit als auch ohne Richterrobe.«

»Hat sich überhaupt eine der Frauen auf der Reise mit Jaz angefreundet?« Angie war fasziniert von dem Bild, das sich allmählich von Jasmine Gulati formte.

Ein weiterer Blickwechsel. »Vielleicht diese Kathi?«, meinte Willow an Trish gewandt.

»Nee, das war eher eine Trinkfreundschaft.« Trish sah Angie in die Augen. »Die beiden haben gern abends am Lagerfeuer gepichelt und Blödsinn geredet, bevor sie in ihre Schlafsäcke gekrochen sind und wie Tote geschlafen haben.«

»Dann hat Jasmine auf der Reise also viel getrunken?«

»Sie hat sich jedenfalls nicht zurückgehalten. Trotzdem war sie eine verdammt gute Fliegenfischerin. Sie hat mir im Fluss sogar ein, zwei Dinge beigebracht.« Willow nippte an ihrem Kaffee und schien sich zu erinnern. »Eden ist recht gut mit ihr ausgekommen, glaube ich. Die beiden haben viel geplaudert, am frühen Abend beim Feuer, während Jasmine in ihr Tagebuch geschrieben hat. Bevor sie mit dem Trinken angefangen hat.«

»Was ist mit Rachel? Mochte sie Jasmine?«, fragte Angie, um das, was Rachel ihr gesagt hatte, auf den Prüfstand zu stellen.

»Rachel war im Arbeitsmodus«, erklärte Trish. »Sie hat die Rolle der objektiven Beobachterin gespielt. Sie wollte, dass wir ganz natürlich miteinander umgingen. Sie hat es wirklich raus, einem die Kamera vor die Nase zu halten und dabei das Gefühl zu geben, sie wäre gar nicht da.«

»Rachel meinte, dass Jasmine einige Andeutungen über irgendein großes Geheimnis gemacht hat.«

Trish lachte. »Stimmt. Irgendein heimlicher Liebhaber, der ihr diesen Diamantring geschenkt hat, den sie überall herumgezeigt hat. Dann hat sie immer darüber gepredigt, dass jeder ein dunkles Geheimnis hätte, auf jeden Fall jede von uns am Fluss, meinte sie.«

Die Worte der alten Krankenschwester, die Angie damals am Heiligabend vor über dreißig Jahren in der Babyklappe des St. Peter's Hospital gefunden hatte, gingen ihr durch den Kopf … *Manchmal glauben wir, dass wir Geheimnisse hüten. Aber in Wahrheit sind es die Geheimnisse, die uns hüten.*

Angie legte das Foto von Jasmines Diamantring auf den Tresen. »Ist das der Ring, den sie erwähnt hat?«

Sie nickten.

»Hatten Sie denn das Gefühl, dass Jasmine irgendjemandem versprochen war? Oder hat sie eher ein Spielchen mit allen getrieben?«

»So, wie sie mit den Guides geflirtet hat?« Willow hatte leise gesprochen und ihre Miene wirkte nun vorsichtig. »Jemand, der verlobt ist … benimmt sich nicht so, wie sie es getan hat.«

Angie fuhr fort: »Es gibt keine forensischen Beweise, die diese These stützen, aber trotzdem ist die Frage aufgekommen.« Sie hielt kurz inne. »Hat Jasmine irgendwann einmal den Eindruck vermittelt, dass sie vielleicht einmal ein Kind geboren hat? Ein Baby, das sie möglicherweise zur Adoption freigegeben hat?«

Die beiden wirkten überrascht.

»Nein«, antwortete Willow.

»Das war eine recht eindeutige und heftige Reaktion bei Ihnen beiden. Warum?«

Trish strich sich durch die grauen Stacheln. »Es ist nur, weil wir an einem Abend alle über Adoption diskutiert haben. In Verbindung damit, dass Willow und ich gerade versucht haben, eine Waise aus Korea bei uns aufzunehmen. Jaz hat sehr vehement deutlich gemacht, dass sie das für eine sehr schlechte Idee hielt. Sie sagte, das sei dumm und dass wir doch gar nicht wüssten, was für ein Baby wir aus einem Kinderheim bekämen.«

»Sie hat unglaublich heftig reagiert«, fügte Willow hinzu. »Sie meinte, wir könnten möglicherweise ein Kind mit fetalem Alkoholsyndrom bekommen oder mit einem Hirnschaden oder ADHS. Zugegeben, sie hatte zu dem Zeitpunkt schon einiges an Wein intus, aber …« Willow zögerte. »Daraus würde ich mit Sicherheit nicht schließen, dass sie dem Thema Adoption in irgendeiner Weise positiv gegenüberstand. Oder dass sie vielleicht einmal selbst an einer Adoption beteiligt war.«

»Es sei denn, dass sie im Nachhinein verstört darüber war, so etwas getan zu haben«, ergänzte Trish. »Und das war einfach ihre Art, sich abzugrenzen und die Sache zu begraben. Vielleicht war ja das ihr großes dunkles Geheimnis.«

»Aber warum dann ihre offensichtliche Selbstgefälligkeit?«, konterte Willow. Sie wandte sich an Angie. »Verstehen Sie, genau das war es. Was für ein Geheimnis Jaz auch gehabt haben mag, sie hat es mit einer arroganten Überheblichkeit vor sich hergetragen. Es war etwas, über das sie sich gefreut hat, etwas Positives. Sie hat es geschwenkt wie eine rote Flagge.«

»Warum sollte sie das tun?«, fragte Angie.

»Weiß der Teufel. Sie war fünfundzwanzig. Die Welt lag ihr zu Füßen. Wir waren nur alte Schachteln für sie. Vielleicht ging es einfach nur darum. Animalische Überlegenheit der Jugend. Die alten Tanten in die Schranken weisen.«

Angie sah beiden in die Augen. »Noch eine Frage«, sagte sie dann. »Rachel hat erwähnt, dass eine Gruppe von Männern Sie vom Ufer aus verfolgt hat, während Sie den Fluss hinuntergefahren sind.«

»Ach, das.« Ein weiteres trockenes Lachen von Trish. »Wir haben geglaubt, dass auch das Jaz' Schuld war. Sie hat eine Gruppe von Männern im Pub in Port Ferris geärgert. Wir hatten uns dort alle getroffen, um zusammen zu Abend zu essen und uns mit den Guides abzusprechen, bevor wir am nächsten Morgen zur Predator Lodge aufgebrochen sind. Für die Nacht hatten wir uns im angrenzenden Motel Zimmer gemietet. Im Pubteil des Restaurants lief irgendeine Sportsendung und offenbar hatte sich die halbe Stadt dort versammelt, um einen Lokalhelden anzufeuern. Da ist jede Menge Alkohol geflossen.«

»Dann war es also laut und rau, und alle waren ziemlich betrunken?«

»Wir haben auch ganz gut mitgehalten«, erzählte Trish. »Es war unsere große Aufbruchsfeier. Ein paar von uns, darunter auch Jaz, sind später in den Pubteil hinübergewandert und haben sich unter die Siegesfeier der Einheimischen gemischt.«

»Womit hat Jaz diese Männer denn so aufgebracht?«

»Tja, die meisten Männer im Pub waren so richtig große, dunkelhaarige Holzfällertypen, und viele von ihnen hatten Kamloops-Smokings an …«

»Kamloops-Smokings?«, hakte Angie nach.

»Ach, das ist nur so eine Bezeichnung für diese dicken karierten Jacken aus Kamloops, die irgendwie alle in den ländlichen Teilen von British Columbia tragen. Vom Holzarbeiter über Jäger bis zum Mechaniker«, erklärte Willow.

Sofort musste Angie an Garrison Tollet denken, dem die Predator Lodge mittlerweile gehörte. Er passte ins Muster – groß und breit wie ein Holzfäller, mit Oberschenkeln, die so dick waren wie ihre Taille. Beide Male, als Angie und Maddocks ihm in der Lodge begegnet waren, hatte er eine gepolsterte karierte Jacke getragen.

»Was hat Jaz denn zu den Männern gesagt?«, wollte Angie wissen.

»Irgendetwas über Inzucht. Sie hat gefragt, ob sie vielleicht alle Cousins seien und ob sie es mit der Mundhygiene nicht so genau nähmen und sich im Wald zum Banjospielen treffen würden«, antwortete Trish.

»Oje«, sagte Angie. »Im Ernst?«

»Jup. Also haben wohl ein paar der Typen aus dem Pub gedacht, es wäre lustig, wenn sie uns den Fluss entlang folgen würden. Wir glauben, es waren drei, die uns durch den Wald nachgeschlichen sind. Zwei sehr große Männer. Einer davon mit schwarzen Haaren. Einer hat eine rote Mütze und eine karierte Jacke getragen. Der dritte war kleiner und recht dünn. Sie sind immer wieder zwischen den Bäumen am Flussufer aufgetaucht. Haben einfach nur dagestanden. Manchmal haben wir ihre Silhouetten oben am Kamm der Uferböschung gesehen. An einem Nachmittag haben wir ein Banjo gehört, und dann noch einmal, näher am Camp.«

»Und einer der großen Typen hat etwas getragen«, fügte Willow hinzu. »Etwas Langes. Vielleicht ein Gewehr oder eine Flinte.«

»Dann glauben Sie also, dass sie Ihnen nur einen Schreck einjagen wollten? Oder haben Sie sich wirklich bedroht gefühlt? Haben Sie die Männer als echte Gefahr betrachtet?«

»Für mich hat es sich ziemlich angespannt angefühlt«, antwortete Willow. »Letztendlich hat Jaz das provoziert. Wenn Garrison und Jessie an diesem Abend im Pub nicht eingeschritten wären, hätte es wohl ernsthaft schiefgehen können. Garrison hat Jaz beiseitegenommen, ihr noch einen Drink geholt und es sich mit ihr in einer Nische ganz hinten gemütlich gemacht, während Jessie die Männer beschwichtigt hat.«

Trish und Willow sahen einander ein weiteres Mal an, als würden sie etwas abwägen. Dann sagte Trish: »Wir wollten das eigentlich nicht erzählen, weil es etwas Persönliches ist, aber wir sind ziemlich sicher, dass Garrison Tollet sie an diesem Abend flachgelegt hat. Jaz hatte das Motelzimmer neben unserem, und wir … haben sie mit jemandem gehört.«

»Gehört?«

»Das Kopfteil des Bettes hat recht rhythmisch gegen die Wand geschlagen.«

»Dann hat Jaz also am ersten Abend mit Ihrem Guide Garrison Tollet geschlafen?«

»Ja.«

Wieder dachte Angie an Maddocks' und ihren Ausflug. Sie hatten auch Sheila Tollet kennengelernt, Garrisons Frau. Sheila hatte erwähnt, dass Garrison und sie seit fast sechsundzwanzig Jahren verheiratet waren. Was bedeutete, dass sie damals, als Garrison angeblich mit seiner Kundin Jasmine Gulati geschlafen hatte, schon seit zwei Jahren ein Ehepaar gewesen waren.

»Sind Sie *sicher*, dass *er* bei ihr im Zimmer war?«

»Nein. Das ist ein weiterer Grund, warum wir eigentlich nichts sagen wollten, weil sie auch mit irgendjemand ganz anderem zusammen gewesen sein könnte. Aber wenn Sie sich Rachels Aufnahmen von diesem Abend ansehen, erfahren Sie bestimmt mehr.«

»Nicht gerade das Verhalten einer Frau, die einem anderen Mann versprochen ist«, folgerte Angie leise.

»Nein«, bestätigte Trish. »Das werden Sie auf den Bändern ganz sicher sehen.«

Kapitel 17

Die Abenddämmerung senkte sich über die Stadt, und dichter Nebel rollte vom Meer heran, als Angie einen schmalen Steinpfad entlang zu einer Haustür ging, von der sie hoffte, dass sie zu Sophie Sinovichs Heim gehörte.

Sophie war eine der drei »Amigas« auf dem Foto, das Jasmine Gulati am Strand von Hornby Island zeigte. Vor sechsundzwanzig Jahren.

Angie hatte sowohl nach Mia Smith als auch nach Sophie Sinovich gesucht, nachdem sie Rachel Harts VHS-Bänder zum Digitalisieren bei Mayang Photo Place abgegeben hatte, einem Geschäft, das von Daniel Mayang geführt wurde. Coastal Investigations beauftragte Mayang öfter mit der Restauration von Fotos, mit Verbesserungsaufträgen und ganz allgemein mit allem Möglichen, das mit der Aufarbeitung alter Aufzeichnungen zu tun hatte.

Wie sich herausgestellt hatte, lebten mehrere Mia Smiths in Victoria, und falls Mia geheiratet und den Namen ihres Mannes angenommen hatte, würde Angie wohl diverse Anläufe brauchen, bevor sie Fortschritte erzielen konnte. Sinovich war dagegen ein Nachname, der die Ergebnisse recht stark eingrenzte, also hatte sich Angie zuerst auf die Suche nach Sophie konzentriert.

Sie hatte das Profil einer Sophie Sinovich Rosenblum in den sozialen Medien gefunden, in dem die University of Victoria als eine der Ausbildungsstätten angegeben war. Die Profilbilder von Sophie zeigten eine Brünette Anfang fünfzig. Es konnte passen.

Als Angie gerade die Hand hob, um zu klopfen, ging die Tür auf, was sowohl Angie erschreckte als auch die sehr kleine Frau vor ihr mit einer Dänischen Dogge an der Leine. Unwillkürlich wich die Frau einen Schritt zurück und drückte sich die Hand auf die Brust. Der Hund begann zu bellen.

»Ich suche nach Sophie Sinovich Rosenblum«, rief Angie über das Bellen des Hundes hinweg.

»Ach, Bella, still jetzt. Einen Moment, bitte«, sagte die immer noch recht verwirrt wirkende Frau. Sie scheuchte die Dogge Bella zurück ins Haus, trat dann hinaus und zog die Tür hinter sich zu. »Tut mir leid, ich wollte gerade mit Bella Gassi gehen. Wir haben nicht erwartet, dass jemand direkt vor der Tür steht. Sie haben mich zu Tode erschreckt.«

In Angie machte sich Enttäuschung breit, als sie die winzige schwarzhaarige Frau mit den verhärmten Gesichtszügen vor sich musterte. Das war nicht die Sophie von den Fotos.

»Das tut mir leid. Ich glaube, ich habe vielleicht die falsche Adresse«, erklärte Angie. »Ich hatte eigentlich gehofft, die Sophie Sinovich hier zu finden, die vor fünfundzwanzig Jahren an der UVic studiert hat.«

Die Frau wirkte erst zögerlich, dann misstrauisch. Das Bellen der Dogge im Haus wurde wieder lauter. Die Frau betrachtete die Tür, als wäre ihr plötzlich der Gedanke gekommen, ob es sonderlich klug gewesen war, ihren Wachhund wegzusperren.

»Hier …« Rasch kramte Angie eine ihrer Visitenkarten hervor und reichte sie der Frau. »Mein Name ist Angie Pallorino. Ich bin Privatdetektivin. Zurzeit ermittle ich in einem sehr alten Fall, bei dem Sophie Sinovich mir möglicherweise helfen kann.«

Die Frau musterte die Karte und blickte dann wieder auf. »Sie haben die richtige Adresse. Sophie ist mit ihrer Familie auf Reisen. Trekking in Nepal. Sie haben kaum Handyempfang und sind bis zu ihrer Rückkehr vermutlich nicht zu erreichen. Ich bin Lacey Richards. Ich bin gerade die Haussitterin. Oder besser, die Doggensitterin.«

»Wann kommt Sophie denn zurück?«

»Erst in ein paar Tagen.«

»Können Sie ihr meine Karte geben und sie bitten, mich anzurufen, wenn sie wieder da ist?«

»Natürlich.«

Angie dankte der Frau und wandte sich ab, um zu ihrem Auto zurückkehren, als Lacey ihr durch das neblige Zwielicht nachrief: »Kann ich Ihnen vielleicht helfen? Ich war damals auch an der UVic, mit Sophie.«

Angie blieb stehen. Ein Hoffnungsfunke. Sie drehte sich um und eilte den Pfad zurück, duckte sich unter den Schutz des Vordachs, um aus dem feinen Nieselregen zu kommen. Dann zog sie das Foto aus ihrer Jackentasche und zeigte es Lacey. »Wissen Sie, wer diese Freundin von Sophie war?«

»Das ist Jasmine …« Sie sah Angie an. »Geht es bei der Sache um Jaz? Sie ist in dem Jahr, nachdem dieses Bild entstanden ist, verschwunden. Wahrscheinlich ist sie im Nahamish River ertrunken. Niemand weiß mit Sicherheit, was mit ihr passiert ist. Es gab alle möglichen Gerüchte.«

»Was für Gerüchte?«

»Dann geht es also wirklich um Jaz?«

»Ja. Vor Kurzem hat man ihre sterblichen Überreste gefunden und zweifelsfrei identifiziert. Ihre Großmutter hat mich damit beauftragt, ein Bild von Jasmines letzten Monaten zu entwerfen, bis zu dem tragischen Unfall. Ich habe gehofft, dass Sophie einige Details beitragen könnte.«

»Wow«, sagte Lacey und betrachtete wieder das Foto. Dann verfiel sie in Schweigen. Die Hündin im Haus hörte auf zu bellen, so als lauschte sie auf Laceys Stimme. Draußen auf dem Wasser ertönte ein Nebelhorn. Dunkelheit sickerte durch den Nebel und schloss die Stadt in einen Mantel aus kalter Feuchtigkeit. Die Straßenlaternen hatten gespenstische Heiligenscheine.

»Was waren das für Gerüchte?«, bohrte Angie vorsichtig nach.

Den Blick immer noch auf Jaz' lächelndes Gesicht gerichtet, sage Lacey: »Der übliche Kram, der eben so erzählt wird, wenn jemand spurlos verschwindet. Dass sie ihren eigenen Tod nur vorgetäuscht hat. Dass sie nach Süden gegangen ist, über die Grenze nach Mexiko, und dass man sie in Puerto Vallarta gesehen hat. Irgendjemand hat behauptet, Jaz wäre in Oaxaca und würde mit irgendeinem Mann dort leben.« Sie hob den Blick. »Wo hat man ihre Leiche denn gefunden?«

»Neben dem Fluss, in einem flachen Grab. Vermutlich wurde sie während eines Hochwassers dorthin gespült.«

»Die ganze Zeit über hat man geglaubt, sie könnte irgendwo durch die Welt reisen. Und dabei lag sie genau dort …«

»Gab es irgendetwas, das diese Gerüchte glaubhaft gemacht hat? Wollte Jasmine vielleicht weg oder etwas Ähnliches?«

»Ich habe diesen Gerüchten nie geglaubt. Das ist nur ein Weg, um eine Lücke zu füllen. Der menschliche Verstand mag keine unbeantworteten Fragen. Also füllt er die Leere instinktiv auf. Mit irgendetwas, egal, wie abstrus es ist. Deshalb ist es auch so wichtig, dass man mit den Dingen abschließen kann. Dass man die Wahrheit erfährt, selbst wenn sie wehtut, wissen Sie?«

Das wusste Angie. Nur zu gut.

»Wie gut kannten Sie Jasmine?«

Sie zuckte mit den Schultern. »So gut wie die meisten eben. Jaz war immer superfreundlich zu allen, aber gleichzeitig hat sie niemanden an sich herangelassen. Sophie stand ihr allerdings sehr nahe. Und Mia.« Sie nickte dem Foto zu. »Die drei Amigas, so haben wir sie immer genannt.«

»Lebt Mia Smith immer noch hier in der Stadt?«

»Sie heißt jetzt Mia Monroe. Und ja. Ihr gehört eine Boutique in Chinatown namens ›Candescence‹. Sie hat Jura studiert und ist danach direkt ins Kleidergeschäft eingestiegen. Liegt ja auch nahe.«

Angie bedankte sich bei Lacey und bat sie noch einmal, Sophie auszurichten, sie solle sie bitte nach ihrer Rückkehr anrufen.

»Ach, eins noch«, rief Lacey ihr noch einmal hinterher. »Mia und Jasmine haben sich kurz vor dieser Flussreise zerstritten. Jetzt fällt es mir wieder ein – ich habe so lang nicht mehr daran gedacht.«

»Zerstritten? Warum?«

»Eine heftige Auseinandersetzung wegen irgendwas. Ich meine, so richtig heftig. Natürlich haben sie sich auch sonst ab und zu mal gestritten, aber das? Das war ernst.«

Kapitel 18

Maddocks goss heißes Wasser über einen Teebeutel und stellte die Tasse mit dem ziehenden Tee vor Holgersen hin. Holgersen war Maddocks auf seiner Jacht besuchen gekommen. Es war halb neun an einem Montagabend, und Maddocks war gerade von seinem Seminar nach Hause gekommen. Er hatte geduscht, sich einen doppelten Whisky eingeschenkt und es sich mit einer Fallakte bequem gemacht, als ein ziemlich verwahrlost wirkender Holgersen an die Einstiegsluke seines Bootes geklopft hatte.

»Danke«, sagte Holgersen jetzt und begann den Teebeutel ins heiße Wasser zu tunken, vermutlich, damit der Tee schneller zog. Maddocks sah ihm zu. Draußen war es dunkel, regnerisch und windig, und der alte Kahn schaukelte sanft auf den Wellen. Die Hängelaternen schwanken im Nebel. Jack-O schlief auf dem Sofa.

»Bist du sicher, dass du nichts Stärkeres willst?«, fragte Maddocks und hielt sein Glas hoch. »Ich habe guten Whisky hier.«

»Nee. Ich hatte schon zwei Bier im Pig.«

Maddocks setzte sich seinem Detektive gegenüber und nippte an seinem Drink. »Also, was gibt's? Was treibt dich den ganzen Weg hier raus zur Marina?«

Holgersen holte tief Luft. »Herrgott, Boss, was zum Teufel willst du von mir? Wonach suchst du bei Harvey Leo?« Er hielt Maddocks' Blick. »Was für ein Scheißspiel ist das?«

»Weißt du etwas?«

Holgersen wandte den Blick ab und kaute offensichtlich auf der Sache herum, die ihm zu schaffen machte. »Okay. Vielleicht zeigt Leo an einigen der Cold Cases ein besonderes Interesse.«

Maddocks' Puls ging schneller. »Was meinst du mit ›Interesse‹?«

Holgersen ließ den Teebeutel platschend auf einen Unterteller fallen. »Verrätst du mir, wonach du suchst?«

»Welche Fälle, Holgersen? Sag mir, wie er sein Interesse zeigt.«

Der Detective fuhr sich mit der Zunge über die Zähne. »Am ersten Tag bei den Cold Cases hat er beschlossen, die Fälle toter Junkies auszusortieren. Diese obdachlosen Kids, die an einer Überdosis gestorben oder erfroren sind, so was in der Art. Aber bei diesen Todesfällen gab es verdächtige Umstände, also wurden Akten angelegt. Ist nur nie was dabei rausgekommen.«

»Alles weibliche Opfer?«

»Waren auch ein paar Jungs dabei.«

»Und er priorisiert diese Fälle?«

»Alter Falter, nee. Er kippt sie. Behauptet, das wäre sowieso zwecklos. Sind ja nur tote Junkies. Zeitverschwendung.« Holgersen hob die Tasse an den Mund und nippte daran. »Leo meint, seit Pickton damals Prostituierte in Vancouver gejagt und getötet hat, würde jeder tote Obdachlose gleich als potenzielles Opfer eines Serienmörders betrachtet. Total übertrieben, sagt er. Zeitverschwendung.«

Maddocks betrachtete Holgersen. »*Das* hat Leo gesagt?«

Der Detektive rutschte auf seinem Stuhl herum, während die Frage zwischen ihnen in der Luft hing.

»Ich möchte eins mal klarstellen, Boss. Schön ist's nicht. Einen Kollegen auszuspionieren is nich mein Ding. Du musst mir sagen, was los is, sonst komm ich nicht zum Petzen her. Ich lass mich nich für irgendeine Hexenjagd einspannen, weil ich finde, dass man aus jeder Mücke einen Elefanten machen kann, wenn man's wirklich will. Vielleicht hast du ja noch ein Hühnchen mit Leo zu rupfen wegen dem, was er Pallorino angetan hat.«

Maddocks stieß hörbar die Luft aus und lehnte sich zurück. Er trank einen weiteren Schluck Scotch und musterte Holgersen genau. »Du kannst echt mit Worten umgehen.«

»Tja. Na ja.«

»Okay. Inoffiziell. Was ich dir jetzt sage, bleibt unter uns. Ist das in Ordnung für dich?«

Holgersens Blick huschte zu ihm. »Ja. Okay.«

Maddocks holte tief Luft und ließ seine Gedanken um etwas kreisen, das er selbst nicht genau benennen konnte. »Während der Ermittlungen zum Täuferfall hatte ich das Gefühl, dass mit Leo irgendetwas nicht stimmte. Ich glaube, dir ging es genauso.«

»Vielleicht.«

»Ich meine nicht nur, dass er bei der Arbeit trinkt. Ich meine etwas Größeres. Und es geht nicht nur mir so. Die Anweisung, ihn im Auge zu behalten, kommt von oben. Ich wurde angewiesen, ihn aus der Mordkommission herauszuholen und ihm eine Aufgabe in dieser neuen Einheit zu geben, in der er mit einigen seiner eigenen alten und ungelösten Fälle konfrontiert wird. Um zu sehen, wie er damit umgeht.«

Holgersens Blick ruhte fest auf ihm, seine braune Iris schien beinahe zu beben. Dieser Kerl konnte einfach nie wirklich stillhalten. »Du meinst, er ist korrupt?«

Maddocks trank einen weiteren Schluck und schwieg.

»Scheiße«, flüsterte Holgersen. »Dann willst du also einen Beweis.« Wieder fluchte er. »Ich komme mir vor wie ein mieser Verräter. Warum ich?«

»Weil du gut bist. Du hast schon früher mit ihm zusammengearbeitet, also kennst du ihn … du bist der beste Mann für den Job. Es war vollkommen unverdächtig, euch beide wieder zusammenzuspannen.« Maddocks hielt kurz inne. »Ich habe das, was ich gesagt habe, ernst gemeint, Holgersen. Über das Wachstumspotenzial der Cold-Case-Abteilung innerhalb von iMIT. Wenn du ein paar der Fälle abschließen kannst, dann werden die richtigen Leute das bemerken. Du könntest es zum Sergeant bringen. Diese Sache könnte dir das ermöglichen, was du willst.«

Holgersen sprang auf und ging ein paar Schritte, so als überlegte er, ob er einfach abhauen sollte. Aber dann drehte er sich wieder um, kehrte zum Tisch zurück und setzte sich. Er trommelte mit den Fingern auf die Holzplatte. »Solange das nicht nur eine Abkürzung in den Innendienst ist.«

»Die Sache mit Leo erledigst du quasi inoffiziell für mich. So läuft das. Bring mir etwas Konkretes, dann gehe ich dem durch andere Kanäle nach. Offizielle Kanäle. Das ist nur der Anfang.«

»Vielleicht hast du's ja wirklich nur auf Leos haarigen Hintern abgesehen, weil er Pallorino reingeritten hat.«

»Das hat nichts mit meiner Beziehung zu ihr zu tun. Er hat eine Polizistin, eine Kollegin reingeritten. Das sollte keinen Cop kaltlassen.«

Holgersen musterte ihn, und Maddocks spürte, wie sich so etwas wie ein Machtkampf zwischen ihnen entspann.

»Ich mag keine korrupten Cops«, ergänzte Maddocks ruhig. »Wenn er korrupt ist, dann will ich ihn haben.«

Holgersen nickte. Hinter ihm auf dem Sofa hob Jack-O plötzlich den Kopf und klappte ein Ohr ab.

Maddocks sah, wie sich die Nasenflügel des Hundes weiteten, während er den Kopf der Leiter zudrehte, die auf das Deck hinaufführte. Maddocks folgte seinem Blick, dann stand er auf und trat zum Bullauge in seiner Kajüte.

Er blickte auf das schwach erleuchtete Dock hinaus. Nichts als Laternen, die im Wind schwangen, und Flaggleinen, die klirrend gegen die Masten stießen. Ihm sank das Herz ein wenig. Er war es zwar gewesen, der die Grenze gezogen und Angie gesagt hatte, dass sie sich erst wieder bei ihm melden sollte, wenn sie bereit war, trotzdem begann sein Herz bei jedem Geräusch schneller zu schlagen, und er wünschte sich mit jeder Faser seines Körpers, dass sie bei ihm auftauchte.

Vielleicht würde sie sich nie wieder melden. Vielleicht war er ein Idiot gewesen. Vielleicht sollte er sich eher Sorgen um ihr Wohlergehen machen, statt Grenzen zu ziehen.

»Besuch?«, fragte Holgersen.

»Nein. Nur der Wind.« Maddocks ging zu Jack-O, um ihn hinterm Ohr zu kraulen. »Schon gut, alter Junge.«

Ich weiß, dass du sie auch vermisst. Später. Vielleicht kommt sie später wieder. Fürs Erste müssen wir sie in Ruhe lassen.

»Ich sollte jetzt gehen«, sagte Holgersen, stand auf und griff nach seiner nassen Jacke, die er neben die Leiter gehängt hatte.

»Kommst du mit all dem zurecht?«, fragte Maddocks.

Holgersen zog die Jacke über. »Ich mag auch keine korrupten Cops.«

Maddocks nickte. Holgersen stieg die ersten Stufen empor.

»Hast du was von Angie gehört?«, fragte Maddocks noch, weil er einfach nicht anders konnte. Weil er sich Sorgen um sie machte und sich fragte, welche wilden Karrieresprünge sie wohl nach seinem Anruf in die Wege geleitet hatte.

Holgersen hielt inne und sah ihn an. »Warum?«, fragte er gedehnt.

Maddocks holte tief Luft und schob die Hände in die Taschen. »Ich … dachte nur.«

»Habt ihr zwei euch getrennt oder so?«

»Wir haben so was wie eine Atempause eingelegt.«

Holgersen sah ihm fest in die Augen, seine Miene blieb unleserlich. Er zögerte, dann fragte er: »Soll ich mal nach ihr sehen?«

Maddocks schnaubte. »Ich wüsste schon gern, ob es ihr gut geht. Ob sie … mit der Arbeit beschäftigt ist und so.«

Langsam nickte Holgersen. »Geht klar, Boss. Ich ruf sie morgen früh mal an.«

Kapitel 19

»Was soll das heißen, ›die Letzten fehlen‹?«, fragte Angie, als Daniel Mayang ihr ein digitales Speichermedium über den Tresen zuschob. Daniel hatte gesagt, dass er schon gegen neun Uhr abends einiges an Bildmaterial für sie haben könnte. Also hatte sich Angie nach ihrem Besuch bei Sophie Sinovich Rosenblums Haus etwas zu essen organisiert und war dann zu einer weiteren Muay-Thai-Unterrichtsstunde bei Chai Bui ins Kampfsportstudio gefahren. Beides, um Zeit totzuschlagen, bis es endlich neun Uhr war. Sie konnte sich nicht ausruhen, sie konnte nicht still sein. Denn in der Stille wandten sich ihre Gedanken dem Schlamassel mit Maddocks zu.

Inzwischen musste er von seinem Seminar zurück sein, und Angie wollte die Ermittlungen dringend in Gang kriegen. Wenn sie diesen Auftrag erfolgreich zu Ende bringen und weitere solche Aufträge an Land ziehen konnte, dann konnte sie auch wieder nach vorn blicken. Mit ihrem Leben. Mit Maddocks.

»Das soll heißen, dass die letzten VHS-Kassetten am Ende von Rachel Harts Bestandsverzeichnis nicht da sind«, erklärte Daniel. »Genau die Bänder, die du zuerst haben wolltest – sie sind nicht in den Kisten, die du mir gegeben hast.«

»Die Aufnahmen vom Lager aus der Ferne am letzten Abend der Flussreise sind verschwunden?«

»Ich weiß nicht, wie ich es noch sagen soll, Angie – die Bänder sind nicht da.«

»Rachel hat gesagt, dass sich sämtliche Kassetten in den Kisten befinden.«

»Hey, ich kann sie nicht herzaubern, okay? *Sie sind nicht da.*«

Angie war frustriert. Sie tastete in ihrer Tasche nach dem Handy. Es war erst kurz nach neun – noch nicht zu spät für einen Anruf bei den Harts.

Doug hob ab, und Angie kam gleich zur Sache. »Kann ich bitte mit Rachel sprechen? Ich habe ihre Bänder digitalisieren lassen, aber die letzten Aufnahmen von der Reise fehlen.«

Rachel kam an den Hörer. »Was ist los?« Es klang scharf.

Angie erklärte, dass sich die letzten drei Bänder auf ihrer Bestandsliste nicht in den Kisten befanden, die Doug ihr gegeben hatte. »Wurden sie vielleicht verlegt? Könnten Sie einmal nachschauen? Ich kann morgen noch einmal vorbeikommen und sie abholen. Ich muss mir die letzten Stunden im Camp ansehen.«

»Sie *müssen* gar nichts. Sie *wollen* sie sich ansehen. Das ist ein entscheidender Unterschied, Angie. Sie verdienen Geld mit mir und der Richterin. Vergessen Sie das nicht. Sie sind keine Polizistin, und ich stehe Ihnen nicht nach Wunsch zur Verfügung. Ich muss nicht einmal mit Ihnen sprechen. Selbst wenn Sie von der Polizei wären, dann bräuchten Sie einen Durchsuchungsbeschluss, um uns zur Kooperation zu zwingen und all diese grässlichen Erinnerungen wieder wachzurufen.«

Angie warf Daniel einen Blick zu, der sie unverhohlen von der anderen Seite des Tresens musterte. Sie drehte ihm den Rücken zu und senkte die Stimme, ihr Herz schlug heftig und wütend in ihrer Brust. Ihre Reizbarkeit und ihr Ärger über Rachel hatten mehr mit der Situation mit Maddocks zu tun als mit den fehlenden Bändern. Sie musste sich beherrschen, wenn sie wollte, dass diese Privatdetektivgeschichte klappte. Sie musste lernen, nett zu sein, um zu bekommen, was sie wollte, denn die Tage, an denen sie mit Durchsuchungsbeschlüssen hatte winken können, waren vorbei.

»Es tut mir leid, Rachel«, sagte sie, ruhiger jetzt. Sie strich sich übers Haar und fasste sich. »Das war unangebracht. Ich bin Ihnen für Ihre Hilfe sehr dankbar. Justice Monaghan ebenfalls. Alles, was Sie uns geben können, damit Jasmine Gulati zur Ruhe gebettet werden kann und ihre Großmutter etwas Frieden findet, ist mir sehr willkommen. Ich habe mich nur gefragt, ob es in Ihrem Keller vielleicht noch eine Kiste mit VHS-Kassetten gibt, die Doug übersehen haben könnte. Oder möglicherweise sind die Kassetten auch einfach herausgefallen und liegen immer noch da unten.«

»Nein. Im Keller ist nichts mehr. Ich bin selbst hinuntergegangen, nachdem Sie gefahren sind. Doug hat Ihnen alles gegeben.«

»Haben Sie vielleicht eine Ahnung, was sonst mit den Aufnahmen passiert sein könnte?«, bohrte sie vorsichtig nach.

»Es tut mir leid. Ich weiß es wirklich nicht. Diese Bänder haben fast ein Vierteljahrhundert dort unten gelegen. Es könnte sein, dass etwas aus Versehen verlegt oder weggeworfen wurde. Es tut mir ehrlich leid«, wiederholte sie.

»Schon gut. Ich weiß Ihre Hilfe sehr zu schätzen.«

Angie beendete die Verbindung und fluchte. Sie schob sich das Speichermedium in die Tasche und fragte sich, ob Rachel vielleicht log und, falls ja, warum. Es konnte sich auch um ein vollkommen harmloses Versehen handeln, aber nun war Angies Neugier nur weiter angestachelt.

»Danke, Daniel, offenbar haben sich die Bänder in Luft aufgelöst. Ist es okay, wenn ich morgen zahle, wenn ich den Rest abhole?«

»Kein Problem, Ange, aber eins noch. Die ersten drei Kassetten auf der Liste konnte ich zwar konvertieren, aber ich bin nicht sicher, ob ich beim Rest genauso viel Glück habe. Die Qualität der anderen Bänder ist unterschiedlich stark eingeschränkt. Die Kisten haben Wasserflecken an der Seite, also haben sie vermutlich einen Wasserschaden mitgemacht.«

»Du meinst … es gibt vielleicht nur diese ersten drei Bänder?«

Er zuckte mit den Schultern. »Alte Magnetbänder müssen in einer kontrollierten Umgebung angemessen gelagert werden. Hohe Temperaturen, Feuchtigkeit, Wasser, Dunst, korrosive Elemente in der Luft – das kann alles zum Datenverlust führen, weil es die Magnetkraft herabsetzt und die Rückseite der Tapes zerstört. Ich tue, was ich kann.«

Angie dankte ihm und verließ Mayang Photo Place. Während sie zu ihrem Auto zurückging, das ein Stück die Straße hinunter stand, sah sie wieder auf die Uhr und wählte die Nummer von Trish Shattuck und Willow McDonnell.

Willow nahm ab, gerade als Angie bei ihrem Wagen ankam.

»Hier ist Angie Pallorino«, sagte sie und entriegelte die Türen. Sie stieg in ihren Mini Cooper und ließ den Motor an. »Es tut mir leid, dass ich so spät noch störe, aber ich hatte gehofft, Ihnen noch ein paar weitere Fragen stellen zu dürfen?«

»Ach, es ist doch nicht spät, jedenfalls nicht für mich«, antwortete Willow. »Normalerweise arbeite ich mindestens bis Mitternacht. Schießen Sie los.«

»Am letzten Abend im Camp, nachdem Jasmine ein Stück flussabwärts zum Angeln gegangen ist, wer ist da alles im Lager geblieben?«

Eine kurze Stille. »Es ist so lange her. Lassen Sie mich mal nachdenken … Die beiden Guides sind kurz nach Jasmine gegangen, um mehr Feuerholz zu sammeln.«

»Dann waren also noch acht von Ihnen im Camp? Sie selbst und Trish, Eden, Rachel, Kathi, Irene, Hannah und Donna?«

Eine weitere Pause. Angie drehte die Lüftung hoch, damit die Scheiben nicht weiter beschlugen.

»Oh, Moment, ich glaube, danach ist Rachel mit ihrer Ausrüstung auch gegangen.«

»Um Filmaufnahmen vom Lager zu machen? Von einer Landzunge ein Stück flussaufwärts aus?« Das hatte Rachel ihr berichtet, aber Angie wollte wissen, ob es zu Willows und Trishs Erinnerungen passte.

»Ich … dachte, sie wollte ein Stück flussabwärts gehen und Jasmine von einem höher gelegenen Aussichtspunkt beim Fischen filmen.«

»Hat Rachel das gesagt? Flussabwärts?«

»Ach, Angie, wissen Sie, es ist wirklich lange her. Ich bin mir nicht sicher. Und unabhängig davon, was Rachel gesagt hat, habe ich nicht mit eigenen Augen gesehen, wohin sie gegangen ist. Selbst wenn sie uns erzählt hat, dass sie Jaz filmen wollte, dann hat sie sich vielleicht umentschieden, weil das Licht gerade gut war oder weil es zu spät war oder weil sie einen guten Blickwinkel erhascht hat, ein gutes Bild. So was hat sie ständig gemacht. Sie hatte jeden Tag einen Plan davon, was sie gern drehen wollte, aber wenn sich das Licht oder irgendetwas anderes verändert hat, dann hat sie sich einfach danach gerichtet. Deshalb war sie in ihrem Job so gut. Sie war empfänglich, sie hat gesehen, wie sich die Dinge entwickelt haben, sie hat eine mögliche Story in den Mustern erkannt, die sie vor sich hatte.«

»Danke, Willow. Das weiß ich wirklich zu schätzen.«

»Jederzeit. Ich helfe Ihnen gern.« Ein kurzes Zögern. »Warum ist das denn so wichtig?«

»Ist es wahrscheinlich gar nicht«, antwortete Angie und legte den Gang ein. »Aber das Filmmaterial, das Rachel am letzten Abend aufgenommen hat, ist verschwunden. Ich hatte gehofft, ich könnte es mir ansehen.«

»Vielleicht taucht es ja noch auf.«

»Vielleicht.«

Angie legte auf und fuhr nach Hause. Die Stadt war ruhig an diesem Montagabend, trotzdem war sie nervös. Sie spürte, dass etwas an Jasmine Gulatis Geschichte nicht stimmte. Der Novemberwind rauschte und feiner Nieselregen durchnässte die Laubschicht auf den Gehwegen.

Wer waren die drei Männer gewesen, die den Frauen den Fluss hinunter gefolgt waren?

Hatte Rachel gelogen?

Was hatte Jasmine damit gemeint, dass alle Frauen auf der Reise Geheimnisse hätten? Angies Gedanken kreisten um das, was die alte Krankenschwester aus dem Saint Peter's Hospital gesagt hatte.

Wir alle lügen. Wir alle haben Geheimnisse. Ein Geheimnis kann einen in Besitz nehmen. Ein Geheimnis ist mächtig. Aber nur, wenn die Wahrheit bedrohlich für jemanden ist.

Wenn es tatsächlich Geheimnisse um die Flussreise gab, für wen wäre es dann am bedrohlichsten, wenn sie enthüllt würden?

Kapitel 20

Zurück in ihrem Apartment lud Angie das digitalisierte Videomaterial auf ihren Laptop herunter. Daniel Mayang hatte die Dateien nach der Liste der VHS-Kassetten von Rachel Hart benannt – »Ankunft in Port Ferris«, »Treffen im Hook and Gaffe«, »Camping-Momente: zweiter Abend«.

Sie sah auf die Uhr. Wenn sie sich anstrengte, konnte sie den größten Teil heute Nacht noch durchsehen. Schlafen konnte sie aus Sorge um ihre Beziehung sowieso nicht.

Sie drehte den Gasofen hoch und machte sich eine heiße Schokolade. Die Temperaturen draußen fielen schnell, und der Wind heulte. Mit ihrem Getränk, dem Notizbuch und einem Stift machte sie es sich vor ihrem Laptop bequem. Bevor sie das erste Band ablaufen ließ, vergegenwärtigte sie sich noch einmal die Vorgaben ihres Ermittlungsauftrags:

Jasmine Gulatis Tod wurde als Unfall durch Ertrinken eingestuft. Bisher war weder ein Verbrechen noch eine verbrecherische Absicht erwiesen. Dennoch gab es einige interessante Fragen: ihr geheimnisvoller Verlobungsring. Ein möglicher heimlicher Verlobter, der nach ihrem Verschwinden nicht in Erscheinung getreten war. Ein fehlendes Tagebuch mit eventuell erotischem Inhalt. Drei Männer, von denen die Frauen auf dem Fluss verfolgt worden waren. Und gewisse Auffälligkeiten im Bericht des Gerichtsmediziners – Narben von einer unsachgemäß behandelten Schulterverletzung sowie Narben auf dem Beckenknochen der Verstorbenen. Selbst bei einem Unfalltod mussten immer auch menschliche Faktoren berücksichtigt werden, Wechselbeziehungen, die zu den Ereignissen geführt und letztlich im Unfall gegipfelt haben konnten.

Sie drückte auf Play, griff nach ihrer dampfenden Schokolade und lehnte sich zurück.

In der ersten Szene füllte eine jüngere Rachel Hart den Bildschirm. Rachel hatte die Kamera auf sich selbst gerichtet. Sie war Ende vierzig und sah bemerkenswert gut aus, die grauen Augen stechend, blonde Strähnen vom Wind ins Gesicht geweht. Sie stand vor einem Gebäude mit Holzfassade, Wangen und Nasenspitze von der Kälte gerötet.

Auf dem Schild über der Tür stand HOOK AND GAFFE. Sie zeigte auf den Schriftzug.

»Scheint, als wären Eden und ich die Ersten. Unsere Gruppe aus neun Frauen will sich hier in dieser Kneipe im Herzen von Port Ferris treffen, gegenüber von Ferris Bay. Eden steht gerade hinter der Kamera.« Sie lächelte und reckte beide Daumen nach oben. »Du machst das super, Kleine.«

Das Bild wackelte, als das Mädchen mit der Kamera lachte. Angie musste über dieses Mutter-Tochter-Gespann lächeln, über das Abenteuer, in das sie gestartet waren, diese unbeschwerten Stunden vor dem Unglück. Ihre Gedanken sprangen zu ihrer eigenen Adoptivmutter. Sie hatte Miriam Pallorino schon länger nicht mehr im Heim besucht. Eigentlich sollte sie mit ihrem Vater dort hingehen. Sie sollte ein bisschen Familienleben nachholen. Angie schob den Gedanken für später beiseite und konzentrierte sich wieder auf das Video.

Rachel hielt eine Reliefkarte hoch und zeigte auf ein sich windendes blaues Band, das sich durch die Berge zog. »Das hier, diese blaue Linie, ist der Nahamish. Ein statisches Element auf der Karte, eine Konstante, dabei ist ein Fluss der Definition nach etwas, das sich immer verändert. Wer heute in den Nahamish steigt, steht in anderem Wasser als gestern, und morgen wird der Fluss wieder anderes führen. Jede Sekunde verändert es sich, aber der Fluss bleibt derselbe. Wie eine Frau. Sie hat Zeit ihres Lebens eine feste, konstante Identität, aber ihre Natur, ihre Rolle, verändert sich. Zuerst ist sie ein Kleinkind, dann ein junges Mädchen und dann ein Teenager, wie meine Eden hier. Sie ist Schwester, Tante und Freundin. Irgendwann reift sie zu einer Sirene heran, um einen Partner anzulocken. Sie wird Mutter, später menopausale Schachtel, geschiedene Frau, Witwe, Seniorin, alte Dame. Aber innerlich ist sie ein und dasselbe Mädchen, das vom Fluss des Lebens getragen wird. Getreu nach dieser Metapher treffen neun Frauen hier im Hook and Gaffe aufeinander, jede an einem anderen Punkt auf dem Lebensfluss.« Sie lächelte breit und zeigte erneut auf das Schild.

»Im Laufe der nächsten Woche, während wir uns auf dem Nahamish treiben lassen, werden wir entweder aneinandergeraten oder zusammenwachsen, aber eines bringen wir alle mit: Liebe und Leidenschaft fürs Fliegenfischen und für die Natur.«

Angie nippte an ihrer heißen Schokolade und fand die Idee hübsch, aber für ihren Geschmack viel zu esoterisch. Sie ermahnte sich selbst, dass es sich hier um das ungeschnittene Rohmaterial handelte. Trotzdem musste sie darüber nachdenken, wo sie sich wohl gerade auf dem Lebensfluss befand. Und über Maddocks. Über die Entscheidungen, die jetzt anstanden.

Die Kamera schwenkte über den Parkplatz zum angrenzenden Motel, dann weiter über die Straße zu einer Reihe von kleinen Geschäften an einer Promenade, die zu Ferris Bay gehören musste. Als Letztes war das Mariner's Diner direkt gegenüber vom Hotel zu sehen.

Angie startete das nächste Video.

Der Gastraum des Hook and Gaffe erschien. Das Bild war körnig, die Farben stimmten nicht, und Artefakte flackerten durch das Bild und verzerrten es. Wie bei einer dieser alten Filmrollen.

Die Wände des Restaurants waren holzvertäfelt und das Licht wirkte gedämpft. Ein polierter Tresen mit Metalloberfläche trennte das Restaurant von einem lockeren Kneipenbereich mit Pooltisch und mehreren Fernsehern. Die Kneipe war voller Leute, die meisten davon Männer in Outdoor-Arbeitskleidung und Holzfällerjacken. Eine bunt durcheinandergewürfelte Sammlung von Erinnerungsstücken aus dem Angel- und Jagdsport sowie anderen Sportarten schmückte die Wände, darunter Hockeyschläger, ein Lacrosseschläger, Angelruten, ein Krabbenkäfig, ausgeblichene Bojen und Fischerkugeln. Im Fernsehen lief Eishockey.

Die Kamera schwenkte zurück in den Restaurantbereich und zoomte auf zwei Frauen an einem Holztisch mit Ketchupflaschen, Senf und Bier zwischen ihnen. Angie beugte sich vor und erkannte Trish Shattuck und Willow McDonnell. Trishs Haar war noch nicht ergraut. Willow war mit Anfang vierzig noch hübscher als heute.

»Also, Ladys« – Rachels Stimme – »was ist eurer Meinung nach der größte Unterschied zwischen männlichen und weiblichen Anglern?«

Trish prostete der Kamera mit einer Bierflasche zu. »Zum Beispiel lügen Frauen nicht, was die Länge betrifft!« Sie lachte und nahm einen großen Schluck aus der Flasche.

»Nein, nein«, hielt Willow dagegen. »Es ist die Reaktion der Verkäufer in den Angelgeschäften.« Sie wandte sich der Kamera zu. »Wenn man als Frau in die Ausrüstungsabteilung schlendert, sind die Verkäufer wie vom Erdboden verschluckt. Als ob man unsichtbar wäre. Aber kaum verlässt man den Bereich mit den Ruten und Rollen und läuft über eine imaginäre Linie in die Bekleidungsabteilung, schwups, ist man wieder da und der Verkäufer eilt herbei.«

»Ja, plötzlich ist man wieder ein rentabler Kunde«, pflichtete ihr Trish bei. »Das passiert den Kerlen nie, die Männer werden in der Ausrüstungsabteilung mit Respekt behandelt«, sagte sie mit gesenkter Stimme und betont theatralisch. Noch einmal hob sie die Flasche und nahm einen Schluck.

Willow lachte und zeigte strahlend weiße Zähne.

»Also ist es nach wie vor ein Sport für Männer, eine Männerwelt da draußen am Fluss?«, fragte Rachel.

»Nur komisch«, sagte Trish und zeigte mit dem Flaschenhals wie mit einem drohenden Finger in Richtung Kamera, »dass es eine Frau war, eine Nonne, die im fünfzehnten Jahrhundert die erste ›Abhandlung über das Fischen mit einer Rute‹ geschrieben hat.«

»Welche Nonne?«, fragte Rachel.

»Freifrau Juliana Berners, eine Priorin«, fügte Trish hinzu. »Die Frau war mit ihrer Rute den Männern weit überlegen.«

Willow beugte sich vor. Der Alkohol und die heitere Stimmung hatten ihre Augen zum Glänzen gebracht. Sie senkte die Stimme und sagte gespielt verschwörerisch in die Kamera: »Also, ich würde als Mann am Fluss richtig Muffensausen bekommen bei so vielen Frauen wie uns.«

»Wieso?«, fragte Rachel.

»Weil einige von uns in einem gewissen Alter sind«, raunte sie. »Es geht doch nichts über Hitzewallungen, Schlafmangel, Essensgelüste, Aufgedunsensein und Stimmungsschwankungen. Der perfekte Mix, um eine Frau zur blutrünstigen Mörderin zu machen.« Ihr Gesicht wurde ernst und sie lehnte sich mit verschränkten Armen zurück, als die Kellnerin auftauchte und ihnen volle Bierflaschen auf den Tisch stellte.

Sobald sie wieder gegangen war, wandte sich Willow erneut an die Kamera. »Nein, ganz ehrlich, deswegen fische ich heute noch. Nichts beruhigt mich so wie der Fluss. Nichts lenkt mich besser vom Alltag ab, als still zu werden, ruhig, die Insekten zu beobachten, die Fische zu lesen, den Himmel, das Wasser, und dem Wind in den Bäumen zu lauschen.«

»Trish«, kam es von Rachel hinter der Kamera. »Wieso angelst du?«

»Ich habe früher viel getrunken«, kam es ganz nüchtern von ihr. »Und alle möglichen Drogen genommen. Ich dachte, meine männlichen Freunde würden mich für cool halten, mein Durchhaltevermögen bewundern, meine Fähigkeit, sie alle unter den Tisch zu trinken.« Sie zögerte und ihr Gesichtsausdruck veränderte sich. »Das hat mich eines Tages fast das Leben gekostet.« Sie warf Willow einen Blick zu. »Aber dann bekam ich eine zweite Chance. Ich lernte jemanden kennen, der mich an meine Wurzeln im Fliegenfischen erinnert hat, an meine Liebe zur Natur und zu Dingen, die echt sind. Und daran, mir selbst treu zu sein, vor allem meiner sexuellen Orientierung. Seitdem habe ich nie zurückgeschaut, nur flussaufwärts.«

Eden tauchte im Bild auf. Sie trug eine leichte Daunenjacke und eine Wollmütze mit einem kleinen Kinabulu-Logo auf der Seite. Ihr langes Haar hing ihr in zwei dicken Zöpfen über die Schultern. Sie setzte sich an den Tisch neben Trish und Willow. Die Bedienung stellte eine Cola und einen Teller mit Nachos vor ihr ab.

»Wieso angelst du, Eden?«, fragte Willow.

Eden sah direkt in die Kamera. Ohne Lächeln. »Weil meine Mutter mich dazu zwingt.«

Willow war verunsichert. Aber Trish lachte laut auf und deutete mit ihrer Flasche auf Eden. »Ja, und du wirst deiner Mutter noch mal dafür danken. So hat es bei mir nämlich auch angefangen. Mit meiner Mutter. Nachdem ich völlig vom Weg abgekommen war, fiel mir auf, dass gerade meine Mutter – die ich früher wohlgemerkt gehasst habe – mir etwas gegeben hatte, auf das ich zurückgreifen konnte. Einen Anker. Und da hab ich gemerkt, dass ich ihr gar nicht so unähnlich war.«

Eden nahm ihr Glas und trank. Sie wirkte wie eine mürrische, rebellische Vierzehnjährige. Angie erinnerte sich an ihre eigenen Stimmungsschwankungen in diesem Alter. Oh, die Freuden der Hormonumstellung an beiden Enden des Altersspektrums.

Aus der Kneipenseite ertönte eine wilde Serie von Rufen und Klopfen, und die Kamera schwenkte jäh um. Bierflaschen und Gläser wurden gehoben und aneinandergestoßen, Leute klatschten sich ab und riefen nach einer neuen Runde Drinks.

Rachel richtete die Kamera auf die Kellnerin. »Was ist da drüben los?«, fragte sie die Bedienung.

»Robbie Tollet«, sagte eine männliche Stimme. Die Kamera suchte ihren Ursprung.

Angie musste blinzeln, als ein Mann ins Bild trat. Sie sah wie durch eine Zeitschleife den Besitzer der Predator Lodge, Claire Tollets Vater Garrison. Er war damals ziemlich kräftig gebaut – breite Schultern, Stiernacken, buschiges schwarzes Haar, ein dichter Bart und hellgrüne, schalkhaft funkelnde Augen unter dunklen Augenbrauen.

»Ah, das ist übrigens Garrison Tollet, einer unserer Guides«, sagte Rachel in die Kamera. »Und wer ist Robbie?«

»Mein kleiner Bruder. Einundzwanzig. Spielt bei den Winnipeg Jets. Das halbe Dorf guckt heute Abend seinem Helden zu.«

»Ich dachte, dass die Verhandlungen der Gewerkschaft zu einer NHL-Sperre geführt haben«, sagte Trish.

»Ja, aber das hier ist kein NHL-Spiel«, erwiderte Garrison. »Das hier ist in Helsinki. Die Jets haben das erste Spiel gegen Tappara gewonnen, und jetzt sind sie im Finale gegen HIFJK. Könnte so ziemlich der letzte Schwanengesang der Jets sein – es gibt schon Gerüchte, dass sie nach Minnesota ziehen. Ach, da ist übrigens Jessie. Komm her, Jess. Hier sind die Ladys.«

Ein großer, strohblonder Mann stellte sich neben Garrison, jungenhaftes Lächeln, leicht gerötete Wangen.

»Ladys, der zweite Guide, Jessie Carmanagh«, sagte Garrison und machte eine ausladende Geste.

Jessie wurde noch röter. Angie fand seine Schüchternheit charmant. In den Berichten stand, dass Jessie Carmanagh damals dreiunddreißig gewesen war. Er war auch der Vater des jungen Guides auf Angies und Maddocks' Angeltrip.

»Wenn alle anderen da sind und gegessen haben, machen wir die Sicherheitseinweisung und sprechen den Plan für morgen durch«, sagte Garrison und winkte die Kellnerin herbei. Er deutete eine weitere Runde Drinks an, dann setzten Jessie und er sich mit an den Tisch.

»Wieso bist du Guide im Angelsport geworden, Garrison?« Rachel zoomte sein Gesicht heran.

Er überlegte, die grünen Augen direkt auf die Kamera gerichtet. Angie schluckte. Seine Ausstrahlung war markant, fast brutal. Männlichkeit strömte aus jeder Pore. Der Kontrast zwischen seinen strahlenden, hellen Augen und dem schwarzen Haar und Bart war verblüffend. Eine Frau konnte gar nicht anders, als sich vorzustellen, wie er wohl im Bett war. Gut bestückt. Hart. Grob. Befriedigend.

»Mein Großvater hat sich hier am Nahamish niedergelassen«, sagte er und sah weiter direkt in Rachels Kamera. »Er hat riesige bewaldete Gebiete am Carmanagh Lake gekauft, bis hoch zu den Bergen im Norden, und das Land war spottbillig, weil damals niemand hier draußen wohnen wollte. Er hat außerdem angefangen, ein Gebiet auf Kronland abzuholzen, südlich vom Fluss. Dann hat er ein Sägewerk gebaut, um das Holz weiterzuverarbeiten, und begonnen, es innerhalb Kanadas und in die Vereinigten Staaten zu verschiffen. Mit diesem Holz wurde die Predator Lodge gebaut, die mein Vater heute leitet. Wir wurden dort geboren, sind dort aufgewachsen und wohnen und leben heute noch in und um die Lodge. Zu jagen, zu fischen und vom Land zu leben, das ist einfach der Lebensstil unserer Familie. Ich wurde zu Hause unterrichtet. Wir haben Verwandte, die immer noch in den Bergen leben. Angesichts des Wirtschaftswandels bewegen wir uns allerdings weg von der Rohstoffindustrie und gehen in den Touristiksektor über – geführte Angeltouren, Skitouren, Wandern, Jagen –, das liegt einfach nahe.«

»Jessie, und du?«

Jessie räusperte sich und sah aus, als wäre es ihm peinlich, vor allen zu sprechen. »Wir in unserer Familie betreiben Aquakulturen – Austern, Muscheln, Jakobsmuscheln. Kommerzielle Fischerei ist mein Hauptgebiet. Aber ich bin nebenbei gern Guide. Sowohl auf dem Meer als auch auf dem Fluss. Wir – also die Carmanaghs – sind schon lange mit den Tollets befreundet.«

Ein Mann der wenigen Worte, dachte Angie, als der Videoclip abrupt endete.

Die nächste Datei zeigte die anderen Frauen, wie sie ankamen, wie Tische zusammengeschoben wurden, Essen und noch mehr Drinks bestellt wurden und man sich einander vorstellte. Jasmine Gulati trat ins Bild. Angie drückte auf Pause, machte einen Screenshot und speicherte das Bild ab. Dann druckte sie es aus.

Die Frau war atemberaubend. Als sie den Raum betrat, drehten sich alle Köpfe wie Sonnenblumen zur Sonne. Angie spulte ein Stück zurück und spielte den Moment noch einmal ab.

Jaz kam ins Restaurant und es war, als hätte man einen Magneten zwischen Metallspäne gelegt, die sogleich in Schwingung gerieten. Das Alphatier der Gruppe – Garrison – rutschte sofort mit seinem Stuhl beiseite, um Platz für einen weiteren Stuhl zu schaffen, auf dem sie sitzen sollte. Aber Jaz lehnte den Platz ab und setzte sich stattdessen neben Jessie. Gleich zu Beginn ein kleines Machtspielchen, dachte Angie. Jaz begrüßte die Runde. Garrison schaute in Jessies Richtung, der auf einmal nervös wirkte.

Rachel trat hinter der Kamera hervor und setzte sich ebenfalls. Die Kamera musste auf einem Stativ befestigt worden sein. Essen und Getränke wurden gebracht. Die Gesten wurden ausladender, die Stimmen lauter, die Gesichter geröteter, als einer dem anderen mit strahlenden Augen von seinen Angelabenteuern erzählte.

Irgendein Gespräch herauszufiltern war unmöglich, aber Angie konnte die siebzigjährige Deutsche, Hannah Vogel, erkennen. Mittlerweile verstorben. Die Frau, die der Deutschen vom Alter am nächsten kam, war Donna Gill, einundsechzig, Triathletin. Ebenfalls verstorben. Der Rothaarigen mit den Sommersprossen ordnete Angie den Namen Irene Mallard zu, zweiundvierzig, verheiratet, der Mann in einer Affäre – die Frau mit der »ausgeleierten Vagina«, die mittlerweile im Ausland lebte. Die Wasserstoffblondine mit dem verschlossenen Gesichtsausdruck und der unflätigen Ausdrucksweise identifizierte Angie als Kathi, verbitterte Geschiedene, alleinerziehende Mutter. Keine Alimente. Ihr Ex bezahlte für Sex in seinem Sportwagen.

Jaz verließ den Tisch. Angie fiel auf, dass sowohl Garrison als auch Jessie ihr auf den Hintern schaute. Kathi setzte sich näher zu Garrison und beugte sich betrunken zu ihm. Das entging Jessie nicht. Er bekam einen seltsamen Blick, während er zusah, wie Garrison sich höflich anhörte, was auch immer Kathi ihm ins Ohr flüsterte. Eden stand plötzlich mit angewidertem Gesichtsausdruck auf. Sie murmelte etwas Unverständliches, woraufhin Hannah ihr eine Hand auf den Arm legte. Dann stand auch sie auf und verabschiedete sich von der Gruppe.

Gemeinsam gingen sie nach draußen, Hannahs Arm um Edens Schulter gelegt.

Auch Donna ging, als Jasmine mit einem neuen Drink zum Tisch zurückkehrte. Jasmine legte den Kopf schief, lächelte Garrison an und zeigte auf den Kneipenbereich. Kathis Miene verfinsterte sich. Der Alkohol hatte offensichtlich den Filter entfernt, der sonst Kathis Gesicht im Zaum hielt. Die Männer versuchten erst gar nicht mehr zu verbergen, dass sie von Jasmine sexuell angezogen waren. Auch den anderen Frauen fiel das auf. Das Video endete.

Der nächste Clip setzte im Kneipenbereich ein. Angie vermutete wieder Rachel hinter der Kamera, und offensichtlich wollte die Filmemacherin den Blickwinkel des sexuellen Interesses an Jasmine einfangen. Das Bild konzentrierte sich auf Jasmines Gesicht. Ihre dunklen Augen glänzten vom Alkohol und offensichtlichem Vergnügen. Ihre Körperhaltung jedoch war kampfeslustig. Mit einem ihrer langen Fingernägel deutete sie auf das Gesicht eines großen, rotblonden Mannes. Dem Mann fehlten zwei Schneidezähne. Er wurde von drei ebenfalls robust gebauten Männern flankiert, und alle schienen betrunken zu sein. Zwei der Männer waren sich extrem ähnlich. Angie drückte auf Pause, spulte ein Stück zurück und sah sich die Szene noch einmal an. Die zwei Männer waren vermutlich Zwillinge. Sie machte ein paar Screenshots der Männer und druckte sie aus. Dann drückte sie wieder auf Play.

Der Geräuschpegel war enorm, aber Jasmines Stimme war klar und deutlich zu hören. »Also – wie jetzt? Seid ihr alle verwandt mit diesem Hockeytypen? Die ganze Stadt oder was?«

Die Kamera ging ein Stück nach unten, fing ihren Ausschnitt ein. Jaz trug die oberen Knöpfe offen und präsentierte ein dunkles, offenherziges Dekolleté. Ja, sie war definitiv sexy. Exotisch. Offensichtlich weltgewandt. Jaz Gulati stand für etwas, was diese Hinterlandbewohner vermutlich schon lange nicht mehr gesehen hatten.

»Ist dieser Hockeytyp etwa der Grund für diesen Tollwutausbruch?« Sie ließ ihren Finger kreisen und deutete auf die lärmende Menge in der Kneipe. Der Diamant an ihrem Ringfinger glitzerte im Licht.

Angie konnte die Anspannung, die von den Männern ausging, fast mit Händen greifen – eine Mischung aus Lust, Groll und Wut. Sie lehnte sich gespannt vor.

»Was soll'n das heißen, Tollwut?« Der große Mann ohne Schneidezähne spuckte Jaz die Worte entgegen, kam näher, bis er direkt vor ihr stand. Er trug, was Trish als Kamloops-Smoking bezeichnet hatte – ein gefüttertes Holzfällerhemd mit Jacke. Angie machte noch einen Screenshot von ihm und notierte: *Mann mit Zahnlücken. Rotblond. Hemd passt zu Beschreibung der Männer auf der Uferböschung. Wer ist das? Wer sind die drei anderen bei ihm? Zwei davon Zwillinge?*

Jaz ließ sich nicht von Mr Zahnlos einschüchtern. Stattdessen ging sie noch einen Schritt näher heran. Angie begriff, dass es ihr tatsächlich einen Kick gab, die Männer anzutörnen und gleichzeitig zu demütigen. »Ach, kommt schon, ihr Süßen, ihr seid doch garantiert alle miteinander verwandt. Schaut euch doch bloß mal *die beiden* hier an.« Sie zeigte auf die so gleich aussehenden Männer mit schwarzem Haar und grünen Augen.

»Wie heißt ihr zwei Hübschen denn? Seid ihr Zwillinge? Ihr seht irgendwie aus wie unser Guide, Garrison Tollet. Die gleichen Augen, Haare, Statur …«, sie senkte den Blick schamlos auf den Schritt der beiden, »und Größe und so.«

Garrison tauchte plötzlich neben ihr auf. Er fasste Jasmine fest am Arm. »Das sind Beau und Joey, meine Cousins«, sagte er. »Komm mit.«

Sie weigerte sich und versuchte, sich loszumachen. »Beau und Joey? Ist nicht wahr!« Sie warf den Kopf zurück und lachte, gab den Blick auf ihre glatte Kehle frei. »Seht ihr? Hab ich doch gesagt!« Sie zeigte mit dem Finger auf die Männer. »Alle verwandt. Wohnt ihr im Wald? Gibt es hier etwa keinen Zahnarzt?« Dann reckte sie das Kinn in Richtung von Mr Zahnlos. »Spielt ihr auch Banjo, ja?«

»Halt die Schnauze«, sagte einer der Zwillinge und trat vor.

»Komm jetzt«, knurrte Garrison Jaz an. »Siehst du den Tisch dort? Du wartest dort auf mich.«

»Nein, ich brauche einen neuen Drink.« Ihre Worte wirkten schon etwas verwaschen. Sie nahm Kurs auf die Bar.

»Ich bringe dir einen Drink. Geh jetzt dort rüber.«

»Wirklich? Du bringst mir Alkohol? Oh, okay, alles klar, Sir, Boss, ja, Sir. Ich warte dort drüben am Tisch.« Sie schob sich durch die Menge. »Einen Dirty Martini für mich. Ich mag es schmutzig.«

Garrison sah die Männer warnend an. »Vergrault mir nicht die Touristen, klar? Port Ferris braucht ihr Geld. Wir brauchen ihr Geld.«

»Wir lassen uns nicht verarschen für das bisschen Kohle«, erwiderte der große Blonde. »Was bist du, Mann? Ein verdammter Stricher, Garry Boy? Verkaufst du dich an so eine dämliche Stadtschlampe?«

Garrisons Blick wurde kühl. »Das hier wird alles gefilmt«, raunte er. »Die Doku könnte entweder sehr gut oder sehr schlecht für unseren Ort sein. Seid nett, und ich versuche dafür zu sorgen, dass es diese Szene nie auf den Bildschirm schafft. Klar?«

»Und was willst du?«, warf Mr Zahnlos ein. »Du willst ihr an die Wäsche, ja?« Ein fünfter Mann trat hinzu. Er war älter. Kleiner. Blass. Sommersprossen im Gesicht. Angie kam das Wort *dürr* in den Kopf. Sie machte einen Screenshot und druckte ihn aus.

»Leck mich doch, Wally«, sagte Garrison.

Angie griff zum Stift. *Mr Zahnlos – Name: Wally?*, schrieb sie in ihr Notizbuch.

»Was ist hier los?«, fragte der Dürre.

»Nichts«, murmelte Wally, während alle Garrison hinterhersahen, der auf Jasmines Tisch zuhielt.

Einer der Zwillinge – Beau – zeigte einen Stinkefinger in Richtung Tisch. »Fick dich doch, du Fotze. Schlampe.«

»Blöde Schlampe«, wiederholte sein Bruder Joey.

Der Videoclip endete abrupt. *Wally wer?*, schrieb Angie auf. *Wer ist der ältere, dürre Typ mit den Sommersprossen? Die Zwillinge – Beau und Joey wer? Cousins welcher Seite von Garrison Tollets Familie?*

Angie lehnte sich zurück und kaute auf dem Stift. Da hatte sich jemand die Einheimischen aber gehörig zum Feind gemacht – Jaz war wie die Lunte am Pulverfass. Mist. Angie sah sich die Szene noch einmal an und druckte Screenshots aus. Die Ausdrucke würde sie für die Befragungen nach Port Ferris mitnehmen.

Nachdem sie sich die Auseinandersetzung zwischen Jaz und den Männern noch einmal angesehen hatte, rief sie die letzte Datei auf, die Daniel für sie umgewandelt hatte. Sie drückte auf Play.

In diesem Videoclip waren allgemeine Aufnahmen der Bar zu sehen. Rachel versuchte vermutlich, die zu späterer Stunde ruhiger werdende Stimmung zu dokumentieren. Das musste man der Filmemacherin lassen. Sie beherrschte es, den Leuten die Kamera vors Gesicht zu halten, ohne Hemmungen bei ihnen auszulösen. Oder war der Alkohol daran schuld? Jedenfalls hatte sich Rachel an ihre Rolle als objektive Beobachterin gehalten und nirgendwo in die Auseinandersetzung mit diesen Schränken von Männern eingegriffen.

Angie sah sich das Videomaterial sorgfältig an und versuchte, Gesichter zu erkennen. Die Kamera blieb kurz bei Kathi stehen, die mit Jessie, Irene und zwei anderen an einem Bar-Tisch stand. Kathi warf finstere Blicke in Richtung Jaz. Auch Jessie sah hin und wieder über die Schulter zum Tisch, wo Jaz und Garrison über ihre Drinks gebeugt saßen. Seine Miene spiegelte Missfallen wider. Verständlich – Jasmine Gulati war seine und Garrisons Kundin, und das hier war erst der Anfang ihrer Reise. Das verhieß nichts Gutes für die nächsten sieben Tage.

Angie hielt das Video mehrfach an und machte weitere Screenshots von Gesichtern. Sie speicherte sie auf ihrer Festplatte und druckte einige davon aus. Einmal drückte sie instinktiv auf Pause, als ihr eine Frau auffiel, die durch den Hintereingang in die Kneipe kam. Zart gebaut, rötlich blonde Haare. Konnte das sein? Angie vergrößerte das Bild.

Shelley Tollet.

Na, jetzt wird es interessant.

Dieser blasse und zerbrechliche Sissy-Spacek-Look war unverkennbar. Es war definitiv Garrisons Frau. Sie sah kaum aus wie dreißig. Angie drückte auf Play und sah genau hin, wie Shelley in die Kneipe trat und ihr Blick die Menge absuchte.

Jessie bemerkte Shelley als Erster. Er stand von seinem Tisch auf und eilte durch die Menge auf sie zu. Dann legte er ihr einen Arm um die Schulter, drehte sie um und versuchte zu verhindern, dass sie ihren Mann mit Jasmine am Tisch entdeckte. Aber es war zu spät. Shelley schaute über die Schulter und erstarrte, als sie sah, wie sich Garrison an die exotische junge Frau heranmachte.

Shelleys Mund stand offen und sie sah Jessie mit aufgerissenen Augen an. Jessie raunte ihr etwas ins Ohr. Sie schüttelte den Kopf. Er redete weiter. Sie dachte kurz über seine Worte nach und gab ihm dann ein Päckchen. Bevor sie nach draußen stürmte, warf sie noch einen letzten Blick auf den Tisch in der Ecke.

Der dürre, ältere Mann, der sich zu den mit Jasmine streitenden Kerlen gestellt hatte, sah, wie Shelley ging. Sein Blick schnellte zu Jessie. Irgendetwas Unausgesprochenes ging zwischen den beiden vor. Dann eilte der Dürre Shelley hinterher.

Angie lehnte sich erschöpft zurück. Es gab jede Menge Motive für alle möglichen Beteiligten, Jaz Gulati wehtun zu wollen.

War ihr Unfall wirklich nur ein Unfall gewesen? Oder hatte da jemand nachgeholfen?

Hatte sie jemand mit Absicht ins Wasser gestoßen, um sie zu töten?

Kapitel 21

Dienstag, 20. November

Kjel Holgersen stand in einem Wartehäuschen und rauchte. Es war kurz vor drei Uhr nachts, und die Straße am Universitätscampus war dunkel, neblig und völlig verlassen. Die Stille hatte um diese Uhrzeit Gewicht, sie lastete zusammen mit dem Nebel auf einem. Die Leute schliefen in ihren kleinen Häusern und hörten noch nicht einmal die entfernte Sirene.

So wenig es Kjel gefiel, Leos Partner in der »Einheit der aussichtslosen Fälle« – wie Leo sie getauft hatte – zu sein, so war seine Neugier doch geweckt. Er hatte selbst schon einen Verdacht gegen Detective Harvey Leo gehabt. Hauptsächlich den, dass Leo junge, obdachlose Drogensüchtige für Blowjobs bezahlte. Außerdem war der Kerl ein fieses Arschloch. Er hatte Pallorino richtig mies reingeritten. Aber ein korrupter Cop?

Kjel füllte noch einmal seine Lunge tief mit Zigarettenrauch, atmete langsam aus und sah auf die Uhr. Das war schon die fünfte schlaflose Nacht in Folge. Er kam um diese Zeit hierher, um sich auf seinen Fall zu konzentrieren. Entweder das oder er würde wieder durch die dunklen Straßen laufen und in Hauseingängen nach dem vertrauten, verwüsteten Gesicht seines Vaters suchen, wobei er seinen Erinnerungen immer einen Schritt voraus bleiben musste, seiner Schuld.

Leo und er hatten nach einem knappen Aufruf in den sozialen Medien, um wieder Bewegung in den Vermisstenfall Annelise Janssen zu bekommen, einen Tipp erhalten.

Ein Mann hatte kurz vor Feierabend bei der Social-Media-Hotline angerufen. Er hatte behauptet, Annelise an diesem Wartehäuschen gesehen zu haben, in der Nacht, in der sie verschwand. Kjel hatte ihn gebeten, aufs Revier zu kommen, um seine Aussage aufzunehmen. Der Mann hatte angegeben, eines dieser kleinen Häuser hinter der Haltestelle vergangenen Dezember gegen drei Uhr nachts verlassen zu haben – ganze zehn Stunden, nachdem Annelise Janssen das letzte Mal auf dem Universitätscampus gesehen worden war.

Seinen Angaben zufolge hatte die junge Frau hier zusammengekauert gesessen. Sie war durchnässt gewesen und hatte betrunken ausgesehen. Ohne Jacke. Es war in dieser Dezembernacht extrem kalt gewesen. Während er noch mit sich gerungen hatte, ob er sie ansprechen sollte, war ein weißer Mercedes-Kleinbus vorgefahren und hatte an der Bushaltestelle gehalten. Auf der Wagenseite war ein Logo zu erkennen gewesen – dunkelblau oder schwarz oder olivgrün. Der Zeuge war sich wegen des Regens, des Nebels und der schwachen Straßenbeleuchtung nicht sicher gewesen. Aber er hatte das Logo als eine grob vereinfachte, blockartige Zeichnung beschrieben, wie Kunst der First Nations. Das Logo hatte ihn an ein stilisiertes Tier erinnert, an etwas, das man zum Beispiel oben auf einem Marterpfahl finden konnte. Die junge Frau war in den Kleinbus gestiegen. Er war den Angaben des Mannes zufolge nach Norden davongefahren.

Kjel sah die glitzernde, verlassene Straße entlang und versuchte, die Szene vor seinem inneren Auge bei diesen ähnlichen Witterungsbedingungen lebendig werden zu lassen. Am Ende dieser Straße hatte der Kleinbus einen Kreisverkehr erreicht.

Von dort aus hätte er in drei unterschiedliche Richtungen fahren können.

Kjel drückte die Zigarette aus und klappte seinen Kragen hoch. Der Zeuge hatte als Begründung dafür, dass er erst jetzt aussagte, angegeben, er habe eine Affäre gehabt und sei in dieser Nacht aus dem Haus seiner Liebschaft geschlichen. Er hatte nicht gewollt, dass seine Frau herausfand, wo er gewesen war. Mittlerweile war er geschieden und es machte keinen Unterschied mehr. Kjel hatte das überprüft. Die Ex-Frau des Mannes hatte die Affäre und die Scheidung bestätigt. Also hatte Kjel diese neue Information zu Annelise Janssen durch das System gejagt und ein sehr interessantes Ergebnis bekommen. Es war möglich, dass sie damit einen Durchbruch erzielt hatten, und das nicht nur im Cold Case von Annelise Janssen. Vielleicht bestand eine Verbindung zu weiteren Fällen.

Kjel zog den Kopf ein und trat aus dem Wartehäuschen, um zu seinem Wagen zu gehen. Er hatte vor, sich bei Tim's einen Kaffee zu holen, der Laden hatte vierundzwanzig Stunden geöffnet. Vielleicht noch ein paar Donuts mit Marmelade dazu. Und dann wollte er warten, bis es halbwegs vertretbar war, bei Pallorino aufzukreuzen. Dafür hatte er gleich zwei Gründe: Er wollte sich für Maddocks nach ihr erkundigen, und er wollte seine Theorie mit ihr abgleichen. Denn einer der ungelösten Fälle, die möglicherweise mit Annelise Janssen verknüpft waren, war früher ihr Fall gewesen.

Aber auf dem Weg zum Tim Hortons landete Kjel am südlichen Zipfel der Stadt am Wasser. Mit laufenden Scheibenwischern fuhr er im Schneckentempo durch die Straßen und spähte in die dunklen Hauseingänge und Gassen. Suchend. Immer auf der Suche. Nach dem Mann, den er einmal hier zu finden gehofft hatte. Diese Hoffnung wurde immer schwächer wie dünn gewetzter, zerlumpter Stoff.

Er sah etwas im Augenwinkel und trat auf die Bremse. Dann fuhr er ein Stück zurück und hielt an. Es war nichts.

Nur ein nasser Pappkarton, der im Wind flatterte.

***

Ein hartnäckiges Brummen arbeitete sich in Angies Bewusstsein vor. Sie zerrte sich das Kissen über den Kopf und versuchte, das Geräusch auszusperren. In ihrem Kopf hämmerte es. Als sie etwas wacher war, begriff sie – die Klingel. Jemand stand unten. Auf einmal saß sie kerzengerade im Bett.

Maddocks?

Sie schwang die Beine aus dem Bett und stolperte zur Tür, als ihr der Gedanke kam, dass Maddocks einfach seinen Schlüssel benutzt hätte. Mit finsterer Miene nahm sie den Hörer von der Wand. »Ja, wer ist da?«

»Hallöchen und schööönen guten Morgen, Palloriiino!«

Sie kniff die Augen zu, fluchte und wischte sich ein Wirrwarr aus Haaren aus dem Gesicht. Sie musste die Haare festhalten, um auf die Uhr in der Küche sehen zu können. »Was willst du, Kjel? Alles in Ordnung?«

»Klar. Willste 'n Kaffee? Ich muss dich mal löchern wegen einem Fall, den du letzten Winter auf dem Tisch hattest.«

»Wie bitte?«

»Ich muss dich mal zu was ausfragen.«

»Hast du mal auf die Uhr geschaut? Es ist noch nicht mal halb sieben.«

»Wollte dich eben nicht verpassen.«

Sie fluchte noch einmal und wollte ihm schon sagen, er solle Leine ziehen, aber dann siegte die Neugier. »Welcher Fall?«

»Die UVic-Studentin, die vergangenen Dezember verschwunden ist. Annelise Janssen.«

»Das war nicht mein Fall.«

»Ja, aber er könnte mit einem deiner alten Fälle zu tun haben. Können wir jetzt reden oder was?«

Mistkerl. Er hatte sie am Haken, und jetzt holte er die Leine ein. Das musste man ihm lassen, er war gut.

»Bin in fünfzehn Minuten unten. Der Coffeeshop an der Ecke macht früh auf. Bestell mir ein großes Frühstück, wenn du ankommst. Auf deine Rechnung.« Sie hängte auf und sah zu ihrem Computer. Kaffee und etwas zu essen brauchte sie sowieso. Sie würde herausfinden, was Holgersen wollte, und dann wieder herkommen, um die restlichen Dateien auf ihren Laptop zu übertragen und um zu packen. Außerdem wollte sie in Port Ferris und auf dem Weg dorthin in Ladysmith Termine ausmachen, denn dort wohnte Kathi Daly. Vor dem Schlafengehen hatte sie noch eine Liste mit »relevanten Personen« im Fall Jasmine Gulati erstellt.

Wenn alles nach Plan lief, würde sie am Spätnachmittag im Motel in Port Ferris einchecken und am Abend schon ihre ersten Befragungen durchführen. Nach dem Packen wollte sie noch bei Mia Monroes Boutique »Candescence« vorbeischauen und hören, was Mia über ihre langjährige Freundschaft zu Jasmine zu sagen hatte und wieso diese kurz vor Jasmines Angelreise zerbrochen war. Dann wollte sie bei Mayangs Fotoladen anhalten und alle Dateien mitnehmen, die Daniel vielleicht noch hatte retten können.

* * *

Angie saß Holgersen an einem kleinen Tisch gegenüber und sah zu, wie er sein pochiertes Ei über seiner vegetarischen »Ninja Bowl« verteilte, die ihn fast fünfundzwanzig Dollar gekostet hatte.

»Und, wie läuft's?«, fragte er, bevor er sich einen Löffel mit Ei, braunem Reis, Sriracha-Sauce, Pak Choi und Grünkohl in den Mund schob. »Lässt dich dieser Brixton von Coastal hübsch arbeiten?«

Angie biss in ihr Croissant und kaute. Dabei beobachtete sie Holgersens Augen. Sein Blick schoss überallhin, nur nicht zu ihr. Er führte irgendwas im Schilde. Oder er hatte mehr Koffein und Nikotin intus als sonst, wozu noch der übliche Schlafmangel kam.

»Ja.« Sie schluckte und griff nach ihrem Kaffee. »Jede Menge Arbeit.« Sie nippte an der Tasse und genoss das heiße Koffein und den intensiven Geschmack der mittelstarken Single-Origin-Röstung.

»Was hast du denn gerade konkret auf'm Tisch? Übrigens, hübschen Ring hast du da am Hals, Pallorino.«

Sie sah ihn prüfend an. Ihr Verdacht wuchs. »Hat Maddocks dich geschickt?«

Zum ersten Mal sah er sie an. »Wieso sollte er? Habt ihr euch getrennt oder was?«

Touché.

Er wartete.

Sie überlegte sich ihre Antwort sorgfältig, kam dann aber zu dem Schluss, dass Maddocks ruhig wissen durfte, was sie tat, und sich keine Sorgen um sie machen sollte, während sie sich über einige Dinge klar wurde. Außerdem tat es ihr gut zu wissen, dass er noch so viel für sie empfand, dass er diese Knalltüte schickte, um nach ihr zu sehen. »Ich arbeite an dem Fall mit dem Moosmädchen. Du weißt schon, die menschlichen Überreste, die dieser Pilzsammler am Nahamish gefunden hat.«

Er kaute weiter und ließ das Besteck sinken. »Ja?«

»Die Leiche wurde als Jasmine Gulati identifiziert. Sie war die Enkeltochter von Jilly Monaghan, der ehemaligen Richterin am Obersten Gerichtshof. Der Gerichtsmediziner hält es für einen Unfalltod durch Ertrinken, aber die Richterin will, dass ich Gulatis Leben im Vorfeld des Unfalls nachzeichne und Antworten auf ein paar Fragen finde.«

»Scheiße, echt jetzt?«

Sie schnaubte und aß ihr Croissant auf. Endlich hatte sie einmal richtig Hunger und freute sich sogar darauf, nach Port Ferris zu fahren und sich in einige Befragungen zu verbeißen.

»Also«, sagte Angie und griff nach ihrer Tasse. »Wenn du Maddocks Bericht erstattest, sag ihm, ich bin eine Weile in Port Ferris.«

»Okay, okay, hast gewonnen. Er hat mich gefragt, ob ich dich gesehen habe, und ich meinte, ich schaue mal nach dir. Aber ich hab auch ein paar eigene Fragen an dich. Wegen einem Sexualdelikt, an dem du mal gesessen hast. Also zwei Klappen mit einer Fliege.«

»Zwei Fliegen mit einer Klappe.«

»Was?«

»So geht die Redewendung – zwei Fliegen mit einer Klappe schlagen.«

»Ja, klar, wie auch immer.« Er zog ein Foto aus seiner Jackentasche und schob es ihr über den Tisch. »Erkennst du sie noch?«

Angie betrachtete das Foto aus dem Polizeiarchiv. »Molly Collins. Ja, ich erinnere mich. Schutzlose junge Frau aus schwierigen Verhältnissen, die Mutter polizeibekannt. Collins hat nach einem Streit mit ihrer Mutter eines Nachts das Haus verlassen, etwa vor drei Jahren, im September 2015 muss das gewesen sein. Sie wollte sich bei ihrem Dealer an einer Tankstelle Drogen besorgen. Sie wurde gegen vier Uhr morgens mit einer Gehirnerschütterung mitten auf der Straße nahe der Uferpromenade gefunden. Sie war brutal vergewaltigt worden.«

Er runzelte die Stirn. »Sag mal, erinnerst du dich an die Daten und Gesichter von allen deinen Fällen oder was?«

»Ich wünschte, es wäre nicht so.«

»Das MVPD hat den Typen nie gekriegt«, sagte er.

Angie betrachtete das Foto von Molly Collins und merkte, wie ihre Laune sank. »Nein«, sagte sie leise. »Wir haben nie jemanden dingfest gemacht. Collins stand zum Zeitpunkt des Übergriffs unter Drogen. Sie konnte sich an fast nichts erinnern, als sie wieder nüchtern und ansprechbar war. Alles, was sie angeben konnte, war, dass der Angreifer groß war und einen Overall mit irgendeinem Firmenlogo auf der Brusttasche getragen hatte. Und dass er einen weißen Kleinbus mit demselben Logo auf der Seite fuhr. Die Vergewaltigung hatte hinten im Wagen stattgefunden, und als der Angreifer weitergefahren ist, konnte sie irgendwie während der Fahrt durch die Hecktür entkommen. Sechs Monate später fand man sie tot mit einer Überdosis im Blut.« Angie überlegte. »Wieso fragst du?«

»Vergangenen Dezember ist doch Annelise Janssen angeblich vom Universitätscampus verschwunden.«

»Angeblich? Dort hat man sie zuletzt gesehen.«

»Bis gestern. Da haben wir im Revier einen Anruf bekommen. Irgend so ein Typ behauptet, Janssen gegen drei Uhr morgens gesehen zu haben – volle zehn Stunden nachdem sie auf dem Campus gesehen wurde.«

Angie hörte gespannt zu, wie Holgersen berichtete, was der neue Zeuge angegeben hatte.

»Und jetzt, wo ihn seine Frau verlassen hat«, erklärte Holgersen, »meldet er sich, weil ihn das verfolgt, was er beobachtet hat. Ihm wird bei der Vorstellung ganz schlecht, dass wir Janssen vielleicht gefunden hätten, wenn er damals schon etwas gesagt hätte. Vielleicht sogar lebend.«

»Allerdings, verdammt. Also … glaubst du, dass die Fälle miteinander zu tun haben? Das Verschwinden von Annelise Janssen und der Angriff auf Molly Collins?«

Holgersen kratzte seine Ninja Bowl aus und beförderte den letzten Bissen in seinen Mund. »Könnte sein«, nuschelte er. »Wenn man den weißen Mercedes-Kleinbus bedenkt.«

»Holgersen, einen weißen Mercedes-Kleinbus findest du an jeder Ecke.«

»Ja, aber es gab noch einen anderen Fall auf dem Festland, November 2002. Eine junge Frau verschwindet spurlos von der Straße in der Downtown Eastside. Irgendeine Sozialarbeiterin behauptet gesehen zu haben, wie diese Frau in einen weißen Mercedes mit Logo auf der Seite eingestiegen ist. Dann verschwindet im Jahr 2009 eine junge Frau in der Nähe von Blaine in Washington State. Sie hatte eine Panne auf der Autobahn. Die Hypothese war damals, dass sie jemanden angehalten hat und entführt wurde. Man hat sie nie wiedergesehen. Damals wurde eine Riesensuchaktion angeleiert. Cops haben Flyer in den Fernfahrerkneipen verteilt. Poster wurden auf der amerikanischen und der kanadischen Seite ausgehängt. Irgendwann schließlich hat sich einer gemeldet, der regelmäßig auf dieser Grenzroute pendelt, und er sagt, dass er die Panne gesehen und bemerkt hat, dass eine Frau einen weißen Kleinbus rangewinkt hat. Der Wagen hat auch gehalten, weswegen er selbst weitergefahren ist, weil er dachte, Hilfe is ja da. Der Kleinbus war ein Mercedes, und er hatte irgendein Logo auf der Seite. Der Zeuge glaubt, dass er Kennzeichen aus British Columbia hatte.«

Angie nahm den Blick nicht von ihm. Während er erzählte, spürte sie eine altbekannte Hitze in sich aufsteigen. »Ein Serientäter?«, fragte sie.

»Könnte sein.«

»Wie bist du darauf gekommen, dass in all diesen Fällen ein weißer Mercedes-Kleinbus beteiligt war?«

»Hab die neuen Infos zu Janssen durch die Kriminalanalyse gejagt. Und da spuckt mir der Rechner den weißen Kleinbus aus. Verrückt, diese Computer von heute.«

»Ihr habt einen Analytiker?«

»Der Chef hat einen kommen lassen, der mit uns lauter ungelöste Fälle durchgeht. Janssens Fall war einer der ersten.«

»Also hat euch Maddocks auf ungelöste Fälle angesetzt?«

»Neuer Schwerpunkt oder so. Gehört zu iMIT. Leo und ich sind eine eigene kleine Einheit und knöpfen uns den ganzen ungelösten Kram vor. Die Anweisung kommt von ganz oben und vom Police Board. Es gibt offensichtlich sogar neues Geld dafür. Is ja klar, die Aufklärungsraten sollen steigen. Janssens Vater hat außerdem Druck auf den neuen Bürgermeister gemacht. Daddy Janssen ist 'n hohes Tier.«

»Ja, klar, weil er Geld hat. Scheiß doch auf die ganzen weniger privilegierten Frauen, die verschwunden sind. Ich verstehe nicht, wieso du damit zu mir gekommen bist. Außer um eine Ausrede zu haben, um nach mir zu sehen.«

Und mich daran zu erinnern, dass ich nicht mehr zum Team gehöre.

»Weißt du sonst noch etwas über den Molly-Collins-Fall?«

»Alle meine Berichte sind in den Akten. Auch meine Notizen. Auf dem Revier hast du Zugriff auf alles.« Sie rutschte mit dem Stuhl zurück und ärgerte sich darüber, dass es sie schon wieder gepackt hatte, dabei waren ihr die Hände gebunden. Sie konnte in diesem Fall nichts unternehmen. Es war wie eine Karotte, die man ihr vor die Nase hielt, ganz knapp außerhalb ihrer Reichweite, bevor sie wieder weggezogen wurde. Nur um sie daran zu erinnern, dass sie einmal Polizistin gewesen war. Und jetzt nicht mehr.

»Danke an Maddocks für das Frühstück«, sagte sie und stand auf. Sie nahm ihre Jacke von der Stuhllehne und schlüpfte hinein. Nach ein paar Schritten blieb sie jedoch stehen und drehte sich um. »Hat sonst jemand eine Beschreibung des Logos abgegeben? War es überall dasselbe?«

»Ein dunkles, kastenförmiges, stilisiertes Bild, mehr weiß ich nicht. Aber so weit stimmte es überein. Offensichtlich nichts, was man sofort wiedererkennt wie Coca-Cola oder McDonald's oder so.«

Sie sah ihn kurz schweigend an. »Viel Glück, Holgersen. Und schlaf mal wieder. Du siehst furchtbar aus.«

Er grinste. »Ja, rate, wer noch, Pallorino.«

Als Angie draußen am Fenster vorbeilief, sah sie Holgersen mit dem Telefon am Ohr. Wahrscheinlich rief er Maddocks an, um ihm zu berichten, dass sie am Gulati-Fall arbeitete.

Das passte ihr ganz gut. Es würde Maddocks beruhigen. Dann wusste er, dass sie den Job als Bodyguard nicht angenommen hatte. Die Tatsache, dass er ihr Holgersen nachgeschickt hatte, gab ihr ein kleines Fünkchen Hoffnung.

Vielleicht würde doch alles gut werden.

Kapitel 22

Angie musste sich gegen den eisigen Wind lehnen, doch als sie in der Nähe von Chinatown um eine Ecke bog, entdeckte sie das Schild der Boutique.

Candescence.

Sie blieb stehen und starrte das handgeschriebene Wort an. Dann ließ sie langsam den Blick auf die Kleider sinken, die in den Erkerfenstern des denkmalgeschützten Gebäudes ausgestellt waren. Weiße Spitze. Reine Seide. Einige Designs überbordend, andere glatt und glänzend. Überall rosarote und weiße Blumen.

Eine Boutique für Brautkleider? Das ist jetzt ein Scherz, oder?

Sie holte tief Luft und drückte die Tür auf. Ein Glöckchen bimmelte. Der Verkaufsraum war klein und so gestaltet worden, dass er die historische Architektur des Gebäudes betonte. Der Putz war streckenweise von den Wänden geklopft worden, um die Backsteine sichtbar zu machen. Den Holzfußboden aus Astkiefer hatte man poliert, bis er glänzte. Eine Holztreppe mit einem schwarz lackierten Geländer wand sich nach unten. In einer Glasvitrine waren Diademe, glitzernde Ketten und Ohrringe mit Perlen und Diamantbesatz ausgestellt. Leise Musik spielte, eine Sängerin hauchte ein Lied, das erschreckende

Ähnlichkeit mit dem hatte, das »Jukebox Jill« Monaghan bei Angies Besuch zum Besten gegeben hatte. Auf Kleiderständern reihten sich die Brautkleider aneinander, und einige von ihnen waren in den Erkern der Backsteinwände ausgestellt.

Niemand war zu sehen.

Angie trat vorsichtig in den Raum. Ihre Schritte in den Bikerstiefeln hallten dumpf durch den Laden. »Hallo?«, rief sie. »Ist hier jemand?«

Der Kopf einer Frau erschien hinter einem Vorhang, der einen mit sanft geblümten Barockstühlen ausgestatteten Ankleidebereich halb verdeckte. Die Frau, eine Blondine, nahm einige Nadeln zwischen ihren Lippen hervor. »Hier. Kommen Sie nur.«

Angie trat in die Ankleide und sah sich unvermittelt mit unzähligen Spiegeln konfrontiert, die ihr Abbild zurückwarfen. In ihrer schwarzen Lederjacke, mit den eng anliegenden Jeans, den Bikerstiefeln und dem roten Haar in einem schlichten Pferdeschwanz passte sie so gar nicht zu all dieser Weiblichkeit und Geschmeidigkeit.

»Ich habe gerade den Saum für eine Änderung abgesteckt«, sagte die Frau und strich ihren altrosa Rock und die drapierte Bluse glatt. Sie sah aus wie ein Model aus einer Calvin-Klein-Anzeige. Ein Zögern schlich sich in ihre feinen Züge, während sie Angie in Augenschein nahm. Offensichtlich war sie zu dem Schluss gekommen, dass Angie auf der Suche nach etwas anderem als einem Brautkleid war.

»Wie kann ich Ihnen helfen?«

»Ich suche Mia Monroe.«

Sorge flackerte in ihren Augen auf. »Das bin ich.«

»Ich heiße Angie Pallorino.« Sie kramte in ihrer Tasche nach einer Karte und reichte sie der Frau. »Ich ermittle in einem ungelösten Fall von vor vierundzwanzig Jahren, der eine alte

Freundin von Ihnen betrifft, und ich hoffe, Sie können mir weiterhelfen. Haben Sie einen Augenblick Zeit? Können wir irgendwo ungestört reden?«

Mia betrachtete die Visitenkarte. Die Zeit hatte es gut mit Jasmines Freundin gemeint. Sie hatte sich außergewöhnlich gut gehalten. Oder vielleicht hatte Mia es auch gut mit Mia gemeint. Vielleicht war ihr Aussehen guter Ernährung, viel Schlaf und genügend Sport geschuldet. Vielleicht lag es daran, dass die Arbeit mit jungen, aufblühenden Bräuten, denen das ganze Leben noch bevorstand, einen jung hielt.

Sie sah von der Karte auf. »Welche Freundin?«

»Vielleicht können wir uns irgendwo hinsetzen?« Angie wollte Mia die Neuigkeit, dass die Leiche vom Nahamish als ihre Schulfreundin identifiziert worden war, nicht einfach so vor die Füße werfen.

Mia Monroe sah zur Tür. »Sicher. Mein erster Termin kommt in einer Viertelstunde. Und meine Assistentin wird jeden Augenblick zurück sein und kann den Laden übernehmen. Sie wollte nur Kaffee holen.« Sie zögerte. »Soll ich sie anrufen, damit sie noch einen Kaffee mitbringt?«

»Nein, ich habe gerade welchen getrunken. Danke schön.« Angie setzte sich behutsam auf einen der Barockstühle, öffnete ihre Jacke und lockerte ihren Schal. Es war warm hier im Laden.

Mia setzte sich Angie gegenüber, winkelte die Beine damenhaft seitlich ab und verschränkte die Hände im Schoß.

»Ich weiß nicht, ob Sie in den Nachrichten von dem Grab gehört haben, das kürzlich am Nahamish gefunden wurde?«, fragte Angie.

Mia sah Angie mit großen Augen an. »Jasmine?«, sagte sie leise. »Ist es Jasmine? Ich habe mich das sofort gefragt, als ich davon hörte.«

Angie nickte. »Die DNS-Proben bestätigen das, ja. Der Gerichtsmediziner hat Ertrinken als Todesursache ermittelt, aber Jasmines Großmutter hat mich beauftragt, einige Fragen über sie und ihr Leben vor der Angeltour zu klären. Ich glaube, Sie und Sophie Sinovich waren Jasmines engste Freundinnen?«

Mia atmete bebend aus. »Ja. Gott. Dann … dann kann ihre Großmutter sie also endlich ordentlich zur letzten Ruhe betten. Ich kann es gar nicht fassen, nach so langer Zeit.«

»Wenn es Ihnen nichts ausmacht, würde ich Sie gern nach dem großen Streit fragen, den Sie und Jasmine kurz vor der Reise hatten. Können Sie mir sagen, worum es dabei ging?«

Mias Schultern wurden starr. »Wieso?«

»Jasmines Mitreisende haben gesagt, sie habe viel Wind um irgendein Geheimnis gemacht. Als sie ertrunken ist, hat sie außerdem einen Ring getragen, der sehr nach einem Verlobungsring aussah, aber niemand scheint zu wissen, von wem er stammt und ob sie überhaupt in einer festen Beziehung war.«

Mia sah weg. »Ich verstehe«, sagte sie und klaubte einen unsichtbaren Faden von ihrem maßgeschneiderten Rock.

»Es würde ihrer Großmutter sehr helfen, Antworten auf diese Fragen zu bekommen. Sie könnte endlich mit der Sache abschließen, verstehen Sie?«

»Ich … Also, wenn es ihrer Großmutter hilft«, sagte Mia und sah Angie an. »Es gab tatsächlich einen Partner. Aber ich weiß nicht, wer er war. Jasmine hat ein Riesengeheimnis daraus gemacht. Sie war schwanger von ihm.«

Angie blinzelte. »Jasmine war schwanger?«

»Nein – also, ja, war sie, aber sie hat kurz vor der Reise einen Schwangerschaftsabbruch vorgenommen.« Sie rieb sich den Arm, offensichtlich eine nervöse Geste. »Ich glaube, Jasmine war mit jemandem zusammen, der es nicht wirklich ernst meinte, aber als er gehört hat, dass sie schwanger war, hat er ihr einen Heiratsantrag gemacht. Ich vermute, dass das seine Art war, Jasmine von der Abtreibung zu überzeugen. Seine Art, ihr zu beweisen, dass er auch danach noch für sie da sein würde, dass er sie nicht im Stich lässt.«

»Wie kommen Sie darauf?«

Mia atmete geräuschvoll aus. »Ich weiß es nicht. Vielleicht liege ich auch falsch, aber ich hatte das Gefühl, Jasmine hatte Angst, diesen Kerl zu verlieren, wenn sie es nicht tun würde. Angst, dass er dann wütend auf sie sein würde. Denn irgendwie habe ich geglaubt, dass sie das Kind eigentlich behalten wollte.«

Angie sah Mia an und spürte eine Woge der Energie und Aufregung in sich aufsteigen. Jasmines Vergangenheit – dieser Fall – wurde immer interessanter.

»Wieso haben Sie sich mit Jasmine gestritten?«, hakte Angie nach. »War es wegen der Abtreibung?«

Mia schlug die Augen nieder. »Jaz wollte mir nicht verraten, wer der Kerl war. Sie bildete sich ziemlich viel darauf ein, einen heimlichen Liebhaber zu haben. Und ihr Gehabe hat mich geärgert. Jaz, Sophie und ich waren seit der Junior High enge Freundinnen. Wir haben alles miteinander geteilt und einander alles erzählt. Von der ersten Zigarette bis zum ersten Kuss und ersten Sex. Ihr heimlicher Liebhaber war wie eine Ohrfeige für mich. Als sie mich dann trotzdem gebeten hat, sie für die Abtreibung nach Vancouver zu begleiten, habe ich die Reißleine gezogen und Nein gesagt. Ich meinte zu ihr, sie solle diese Entscheidung noch einmal überdenken und es nicht einfach tun, um irgendeinen heimlichen Lover zu behalten. Sophie ist schließlich mitgefahren. Wir haben nie wieder miteinander gesprochen.« Ihre Stimme klang belegt, und sie sah auf.

»Nicht dass wir überhaupt eine Chance dazu hatten. Danach ist Jaz am Fluss verschwunden. Wir konnten uns nie aussprechen, und das tut mir sehr, sehr leid.«

»Mrs Monroe.« Angie beugte sich vor. »Haben Sie irgendeine Idee, wer der Vater sein könnte? Irgendeine Vermutung?«

Sie holte tief Luft. »Sagen Sie doch Mia zu mir. Nein. Habe ich nicht. Jasmine hatte im Laufe der Jahre eine Unmenge Freunde. Sie hat nie einen Hehl daraus gemacht. Meistens hatte sie Sex mit ihnen, fing an, sich zu langweilen, und beendete die Sache. Aber dieses Mal war es anders. Was auch immer sie da geheim halten wollte, sie hat wirklich nichts davon durchblicken lassen.«

»Wenn sie diesen Mann heiraten wollte, glauben Sie, dass sie auf dem Angeltrip trotzdem mit anderen geschlafen hätte?«

»Hat sie?«

»Möglicherweise.«

Mia überlegte. »Wenn ja, dann hat sie sich selbst getestet oder die Rahmenbedingungen ihrer heimlichen Beziehung, so wie ich sie kenne. Es würde mich nicht wundern, wenn sie sich nach der Abtreibung auf unbedeutenden Sex eingelassen hat, nur um sich selbst zu beweisen, dass das nicht das Ende der Welt war. Dass sie nach wie vor die sein konnte, die sie sein wollte. Oder vielleicht wollte sie auch diesen Mann testen.« Mia hielt inne. Ein gequältes Lächeln zog ihre Mundwinkel nach oben. »Oder es gab möglicherweise überhaupt keinen heimlichen Verlobten, so wie ich Jaz kenne. Vielleicht hat sie sich den dämlichen Diamantring selbst gekauft, um uns alle an der Nase herumzuführen.«

Angie fiel auf, dass diese Möglichkeit nicht zum ersten Mal zur Sprache kam. Das sagte einiges über Jasmine Gulatis Charakter aus.

»Wieso sollte sie das tun – allen etwas vormachen?«

»Jaz war eben so.« Mia strich erneut den unsichtbaren Faden vom Rock. »Die Aufmerksamkeit der Jungs und Sex, das war wie eine Sucht für sie. Sie wollte gern die Geheimnisvolle sein, immer im Zentrum der Intrige, im Zentrum der Aufmerksamkeit.« Mias Blick wurde traurig. »Sie war emotional bedürftig. Ich glaube, innerlich war Jasmine leer und ängstlich, und ich wünschte, ich wäre für sie da gewesen. Stattdessen habe ich sie weggeschoben.«

Angie hielt Mias Blick stand und schluckte, als sie an ihre eigenen Probleme mit anonymem Sex dachte. Ihre eigene, tief vergrabene Bedürftigkeit. »War das Jasmines erste Schwangerschaft?«

Mia blinzelte. »Natürlich, ja. Wieso?«

»Sind Sie sicher? Sie hat nie ein Kind ausgetragen?«

»Nein. Auf keinen Fall. Wir haben uns alles erzählt. Alles. Bis auf den Verlobungsring und den heimlichen Liebhaber natürlich. Und sogar dann hat Jaz mir und Sophie noch von ihrer Schwangerschaft erzählt. Wie gesagt, wir waren seit der Junior High die dicksten Freundinnen. Jaz und ich sogar schon länger, seit der Grundschule.«

»Und es gab keine Phase, wo Jasmine vielleicht woanders gelebt hat? Lang genug, um ein Kind auszutragen und es womöglich zur Adoption freizugeben?«

»Definitiv nicht. Sie ist nach der neunten Klasse mit ihren Eltern durch Europa getourt. Aber nur vier Wochen lang. Nach dem Schulabschluss sind Jaz, Sophie und ich fünf Monate durch Südafrika gereist. Wir waren immer zusammen. Sonst war Jaz immer nur kurz verreist. Und es gab nie irgendeinen Hinweis auf ein Kind. Wieso?« Sie wirkte besorgt.

»Die Obduktion hat ergeben, dass sie möglicherweise ein Kind zur Welt gebracht hat. Aber es ist nicht unwiderlegbar. Es gab auch Hinweise auf eine alte Schulterverletzung. Wissen Sie darüber etwas? Hat sie sich die Schulter einmal ausgekugelt?«

Mia runzelte die Stirn und dachte zurück. »Nein. Ich ... ich kann mich an nichts dergleichen erinnern.«

Angie stand auf. »Vielen Dank für Ihre Zeit. Sie haben mir sehr geholfen. Falls Ihnen noch etwas einfällt, rufen Sie mich bitte an, ja?«

Mia erhob sich ebenfalls. »Mache ich. Viel Glück. Ich würde gern davon erfahren, wenn Sie etwas herausfinden.«

»Sicher möchte auch Jasmines Großmutter mit Ihnen über ihre Enkelin sprechen. Sie ist ziemlich einsam, glaube ich.« Angie lächelte. »Vielleicht besuchen Sie sie mal.«

»Das … das mache ich. Gute Idee.« Als sich Angie gerade abwenden wollte, sagte Mia noch: »Einen schönen Solitär haben Sie da um den Hals.«

Angies Hand schnellte unwillkürlich zu dem Ring, den sie beim Öffnen ihrer Jacke offenbart hatte. »Oh, ähm, vielen Dank.«

»Wieso tragen Sie ihn nicht am Finger?«

»Ich muss ihn noch ändern lassen.«

»Ein Verlobungsring?« Mia trat vor und betrachtete den Diamanten näher.

Angie nickte und ihre Wangen wurden heiß.

»Herzlichen Glückwunsch.«

Angie machte unvermittelt einen Schritt zurück und wandte sich Richtung Tür, auf einmal kam ihr der Laden erstickend eng vor. Mia eilte voraus und hielt ihr die Tür auf.

»Es gibt einen Juwelier die Straße hinauf, der Ihnen den Ring innerhalb von ein paar Stunden ändert. Ich kann ihn nur empfehlen. Er heißt Dominique. Accent Jewelers. Sagen Sie ihm, Mia schickt Sie. Warten Sie …« Sie eilte zu ihrem Tisch und nahm eine Visitenkarte aus der ordentlichen Vitrine. »Hier, bitte. Und vergessen Sie nicht meinen Namen. Er wird Ihnen ein gutes Angebot machen.«

Angie nahm das Kärtchen. Ihr Blick wanderte zu den aufgehängten Kleidern in den Alkoven. Eines schlug sie besonders in den Bann. Es war schlicht und elegant. Ohne Rüschen und anderen Schnickschnack. Für Angie hatte es etwas Keltisches oder Mittelalterliches. Dieser Look hatte ihr schon immer gefallen. Er erinnerte sie an Maid Marian aus Robin Hood, tief im dunklen Sherwood Forest, oder an Guinevere. An Ritter und Drachen. Mia entging Angies Blick nicht.

»Wann ist denn der große Tag?«

Angie riss sich zusammen. »Ich, ähm, wir haben noch kein Datum festgelegt.«

»Und ein Kleid?«

»Noch nicht.« Plötzlich hatte sie einen Knoten im Magen.

»Sie würden einfach fantastisch darin aussehen. Vor allem, wenn Sie Ihr Haar offen und lang tragen. Ich sehe es richtig vor mir. Vielleicht mit einem kleinen Diadem mit einer Perle auf der Stirn?«

In Angies Vorstellung entstand ein Bild. Sie verdrängte es. »Danke.« Dann steckte sie die Karte ein und trat nach draußen in die kalte Luft, dankbar, dass sich die Tür von Candescence hinter ihr schloss.

Sie zog den Reißverschluss der Jacke hoch und stapfte die Straße hinauf in Richtung Mayang Photo Place. Ihr Mini Cooper war bereits für die Fahrt nach Port Ferris gepackt.

Angie blieb an einer Ampel stehen und sah nach rechts die Straße hinunter. Da war es – Accent Jewelers.

Maddocks' Worte kamen ihr in den Sinn.

Eins musst du wissen, Angie – ich liebe dich. Wenn du meine Verlobte bleiben möchtest, wenn du willst, was ich will, nämlich heiraten – dann bin ich da. Ich gehöre dir. Aber das ist deine Entscheidung …

Sie sah auf die Uhr. Es blieb noch genügend Zeit, bevor sie sich mit Daniel treffen wollte. Sie musste sich nicht unbedingt vor Mittag oder spätestens ein Uhr auf den Weg aufs Festland machen. Verdammt noch mal – wenn sie Maddocks irgendwie zeigen wollte, dass sie es ernst meinte, war es ein erster Schritt, seinen Ring passend zu machen.

Wärme durchströmte sie beim Gedanken, seinen Diamantring an der Hand zu tragen. Sie drehte sich um und lief schnell die Straße hinunter zum Juwelier, bevor sie es sich wieder anders überlegte.

Kapitel 23

»Tut mir leid, Ange«, sagte Daniel Mayang. »Ich habe nichts weiter für dich, nur eine letzte Datei. Der Rest ist im Eimer. Irgendwann haben die Kassetten wohl einen Wasserschaden abbekommen, durch Hochwasser oder einen geplatzten Warmwassertank oder so was. Sie waren einmal alle völlig nass. Vermutlich sind sie dann nie richtig getrocknet.«

»Aber die ersten Dateien waren doch völlig in Ordnung.«

»Das war eine andere Kiste. Die stand wahrscheinlich oben und ist trocken geblieben.«

»Bist du sicher?«

Er versetzte ihr einen schiefen Blick.

»Kannst du die Kassetten nicht retten?«

»Ich kann bei ein paar davon einige Tricks versuchen, aber wahrscheinlich bleibt es bei dem, was ich dir schon gegeben habe.«

Angie holte tief Luft und versuchte, das zu verdauen. »Okay. Kannst du mir wenigstens sagen, ob die restlichen Kassetten zu der Inventarliste passen, abgesehen von den letzten fehlenden Videos, die du schon erwähnt hast?«

»Jawohl. Der Rest ist alles da.«

»Danke für den Versuch.«

»Immer wieder gern.« Er gab Angie eine Rechnung, und sie beglich den Betrag. Auf dem Weg zurück zum Juwelier sortierte sie ihre Gedanken. Als sie bei Accent Jewelers hineinschaute, sagte man ihr, dass der Ring fertig war.

Dominique selbst brachte ihn heraus und schob ihn ihr auf den Finger. Der Diamant funkelte und tanzte im Licht. Sie spürte einen Stich im Herzen, und Tränen brannten in ihren Augen. Sie wünschte, Maddocks wäre hier. »Danke«, sagte sie und sah Dominique an. »Vielen Dank.«

Er lächelte. »Steht Ihnen. Gratuliere.«

Angie verließ den Laden mit dem Ring am Finger und einem Gefühlswirrwarr im Magen. Vielleicht war es sinnlos, den Ring anzupassen. Vielleicht hatte sie Maddocks tatsächlich zu weit fortgestoßen. Vielleicht sollte sie den Ring nicht tragen, bis die Dinge wieder in Ordnung waren. Wieder musste sie an seine Worte denken.

Dann bin ich da. Ich gehöre dir. Aber das musst du wissen …

An der nächsten Kreuzung zögerte sie wieder und wagte einen weiteren Blick auf den Diamanten an ihrer Hand. Sie spürte Beklemmung in der Brust. Angst. Und ein Flüstern, ein zartes Gefühl von … Aufregung. Von einer möglichen Zukunft.

Das musst du wissen …

Sie biss die Zähne aufeinander und kramte eilig ihr Telefon heraus. Schnell, bevor sie die Idee wieder lächerlich fand und verwarf, bevor sie beschloss, dass sie hier zu weit ging, wählte sie eine Nummer.

Vor Aufregung versagte ihr fast die Stimme, und sie packte das Telefon nur noch fester, als Ginny abhob.

»Hey, Ginn, wie geht's dir?« Sie versuchte, einen lockeren Tonfall anzuschlagen, was aber grandios schiefging.

»Angie? … Alles in Ordnung? Du klingst komisch.«

Sie räusperte sich. »Ja. Ja, alles in Ordnung. Hast du … hast du heute Vorlesungen am Vormittag?«

»Erst ab Mittag. Wieso?«

Sie atmete tief durch. »Okay. Können wir uns in der Stadt treffen? Also bald? Sozusagen jetzt?«

»Angie … was ist los? Geht es um Dad? Geht es ihm gut?«

»Es … Ich brauche deine Hilfe. Es ist eine Überraschung. Ja, es hat mit deinem Vater zu tun. Aber es ist was Gutes, versprochen.«

»Oh … klar, wieso nicht? Wo denn in der Stadt?«

Angie gab ihr die Adresse, ohne den Namen des Geschäfts zu verraten. »Ich warte drin auf dich. Frag einfach nach mir.«

Sie legte auf und holte tief Luft. Dabei drückte sie die Hand aufs Brustbein. Dann wappnete sie sich gegen den Wind und eilte die Straße zurück. Das Glöckchen klingelte, als sie die Tür der Boutique aufdrückte. Mia und ihre Assistentin sahen erstaunt von ihrem Tisch auf. Angie atmete schwer.

Mia sprang auf. »Alles in Ordnung?«

Angie nickte in Richtung des Kleides im Erker. »Ich … ich möchte es doch anprobieren. Das da oben.«

* * *

Spiegel bedeckten die Wände von der Decke bis zum Boden, und ein dicker Vorhang trennte Angie von der Sitzgruppe für Familienmitglieder, Brautjungfern, Freundinnen – oder wen auch immer die zukünftigen Bräute zu solchen Anlässen mitschleppten. Sie starrte ihr Spiegelbild an und wurde von einem unwirklichen Gefühl überrollt. Sie erkannte die Frau nicht, die ihr aus dem Spiegel entgegenstarrte.

Ihr rotes Haar war offen und hing ihr über die Schultern, ein Gegenpol zu den klaren Linien des Kleides. Es passte wie angegossen – wie Aschenputtels verdammter Glasschuh. Als wäre es für sie bestimmt, als hätte es dort gehangen und gewartet, bis irgendein Fall sie in dieses Brautmodengeschäft führen würde.

»Angie?«

Sie wandte den Kopf. Die bekannte Stimme kam von hinter dem Vorhang.

»Ginn, bist du das?«

»Ja, ich bin hier draußen. Was ist denn los? Was läuft hier eigentlich?«

Angie zog den Vorhang zurück.

Ginny fiel die Kinnlade herunter. Sie schlug die Hand vor den Mund und riss die Augen auf. »Oh. Mein. Gott. Angie? Ist … ist es das, was ich denke?« Sie streckte die Arme aus und nahm Angies Hände. »OhmeinGott, kann mich mal jemand kneifen? Passiert das hier wirklich?«

Angie fühlte sich auf einmal töricht. Entblößt. Als hätte sie Ginny gerade einen ihrer geheimen Wunschträume offenbart, ohne überhaupt sicher zu sein, ihn je erreichen zu können.

»Äh … vielleicht.« Sie schluckte. »Dein Vater und ich haben schon eine Weile darüber gesprochen, und ich war gerade arbeitsbedingt hier und habe das hier gesehen, und …«

»Und da dachtest du, du probierst es an? Verdammt richtige Entscheidung! Es ist echt wie für dich gemacht.« Tränen glitzerten in Ginnys Augen. »Zeig mal. Komm raus. Und dreh dich mal um.« Ginny trat zurück.

Angie trat vor und drehte sich verlegen langsam um die eigene Achse.

Ginny drückte sich die Hand auf den Mund, stand schweigend da und schüttelte nur den Kopf.

»So schlimm?«

Das Kopfschütteln wurde heftiger.

»Ginny?«

»Ich … Mir fehlen die Worte«, presste sie halb lachend, halb ergriffen hervor. »Und dieser Ring! Wow, darf ich mal sehen?«

Angie streckte die Hand aus, und Ginny begutachtete den Ring. »Dad hat mir gar nichts davon erzählt. Über nichts von alledem.«

»Ginny, er weiß es ja selbst noch nicht so richtig. Es ist kompliziert. Er … Wir sind noch am Überlegen.«

»Aber er hat dir einen Ring gegeben. Er weiß doch von dem Ring.«

Angie nickte. »Aber dann hatten wir einen kleinen Streit. Wir … lassen uns gerade etwas Zeit.«

Ginny nickte und atmete geräuschvoll aus. Sie versuchte sich zu sammeln und befeuchtete die Lippen. »Okay, okay. Also ist das Kleid eine Überraschung.«

»Könnte man so sagen.« Angie schnaubte und fühlte sich auf einmal überhaupt nicht mehr wohl. »Es war ein Fehler«, sagte sie und wollte in der Ankleide verschwinden. »Ich weiß nicht, was mich hier geritten hat.«

Ginny packte sie am Handgelenk. »Nein, Ange, nein. Es ist kein Fehler. Es steht dir so gut. Es ist wunderschön. Du wirst nie wieder so etwas finden. Du musst es nehmen.«

»Ich … ich glaube, das war wirklich ein Fehler.«

»Nein.« Ginnys Augen blitzten entschlossen. »Ich kenne meinen Dad. Und ich kenne dich. Das hier ist genau richtig. Ich weiß es einfach, und ich werde alles daransetzen, dass es auch dazu kommt. Du wirst dieses Kleid kaufen. Und dann …«

Angie machte den Mund auf, aber Ginny hob die Hand. »Warte. Lass mich ausreden. Wenn du mit dir selbst diskutieren willst, bitte schön. Wenn die Sache schiefgeht, dann kannst du das Kleid verkaufen. Kein Problem. Aber wenn doch alles gut wird, dann hast du es. Du besitzt etwas Wunderschönes.« Ginnys Augen glänzten vor Rührung. Sie wischte sich eine Träne aus dem Augenwinkel. »Du kaufst dieses Kleid, verstanden?

Du kaufst es. Du hast mich nicht ohne Grund angerufen, und offensichtlich ist es meine Aufgabe, dafür zu sorgen, dass du die Sache durchziehst und das Kleid mit nach Hause nimmst.«

Angies Augen wurden feucht und ihr Herz schmerzte vor Zuneigung. Sie liebte dieses Mädchen. Das Mädchen, das ihre Stieftochter werden konnte, wenn sie und Maddocks tatsächlich heirateten. Wie Richterin Jilly Monaghan eine erwachsene Stieftochter in Jasmines Mutter bekommen hatte. Ihr kamen Monaghans Worte in den Sinn.

Die Dinge passieren aus einem bestimmten Grund, Angela. Davon bin ich fest überzeugt. Und man muss die Gelegenheit beim Schopf packen, wenn sie sich einem bietet.

Angie nickte. »Okay«, sagte sie leise. »Aber das ist unser Geheimnis, Ginn. Nur falls doch alles anders wird.«

Ginny lächelte und hatte ein verschmitztes Funkeln in den Augen. »Ja«, flüsterte sie. »Unser Geheimnis.«

Kapitel 24

Der Cupcake-Laden in Ladysmith war winzig und hatte nur zwei runde Tische mit Stühlen am Fenster mit Blick auf den Parkplatz. Hinter der gläsernen Ladentheke versah eine Frau Mitte sechzig gerade Cupcakes mit Glasur.

»Kathi Daly?«, fragte Angie und trat an die Theke.

Die Frau sah kurz auf und widmete sich dann wieder ihrem Spritzbeutel. »Was kann ich für Sie tun?«

»Ich bin Angie Pallorino. Wir haben telefoniert.«

»Ja.«

»Können wir uns kurz irgendwo unterhalten?«

»Schießen Sie los. Falls Kunden kommen, müssen Sie sich irgendwo hinten hinsetzen. Ich kann hier gerade nicht weg.«

Angie sah zu, wie Kathi die Cupcakes fertig verzierte. Ihr Schweigen brachte die Frau dazu, noch einmal aufzusehen. Ihre verkniffenen Gesichtszüge zeigten Verärgerung, Gesichtszüge, in denen die letzten Jahre und eine gewisse Verbitterung bereits Spuren hinterlassen hatten. Ihr wasserstoffblonder Bob und der trübe Teint ließen sie noch älter erscheinen. In Kathi Dalys Fall war die Zeit nicht gerade gnädig gewesen.

»Ich weiß nicht, wieso Sie extra hierhergekommen sind«, sagte sie, legte den Spritzbeutel hin und wischte sich die Hände an der Schürze ab. »Ich kann Ihnen nur das sagen, was ich auch am Telefon gesagt hätte.«

»Danke, dass Sie sich Zeit für mich nehmen«, erwiderte Angie. »Ich spreche gern persönlich mit den Leuten.« *So erfahre ich nämlich viel mehr über dich, zum Beispiel, ob du lügst. Oder etwas verbirgst. Oder ob du einfach eine alte, verbitterte Schachtel bist …*

»Ich wollte Sie bitten, mir zu erzählen, was Sie noch über den letzten Abend im Zeltlager wissen, bevor Jasmine Gulati verschwunden ist.«

»Rachel hat Ihnen doch schon erzählt, was passiert ist.«

»Rachel hat Sie also angerufen und vorgewarnt?«

»Ja.«

»Wieso?«

Kathi schnaubte. »Um mir zu sagen, dass ich nicht verpflichtet bin, mit einer neugierigen Privatdetektivin zu sprechen. Und weil sie nicht wollte, dass ihretwegen ihre Freundinnen belästigt werden. Das war ihre Reise, sie hat sie organisiert, und sie fühlt sich nicht gut dabei, dass Sie jetzt herumschnüffeln und alle Leute ausfragen. Nur um einen Schuldigen zu finden.«

»Das hat Rachel gesagt? Dass ich einen Schuldigen suche?«

»Stimmt doch, oder? Genau das wollen die da oben doch immer, diese Leute wie Richterin Monaghan. Jemanden verklagen. Auf einmal haben die Organisatoren Schuld oder die Guides oder …«

»Ich versuche nur, einer trauernden Großmutter zu helfen, ein paar Antworten zu finden. Das ist alles. Justice Monaghan hat noch offene Fragen über ihre Enkelin und über ihr Leben vor dem Unfall.«

»Dann will ich Ihnen mal was sagen. Ich mochte Jaz nicht. Viele Leute konnten sie nicht ausstehen. Sie war ein arrogantes Miststück.«

»Weil sie mit einem der Guides geschlafen hat?«

»Er war verheiratet.«

Angie zog eine Augenbraue hoch. »Dem Videomaterial nach zu urteilen, waren Sie selbst auch nicht uninteressiert an dem verheirateten Garrison Tollet.«

Kathis Augen wurden zu Schlitzen. Sie schwieg.

»Und wenn man nach dem geht, was die anderen sagen, haben Jaz und Sie sich gut verstanden, miteinander getrunken und am Lagerfeuer geplaudert.«

»Keiner trinkt gern allein. Mehr war da nicht.«

»Hat sie Ihnen je gesagt, von wem sie den Ring bekommen hat?« Angie legte das Foto von Jasmines Diamantring auf die Theke. »Vielleicht hat sie einen Verlobten oder Freund erwähnt, während Sie vertrauliche Gespräche am Lagerfeuer geführt haben?«

»Soll das ein Scherz sein? Das war ihr großes Geheimnis.«

»Hat sie dieses Geheimnis in ihrem Tagebuch beschrieben?«

»Keine Ahnung. Hören Sie …«

»Wissen Sie, was mit dem Tagebuch passiert ist? Es hatte einen violetten Einband. Hier …« Angie legte das Gruppenfoto auf die Theke, auf dem Jasmine das Tagebuch in der Hand hielt. »Hier sieht man das Buch.«

In Kathis Augen flackerte es kurz. »War es nicht bei ihren Sachen im Zelt?«

»Nein. Es fehlte.«

Sie zuckte mit den Schultern.

Angie sah die Frau unverwandt an. »Waren Sie eifersüchtig auf Jasmine?«

Kathi blinzelte überrumpelt. Dann wurde sie rot. »Wissen Sie was, wenn *Ihr* Mann sich aus dem Staub macht und jedes junge Ding flachlegt, das nicht bei drei auf den Bäumen ist, und Sie mit vier Kindern und ohne Einkommen zurücklässt, dann hätten Sie auch das eine oder andere *Problem* mit jungen, sexy Schlampen, okay? Glauben Sie wirklich, ich würde in meinem

Alter noch immer in diesem verdammten Laden schuften, wenn er mir nicht einen riesigen Schuldenberg hinterlassen hätte? Ich hoffe, die Frau von diesem Guide hat ihm ordentlich die Hölle heißgemacht. Sie kam ja in die Kneipe, wussten Sie das? Sie hat gesehen, wie er es sich mit dieser … dieser Frau in der Nische gemütlich gemacht hat.«

»Das habe ich auf Rachels Video gesehen, ja. Wissen Sie, ob Garrisons Frau ihn deswegen zur Rede gestellt oder sich irgendwann Jaz vorgenommen hat?«

»Keine Ahnung. Ich glaube, seine Frau war an einem Abend bei uns im Camp. Hat Essen gebracht oder so. Ich glaube, es war der erste oder zweite Zeltplatz. Genau weiß ich das aber nicht mehr. Wenn sie Jaz zur Rede gestellt hat, dann war ich nicht dabei, denn daran würde ich mich erinnern.«

»Und woran erinnern Sie sich vom letzten Abend, von den Stunden, bevor Jaz starb?«

»Das ist alles sehr vernebelt. Von einer schönen Alkoholwolke. Das war meine Flucht vor den Kindern und meinem vermurksten Leben, jedenfalls ein paar glückliche Tage lang, bis Jasmine unbedingt ertrinken und damit alles ruinieren musste.«

Die Tür des Cupcake-Ladens ging auf und zwei Frauen kamen herein.

»Wenn Sie mich jetzt entschuldigen würden, ich muss hier weitermachen.« Kathi wandte sich ab und kümmerte sich um die Kundschaft.

»Danke«, murmelte Angie mehr zu sich selbst als zu Kathi. Sie verließ den Laden und lief zu ihrem Auto. Der Küstenwind zerrte an ihren Haaren. Jetzt war ihr selbst nach einem Drink und irgendeinem betäubenden Vergnügen, nur um den schlechten Geschmack dieser Frau aus dem Mund zu bekommen. Sie öffnete die Autotür und dachte, dass sie vermutlich versucht gewesen wäre, Kathi Daly die Plunge Falls hinunterzuschubsen, wenn sie mit auf der Angelreise gewesen wäre. Angie hoffte nur, dass Rachels Tochter Eden, die sie in Nanaimo, einem kleinen Ort nördlich von Ladysmith, treffen wollte, hilfsbereiter war. Aber in Anbetracht der Tatsache, dass Rachel offenbar herumtelefonierte und alle Beteiligten vorwarnte, hatte sie da ihre Zweifel.

Auf dem Weg nach Nanaimo prasselte der Regen wieder gegen ihre Windschutzscheibe, und ein finsterer Gedanke setzte sich in ihr fest. Sie traute es der verbitterten und eifersüchtigen Kathi Daly durchaus zu, eine »junge, sexy Schlampe« in den Fluss gestoßen zu haben.

Kapitel 25

Dr. Eden Harts Wartezimmer war leer. Blassgraue Wände und große Fenster sorgten trotz des düsteren Wetters für natürliches Licht. Ein Strauß frischer Schnittblumen in einer Vase auf dem kleinen Tisch bildete einen fröhlichen Farbtupfer. Zeitschriften lagen sauber aufgereiht auf der Glasplatte des Tisches.

Eine Sprechstundenhilfe hinter dem Tresen am anderen Ende des Wartezimmers sah Angie über ihren Brillenrand entgegen.

»Ich habe einen Termin bei Frau Dr. Hart«, sagte Angie und trat an den Tresen. »Angie Pallorino.«

»Dr. Hart ist heute etwas später dran. Bitte nehmen Sie doch Platz. Kaffee ist in der Kanne in der Ecke dort drüben. Tassen stehen daneben.« Sie lächelte. »Heute haben wir Pekannusscookies mit weißer Schokolade.«

Angie nahm Platz, blätterte kurz in einer Zeitschrift und widmete sich dann den Schwarz-Weiß-Bildern, die an den Wänden hingen. Einige waren historische Fotos, andere Tintenzeichnungen oder Handdrucke. Überrascht stellte Angie fest, dass sie alle Frauen beim Angeln zeigten. Fasziniert stellte sich Angie vor das erste Bild. Es war signiert von Lorian Hemingway. Angie nahm an, dass die Frau, die stolz an irgendeinem tropischen Schauplatz neben einem Schwertfisch posierte, der auf einem Dock an einer Waage hing, eines von Ernest Hemingways zwölf Enkelkindern war. Angie ging weiter zum nächsten Bild. Ein Handdruck einer Nonne in vollem Habit, die eine Angel auswarf. Unter dem Bild stand:

Si tibi deficiant medici, medici tibi fiant. Hec tria, mens leta, labor, et moderata dieta.

»Mangelt es an Ärzten dir, so gibt es vortreffliche Ärzte Dreie: ein heiter Gemüt, die Ruhe und maßvolles Tafeln«, sagte eine Frauenstimme hinter ihr.

Erschrocken drehte sich Angie um.

Eine brünette Frau, die etwa genauso groß und genauso alt war wie sie selbst, stand vor ihr. Angie hatte sie nicht kommen hören. Die Frau nickte in Richtung des Handdrucks. »Freifrau Juliana Berners, Priorin und Adlige, der das erste Traktat zum Fliegenfischen zugeschrieben wird. Ziemlich paradox, wenn man bedenkt, wie lange Männer diesen Sport für sich beansprucht haben.« Sie reichte Angie die Hand. »Eden Hart.«

»Angie Pallorino.« Dr. Harts Hand war zierlich, die Haut weich, die Fingernägel makellos gepflegt. Aber der Händedruck war fest. Genau wie ihr Blick.

»Das habe ich auch auf den VHS-Aufnahmen Ihrer Mutter gehört«, sagte Angie. »Im Hook and Gaffe wurde die Nonne erwähnt.«

Eden lächelte. »Sie haben Ihre Hausaufgaben gemacht.«

Angie lachte und dachte an das Video, in dem Trish der jungen Eden erklärte, wieso sie ihrer Mutter noch dankbar dafür sein würde, dass sie ihr das Angeln beigebracht hatte. »Also hat Ihre Mutter letzten Endes doch eine Anglerin aus Ihnen gemacht.«

Edens Lächeln wankte nicht, aber in ihrem skalpellscharfen Blick bemerkte Angie eine kaum spürbare Veränderung. Einen kaum wahrnehmbaren Riss. Diese Frau hatte etwas Schillerndes, Energisches an sich. Irgendetwas an ihrem warmen, offenen

Lächeln spiegelte sich nicht in ihren Augen wider. Sie war die Tochter ihrer Mutter.

»Freut mich sehr, Sie kennenzulernen«, sagte Eden. »Obwohl ich das Gefühl habe, Sie bereits zu kennen, vor allem wegen dem, was man über Sie in den Nachrichten hört. Ich werde Dr. Reinhold Grablowskis Buch mit Vergnügen lesen.«

Angie verzog das Gesicht. »Wenn es nach mir geht, ist dieses Buch so ziemlich das Letzte, was man überhaupt lesen sollte. Er hat es ohne meine Einwilligung geschrieben.«

»Ich weiß. Aber wahre Kriminalfälle haben mich schon immer fasziniert. Allein die psychologischen Auswirkungen auf Sie als vierjähriges Opfer, das sowohl den Zwilling als auch die Mutter verliert, die Verdrängung der traumatischen Erinnerung – das muss noch heute verheerend für Sie sein.«

»Überlebende«, korrigierte Angie knapp. »Ich bin kein Opfer. Ich bin eine Überlebende.«

Die Psychologin erwiderte ihren Blick, und Angie hatte auf einmal das Gefühl, selbst diejenige zu sein, die hier befragt wurde, nicht andersherum. Oder vielleicht wollte Eden sie auch herausfordern und subtil ihre Grenzen ziehen.

»Ja, natürlich«, sagte Eden leise. »Überlebende. Ich bitte um Entschuldigung. Kommen Sie.« Sie wies auf die Tür. »Ich habe meinen Mittagstermin verlegt, damit wir uns in Ruhe unterhalten können.«

Allein das war schon ein Unterschied zu Kathi Daly.

»Der letzte Patient ist durch den Hinterausgang gegangen«, erklärte sie und führte Angie in ein Behandlungszimmer mit gemütlichen Sesseln und einer Farbgebung, die angenehm fürs Auge war. »Die Therapie kann emotional sehr fordernd sein, und niemand möchte durch ein volles Wartezimmer gehen, nachdem er sich die Augen ausgeheult hat. Hier entlang …« Sie brachte Angie in ein kleines Büro, das vom Behandlungszimmer abging. Darin stand ein großer Schreibtisch. Bücherregale säumten die Wände. Eden schloss hinter ihnen die Tür.

An der Wand hinter dem Schreibtisch prangten Abschlussurkunden, Diplome und Medaillen. Die Angeberwand, dachte Angie und trat näher heran, um zu lesen, was auf den Medaillen stand.

»Laufen Sie auch Marathon?«

»Bisher fünfmal. Aber der Fluss oder das Meer sind mir lieber als die Straße. Ich würde ein Kajak oder eine Rute jederzeit der Straße und den Laufschuhen vorziehen.« Sie nickte in Richtung der Medaillen. »Aber mit diesen Wettkämpfen wollte ich mir beweisen, dass ich tatsächlich schaffen kann, was ich mir in den Kopf setze. Viele Dinge im Leben verlaufen ganz analog zu der Anstrengung und dem Kampf, einen Marathon zu laufen. Ich verwende diese Metapher oft in Therapien.«

»Ihre Kinder?«, fragte Angie und trat zur nächsten Wand, an der offensichtlich Familienfotos hingen.

»Zwei Söhne und eine Tochter, ja. Mein Mann ist zu Hause, sonst wüsste ich nicht, wie ich das alles schaffen sollte.« Eden deutete auf einen Ledersessel. »Bitte, nehmen Sie doch Platz.«

»Ist er das, Ihr Ehemann?« Angie zeigte auf ein Foto, auf dem ein bärtiger Mann mit beginnender Glatze zu sehen war. Er hatte weiche Gesichtszüge, wirkte etwas schlaff, was den Körperbau betraf, aber er hatte freundliche Augen.

»Ja. John Drysdale. Ich habe für meine Praxis meinen Mädchennamen behalten, weil ich natürlich unter diesem Namen meine Ausbildung gemacht habe.«

Angie überflog die anderen Bilder. Es gab mindestens sieben Fotos von ihr und ihrem Vater in unterschiedlichen Lebensphasen. Kein einziges Bild zeigte Eden mit ihrer Mutter.

Angie blieb vor einem verblassten Foto eines flachsblonden Jungen auf einem Dreirad stehen.

»Ist das Ihr Bruder Jimmy?«, fragte sie.

»Ja. In diesem Urlaub ist er gestorben. Das ist das letzte Foto von ihm.«

»Das tut mir sehr leid«, sagte Angie und setzte sich auf den angebotenen Stuhl. »Ihre Eltern haben mir von ihm erzählt. Das muss traumatisch gewesen sein. Und ist es vielleicht immer noch«, sagte sie und spielte den Ball zurück zu Eden.

Eden lächelte schief. »Touché. Ja, ist es. Vergangene Traumata verschwinden nie ganz. Man muss ihnen Platz einräumen, ein Zuhause geben und dann lernen, damit zu leben und sie auf positive Weise zu nutzen.«

Angie ließ die Erkenntnis sacken. Es stimmte. Sie versuchte noch immer, ihrer Vergangenheit einen Platz zu geben, während sie zugleich einen neuen Weg in die Zukunft suchte, eine neue Art zu leben.

Eden setzte sich Angie gegenüber. »Das Schlimmste ist, dass meine Mutter mir teilweise die Schuld an Jimmys Tod gibt. Ich sollte auf ihn aufpassen, aber ich bin vom Steg weggegangen, um Brombeeren zu sammeln, die ich am Seeufer entdeckt hatte. Und während ich Beeren gesammelt habe, ist er mit seinem Dreirad vom Steg gefallen. Als ich das Platschen hörte …« Sie stockte, atmete langsam ein. »Schuld kann etwas Furchtbares sein. Ich habe mich jahrelang schuldig gefühlt. Meine Mutter tut das noch heute, glaube ich. Weil sie mich mit Jimmy allein gelassen hat, und ich war damals erst neun. Meine Mutter ist der Meinung, sie hätte mir in meinem Alter diese Verantwortung niemals übertragen dürfen.«

»Und Ihr Vater?« Angie warf einen kurzen Blick auf die zahlreichen Vater-Tochter-Bilder an der Wand. »War er in jenem Sommer mit am See?«

»Er hat im Haus Klausuren korrigiert. Meine Mutter hat auf uns aufgepasst – zumindest hat sie Dad das glauben lassen, damit er sich auf seine Arbeit konzentrieren konnte. In Wirklichkeit hat sie uns oft allein gelassen. In der Hinsicht war sie eine schlechte Mutter. Es ist ein Wunder, dass uns bis dahin nichts passiert ist.« Eden sah Angie an, als wartete sie auf eine Reaktion, aus der sie mehr über ihre Besucherin erfahren würde, aber Angie behielt ihre neutrale Miene sorgsam bei. Wieder hatte sie das Gefühl, dass die Therapeutin versuchte, mit ihren Gedanken zu spielen, so als würde sie Angie analysieren. Aber vielleicht waren Seelenklempner einfach so.

Eden schlug die in Strumpfhosen steckenden Beine übereinander und lehnte sich in ihrem Stuhl zurück. Ihre Pumps sahen aus, als hätten sie gleich mehrere von Angies früheren Monatsgehältern beim MVPD gekostet. »Meine Mutter hat mir am Telefon gesagt, dass Sie bei ihr waren und das Rohmaterial der Videos mitgenommen haben. Sie hat mir erklärt, wonach Sie suchen. Was kann ich für Sie tun?«

»Ich vermute, dass sie Sie auch darauf hingewiesen hat, dass Sie keineswegs verpflichtet sind, mit mir zu reden?«

Eden lächelte. »Natürlich. Was mein Interesse umso mehr geweckt hat, Sie kennenzulernen und anzuhören.«

Angie begriff, dass sie eine Schachfigur in einem permanenten Machtspiel war, das die Beziehung zwischen Dr. Eden Hart und Rachel Hart, der berühmten Outdoor-Dokumentarfilmerin und selbst erklärten Feministin, prägte. »Was können Sie mir über die letzten Stunden im Camp sagen, bevor Jasmine Gulati allein zum Angeln gegangen ist und bevor die Guides um Hilfe gerufen haben?«

»Daran habe ich nur bruchstückhafte Erinnerungen. Ich war erst vierzehn, und in meinem Leben ist seitdem viel passiert. Aber ich kann mich an kleine Schnipsel der wichtigsten Ereignisse erinnern. Wie zum Beispiel die Ankunft in Port Ferris und natürlich den Abend, an dem Jaz den Wasserfall hinuntergestürzt ist. Wir hatten die Boote an Land geholt und Zelte aufgebaut. Die Guides haben Feuer gemacht. Dann ist Jasmine mit ihrer Angelausrüstung losgegangen. Die Guides sind kurz darauf aufgebrochen, um Holz zu sammeln. Und meine Mutter wollte noch ein paar Abendaufnahmen machen.«

»In welche Richtung ist Ihre Mutter gegangen?«

Eden runzelte die Stirn. »Ich … Das weiß ich nicht mehr. Ich weiß nur noch, dass sie meinte, sie wolle Aufnahmen machen, solange es noch Abendlicht gab. Dann bin ich ein Stück in den Wald gegangen, weil meine Blase drückte, aber ich habe sie nirgendwo gesehen. Ist das wichtig?«

»Ich versuche nur, die Abfolge der Ereignisse zu klären. In einigen Berichten gibt es Ungereimtheiten. Außerdem fehlt das Videomaterial, das Ihre Mutter an jenem Abend aufgenommen hat. Haben Sie eine Ahnung, wo es sein könnte?«

»Ich? Ganz bestimmt nicht. Ich habe mich ihren Sachen nie genähert. Das hätte die Todesstrafe bedeutet.«

»Und was passierte dann, nachdem Sie sich erleichtert hatten?«

»Ich bin zurück ins Camp gegangen. Es wurde dunkel. Kalt. Ich habe mich ans Feuer gesetzt, wo die anderen Frauen schon etwas getrunken und sich über den Tag unterhalten haben. Da hörten wir einen Mann um Hilfe schreien. Wir sind alle aufgesprungen und zum Waldweg gelaufen. Jessie Carmanagh kam aufs Camp zugerannt und rief, dass er sein Funkgerät brauche. Garrison Tollet habe gesehen, wie Jasmine den Wasserfall hinuntergestürzt sei. Garrison war schon dabei, die Klippen herunterzuklettern, um zu sehen, ob er sie finden konnte.«

»Und wo war Ihre Mutter zu diesem Zeitpunkt?«

Eden dachte nach. Ihre Augen sprangen von rechts nach links. »Ich weiß es nicht. Nein … warten Sie. Sie war dabei, ich erinnere mich. Auf der Straße. Wir sind alle panisch herumgelaufen. Ich weiß nicht, aus welcher Richtung sie gekommen ist. Es war das reine Chaos. Jessie funkte um Hilfe. Wir sind alle mit Taschenlampen zum Fluss gegangen, um zu sehen, ob wir irgendwie helfen konnten, aber Jessie hat uns zurück ins Camp geschickt und sagte, er könne nicht noch jemanden im Fluss gebrauchen und dass die Polizei und die Rettungsmannschaften bald kommen würden. Als sie eingetroffen sind, haben sie mit Suchscheinwerfern unterhalb des Wasserfalls versucht etwas auszurichten und am Morgen haben sie ihre Bemühungen verschärft. Aber von Jasmine fehlte jede Spur.«

Angie öffnete ihre Schultertasche und holte den Ordner heraus. Dann zog sie das Foto des Rings hervor. Nach einem Blick darauf sagte Eden dasselbe wie schon die anderen Frauen – Jasmine hatte ein großes Geheimnis daraus gemacht und niemandem verraten, von wem sie den Ring hatte.

»Jasmine hat jeden Abend Tagebuch geschrieben«, fuhr Angie fort. »Hat sie Ihnen je verraten, was dort drinstand?«

»Noch so ein Geheimnis. Sie tat, als wären da lauter Sexgeschichten drin. Das war ihre Art, mit den männlichen Guides und ihrer Libido zu spielen. Die beiden konnten sowieso schon den Blick nicht von ihren Brüsten und ihrem Hintern abwenden. Sie sind ständig um Jasmine herumscharwenzelt.«

»Jessie auch?«

»Jaz hat auf die eine oder andere Art alle aus der Fassung gebracht.« Eden stellte die Beine wieder nebeneinander und beugte sich vor, ihr Blick sprühte vor Energie. »Wie Sie sicherlich aus Ihrer Erfahrung mit Lustmördern während Ihrer Zeit in der Abteilung für Sexualverbrechen wissen – vor allem, was Spencer Addams betrifft –, geht es beim Sex oft einfach um Macht. Um Kontrolle. Um Eigentum. Rückblickend würde ich sagen, dass es auch bei Jaz genau darum ging. Darum, andere zu kontrollieren.«

Angie spürte, wie sich ihre Stimmung bei der Erwähnung des Mannes, den sie erschossen hatte, verdunkelte. Das Ereignis, das sie ihre Karriere gekostet hatte. Sie schluckte und sah Eden weiter an. »Also haben Sie nie in ihrem Tagebuch gelesen?«

»Nein, ich habe es nicht gelesen. Aber ich hätte gern.« Sie lächelte. »Ich war vierzehn, von Jasmine fasziniert und von dem, was vielleicht in diesem Buch stehen könnte.«

»Haben Sie eine Idee, wer es an sich genommen haben könnte? Es war nicht unter Jasmines Habseligkeiten.«

»Nicht?«

»Nein.«

Eden schürzte die Lippen und schüttelte den Kopf. »Vielleicht hat es einer der Guides heimlich genommen und sich nach ihrem Tod nicht mehr getraut, es zurückzugeben, weil das seltsam ausgesehen hätte?«

Angie stellte noch ein paar Fragen über den ersten Abend in der Kneipe, über Sheila Tollets Besuch im Lager, über den kleinen Streit zwischen Jaz und dem lesbischen Paar zum Thema Adoption, über die Diskussion von Jaz, Hannah Vogel und Donna Gill darüber, ob eine Frau verpflichtet war, sich der feministischen Bewegung anzuschließen, und über Kathis und Jasmines Trinkerkameradschaft.

Dann stand sie auf und bedankte sich. »Falls Ihnen noch etwas einfällt, rufen Sie mich an?«

»Mache ich.« Eden erhob sich und ging zur Tür. »War bei der Obduktion alles unauffällig?«

»Ja«, erwiderte Angie nur. »Jasmines Tod wird als ein Unfalltod durch Ertrinken eingestuft.«

»Also … fischt Justice Monaghan einfach ein wenig im Trüben? Entschuldigen Sie das Wortspiel.«

»Sie möchte ein umfassendes Bild davon haben, wie ihre Enkelin gelebt hat, bevor sie Jasmine offiziell zur letzten Ruhe bettet. Es ist ihre Art, damit umzugehen, vermute ich.«

»Oder sie langweilt sich einfach.«

»Vielleicht auch das.«

Als Angie Nanaimo hinter sich ließ und die letzte Etappe auf der verlassenen Inselstraße nach Port Ferris in Angriff nahm, näherte sie sich einer dunklen Wolkenwand. Sie dachte über die rätselhafte Dr. Eden Hart nach.

Mit einer Mutter wie Rachel Hart musste man nicht lange fragen, welche Kräfte die junge Eden geformt hatten. Beide waren leistungsfähige, starke Frauen mit feinem feministischem Empfinden. Dieser Feminismus war die Triebfeder zu Rachels Dokumentarfilm. Jaz hingegen war auf ihre Art eine starke, freigeistige Frau, die ihre Sexualität als Waffe oder als Werkzeug verwendete und dabei weder Mann noch Frau verschonte. Und wie Angie nur zu gut wusste, konnten ehrgeizige und zielstrebige Frauen sehr viele Menschen aus dem Gleichgewicht bringen.

Angie hätte Eden Hart gern gemocht. Genau wie Rachel. Aber die beiden hatten irgendetwas an sich, was sie nicht genau benennen konnte. Noch nicht.

Oder war sie einfach nur wie alle anderen und fühlte sich in Gegenwart von Frauen unwohl, die sich wie Männer verhielten, ohne dabei jedoch auf ihre Weiblichkeit zu verzichten? Nein. Da war noch mehr. Angies Erfahrung nach waren Männer ziemlich geradlinig. Frauen waren da gefährlicher – sie konnten sehr doppelzüngig sein. Ihre Aggression war meist stiller. Und manchmal auf finstere Art passiv, wie verborgene Angelhaken hinter hübschen Federn, hinter lächelnden Gesichtern, Komplimenten und schicken Schuhen.

Kapitel 26

Das Schild des Hook and Gaffe, das Angie in Rachels Filmaufnahmen gesehen hatte, schwang noch immer knarrend im Meereswind über dem Eingang des Restaurants und Pubs, aber es war schon vor langer Zeit durch eine neuere Version ersetzt worden. Sie hielt auf dem Parkplatz und checkte in das Motel ein, das zum Restaurant gehörte, dann brachte sie ihr Gepäck auf ihr Zimmer.

Im Raum roch es muffig, wie oft bei Gebäuden, die nah am Meer standen. Sie zog die Vorhänge auf, Staubflocken sanken langsam herab. Durch die salzfleckigen Fenster sah sie die verwitterten Ladenfronten am Ufer, die sie ebenfalls bereits aus den Filmaufnahmen kannte, darunter auch das alte Mariner's Diner. Hinter den Gebäuden ragte ein Holzsteg in den Hafen. Seemöwen schossen darüber durch die Luft. Wolken ballten sich über der dunkelgrauen See zusammen, und die Wellen trugen Schaumkronen.

Dies war eines der Zimmer, die Rachel Hart vor vierundzwanzig Jahren für ihre Reisegruppe gebucht hatte. Angie vermutete, dass seither nicht viel unternommen worden war, um sie zu verschönern. Sie kam sich vor, als wäre sie durch die Zeit zurückgereist.

Sie ließ ihr Gepäck in ihrem Zimmer, schloss ab und machte sich, bewaffnet mit ihrem Aufnahmegerät, der Kamera und einem Ordner, der die Screenshots enthielt, auf den Weg zu Sea-Tech Industries, wo sich die von Jesse Carmanagh geführte Aquakultur-Abteilung befand. Jessie hatte sich bereit erklärt, sich am frühen Abend um halb sechs mit Angie zu treffen.

Ihr Weg führte sie hinab zu den Docks, an Bahnschienen entlang und vorbei an einem Depot mit graffitibesprühten Silos. Es herrschte Ebbe, das Wasser hatte sich weit aus der Bucht zurückgezogen und verrottende Pylonen sowie mit Seepocken und Seetang bedeckte Felsen enthüllt. Ein sanfter Regen ging nieder und Nebel wehte heran. Alles wirkte düster. Kalt. Trostlos.

Angie bog auf das zwanzigtausend Quadratmeter umfassende Firmengrundstück ein. Die Straße gabelte sich. Ein Schild zeigte an, dass sich rechts die Frachtabteilung von Sea-Tech befand. Ein weiteres Schild verkündete, dass es zu den Aquakulturen nach links ging. Also bog Angie links ab.

Sie hatte sich vorab über das Unternehmen erkundigt. Jessie Carmanagh leitete die Aquakulturen, wohingegen die Frachtabteilung – die lebende Fische und Muscheln aus den Aquakulturen durch das ganze Land und über die Grenze in die Vereinigten Staaten brachte – von Wallace geführt wurde. Mr Zahnlos. Der, wie Angie herausgefunden hatte, ebenfalls ein Carmanagh und Jessies älterer Bruder war.

Sie fuhr auf ein langes, gedrungenes Gebäude am Wasser zu. Gerade verließen es ein paar Männer grüppchenweise und steuerten die Fahrzeuge an, die auf dem Parkplatz im Hinterhof standen. Es war Geschäftsschluss, und Angie nahm an, dass die Männer Sea-Tech-Angestellte waren, die nach getaner Arbeit nach Hause fuhren. Sie parkte und suchte nach Jessies Büro. Es befand sich im rückwärtigen Teil des Gebäudes, nahe am Kai. Sie klopfte an der Tür, die einen Spalt breit offen stand.

»Herein!«

Als Angie den Raum betrat, sah sie eine Frau Ende vierzig hinter einem Metallschreibtisch sitzen, einen halb aufgegessenen Burger in den Händen und einen riesigen Softdrinkbecher mitsamt einer Portion Pommes neben sich auf dem Schreibtisch. Es roch nach Fast Food und Diesel von den einlaufenden Booten. Metallborde voller Aktenordner säumten die Wände.

»Ich suche nach Jessie Carmanagh«, sagte Angie. »Ich habe einen Termin bei ihm. Mein Name ist Angie Pallorino.«

Die Frau schluckte einen Mundvoll Burger und legte ihr Essen dann beiseite. »Ach ja.« Sie wischte sich mit einer Serviette den Mund ab. »Er ist zum Kai runtergegangen.«

Sie rollte mit ihrem Stuhl ein Stück zurück, erhob sich und watschelte zu einem der schmutzigen Fenster. Sie zeigte nach draußen. »Das da ist er, da bei den bunten Pollern. Er repariert gerade die Jakobsmuschelnetze.«

Angie spähte ebenfalls durchs Fenster. Ein großer, langgliedriger Mann in einer grellen orangeroten Signalweste über schwerer Allwetterkleidung beugte sich gerade über etwas, das nach einem Haufen verhedderter Netze aussah.

»Wenn Sie mit ihm sprechen woll'n, dann gehen Sie lieber da runter. Das wird dauern, bis er das Knäuel entwirrt hat.«

Angie verließ das Gebäude, schlug die Kapuze hoch und ging zum Ufer hinab. Ein leichter Nieselregen hatte eingesetzt, auf dem Asphalt sammelten sich Pfützen und die Boote tanzten entlang des Docks in der einlaufenden Flut. Es roch nach Fisch. Und nach Motoren. Neben dem Dock befand sich ein großes Warenlager, das an einen Hangar erinnerte und voller Fässer stand. Im Schutz des Hangars arbeiteten Männer in Overalls an den Fässern.

»Jessie Carmanagh?«, fragte Angie, als sie bei dem Mann ankam.

Sein Kopf ruckte hoch.

Ein Funke des Wiedererkennens. Obwohl Jessie Carmanagh mittlerweile Ende fünfzig war, hatte er sich etwas von seiner jungenhaften Ausstrahlung bewahrt, die sie auf Rachels Aufnahmen wahrgenommen hatte. Doch sein Blick strafte diesen ersten Eindruck Lügen. Er wirkte wachsam, berechnend. Fältchen hatten sich um Jessies Augen gebildet. Angie spürte, dass sie hier nicht willkommen war.

Mehrere der Männer in Overalls im Warenlager hielten mit der Arbeit inne. Ein paar von ihnen stellten sich zu Grüppchen zusammen und musterten sie von ihrem regengeschützten Standpunkt aus. Einer zündete sich eine Zigarette an und lehnte sich gegen eines der Fässer. Jessie warf ihnen einen Blick zu.

Lächelnd streckte Angie ihm die Hand hin. »Ich bin Angie. Wir haben vorhin telefoniert. Mein Freund und ich hatten vor Kurzem das Vergnügen, eine Tour auf dem Nahamish mit Ihrem Sohn Hugh und Claire Tollet zu machen. Hugh ist ein toller Lehrer und ein wirklich fantastischer Angler.«

»Ja, ich weiß, dass Sie letzten Monat auf dem Fluss waren. Budge hat's uns erzählt.« Er ignorierte ihre Hand und wandte seine Aufmerksamkeit wieder den Netzen zu. »Und wir haben Sie in den Nachrichten gesehen.«

Uns.

Wir.

»Sind Sie mit Budge Hargreaves befreundet?«

»Hier kennt jeder jeden.«

Angie griff in ihre Tasche und schaltete das Aufnahmegerät ein. Dabei achtete sie jedoch darauf, dass er es nicht bemerkte, um ihn nicht noch weiter zu beunruhigen. Sie ließ den Blick über die Männer im Lagerhaus schweifen. Sie spürte, dass sie für ihre Unterhaltung mit Jessie nur ein sehr kleines Zeitfenster hatte.

»Können wir uns irgendwo unterhalten, wo es trocken ist? In Ihrem Büro vielleicht?«

»Wenn Sie was zu sagen haben, dann sagen Sie es hier.«

Vor all den Männern. Im Regen. Er wollte es ihr möglichst schwer machen.

Allmählich nahm der Regen zu, und dichter Nebel trieb vom Wasser heran. Angie erklärte, wie Justice Monaghan Kontakt zu ihr aufgenommen hatte und warum.

Schweigend machte sich Jessie an seiner Ausrüstung zu schaffen, während er zuhörte. Regen und Wind schienen ihm nichts auszumachen. Die Takeln und Flaggleinen begannen gegen die Masten zu klirren, und das Wasser schwappte gluckernd und schlürfend um das Dock herum. Ein paar Bojen, die man seitlich am Lagerhaus befestigt hatte, schlugen gegen die Wand.

»Und was hat das mit mir zu tun?« Wieder blickte er zu den Männern hinüber, die ihnen beiden zusahen, rauchend, unter dem schützenden Dach. Allesamt große Kerle. Viele von ihnen mit dichtem schwarzem Haar. Jaz hatte recht gehabt. Sie schienen alle demselben Genpool zu entstammen. Oder vielleicht zog diese Industrie und die harte körperliche Arbeit auch einfach große, kräftige Männer an. Jedenfalls wirkte ihre Gegenwart feindselig, und Angie fühlte, dass ihre Zeit zu Ende ging. Also kam sie gleich zur Sache.

»Können Sie mir sagen, was Sie am letzten Abend am Fluss gesehen haben, als Jasmine Gulati ertrunken ist?«

Plötzlich und ruckartig richtete er sich auf, zu seinen vollen ein Meter neunzig oder mehr. Er pflanzte sich breitbeinig in seinen Fischerstiefeln vor ihr auf. Angie spannte sich an, widerstand jedoch dem Impuls, zurückzuweichen.

»Hören Sie mal, ich habe das alles schon mal durchgemacht. Vor vierundzwanzig Jahren. So oft, immer und immer wieder – Verhöre der RCMP, Fragen vom Coroner, von den Medien. Fragen von Freunden, Familie, von einfach jedem in der Stadt. Ich habe mit den SAR-Leuten Tag und Nacht nach dem Mädchen gesucht, bis der Flusspegel zu weit angestiegen ist und der Schneefall eingesetzt hat. Ich habe mich im folgenden Frühling freiwillig bei der Suchmannschaft gemeldet, als das Wasser wieder gesunken ist. Sie war meine – *unsere* – Kundin, und sie zu verlieren war echt beschissen. Ich war froh, als wir das alles endlich hinter uns lassen konnten, okay? Ganz Port Ferris war erleichtert, als der verdammte Medienzirkus die Stadt wieder verlassen hat.« Er deutete mit dem Finger auf sie. »Und niemand hier freut sich darüber, dass das jetzt wieder hochgekocht werden soll. Ganz besonders ich nicht.« Wütende rote Flecken bildeten sich auf seinen Wangen.

Eine Energiewoge schien von den Männern im Lager auszugehen. Einer von ihnen zertrat seine Zigarette mit dem Stiefel und verließ das schützende Dach. Er ging über den asphaltierten Parkplatz zum Hauptgebäude hinüber, in dem sich Jessies Büro befand. Eine ungute Vorahnung überkam Angie. Ihre mentale Uhr tickte schneller.

»Es tut mir leid, Mr Carmanagh«, sagte sie rasch, während sie die Männer aus dem Augenwinkel beobachtete. »Aber auf der anderen Seite dieser Gleichung liegen die Fragen von Jasmines Familie und von ihren Freunden. Sie müssen es verarbeiten, dass man Jasmines sterbliche Überreste nun gefunden hat. Sie müssen Ihnen zugestehen, dass sie ein paar letzte Fragen haben. Wenn es Ihnen also nichts ausmacht, dann würde ich Ihnen gern ein paar dieser Fragen stellen.«

Jessies Mund wurde schmal. »Machen Sie's kurz.«

Sie schob sich eine nasse Haarsträhne aus dem Gesicht. »Im Bericht steht, dass Garrison Tollet gesehen hat, wie Jasmine Gulati über die Wasserfälle gestürzt ist. Können Sie mir sagen, wo genau Sie sich im Verhältnis zu Garrison aufgehalten haben, als das passierte?«

Mit dem Daumen wischte er sich das Wasser von der Stirn. »Garrison war oben, oberhalb des Kamms der Böschung am

Nordufer. Von dort geht es zum Fluss senkrecht nach unten. Er hatte eine Handsäge dabei und hat Holz geschnitten. Er hatte uneingeschränkte Sicht auf die Fälle. Ich war ein Stück weiter unten am Geröllhang und habe Anzündholz gesammelt. Von meinem Standpunkt aus konnte ich den Fluss nicht sehen, weil eine Baumreihe dazwischen war.«

»Woher hat Garrison gewusst, dass es Jasmine war, die über die Kante gestürzt ist?«

»Ich weiß nicht, ob er es sofort gewusst hat. Aber irgendwann wurden zwei und zwei zusammengezählt. Ihre Ausrüstung. Ihr Haar – lang und dunkel. Er hat es auf dem Weißwasser treiben sehen. Wir wussten schon, bevor wir das Camp verlassen haben, dass sie allein noch mal zum Fluss wollte, um in der Strömung oberhalb der Fälle zu fischen.«

»Was ist dann passiert?«

»Er hat mir zugeschrien, dass ich zum Funkgerät zurücklaufen und Hilfe holen sollte.«

»Hatten Sie das Funkgerät denn nicht bei sich?«

Seine Augen wurden schmal. »Nein. Ich habe meines im Lager bei den Frauen gelassen. Eigentlich hätte Garrison das zweite Gerät mitnehmen sollen, damit uns die Frauen erreichen konnten, aber er hat es vergessen. Das war damals keine große Sache, wir sind nicht weit weggegangen und wollten nur Feuerholz holen. Wir haben alle sicher im Camp zurückgelassen.«

»Außer Jasmine.«

Ein Flackern huschte über sein Gesicht. »Sie war eine erfahrene Anglerin. Sie wusste, was sie tat. Außerdem war sie eine furchtbare Kundin. Sie hat sowieso nie auf irgendwas gehört.«

»Dann hatten Sie sie also sozusagen abgeschrieben, weil sie sich sowieso nicht beschützen ließ?«

Die Muskeln an seinem Hals spannten sich, aber er erwiderte nichts.

»Was hat Garrison getan, während Sie Hilfe geholt haben?«

»Er ist den Hang hinunter zum Fuß der Wasserfälle geklettert. Verdammt gefährlich war das. Die Felsen sind glatt und an manchen Stellen sehr steil. Dieses Mädchen hätte auch Garrison das Leben kosten können.«

»Als Sie im Lager angekommen sind, wo waren die Frauen da?«

»Sie sind den Ziehweg hinaufgelaufen. Sie hatten Garrisons Rufe gehört und sind mir vom Camp aus entgegengekommen.«

»Alle?«

»Ja. Alle.«

»Auch Rachel Hart?«

»Ja, sie war gerade vom Felsenriff zurückgekommen, von wo aus sie gefilmt hatte.«

Angie spürte einen Energiestoß. »Welches Felsenriff?«

»Wir hatten sie von oben gesehen, ihre rosa Mütze. Wir hatten alle Kinabulu-Mützen bekommen, vom Sponsor der Reise. Ein paar davon waren auch rot oder schwarz. Aber nur ihre war rosa. Sah aus, als hätte sie ihr Stativ auf dem Felsenriff aufgestellt und gefilmt. Von dort aus hätte sie einen guten Blick auf die Stelle gehabt, wo Jasmines Angel gefunden wurde. Es gab auch Anzeichen dafür, dass sie ausgerutscht ist.«

Rachels Worte jagten durch Angies Kopf.

Ich habe das Lager auch verlassen. Nach den Guides. Ich bin am Ufer entlang flussaufwärts gelaufen. Zu einer Landzunge, die in den Nahamish hinausragte. Von dort aus habe ich ein paar Aufnahmen von unserem Camp gemacht. Ich wollte die Stimmung einfangen. Das Feuer, den Rauch, die anbrechende Dämmerung. Dort war ich immer noch und habe gefilmt, als ich Männer schreien gehört habe.

Hatte sie gelogen? Warum? Hatte sie gefilmt, wie Jasmine allein im schwindenden Abendlicht angelte? War das der Grund, warum die Aufnahmen weg waren?

Oder war es Jessie, der log?

»Warum war im Bericht des Coroners und der Polizei nicht zu lesen, dass Sie Rachel auf dem Riff beim Filmen gesehen haben?«

»Niemand hat mich danach gefragt, wo die anderen Frauen waren, während wir Holz gesammelt haben. Es war ein Unfall. Wir haben alle getan, was wir konnten.«

»Hat sonst noch jemand Rachel Hart auf dem Riff gesehen?«

»Ich weiß es nicht. Wahrscheinlich nicht.«

»Dann waren Sie also der einzige Zeuge.«

»Herrgott, wonach suchen Sie eigentlich?«

»Mochten Sie Jasmine?«

»Es spielt keine Rolle, ob ich meine Kunden mag oder nicht. Mein Sohn Hugh würde Ihnen dasselbe sagen – für ihn hat es ja auch keine Rolle gespielt, ob er Sie und Ihren Partner mochte oder nicht. Es war seine Aufgabe, Sie mit allem vertraut zu machen und auf Sie aufzupassen.«

Eilig zog Angie den Reißverschluss ihrer Tasche auf und holte die Akte heraus. Mit dem Körper schirmte sie die Unterlagen so gut es ging vor dem Regen ab und zog den Screenshot von den Männern im Hook and Gaffe heraus.

»Können Sie bitte jeden auf diesem Foto für mich identifizieren?«

Beim Anblick der Aufnahme versteifte er sich und sah sie scharf an. »Warum?«

»Jasmine hat ein paar dieser Männer verärgert. Dieses Bild stammt von VHS-Aufnahmen, die den gesamten Austausch zwischen Jasmine und diesen Männern dokumentieren. Wenn Sie mir nicht helfen, Mr Carmanagh, dann wird es jemand anderes tun, nur werde ich mich dann fragen, was Sie zu verbergen versuchen.«

Feindseligkeit strahlte von ihm ab. Er warf einen Blick zu seinem Büro hinüber, wo der Mann vorhin verschwunden war.

Schließlich betrachtete er wieder das Foto, deutete darauf und sagte: »Das da hinten in der Menge an der Bar ist Budge.«

Das überraschte Angie. Sie sah sich das Bild genauer an. Jessie deutete auf eine Gruppe von Männern neben der Bar, auf die sie bisher nicht weiter geachtet hatte. »Budge Hargreaves? Er war an diesem Abend auch dort?«

»Ja.«

»Er sieht viel dünner aus. Ich hätte ihn nicht erkannt.«

»Er hat seine Frau etwa vierzehn Monate vor diesem Tag verloren. Seither war er fast ständig auf Sauftour. Nach ihrem Tod hat er ihr gemeinsames Haus in der Stadt verkauft und ist aufs Land der Tollets rausgezogen.«

»Wer steht da neben ihm?«

»Darnell Jacobi.«

Angies Herz schlug schneller. »Der RCMP Officer?«

»Damals war er noch ein Rookie. Gerade frisch aus der Ausbildung. Sein Dad war Staff Sergeant in der Polizeistation von Port Ferris.«

»Dann sind Constable Jacobi und Budge Hargreaves also befreundet?«

»Hören Sie, ich kenne keinen einzigen Mann bei klarem Verstand, der an diesem Abend *nicht* im Pub war. Es war Robbie Tollets großes Spiel in Helsinki. Der Held der Stadt. Das war eine richtig große Sache, okay? Kurz bevor die Jets zusammengeklappt sind, und das hier ist eine verdammte Kleinstadt. Wir kennen uns alle untereinander.«

Aus dem Augenwinkel sah Angie, wie ein anderer Mann aus Jessies Büro kam. Er war groß und blond, und er kam auf sie zu.

Rasch sprach Angie weiter. »Und die anderen auf dem Foto?«

»Hinter der Bar dort, der Kerl, der gerade die Gläser einsammelt, das ist Axel Tollet. Hat damals im Hook and Gaffe gearbeitet. Jetzt fährt er für Wallace. Meinen Bruder. Wallace leitet die Frachtabteilung von Sea-Tech.«

»Ist Axel mit Garrison Tollet verwandt?«

»Cousins.«

Sie deutete auf den großen, zahnlosen Aggressor auf dem Foto. »Ist das Ihr Bruder Wallace?«

»Ja, das ist Wally.«

»Und die Zwillinge da – das sind Joey und Beau Tollet?«

»Ja. Axels Brüder. Sie sind da drüben.« Mit dem Kopf ruckte er in Richtung der Gruppe, die ihnen vom Lager aus zusah.

»Sie arbeiten auch für Sea-Tech?«

»Wie gesagt, kleine Stadt. Mit ein paar großen, familiengeführten Unternehmen. Gibt sonst nicht viele Arbeitsplätze.«

Unauffällig ließ Angie den Blick wieder zu den Männern im Lager huschen. Unter ihnen konnte sie zwei große, dunkelhaarige Kerle ausmachen, die einander sehr ähnelten. Beau und Joey vermutlich. Jasmine musste sturzbetrunken gewesen sein, um sich mit einer solchen Truppe anzulegen. Eilig zog Angie einen weiteren Screenshot hervor, auf dem auch der dünne, ältere Mann zu sehen war.

»Und dieser Mann hier?« Sie deutete auf ihn.

»Tack McWhirther. Shelley Tollets Onkel. Ist vor ein paar Jahren gestorben. Kehlkopfkrebs.«

»Hat er sich Shelley gegenüber beschützerisch verhalten?«

»Shelley war das einzige Kind seines Bruders. Tacks Bruder und seine Schwägerin sind beim Absturz eines kleinen Flugzeugs bei Tofino ums Leben gekommen. Tack hat sich um Shelley gekümmert, bis sie Garrison geheiratet hat.«

Angie blätterte die anderen Ausdrucke durch, die allesamt nass wurden. Sie hielt ihm noch ein Bild hin. »Was überreicht Shelley Tollet Ihnen auf diesem Bild?«

Seine Miene wurde finster und er biss die Zähne zusammen. »Auf diesen Mist muss ich nicht antworten.«

»Nein. Aber was haben Sie zu verbergen?«

Sein Blick wurde durchdringend. »Es war Katzenmedizin. Shelley war in die Stadt gekommen, um eine hochschwangere Freundin zu besuchen. Außerdem musste sie Tabletten für ihre alte Katze vom Tierarzt abholen. Sie hat gesagt, dass sie über Nacht in der Stadt bleiben würde, weil das Baby ihrer Freundin immer noch nicht da war. Sie ist in den Pub gekommen, weil sie Garrison gesucht hat. Sie wollte ihm die Tabletten mitgeben, damit er sie gleich morgens der Katze geben konnte, nachdem wir die Kunden zur Lodge gebracht hätten.«

»Wusste Garrison, dass Shelley da gewesen war und ihn mit Jasmine in der Nische gesehen hat?«

»Scheiße, keine Ahnung, okay? Genau hier ist Schluss, weil dieser ganze Mist überhaupt nichts mit dem Unfall zu tun hat. Wenn Sie zur Lodge raufgehen und Shelley und Garrison nach so vielen Jahren fragen, ob er sie betrogen hat, was zum Teufel soll dabei rauskommen? Wie soll das Jasmine Gulatis Großmutter helfen, hm? Wenn Sie dieser Richterin erzählen, dass ihre Enkelin einen verheirateten Mann gevögelt hat. Sie war eine waschechte Schlampe, die es auf Ärger angelegt hat.«

»Gibt's Probleme, Jessie?«

Beim Klang der Stimme fuhr Angie herum. Der große Blonde ragte über ihr auf. Selbst fünfundzwanzig Jahre nach den Filmaufnahmen, die sie von ihm gesehen hatte, erkannte sie ihn sofort als Mr Zahnlos wieder, der mit Jasmine aneinandergeraten war. Wallace »Wally« Carmanagh. In echt wirkte er sogar noch größer. Die strahlend weißen Brücken passten nicht gut zum Farbton der übrigen Zähne.

»Wallace Carmanagh«, sagte Angie und wandte sich zu ihm um. Sie stellte sich ein wenig breitbeinig hin und verlagerte das Gewicht leicht auf den hinteren Fuß – eine Verteidigungshaltung. Auf einmal war sie sich ihres Messers, das unter ihrer Jacke steckte, sehr bewusst. Außerdem ging ihr durch den Kopf, dass sie keine Schusswaffe mehr trug und auch nicht auf Verstärkung hoffen konnte. Die Männer im Lager kamen näher. Angie berechnete die Entfernung zu ihrem Mini Cooper, der vor Jessies Büro parkte.

Wallace ignorierte sie und wandte sich an seinen Bruder. »Halt ja die Klappe, Jessie. Scheiße, keine Ahnung, warum du überhaupt mit ihr sprichst.« Er deutete auf Angie. »So eine Privatschnüfflerin sammelt nur Dreck über alle. Sie tut lieb und nett, damit wir ihr Informationen geben, die ihre Klientin dann für eine Klage verwenden kann. Ich sag dir, genau *das* will sie hier. Die wollen dich und Garrison verklagen, wegen irgendeinem dummen Unfall, der ein Vierteljahrhundert her ist.«

Er drehte sich zu Angie um. »Und Sie … Sie schaffen jetzt besser Ihren kleinen knackigen Hintern aus der Stadt, bevor noch jemand verletzt wird, klar?«

Angie dachte an das Aufnahmegerät, das in ihrer Tasche immer noch lief, und fragte mit vorgetäuschter Gelassenheit: »Ist das eine Drohung, Mr Carmanagh?«

Nun lösten sich die Zwillinge aus der Gruppe im Lager und kamen rasch auf sie zu. Angst regte sich in Angie. Es wurde allmählich dunkel. Die anderen Angestellten waren nach Hause gegangen. Hier waren nur noch sie und diese großen Männer auf dem Kai, im Regen und Nebel.

»Gibt's hier Ärger, Wally?«, fragte einer der Zwillinge. Seine Stimme war rau und tief.

»Joey und Beau Tollet?«, fragte sie mit falscher Fröhlichkeit. »Ich hatte gehofft, mich auch mit Ihnen unterhalten zu können.« Langsam drehte sie sich im Halbkreis und sah dabei jedem der Männer in die Augen, während sie sich gleichzeitig in eine Position brachte, in der ihr Fluchtweg zum Auto frei war.

»Die Frauen auf der Angelreise haben ausgesagt, dass ihnen eine Gruppe von drei Männern gefolgt ist, während sie auf dem

Fluss waren. Einer von ihnen hatte möglicherweise ein Gewehr oder eine andere Waffe bei sich. Außerdem haben sie abends ein Banjo gehört. Wissen Sie vielleicht, wer den Frauen so zugesetzt hat?«

Stille.

Die Bojen schlugen immer heftiger gegen die Wand der Lagerhalle.

Angie räusperte sich. »Haben ein paar von Ihnen vielleicht versucht, den Frauen einen Schrecken einzujagen, weil sich Jasmine Gulati am ersten Abend im Pub so respektlos verhalten hat?«

Eine Energiewelle durchlief die Männer. Die Mauer aus Feindseligkeit verdichtete sich. Eine plötzliche Böe trieb eine leere Kiste krachend über den Asphalt. Sie landete im Wasser und trieb in den Nebel davon. Niemand rührte sich.

»Hören Sie, ich weiß, dass sie schwierig war«, sagte Angie. »Das, was sie gesagt hat, ist alles auf Band aufgezeichnet. Sie war offen beleidigend, also könnte ich es niemandem verübeln, wenn er es ihr heimzahlen und sie ein bisschen erschrecken wollte.«

»Diese Jasmine Gulati hat nur Ärger gemacht«, knurrte Wallace. »Jemand musste ihr einen Dämpfer verpassen. Wenn da draußen jemand Banjo gespielt hat, dann um Gulati und ihren Freundinnen zu zeigen, dass man nicht einfach herkommt und die Einheimischen zum Affen macht, ganz egal, wer man ist.«

»Und man begeht auch keinen Ehebruch mit den Einheimischen?«, hakte Angie vorsichtig nach. Ihr Aufnahmegerät lief. Ihr Fluchtweg war frei.

»Du sollst niemanden in Versuchung führen«, murmelte Beau Tollet leise und mit finsterer Miene. Irgendwo klirrte Metall. Ein Horn erklang im Nebel.

»Dann war es also *ihre* Schuld, dass Garrison Tollet seine Frau betrogen hat? Weil er von einem sündigen, bösen Mädchen verführt wurde?«

Stille.

»Und dann ist dieses sündige Mädchen auf den Felsen ausgerutscht und in den Fluss gestürzt. Direkt oberhalb der Wasserfälle.«

»Stimmt«, sagte Wallace.

»Okay«, lenkte Angie ein, um die Spannung zu lösen und die Situation zu deeskalieren. »Ich verstehe Ihren Standpunkt, im Ernst. Vielleicht hat sie diese Lektion gebraucht. Irgendjemand musste ihr möglicherweise wirklich mal einen Schrecken einjagen. Vielleicht hatte ja einer von Ihnen ein Banjo. Das ist okay. Niemand wollte was Böses, richtig? Aber das heißt auch, dass ein paar von euch da draußen in den Wäldern waren und den Spuren der Frauen gefolgt sind. Ihr habt sie beobachtet, da muss doch einer von euch gesehen haben, dass Jasmine allein angeln gegangen ist. Vielleicht ist sogar jemand Zeuge geworden, wie sie in den Fluss gestürzt ist?«

Stille.

»Hat irgendjemand gesehen, was passiert ist?«

Wallace trat einen Schritt auf sie zu. »Ich sage das nur noch einmal, Miss Privatdetektivin, und ich werde es hübsch langsam sagen. Warum verfrachten Sie Ihren Arsch nicht in Ihr Spielzeugauto da und verschwinden aus der Stadt? Wenn Sie bis morgen früh weg sind, dann geht auch nichts schief.«

»Vielen Dank für Ihre Zeit, Jessie, Wallace, Joey, Beau. Und für Ihren Rat.« In aller Ruhe schob Angie die Fotos zurück in die Umhängetasche, während sie sprach. Als sie aufsah, begegnete sie Wallaces Blick, und ein kalter Schauer lief ihr dabei über den Rücken. »Ich werde gehen. Sobald ich hier fertig bin.« Sie zog den Reißverschluss ihrer Tasche zu und rückte sie auf der

Schulter zurecht. »Sie wissen nicht zufällig, was aus Jasmines violettem Tagebuch geworden ist, oder, Jessie? Das Buch, in das sie immer geschrieben hat. Mit dem erotischen Inhalt?« Sie blickte ihm direkt ins regennasse Gesicht. In seinen Augen, in seiner Haltung las sie widerstreitende Gefühle.

Ein Teil von Jessie Carmanagh wollte helfen, aber er hatte Angst. Diese Erkenntnis erfüllte sie mit neuer Energie. Hier ging eine ganze Menge mehr vor, als auf den ersten Blick zu erkennen war. Die Dynamik dieser Männergruppe war geladen.

»Nein«, antwortete Jessie. »Ich habe das Buch zum letzten Mal gesehen, als es die kleine Hart in den Büschen gelesen hat.«

Angie hielt inne. »Was?«

»Rachel Harts Tochter hat es gelesen. Allein. In den Büschen.«

Edens Worte rauschten ihr durch den Kopf. *Nein, ich habe es nicht gelesen. Aber ich hätte gern.*

»Sind Sie *sicher*?«

Die Spannung dehnte die Sekunden.

»Nennen Sie mich einen Lügner?«

»Nein. Ich wollte nur jeden Zweifel ausschließen.«

»Ja, ich bin sicher. Hat mich nur gewundert, dass sich die Kleine das Buch nicht schon früher geschnappt hat, so wie Jasmine es ihr vor die Nase gehalten hat.«

Vor die Nase gehalten?

»Okay. Danke, die Herren.« Angie versuchte, lässig zum Auto zurückzuschlendern, doch sie spürte die bohrenden Blicke der Männer im Rücken. Ihr Bauchgefühl sagte ihr, dass sie diese Tollet-Carmanagh-Gang nicht zum letzten Mal gesehen hatte. Es würde sie überhaupt nicht wundern, wenn sie in naher Zukunft ein Banjo in der Nacht hören würde.

* * *

Zurück im Motel nahm sie eine kochend heiße Dusche und schlüpfte dann in trockene Jeans und einen bequemen Pullover. Sie rief bei Coastal Investigations an und hinterließ eine Nachricht für den Büroangestellten, der am Mittwochmorgen als Erster am Arbeitsplatz sein würde. Sie bat um einen Hintergrundcheck für Jessie und Wallace Carmanagh, die Zwillinge Beau und Joey Tollet, Garrison Tollet, Jim »Budge« Hargreaves und den mittlerweile verstorbenen Tack McWhirther. Nachdem sie aufgelegt hatte, sammelte sie ihre Unterlagen ein und klappte den Laptop auf. Falls einer dieser Männer eine Strafakte hatte, dann konnte das Rückschlüsse darauf zulassen, wozu er fähig war. Im Augenblick wollte Angie das vor allem zu ihrer eigenen Sicherheit wissen.

Bisher war ihre größte Erkenntnis aus dem Besuch bei Sea-Tech die, dass entweder Jessie Tollet log, weil er Rachel etwas anhängen wollte, oder dass Rachel gelogen hatte. Dass Eden das Tagebuch gelesen hatte, konnte nebensächlich sein, da sie damals noch ein Teenager gewesen war und sich vielleicht nicht mehr richtig erinnerte. Diese Gefahr bestand immer bei alten Fällen wie diesem – Erinnerungen waren wankelmütig. Angie wusste das selbst nur allzu gut.

Ihre zweite Erkenntnis war ihre Überzeugung, dass sich Wallace und die Tollet-Zwillinge benommen hatten wie in dem Film »Beim Sterben ist jeder der Erste« aus den Siebzigerjahren. Sie hatten die Frauen auf dem Fluss schikaniert. Die Frage war nur, ob einer von ihnen gesehen hatte, was Jasmine zugestoßen war.

Falls ja, warum hatten sie sich nicht zu Wort gemeldet oder irgendetwas getan, um ihr zu helfen? Und dahinter verbarg sich noch eine dunklere Frage: Konnte einer von ihnen Jasmine möglicherweise den Todesstoß versetzt haben? Hatten sie die »Sünderin«, die einen Mann von seiner Frau fortgelockt hatte, vielleicht bestraft?

Sie brauchte etwas zu essen und ein heißes Getränk, also packte sie ihre Unterlagen ein und ging über die Straße zum Mariner's Diner. Der Name war noch derselbe wie auf Rachels Filmaufnahmen, und auch die Besitzer schienen noch dieselben zu sein. Renoviert hatte man hier offenbar seither auch nicht. Vermutlich war dies kein schlechter Ort, um ein paar Informationen über die Tollets und die Carmanaghs zu sammeln, während sie etwas aß.

Kapitel 27

Angie setzte sich in eine Nische am Fenster, durch das man über die stürmische Ferris Bay blicken konnte. Im Mariner's Diner war es überraschend ruhig für die Abendessenszeit – nur zwei bärtige alte Männer in Latzhosen, die an einem Tisch neben der Tür Kaffee tranken und Schach spielten, und ein weiterer Mann, der auf einem Hocker an der Bar saß.

Eine Frau Anfang sechzig stand allein hinter der Theke. Sie kam an Angies Tisch, nahm ihre Bestellung auf und stellte sich als Babs vor. Sie schob den Beleg durch eine Luke in die Küche, wo ein stimmgewaltiger Koch die Bestellung donnernd an einen seiner Untergebenen weitergab, der die Zubereitung übernehmen sollte.

Angies Nische befand sich recht weit hinten im Diner, und sie breitete ihren Laptop, die Akten und Fotografien auf dem ganzen Tisch aus. Während sie auf ihr Fried Chicken Sandwich wartete, nippte sie an ihrem Kaffee und machte sich Notizen. Später würde sie die Befragungen auf ihrem Aufnahmegerät von den Angestellten bei CI transkribieren lassen, aber das handschriftliche Aufzeichnen ihrer Gedanken half ihr dabei, sich zu sammeln, Auffälligkeiten auszumachen und neue Fragen zu formulieren. Außerdem wollte sie einfach sehen, was bei ihrem Besuch in diesem Diner herauskam. Die Rezeptionistin in ihrem Motel hatte ihr verraten, dass Babs schon fast so lange im Mariner's arbeitete, wie es das Diner überhaupt gab. Vermutlich würde ihr jemand wie Babs ein bisschen saftigen Klatsch und Tratsch servieren können. Möglicherweise würde es der in die Jahre gekommenen Kellnerin ja sogar gefallen, an einer Ermittlung beteiligt zu werden.

Angie dachte vor allem daran, dass Jasmine Gulati einer ganzen Menge Leute auf die Füße getreten war. Jaz war wie Benzin in einer Feuersbrunst gewesen, und bei den Zeugenaussagen taten sich Unstimmigkeiten auf.

Allmählich ließ Angie den Gedanken zu, dass an diesem Fluss vielleicht nicht alles mit rechten Dingen zugegangen war. Sie beschloss, diesem Gefühl nachzugehen, während sie die Namen der Leute aufschrieb, die angegeben hatten, Jasmine nicht gemocht zu haben. Sie wog alles nach ihren MMM-Kriterien ab: Motiv, Möglichkeit und Mittel. Sie begann mit Mr Zahnlos:

Wallace Carmanagh. Motiv: Jaz hat ihn beleidigt. Aggressive und nachtragende Persönlichkeit. Wollte ihr eine Lektion erteilen. Wie weit würde er gehen? Möglichkeit: Hat nicht abgestritten, sich am Fluss befunden zu haben, möglicherweise während der gesamten Reise – könnte einer der Typen sein, die sich benommen haben wie im Film »Beim Sterben ist jeder der Erste«. Könnte Jaz allein beim Angeln gesehen haben. Hat auf den Aufnahmen Kleidung getragen, die dazu passt, wie die Frauen ihre Verfolger beschrieben haben.

Garrison Tollet. Hat mit Jaz geschlafen (immer noch nicht bestätigt). Motive: Könnte das vor seiner Frau verheimlicht haben wollen. Hat Jaz ihn in irgendeiner Weise erpresst oder damit gedroht, ihn zu verraten? Außerdem hätte es seinem angehenden Tourismusgeschäft geschadet und seinen Lebensunterhalt gefährdet, wenn herausgekommen wäre, dass er mit einer Kundin Sex hatte. Besonders während des Drehs eines Dokumentarfilms. Möglichkeit:

War allein oben auf der Böschung. Jessie hat das bestätigt und ihm so ein Alibi gegeben, aber sagt Jessie die Wahrheit?

Jessie Carmanagh. Motive: Hielt Jasmine für eine »waschechte Schlampe«, eine unsittliche/böse Verführerin, die es auf verheiratete Männer abgesehen hatte. Die bestraft werden musste? Aus dem Weg geräumt? Es hätte auch Jessies Unternehmen geschadet, wenn bekannt geworden wäre, dass ein Guide mit einer Kundin geschlafen hat. Möglichkeit: Hat nach Jaz das Camp mit Garrison verlassen. War eine Zeit lang von Garrison getrennt, kurz bevor Jaz über die Wasserfälle stürzte. Hat er gelogen, als er ausgesagt hat, Rachel auf dem Felsriff gesehen zu haben? Oder Eden, weil sie doch Jasmines Tagebuch gelesen hat?

Zwilling Joey Tollet. Motiv: Jasmine hat ihn beleidigt/gedemütigt. Aggressive Persönlichkeit. Möglichkeit: Könnte einer der »Beim Sterben ist jeder der Erste«-Typen am Fluss gewesen sein.

Zwilling Beau Tollet. Siehe oben. Motiv: »Du sollst niemanden in Versuchung führen.« So lautete sein Kommentar zu Jaz. Musste sie bestraft werden?

Tack McWhirther. Verstorben. Motiv: War sehr beschützerisch seiner Nichte Shelley gegenüber. Hat gesehen, wie Jasmine den jungen Ehemann seiner Nichte »verführt« hat. Wollte er Jasmine dafür bestrafen? Wollte er seine Nichte so beschützen? War er unter den Männern am Fluss?

Angie zögerte, schrieb dann jedoch weiter:

Rachel Hart. Hat sie in dem Punkt gelogen, von wo aus sie filmte, bevor Jaz ins Wasser stürzte? Wo sind die fehlenden Aufnahmen von diesem Abend? Falls sie auf dem Felsriff stand und gefilmt hat, war sie allein, kein Alibi für die Zeit, in der Jaz ausgerutscht ist. Motiv?

Eden Hart. Hat das Tagebuch gelesen und in diesem Punkt gelogen? Oder hat Jessie gelogen? Oder hat sie als junger Teenager die Details vergessen? Falls sie das Tagebuch gelesen hat, was hat sie dann darin gefunden?

Wo ist das Tagebuch?

Angie kaute am Ende ihres Stifts herum. Sie hatte vor, gleich am nächsten Morgen zur Predator Lodge hinauszufahren und mit Garrison und Shelley Tollet zu sprechen. Danach würde sie zum Campingplatz fahren und sich die kleine Bucht ansehen, wo man Jasmines Angel und die Rutschspuren auf den Felsen gefunden hatte. Sie würde versuchen, das Felsriff ausfindig zu machen, auf dem Rachel nach Jessies Aussage gestanden und gefilmt hatte. Sie wollte nachprüfen, ob man von diesem Riff aus die Stelle sehen konnte, wo Jasmine ins Wasser gestürzt war.

Außerdem würde sie auch Garrisons und Jessies Standpunkt an der Uferböschung genauer unter die Lupe nehmen. Sie würde Claire Tollet darum bitten, sie auf die andere Seite des Nahamish zu bringen, damit sie sich den Fundort von Jasmines sterblichen Überresten noch einmal ansehen konnte. Vielleicht würde Budge Hargreaves zu Hause sein, der nach eigenen Angaben nicht weit vom Fundort entfernt wohnte. Sie wollte auch mit ihm sprechen. Ihr fiel wieder ein, was der junge RCMP Officer Erick Watt bei seinem Eintreffen am Fundort gesagt hatte.

Dann ist Hargreaves also nur ganz zufällig hier vorbeigekommen? Er ist einfach über diese abgelegene Stelle gestolpert? Es gibt keinen erkennbaren Pfad oder Ähnliches.

Sie erinnerte sich an den Blickwechsel zwischen Corporal Watt und Constable Darnell Jacobi, der an jenem Abend im Pub vor vierundzwanzig Jahren mit Budge Hargreaves getrunken hatte. Allmählich wirkte all das immer beunruhigender.

Angie wollte auch gern noch einmal mit Jacobi sprechen, um sich seine Meinung über Jasmines Verhalten im Pub an jenem Abend anzuhören. Es gab nicht viele Polizisten in Port Ferris, also war Rookie Jacobi sicher an der Suche nach Jasmine und an der Zeugenbefragung beteiligt gewesen. Doch weder er noch Budge hatten die Vermutung geäußert, dass es sich bei dem Skelett vielleicht um Jasmines Leiche handeln könnte. Ein guter Polizist würde natürlich nicht mit solchen Hypothesen um sich werfen, aber jemand wie Budge möglicherweise schon.

Ihr Handy klingelte. Sie griff danach und erkannte Ginnys Nummer. Sie nahm den Anruf an.

»Ginny? Ist alles in Ordnung?«

»Jaja – rate mal?« Ihre Stimme klang ganz schrill vor Aufregung. »Ich war gerade bei der Chorprobe in der Catholic Cathedral in der Innenstadt, und danach habe ich mich noch ein bisschen mit Father Simon unterhalten. Ich habe ihm erzählt, dass Dad und du heiraten wollt …«

»Hey, hey, Moment mal, Ginn. Ich habe dir doch gesagt, dass wir noch ein paar Dinge klären müssen, und …«

»Ich weiß, ich weiß. Aber Father Simon hat gesagt, es wäre ihm eine Ehre, die Zeremonie zu leiten, Ange. Er hat gesagt, er würde euch beide liebend gern trauen! Wie cool ist das denn?«

Erinnerungen, die über dreißig Jahre alt waren, rauschten durch Angies Kopf. Der schauderhafte Klang der Kathedralenglocken. Schnee. Heiligabend. Wie sie in eine Babyklappe gestoßen wurde, gegenüber der katholischen Kathedrale in Vancouver. Ein Chor sang in der Kirche ein eindringliches Ave-Maria, als Schüsse davor krachten. Dann, letzten Winter, Maddocks und sie, wie sie Father Simon zum Tod einer jungen Frau befragten.

»Angie? Bist du noch dran?«

»Ich … bin da.«

Auf einmal wirkte Ginnys Ton vorsichtig, besorgt. »Father Simon hat gesagt, er würde alles für die Frau tun, die so hart gekämpft hat, um Gracie Drummonds Mörder zu finden, Angie. Ich habe mit meinem Chorleiter gesprochen. Genau wie Lara Pennington. Sie war eine von Gracies Freundinnen, die mit ihr im Bordell auf der *Amanda Rose* gearbeitet hat, weißt du noch? Sie ist dir so dankbar dafür, dass du den Täufer gefunden und ihn aufgehalten hast.«

Ich habe ihn aufgehalten, indem ich ihn umgebracht habe. Indem ich mein ganzes Magazin in ihn gejagt habe. Das hat mich meine Karriere gekostet.

»Du hast sie gerettet, Ange. Ihr Leben hat sich deinetwegen verändert. Sie arbeitet jetzt ehrenamtlich im Haven, einer Herberge für obdachlose Jugendliche. Sie singt auf einmal wie ein Engel, weißt du? Sie hat tief in sich hineingesehen, und ihr Talent ist unglaublich. Das alles wegen dir, sagt sie. Weil Dad und du ihr wieder festen Boden unter den Füßen gegeben habt. Einen Ort, wo sie ihre Angst allmählich vergessen kann. Jedenfalls will der ganze Chor bei eurer Hochzeit singen.«

Tränen traten Angie in die Augen. Diese Worte verliehen ihrer Vergangenheit einen Wert. Trotz allem, was es sie gekostet hatte.

»Ginny«, sagte sie. »Im Moment kann ich über solche Entscheidungen nicht einmal nachdenken. Ich muss …«

»Jaja, du musst erst mit Dad sprechen und so weiter, und ich weiß, dass du seit deiner Kindheit in keiner Kirche mehr warst, aber Father Simon meint, das bekommen wir schon hin. Sag einfach Ja. Wir organisieren dann den Rest.«

Fieberhaft starrte Angie ihr Spiegelbild in der salzfleckigen Fensterscheibe an. Alles drehte sich in ihrem Kopf.

»Angie?«

Sie räusperte sich. »Danke, Ginn. Das ist eine wunderbare Möglichkeit. Sobald ich mit diesem Fall fertig bin, finde ich heraus, wie die Dinge zwischen deinem Vater und mir stehen, und …«

»Ich … ähm, habe mit Father Simon quasi ein Datum ausgemacht.«

»Was?«

»Nur damit es im Kirchenkalender geblockt ist. So was muss man lange im Voraus buchen, Angie. Absagen kannst du immer noch.«

Sie umfasste das Handy fester. »*Welches* Datum?«

»Den siebenundzwanzigsten April. Das ist ein Samstag. Bis dahin blühen die Kirschbäume, und die Straßen sind dann ganz weiß und rosa.«

Scheiße. Sie wollte wütend auf das Mädchen sein. Gleichzeitig liebte sie diese junge Frau für das, was sie da tat.

»Angie?«

Sie schloss die Augen und holte tief Luft. »Ich muss darüber nachdenken.«

»Okay, dann denk nach. Arbeite weiter an deinem Fall und überlass den Rest mir.«

»Welchen … Rest?«

»Nur ein paar Ideen für den Empfang und so. Nicht gleich protestieren, wirklich nur ein paar Ideen und Anfragen, damit auch alles passt, wenn wir bereit sind.«

Wir.

Dieses Mädchen konnte zu ihrer Familie werden. Ginny zeigte ihr gerade, dass Angies Vergangenheit ihr zwar Feinde gemacht hatte, aber genauso auch Freunde. Es gab Menschen dort draußen, die ihr dankbar waren und sie respektierten. Das bedeutete ihr alles. Besonders jetzt. Es spornte sie an, sie wollte sich den Traum einer eigenen Detektei erfüllen. Ein Unternehmen, das anderen dabei half, Antworten in schwierigen Lebensphasen zu finden.

Angst, Nervosität und Aufregung rumorten in ihrem Bauch. »Eigentlich sollte ich wütend auf dich sein, Ginn.«

Ginny lachte ein bisschen wackelig, und als sie sprach, klang ihre Stimme belegt. »Ich weiß, dass es so kommen wird«, sagte sie. »Mein Vater und du gehört zusammen. Also, wenn du wütend sein willst, dann mach ruhig, aber ich arbeite trotzdem hinter den Kulissen weiter.«

Die Kellnerin Babs tauchte an Angies Tisch auf. »Hey, Schätzchen, ich hab hier Ihre Bestellung. Einmal das Fried Chicken Sandwich mit einer schönen heißen Portion Pommes.«

Angie warf Babs einen Blick zu. »Ginn, ich muss auflegen. Tu … einfach nichts, das man nicht wieder rückgängig machen kann, okay?«

Sie beendete das Gespräch und schob ihr Notizbuch beiseite, um Platz für das Essen zu machen.

Kapitel 28

Angie klappte den Laptop zu, als Babs den Teller vor sie hinstellte. Ihre Gedanken und Gefühle fuhren Achterbahn. Sofort huschte der Blick der Kellnerin zu den Fotos auf dem Tisch. »Wollen Sie Ketchup oder Essig oder Hot Sauce dazu?«

»Nein danke, aber einmal Kaffee nachfüllen wäre toll.«

»Kommt sofort.« Dann zögerte sie jedoch und sagte: »Dann sind Sie also diese Privatdetektivin, was? Ich hab gehört, dass Sie den Fall dieser Frau untersuchen, die hier vor vierundzwanzig Jahren ertrunken ist. Die, von der man jetzt die Knochen gefunden hat.«

Genau darauf hatte es Angie abgesehen – sie hatte Babs dazu bringen wollen, von sich aus das Gespräch zu eröffnen.

»Wer hat Ihnen denn gesagt, dass ich Privatdetektivin bin?«

Babs wischte sich die Hände an der Schürze ab. »Ach, das wissen hier alle. Schon seit Sie im Hotel eingecheckt haben. In so einem Städtchen? Die Buschtrommeln funktionieren, das sag ich Ihnen.« Sie nickte den Fotos zu. »Was haben die Kerle denn damit zu tun?«

»Kennen Sie sie?«

Ein Schnauben. »Wer kennt die nicht? Die Carmanaghs und Tollets sind schon seit Generationen ganz dicke miteinander. Die Hälfte von denen findet man irgendwo am Fluss.

Fischer, Jäger, Holzfäller. Die kennen das Land, diese Jungs. Auf dem Foto da haben Sie genau die Tunichtgute erwischt. Diese Zwillinge und Wallace. Die stacheln sich gegenseitig an. Von denen lässt man lieber die Finger.«

»Glauben Sie, dass sie jemandem etwas antun würden?«

Sie zog eine Grimasse und zuckte mit den Schultern. »Keine Ahnung. Zutrauen würde ich's ihnen. Es gibt da so ein heißes Gerücht, dass einer von denen in der Highschool einen Jungen getötet hat. Oder vielleicht waren es auch alle zusammen. Aber natürlich gibt's keine Beweise.«

Angies Puls machte einen Satz. »Im Ernst?«, flüsterte sie. »Sie haben jemanden umgebracht?« Sie sah sich um, als würde sie sich Sorgen darüber machen, belauscht zu werden, dann beugte sie sich verschwörerisch vor und fragte: »Wen? Was ist da passiert?«

»Babs!«, rief der Typ am Tresen, der bis gerade eben noch Zeitung gelesen hatte. »Kann ich die Rechnung haben?«

»Einen Moment«, sagte Babs zu Angie und eilte davon.

Hungrig biss Angie mehrmals in ihr Sandwich und stopfte sich noch ein paar Pommes in den Mund, während sie zusah, wie Babs abkassierte. Sie war ausgehungert.

Die beiden alten Männer bei der Tür klappten ihr Schachbrett zusammen und gingen nun ebenfalls zur Theke. Sie bezahlten ihren Kaffee und winkten Babs zum Abschied zu.

Sobald das Diner leer war, kam Babs zu Angie zurückgeeilt.

»Setzen Sie sich doch«, bot Angie ihr an. »Und erzählen Sie mir, was das für eine Geschichte mit dem Jungen aus der Highschool ist.«

»Sein Name war Porter Bates«, verkündete Babs und rutschte auf die Bank Angie gegenüber. »Er war ein ziemlicher Schläger. Konnte Schwule, Lesben, Schwarze und die First-Nation-Kids nicht ausstehen. Hat immer auf den Außenseitern rumgehackt und steckte ständig in Schwierigkeiten. Hatte es auf einen der Tollet-Jungs abgesehen.«

»Auf welchen Tollet?«

»Axel. Der kleine Bruder der Zwillinge. Er war langsam in der Schule. War ein paar Klassen zurück, wegen irgendeiner Rechtschreibschwäche. Wie Dyslexie, aber es hatte auch etwas damit zu tun, den Stift zu halten und damit zu schreiben.«

»Dysgrafie?«

»Irgend so was, ja. Porter hat ihn immer Schwuchtel genannt. Armer Axel. Er hat einfach den Kopf hängen und es über sich ergehen lassen, wie ein riesiger getretener Welpe.«

»Ist das da Axel hinter der Bar?« Angie schob einen der Screenshots zu Babs hinüber.

»Ja, das ist er. Fährt jetzt für Sea-Tech. Wallace und Jessie waren immer sehr gut zu ihm. Axel ist der Grund, warum das alles passiert ist. Angeblich jedenfalls.« Babs warf einen Blick über die Schulter, um sich davon zu überzeugen, dass sie allein waren. Dann beugte sie sich vor. »Porter Bates und seine beiden Lakaien haben Axel zu diesem Steinbruch nördlich der Stadt gelockt. Ein wirklich düsterer und unheimlicher Ort. Gefährlich, mit richtig tiefem, schwarzem Wasser. Ein paar der älteren Jungs sind immer da rausgefahren und haben Schießen geübt, getrunken und Blödsinn angestellt. Als der Tollet-Junge dort angekommen ist, haben Porter und seine Kumpel ihn sich geschnappt und durchgenommen.«

»Was?«

»Sie haben ihn vergewaltigt.«

Ein Schauer lief Angie über die Haut bei dieser entsetzlichen Vorstellung.

»Axel war damals gerade erst dreizehn geworden, und was auch immer da draußen mit ihm passiert ist, für das restliche Schuljahr ist er zu Hause geblieben. Man munkelt, dass Wallace

Carmanagh Wind davon bekommen hat, was passiert war. Also haben er und die Tollet-Zwillinge und vielleicht auch Garrison eines Tages im Wald auf Porter gewartet. Sie haben ihn verschnürt wie ein Rodeokalb und ihn zum Steinbruch geschleift. Danach hat ihn nie wieder jemand gesehen. Ist einfach verschwunden. Ich kannte Porters Schwester aus der Schule, Fallon Bates. Jetzt heißt sie Fallon Rickley. Wir sind in dieselbe Klasse gegangen. Sie hat mir erzählt, dass die Tollets und Wallace ihren Bruder ertränkt haben.«

Langsam ließ Angie ihr Sandwich auf den Teller sinken. Sie sah die Kellnerin fest an. »Wurde Porter Bates' Verschwinden je polizeilich untersucht?«

Sie schnaubte. »Oh ja. Natürlich. Taucher sind beim Steinbruch ins Wasser und alles, aber ich sag Ihnen, da unten ist es stockdunkel, und alles ist voller Schutt und Metallstangen und alten Autowracks. Niemand weiß genau, wie tief das Wasser eigentlich ist. Eine meterdicke Schlammschicht am Boden. Man hat seine Leiche nie gefunden. Hank Jacobi – er war damals der zuständige Polizist – hat die Sache schließlich fallen lassen. Ich glaube, Hank hatte oft genug mit Porter Bates zu tun und wusste, dass Gerechtigkeit nicht immer schwarz-weiß ist. Manchmal passiert etwas Böses, und die Gerechtigkeit findet seltsame Wege, und was auch immer da passiert ist, Porter Bates hatte es verdient.«

Angie starrte sie an, und ein finsterer Gedanke materialisierte sich in ihr, während sie sich an das erinnerte, was Wallace gesagt hatte.

Diese Jasmine Gulati hat nur Ärger gemacht. Jemand musste ihr einen Dämpfer verpassen. Wenn da draußen jemand Banjo gespielt hat, dann um Gulati und ihren Freundinnen zu zeigen, dass man nicht einfach herkommt und die Einheimischen zum Affen macht, ganz egal, wer man ist.

»Wallace und die Zwillinge wollten Porter Bates also eine Lektion erteilen und haben ihn ertränkt«, fasste Angie zusammen.

Babs zuckte mit den Schultern. »Keine Beweise. Nur ein Gerücht.«

Angie atmete durch und sagte ruhig: »Was ist mit Porter Bates' Freunden? Hat man die beiden dazu verhört, was mit Axel passiert ist?«

»Sie haben alles abgestritten. Keiner hat weiter nachgebohrt. Wenn Sie mich fragen, dann wollte es niemand für Axel noch schwerer machen und die Vergewaltigung auch noch an die große Glocke hängen. Armer Kerl. Wallace und alle, die ganze Tollet-Familie, die wollten nicht, dass jemand wusste, wie mies es ihm ging. Hat sich danach völlig in sich zurückgezogen. Als Teenager hat er sich eine Hütte draußen auf dem Tollet-Land gebaut, auf der Südseite des Nahamish, nicht weit von Budges Hütte entfernt. Kurz danach ist er da rausgezogen. Lebt immer noch da, wenn er nicht gerade in der Sea-Tech-Unterkunft schläft während seinem Schichtdienst für Wallace.«

Angie schob der Kellnerin ein weiteres Foto zu. »Babs, wissen Sie, ob irgendeiner von diesen Männern Banjo spielt?«

»An den Tollets und Carmanaghs sind jedenfalls keine Musiker verloren gegangen. Aber der da« – sie deutete auf das Foto – »das ist Tack McWhirther. Er konnte spielen wie der Teufel. Auch Gitarre und Klavier.«

Ein Glöckchen klingelte, als die Tür des Diners aufging und ein junges Pärchen, begleitet von einem Windstoß, hereinließ. Babs stand auf. »Ich muss wieder.«

»Warten Sie.« Angie legte der Frau eine Hand auf den Arm. »Porters Schwester, Fallon – wohnt sie noch in der Gegend?«

»Jep, in einem Haus an der Straße zum Flughafen.«

»Vielen Dank für Ihre Hilfe.«

Schweigend kaute Angie am Rest ihres Sandwiches herum und sah zu, wie Babs das Pärchen zu einem Tisch führte und den beiden die Speisekarte brachte. Die Sache gefiel ihr gar nicht. Wenn diese Männer tatsächlich zu Schulzeiten einen Jungen ertränkt hatten, dann waren sie auch dazu in der Lage, wieder jemanden zu ertränken. Der Modus Operandi passte. Wenn sie gemeinsam jemanden getötet hatten, dann waren sie durch ein altes Geheimnis miteinander verbunden, für das sie wieder töten würden.

* * *

Nachdem Angie bezahlt und sich noch einmal bei Babs bedankt hatte, hängte sie sich ihre Tasche um und verließ das Diner. Salziger Dunst vom Meer ließ die Lichtquellen verschwimmen. Sie eilte über die Straße, auf den Parkplatz des Motels zu, blieb beim Anblick ihres Mini Coopers jedoch wie angewurzelt stehen.

Sie blinzelte gegen den Regen an, der ihr übers Gesicht lief, und versuchte zu begreifen, was zum Teufel mit ihrem Auto passiert war. Sämtliche Fenster waren mit einer dicken braunen Masse verschmiert. Fäkalien?

Die Rücklichter waren eingeschlagen. Rote Plastikscherben glänzten in den Pfützen auf dem Asphalt. Ihr Herz begann zu hämmern. Sie ließ den Blick über den Parkplatz schweifen und versuchte, den dichten Meeresnebel zu durchdringen.

Abgesehen vom leisen Rauschen der Wellen in der Ferne und dem Prasseln des Regens war alles still. Sie bewegte sich um das Auto herum. Auch die Scheinwerfer und die Windschutzscheibe waren eingeschlagen worden. Auf dem Armaturenbrett lag ein Stein, darunter klemmte etwas. Angie griff ins Seitenfach ihrer Tasche und zog ein Paar blaue Tatorthandschuhe heraus – Polizistengewohnheiten legte man nur schwer wieder ab.

Sie griff durch die zerstörte Frontscheibe und hob den Stein hoch. Darunter lag ein zusammengefaltetes Stück Papier. Sie faltete es auseinander und las, was da in schwarzen Druckbuchstaben geschrieben stand.

FAHR HEIM SCHLAMPE BEVOR JEMAND VERLETZT WIRD

Kapitel 29

Mittwoch, 21. November

Wütend ballte Angie die Hände um das Lenkrad zu Fäusten, als sie einen neuen Subaru mit Allradantrieb vom Hof des Autoverleihs fuhr und die sogenannte Innenstadt von Port Ferris ansteuerte.

Ihren beschädigten Mini Cooper hatte sie auf dem Motelparkplatz stehen gelassen und veranlasst, dass er später, nachdem sich die Polizei den Wagen angesehen hatte, in eine Werkstatt geschleppt werden würde. Nun hielt sie auf direktem Weg auf das Revier der RCMP zu, um mit Constable Darnell Jacobi zu sprechen.

Während sie beim Autoverleih gewartet hatte, war ein Anruf vom Datenspezialisten bei Coastal Investigations hereingekommen. Wallace Carmanagh war aktenkundig. Schwere Körperverletzung vor siebzehn Jahren. Er hatte eine Zeit lang dafür gesessen. Der CI-Techniker hatte Angie berichtet, dass es ein Verkehrsvorfall gewesen war. Eine Bewohnerin eines nahe gelegenen First-Nations-Reservats hatte Wallace auf dem Highway in der Nähe von Port Ferris ausgebremst. Er hatte gehupt und war mit seinem Truck daraufhin zu dicht aufgefahren. Sie hatte ihm den Stinkefinger gezeigt und war noch langsamer geworden, was Wallace in Rage gebracht hatte. Er war der Frau vom Highway zu einer Parkgarage gefolgt, wo er sie mit einem Baseballschläger angegriffen hatte. Danach war er mit dem Schläger auf das Auto losgegangen, hatte alle Fensterscheiben sowie die Scheinwerfer und Rücklichter zertrümmert.

Was diesen kranken Drecksack Wallace Carmanagh zum Topverdächtigen auf Angies Liste machte. Es war sehr wahrscheinlich, dass er ihr Auto demoliert und ihr die Drohnachricht hinterlassen hatte. Außerdem war er dazu imstande, eine Frau brutal anzugreifen. Und Jasmine – eine Frau – hatte ihn ebenfalls wütend gemacht. Genau wie die Fahrerin dieses Wagens.

Dem CI-Techniker zufolge hatte auch Jim »Budge« Hargreaves eine Strafakte. Eine Anzeige wegen Fahrens unter Alkoholeinfluss. Darüber hinaus hatte man ihn auch wegen Fahrerflucht angezeigt, weil er betrunken einen Autounfall verursacht hatte, doch Hank Jacobi, Darnells Vater, hatte die Klagen schließlich fallen lassen. Das war fünfundzwanzig Jahre her. Etwa ein Jahr, bevor Rachel Hart gefilmt hatte, wie Budge Hargreaves und der damalige Rookie Darnell im Hook and Gaffe miteinander getrunken hatten.

Hank Jacobi war darüber hinaus der Cop gewesen, der den Porter-Bates-Fall zu den Akten gelegt hatte.

Angie gefiel dieses vetternwirtschaftliche Netz überhaupt nicht.

Totes Laub wurde gegen ihre Windschutzscheibe geweht, als sie vor dem winzigen Polizeirevier auf einen Parkplatz fuhr. Eine kanadische Flagge wehte neben der Flagge der hiesigen Provinz auf dem Dach des Gebäudes. Neben der Polizeistation befand sich das Feuerwehrhaus.

Angie betrat den Empfangsbereich.

Am Schalter hinter der kugelsicheren Glasscheibe saß niemand. Angie drückte mehrmals auf eine Klingel. Endlich erschien ein Polizist in Uniform. Gelbe Streifen zierten seine

Hose, und er trug eine kugelsichere Weste über einem hellgrauen Shirt.

»Kann ich mit Constable Jacobi sprechen?«, bat sie, nachdem er sie gefragt hatte, wie er ihr helfen könne.

»Ich bin Corporal LaFarge. Constable Jacobi ist beschäftigt. Wie kann ich Ihnen helfen?«

»Ich muss mit Jacobi direkt sprechen. Richten Sie ihm aus, dass Angie Pallorino hier ist, um mit ihm über die menschlichen Überreste zu sprechen, die beim Nahamish gefunden wurden. Dazu kommt ein Fall von Vandalismus, der vermutlich damit in Verbindung steht.«

Die Miene des jungen Mannes veränderte sich, während er sie musterte. Dann nickte er, wandte sich ab und verschwand den Gang hinunter.

Kurz darauf erschien Jacobi. Er schloss die Seitentür auf. »Ms Pallorino. Ich habe schon gehört, dass Sie in der Stadt sind und private Ermittlungen anstellen.«

»Ja. Die Buschtrommeln.«

»Wie bitte?«

»Nichts. Mein Auto wurde gestern Abend zerstört. Man hat einen Zettel mit einer Drohung darin hinterlassen. Ich würde diesen Vorfall gern melden, und außerdem möchte ich zu Protokoll geben, dass ich gestern Nachmittag von Wallace Carmanagh auf dem Grundstück seines Unternehmens verbal bedroht wurde.«

Er seufzte schwer. »Hier entlang.«

Jacobi hörte ihr zu und füllte die entsprechenden Formulare aus. Schließlich legte er den Stift weg. »Ich schicke jemanden, der sich Ihr Auto ansehen kann. Diese Sache ist für alle recht aufwühlend.« Er hielt ihren Blick. »Dass die Vergangenheit auf diese Weise wieder ausgegraben wird.«

»So muss es wohl sein. Sie selbst sind Jasmine Gulati ja auch begegnet.« Angie zog den Screenshot von Darnell Jacobi und Budge Hargreaves im Pub hervor und legte ihn auf den Tisch. Jacobi betrachtete ihn schweigend. Seine Augen wurden schmal. Eine kleine Ader pulsierte an seiner Schläfe.

»Als Sie zu den menschlichen Überresten am Nahamish gerufen wurden, müssen Sie doch geahnt haben, dass es sich dabei um die Leiche von Jasmine Gulati handeln könnte.«

»Sie waren doch selbst mal Polizistin.« Er ließ diesen in der Vergangenheit formulierten Satz eine Weile in der Luft hängen, bevor er fortfuhr: »Sie wissen doch, dass man einen Tunnelblick riskiert, wenn man zu früh während eines Falls bestimmte Schlüsse zieht.«

»Budge Hargreaves hat Gulati ebenfalls nicht erwähnt – und er ist kein Cop.« Sie drückte ein paar Knöpfe und hielt nach einer Reaktion Ausschau.

»Hören Sie mal, ich weiß nicht, wonach Sie hier stochern, aber diese Andeutungen gefallen mir nicht. Gulatis Tod durch Ertrinken wurde als Unfall gewertet, und jetzt kommen Sie her und belästigen die Einheimischen.«

»Ihr Vater hat damals dafür gesorgt, dass die Klage gegen Budge Hargreaves wegen des Unfalls, den er im betrunkenen Zustand verursacht hatte, fallen gelassen wurde.«

Er stand auf. »Würden Sie mich bitte entschuldigen, ich habe noch einiges an Arbeit zu erledigen.«

»Eine Frage noch. Ihr Vater hat ebenfalls vor vielen Jahren in einem Fall ermittelt – das Verschwinden und der mögliche Mord an einem Jungen von der Highschool namens Porter Bates.«

Er hielt inne. Sein Mund wurde schmal. Sein Blick flackerte zur Tür.

»Sie waren damals in Bates' Alter, als er verschwand. Bestimmt haben Sie sogar dieselbe Schule besucht. Auch Wallace Carmanagh und die Tollet-Zwillinge waren ungefähr im selben Alter, und sie waren interessant für die Ermittlungen.«

»Mein Vater hatte damals nicht mehr an der Hand als ein paar Gerüchte. Keine Beweise. Also wurde der Fall letztendlich zu den Akten gelegt.«

»Oder vielleicht hat man auch einfach weggesehen? Möglicherweise weil nach dem Angriff auf Axel Tollet nur die Gerechtigkeit wiederhergestellt worden war?« Angie steckte ihr Foto wieder ein und erhob sich. »Ich hoffe, Sie befragen Wallace Carmanagh wegen des Vandalismus an meinem Auto und der Drohung. Ich habe mein Auto für Sie auf dem Motelparkplatz stehen lassen. Ein Abschleppdienst wird es später abholen.« Sie nannte Jacobi das Kennzeichen. »Ich weiß auch von Wallace Carmanaghs früheren Anklagen. Ich weiß, dass er einer Frau mit einem Baseballschläger den Schädel und die Beine gebrochen und danach ihren Sedan zertrümmert hat.« Sie warf den Formularen auf dem Schreibtisch einen Blick zu. »Ich bin froh, dass Sie das alles jetzt in den Akten haben. Vielen Dank für Ihre Zeit, Officer.«

Er öffnete ihr mit ausdrucksloser Miene die Tür, seine Nackenmuskeln waren angespannt.

»Ach …« Sie wandte sich noch einmal an ihn. »Vor vierundzwanzig Jahren hat die Port Ferris RCMP Jasmine Gulatis Besitztümer eingesammelt und sie dem Coroner übergeben. Ich habe mir die Beweismittelliste angesehen. Sie waren damals der Polizist, der die Auflistung unterschrieben hat.«

Stille.

»Haben Sie irgendeine Ahnung, was mit Jasmine Gulatis Tagebuch passiert ist? Eigentlich hätte es beim Rest ihrer Sachen sein sollen.«

Seine Miene wurde noch verschlossener und er neigte den Kopf zur offenen Tür. »Guten Tag, Ms Pallorino. Danke, dass Sie hier waren.«

Jacobi folgte ihr zum Ausgang, doch als Angie den Arm nach der Tür ausstreckte, rief er ihr noch nach: »Vielleicht wäre es eine gute Idee, wenn Sie die Stadt verlassen.«

Sie griff in ihre Tasche und schaltete heimlich das Aufnahmegerät ein. Langsam drehte sie sich zu ihm um.

»Tut mir leid, was haben Sie gerade gesagt, Constable Jacobi?«

»Ich habe gesagt, dass es vielleicht keine schlechte Idee wäre, wenn Sie die Stadt verlassen würden.«

»Ist das eine Drohung, Sir?«

»Ich meine damit nur, dass es Dinge und Menschen in dieser Stadt gibt, über die ich möglicherweise keine Kontrolle habe«, antwortete er leise.

»Wollen Sie damit andeuten, dass Sie von gewissen Leuten wissen, die eine Gefahr für mich darstellen könnten, wenn ich meine Ermittlungen im Fall Jasmine Gulati fortsetze?«

»Ich meine, dass Sie vielleicht nicht so lange warten sollten, bis Sie es herausfinden.«

Er hielt ihren Blick, und Stille hing schwer in der Luft. Dann streckte er den Arm nach der Tür aus, hielt sie auf und wartete darauf, dass Angie ging.

Als Angie in ihrem Mietwagen vom Parkplatz fuhr, warf sie der kleinen Polizeistation noch einen Blick zu. Sie erkannte Constable Darnell Jacobis Silhouette hinter einem der Fenster. Er sah ihr nach und hielt sich ein Telefon ans Ohr.

Kapitel 30

Während Angie immer höher die Berge hinauffuhr, wurde der Ziehweg allmählich steiler und dichte Wolken krochen die Hänge herab. Der Regen mischte sich mit Graupel. Als sie das Ostufer des Lake Carmanagh und damit auch dessen äußerste Spitze erreichte, fiel die Bergseite zu ihrer Linken auf einmal steil bis zu den graugrünen Gletscherwassern ab. Sie fuhr langsamer, da die Sicht immer schlechter wurde.

Der Ziehweg verlief von hier an dicht an der Uferböschung entlang bis zur Predator Lodge, die man in der Nähe der westlichen Flussausströmung errichtet hatte. Aus dieser Ausströmung wurde schließlich der Nahamish. Gespeist von Zuflüssen aus den Bergen wand er sich die stürmische und wilde Westküste Vancouver Islands entlang.

Die Straße wurde schlechter und schlammiger. Alte Zedern und Hemlocktannen ragten hoch hinauf. Die Stämme moosbewachsen, die Äste mit Flechten behangen. Ihre Reifen gerieten ins Rutschen, und sie fühlte, wie der Allradantrieb einsetzte. Auf einmal war Angie froh, dass sie den Mini Cooper hatte zurücklassen müssen. Sie war nicht überzeugt, dass ihr eigenes Auto mit diesen Bodenverhältnissen ebenso gut zurechtgekommen wäre wie der Subaru.

Sie war beinahe auf halber Höhe des Sees, als die Sicht wegen des immer heftiger werdenden Graupelschauers noch einmal deutlich schlechter wurde. Das Fahren wurde zur Herausforderung.

Auf einmal tauchten Scheinwerfer im Nebel hinter ihr auf. Angie warf einen Blick in den Rückspiegel. Ein großer schwarzer Schatten näherte sich rasch. Ein Koloss von einem Truck kam immer näher. Angie schaltete die Heckscheibenwischer an und ein verschmiertes, bogenförmiges Sichtfenster erschien im Schlamm und Schneematsch des Rückfensters. Durch den Rückspiegel erkannte sie große Silberlettern auf dem Kühlergrill. RAM. Ihre Gedanken rasten, während sie Details registrierte – Dodge, schwarz, Dieselmotor. Getönte Scheiben, erweiterte Fahrerkabine. Die Reifen waren mit Silberstollen bestückt. Das Nummernschild war schlammverschmiert. Auf einmal flammte eine Reihe von Jagdscheinwerfern auf der Fahrerkabine auf. Der Motor heulte.

Angie biss die Zähne zusammen, als sie die Erkenntnis traf – der Fahrer dieses Trucks wollte sie von der Straße drängen. Sie trat aufs Gas und wappnete sich für einen Aufprall. Doch da fiel der Dodge auf einmal zurück und die Lichter verschwanden wieder im Nebel. Ihr Herz hämmerte gegen die Rippen.

Sie schluckte, bemühte sich, normal zu atmen. Fest umklammerte sie das Lenkrad und beugte sich vor, während sie versuchte, durch die verschmierte Windschutzscheibe etwas zu erkennen. Vielleicht gab es irgendwo eine Parkbucht, die sie nehmen konnte, um dem Truck aus dem Weg zu gehen.

Allerdings wäre es vielleicht nicht klug anzuhalten. Es konnte sein, dass der Fahrer des Trucks sie genau dazu bringen wollte, und dann würde sie wirklich in Schwierigkeiten stecken. Unbewaffnet gegen Jäger. Oder möglicherweise wollte ihr auch nur jemand einen Schrecken einjagen, so wie Wallace und die

Zwillinge Jasmine und die Frauen auf dem Fluss hatten erschrecken wollen. Vor fast einem Vierteljahrhundert.

Trotzdem wirkte die Warnung in ihrem zerstörten Mini Cooper mit einem Mal viel ernster.

FAHR HEIM SCHLAMPE BEVOR JEMAND VERLETZT WIRD

Sie ließ den Blick zu dem steilen Abhang links huschen. Nun konnte sie den See nicht einmal mehr erkennen. Der Nebel war so dicht, und der Schneematsch sammelte sich wie dicke Gelatine auf der Scheibe. Das Worst-Case-Szenario bestand sicher darin, dass dieser Truckfahrer sie von der Straße drängen und in den eiskalten See stürzen lassen wollte.

Auf einmal war das schwarze Ungeheuer wieder hinter ihr. Mit heulendem Motor. Ihr Herz begann erneut zu hämmern und sie blickte ein weiteres Mal zum felsigen Abhang. Sie wusste, dass der See tief war. Sehr tief. Wenn sie ins eisige Wasser stürzte, dann würde sie schnell sinken und in diesem Auto ertrinken. Selbst wenn sie es rechtzeitig aus dem Fahrzeug schaffte, würde es sehr schwer werden, an die Oberfläche und dann ans Ufer zu gelangen, bevor die Unterkühlung einsetzte.

Nun stieg die Straße vor ihr steil an. Angie ergriff die Gelegenheit und trat aufs Gas. Der Wagen schlingerte, während sie versuchte, bergauf an Geschwindigkeit zu gewinnen. Nun heulte auch ihr Motor auf. Vielleicht konnte sie so etwas Abstand zwischen sich und den schweren Truck bekommen. Das Heck ihres Subarus brach aus, doch Angie behielt den Fuß auf dem Gas. Das Herz schlug ihr bis zum Hals.

Hinter ihr fiel der Truck zurück, die Lücke zwischen den Fahrzeugen wurde größer. Angie erreichte den Kamm der Anhöhe. Vor ihr fiel die Straße nun steil ab. Und am Fuß des Hügels sah sie eine enge Kurve. *Scheiße!*

Sobald sie die Hügelkuppe hinter sich hatte, nahm die Geschwindigkeit des Subarus bergab immer weiter zu. Trotzdem berührte sie kaum mit dem Fuß die Bremse, während sie hinabraste, die Fäuste um das Lenkrad geballt, die Zähne aufeinandergebissen. Ihr Shirt klebte ihr feucht an der Haut.

Als sie den Fuß des Hügels mit viel zu hoher Geschwindigkeit erreichte und die Kurve vor sich hatte, blitzte Panik auf.

Dieser beschissene Fahrer will, dass ich einfach selbst in den See fahre. Damit es wie ein ganz normaler Unfall bei schlechtem Wetter aussieht. Eine Fahrerin, die mit dem Terrain hier nicht vertraut ist.

Hinter ihr donnerte der Truck die Anhöhe hinab, wurde nun ebenfalls immer schneller und schloss allmählich die Lücke, die Angie gewonnen hatte. Angies Eingeweide verwandelten sich in Wasser. Nun war die Kurve vor ihr. Sie stieg auf die Bremse, schlitterte seitwärts und krachte mit der rechten Seite ihres Subarus gegen einen gewaltigen Baumstamm. Sie spürte den Aufprall bis in die Knochen, ein Vibrieren, das bis in ihre aufeinandergebissenen Zähne reichte und ihr Gehirn durchrüttelte. Wieder trat sie aufs Gas, schlingernd schrammte der Wagen an den Felsen der ansteigenden Uferböschung auf der rechten Seite entlang.

Bitte, lieber Gott, bitte mach, dass sie mir nur einen Schrecken einjagen wollen … ich will noch nicht sterben. Ich habe eine Hochzeit durchzuziehen … Maddocks muss mein Kleid sehen … Ich werde eine Stiefmutter, ich darf Ginny nicht enttäuschen.

Dann war sie um die Biegung herum und trat wieder aufs Gas. Hinter ihr rutschte der Truck durch die Kurve und krachte dabei fast gegen denselben Baum wie sie. Dann holte er auf und erschien drohend in ihrem Rückspiegel. Der Grill schluckte alles Licht. Sie kam nicht an ihr Handy heran. Außerdem wusste sie von ihrem Ausflug mit Maddocks, dass es ohnehin keinen Zweck hätte. Hier gab es keinen Empfang. Nur an der Lodge, wohin das Signal eines Funkturms auf der anderen Seite der Berggipfel drang, konnte man telefonieren.

Wieder sackte der Ziehweg ab. Angie zitterte vor Adrenalin, während sie ein weiteres Mal immer schneller wurde. Sie wusste nicht, wie viele dieser Abhänge sie noch lebend überwinden, wie lange sie das Adrenalin noch ertragen und sich konzentrieren konnte. *Scheiße.* Wie konnten diese Typen nur so unverfroren sein? *Scheißescheißescheiße.*

Dann tauchte eine weitere Kurve am Fuße des Hanges vor ihr auf. Links ging es nach wie vor steil hinab, und auf einmal war Angie überzeugt davon, dass Jasmine Gulati ermordet worden war. Irgendjemand – vielleicht war es auch mehr als einer –, der hier draußen lebte, in dieser gottverlassenen hinterwäldlerischen Redneck-Wildnis Kanadas, wollte sicherstellen, dass die Wahrheit weiterhin vergraben blieb. Und dafür war er dazu bereit, auch sie umzubringen.

Wer wusste, dass sie an diesem Morgen zur Predator Lodge hatte hinausfahren wollen?

Ein Bild trat ihr vor Augen. Constable Darnell Jacobi, der telefonierte und ihr nachsah, während sie in ihrem Leihwagen vom Parkplatz der Polizeistation fuhr. Noch ein Bild. Ein schwarzer Truck, der hinter ihr aus einer Parkbucht auf die Straße ausscherte, als sie vorhin auf den Highway nach Norden abgebogen war.

Hatte Jacobi jemanden angerufen und ihm ihr Fahrzeug beschrieben? Das Kennzeichen durchgegeben? Steckte Jacobi mit Wallace und der ganzen Gang unter einer Decke? Oder war das da hinten im Truck jemand ganz anderes?

Ihr Auto geriet ins Rutschen. Herrgott. Schlingernd geriet sie zu weit nach links, gefährlich nah an den Abgrund heran. Sie riss das Lenkrad scharf herum, als sie an eine Rechtskurve kam. Dann blieb ihr fast das Herz stehen. Die Lichter eines entgegenkommenden Fahrzeugs im Nebel. Zu schnell. Nicht genug Platz, um aneinander vorbeizukommen, ohne dass einer von ihnen auswich. Sonst würden sie frontal aufeinanderprallen.

Hinter ihr kam der Dodge angerast und rammte ihr Heck. Sie schrie, als der Subaru seitlich ausbrach und die schmale Straße entlangrutschte. Die Lichter vor ihr kamen immer näher. Verzweifelt versuchte sie gegenzulenken.

Sie kam von der Fahrbahn ab – auf der bergaufwärts gelegenen Seite. Durch den Nebel nahm das heranrasende Auto Formen an. Ein roter Pick-up. Mit einem ovalen Fordlogo vorne. Eine Hupe erscholl, als er am Subaru vorbeischrammte und um die Kurve fuhr, direkt auf den Dodge zu. Angie hörte ein Krachen.

Sie kämpfte mit der Gangschaltung und gab wieder Gas. Die Reifen drehten durch, doch schließlich gelangte der Wagen zurück auf die Straße. Sie behielt den Fuß auf dem Gas, immer weiter. Auf keinen Fall würde sie jetzt anhalten und sich dem Fahrer des Dodges stellen. Er wollte sie umbringen. Sobald sie bei der Lodge war, würde sie für den Fahrer des roten Pick-ups nach Hilfe rufen.

Während der nächsten Kilometer blickte Angie immer wieder in den Rückspiegel, in der Erwartung, dort die Scheinwerfer wieder auftauchen zu sehen.

Doch es blieb dunkel.

Allmählich entspannten sich ihre Muskeln ein wenig, und prompt setzte das Zittern ein – gewaltige Schauer, die ihren ganzen Körper ergriffen und sie durchschüttelten wie eine Puppe, bis ihre Zähne klapperten. Sie umklammerte das Lenkrad fester und fluchte und brüllte, sie schrie jedes Schimpfwort, das ihr einfiel, und versuchte verbissen, sich wieder in den Griff zu bekommen. Die Kontrolle über ihre Gedanken zurückzuerlangen und die überwältigende Angst, die in ihr explodiert war, niederzuringen. Das Zittern ihrer Glieder zu stoppen.

Endlich sah sie den dunklen Schatten des großen Blockhauses der Lodge vor sich auftauchen. Der Schneeregen wurde zu dicken weißen Flocken, als sie vom Ziehweg abfuhr und die holprige Auffahrt entlang auf einen Kiesparkplatz zuhielt.

In Nebel und Schnee wirkte die Lodge gewaltig und düster. Angie schlug die Kapuze hoch und öffnete die Autotür. Sie wollte so schnell wie möglich hinein und die Polizei anrufen, um den Unfall zu melden, doch dann hielt sie inne, als sie begriff, dass der Notruf ans Polizeirevier in Port Ferris gehen würde. Jacobi. Im Umkreis von Hunderten von Kilometern gab es keine andere Polizeidienststelle.

Angie stieg aus dem Wagen und ging auf wackeligen Beinen auf den Eingang der Lodge zu. Als sie an den Garagen vorbeikam, fuhr ihr ein Schreck in die Glieder.

Durch den wirbelnden Schnee kam eine Gestalt auf sie zu, mit einer Axt in der Hand.

Kapitel 31

Angie zog ihr Messer, klappte es auf und nahm eine Verteidigungshaltung an. Blinzelnd und mit wild rasendem Herzen versuchte sie, durch den Schnee etwas zu erkennen. Die Gestalt kam näher. Dann löste sich ein Umriss aus dem Nebel.

»Angie?«, fragte eine weibliche Stimme. »Angie Pallorino? Sind Sie das?«

»Mein Gott«, flüsterte sie und senkte die Klinge. Stoßweise atmete sie aus. »Claire, Gott, ich … Es tut mir so leid.«

Rasch klappte sie das Messer wieder zusammen und steckte es in die Tasche. »Sie haben mich zu Tode erschreckt. Nach dem, was auf dem Weg hierher passiert ist.« Sie holte tief Luft und stellte sich zu Claire unter das schützende Vordach. »Irgendjemand in einem schwarzen Dodge RAM hat versucht, mich in den See zu drängen, und dann habe ich Sie mit der Axt gesehen. Ich dachte … Ich weiß auch nicht, was ich gedacht habe.«

»Ich habe gerade Feuerholz gespalten.« Claire deutete mit der Axt auf einen Holzstapel neben der Tür. »Was soll das heißen, ein Truck hat versucht, Sie von der Straße zu drängen?« Sie wirkte besorgt.

Angie wischte sich Wasser aus dem Gesicht. »Das Nummernschild konnte ich nicht erkennen. Wer fährt hier einen schwarzen Dodge mit Dieselmotor und einer erweiterten Fahrerkabine? Mit Jagdscheinwerfern auf dem Dach?«

»Nur etwa ein Viertel aller Stadtbewohner.« Claire runzelte die Stirn. »Alles in Ordnung? Sie zittern ja wie Espenlaub.«

»Alles okay. Ich muss telefonieren und den Vorfall melden. Ist gerade jemand in einem roten Pick-up vorbeigefahren? Oder von hier aufgebrochen?«

»Ja, mein Dad ist gerade los. Er fährt einen roten Ford. Er wollte nach Port Ferris. Er …«

»Ich glaube, er ist mit dem Truck zusammengestoßen. Erst wäre er fast mit mir kollidiert, dann ist er um die Kurve gefahren. Ich …«

»Angie, stopp. Meinem Dad geht es gut. Er hat mich gerade eben angerufen. Da war er schon auf der Ostseite des Sees. Zwischen der Lodge und der östlichen Flussausströmung hätte er gar keinen Empfang gehabt. Da ist ein komplettes Funkloch.«

Genau deshalb ist es ja auch der perfekte Ort, um jemanden von der Straße abzudrängen.

»Hat er irgendetwas von einem Zusammenstoß mit einem Dodge gesagt?«

Claire rieb sich über die Stirn. »Nein, er hat nur gesagt, dass ein paar Jäger Probleme mit ihrem Wagen hatten. Die Bremsleitung war undicht und Flüssigkeit ist ausgelaufen. Offenbar haben die Bremsen versagt, und sie sind bergab viel zu schnell geworden. Sie haben eine Kurve ganz unten nicht gekriegt und sind gegen einen Felsen der Uferböschung gekracht, gerade als Dad die Straße entlanggekommen ist. Er hat die Fahrer mit in die Stadt genommen und einen Abschleppwagen gerufen.«

Angie starrte Claire an. »*Jäger*?«

»Ja.«

»Und er hat sie nicht gekannt?«

»Hat er nicht gesagt.«

»Wie viele?«

»Ich weiß es nicht, Angie. Das hat er auch nicht gesagt.«

Sie musterte Claire, sie glaubte kein Wort davon.

»Na, kommen Sie, gehen wir rein. Ich mache Ihnen einen heißen Tee und etwas zu essen, und Sie setzen sich zum Trocknen an den Kamin.«

Angies Blick flackerte zu der Axt, die inzwischen an dem Holzstapel lehnte. War Claire verlässlich? Konnte sie ihr vertrauen? Hatte Garrison die Kerle im Truck wirklich nicht gekannt und ihnen die Lügengeschichte über die versagenden Bremsen abgekauft? War es möglich, dass sie tatsächlich nicht hatten bremsen können und dass Angie den Vorfall vollkommen falsch gedeutet hatte?

»Ist … ist Ihre Mutter zu Hause?«, fragte Angie.

»Nein. Sie ist in der Stadt. Mein Dad nimmt sie mit zurück zur Lodge, wenn er mit seinen Erledigungen in Port Ferris fertig ist.« Claire zögerte. »Ich nehme an, Sie sind hergekommen, um mit ihnen über das Skelett im Moos zu sprechen und über diese Flussreise damals. Ich habe gehört, dass Sie hergekommen sind, um den Unfall für die Großmutter der jungen Frau noch einmal genauer zu untersuchen.«

Buschtrommeln. Babs hatte ja so recht gehabt. Vermutlich konnte sie sich nicht einmal am Hintern kratzen, ohne dass es binnen weniger Minuten die ganze Stadt wusste. Das machte sie nervös. Nichts blieb geheim, und gleichzeitig war alles ein großes Geheimnis. Als hätten die Wälder Augen. Als würden die Bäume sie durch den Nebel beobachten.

Hatten sich Jasmine und die anderen Frauen auch so gefühlt, als die Männer ihnen den Flusslauf entlang gefolgt waren?

»Und wann kommen Ihre Eltern wieder zurück?«

»Morgen am späten Nachmittag«, antwortete Claire. »Sie hätten vorher anrufen sollen. Wahrscheinlich hätten Sie sich dann einfach in der Stadt mit ihnen treffen und sich die Fahrt hier raus sparen können.«

»Ich wollte sowieso herkommen.« Sie kämpfte immer noch darum, sich wieder unter Kontrolle zu bekommen. *Konzentrier dich. Claire ist ein gutes Mädchen. Ganz sicher.* »Ich hatte gehofft, ich könnte den Campingplatz besuchen, auf dem man Jasmine Gulati das letzte Mal lebend gesehen hat. Und ich wollte zur Bucht runter, wo sie ausgerutscht und ins Wasser gefallen ist. Außerdem möchte ich zum Bergkamm hoch, von wo aus Ihr Vater gesehen hat, wie sie über die Wasserfälle gestürzt ist, und noch einmal zum Grab auf der anderen Seite des Nahamish. Vielleicht kann ich auch Budge Hargreaves einen Besuch abstatten oder mir zumindest einmal ansehen, wo er wohnt. Und auf Axel Tollets Hütte möchte ich auch mal einen Blick werfen.« Sie sah Claire an. »Ich hatte gehofft, ich könnte Sie dazu überreden, mich zu führen und mir zu zeigen, wie ich durch den Wald auf die Südseite des Flusses komme, ohne Boot.«

»Natürlich mache ich das.« Sie legte Angie die Hand auf den Arm. Ihre Stimme klang freundlich. »Aber jetzt müssen Sie erst einmal aus der Kälte raus und sich aufwärmen. Vielleicht können Sie eine heiße Dusche nehmen, und wir suchen ein paar trockene Klamotten für Sie oder so. Es soll den ganzen Tag so weiterregnen, aber morgen früh sieht es laut der Wettervorhersage gut aus. Bleiben Sie doch einfach über Nacht hier und ruhen Sie sich ein bisschen aus. Dann können wir morgen früh starten, und wenn wir wieder zurück in der Lodge sind, können Sie ja vielleicht auch schon mit meinen Eltern sprechen.«

Angie war einverstanden. Claire gab ihr ein Zimmer. Angie befolgte den Rat der jungen Frau, schälte sich aus ihren nassen Kleidern und trat in die heiße Dusche. Sobald sie etwas Trockenes anhatte, versuchte sie, Holgersen anzurufen. Sie wollte jemanden wissen lassen, wo sie war, jemand anderen als Jacobi und die Polizisten von hier. Und jemand anderen als Maddocks. Nur für den Fall, dass sie einfach in diesen Wäldern verloren ging. Wenigstens konnte Holgersen eine polizeiliche Untersuchung einleiten, falls sie nicht nach Hause zurückkehrte.

Aber es gab keinen Empfang.

Als sich Angie bei Claire danach erkundigte, erklärte ihr das Mädchen, dass bei schlechtem Wetter häufig die Handyverbindung abbrach. Das würde sich jedoch wieder geben, sobald die schweren Wolken weiterzogen und die Graupelschauer nachließen.

Kapitel 32

Donnerstag, 22. November

Angie stand auf dem Campingplatz, wo alle neun Frauen von Rachel Harts Dokumentarreise zum letzten Mal zusammen gewesen waren. Es war früher Morgen, und eiskalte Luft wehte ihr um die Nase. Nebeltentakel wanden sich durch die Baumstämme, und durch den Wald drang das Donnern der Wasserfälle.

Angie hatte sich von Claire eine Mütze geliehen, und sie trug fingerlose Handschuhe, während sie mit ihrer Kamera Aufnahmen für ihre Unterlagen und den Abschlussbericht schoss, den sie für Justice Monaghan zusammenstellte. Es war derselbe Campingplatz, auf dem sie auch mit Maddocks und dem alten Pärchen aus Dallas gezeltet hatte. Er war sauber und leer. Die Feuerstelle kalt. An Claires Seite stieg sie langsam einen kurzen Pfad zum Flussufer hinab.

Dort angekommen hob sie ihre Digitalkamera erneut, nahm ein paar Einstellungen vor und machte noch ein paar Aufnahmen von der Bootsanlegestelle und dem wirbelnden Wasser.

»Bis zum Frühling gibt es keine geführten Reisen mehr«, erklärte Claire, die neben Angie stand und der kräftigen Strömung zusah, die unter der glatten, ungebrochenen Oberfläche toste.

»Was macht ihr denn in der Lodge den ganzen Winter über?«, fragte Angie, hob die Kamera und fotografierte die wabernde Dunstwolke, die von den Wasserfällen aufstieg.

Claire schob die Hände tief in die Taschen. Sie sah hübsch aus, Nase und Wangen waren von der Kälte gerötet, ihre hellgrünen Augen wiesen denselben Farbton auf wie der Nahamish, und ihr dichtes Haar war ebenso ebenholzschwarz, wie das ihres Vaters und Onkels früher einmal gewesen war. Gute Gene bei diesen Tollets – wenn man mit »gut« meinte, dass sich immer eine gewisse körperliche Erscheinung bei ihren Nachkommen durchsetzte.

»Wir machen Reparaturen, Renovierungen und neue Pläne für die Sommersaison. Ein paar Wintergäste haben wir auch, die von der Lodge aus Skitouren unternehmen, und manchmal arbeite ich als Ski-Guide für sie. Außerdem bin ich freiwillige Helferin bei der Such- und Rettungsmannschaft, wofür ich dieses Jahr einige Wintertrainings absolvieren muss. Dann kann ich meine Grundausbildung abschließen.« Sie lächelte. »Und ich warte auf Rückmeldung von einem Hundezüchter. Ich würde gern zur Spür- und Rettungshundetruppe. Als wir diese Knochen in dem Grab gefunden haben, und als ich dann noch die Geschichten über die Frau gehört habe, die auf der Reise von Jessie und meinem Dad verloren gegangen ist – das treibt mich an. Ich möchte gern mehr tun.« Sie hielt inne und sah auf den Fluss hinaus. »Ich kann den Gedanken nicht ertragen, dass jemand einfach … verschwindet. Weg. Ich möchte dabei helfen, diese Menschen zu finden. Ich möchte nach ihnen suchen. Damit man mit den Dingen abschließen kann, verstehen Sie?«

Angie warf ihr einen Blick zu. »Ja, das verstehe ich«, sagte sie weich. »Ich habe es immer für eine abgedroschene Medienfloskel gehalten, dass man mit etwas abschließen muss. Aber das ist es nicht. Ob einem die Lösung eines Rätsels nun gefällt oder nicht, man braucht Antworten. Die Wahrheit. Das weiß ich, weil ich es selbst erlebt habe.«

Claire nickte und sagte: »Ich weiß. Ich habe über Sie nachgelesen, Angie. Als plötzlich alle darüber gesprochen haben, dass Sie herkommen, um Jasmine Gulatis Unfall zu untersuchen, habe ich alles über Sie herausgefunden, was ich konnte.« Sie verstummte. Der Wind raute die Wasseroberfläche auf. »Ich bin auf Ihrer Seite«, fuhr sie dann fort. »Ganz egal, was die sagen, ich glaube, dass Jasmine Gulati gewollt hätte, dass ihre Großmutter Antworten bekommt. Ich glaube, sie hat diesen Einblick in die letzten Tage ihrer Enkelin verdient.«

Ihre Worte berührten etwas in Angies Brust. »Danke dafür«, sagte sie, ohne Claire anzusehen, aus Furcht davor, zu viel von sich selbst preiszugeben. »Es bedeutet … es bedeutet mir eine Menge.« Während sie sprach, wandte sie sich flussaufwärts, und dann bemerkte sie es. Eine heiße Energiewoge lief durch ihren Körper. Sie trat näher ans Wasser heran und schirmte ihre Augen mit der Hand vor dem grellen Morgenlicht ab.

»Was ist los?«, fragte Claire. »Was haben Sie gesehen?«

»Da ist keine Landzunge. Das Flussufer auf der Ostseite führt in einem Bogen einfach wieder zurück zum Ziehweg.«

»Ja, und?«

Angie erinnerte sich daran, was Rachel gesagt hatte.

Ich bin am Ufer entlang flussaufwärts gelaufen. Zu einer Landzunge, die in den Nahamish hinausragte. Von dort aus habe ich ein paar Aufnahmen von unserem Camp gemacht. Ich wollte die Stimmung einfangen. Das Feuer, den Rauch, die anbrechende Dämmerung. Dort war ich immer noch und habe gefilmt, als ich Männer schreien gehört habe …

Rachel konnte flussaufwärts keinen Aussichtspunkt erreicht haben, von dem aus das Lager zu sehen war. Es war geografisch nicht möglich.

Sie dachte an Jessie Carmanaghs Worte.

Sah aus, als hätte sie ihr Stativ auf dem Felsenriff aufgestellt und gefilmt. Von dort aus hätte sie einen guten Blick auf die Stelle gehabt, wo Jasmines Angel gefunden wurde. Es gab auch Anzeichen dafür, dass sie ausgerutscht ist.

Angie suchte in ihrer Tasche, die sie sich um den Oberkörper geschlungen hatte, nach ihrem Notizbuch. Sie zog es hervor und überprüfte noch einmal die Koordinaten des Zeltplatzes, die sie aus dem Bericht des Coroners hatte. »Sie haben doch eine GPS-Uhr. Können Sie mir sagen, ob wir hier bei diesen Koordinaten sind?« Sie las sie Claire vor.

Die junge Frau sah auf ihrer Garmin nach. »Ja, sind wir.«

»Dann ist das hier also eindeutig der Ort, wo Jessie Carmanagh und Ihr Vater die Boote an Land gezogen und die Zelte für die Frauen aufgeschlagen haben.« Langsam drehte sie sich in einem Halbkreis um die eigene Achse, den Blick auf den Kamm der Böschung gerichtet. »Jessie hat erwähnt, dass es einen Felsvorsprung ein Stück westlich des Lagerplatzes gibt. Einen Ort, von dem aus man die Bucht sieht, in der Jasmine Gulati mutmaßlich ins Wasser gestürzt ist.«

»Mutmaßlich?«, wiederholte Claire.

»Polizistenausdruck«, entgegnete Angie. »Alte Gewohnheit. Kann man einfach nicht ablegen. Es gibt keinen eindeutigen Beweis dafür, dass sie dort in den Fluss gestürzt ist. Man weiß nur, dass ihre Angelrute dort lag und dass es Rutschspuren gab.«

Claire betrachtete sie stirnrunzelnd, dann sagte sie: »Kommt mir ziemlich eindeutig vor.«

»Wissen Sie, wo dieser Felsvorsprung ist?«

»Ja. Man kommt auf einem kurzen Pfad vom Ziehweg dorthin. Bei schönem Wetter bringen wir manchmal unsere Gäste für ein Picknick da hoch. Die Aussicht ist fantastisch. Man kann den Nebel über den Plunge Falls sehen und auch die Bucht, in der Jasmine Angeln gegangen ist.« Claire lächelte sie schief an. »Mutmaßlich.«

* * *

Die Sonne tauchte gerade über den Bergen auf, als sie die Felszunge erreichten. Angie schirmte die Augen gegen die blendenden Strahlen ab. Hoch oben schrie ein Turmfalke. Rechts von ihnen stiegen Dunstwolken von den trügerischen Plunge Falls auf wie Wasserdampf von einem Topf. Aber es war die kleine Bucht unter ihnen, die Angie besonders interessierte.

»Da ist es«, sagte Claire und deutete auf die Bucht. »Da hat man Jasmines Angelrute gefunden. Mein Dad hat mir erzählt, dass auf der glitschigen Schicht auf den Felsen Spuren zu sehen waren. Es sah aus, als wäre sie trotz ihrer Stollensohlen ausgerutscht.« Sie wandte sich bergaufwärts. »Da oben auf dem Kamm, da hat mein Vater Feuerholz gesammelt, als er sie über die Fälle stürzen sah. Die Flussströmung macht dort einen Wirbel, bevor das Wasser über die Felskante fließt.«

Angie schoss Fotos von dem Vorsprung. Jessie hatte recht. Das hier wäre der perfekte Platz, um eine einsame Frau beim Auswerfen ihrer Schnur im Abendlicht zu filmen. Im richtigen Winkel hätte Rachel auch die Dunstwolken über den Wasserfällen eingefangen.

Wieder fragte sie sich, wie die letzten Aufnahmen wohl abhandengekommen waren und warum.

Von dem Felsvorsprung aus wanderten sie einen schmalen Pfad entlang hinab zur Bucht. Die schwarzen Felsen an der Wasserkante waren schleimig und moosbedeckt.

»Ich würde lieber nicht bis ganz vor zum Wasser gehen, es ist wirklich glatt«, warnte Claire. »Dafür brauchen Sie die richtigen Stiefel. Und auch dann …« Sie ließ den Satz verklingen. Angie konnte nachvollziehen, wie leicht jemand, der den Arm hob, um die Fliegenschnur auszuwerfen, hier die Balance verlieren und auf diesen Felsen ausrutschen konnte. Jasmine Gulati musste sich selbst viel zugetraut haben, um überhaupt ganz allein und so nahe an der Wasserkante zu angeln. Oder vielleicht war die Verlockung der Fische einfach zu groß gewesen.

Angie sah auf. Von hier aus konnte man den Felsvorsprung sehen. Sie stellte sich vor, wie Rachel vor vierundzwanzig Jahren mit ihrer Kamera und ihrem Stativ dort gestanden hatte, ihre grellrosa Mütze im krassen Kontrast zum Blau des Himmels.

Oder auch nicht.

»Möchten Sie gern die Wasserfälle sehen?«, fragte Claire. »Die Stelle, an der Jasmine abgestürzt ist? Und die Route, die mein Vater nach unten genommen hat? Wir können mit dem Auto und dem Anhänger dorthin fahren und dann über den Ziehweg nach unten. Da laden wir das Boot ab, und ich fahre Sie über den Fluss. Das ist viel kürzer, als wenn wir erst zur Lodge zurückkehren und dann um den See herumfahren.«

»Ja, bitte. Und, Claire, vielen Dank.«

Sie lächelte breit. »Ist mir ein Vergnügen. Macht richtig Spaß.«

Angie folgte Claire zurück zum Wanderpfad und dann zum Ziehweg. Die ganze Zeit nagte etwas an ihr, das Claire gesagt hatte. Doch sie konnte einfach nicht den Finger darauflegen, warum sie das Gefühl hatte, dass da etwas nicht stimmte.

Ich würde lieber nicht bis ganz vor zum Wasser gehen. Es ist wirklich glatt. Dafür brauchen Sie die richtigen Stiefel. Und auch dann …

* * *

Angie und Claire standen auf einem Felsplateau oberhalb der donnernden Wasserfälle. Feiner Nieselregen benetzte ihre Gesichter und formte sich zu perlenden Tropfen auf ihren Jacken.

Unter ihnen verschwanden die grünen Wasser des Nahamish in einer Wolke.

Angie spürte Furcht in ihrer Brust aufsteigen. Es war atemberaubend, hier zu stehen und dieser tosenden Naturgewalt zuzusehen, an die unaufhaltbare Kraft zu denken, an das Grauen, hineingesogen, unerbittlich auf den Abgrund zugetrieben zu werden, in dem Wissen, dass man wahrscheinlich an den Felsen zerschlagen wurde, bevor man ertrinken konnte. Hilflos. Nicht in der Lage, irgendetwas zu tun, um sich zu retten. Und gleichzeitig von dem verzweifelten Wunsch zu leben erfüllt.

Claire deutete auf eine von Farnen überwucherte Klippe, die vor Feuchtigkeit glänzte. »Mein Dad hat uns erzählt, dass er da runtergeklettert ist, nachdem er sie abstürzen gesehen hat.«

Angies Blick folgte Claires ausgestrecktem Zeigefinger.

»Wann hat er Ihnen das erzählt?« Sie musste laut sprechen, um über das Rauschen des Wassers gehört zu werden.

»Neulich erst. Nachdem wir die Nachricht bekommen haben, dass es sich bei dem Skelett um die Überreste seiner Kundin vor vierundzwanzig Jahren handelt. Es hat ihn sehr mitgenommen. Er musste mit Mom und mir darüber reden. Er ist ohne Seil da runter, einfach so. Er wollte sie unbedingt retten.«

»Das war gefährlich«, kommentierte Angie, und ihr Magen sackte ihr in die Kniekehlen allein beim Gedanken daran, neben einem brüllenden Wasserfall über diese glitschigen Felsen hinabzuklettern. Jessie Carmanagh hatte recht. Garrison Tollet hätte bei dem Versuch, Jasmine Gulati zu helfen, sein Leben verlieren können. Von ihrem Standpunkt aus konnte Angie auch eine winzige Bucht sehen, direkt vor der Kante des Wasserfalls. Die Strömung führte mitten hindurch. Ein gewaltiger alter Baum war in diese Bucht gekippt, und an ihm sammelte sich Treibgut.

»Es hat hier schon öfter Todesfälle gegeben«, berichtete Claire. »Ein paar davon hat man für Selbstmord gehalten. Die Leute sollen den ganzen Weg aus der Stadt hier rausgefahren sein, um ins Wasser zu springen. Das ist so seltsam.«

Angie nickte. »Ist gar nicht so ungewöhnlich. Menschen, die Selbstmord begehen, wollen oft zu Hause keine schlimmen Spuren hinterlassen, die ihre Lieben dann beseitigen müssten, also fahren sie einfach so weit hinaus in die Wildnis, wie es geht. Mayne Island ist auch so ein Ort. Eine der ersten Anlegestationen auf der Fährenroute vom Festland aus gesehen. Nah, aber doch entlegen genug. Es passiert oft, dass jemand dort von Bord und in den Wald geht und nie mehr herauskommt.« Während sie sprach, wischte sich Angie über das nasse Gesicht. Diese Bewegung weckte Claires Aufmerksamkeit.

Die junge Frau nickte zu ihrer Hand hin. »Der da ist neu, der Diamant«, sagte sie. »Ein Verlobungsring?«

Angie zwang sich zu einem Lächeln, trotz des Stichs, den sie beim Gedanken an Maddocks verspürte. Sie hatte den Ring nach der Anpassung beim Juwelier am Finger behalten, weil er dort sicherer war als an der Kette um ihren Hals.

»Sehr aufmerksam«, sagte sie, ging jedoch auf die Frage nicht weiter ein.

Claire lachte. »Eine meiner leichtesten Übungen. Als Angler-Guide beobachtet man ständig die Hände der Menschen, wenn sie mit der Schnur und den Ruten hantieren. Da fallen einem solche Dinge auf. Beim letzten Mal auf Ihrer Reise haben Sie den Ring noch nicht getragen. Gibt es schon ein Hochzeitsdatum?«

Den siebenundzwanzigsten April. Das ist ein Samstag. Bis dahin blühen die Kirschbäume, und die Straßen sind dann ganz weiß und rosa.

Angie spürte eine ganz und gar unerwartete Aufregung beim Gedanken an Ginnys Worte und an das Kleid.

»Nein«, sagte sie. »Noch nicht.« Aber verdammt noch mal, am liebsten hätte sie hervorgesprudelt: *Ja. Ich heirate diesen Frühling.* Das allein war schon eine echte Offenbarung für sie. Sie wollte das hier wirklich. Tief in sich wusste sie, dass es einfach richtig war. Ein Funke der Ungeduld flammte auf – sie wollte diesen Fall hinter sich bringen. Zurückfahren und Maddocks sehen. Ihm sagen, dass sie sicher war, dass sie nun wusste, wie sie beruflich weitermachen sollte. Dass sie die Zukunft planen wollte. Zusammen mit ihm. *Falls* er das denn auch noch wollte.

Denn während sie hier oberhalb der Wasserfälle stand, dachte sie daran, was Ginny ihr gesagt hatte – dass sie im Leben einiger Menschen etwas bewirkt hatte. Da traf es sie wie ein Schlag zwischen die Augen. Die Erkenntnis, wovor sie die ganze Zeit über weggelaufen war. Angst vor Zurückweisung. Davor, verlassen und einfach in einer Engelskrippe abgelegt zu werden. Angst davor, nicht wertgeschätzt zu sein. Im Laufe des vergangenen Jahres hatte sie zwar beschlossen, dass sie Maddocks in ihrem Leben haben wollte, trotzdem war eine unterbewusste Furcht vor Ablehnung geblieben. Sie hatte dieser Liebe nicht voll vertraut. Sie hatte ihn getestet – ohne sich das wirklich bewusst zu machen –, und sie hatte ihn so weit getrieben, bis er ihr ein Ultimatum gestellt hatte. Es war so einfach, und nun, da sie es auf einmal so klar und deutlich erkannte, wandelte sich ihre Welt.

»Dann ist Maddocks also vor Ihnen auf ein Knie gegangen?«, fragte Claire grinsend.

Das entlockte Angie ein ehrliches Lächeln. »Wäre er vielleicht, wenn er die Chance dazu bekommen hätte. Seine Pläne haben sich gewissermaßen zwangsläufig geändert, als Budge Hargreaves am Ufer aufgetaucht ist und etwas von einem Skelett gerufen hat.« Sie zögerte, fuhr dann jedoch fort: »Er hat mir an dem Abend den Antrag gemacht, an dem wir beim Moosgrab gesessen und den hungrigen Wölfen in den Bergen beim Heulen zugehört haben. Romantisch, was?«

Claires Lächeln verblasste und mit einem Mal wirkte ihr Blick ernst. »Keine Ahnung. Für mich klingt es romantisch.

Und irgendwie perfekt für einen Mordermittler und seine Privatdetektivin.«

»Tja, *eigentlich* hätte es schon etwas mehr Klasse haben sollen. In der Lodge, bei Kaminfeuer und Wein, mit warmen Betten und dem Whirlpool auf der Veranda.«

»Wie auch immer, freut mich für Sie. Herzlichen Glückwunsch. Sie scheinen ehrlich gut zusammenzupassen.«

»Wirklich?«

»Ja. Wirklich. Ich hoffe, ich habe irgendwann auch mal so viel Glück.«

Kapitel 33

Als Angie und Claire im Jet-Boot den Fluss überquert hatten und bei Budge Hargreaves' Hütte angekommen waren, zeigte ihre Uhr 11:02 am Vormittag an.

Sie stand auf der Veranda und klopfte an die Tür. Das kleine Blockhaus stand am Rande einer Lichtung, die etwa zweitausend Quadratmeter maß. Lautes Bellen setzte ein, das war wahrscheinlich Tucker. Aber niemand öffnete.

Claire stand im Schlamm unter der Veranda und warf einen Blick zu dem Pick-up hinüber, der unter einem Carport stand. »Komisch, dass er nicht zur Tür kommt«, sagte sie. »Sein Truck ist da.«

Angie klopfte lauter, dieses Mal mit dem Handballen. Immer noch keine Antwort, abgesehen von Tuckers Gebell.

Angie trat von der Veranda herunter und watete durch den Matsch zum Carport hinüber, wobei ihre Stiefel schmatzende Geräusche verursachten. Ihr Herz schlug schneller. Der Truck war ein Dodge. Diesel. Schlammverschmiert. Mit extragroßen Reifen und Silberstollen. Schmutz auf den Nummernschildern.

Sie betrat den Carport und umrundete den Wagen. Die rechte Seite war vor Kurzem eingedellt und zerkratzt worden.

Claires Blick wanderte von dem Truck zu Angie. Sie wirkte nervös, was Angie noch weiter beunruhigte. Sie trat hinaus auf die Lichtung und näherte sich mehreren Außengebäuden. Die Schuppen befanden sich in unterschiedlichen Stadien des Zerfalls. Angie musterte den Boden.

»Frische Quadspuren, würde ich sagen. Was meinen Sie?«

Claire trat zu ihr und betrachtete die Furchen im Schlamm. Dann wandte sie sich der dichten Reihe der Nadelbäume zu. »Vielleicht ist er auf seinem Quad in den Wald gefahren oder so.« Ihre Aufmerksamkeit kehrte zum Truck zurück. »Sie … glauben doch nicht, dass er es war, oder?«

»Ihr Vater hat gesagt, es seien Jäger gewesen. Plural. Wenn es Budge gewesen wäre, dann hätte er ihn doch sicher namentlich erwähnt, oder?« Angie hielt Claires Blick.

Etwas Unergründliches schlich sich in die Züge der jungen Frau. »Ja, ganz bestimmt.« Doch sie klang nicht ganz sicher. »Außerdem, wie gesagt, diese Pick-ups gibt es hier wie Sand am Meer.«

»Allerdings hat sein Truck einen Schaden auf der rechten Seite, und der sieht recht frisch aus«, bemerkte Angie, um zu testen, wie sicher sich Claire bei ihrem Vater wirklich war. Sie spürte den Widerstand der jungen Frau erwachen. Wenn man sie in die Enge drängte, dann würde sie sich gegen Angie wenden, um ihre Familie zu schützen. Sie musste vorsichtig sein.

»Budge trinkt gern mal zu viel. Ich nehme an, dass er auch zu oft noch beschwipst Auto fährt.«

»Trotz dieser Anzeige wegen Trunkenheit am Steuer damals?«

Claires Schultern strafften sich leicht. »Er wurde angezeigt?«

»Wussten Sie das nicht?«

Der Wind rauschte durch den Wald. Im Norden sammelten sich erneut die Wolken – das Wetter in diesem Gebiet war so kapriziös wie das Terrain.

»Tja, er scheint jedenfalls nicht da zu sein.« Sie ruckte mit dem Kinn in Richtung der Wolken. »Wir sollten lieber zusehen, dass wir hier wegkommen, bevor der Sturm losgeht. Ich denke, er kommt schnell. Die Vorhersage hat Schnee gemeldet, und wir haben noch ein ganz schönes Stück Weg vor uns, wenn wir zu Axels Hütte und zum Moosgrab wollen, bevor wir über den Fluss zurückfahren.«

Angie nickte. »Noch eine letzte Überprüfung, nur um sicherzugehen«, sagte sie. »Können Sie vielleicht mal nachsehen, ob er in dem Schuppen hinter seiner Hütte ist? Dann gehe ich zu diesen Gebäuden auf der anderen Seite seines Grundstücks da drüben.« Sie deutete auf drei Holzschuppen am Waldrand. Sie wollte einen Blick hineinwerfen. Dieser Ort hatte eine seltsame Wirkung auf sie, und das, was ihre Polizistenspürnase witterte, ließ ihr die Härchen im Nacken zu Berge stehen.

»Klar«, antwortete Claire knapp und stampfte durch den Schlamm davon. Angie wartete, bis sie um die Hütte herum war, dann eilte sie rasch auf den größten der Schuppen zu. Die Tür stand einen Spaltbreit offen. Sie hielt inne, ihre Sinne hellwach. Etwas fühlte sich … falsch an.

»Hallo?«, rief sie und klopfte an die Tür. »Budge Hargreaves? Sind Sie dadrin?«

Stille.

Die Tür knarrte, als Angie sie aufdrückte. Ein paar Fliegen summten. Im Schuppen war es dunkel, aber sie roch es sofort. Blut. Warm. Frisch. Fleischig. Sie spürte eine fremde Präsenz.

Der Wind fegte durch die offene Tür hinter ihr herein. Ein schwaches Ächzen kam von rechts. Angie fuhr herum, ihr Herz pochte wild. Als sich ihre Augen an das Dämmerlicht gewöhnt hatten, erkannte sie, was sich da bewegt hatte. Ein Bock. Knarrend schwang er an einem Fleischhaken hin und her. Seine Kehle war durchschnitten und klaffte rot auf. Der Blick der glasigen Augen traf ihren. Angie spannte sich an. Ein weiterer Windstoß ließ das tote Tier noch heftiger schwingen, und der Blick schien etwas Flehendes zu bekommen. Sie trat näher heran. An der Seite des Halses entdeckte sie eine kleine Wunde. Keine Schusswunde. Sie schien von einer scharfen, schmalen Klinge zu stammen. Ein Pfeil, dachte Angie. Sie sah auf den Betonboden hinab. Die Blutstropfen hatten sich zu einer geronnenen Pfütze gesammelt.

Angie legte dem Tier eine Hand auf die Flanke. Es war noch warm. Eine ganz frische Beute.

Sie ließ den Blick durch den düsteren Schuppen schweifen. Eine Werkbank lief an der hinteren Wand entlang. Darauf lagen ein Jagdbogen und ein Köcher voller Pfeile mit gelb-weißer Befiederung. Rechts von der Werkbank stand eine angelaufene Kühltruhe. Eine Erinnerung tauchte auf. Die Kühltruhe im Keller eines Vorstadtreihenhauses. Das Haus des Triebtäters Spencer Addams. Darin der Torso und die abgetrennten Gliedmaßen seiner Mutter. Sie schluckte, als eine finstere Kälte sie ergriff.

Sie wich zurück, Richtung Ausgang.

Ein Geräusch hinter ihr ließ sie zusammenzucken. Sie erkannte diesen Klang. Es war das Klicken einer Flinte, die durchgeladen wurde. Ihr wurde schlecht.

»Schön ruhig bleiben.« Die Stimme war männlich, tief, leise.

Sie wagte nicht, sich zu rühren.

»Lassen Sie die Hände da, wo ich sie sehen kann.«

Langsam hob sie die Hände seitlich vom Körper an.

»Handflächen auf den Kopf, und dann umdrehen. Ganz langsam.«

Sie tat es.

Vor ihr stand Budge Hargreaves. Seine massige Gestalt füllte den Türrahmen aus. Er trug einen khakifarbenen Overall. Blutflecken vorn. Ein gewaltiges Jagdmesser steckte in einer

Scheide an seinem Gürtel. Licht fiel seitlich auf sein Gesicht. Es wirkte gerötet und aufgedunsen. In seinen Augen lag ein fiebriger Glanz. Er zielte mit der Flinte direkt auf ihre Brust.

»Budge.« Sie bemühte sich um einen festen Klang ihrer Stimme. »Budge Hargreaves. Ich bin Angie Pallorino. Erinnern Sie sich an mich? Ich war mit Sergeant James Maddocks am Fluss, als Sie das Moosgrab gefunden haben. Beim Pilzesammeln. Sie sind zum Ufer gelaufen und haben um Hilfe gerufen.«

Aus dem Augenwinkel entdeckte Angie die Werkzeuge, die an der Wand des Schuppens hingen. Eine Schaufel. Eine Axt. Ein Schraubenschlüssel. Sie wollte irgendetwas in der Hand haben, das sie als Waffe gebrauchen konnte, denn Budge Hargreaves kam ihr seltsam vor. Unendlich langsam bewegte sie sich seitwärts auf die Werkzeuge zu.

»Stillhalten.«

Sie blieb stehen. »Okay, Budge, ist schon gut. Ich will Ihnen nichts tun. Ich … ich bin mit Claire Tollet hier. Sie war unser Guide, als Sie das Skelett gefunden haben, wissen Sie noch? Ich wollte Ihnen ein paar Fragen stellen, also hat Claire mich hergeführt.«

Verwirrung breitete sich auf seinem Gesicht aus. Er schwankte leicht, und Angie begriff, dass er sturzbetrunken war. Sie konnte den Alkohol selbst von ihrem Standpunkt aus riechen. Auf einmal fürchtete sie, dass Claire sich von hinten nähern und ihn erschrecken könnte. Dass er herumfuhr und abdrückte.

»Claire Tollet ist hinten um Ihre Hütte herumgegangen, um nach Ihnen zu suchen, Budge. Sie kommt gleich her. Können wir rausgehen und uns unterhalten? Können Sie vielleicht die Waffe runternehmen?«

»Die haben mir gesagt, dass Sie herkommen woll'n.« Die s-Laute waren leicht verwaschen. »Warum zum Teufel graben

Sie den ganzen alten Scheiß wieder aus, hm? Warum woll'n Sie mit mir sprechen?«

Angie versuchte eine neue Taktik. »Ein prächtiger Bock, den Sie da haben.« Sie ruckte mit dem Kopf in Richtung des toten Tiers am Fleischhaken. »Den haben Sie heute Morgen erlegt, oder?«

Er musterte sie, suchte nach einer Falle in ihren Worten. Dann wanderte sein Blick zum Bock.

»Jagen Sie mit Pfeilen?«, fragte Angie. »So was muss man können.«

Langsam senkte er die Waffe. Mit dem Ärmel wischte er sich über die schweißnasse Stirn. »Sie haben mich erschreckt. Hab Sie von hinten nicht erkannt. Mit der Mütze und so. Tut mir leid. Himmel, tut mir leid.«

»Schon gut.« Sie ließ die Hände sinken. »Warum geben Sie mir nicht die Waffe, damit ich sie sichern kann, bevor Claire kommt und uns beide überrascht?« Sie bemühte sich um einen fröhlichen Tonfall, während sie vortrat und die Hand ausstreckte.

Zu ihrer Erleichterung überließ er ihr die Flinte. Sofort klappte Angie sie auf, nahm die Patronen heraus und legte alles auf die Werkbank.

»Sollen wir nach draußen gehen? Wo es hell ist. Da können wir uns unterhalten.«

Er drehte sich um und verließ den Schuppen, wobei er ins Stolpern geriet und sich an der Wand abfangen musste. Sie folgte ihm und schloss die knarrende Tür hinter sich.

»Was woll'n Sie?«, fragte er und blinzelte ins Licht.

»Ich habe nur ein paar Fragen. Können wir uns irgendwo hinsetzen? Vielleicht auf Ihre Veranda?«

Er nickte und wandte sich seiner Hütte zu, stolperte jedoch erneut. Sie umfasste seinen Arm und stützte ihn.

»Ein paar Drinks zur Feier des Bocks?«

»So was in der Art.« Sie erreichten die überdachte Veranda und er stampfte mit seinen schweren Stiefeln die Stufen hinauf. Angie folgte ihm.

Claire tauchte hinter der Hütte auf. »Oh, Sie haben ihn gefunden!« Sie hielt inne, als sie begriff, in welchem Zustand sich Budge befand. Sie hob die Brauen.

Angie nickte. »Ich will nur schnell ein paar Worte mit Budge hier auf der Veranda wechseln«, sagte sie, als sich Budge auf den einzigen Stuhl fallen und den Kopf in die Hände sinken ließ. Angie setzte sich auf einen Hackklotz ihm gegenüber. Claire blieb auf der schlammigen Lichtung stehen, die Hände in den Jackentaschen. Ein seltsamer Ausdruck legte sich auf ihr Gesicht, während sie zusah.

»Wer hat Ihnen gesagt, dass ich in der Stadt bin, Budge?«, fragte Angie.

Er sah auf, musterte sie. »Äh, das war nur … Gerede. Ich versteh nich, warum Sie mit mir sprechen woll'n.«

»Wissen Sie, dass die menschlichen Überreste, die Sie gefunden haben, als die von Jasmine Gulati identifiziert wurden? Einer jungen Frau, die vor vierundzwanzig Jahren während einer geführten Angeltour im Nahamish ertrunken ist.«

Schweigend musterte er sie und Misstrauen schlich sich in seine trüben Augen. Ein Adler schrie oben in den Wolken. Der Wind brauste durch die Nadelbäume, und es klang beinahe wie das Rauschen eines Flusses. Die Äste umtanzten die Stämme wie fliegende Röcke.

»Ja«, antwortete er endlich. »Ich hab gehört, dass sie das war.«

Angie beugte sich vor. »Als Sie das Skelett gefunden haben, hatten Sie da den Verdacht, dass es sich um Jasmine Gulati handeln könnte?«

Er fuhr sich durch das graue Haar, sodass es vorn hochstand. »Ich … vielleicht. Ich habe erst gar nicht groß darüber nachgedacht, wer es sein könnte. Es war ein Schock, diese Knochen zu finden. Und es ist schon so lang her, dass diese Frau in den Wasserfällen verunglückt ist. Seitdem sind hier noch andere Menschen nicht mehr gefunden worden. Andere Angler. Ein Typ, der gesprungen ist. Jäger. Wanderer.«

Sie versuchte, in seiner Miene zu lesen. »Aber Sie haben Jasmine kennengelernt, richtig?«

»Nein.«

Angie griff in die Brusttasche ihrer Daunenjacke und zog den Screenshot hervor, auf dem der junge Budge Hargreaves mit einem jungen Darnell Jacobi im Pub zu sehen war. Sie zeigte Budge die Aufnahme.

»Sie waren an dem Abend im Hook and Gaffe, an dem auch die anderen Frauen dort waren.«

Blinzelnd betrachtete er das Foto. Die Falten auf seiner Stirn vertieften sich. »Wo zum Teufel haben Sie das her?«

»Aus den Aufnahmen, die Rachel Hart für die Dokumentation gemacht hat. Diese Aufnahmen zeigen Sie mit Darnell Jacobi. Sie haben beide gesehen, wie sich Jasmine Gulati mit Wallace Carmanagh und den Tollet-Zwillingen angelegt hat.«

»Vielleicht hab ich sie wirklich gesehen. War an dem Abend ziemlich hinüber. Wie viele andere von uns. Robbie Tollets Team hatte ja gewonnen und so. Viel weiß ich nicht mehr davon.«

Angie wandte sich um und ließ den Blick über sein Land schweifen. »Ihre Hütte liegt ziemlich nah an der Stelle, an der die Frauen vor vierundzwanzig Jahren gefischt haben. Haben Sie die Frauen auf dem Fluss gesehen?«

Er schüttelte den Kopf.

»Aber Sie haben damals schon hier gelebt?«

»Ja. Ich bin zwei Jahre, nachdem meine Frau ertrunken ist, hier rausgezogen. Hab für ein Forstunternehmen in der Nähe gearbeitet.«

»Das mit Ihrer Frau tut mir sehr leid.«

Er nickte.

»Darf ich Sie fragen, wie sie gestorben ist, Budge?«

Aus dem Augenwinkel nahm sie wahr, wie Claires Haltung sich versteifte.

»Sie ist ertrunken.«

»Ja, das haben Sie erwähnt. Wie ist das passiert?«

Claire begann, vor der Veranda auf und ab zu laufen. Angie achtete nicht auf sie und konzentrierte sich stattdessen auf Budge Hargreaves. Der Blick aus seinen blutunterlaufenen Augen wurde abwesend. Er rieb sich hart über die Stirn, als könnte ihm das irgendwie helfen, sich die schlechten Erinnerungen aus dem Kopf zu wischen. Er tat Angie leid.

»Wir haben auf dem Loon Lake geangelt, nicht weit von hier. In meinem Spratley.«

»Ist das ein Boot?«

Er nickte. »Es war schon spätabends. Wir haben ein Glas getrunken. Vielleicht auch ein paar Gläser zu viel. Ich … ich weiß nicht, was passiert ist. Erst stand sie noch vor mir und hat die Angel ausgeworfen, dann hat das Boot geschwankt, und sie war weg. Platsch.«

»Sie ist über Bord gefallen?«

Er senkte den Blick auf die schlammverkrusteten Stiefel. »Ja«, antwortete er leise. »Sie ist sofort im schwarzen Wasser versunken. Es ging so schnell. Wir hatten keine Schwimmwesten an.« Er hielt inne, bevor er weitersprach. »Und es war schon fast dunkel.«

»Können Sie schwimmen?«

»Ein bisschen.«

»Sie sind ihr nicht nachgesprungen?«

Claire räusperte sich und warf Angie einen tadelnden Blick zu. Angie ignorierte sie.

»Ich … ich *konnte* da nicht rein.« Lange starrte Budge seine Füße an. Als er den Blick wieder hob, wirkte seine Miene offen gequält, und Tränen schimmerten in seinen Augen. »Schauen Sie mich an.« Er hob die schwieligen Hände. »*Schauen* Sie mich an. Ich bestrafe mich selbst jeden Tag dafür. Ich versuche, mich mit Alkohol zu betäuben. Vielleicht versuche ich eigentlich, mich damit umzubringen, ich weiß es nicht. Ein Sixpack Bier und dazu eine Flasche Whisky, fast jeden Abend, und trotzdem bin ich noch hier, verdammte Scheiße, ich stehe und gehe immer noch, obwohl es meine Schuld war. *Ich* bin schuld. Ich hätte mehr tun können.« Nun liefen die Tränen über. »Vielleicht hätte ich sie retten können, wenn ich ihr nachgesprungen wäre. Aber ich war betrunken. Zu betrunken, um zu schwimmen, um es zu versuchen. Oder auch nur klar zu denken. Ich wäre genauso ertrunken, und so wäre es auch besser gewesen. Ich hätte reinspringen und mit ihr untergehen sollen …« Er schluchzte haltlos und versuchte nicht einmal, seine Tränen zu verbergen. Er stieß gewaltige, hässliche, unmenschliche Laute aus, während sein Körper und sein Geist von der Qual durchgeschüttelt wurden.

»Es tut mir so leid, Budge.« Angie fand ein Schnupftuch in einer ihrer Taschen und hielt es ihm hin.

Er putzte sich die Nase.

Sie wartete. Eine Böe bog die Spitzen der Nadelbäume um sie herum zur Seite. Winzige Schneeflocken bliesen heran. Claire trat zum Rand der Lichtung, sah zum bewölkten Himmel hinauf und warf einen Blick auf ihre Uhr.

»Wie hieß Ihre Frau, Budge?«

»Arizona. Ich hab sie immer Zoe genannt. Als Spitzname.«

»Waren Sie lange verheiratet?«

Er nickte, wischte sich wieder über die Nase und fluchte leise. »Als wir nach Port Ferris gezogen sind, sollte es ein Neuanfang für uns beide sein. Es sollte was Gutes draus werden.

Wir waren näher an der Natur – Angeln, Jagen. Sie hat ihren Job gekündigt, damit ich hier draußen beim Forstbetrieb anfangen konnte.«

»Warum brauchten Sie denn einen Neuanfang?«

Er schnaubte leise. »Eheprobleme.«

Angie betrachtete ihn. »Ernste Probleme?«

Er zuckte die Schultern. »Ernst genug, um diesen großen Umzug zu wagen.«

Angie fragte sich, ob das möglicherweise ein Motiv sein konnte. Ob Budge Hargreaves beim Unfall seiner Frau vielleicht nachgeholfen hatte. Ob er es vielleicht sogar geplant hatte.

»Wo haben Sie gewohnt, bevor Sie nach Port Ferris gezogen sind?«

»In Richmond. Lower Mainland. Sehr städtisch dort. Ich war beruflich viel unterwegs und immer für lange Zeit nicht zu Hause.«

»Ja, ich kann mir vorstellen, dass das in einer Ehe nicht leicht ist.«

Claire kam an das Geländer der Veranda. Nun zeigte sich Ärger in ihrer Miene. »Wir sollten jetzt lieber gehen«, sagte sie mit gepresster Stimme. »Das Wetter schlägt um. Und wir müssen immer noch zu Axels Hütte und zum Moosgrab.«

Angie hob die Hand. »Nur noch einen Moment.«

Die junge Frau verengte die Augen zu Schlitzen. Sie wirkte feindselig.

»Ja«, fuhr Budge fort. »Wie schon gesagt, der Umzug sollte ein Neuanfang werden. Ich hatte auch versprochen, nicht mehr so viel zu trinken.« Er gab einen abfälligen Laut von sich. »Das hat ja nun nicht geklappt, was?«

»Waren Sie schon früher einmal in diesem Mooswäldchen? Bevor Sie Jasmines Überreste gefunden haben?«

»Wie meinen Sie das?«

»Ich meine, ob Sie da schon mal Pilze gesammelt haben oder einfach spazieren gegangen sind. Ist ein hübsches Fleckchen. So friedlich.«

Er schien zu begreifen. Seine Haltung wurde starr. »Wollen Sie sagen, dass ich gewusst habe, dass sie da gelegen hat? All die Jahre? Oder … Was zum Teufel wollen Sie eigentlich sagen? Dass ich auf einmal jemandem zeigen wollte, wo sie begraben war?«

Angie beschloss, noch ein wenig mehr Druck zu machen, um zu sehen, wohin das bei seinem Zustand führte. Sie beugte sich vor.

»Officer Darnell Jacobis Vater, Hank Jacobi, hat dafür gesorgt, dass weitere Anklagen nach Ihrem Unfall in alkoholisiertem Zustand fallen gelassen wurden.«

»Was hat das denn damit zu tun?«

»Ich habe mich nur gefragt, ob Sie und die Jacobis befreundet waren – oder sind.«

Er sprang so schnell auf, dass Angie erschrocken zurückzuckte.

Er stieß ihr den Zeigefinger fast ins Gesicht. »Sie verpissen sich jetzt, klar?« Er wischte mit der Hand in Claires Richtung. »Und du auch, Tollet. Keine Ahnung, was das für eine Verräternummer werden soll oder warum du die hier sonst hergeführt hast.«

Angie erhob sich vom Baumstumpf. Budge machte einen Schritt auf sie zu und drängte sie gegen das Geländer zurück.

»Ich hoffe bei Gott, dass Sie nie jemanden verlieren müssen, den Sie lieben«, knurrte er, sein Alkoholatem schlug ihr ins Gesicht. »Den einzigen Trost, den ich gefunden habe, ist der am Boden einer Flasche, und die Jacobis sind gute Männer. Gute Cops. Hank hat begriffen, wie mies es mir ging. Er hat mir *geholfen*. Er hat mit den Leuten gesprochen, die außer mir noch am Unfall beteiligt waren. Hat ihnen gesagt, dass ich vor Trauer halb tot war. Danach haben sie zugelassen, dass er die Klage wegen Fahrerflucht fallen lässt. Daran war *nichts* illegal, kapiert? Wegen Trunkenheit am Steuer wurde ich trotzdem angezeigt. Ich habe meine Schuld beglichen … Ich habe immer noch den Wisch aus dem Strafregister, um das zu beweisen. Meine Schuld ist mir direkt hier ins Herz gebrannt.« Er schlug sich mit der Faust auf die Brust, das Gesicht rot, die Augen nass. »Diese Jasmine Gulati hat gekriegt, was sie verdient hat. Sie war eine Sünderin. Sie hat zum Spaß verheiratete Männer verführt, nur um zu sehen, wie viel Macht sie über sie hatte, und das ist einfach böse. Schon komisch, wie das läuft mit der Gerechtigkeit, was? Also verschwinden Sie von meinem Grundstück, bevor *Sie* auch bekommen, was Sie verdient haben. Oder bevor ich Ihren Städterhintern mit einem Bären verwechsle und Sie erschieße.«

Bebend wandte er sich ab und riss die Tür zu seiner Hütte auf. Tucker stürzte sich voller Freude auf den alten Mann, als dieser in die Hütte trat. Dann schlug die Tür hinter ihm ins Schloss.

Angie starrte ihm nach, mit rasendem Puls und geröteten Wangen.

»Sind Sie jetzt fertig?«

Angies Aufmerksamkeit wandte sich Claire zu. Sie stand im Schlamm, die Arme in die Hüften gestemmt, Ärger im Gesicht. Schneeflöckchen fielen auf die dunklen Zöpfe, die ihr über die Schultern hingen.

»Na ja, ich bin noch nicht dazu gekommen, ihn nach seinem Truck zu fragen«, antwortete Angie und stieg die Verandastufen hinab. »Alles okay, Claire?«

Abrupt wandte sich Claire ab und stampfte in finsterem Schweigen auf den Pfad zu, der zurück in den Wald führte. Angie musste sich beeilen, um sie einzuholen und mit ihr Schritt zu halten. Als der Pfad schmaler wurde, bog Claire die

Äste beiseite und ließ sie hinter sich wieder los, sodass sie Angie ins Gesicht peitschten.

Auf diese feindselige Weise brachten sie einige Kilometer hinter sich. Auf der Garmin, die Claire ihr geliehen hatte, sah Angie, dass sie schon fast bei Axels Hütte waren.

Dann blieb Claire auf einmal stehen und fuhr zu ihr herum. »Werden Sie diese Tour auch mit Onkel Axel abziehen? Was zum Teufel sollte das mit Budge überhaupt? Wollten Sie ihm einfach nur wehtun? Er ist doch immer noch total verzweifelt wegen dem Tod seiner Frau. Davon hat er sich nie erholt. Was sollten diese ganzen Fragen? Glauben Sie, er hat seine eigene Frau umgebracht, oder was? Und was hat das mit Ihrem Fall zu tun?«

»Es tut mir leid, Claire«, entgegnete Angie weich. Sie hatte wegen Budge tatsächlich ein leicht schlechtes Gewissen. Außerdem war es ziemlich knapp gewesen. Fast wäre Budge herausgerutscht, dass es Claires Vater gewesen war, den Jasmine damals verführt hatte. Und wenn das herauskam, würde es auch Claire verletzen. »Ich will ganz bestimmt niemandem wehtun, Claire. Aber es besteht die Möglichkeit, dass Jasmine Gulatis Tod nicht das war, wonach es aussieht.«

Claire starrte sie an. Da war er wieder, der Wind. Er rauschte durch die Bäume und brachte den kalten Hauch des Winters und den metallischen Geruch nach Schnee mit sich. »Sie meinen … es war gar kein *Unfall*?«

»Ich meine nur, dass es da ein paar Auffälligkeiten gibt, widersprüchliche Aussagen über die Ereignisse damals. Und ich stelle Fragen, von denen ich hoffe, dass sie ein neues Licht auf den Vorfall werfen können.« Sie machte eine Pause, ließ Claire Zeit. »Sie haben Jasmine Gulatis Knochen in der Erde gesehen, Claire. Sie war erst fünfundzwanzig, als sie ertrunken ist, etwa in Ihrem Alter. Sie lag dort in Schlamm und Moos, ein paar Hundert Meter vom Fluss entfernt, vielleicht zwanzig Jahre lang, nachdem das Hochwasser ihren Körper dorthin getragen hatte. Ganz allein. Niemand wusste, wo sie war. Ihre Mutter und ihr Vater haben sie verzweifelt gesucht. Ihre Ehe wäre beinahe daran zerbrochen.«

»Wenn es kein Unfall war …«, begann Claire langsam. »Dann bedeutet das … dass irgendjemand hier draußen, jemand, den ich kenne, ihr etwas getan haben könnte. Wollen Sie das damit sagen? Und Sie glauben, es war Budge? Dass er sie ertränkt hat, weil er vielleicht auch seine eigene Frau ertränkt hat?«

»Ich möchte nur jede Geschichte hören.«

»So ein Blödsinn. Sie sind auf der völlig falschen Spur. Sie buddeln schmerzhafte Dinge aus der Vergangenheit aus, um eine alte Frau zufriedenzustellen, die doch nur herausfinden wird, dass ihre Enkelin eben verunglückt ist. Was ist mit den Menschen, denen Sie damit wehtun? Was passiert, wenn Sie wieder aus der Stadt walzen und eine Schneise aus Kollateralschäden hinter sich herziehen? Wer sammelt dann die Scherben auf?« Sie deutete in den Wald. »Weil das da für mich ganz nach Herumstochern im Dunkeln aussah, und es war grausam.«

»Claire«, warf Angie ruhig ein. »Ich finde, Sie übertreiben. Budge war betrunken. Er ist Alkoholiker. So wie es sich anhört, war er das auch schon, bevor er nach Port Ferris gezogen ist. Wenn er morgen früh aufwacht, erinnert er sich wahrscheinlich nicht einmal mehr an unseren Besuch.«

»Ich kann Sie nicht zu Axel bringen«, sagte sie knapp. »Nicht wenn Sie ihn genauso angehen wollen wie Budge. Er ist … Onkel Axe kann manchmal ein bisschen langsam sein. Nicht weil er dumm ist, sondern weil unser Bildungssystem versagt hat, als er noch ein Junge war. Er hat eine Lernschwäche und deshalb hat er nie eine richtige Ausbildung bekommen.

Und er … er ist verletzlich. Ich kann nicht zulassen, dass Sie ihm wehtun.«

»Ich weiß, worum Sie sich Sorgen machen, ich weiß, was Axel zugestoßen ist, als er noch ein Junge war«, sagte Angie sanft. »Ich kann nicht versprechen, dass ich dieses Thema umgehe, weil es auf unerwartete Weise relevant werden könnte. Aber ich habe sechs Jahre lang als Ermittlerin in der Abteilung für Sexualverbrechen gearbeitet, und ich weiß, dass die Überlebenden solcher Verbrechen manchmal …«

»*Was* wissen Sie über ihn?« Claire wirkte verwirrt. »*Was* ist Axel denn zugestoßen, als er noch ein Junge war? Und was hat das mit Sexualverbrechen zu tun?«

Mist! Angie starrte Claire an. Sie wusste nichts von der Vergewaltigung. Warum zum Teufel sollte sie? Auch wenn es unter den alteingesessenen Stadtbewohnern offenbar Allgemeinwissen war.

»Angie«, sagte Claire mit warnender Stimme und kam näher. »Sie machen jetzt besser den Mund auf. Sofort. Erzählen Sie mir, was mit Axel passiert ist. Welches Thema können Sie vielleicht nicht umgehen?«

Angie holte tief Luft, während sie fieberhaft nach einem Ausweg suchte. »Ich weiß, dass Axel Tollet als Junge gemobbt wurde.«

»Erzählen Sie keinen Blödsinn! Sagen Sie mir, was passiert ist – was hat das mit Ihrer Erfahrung bei den Sexualverbrechen zu tun? Sonst bringe ich Sie nirgendwo mehr hin. Und ohne mich wird Axel sowieso nicht mit Ihnen reden. Das verspreche ich Ihnen.«

Angies Gedanken rasten. Sie schuldete Claire etwas. Sie hatte die Karten ausgeteilt, als sie versehentlich dieses Thema anschnitt. Nun musste sie damit zurechtkommen und ihre Hand geschickt ausspielen. Und vorsichtig.

»Okay. So etwas kann man niemandem schonend beibringen, und eigentlich habe ich wirklich kein Recht dazu, es Ihnen zu sagen, Claire.« Sie zögerte. »Aber wahrscheinlich werden Sie es eines Tages ohnehin von irgendjemandem in der Stadt hören, und das vermutlich eher früher als später, weil viele davon wissen.« Sie räusperte sich. »Als Ihr Onkel Axel dreizehn Jahre alt war, wurde er von einer Gruppe von älteren Jungen vergewaltigt.«

Kapitel 34

Angies Aussage schien Claire zu treffen wie ein Schlag in den Bauch. Sie krümmte sich zusammen und sank mit erschlafften Gesichtszügen auf einen moosbedeckten Baumstamm.

»Wer?«, flüsterte sie. »Wie?«

Angie setzte sich neben sie auf das nasse, tote Holz. Sie rieb sich übers Gesicht. Der Geist ließ sich nicht mehr zurück in die Flasche sperren. Nicht wenn Angie ehrlich sein wollte.

»Es gibt ein Gerücht in der Stadt, unter den älteren Bewohnern«, erklärte sie sanft. »Die Polizei weiß Bescheid – ich habe mit Constable Jacobi darüber gesprochen. Sein Vater war in die Ermittlungen eines Aspekts dieses Vorfalls involviert. Du solltest das wirklich nicht von mir hören, Claire, aber wahrscheinlich kommen dir die Gerüchte sowieso eines Tages zu Ohren, und es gibt einfach keinen leichten Weg, davon zu erfahren.« Unwillkürlich ging sie zum vertrauteren Du über. »Außerdem ist es möglich, dass das, was mit deinem Onkel Axel geschehen ist, mit dem zusammenhängt, was Jasmine zugestoßen ist. Zumindest teilweise.«

Weil die schrecklichen Ereignisse die Jungen zusammengeschweißt hätten. Und das hätte sie auch als Männer noch verbunden. Und weil ich mir fast zu hundert Prozent sicher bin, dass sie es waren, die damals Jasmine und die anderen Frauen auf dem Fluss in Angst und Schrecken versetzt haben. Vielleicht haben sie sogar versucht, mich in den Carmanagh Lake zu befördern.

Es sei denn, es war Budge Hargreaves gewesen.

Oder eine Gruppe Jäger mit Bremsschwierigkeiten, aber Angie tendierte immer noch dazu, dass es Darnell Jacobi gewesen war, der Wallace und die Zwillinge darüber informiert hatte, dass sie mit einem Mietwagen unterwegs zur Lodge war. Darnell Jacobi, der mit ihnen allen zur Schule gegangen war und dessen Vater die Ermittlungen zum möglichen Mord an Porter Bates eingestellt hatte.

Sie räusperte sich. »Es wird erzählt, dass Axel kurz nach seinem dreizehnten Geburtstag von einem älteren Jungen, einem Tyrannen an der Schule namens Porter Bates, zum Steinbruch nördlich der Stadt gelockt wurde. Dort haben Bates und seine Gang ihn den Berichten zufolge vergewaltigt. So wie ich es verstanden habe, hatten Bates und seine Freunde Axel schon lange vorher tyrannisiert. Offenbar hat Axel die Vergewaltigung nie offiziell gemeldet, aber kurz darauf haben ein paar Jungen aus der Gegend Porter Bates auf einem abgeschiedenen Pfad außerhalb der Stadt aufgelauert. Angeblich haben sie ihn gefesselt und im Steinbruch ertränkt. Damals glaubte man, dass es ein Racheakt für das war, was Porter und seine Freunde Axel angetan hatten.«

»*Mord*? Wer … wer waren diese Jungen, die sich Porter geschnappt haben?«

»Ich weiß es nicht.«

Claire sah aus, als müsste sie sich gleich übergeben. »Nicht Axels Brüder, oder? Doch nicht die Zwillinge – meine Onkel – und mein Vater?«

»Man hat Porters Leiche nie gefunden, Claire, und niemand hat irgendetwas gestanden. Die Sache wurde zu einem Vermisstenfall, den man nie aufklären konnte.«

»Ist das der Grund, warum du Budge über die Jacobis ausgefragt hast? Über die fallen gelassene Anklage?«

»Ich versuche herauszufinden, wo es mögliche Allianzen gibt, ja, und wie weit die Leute möglicherweise gehen würden, um … für Gerechtigkeit zu sorgen.« Nun war Angie gefährlich nah an die Affäre von Claires Vater herangekommen, aber das war etwas, was sie Claire wirklich nicht enthüllen wollte.

»Und was hat das alles mit Jasmine Gulatis Ertrinken zu tun?«

»Vielleicht gar nichts. Vielleicht alles, wenn sich aus der Vergangenheit Verhaltensmuster und ein Modus Operandi ablesen lassen. Aber selbst wenn das der Fall sein sollte, ist es immer noch fraglich, ob es da überhaupt einen direkten Zusammenhang gibt. Trotzdem muss ich diese Fragen stellen. Jasmine ist einer Menge Leute hier in der Stadt auf die Füße getreten. Vielleicht wollte einer von ihnen Rache.«

»Und deshalb wurde sie in den Fluss gestoßen? Ist es das, was du denkst?«

Angie zuckte mit einer Schulter. »Vielleicht. Ein paar von den Menschen, die sie verärgert hat, hatten sowohl die Gelegenheit als auch die Mittel. Und ein paar der Geschichten passen einfach nicht zusammen, aus welchem Grund auch immer.«

Claire fluchte leise, sah weg und sagte dann: »Ich weiß nicht, ob ich dir helfen soll. Du ermittelst hier gegen meine Leute.«

»Das ist allein deine Entscheidung, Claire. Das musst du mit deinem Gewissen vereinbaren.«

»Was ist mit den anderen Jungen, die Onkel Axel angegriffen haben sollen?«

»Noch mal, es wurde nichts offiziell gemeldet oder bestätigt.«

»Dann sind sie also vielleicht immer noch da draußen? Sie spazieren einfach frei durch die Gegend, während mein Onkel leidet?«

»Ich weiß es nicht.«

Sie rieb sich übers Knie. »Was möchtest du meinen Onkel denn fragen?«

»Ob er vor vierundzwanzig Jahren etwas am Fluss gesehen hat und an was er sich von seiner Begegnung mit Jasmine Gulati im Hook and Gaffe erinnert. Er hat damals dort gearbeitet. Es gibt Aufnahmen, die unter anderem ihn zeigen, wie er den Streit beobachtet.«

Claire klappte den Mund auf, aber Angie hob die Hand. »Bevor du jetzt sagst, dass du mich dann erst recht nicht zu Axel bringen wirst … Ich verspreche, dass ich sehr vorsichtig mit ihm sein werde. Wie schon gesagt habe ich sechs Jahre bei den Sexualverbrechen gearbeitet.« Sie verstummte und hielt Claires Blick. »Ich verstehe diesen Schmerz, die Scham, die Verwirrung, die Wut, die man als Überlebender solcher Verbrechen empfindet. Wenn es irgendjemanden gibt, der will, dass einem solchen Überlebenden Gerechtigkeit widerfährt, dann ich, Claire. Das musst du mir glauben.«

Claire trat mit dem Absatz gegen den Holzstamm. Die Hände hatte sie zu Fäusten geballt und die Muskeln an ihrem Kiefer waren gespannt. Dann sah sie wieder Angie an. In ihren Augen waren Schmerz und Misstrauen zu lesen. Doch darin loderte auch ein Feuer.

»Gut«, sagte sie. »Aber sobald ich sage, dass wir gehen, dann gehen wir, ist das klar?«

Angie nickte. »Klar.«

Kapitel 35

Unvermittelt öffnete sich der Pfad zu einer Lichtung, die etwa doppelt so groß war wie Budge Hargreaves' Grundstück. Am Waldrand hob Angie die Hand, damit Claire stehen blieb. Sie wollte diesen Ort auf sich wirken lassen, bevor sie aus dem Baumschatten hervortraten.

Winzige Schneekristalle wurden seitlich über die Lichtung geweht. Eine Hütte duckte sich auf der anderen Seite in den Schatten der Bäume. Genau wie bei Budges Blockhaus hatte auch diese Hütte eine Veranda auf der Vorderseite. Doch anders als bei Budge war hier alles ordentlich und gepflegt. An den Wänden der Hütte stapelte sich sauber gehacktes Feuerholz. Auf dem Dach waren Solarzellen angebracht. Links stand ein großes Fass zum Sammeln von Regenwasser.

Auf der Ostseite der Lichtung entdeckte Angie etwas, das wie ein befahrbarer Weg aussah, der zwischen die Bäume führte. Daneben erhob sich eingelassen in einen Erdhügel etwas, das einem metallenen Schiffscontainer ähnelte. Offenbar hatte man ihn bewohnbar gemacht und mit einem Fenster und einer Tür ausgestattet. Er war dunkelgrün angestrichen. Ein Dickicht aus Brombeersträuchern wuchs aus der Erde, die das Dach bedeckte. Einige der Ranken hingen vorn über das Fenster hinab und verdeckten es fast.

Ein Steinpfad führte von der Hütte zu einem Carport, in dem ein dunkelgrauer Pick-up und ein schlammverkrustetes Quad standen. Ein Stück vom Carport entfernt stand eine Scheune mit offener Vorderseite, in der sich mehrere Gaszylinder, ein Generator und Benzinkanister befanden.

Auf der Westseite der Lichtung hatte man drei weitere Schuppen errichtet, daneben standen zwei große Käfige, einer davon zum Teil mit einem Tuch verhängt.

Ein Rabe krächzte von einem der Käfige herab, die Flügel hatte er abgespreizt wie ein Bussard.

»Sieht aus, als wäre er zu Hause«, sagte Claire und nickte zu dem Rauch hinüber, der aus dem Kamin der Hütte drang.

»Was sind das für Käfige?«, fragte Angie.

»Die hat Axel für zwei verwaiste Bärenjunge gebaut, die er gerettet hat, als ich neun war. Seitdem verwendet er sie für andere gerettete Tiere. Einmal für ein Rehkitz, dessen Mutter er nicht aus einer illegalen Falle befreien konnte. Ein anderes Mal waren junge Waschbären drin. Und einmal auch ein Biber.« Claire lächelte schief. »An die Bärenjungen erinnere ich mich noch gut. Onkel Axel hat sie mit der Flasche aufgezogen. Ich habe ihm dabei immer zugeschaut, aber er hat mir nie erlaubt, mit in den Käfig zu kommen, ganz egal, wie sehr ich gebettelt habe. Ich durfte die Bären nicht einmal anfassen. Er hat gesagt, dass sie sich nicht zu sehr an Menschen gewöhnen sollten, weil er sie sonst nicht wieder auswildern könnte.« Sie warf Angie einen Blick zu. »Bevor er reingegangen ist, hat er sich immer einen dunklen Overall angezogen, den er in ein stinkendes Bärenfell gewickelt hatte. Um seinen Menschengeruch so gut wie möglich zu überdecken, hat er gesagt. Außerdem hat er eine Skimaske getragen. Er wollte nicht, dass die Bären sein Gesicht mit Nahrung und Fürsorge in Verbindung bringen.« Mit dem Daumen wischte sie sich über die Nase und wandte ihre Aufmerksamkeit dann wieder den Käfigen zu. Ihre Haut rötete sich vor Kälte, und auch Angie spürte die eisige Luft an Wangen und Fingern. »Onkel Axe hat nie gesprochen, während er sie gefüttert hat, damit sie sich nicht an seine Stimme gewöhnen konnten. Als Kind fand ich das furchtbar, diese Maßnahmen. Ich wollte diese Teddys einfach nur knuddeln. So was Süßes kann man sich gar nicht vorstellen. Sie waren gerade mal so groß wie Schuhkartons und ihre Tatzen waren viel zu groß für sie, genau wie in den Zeichentrickfilmen.«

»Hat es funktioniert? Konnte er sie wieder auswildern?«

»Scheint geklappt zu haben. An dem Tag, an dem Onkel Axe sie freilassen wollte, hat er extra gewartet, bis Dad mich über den Fluss gebracht hatte, damit ich dabei zuschauen konnte.« Sie schnaubte leise. »Er hat sie in zwei kleineren Käfigen tief in den Wald gebracht. Als er die richtige Stelle gefunden hatte, haben wir die Käfige vom Truck geladen und noch ein Stück weiter in den Wald gebracht. Wir mussten uns verstecken, dann hat Axel die Käfige geöffnet und laut in die Hände geklatscht. ›Lauft, kleine Bären‹, hat er gerufen, mit seiner tiefen Onkel-Axe-Stimme. ›Macht, dass ihr wegkommt. Kommt niemandem zu nahe und bleibt am Leben, ihr kleinen Plagegeister …‹« Claires Stimme verklang. Auf einmal wirkte sie traurig. »Ich habe Rotz und Wasser geheult, als sie davongelaufen sind. Albern, hm?«

»Nein«, antwortete Angie leise. »Für mich klingt das gar nicht albern.« Sie lächelte Claire an. »Hätte ich wahrscheinlich auch. Geheult wie ein Schlosshund. Du hast Glück, dass du so etwas erleben durftest und dass du so einen Onkel hast.«

»Ich weiß.« Sie sah Angie in die Augen. »Genau deshalb kann ich – werde ich – auch nicht zulassen, dass du ihm wehtust. Besonders nicht nach dem, was du mir vorhin erzählt hast.«

Wieder krächzte der Rabe. Dann kam er vom Käfig heruntergeflogen und hopste auf einem Bein herum.

»Das ist Poe«, sagte Claire. »Den Namen habe ich ihm gegeben. Auch einer von Axels Schützlingen. Komm mit.« Sie trat auf die Lichtung hinaus. Angie folgte ihr. Als sie den halben Weg zur Hütte hinter sich gebracht hatten, erklang das schrille Heulen einer Tischsäge in einem der Schuppen.

Claire blieb stehen. »Ah, er ist in der Schreinerei.« Sie führte Angie durch den eisigen Wind und die Schneekristalle zu einem der Schuppen.

Die Doppeltür stand ein Stück offen.

»Onkel Axe?«, rief Claire über das Jaulen hinweg und stieß die Tür weiter auf.

Die Säge verstummte. Ein schwarzhaariger Riese drehte sich zu ihnen um, ein bearbeitetes Stück Holz in der behandschuhten Pranke. Er wirkte erschrocken, als er sie sah. Dann legte er das Holz beiseite und nahm die Schutzbrille ab. Feiner Holzstaub bedeckte Haut und Bart. Seine Augen waren eisgrün, die Familienähnlichkeit der Tollets war wirklich verblüffend. Er trug ein kariertes Hemd und eine Arbeitslatzhose, dazu schwere Stiefel. Sein Blick blieb an Angie haften.

»Onkel Axe …« Claire ging zu ihm, stellte sich auf die Zehenspitzen und gab ihm einen Kuss auf die Wange. »Ich habe dir jemanden mitgebracht.«

Die Aufmerksamkeit des Mannes war fest auf Angie gerichtet. »Ich will aber niemanden hier haben.«

Eine raue Bassstimme. Er trat einen Schritt vor, wobei er die Pranken rhythmisch zu Fäusten ballte und wieder löste. Allein seine Ausmaße ließen Angie innehalten. Er schien vor Energie, vor Kraft zu vibrieren, und unwillkürlich dachte Angie an die offene Tür und den Fluchtweg hinter ihr.

Am Rande ihres Blickfelds registrierte sie die Fallen, die an den Wänden hingen. Fallen mit großen, rostigen Zähnen und Ketten. Neben den Fallen stand ein hoher, schmaler

Waffenschrank. Der Schlüssel steckte. An der Rückwand des Schuppens stand eine Werkbank, die Werkzeuge darüber ordentlich aufgereiht. Auf einem Tisch lagen ein Jagdbogen und ein Köcher mit Pfeilen, von denen einige eine rot-weiße Befiederung hatten, andere eine gelb-weiße.

Darüber waren mehrere Angelruten an Haken an der Wand befestigt. Bei der Tür hingen zwei Wathosen. Das Logo auf einer davon kam Angie bekannt vor: Kinabulu. Das Unternehmen, das Rachel Harts Dokumentarfilm gesponsert hatte. Dieselbe Marke, begriff sie nun, mit der auch Maddocks und sie selbst auf ihrem Ausflug von der Predator Lodge ausgerüstet worden waren. Offenbar eine sehr bekannte Marke für Angelausrüstungen.

Auf einer Bank lag ein Quadhelm. Darüber hing ein Regal voller offenbar sehr alter Dosen, die früher einmal Maxwell House Coffee, Similac-Babymilch, italienische eingemachte Tomaten, Gatorade-Proteinpulver, Campbell's Fertigsuppen und grüne Bohnen von Harvest enthalten hatten. Neben den Dosen stand eine kleine Holzkiste mit vier Babyfläschchen darin. Daneben saß ein uralt aussehender Teddybär. Die Erinnerung an den kleinen Teddybären aus der Engelskrippe traf sie unvorbereitet. Rasch verdrängte sie das Bild wieder. Gott sei Dank wurde das immer leichter.

»Das hier ist Angie Pallorino«, stellte Claire sie vor. »Sie ist …«

»Ich weiß, wer das ist. Ich habe gesagt, sie ist hier nicht willkommen. Alle sagen, sie sollte nicht hier sein.«

»Wer sagt das?«, hakte Claire nach.

»Wallace, Jessie, BoJo. Dein Dad. Sie hat Jacobi ausgehorcht und alle anderen. Sie wühlt schlechte Erinnerungen auf. Du solltest nicht mit ihr zusammen sein, Claire-Bear.«

Dieser wild aussehende, gewaltige Kerl war zwar Furcht einflößend, doch seine Augen wirkten sanft und freundlich.

Angie sah zu, wie er zu einer Werkbank trat und nach einem Gewehr griff, das dort lag. Claire spannte sich an. Ihre Reaktion ließ Angies Puls in die Höhe schnellen. Sie wusste nicht, wie sie diesen Überlebenden eines Verbrechens einordnen sollte, der nie die Hilfe bekommen hatte, die er brauchte, und der vollkommen abgeschieden im Wald hauste. Er wirkte nicht nur erschreckend, sondern auch erschrocken. Das konnte ihn gefährlich machen.

»Was will sie überhaupt hier?«, knurrte er.

Vorsichtig trat Angie einen Schritt vor. »Axel, hallo. Ich …«

Claire legte ihr eine Hand auf den Arm, um sie zum Verstummen zu bringen. Claires Blick ruhte auf dem Gewehr, und sie las offenbar etwas in der Haltung ihres Onkels. Angie vertraute ihr.

Mit ruhiger Stimme sagte Claire schließlich: »Angie Pallorino wollte dich nur fragen, ob du diese Frauen auf dem Fluss während ihrer Reise gesehen hast. Sie glaubt, dass du Jasmine Gulati vielleicht im Hook and Gaffe kennengelernt und gesehen hast, wie sie sich mit ein paar von den anderen gestritten hat.«

Seine Miene wurde sturmumwölkt. Der Blick seiner grünen Augen traf Angie erneut. Wahrscheinlich erinnerte er sich daran, wie er Claires Vater, seinen Cousin, mit Jasmine Gulati in der Nische hatte sitzen sehen, und er würde nicht zulassen, dass »Claire-Bear« etwas darüber erfuhr.

»Raus hier«, grollte er und lud das Gewehr durch. »Verschwinden Sie von meinem Land und aus dieser Stadt.«

»Onkel Axe …«

»Ich meine es ernst, Claire-Bear. Bring diese Frau hier weg, bevor ich ihr wehtue.«

Claire schluckte und sah Angie an. Sie wirkte verwirrt, nervös.

Angie nickte. Sie wich zurück. »Es war schön, Sie kennenzulernen, Sir«, sagte sie in gemäßigtem Polizistentonfall. »Vielleicht können wir uns ja ein anderes Mal unterhalten.«

Er schwieg. Angie verließ den Schuppen, aber Claire blieb noch einen Moment. Angie hörte gedämpfte Stimmen. Dann trat Claire durch die Tür, die Lippen aufeinandergepresst. Schweigend stampfte sie zurück in den Wald.

Angie folge ihr. Schließlich sagte sie: »Dann mag Axel also wirklich keine Besucher.«

»Nein.« Claire ging weiter und verbat sich so jede Diskussion. Doch als sie sich dem Moosgrab näherten, blieb sie stehen und sagte: »Ich verstehe jetzt, warum er es nicht ausstehen kann, wenn jemand hier zu ihm rauskommt. Ich verstehe das nur allzu gut, seit du mir erzählt hast, was ihm zugestoßen ist. Ich wette, er weiß genau, wer Porter Bates ertränkt hat, wenn es denn wirklich passiert ist. Er weiß, dass sie es getan haben, um die Vergewaltigung zu rächen, und er will diejenigen beschützen, die das waren. Wenn man sich erzählt, dass du in alten Geschichten wühlst, dann muss er davon ausgehen, dass auch die Vergewaltigung zu diesen Geschichten gehört. Du bedrohst alte Treuepflichten.«

Angie nickte. »Genau.«

Finster sah Claire sie an. »Du drängst die Leute in die Ecke, Angie. Das … könnte auch schiefgehen. Dir könnte etwas zustoßen.«

»Willst du damit sagen, dass Axels Beschützer deiner Meinung nach dazu in der Lage sind, mir etwas anzutun?«

Claire rieb sich über die Mütze und wandte sich ab. Sie atmete schwer. »Ich weiß es nicht.« Dann drehte sie sich wieder zu Angie um. »Aber wenn tatsächlich jemand Porter Bates ermordet hat, was, glaubst du, werden die dann tun, wenn du das alles wieder ausgraben willst?« Sie durchbohrte Angie mit ihrem Blick. »Ist es das wert?«

»Was ist mit der Wahrheit, Claire? Was, wenn dieser lange zurückliegende Mord zu einem weiteren geführt hat? Was, wenn es noch mehr Morde geben könnte?« Sie hielt inne. »Was ist mit der Gerechtigkeit?«

Claire holte tief Luft. »Was, wenn es *deine* Familie wäre, Angie? Was dann? Wärst du dann auch noch so versessen auf die Wahrheit?«

»In meiner Familie gab es so einige schlimme Dinge, die an die Oberfläche gekommen sind. Ich glaube, das weißt du auch, wenn du über mich nachgelesen hast. Es war nicht schön, die Wahrheit herauszufinden, und es war eine schreckliche Wahrheit, aber jetzt bin ich besser dran.«

»Ach ja? Wirklich?«

Angie dachte über ihre Antwort nach. Die Bäume knarrten und ächzten und hin und wieder fiel ein Tannenzapfen zu Boden. »Ja, wirklich«, sagte sie schließlich leise. »Die Wahrheit macht es nicht leichter. Aber ich glaube, dass sie trotzdem unentbehrlich ist. Ich glaube, dass Gerechtigkeit von den richtigen Instanzen ausgeübt werden muss, denn in was für einer Gesellschaft würden wir sonst leben?« Sie hielt inne. »Jetzt, wo du weißt, was mit Axel passiert ist, würdest du – *könntest* du – einfach Scheuklappen aufsetzen und weitermachen wie vorher?«

Claire holte tief Luft. »Ich weiß es nicht«, flüsterte sie. »Ich weiß es wirklich nicht.«

Schweigend gingen sie weiter, und Angie spürte die Anspannung, die von Claire ausging. Sie dachte an Axel Tollet. Ihr Besuch bei ihm hatte ihr nichts gebracht als weitere Fragen. Vorsichtig sprach sie Claire wieder an. »Diese rostigen Fallen an Axels Wand – stellt er die auf?«

»Nein«, rief Claire über die Schulter zu ihr zurück. »Die hat er gefunden. Er hasst Fallensteller – er findet Fallen grausam.«

»Trotzdem hängt er sie sich an die Wand?«

»Als Trophäen, schätze ich. Seine Art, sich vor Augen zu halten, wie viele Tiere er so vor einem grausamen Tod gerettet hat. Er hat mir einmal gesagt, dass es das Feuer in ihm weiterbrennen lässt, wenn er sich auch die hässlichen Seiten des Lebens ansieht.«

»Aber er jagt?« Angie hatte das Gewehr gesehen, den Waffenschrank und den Bogen.

»Nur für den Eigenbedarf.« Claire kletterte über einen umgestürzten Baum und wartete darauf, dass Angie ihr folgte. »Er tötet lieber selbst für das Fleisch, das er isst, und zwar auf humane Art, anstatt eine Industrie zu unterstützen, die panische Tiere in einem Schlachthof umbringt. Und er zieht Pfeil und Bogen vor, weil er dem Tier damit ebenbürtiger ist. Es lässt seiner Beute die Chance, um ihr Leben zu kämpfen oder zu fliehen, sagt er. So hat er das Gefühl, seine Beute ehrlicher verdient zu haben. Er verkauft das Fleisch nicht einmal an meinen Dad für die Lodge. Er sagt, jeder sollte für sich selbst jagen.«

Angie wischte sich Schlamm von der Hose und folgte weiter dem Pfad.

»Wofür sind die Babyflaschen im Schuppen?«, rief sie Claire von hinten zu.

»Damit hat er den Bären Milch gegeben. Und für das Rehkitz hat er sie auch verwendet.«

»Woher weiß er, welche Milch er welchen Tieren geben muss?«

»Weiß er eigentlich nicht. Aber wenn nötig, ruft er bei der Auffangstation für Wildtiere an, und dort beraten sie ihn inoffiziell.«

»Und der kleine Teddybär?«

Claire blieb stehen und drehte sich um. »Welcher Teddybär?«

»Das alte Stofftier auf dem Regalbord neben den Babyflaschen.«

Claire lächelte wehmütig. »Was soll ich sagen? Das hat er den Bärenjungen mitgebracht, weil es aussah wie sie. Er dachte, sie könnten sich daran kuscheln und sich so besser warmhalten, weil es eigentlich drei Junge gewesen waren – das dritte ist gestorben.« Sie zuckte mit den Schultern. »Ich weiß. Das scheint nicht zu seinen Bemühungen zu passen, die Jungen nicht zu sehr an Menschen zu gewöhnen, aber er hat dafür gesorgt, dass das Stofftier nach Bär riecht, bevor er es zu ihnen in den Käfig gelegt hat. Es hat mich nur überrascht, dass die kleinen Kerle es beim Spielen nicht total zerfetzt haben.«

Kapitel 36

»Bis zum Frühling wird wieder Moos darüber gewachsen sein«, sagte Claire, als sie auf die schwarze Narbe der aufgerissenen Erde blickten, die einmal Jasmine Gulatis Grab gewesen war. »Und neue Brombeersträucher werden Wurzeln geschlagen haben.« Claire sah hinauf zu den Fischskeletten, die immer noch über ihnen in den Bäumen hingen. »Dieser Wald ist der reinste Komposthaufen. Von Jasmines Grab wird nichts mehr zu sehen sein.«

Es sei denn, man weiß, wonach man sucht.

Es knackte irgendwo im Wald, und Angies Hand schoss instinktiv dorthin, wo ihre Dienstwaffe nicht mehr hing. Sie beide spähten ins Unterholz. Das Gefühl, dass da jemand war und sie beobachtete, ließ Angie die Härchen im Nacken zu Berge stehen. Sie schluckte. Es wurde dunkler im Wald, die Schatten nahmen neue Formen an und wirkten auf einmal bedrohlich.

»Was war das?«, fragte Angie.

Claire hielt ihr Bärenspray vor sich. Angie hatte nicht einmal bemerkt, dass sie es vom Gürtel genommen hatte. »Nichts. Es ist nur … dieser Ort, glaube ich. Irgendwie macht er mich einfach nervös.« Sie steckte das Spray wieder in eine Halterung an ihrem Gürtel.

Aber Angie glaubte nicht, dass es nichts gewesen war. Dieses Gefühl einer fremden Gegenwart blieb, so als würde sie noch immer jemand aus den Schatten beobachten.

Claire warf einen Blick auf die Uhr, als hätte sie es eilig, von hier fortzukommen. »Was genau willst du eigentlich hier?«

»Kontext«, antwortete Angie und musterte ein weiteres Mal die Schatten, bevor sie zu den Bäumen trat, die dicht an dicht am Rand der kleinen Lichtung standen. Sie überprüfte ihre Koordinaten.

»Zum Fluss geht es also da lang.« Sie deutete in den Wald und sprach mehr mit sich selbst als mit Claire. »Laut der Garmin nur etwas über zweihundert Meter entfernt.«

»Ja, Luftlinie«, bestätigte Claire. »Aber zu Fuß müsste man sich ganz schön durch die Büsche kämpfen. Der Weg vom Fluss herauf passt sich dem Gelände an, deshalb ist er etwas länger.«

Angie betrachtete die topografische Karte der Gegend. »Wir befinden uns hier fast zweihundert Meter über dem Flussdelta des Nahamish.«

»Ja, und?«

»Dem Bericht des Coroners zufolge gab es hier zwei extreme Wettergeschehnisse, die in den Jahren nach Jasmines Verschwinden zu Überschwemmungen geführt haben. Die Theorie lautet, dass die Flut ihren Körper gelöst und hierhergespült hat. Dann, nachdem sich das Wasser wieder zurückgezogen hat, sind ihre sterblichen Überreste hier liegen geblieben. Nur …« – Angie drehte sich langsam um sich selbst und musterte die Umgebung ein weiteres Mal – »… nur liegt dieses Mooswäldchen tatsächlich ein kleines bisschen erhöht. Wenn ich den Bericht noch richtig im Kopf habe, dann ist das Flutwasser bei beiden Überschwemmungen etwa zweihundert Meter weit über das Flussufer getreten, dabei allerdings nur drei Fuß gestiegen – das ist weniger als ein

Meter. Was bedeutet … diese kleine Erhebung wäre dabei trocken geblieben.«

»Bist du dir sicher damit, wie hoch das Wasser gestiegen ist?«

»Nein. Ich muss es noch einmal nachlesen. Aber wenn ich mich richtig erinnere, dann wäre es seltsam, dass Jasmines Körper hierhergeschwemmt worden sein soll, wenn das Wasser nicht einmal so weit gekommen ist. Es sei denn natürlich, dass es eine Art Flutwelle gegeben hat oder dass die Messungen nicht genau waren. Ich könnte mir vorstellen, dass es sich einfach um die Schätzung eines Meteorologen handelt, basierend auf historischen Daten.«

»Was genau würde es bedeuten, wenn die Messungen korrekt sind?«, fragte Claire.

Angie biss sich auf die Lippe. »Die Fluthypothese scheint die logischste Erklärung dafür zu sein, wie Jasmine hier landen konnte …« Wieder ein Rascheln in den Büschen. Angie verstummte.

Bevor sich Angie oder Claire auch nur umdrehen konnte, schlug etwas in dem Baumstamm hinter Angie ein. Sie fuhr herum. Ein Pfeil mit gelb-weißer Befiederung steckte zitternd in der Rinde.

Wieder ein Rascheln, dann ein Zischen an Angies Ohr. Sie ließ sich zu Boden fallen. »Runter, Claire, *runter*!«

Ein weiterer Pfeil schlug im Baum ein, als Claire neben ihr im Schlamm landete. Keuchend blieben sie liegen. Nichts geschah mehr.

Ganz langsam hob Claire den Kopf. Die eine Hälfte ihres Gesichts war mit Matsch bedeckt. »Hey, ihr Arschlöcher!«, brüllte sie, so laut sie konnte. »Hier sind Menschen!« Sie rollte sich auf den Rücken, riss ihr Lufthorn vom Gürtel und ließ ein ohrenbetäubendes Hupen erklingen. Angies Ohren klingelten noch, nachdem der Laut schon längst wieder verklungen war. Claire brüllte wieder: »Ihr hättet uns umbringen können, ihr Scheißkerle!«

Zwischen den Bäumen erklang ein Pfeifen – drei kurze Töne, gefolgt von einem langen. Ein Quadmotor erwachte zum Leben und wurde dann immer leiser, während sich das Quad entfernte, bis nur noch das Donnern der Wasserfälle und das schwere Atmen der beiden Frauen zu hören war. Mit schneeweißem Gesicht wandte sich Claire an Angie.

»Ein Quad«, sagte sie zittrig. »Irgendwelche beschissenen Jäger auf einem Quad.«

Sie kämpfte sich hoch und hielt Angie die Hand hin, um ihr aufzuhelfen. »Tut mir so leid, Angie. Gott, das tut mir leid. Ich hätte dir eine Warnweste geben müssen. Wir hätten beide eine tragen sollen. Eigentlich ist die Saison für dieses Jahr vorbei, aber es gibt immer Idioten, die sich nicht daran halten.«

Angie dachte an den Bock, der in Budges Schuppen hing. Er hatte die Saison eindeutig noch nicht beendet, es sei denn, er hatte den Bock in einem anderen Revier geschossen, in dem das Jagen noch erlaubt war.

Das Adrenalin rauschte durch ihren Körper. Sie nahm Claires Hand und zog sich hoch. Dann hob sie die Garmin auf, die sie fallen gelassen hatte, und trat an den Baum, aus dessen Rinde der Pfeil ragte. Sie musterte die gelb-weiße Befiederung.

Claire stellte sich zu ihr.

»Sowohl Budge als auch Axel benutzen solche Pfeile«, stellte Angie fest.

»Genau wie die Hälfte von Port Ferris. Und dieselbe Hälfte fährt auch Quads.«

»Hast du das Pfeifen gehört? Das klang, als hätte jemand seinen Hund gerufen. Gibt es viele, die hier mit Hund jagen?«

»Ja, ziemlich viele.« Claire wischte sich über die Stirn. »Und es könnten auch mehrere Jäger gewesen sein, die sich untereinander mit Pfiffen verständigt haben.« Sie sah Angie an. »Wahrscheinlich hat uns einfach jemand mit Wildtieren verwechselt. Besonders bei diesem düsteren Licht und ohne Warnwesten.«

Oder auch nicht.

Angie atmete langsam aus, als sie bemerkte, dass sie die Luft angehalten hatte.

Kapitel 37

Als Angie und Claire endlich mit dem Boot im Schlepptau vor der Predator Lodge hielten, war es schon fast vier Uhr nachmittags. Sofort erblickte Angie den roten Ford Pick-up von Garrison Tollet, der unter dem Carport parkte.

Garrison stand daneben und sah ihnen entgegen, einen Kreuzschlüssel in der geballten Faust.

»Oh-oh«, kommentierte Claire. »Dad sieht ganz schön stinkig aus. Aber warum?«

Sie stiegen aus dem Truck und eilten durch den fallenden Schnee zum schützenden Carport, wo Garrison auf sie wartete.

»Was wollen Sie hier?«, fuhr er Angie an, sobald sie nahe genug war. Breitbeinig stand er vor ihr, das Gewicht auf den Fußballen. Er schien drauf und dran zu sein, mit dem Kreuzschlüssel nach ihr zu schlagen.

»Garrison«, begrüßte Angie ihn ruhig, wahrte jedoch instinktiv Sicherheitsabstand zu ihm und hielt die Hände locker vor den Körper, um sich verteidigen zu können. Dieser Mann, der sie bei ihrem letzten Ausflug so warmherzig willkommen geheißen hatte, schien sich in einen völlig anderen Menschen verwandelt zu haben. »Schön, Sie wiederzusehen. Ich bin hier, weil ich mit Ihnen über die Flussreise vor vierundzwanzig Jahren sprechen wollte.«

»Dazu habe ich nichts zu sagen. Sie können wieder gehen. Sofort.«

»Dad!« Claire trat zwischen die beiden. »Sie will doch nur …«

»Das linke Hinterrad Ihres Mietautos war platt«, fiel er seiner Tochter ins Wort. »Ich habe den Reservereifen aufgezogen. Und jetzt gehen Sie. Bevor der Schneefall noch heftiger wird und Sie hier eingeschneit werden.«

Angies Blick schoss zu dem Subaru, der neben dem Carport stand. Er war zerkratzt und zerbeult, aber über diesen auffälligen Schaden hatte Garrison kein Wort verloren.

»Dad …«

»Halt den Mund, Claire. Rein mit dir. Das hier geht dich nichts an.«

Claire starrte ihn an. Ihre Augen blitzten vor Wut. Dann wandte sie sich an Angie, und ihre Wangen brannten. »Es tut mir leid, was er da sagt. Ich …«

»Ins Haus, Claire«, knurrte ihr Vater. »Wir reden später.«

»Ist schon gut, Claire«, warf Angie rasch ein. »Vielen Dank. Für alles.«

Ungeduldig trat Garrison von einem Fuß auf den anderen, während er wartete, bis seine Tochter in der Lodge verschwunden war und die Tür hinter sich geschlossen hatte.

Dann deutete er mit dem Kreuzschlüssel in Richtung des Ziehwegs. »Es ist noch lange genug hell, damit Sie zur Autobahn kommen, bevor der Winter hier einbricht. Ihr Gepäck liegt schon im Wagen.«

»Sie waren das, nicht wahr?«, fragte Angie und wich keinen Zoll zurück. »In dem roten Ford. Sie wissen, wer versucht hat, mich von der Straße zu drängen.«

»Ein paar Jäger. Ihre Bremsen haben versagt. Das war alles.«

»Ach, wirklich? Wie hießen sie?«

»Zeit zu gehen, Ms Pallorino.« Er trat einen Schritt auf sie zu und spannte die Schultern.

»Was haben Sie alle zu verbergen, Garrison? Was ist Ihr großes Geheimnis? Wurde Jasmine Gulati in den Fluss geworfen? Wissen Sie, wer sie umgebracht hat? Geht es hier darum? Wen wollen Sie alle schützen? Waren Sie es, der sie gestoßen hat?«

»Machen Sie es nicht noch schwerer. Ich will nicht die Polizei rufen müssen.«

Sie warf einen Blick zur Lodge und senkte dann die Stimme. »Sie haben in dieser Nacht mit Jasmine Gulati geschlafen. Die Frauen im Motelzimmer nebenan wissen es. Die Männer im Pub wissen es. Sie haben Ihre Kundin gevögelt. Gleich in der ersten Nacht. Ich glaube, sogar Ihre Frau vermutet es.«

Er wankte und blinzelte. Sein Blick flackerte zur Lodge. Angie glaubte, eine Bewegung hinter einem der Fenster zu sehen.

»Ich habe Filmaufnahmen, die Sie sehr eng neben Jasmine Gulati in der Nische im Pub zeigen. Die Aufnahmen zeigen auch, wie Ihre Frau Shelley den Pub betritt. Ich habe Screenshots davon, wie Shelley Sie und Jasmine Gulati direkt ansieht. Jessie Carmanagh und Tack McWhirther wollten noch einschreiten und versuchen, Sie vor Shelleys Blicken abzuschirmen, um ihr die Demütigung zu ersparen, Sie so intim mit Jasmine zusammen zu ertappen. Vergeblich. Weil Shelley es trotzdem gesehen hat. Soll ich Ihnen die Screenshots zeigen, Garrison? Sie liegen in einem Ordner in meinem Mietauto.«

Alles Blut wich ihm aus dem Gesicht. Diese plötzliche Blässe ließ sein schwarzes, mit grauen Strähnen durchzogenes Haar noch dunkler werden und seine eisgrünen Augen noch mehr strahlen.

»Oder vielleicht möchte Shelley die Bilder ja sehen. Hat sie Sie zur Rede gestellt, als Sie in die Lodge zurückgekehrt sind?

Hat Ihre Frau Sie gefragt, ob Sie Jasmine Gulati in dieser Nacht gevögelt haben?«

Seine Körperhaltung änderte sich. Es war, als würde ein guter Teil des Kampfgeistes aus seinen Muskeln weichen. Angie hatte die Oberhand gewonnen. Sie trat noch einen Schritt näher, sodass sie direkt vor ihm stand.

»Ich weiß Folgendes: Tack McWhirther war der Ersatzvater und Beschützer Ihrer Frau. Shelley lag ihm sehr am Herzen und er war nicht begeistert, Sie an diesem Abend mit Jasmine zu sehen. Ich glaube, er hat der schönen und provokativen Jasmine mehr Schuld gegeben als dem armen, verführten Mann, der einfach nicht die Hose anbehalten konnte. Tack war außerdem ein verdammt guter Banjospieler, wie ich gehört habe. Also haben er und die Tollet-Zwillinge – BoJo – und vielleicht auch Wallace Carmanagh ein paar Szenen aus *Beim Sterben ist jeder der Erste* nachgespielt und die Frauen während der Flussreise terrorisiert. In erster Linie, um der schamlosen, verruchten Jasmine eine Lektion zu erteilen, damit sie lernte, dass man sich lieber nicht mit den Rednecks in diesen Wäldern anlegen sollte. Richtig?« Sie hielt inne und musterte sein Gesicht. »Einer dieser Männer hat eine rote Mütze und eine rot-schwarz karierte Jacke getragen, die anderen passen zu den Beschreibungen, die ich von den Frauen bekommen habe. Ich weiß außerdem, dass Wallace für den brutalen Angriff auf eine Frau im Gefängnis gesessen hat. Und ich weiß auch von Porter Bates.« Ihr Blick bohrte sich in seine grünen Augen. »Ich weiß, wie weit einige dieser Männer – darunter auch Sie – gehen würden, um einen von Ihnen zu beschützen. So wie Sie Axel Tollet beschützt haben.«

Bei ihren letzten Worten schien alle Kraft aus ihm zu weichen. Er trat zurück und ließ sich schwer auf eine Holzbank sinken. Er ließ den Kopf hängen und rieb sich mit den großen, schwieligen Händen übers Gesicht.

Angie näherte sich ihm. »Warum haben Sie das getan, Garrison? Warum haben Sie mit Jasmine geschlafen?«

»Ich war jung.«

»Zweiundvierzig?«

»Sie … sie war schön. Sie hat mich angemacht. Sie hat mir alles angeboten. Ich …« Er sah auf, sein Blick offen und verletzlich. »Shelley und ich haben damals eine schwere Zeit durchgemacht. Wir hatten gerade erst die Lodge von meinem Vater übernommen und wollten den Tourismuszweig weiter ausweiten. Aber das Geld war knapp. Außerdem hatten wir schon sehr, sehr lang versucht, Kinder zu bekommen. Shelley hatte bereits zwei Fehlgeburten erlitten und sich völlig in sich selbst zurückgezogen. Sie ist immer distanzierter geworden. Und körperliche Nähe hat ihr keine Freude mehr gemacht. Das mit Jasmine war nur ein verdammter Seitensprung, etwas, auf das ich schon länger zugesteuert war. Sie hat sich mir auf dem Silbertablett angeboten, sie hat mich verführt. In die Falle gelockt.« Er schniefte und wischte sich über die Nase. »Sie hat mir die Chance gegeben, mir selbst zu beweisen, dass ich immer noch ein Mann war, Herrgott noch mal. Ich wusste noch, während ich es tat, was für einen Mist ich da baute. Ich wusste auch, was es mit den Kerlen mit dem Banjo auf sich hatte – irgendwie wollte ich ihr genauso etwas heimzahlen … all diesen Frauen. Ich mochte sie nicht. Intellektuelle, scheinheilige, unfreundliche Feministinnen aus der Stadt. Sie glaubten, sie wüssten alles, und wir hier vom Land wären nur dazu da, ihnen zu dienen. Aber wir haben sie auch gebraucht. Diese Dokumentation musste gut werden. Es wäre eine fantastische Werbung für die ganze Region und für unsere Lodge gewesen. Mehr Tourismus. So eine Chance bekommt man nicht oft. Ich dachte, was könnte es schon schaden, wenn Wallace, Tack und BoJo ihr blödes Spielchen mit ihnen trieben? Jessie und ich waren ja mit den Frauen zusammen in den Booten. Wir wussten, dass ihnen nichts passieren würde.«

»Wussten Sie das wirklich?«

Angie ließ diese Frage eine Weile in der Luft hängen. Er hatte soeben gestanden, dass diese vier Männer die Frauen auf dem Fluss verfolgt hatten. Die Frauen hatten immer nur von drei Männern gesprochen. Wenn es aber vier gewesen waren, dann hätte einer von ihnen Jasmine an jenem verhängnisvollen Abend mit Leichtigkeit in den Fluss stoßen können.

Das Rauschen des Windes in den Nadelbäumen klang wie der Ozean. Schneeflocken schwebten unter den Carport, allmählich wurden sie immer größer. Das Gefühl, dass die Zeit langsam knapp wurde, beschlich Angie.

»Können Sie sich wirklich ganz sicher sein, dass sie nicht gestoßen wurde? Von einem dieser Männer?«, fragte sie und ging es nun vorsichtiger an.

Er sah weg, mied ihren Blick. »Sie haben es nicht getan. So etwas würden sie nicht tun.«

»Haben Sie oder jemand anderes gesehen, wie sie ausgerutscht und in den Fluss gestürzt ist?«

Er schüttelte den Kopf.

»Was ist mit Porter Bates?«

»Was soll mit ihm sein?«

»Ihm wollten diese Männer auch eine Lektion erteilen, vor all den Jahren, nicht wahr? Sie haben die absolute Form der Gerechtigkeit gewählt. Den Tod. Sind Sie sich ganz sicher, dass sie mit Jasmine nicht dasselbe getan haben? Um Shelley zu schützen? Um Ihre Ehe zu retten?« Sie machte eine kurze Pause. »Um auch Jasmine eine Lektion zu erteilen?«

»Herrgott, nein, sie wollten sie nur erschrecken. Jasmine hat sie beleidigt. *Sie* hat sich im Pub mit ihnen angelegt. Ich habe nur einen Fehler gemacht. Ich weiß nichts über Porter Bates, okay?«

Angie betrachtete ihn und fragte sich, wie viel er wirklich wusste.

»Angie«, sagte er leise und verwendete nun ihren Vornamen. »Bitte hören Sie mir zu. Bitte wecken Sie keine schlafenden Hunde. Wem soll das etwas nützen? Was soll es Shelley nützen? Was soll es meiner Tochter nützen, wenn sie weiß, dass ich ihre Mutter betrogen und mit einer Kundin geschlafen habe? Jasmine Gulati ist ausgerutscht und ins Wasser gefallen, das ist alles. Ich bitte Sie inständig, lassen Sie die Dinge ruhen.«

»Und was, wenn sie nicht ausgerutscht ist?«

Ein verräterisches Schimmern trat in seine Augen. Seine Nase lief rot an. Seine Stimme klang mit einem Mal tiefer und rauer. »Es würde meine Familie zerstören, Angie. Müssen Sie wirklich meine Familie auseinanderreißen, nur um Jasmine Gulatis alte Großmutter zufriedenzustellen?«

»Hier geht es nicht darum, jemanden zufriedenzustellen, Garrison. Es geht um die Wahrheit. Es geht um Gesetz und Gerechtigkeit.«

»Ach ja? Wirklich? Auch wenn alle ihre Schuld schon bezahlt haben?«

»Was ist aus ihrem Tagebuch geworden?«

Er blinzelte verwirrt. »Was?«

»Jasmine hat Tagebuch geführt. Sie hat an jedem Abend der Reise darin geschrieben und behauptet, es wäre ein erotischer Bericht. Was ist mit dem Buch passiert? Haben Sie es nach dem Unfall aus ihren Sachen geholt?«

»Nein, habe ich nicht. Ich … Es muss bei ihrer Familie gelandet sein, mit ihren anderen Besitztümern.«

»Ist es aber nicht.«

»Ich weiß nicht, was damit passiert ist. Ich wusste ja nicht einmal, dass es weg ist.«

»Man hat mir erzählt, dass Jasmine Sie und Jessie damit gereizt hat, dass ihr Tagebuch anzügliche Details enthielte. Haben Sie sich Sorgen gemacht, dass darin vielleicht etwas über den Sex mit Ihnen stand?«

»Natürlich habe ich mir Sorgen gemacht. Aber niemand hat irgendetwas gesagt, nachdem sie verschwunden ist. Das ist alles einfach im Sand verlaufen.«

Wie praktisch.

Krachend schlug die Lodgetür auf. Sowohl Angie als auch Garrison zuckte erschrocken zusammen. Shelley trat heraus, ein Tablett mit zwei dampfenden Tassen in den Händen. Sie stellte es auf ein Tischchen neben die Holzbank und schaltete das Außenlicht ein. Auf einmal bemerkte Angie, wie dunkel es schon war. Ihre innere Uhr tickte noch schneller. Sie musste die Berge vor Einbruch der Nacht hinter sich bringen. Hier draußen fühlte sie sich nicht sicher. Sie sollte noch einmal versuchen, sich bei Holgersen zu melden.

»Shelley?«, fragte Garrison und wirkte besorgt. »Ist alles in Ordnung?«

Ihr Blick huschte zwischen ihrem Mann und Angie hin und her, sie rang die blassen, dünnen Hände. »Ich … ich dachte nur, euch könnte hier draußen allmählich kalt werden.« Rasch griff sie nach einer der Tassen und reichte sie Angie. »Heiße Schokolade«, sagte sie.

Dankbar nahm Angie an. Sie war durchgefroren und hatte seit dem Frühstück nichts mehr gegessen. Doch der Ausdruck auf Shelleys Gesicht ließ sie innehalten.

Shelley ergriff wieder das Wort: »Ähm, Garrison, nimm … nimm deine Schokolade doch mit rein. Ich würde gern mit Angie sprechen. Allein.«

Er rührte sich nicht.

»Bitte, Garrison.«

Er warf Angie einen Blick zu. Seine Miene spannte sich, und ein flehender Ausdruck erschien in seinen Augen. »Wenn du mich brauchst, Shelley …«, sagte er, ohne den Blick von Angie zu lösen. »Ich bleibe in der Nähe.«

Shelley wartete, bis ihr Ehemann fort war. Die Lippen hatte sie fest aufeinandergepresst. Sobald die Tür hinter ihm ins Schloss gefallen war, zog sie den Reißverschluss ihrer Jacke auf und holte ein violettes Buch hervor.

»Nehmen Sie es. Nehmen Sie es und hauen Sie einfach aus unserem Leben ab, ja?«

Angie klappte der Mund auf. Sie starrte das Buch an, dann hob sie den Blick zu Shelleys Gesicht.

»Ist es das, wofür ich es halte, Shelley?«

»Es ist Jasmine Gulatis Tagebuch. Ich habe es genommen, und jetzt gebe ich es Ihnen, damit Sie Ihre Sachen packen, nach Hause fahren und uns in Frieden lassen.«

Kapitel 38

Den Blick fest auf Shelleys fiebrige Augen gerichtet streckte Angie die Hand langsam nach dem Buch aus und nahm es.

»Wie sind Sie da rangekommen?«, fragte sie.

»Man hat Jasmines Besitztümer vom Campingplatz zur Lodge gebracht, an dem Morgen nach dem Unfall. Die Sachen wurden in einem unserer Zimmer aufbewahrt. Alle haben nach ihr gesucht. Ich … habe das Buch gesehen, es lag ganz oben auf. Es sah aus wie das Tagebuch, das die Frauen einmal erwähnt hatten, als ich abends Vorräte zum Zeltplatz gebracht habe. Ich bin in das Zimmer gegangen, habe die Tür geschlossen und das Buch aufgeklappt. Ich wollte nur kurz einen Blick hineinwerfen. Ich hatte sie mit Garrison an dem Abend im Hook and Gaffe gesehen, und ich … ich musste einfach wissen, ob sie irgendetwas darüber geschrieben hatte, dass sie mit meinem Mann zusammen gewesen war. Garrison hatte es abgestritten, aber ich … ich hatte trotzdem dieses Gefühl.« Sie legte sich die feinknochige Hand auf den Bauch. »Genau hier.«

»Und *hatte* sie etwas geschrieben?«

Shelleys Blick wurde hart und ihr Mund schmal. Sie schlang ihren übergroßen Pullover enger um ihre schmale Gestalt. In diesem Licht wirkte ihr Teint fast durchscheinend, und ihre Sommersprossen traten auffällig hervor. Schneeflocken trieben unter den Carport und setzten sich auf den Wollärmeln ihrer Jacke ab.

»Alles – sie hat alles aufgeschrieben, jedes winzige Detail.« Sie schluckte schwer und wippte auf ihren Ugg-Stiefeln auf und ab. »Mir ist ganz übel davon geworden. Sie war ein schlechter Mensch. Alle wussten, dass sie schlecht war – alle haben das gesagt.«

Angie klappte das Tagebuch auf. Auf der ersten Seite standen die Worte:

Ein Geschenk für meine geliebte Geschichtenliebhaberin. Erzähle, mein Mädchen. In deiner eigenen Handschrift … Von ganzem Herzen, Doug.

Angie riss die Augen auf. Ihr Herz hämmerte. »Was steht sonst noch hier drin?«

»Lesen Sie's, dann werden Sie schon sehen.«

Doug?

Dr. Douglas J. Hart – Jasmines Mentor und Professor, Rachels Ehemann – war ihr Liebhaber gewesen? Auf einmal passte alles zusammen. Die Geheimniskrämerei wegen des Rings. Der geheimnisvolle Verlobte. Der Schwangerschaftsabbruch. Wenn herausgekommen wäre, dass Doug eine Affäre mit ihr gehabt hatte, wäre es das Ende seiner Universitätskarriere gewesen, das Ende seiner Chancen auf den Posten als Dekan der Fakultät. Und es hätte seine Ehe mit Rachel zerstört.

»Dann wussten Sie es also?«, fragte Angie. »All die Jahre lang? Dass Ihr Mann mit Jasmine geschlafen hat? Warum … warum haben Sie nie mit ihm darüber gesprochen?«

»Es war leichter, besser für mich, so zu tun, als wäre es nie passiert. Ich erwarte nicht, dass Sie das verstehen. Nicht darüber zu sprechen und das Tagebuch geheim zu halten, ließ das alles irgendwie verschwinden.«

So wie Jasmine einfach verschwunden war … Ein neuer Gedanke kam Angie, und ihr Mund wurde trocken, als sie

Shelley in die Augen sah. »Wenn dieses Tagebuch belastende Informationen über Ihren Mann enthält, wäre es dann nicht sinnvoller gewesen, es loszuwerden? Es zu verbrennen oder etwas Ähnliches?«

»Wahrscheinlich schon. Aber ein Teil von mir wollte eine Rückversicherung. Ein Stück Kontrolle über die Situation. Etwas, das ich als Trumpf gegen Garrison einsetzen konnte, wenn es je nötig werden würde.«

»Sie wollten ein Druckmittel, für den Fall, dass er Ihnen noch einmal wehtun würde?«

Ihre Augen füllten sich mit Tränen. »Er würde nicht wollen, dass Claire davon erfährt, Angie. Ich … Wenn ich ihm damit drohen würde, es Claire zu zeigen …«

»Das würden Sie tun? Sie würden es Claire zeigen? Sie würden Ihrer eigenen Tochter wehtun, um Ihren Ehemann zu verletzen?«

»Nein. Nein, Gott, nein. Ich würde ihm nur damit drohen. Ich würde es nie tatsächlich tun.«

Angie starrte Shelley an. So blass und zerbrechlich und doch so knallhart. So verschreckt. Ganz, ganz leise sagte Angie: »Sie waren an ein, zwei Abenden im Lager der Frauen zu Besuch.«

Sie nickte.

»Waren Sie auch am letzten Abend dort, Shelley? Sind Sie Jasmine zu der Bucht gefolgt?«

Shelley machte einen Satz auf sie zu. Erschrocken wappnete sich Angie. Der Blick der hellen, rot geränderten Augen der Frau bohrte sich in sie, doch ihre Stimme war kaum mehr als ein dünnes Wispern. »Sie sind genauso eine Schlampe wie sie es war, wissen Sie das? Sie suchen nach dem Schlimmsten in den Menschen, wühlen den Dreck der Vergangenheit auf und glauben, dass wir zu etwas so Grausamem imstande wären, wie eine unserer Kundinnen zu töten. Ich weiß, was Sie denken. Ich sehe es Ihnen an. Sie denken: Könnte diese unterwürfige und zarte kleine Shelley Tollet es getan haben? Hat sie die Schlampe umgebracht, die ihren Ehemann gevögelt hat?« Sie spie ein hartes, kurzes Lachen aus. »Tja, das werden Sie wohl nie wissen, was? Und Sie werden auch nicht zu lesen bekommen, was sie mit meinem Mann gemacht hat, weil ich diese Seiten nämlich herausgerissen habe. Das Buch können Sie haben, aber nicht diese Seiten. Suchen Sie erst gar nicht danach, denn in diesem Augenblick verbrennen die Seiten im Kamin zu Asche.« Damit stürmte sie zur Tür und riss sie auf. Mit fleckigem Gesicht und wilden, glasigen Augen drehte sie sich noch einmal zu Angie um. »Und jetzt verpissen Sie sich!«

Sie schlug die Tür hinter sich zu, und Angie hörte, wie der Riegel vorgeschoben wurde.

Fassungslos starrte sie auf das Buch in ihren Händen hinab. Willkürlich schlug sie eine Seite auf.

Rache ist süß, besonders für Frauen. Es ist ein Gefühl, das alles andere in den Schatten stellt.

* * *

An diesem Abend, warm zugedeckt in ihrem Hotelbett, mit brennender Nachtlampe, um die kalte Dunkelheit fernzuhalten, während Regen gegen die Scheibe schlug und in den Bergen dichter Schnee fiel, las Angie das Tagebuch von Jasmine Gulati. Das violette Buch war ein Geschenk zu Jasmines fünfundzwanzigsten Geburtstag gewesen, im Juli des Jahres 1994. Das Jahr, in dem sie gestorben war. Sie hatte den Tag in schwelgerischem Vergnügen mit Dr. Doug Hart verbracht, ihrem damaligen Professor, Mentor und akademischen Berater. Damals schliefen Doug Hart und Jasmine Gulati schon seit acht Monaten miteinander.

Angie las weiter.

Zuerst war Doug schockiert, als ich ihm gesagt habe, dass wir ein Baby bekommen. Ich glaube nicht, dass ich zu diesem Zeitpunkt – oder überhaupt jemals – wirklich daran gedacht habe, es zu behalten. Aber ich wollte sein Gesicht sehen und meine Macht über ihn spüren. Über seine Frau. Über seine Tochter. Über seine Familie, seine Karriere, sein ganzes Leben. Es war berauschend, die Angst in seiner Miene, eine Gefühlsregung, die er nicht rechtzeitig verbergen konnte. Ich wäre fast gekommen, so herrlich war es.

Zwei Tage später hat er mich angerufen und mich zu einer kleinen Hütte in Sooke mitgenommen, still und abgelegen. Direkt am Meer. Er hat mir Garnelen in Knoblauch gebraten, die ich furchtbar gern mag, und mir den Diamantring geschenkt. »Heirate mich, Jazzie«, hat er gesagt.

Angie blätterte um.

Ich hatte gewonnen! Wahrscheinlich wollte ich nur herausfinden, wie ernst es ihm war. Und ich hatte gewonnen. Wir haben gevögelt. In allen möglichen Stellungen. Er war grob. Es hat ihn nicht gekümmert, dass ich schwanger war, oder es hat ihm gefallen und ihn angeturnt. Er war steinhart, härter als je zuvor. Er hat mich von hinten genommen wie ein Wildhund. Beim Orgasmus habe ich geschrien. So bin ich vorher noch nie gekommen. Es war fantastisch. Danach sind wir dagelegen. Nackt. Keuchend. Schweißgebadet. In einer Pfütze aus Mondlicht.

Dann hat er sich auf die Seite gerollt und gesagt: »Warum warten wir nicht, Jaz?«

»Mit der Hochzeit?«, habe ich gefragt.

»Nein, nein, mit dem Kinderkriegen.«

Und dann hat er vorgeschlagen, ich solle es loswerden.

Wieder blätterte Angie um.

Ich habe ihm gesagt, dass ich darüber nachdenken würde. In diesem Moment habe ich begriffen, dass er wirklich Angst hatte. Ich hatte ihn vollkommen im Griff. Ich hatte die Kontrolle über seine Ehe. Über die Beziehung seiner Tochter zu ihm. Über seine

Arbeit. Seine Beförderung zum Fakultätsdekan. Da wusste ich, dass ich Dr. Douglas J. Hart vernichten konnte. Oder ich konnte ihm erlauben, Dekan meiner Fakultät zu werden … Es war allein meine Entscheidung.

Was ich auch begriff, war die Tatsache, dass seine Furcht vielleicht nur deshalb so groß war, weil er nie wirklich vorgehabt hatte, seine Frau für mich zu verlassen. Er hatte Angst, dass dieses Baby und ich seine Ehe zusammenbrechen lassen würden, sein sorgsam erbautes Kartenhaus. Das ließ diesen Funken des Zweifels in mir auflodern. Trotzdem … er hatte mir den Ring gegeben. Ich stellte ihn zur Rede, und er versicherte mir, ich würde mich irren. Es sei nur eine Frage des Timings. Wenn wir warten würden, bis ich mit meinem Studium fertig und er zum Dekan ernannt worden sei, dann wäre unsere Beziehung, die Tatsache, dass ich seine Studentin war, kein Problem mehr. Deshalb sei es das Beste, diese Schwangerschaft abzubrechen. Es würde andere geben, sagte er. Wenn ich das wollte.

Angie blätterte weiter und überflog die nächsten Seiten, die voller Beschreibungen der sexuellen Begegnungen mit Doug und anderen, jüngeren Männern waren. Gedanken über Frauen und Sex. Über ihre Freundinnen. Über Rachel Hart. Über ihre Mutter und ihren Vater. Über ihre Großmutter, die Richterin.

Bei einer Seite, die leer war, abgesehen von einer einzigen schlichten Notiz, hielt Angie inne.

Termin Frauenklinik. Abtreibung. Sophie kommt mit mir. Mia ist stinksauer deswegen. Unsere Freundschaft ist im Arsch.

Dann folgten keine Einträge mehr, bis zu der detaillierten Beschreibung der Reisevorbereitungen für Rachel Harts Flussreise, Jasmine schrieb, dass sie vorhatte, den Verlobungsring als ein Symbol ihrer geheimen Macht über Rachel Hart zu tragen, über die Frau hinter der Kamera, mit deren Ehemann sie eine Affäre hatte. Diese arrogante Frau, die schon bald geschieden sein würde.

Die restlichen Seiten hatte Shelley herausgerissen.

Angie ließ sich in die Kissen sinken. Jessie Carmanaghs Aussage fiel ihr wieder ein.

Ich habe das Buch zum letzten Mal gesehen, als es die kleine Hart in den Büschen gelesen hat … Hat mich nur gewundert, dass sich die Kleine das Buch nicht schon früher geschnappt hat, so wie Jasmine es ihr vor die Nase gehalten hat.

Die arme Eden Hart. Wenn das Mädchen tatsächlich einen Blick hineingeworfen hatte, dann musste sie all die anzüglichen Details über ihren eigenen Vater gelesen haben. Darüber, wie ihr Vater – den sie eindeutig verehrt hatte – Sex mit seiner Studentin gehabt hatte. Mit Jasmine. Die sowohl mit Eden als auch mit ihrer betrogenen Mutter zum Angeln gefahren war.

Doch Eden hatte abgestritten, das Buch gelesen zu haben. Den Fotos an der Wand ihres Büros nach zu urteilen, gehörte ihrem Vater noch immer ein wichtiger Platz in ihrem Herzen. Also hatte Jessie Carmanagh vielleicht gelogen. Oder er hatte sich geirrt, oder vielleicht hatte Eden nur einen sehr kurzen Blick riskieren können und nicht begriffen, was sie da vor sich hatte.

Angie schlug die Decke zurück und warf ihre Kleider in die Reisetasche. Sie wollte bei Tagesanbruch aufbrechen.

Sie musste mit Rachel und Dr. Douglas J. Hart sprechen.

Kapitel 39

Freitag, 23. November

»Es liest sich wie ein Erotikroman«, sagte Angie und schob das violette Buch in die Mitte des Tisches. Sie saß Rachel und Doug in deren Wohnzimmer gegenüber. Es war kurz vor ein Uhr mittags. So früh wie möglich hatte sie an diesem Morgen den gemieteten Subaru zurückgegeben und sich mit den notwendigen Versicherungsfragen wegen des Schadens auseinandergesetzt. Dann hatte sie ihren mittlerweile reparierten Mini Cooper abgeholt und war auf direktem Weg die Insel hinab zum Haus der Harts in Metchosin gefahren.

In der Tasche neben ihr lief das Aufnahmegerät. Weder Rachel noch Doug zuckten auch nur mit der Wimper, während sie das Tagebuch betrachteten. Vollkommen still saßen sie da. Ihre Reglosigkeit war beunruhigend.

Das Ticken einer Kuckucksuhr an der Wand klang unnatürlich laut und das Pendel unter dem kunstvoll verzierten Holzkästchen schwang unablässig hin und her. Das Empfinden verstreichender Zeit breitete sich im Raum aus, während Angie diesem älteren Paar gegenübersaß. Ihre lebenslange Ehe dehnte sich zwischen ihnen aus. Sie hatten eine erwachsene Tochter. Enkelkinder. Einen verlorenen Sohn. Ein großes Haus am Meer. Beide konnten auf eine erfolgreiche Karriere zurückblicken. Sie waren gesund, verfügten über eine großzügige Rente, und sie hatten einander. Rachel und Doug hatten alles, wovon viele Menschen auf dieser Welt nur träumen konnten. Doch dieses violette Buch auf dem Tisch konnte all das vernichten.

Das Buch enthielt ein Geheimnis, das möglicherweise einen Mord wert gewesen war.

»Wissen Sie, was das hier ist?«, fragte Angie.

Doug befeuchtete sich die Lippen, den Blick weiter auf das Buch geheftet. Rachel räusperte sich und beugte sich vor. Sie sah Angie in die Augen und ihr grauer Blick wirkte wild entschlossen. »Das werden Sie uns sicher gleich sagen, und wenn es Ihnen nichts ausmacht, dann bitte schnell. Unsere Gäste kommen in einer Stunde, und bis dahin hätte ich gern alles für sie vorbereitet.«

Angie wandte sich an Doug. »Sie haben Jasmine dieses Tagebuch geschenkt, Doug. Zu ihrem fünfundzwanzigsten Geburtstag. Im Jahr 1994.«

Rachel erstarrte. Sie wappnete sich für das, was sie Angies Meinung nach kommen sehen musste. Angie hatte den Eindruck, dass die Filmemacherin sehr genau wusste, was dieses Buch enthielt.

Dougs Gesicht wurde rot und die Muskeln an seinem Hals spannten sich.

»Sie haben ihr auch diesen Verlobungsring geschenkt.« Angie legte das Foto des Rings, den man bei Jasmines Skelett gefunden hatte, auf den Tisch. »Sie waren ihr Professor. Sie haben mit Ihrer Studentin geschlafen. Mit Jasmine Gulati, über ein Jahr lang. Sie haben Ihre *Studentin* gebeten, Sie zu heiraten, nicht wahr, Doug?«

Stille. Nur die Uhr tickte.

»Das Problem war nur, dass Sie schon verheiratet waren. Mit Rachel. Haben Sie Jasmine den Antrag gemacht, um ihr zu versichern, dass Sie immer noch für sie da sein würden, nachdem sie das Baby abgetrieben hätte. *Ihr* Baby?«

»Lügen, alles Lügen«, brauste Rachel auf. »Dieses Buch enthält nur die zusammengeschusterten Fantasien einer Studentin, die sich in ihren Professor verliebt hatte, das ist alles! Jasmine war eine narzisstische Soziopathin mit einer seltsamen Paraphilie. Offenbar hat sie eine gewisse Form der Erregung und der Befriedigung daraus gezogen, Männer in Machtpositionen sexuell zu dominieren und emotional zu kontrollieren. Männer wie meinen Ehemann.«

Angie griff nach dem Tagebuch und schlug es auf einer markierten Seite auf. »Sie meinen, wie in diesem Eintrag?« Sie begann vorzulesen:

»Ich hatte ihn, ich kontrollierte ihn mit seinem Schwanz. Meine Lady Jane herrschte über seinen John Thomas, um es mit den Worten von D. H. Lawrence zu sagen, die er uns so süffisant vorgetragen hat in unserem ersten Semester über englische Literatur, während die Mädchen heiße Wangen bekamen und die Jungen auf ihren Stühlen herumrutschen mussten, weil es in ihren Jeans allmählich eng wurde. Ich glaube, es war in diesem Moment, als er mit uns über den Sex in Lady Chatterleys Liebhaber *diskutiert hat, in dem ich beschlossen habe, ihn zu brechen …«*

Angie sah auf. »Woher wussten Sie, was hier drinsteht, Rachel?«

Ein kurzer Blick zu ihrem Ehemann, ein Aufflackern von Panik in ihren Augen, doch sie hatte sich sofort wieder unter Kontrolle.

»Doug hat es mir erzählt.« Wieder räusperte sie sich. »Er hat mir gestanden, dass er eine kurze Affäre mit Jasmine gehabt, sie aber schnell wieder beendet hat. Außerdem hat er mir gesagt, dass er sich Sorgen über Jasmines psychische Stabilität machte und darüber, dass sie ihn und seine Familie angreifen könnte. Er wollte, dass wir vorbereitet wären.«

Doug ergriff Rachels Hand und drückte sie, während sie sprach. Sie holte tief Luft. »Wir sind zur Paarberatung gegangen. Wir haben das alles verarbeitet. Letztendlich hat es unsere Ehe und unser Verständnis füreinander gestärkt. Aber das, was Jasmine da in ihr Tagebuch geschrieben hat – das ist nicht wahr. Die Affäre war eine kurze, bedeutungslose Angelegenheit. Wenn sie so getan hat, als wäre es mehr gewesen, dann ist das eine Lüge.«

Angie musterte erst Rachel, dann Doug. »Was ist mit dem Verlobungsring?«

»Ich vermute, dass sie ihn sich selbst gekauft hat«, antwortete Rachel rasch, bevor Doug etwas sagen konnte. »Wie schon gesagt, sie hat eine Fantasie ausgelebt.«

»Warum haben Sie das mir gegenüber nicht erwähnt, als ich Sie beim letzten Mal über den Verlobungsring und das vermisste Tagebuch befragt habe?«

Rachel gab ein abfälliges Schnauben von sich. »Was glauben Sie denn? Selbst jetzt noch würde die Sache Dougs Ansehen in der akademischen Welt schaden. Es würde unsere Tochter verletzen. Und es würde mich in eine fragwürdige Position bringen nach Jasmines Unfalltod auf einer Reise, die ich organisiert habe. Eine Reise, zu der ich sie explizit eingeladen habe.«

»Eine fragwürdige Position?«

»Man würde glauben, dass ich ein Motiv gehabt hätte, ihr etwas anzutun. Falls es denn irgendeinen Zweifel daran gäbe, dass ihr Tod ein Unfall war.«

»Sie haben sich Sorgen gemacht, dass es Zweifel geben könnte?«

Stille.

»Warum haben Sie Jasmine denn zu der Reise eingeladen, Rachel?«

»Aus den Gründen, die ich Ihnen schon genannt habe. Sie hat mir einen Blickwinkel geliefert, den ich haben wollte.«

»Obwohl Sie wussten, dass sie mit Ihrem Mann geschlafen hatte?«

»Ja. Wie gesagt, ich wollte all diese Elemente, die sich subtil im Subtext der Dokumentation abspielten. Ich wollte die Geschiedene, die Ehebrecherin, die Lesben, die Ungebundene …«

»Und die betrogene Ehefrau?«

»Ich war nur die Beobachterin, diejenige, die alles aufzeichnete. Für diese Rolle hatte ich schon Kathi, deren Ehemann sie sexuell betrogen hat.«

Das nahm Angie ihr nicht ab, aber sie spielte mit, auf der Suche nach weiteren Informationen. »Es muss Ihnen eine diebische Freude bereitet haben, als Jasmine in der ersten Nacht mit Ihrem Guide geschlafen hat.«

Stille.

»Das war der Grund, warum Sie nicht eingeschritten sind, als Jasmine die Männer in diesem Pub beleidigt hat, nicht wahr? Sie wollten, dass all das passiert. Diese Dokumentation sollte in gewisser Hinsicht Ihre Rache an Jasmine Gulati werden, nicht wahr? Sie wollten Sie beim Schneiden des Films abschlachten.«

Rachel stieß ihren Stuhl zurück. »Wenn Sie jetzt fertig sind …«

»Bin ich nicht.« Angie beugte sich vor. »Sie haben gelogen, was die letzten Stunden der Aufnahmen betrifft. Sie haben Jasmine gefilmt, unten in der Bucht, beim Angeln. Ihre Kamera ist gelaufen, als Jasmine zum Fluss kam. Sie haben nicht nur genau gesehen, was an jenem Abend mit Jasmine Gulati geschehen ist, Sie hatten es auch auf Band. Nicht wahr, Rachel?«

Alle Farbe wich der Frau aus dem Gesicht. Binnen eines Augenblicks schien sie um Jahre zu altern.

Angie tippte mit dem Finger auf den Tisch. »Ich habe einen Zeugen, der Sie auf dem Felsen über der Bucht gesehen hat, in der Jasmine Gulatis Angel gefunden wurde. Dieser Zeuge hat Sie mit Ihrer rosa Mütze und Ihrem Stativ gesehen, während Sie gefilmt haben. Ich stand selbst auf diesem Felsen, Rachel. Man hat von dort aus einen direkten Blick hinab auf die Bucht. Aber Sie haben mir klar und deutlich erklärt, dass Sie vom Lager aus flussaufwärts gelaufen sind, in die entgegengesetzte Richtung, um das Camp von einer Landzunge aus zu filmen. Nur bin ich selbst östlich des Lagerplatzes den Fluss hinaufgelaufen. Dort gibt es keine Landzunge. Man kann das Camp von keiner Stelle aus deutlich sehen.« Sie hielt inne. »Sie haben gelogen.«

Rachel schluckte und rutschte auf dem Stuhl herum. »Wer ist dieser Zeuge?«

»Das spielt keine Rolle.«

»Hören Sie, ich habe Sie nur deswegen in die Irre geführt, um dieser Situation jetzt zu entgehen. Ich habe befürchtet, dass Sie zu der Meinung gelangen könnten, ich hätte ein Motiv gehabt, wenn ich Ihnen gesagt hätte, dass Jasmine mit meinem Mann geschlafen und Fantasien darüber gehegt hat, ihn zu heiraten. Die Tatsache, dass ich sie als Letzte noch lebend gesehen habe, hätte es auch nicht besser gemacht. Und genau aus diesem Grund habe ich auch die Aufnahmen zerstört.«

»Was haben Sie gesehen? Was war auf den Bändern? Was genau ist an jenem Abend mit Jasmine passiert?«

Rachel erhob sich. »Das reicht. Wir sind hier fertig.« Mit ausgestrecktem Arm deutete sie auf den Gang. »Bitte gehen Sie. Sofort.«

Angie blieb sitzen. »Sie haben ihren Überlebenskampf beobachtet«, sagte sie leise. »Hat die Strömung sie in die nächste kleine Bucht direkt vor den Wasserfällen gespült? Ich war auch dort, und an dieser Stelle wird alles Treibgut angeschwemmt. Eine ganze Menge hat sich hinter einem großen umgestürzten Baum gesammelt. Hätten Sie nicht um Hilfe rufen können, Rachel? Lange bevor Garrison gesehen hat, wie sie zum Schluss über die Wasserfälle gestürzt ist? Hätten Sie nicht den Pfad hinunterrennen und sie herausziehen, sie retten können? Oder haben Sie einfach still dagestanden, nichts getan und ihr beim Sterben zugesehen?«

Doug sprang so schnell auf die Füße, dass sein Stuhl hinter ihm gegen die Glastür krachte. »Meine Frau hat Sie gebeten zu gehen. Wir sind in keiner Weise verpflichtet, auf diese lächerlichen Anschuldigungen zu antworten. Sie sind kein Cop. Sie sind eine gefeuerte Ex-Polizistin. Eine jämmerliche, Dreck aufwühlende Schande für jeden Privatdetektiv. Der Mist, der in unserem Leben passiert ist, hat nichts, aber auch gar nichts damit zu tun, dass Jasmine Gulati ausgerutscht und ertrunken ist. Wie meine Frau schon erklärt hat, ist genau *das* der Grund für ihr Schweigen. Weil genau das hier passieren würde. Weil die Menschen grässliche Schlüsse ziehen würden.« Er wollte nach dem Tagebuch greifen, aber Angie kam ihm zuvor und steckte das Buch in ihre Tasche.

Dann zog sie sich den Tragegurt über die Schulter und stand auf.

»Wir können nachverfolgen lassen, woher der Ring stammt, Doug. Wussten Sie das? Es lässt sich herausfinden, wer ihn gekauft hat und wo. Wir können die Diamanten zurückverfolgen, was uns zu dem Juwelier bringt, der den Ring angefertigt hat. Dann wissen wir auch, in welches Geschäft er geliefert wurde und wie man für ihn bezahlt hat.« Angie wusste nur allzu gut, wie schwierig das nach all den Jahren werden konnte, aber vielleicht wusste Doug es nicht.

»Die Tür ist dort hinten«, sagte er und stellte sich zwischen Angie und seine Frau. In seinen Augen loderte es und sein Gesicht war gerötet.

Angie ging in Richtung Tür, Doug neben sich und Rachel dicht hinter ihr. Doch dann blieb sie noch einmal abrupt stehen und wandte sich zu den beiden um.

»Eins noch. Ich habe Beweise dafür, dass Eden dieses Tagebuch gelesen hat.«

Sowohl Rachel als auch Doug erschraken sichtlich. Dougs Blick huschte zu seiner Frau. Angie wartete schweigend. Der Kuckuck schoss aus seinem Häuschen und schmetterte seinen Ruf, was sie alle zusammenzucken ließ.

Angie fuhr fort: »Was auch einen Teil Ihrer Behauptungen als Lüge entlarvt, Rachel. Sie haben gesagt, Sie hätten auch deshalb alles vertuscht, weil es Eden wehtun könnte. Aber wenn Eden das Tagebuch gelesen hat, dann wusste sie bereits von Jasmines Affäre mit ihrem Vater. Sie wusste von Dougs Baby, das Jasmine abgetrieben hat, weil auch das hier drinsteht. Damals am Fluss, vor vierundzwanzig Jahren, hat Eden erfahren, dass ihr Vater – den sie vergötterte – ihre Mutter und sie für eine widerliche Schlampe verlassen würde.« Angie bluffte, trieb die beiden, so weit sie konnte, bevor man sie rauswarf, denn sie konnte nicht sicher sein, dass Eden das alles tatsächlich aus dem Tagebuch erfahren hatte. Sie trat einen Schritt auf das Paar zu, drang in deren Komfortzone ein. »Eden hatte – und hat noch immer – eine Schwäche für ihren Vater. Diese Vater-Tochter-Beziehung ist ihr sehr wichtig. Welche Wirkung hätte die Nachricht einer drohenden Scheidung und der Möglichkeit von weiteren Kindern im Leben ihres Vaters auf einen jungen Teenager wie Eden gehabt?« Als Angie diese Worte aussprach, traf sie ein weiterer Gedanke. Hart. Ihr Puls schnellte in die Höhe. »Eden hat das Camp an jenem Abend nach Ihnen verlassen, Rachel«, fuhr sie rasch fort. Ihre Gedanken rasten, ihr wurde heiß. »Angeblich, um sich im Wald zu erleichtern. Könnte *sie* Jasmine vielleicht gefolgt sein? Was haben Sie wirklich von diesem Felsen aus gesehen, Rachel? Gibt es noch einen dunkleren Grund dafür, dass Sie geschwiegen und diese Bänder zerstört haben?«

Winzige Schweißperlen erschienen auf Rachels Oberlippe, und ihre Haut nahm einen fahlen Grauton an. Sie gab einen leisen Laut von sich und musste sich an der Wand abstützen.

Dougs Blick schoss zu ihr. Der Schock zeichnete sich in seinem Gesicht ab, als auch er zu begreifen begann. Dann blickte er zu einem der Fotos an der Wand. Angie drehte sich um und folgte seinem Blick.

Es war das Schwarz-Weiß-Bild des vierjährigen Jimmy Hart auf seinem Dreirad. Ein Foto, das aus jenem Sommer stammte, in dem er ertrunken war. Der Sommer, in dem Eden mit dem kleinen Jimmy allein beim Dock gewesen war.

Angie schlug das Herz bis zum Hals, als sich die Puzzlestücke ineinanderfügten. Edens Worte hallten in ihrem Kopf wider.

Das Schlimmste ist, dass meine Mutter mir teilweise die Schuld an Jimmys Tod gibt. Ich sollte auf ihn aufpassen, aber ich bin vom Steg weggegangen, um Brombeeren zu sammeln, die ich am Seeufer entdeckt hatte. Und während ich Beeren gesammelt habe, ist er mit seinem Dreirad vom Steg gefallen. Als ich das Platschen hörte … Schuld kann etwas Furchtbares sein. Ich habe mich jahrelang schuldig gefühlt. Meine Mutter tut das noch heute, glaube ich. Weil sie mich mit Jimmy allein gelassen hat, und ich war damals erst neun. Meine Mutter ist der Meinung, sie hätte mir in meinem Alter diese Verantwortung niemals übertragen dürfen.

Langsam wandte Angie den Blick von dem Schwarz-Weiß-Foto ab und sah wieder Rachel und Doug an.

Beide machten den Eindruck, als hätten sie einen Geist gesehen. Ein grässliches Gespenst aus der Vergangenheit, das zwischen ihnen aufstieg.

»Jimmy ist ertrunken«, sagte Angie, und es klang fast wie ein Flüstern. »Genau wie Jasmine. Beide waren mit Eden allein, nicht wahr? Sie haben gesehen, wie sie Jasmine in den Fluss gestoßen hat? Sie haben es *gefilmt*?«

Rachels Beine gaben unter ihr nach. Sofort umfasste Doug ihren Arm und half ihr in einen Sessel im Wohnzimmer. Rachel sackte darauf zusammen wie eine kaputte Puppe. Eine stumme Kommunikation spielte sich zwischen Doug und seiner Frau ab. Sie nickte, kaum wahrnehmbar. Er umklammerte mit beiden Händen die Rückenlehne des Sessels. Sein Gesicht war aschfahl. Er machte einen ganz und gar gebrochenen Eindruck.

Angie vermutete, dass Doug gerade zum ersten Mal der Gedanke gekommen war, dass seine Tochter seinen Sohn ertränkt haben könnte. Rachel hingegen hatte es wohl schon seit Längerem vermutet, wahrscheinlich weil sie gesehen hatte, wie ihre Tochter Jasmine in den Nahamish River gestoßen hatte. Sie hatte ihren Mann vor dem Grauen geschützt, dass eines ihrer Kinder das andere getötet hatte.

»Sie haben Eden gesehen, Rachel«, ergriff Angie wieder das Wort. Dieses Mal klang es entschlossener. »Sie haben gesehen, wie Ihre vierzehnjährige Tochter Jasmine Gulati in den Fluss gestoßen hat. Oberhalb der tödlichen Wasserfälle. Sie haben nicht um Hilfe gerufen. Sie haben nichts getan und nichts gesagt, weil sie damit Ihr eigenes Kind als Mörderin enttarnt hätten. Und als Sie Eden gefragt haben, warum sie es getan hatte, da hat sie, nicht Doug, Ihnen erklärt, was in diesem Tagebuch steht und warum sie Jasmine zur Bucht gefolgt ist. Eden wollte verhindern, dass Jasmine ihre Familie zerstört, ihre Beziehung zu ihrem Vater, ihr Leben. Sie waren eine Mutter, die sowohl ihr Kind als auch sich selbst schützen wollte. Weil Sie nicht zulassen konnten, dass Jasmine noch im Tod ihr Zerstörungswerk an Eden und Ihrer Familie beendete, das sie im Leben begonnen hatte.«

Tränen traten in Rachels Augen und rannen ihr still über die Wangen. Sie begann zu zittern.

Doug starrte Angie entsetzt an. Seine Lippen bewegten sich, doch er schien keine Worte formen zu können. Er sank vor Rachels Sessel auf die Knie und ergriff die Hände seiner Frau.

»Und Sie, Doug«, fuhr Angie fort. »Sie hatten keine Ahnung, dass Ihre Frau und Ihre Tochter von der Affäre und der Verlobung wussten. Sie dachten, Ihre Liebhaberin wäre bequemerweise einfach für immer verschwunden, womit Sie in Sicherheit waren.«

»Ist … ist das wahr, Rachel?« Seine Stimme klang rau. »Bitte, Gott, das darf nicht wahr sein. Hat … Wie lange glaubst du schon, dass Eden unserem Jimmy etwas angetan hat – dass unsere Tochter unseren Sohn getötet hat? Warum? *Warum*, Rachel? Warum sollte sie so etwas tun? Eifersucht? Besitzgier? Warum hast du nicht mit mir gesprochen?«

Rachel schien in einen seltsam entrückten Zustand gerutscht zu sein. Doug wandte sich an Angie. »Sie müssen gehen. Sie müssen sofort gehen.«

»Ich muss die Polizei anrufen und das melden«, sagte sie sanft. »Das wissen Sie.«

Er sprang auf. »Bitte, bitte, lassen Sie nicht zu, dass diese Frau mein Leben zerstört. Meine Familie. Nur wegen der Fehler, die ich gemacht habe.«

»Ihre eigene Tochter hat Ihre Familie schon vor langer Zeit zerstört, falls sie wirklich etwas mit Jimmys Ertrinken zu tun hat.«

Er schlug mit der Faust gegen die Wand, die das Wohnzimmer vom Flur trennte. Die Wucht des Aufpralls schien durch seinen ganzen Körper zu vibrieren, und in der Wand blieb eine Delle zurück. Er starrte seine blutige Hand an, er bebte am ganzen Körper.

Auf einmal sprach Rachel, aber ihre Stimme war vollkommen fremd. »Sie muss es der Polizei jetzt sagen, Doug. Sie hat das Tagebuch. Jetzt ist alles heraus. Eden …« Sie rutschte auf dem Sessel herum und wandte sich an Angie. »Durch Jimmys Tod hat Eden gelernt, dass Ertränken funktioniert. Ich … ich weiß nicht, was man als Mutter tun soll, wenn man auf einmal einen so schrecklichen Verdacht gegen sein eigenes Kind hat, sich aber nie sicher ist. Wenn man Dinge ahnt, die … man einfach nicht glauben will. Nicht glauben kann. Über die man nicht einmal Fragen stellen kann.« Mit beiden Handflächen wischte sie sich die Tränen vom Gesicht. »Ich glaube, nach dem Erfolg bei dem Mord an Jasmine ist Eden auf den Gedanken gekommen, dass es eine gute Taktik ist, einen Ausflug in die Wildnis zu organisieren. Sie … die Polizei muss sich auch einen weiteren Todesfall ansehen. Den einer Frau namens Jayne Elliot, sie ist ertrunken. Sie … sie ist Michaels Ex-Freundin – Michael ist Edens Ehemann. Ich …«

»Rachel, hör auf!«, brüllte Doug. »Hör sofort auf! Kein Wort mehr.«

»Nein. Nein, ich muss das tun, ich muss es aussprechen. Ich habe mich das immer gefragt. Eden ist böse, Doug. Sie trägt einen dunklen Keim in sich. Vor drei Jahren hat sie oben an der Küste einen Ausflug organisiert. Eine Gruppe Frauen, die zum Lachsangeln gefahren sind. Dazu hat sie auch Michaels Ex-Freundin eingeladen, was mich überrascht hat, aber Eden meinte, sie wolle versuchen, in Zukunft besser mit der Frau auszukommen. Sie hatten ihre Differenzen in der Vergangenheit. Eden hat befürchtet, dass Michael nie richtig über Jayne hinweggekommen ist. Also hat Eden sie und ein paar weitere Freundinnen eingeladen, ein Boot gemietet und einen Guide angeheuert – alle haben zusammengelegt. Am letzten Tag der Reise an der Küste vor British Columbia ist Jayne Elliot bei extrem kaltem und stürmischem Wetter über Bord gegangen. Sie wurde von der Strömung fortgerissen und man hat sofort eine Suchaktion gestartet. Zwei Tage später fand man ihre Leiche, die an einem Inselstrand angetrieben worden war. Sie war ertrunken. Niemand hatte sie über Bord gehen sehen. Außer Eden. Sie müssen sich diesen Vorfall ansehen. Sie müssen.«

»*Warum* sollte sie so etwas tun?«, fragte Doug.

»Sie ist einfach so, Doug. Sie muss immer im Zentrum der Aufmerksamkeit stehen. Sie musste dein Augenstern sein – es ging besonders um dich. Sie konnte nicht zulassen, dass Jimmy und die beginnende Vater-Sohn-Beziehung ihr das wegnahm. Sie ist besitzergreifend und tödlich eifersüchtig, wenn sie sich betrogen fühlt.«

Langsam sank Doug auf das Sofa. »Ich kann nicht fassen, dass du nie etwas gesagt hast.«

»Zu wem? Worüber? Was sollte ich denn sagen? Ich *glaube*, meine Tochter ist eine Serienmörderin?«

»Sie hatten einen Beweis, Rachel. Wenn Sie tatsächlich gefilmt haben, wie sie Jasmine in den Fluss gestoßen hat, dann hatten Sie einen Beweis.«

»Ich habe sie nicht gefilmt. Ich war wie gelähmt, als ich es gesehen habe. Wie gelähmt. Die Kamera ist zufällig gelaufen. Ich habe nicht geschrien. Ich habe nicht gehandelt. Die Aufnahmen haben mich genauso belastet. Dann hat mir Eden erzählt, warum sie es getan hat, und ich konnte nicht zulassen, dass jemand von deinen Taten erfährt. Herrgott noch mal. Du musst doch sehen, wie das alles geendet hätte. Unser Leben wäre in sich zusammengebrochen. Man hätte dich aus der Universität geworfen. Und … damals hatte ich, was Jimmys Ertrinken angeht, noch nicht zwei und zwei zusammengezählt. Das kam erst später. Und selbst dann war ich mir nie sicher. Es … es war nur ein dunkler und schrecklicher Verdacht, und außerdem hätte ich eine Neunjährige erst gar nicht mit ihrem vierjährigen Bruder allein lassen sollen.« Sie wandte sich an Angie.

»Ich habe nach dem Tagebuch gesucht, wissen Sie? Als es niemand zu vermissen schien, habe ich geglaubt, Eden hätte es genommen. Dann wäre sie sicher vor jedem Verdacht gewesen, genau wie ich. Wenn Eden es genommen hätte, dann würde nie herauskommen, was darin steht, aber wenn es jemand anderes an sich gebracht hätte … Jahrelang habe ich mich das gefragt. Dann, als man Jasmine nie gefunden hat und das Tagebuch verschollen blieb, habe ich alles einfach begraben. Tief, tief in meinem eigenen Kopf. Ich habe es in eine Schublade gesteckt und sie zugeschoben. Ich habe einfach weitergemacht und mich glauben lassen, dass das, was ich gesehen habe, nie wirklich so passiert ist.«

»Wie ist es denn passiert?«, fragte Angie. »Was genau haben Sie gesehen?«

Rachel holte tief Luft. »Ich habe Jasmine gefilmt, wie sie allein ihre Angel ausgeworfen hat. Das Licht war so schön. Die Tropfen, die von ihrer Schnur gespritzt sind, haben gefunkelt wie Diamanten. Dann … dann ist auf einmal Eden ins Bild getreten. Sie hatte ihre rote Kinabulu-Mütze an und in der Hand hielt sie ein Holzscheit. Sie ist aus dem Wald gekommen und auf direktem Weg die Böschung hinuntergeklettert, bis zu der Stelle, wo Jasmine stand.« Rachels Stimme brach, und sie nahm sich einen Moment, um sich zu fassen. Dann räusperte sie sich und fuhr fort: »Jasmine hat sich umgedreht und ihr etwas zugerufen, aber Eden war wie ein Roboter. Sie ist einfach immer weiter über die Felsen geklettert, bis sie direkt vor Jasmine stand. Dann hat sie das Holzscheit geschwungen. Sie hat Jasmine mit voller Wucht getroffen, und Jasmines Stiefel sind weggerutscht. Sie ist direkt ins Wasser gestolpert.« Rachel begann, sich auf dem Sessel vor und zurück zu wiegen, die Arme eng um den Oberkörper geschlungen. »Ich … ich wusste, dass die Strömung das Wasser in die kleine Bucht direkt vor den Wasserfällen treibt, und ich bin hinuntergerannt, so schnell ich konnte. Als ich unten angekommen bin, hat sich Jasmine an einen riesigen Baum geklammert, der in den Fluss gefallen war. Aber ich … ich … Die ganze Zeit hatte ich nur Eden vor mir, wie sie dieses Holzscheit geschwungen hat, und ich wusste, dass Jasmine, wenn ich sie aus dem Fluss ziehen würde, der Polizei sagen konnte, dass meine vierzehnjährige Tochter versucht hatte, sie umzubringen. Und ich … ich habe einfach zugelassen, dass sie wieder in den Fluss rutschte.« Rachel begann zu würgen.

Doug half ihr hoch und brachte sie eilig zum Badezimmer, wo sie sich den Geräuschen zufolge übergab.

Angie stieß die Luft aus und verließ das Haus. Sie trat auf die Veranda hinaus und zog ihr Handy hervor. Sie rief die lokale Dienststelle der RCMP an und ließ sich mit einem Detective verbinden, von dem sie wusste, dass er dort arbeitete.

»Ich glaube, es handelt sich um eine Mordserie«, erklärte sie ihm. »Möglicherweise um drei Morde bisher. Alles Fälle von Ertrinken. Die Verdächtige Dr. Eden Hart lebt und arbeitet derzeit in Nanaimo.« Angie gab die Anschrift von Edens Praxis durch und die des wunderschönen Hauses am Meer, das den Harts gehörte.

Der Detective bat sie zu warten. Umgehend wurden mehrere Einheiten zu den Harts geschickt. Weitere Polizisten waren schon unterwegs zu Dr. Eden Harts Praxis und ihrem Haus in Nanaimo.

Angie setzte sich auf die Stufen der Veranda und rieb sich über das Gesicht. Das Gewicht dessen, was sie gerade getan hatte, lastete schwer auf ihren Schultern.

Oh, die Geheimnisse, die wir wahren. Wie sie uns gefangen halten. Und welches Unheil sie anrichten können.

Die Wahrheit war nicht immer schön, aber notwendig. Daran glaubte Angie fest. Sie *musste* daran glauben. Die Wahrheit brachte die Möglichkeit, mit den Geschehnissen abzuschließen. Sie hatte Jasmine Gulati Gerechtigkeit gebracht. Und Jilly Monaghan. Die alte Richterin konnte endlich loslassen.

Die Wahrheit war die eine große Sache, an der Angie festhalten musste.

Kapitel 40

Samstag, 24. November

Angie stand neben Jilly Monaghan am nebelverhangenen Strand und blickte aufs Meer hinaus. Es war Samstagmorgen, und Gudrun hatte Angie gesagt, dass sie die alte Frau hier finden würde. Kalter Wind blies weißen Schaum von den Wellen, und am Horizont verschwamm der Übergang von Himmel und Meer in Grau.

»Dann wurde unsere Jasmine also ermordet«, sagte Jilly und lehnte sich schwer auf ihre Krücken, während sie sich dem Wind entgegenstellte. »Von einem vierzehnjährigen Mädchen.«

»Es scheint so«, antwortete Angie. »Der Aussage von Rachel Hart zufolge ist Eden Hart damals Jasmine zu der abgelegenen Bucht gefolgt und hat sie überrascht. Sie hat Jasmine mit einem Holzscheit einen Schlag versetzt. Das hat Jasmine aus dem Gleichgewicht gebracht, und sie ist in das eisige Wasser gestürzt, wo sie von ihren Stiefeln und der Wathose nach unten gezogen wurde. Die Strömung hat sie ein Stück flussabwärts in eine kleine Bucht gespült, direkt vor den Wasserfällen, wo sie sich an einem umgestürzten Baum festhalten konnte. Sie hat versucht, sich das steile, rutschige Ufer hinaufzuziehen. An diesem Punkt hätte Rachel Hart sie vielleicht retten können, aber sie hat nichts getan. Rachel, Eden und Garrison Tollet ein Stück weiter oben am Hang haben alle drei gesehen, wie sie über die Wasserfälle gefallen ist.«

»Rachel hat die Tat ihrer Tochter mit der Kamera erfasst?«, fragte Jilly Monaghan.

»Offenbar ja. Natürlich beruht bisher alles auf Zeugenaussagen. Noch ist nichts davon bewiesen. Dr. Eden Hart wurde gestern in Nanaimo verhaftet und ruft gerade ihre Anwälte zusammen. Zwei zusätzliche Mordermittlungen wurden eröffnet. Eine davon befasst sich mit dem Ertrinken von Edens kleinem Bruder Jimmy Hart. Die andere mit dem Ertrinken der Ex-Freundin von Eden Harts Ehemann. Rachel hat auf Anraten ihres eigenen Anwalts ein volles Geständnis abgelegt. Der leitende Ermittler in dem Fall hat mir gesagt, dass Rachel und Doug sehr schnell zu dieser Entscheidung gekommen sind.«

»Sie geben ihre Tochter auf, um mildernde Umstände zu bekommen? Mit der Begründung, dass ihr früheres Schweigen auf dem Wunsch einer Mutter beruhte, ihr Kind zu schützen?«

»Ich glaube, sobald die beiden erst wirklich begriffen hatten, dass ihre eigene Tochter möglicherweise ihren Sohn ermordet hat, konnten sie sich nicht länger davor verstecken, wer Eden wirklich ist. Und was sie vielleicht noch tun könnte. Ihr Anwalt hat ihnen vermutlich dazu geraten, dass es in ihrem eigenen Interesse liegt, alles zu sagen und sich als Eltern darzustellen, die einer verschlagenen jungen Soziopathin zum Opfer gefallen sind.«

»Einer kalten, kontrollsüchtigen, narzisstischen und sehr intelligenten Person«, sagte Jilly, deren Augen vom Wind tränten.

Angie nickte.

»Also muss Jasmine von der Kraft der Wasserfälle unter Wasser gedrückt worden sein«, fuhr die Richterin fort, den Blick auf die Wellen gerichtet. »Dann kamen die beiden großen

Fluten, und eine davon hat ihren Leichnam gelöst und in dieses Wäldchen gespült.«

Angie strich sich das Haar aus dem Gesicht, das der Wind ihr in die Stirn wehte. »Scheint so. Das Wäldchen, in dem man Jasmine gefunden hat, liegt zwar ein paar Fuß über dem geschätzten Hochwasserpegel des Flusses, aber es ist eben nur eine Schätzung, die ein Meteorologe aufgrund der damaligen Aufzeichnungen abgegeben hat. Es könnte eine Art Flutwelle gegeben haben. Ich habe das mit einem Spezialisten an der UVic besprochen, und er hält es für möglich.«

»Nach all diesen Jahren ist die Wahrheit endlich ans Licht gekommen«, sagte die alte Frau.

Angie zögerte. »Jilly, was ebenfalls ans Licht kommen wird, ist die Tatsache, dass Jasmine eine … komplexe und in gewisser Weise unbeliebte Person war.«

Jilly Monaghan versetzte ihr einen Blick. »Ich weiß, dass unsere Jasmine schwierig sein konnte. Ich weiß, dass sie Probleme hatte, möglicherweise pathologische Probleme, die mit ihrer Sexualität zusammenhingen.« Sie hielt inne und blickte wieder hinaus auf die graue See. Der Wind ließ ihren Mantelsaum flattern. Leise fuhr sie fort: »Aber wie es scheint, hat unsere Jasmine in der jungen Eden Hart ihre Meisterin gefunden. Einer Serienmörderin, die im Alter von neun Jahren zum ersten Mal getötet hat.« Sie sah Angie an. »Ich frage mich, ob es noch andere gegeben hat, abgesehen von ihrem Bruder, Jasmine und der Ex-Freundin ihres Mannes.«

»Das wäre jedenfalls keine Überraschung. In ein paar Tagen habe ich meinen Abschlussbericht für Sie fertig, sowohl als Ordner als auch auf CD gebrannt.«

Die Richterin verfiel in Schweigen und sah zu, wie das schaumige Wasser über die Kiesel am Strand spülte. Ein feiner Sprühregen wehte vom Meer heran und benetzte ihr faltiges Gesicht und die Wollmütze. »Sie werden feststellen, dass Ihr

Honorar und die Bonuszahlung bereits auf Ihr Konto überwiesen wurden.« Sie blickte Angie in die Augen. »Danke, Angela. Ich wusste, dass Sie es schaffen.«

»Angie.«

Die Richterin lächelte. Etwas Unausgesprochenes spielte sich zwischen den beiden so entschieden unabhängigen Frauen ab, die sich an unterschiedlichen Stellen im Strom ihres Lebens befanden. Während Angie in die wässrigen Augen der Richterin blickte, spürte sie ein starkes Echo der Zeit, ein Echo all dessen, was gewesen war und was noch kommen würde, und wie all das ineinandergriff. Jilly Monaghan hatte ihr einen Weg voran gezeigt. Sie hatte Angie eine Möglichkeit aufgezeigt, wie man sein konnte. Wie man stärker werden und wie man altern konnte.

Angie zögerte. Sie wollte das, was ihr durch den Kopf ging, nicht aussprechen, weil es ihre Verletzlichkeit zeigen würde. Doch irgendetwas in der Miene der alten Frau brachte sie dazu, es trotzdem zu sagen: »Ihr Anruf und dieser Auftrag – das war meine Rettungsleine. Ich bin diejenige, die sich bedanken muss.«

»Ah, aber Sie haben die Rettungsleine mit beiden Händen gepackt. Sie haben sich ganz allein daran zum Strand zurückgezogen. Es war Vorsehung, dass wir einander begegnet sind. Ich hoffe, wir werden nicht wieder zu Fremden.«

Zu ihrem eigenen Schrecken beugte sich Angie aus einem Impuls heraus vor, umarmte die alte Frau und gab ihr einen Kuss auf die feuchte, faltige Wange. Dann ging sie davon und ließ die Richterin am Meer zurück. Diese hatte die arthritischen Hände fest um die Krücken geschlossen und den Blick in die nebulöse graue Ferne gerichtet.

Während Angie den Strand entlangeilte, die Hände gegen die Kälte tief in den Taschen vergraben, mit der salzigen Brise im Gesicht, dachte sie ein weiteres Mal über die Ironie all dessen nach. Dass sich ihre Medienpräsenz, ihre traurige Berühmtheit sowohl bei ihrem Beruf als Polizistin als auch bei ihrer Anstellung als Privatermittlerin als fatal erwiesen hatte. Und doch hatten dieselben Umstände sie zu Richterin Monaghan geführt und damit zu einem Weg, wie sie sich alles wieder zurückholen konnte. Und es hatte sie besser gemacht. Stärker. Sie würde sich nicht mehr davor verstecken, wer sie war. Angie Pallorino, das Krippenkind, die brutale Polizistin, die einen kranken Mörder und Serienvergewaltiger erschossen hatte. Sie würde all das sein und noch mehr. Sie würde es mit Trommelwirbel vor sich hertragen, und sie würde das Banner im Namen der Wahrheit hochhalten. Damit auch andere wie sie selbst und Jilly Monaghan mit der Vergangenheit abschließen konnten.

Sobald sie bei ihrem Auto war, rief sie Jock Brixton an.

Es war besetzt, also hinterließ sie ihm eine Nachricht. »Jock, der Fall ist abgeschlossen. Bis Montagnachmittag ist die Abrechnung des Gulati-Falls, inklusive der Bonuszahlung minus meines Anteils und meiner Ausgaben, bei deinem Buchhalter. Der Job ist erledigt.« Sie lächelte. »In ein paar Tagen hast du eine Kopie meines Abschlussberichts auf dem Schreibtisch.«

Sie legte auf und lehnte sich auf dem Fahrersitz zurück. Der Regen rann über die Windschutzscheibe.

Verflucht noch mal. Sie hatte gewonnen. Sie hatte es geschafft. Sie hatte ihren ersten Fall als Soloermittlerin gelöst.

Sie ließ den Motor an. Es hatte sie den ganzen gestrigen Nachmittag gekostet, alles mit der RCMP abzuklären. Danach war sie nach Hause gefahren, hatte geduscht und war wie tot ins Bett gefallen. Sie hatte an diesem Morgen ausgeschlafen und war dann zu Jilly Monaghan gefahren, um ihr alles persönlich zu berichten. Als Nächstes war Maddocks dran. Sie wollte ihn sehen.

Während der Fahrt legte sie sich die Worte zurecht, mit denen sie ihm sagen wollte, dass sie bereit war. Bereit, sich auf diese Beziehung einzulassen. Wie sie ihn fragen sollte, ob auch er das noch wollte – ob er *sie* noch wollte.

Sie bog in eine regennasse, mit gefallenem Laub bedeckte Straße ein. Die Blätter waren rutschig. So glatt wie die Felsen, auf denen Jasmine ausgerutscht war … irgendetwas an diesem Fall nagte noch immer an ihr. Etwas, das jemand über das Ausrutschen auf den Felsen gesagt hatte … Aber sie kam einfach nicht darauf.

Auf einmal tauchte vor ihr das Tor der Mount Saint Agnes Mental Health Treatment Facility auf. Angie sah auf die Uhr. Samstagmittag. Ihr Vater würde dort sein, bei ihrer Mutter. Er ging sie immer freitagabends und samstags besuchen. Er blieb dabei jedes Mal zum Essen im Speisesaal der Patienten. Kurz entschlossen trat Angie auf die Bremse und setzte den Blinker. Dann fuhr sie durch das gewaltige schmiedeeiserne Tor des Pflegeheims.

* * *

Angie fand Miriam und Joseph Pallorino allein im gläsernen Wintergarten. Draußen wurde es immer dunkler, da die Wolken tief hingen und der Regen zunahm, aber im Kamin in der Ecke prasselte ein gemütliches Feuer und im Wintergarten war es behaglich warm.

Ihr Vater blickte auf, als sie eintrat. Er wirkte überrascht. Dann trat Sorge in sein Gesicht. Er sprang auf und fasste sich dann mit schmerzverzerrter Miene an die Hüfte.

»Angie? Alles … alles in Ordnung? Du wirkst …«

»Erschöpft. Ich weiß.« Sie lächelte und umarmte ihn. »Ich bin todmüde, aber mir geht es sehr gut. Wie steht es bei dir? Die Hüfte tut noch weh, oder?«

Er verzog das Gesicht. »Ja. Wie immer. Die lieben Zipperlein. Alt werden ist wirklich nichts für Weicheier, aber vermutlich immer noch besser als die Alternative, was?«

»Da hast du wohl recht.« Sie sah ihre Mutter an, die mit leerem Blick ihr Spiegelbild in der Fensterscheibe betrachtete. »Wie geht es Mom?«, fragte sie leise.

»Heute ganz gut. Du hast dir einen guten Tag für deinen Besuch ausgesucht, glaube ich. Vielleicht erkennt sie dich ja.«

Angie zog sich einen Korbstuhl heran und setzte sich ihrer Adoptivmutter gegenüber. Miriam Pallorino war nur noch ein blasses Abbild der Frau, die sie einmal gewesen war. Ihr Blick wirkte leer, die Wangen waren eingefallen. Das einst flammend rote Haar war mit weißen Strähnen durchsetzt und bildete eine clowneske orangefarbene Wolke um ihren Kopf.

Es zog Angie das Herz zusammen.

Miriam und Joseph Pallorino hatten Angies Vergangenheit vor ihr geheim gehalten. Sie hatten Angie als Vierjährige adoptiert und sie einfach in die Lücke eingepasst, die ihre tote kleine Tochter hinterlassen hatte. Sie hatten ihr sogar denselben Namen gegeben. Doch es war eine Tat gewesen, um irgendwie mit dem Verlust fertigzuwerden. Eine verzweifelte Maßnahme der Trauer. Auf eine sehr komplexe, komplizierte Art war es ein Akt der Liebe gewesen.

Unterschied sich das denn so sehr von den Gründen, aus denen die Tollets, die Carmanaghs und die Jacobis Axel Tollet beschützten? Einen von ihnen?

Ein vages ungutes Gefühl trübte Angies Laune, als sie wieder an die Tollets und die Carmanaghs dachte. An den Truck, der sie von der Straße hatte drängen wollen, und an die Pfeile, die Claire und sie im Wald nur knapp verfehlt hatten.

Wenn sie es gewesen waren, die diese Dinge getan hatten, dann vermutlich, um Angie zu verjagen, bevor sie die Wahrheit über den Mord an Porter Bates herausfinden konnte.

Trotzdem blieb da diese Unruhe, das Gefühl, dass etwas nicht stimmte. Dass etwas noch nicht abgeschlossen war. Dass sie ein wichtiges Beweisstück übersehen hatte, das nun irgendwo in ihren Gedanken knapp außerhalb ihrer Reichweite hing.

Sie verdrängte diese Gedanken und konzentrierte sich darauf, warum sie gekommen war. Auf die guten Dinge, die sie von jetzt an in ihrem Leben gedeihen lassen wollte. Sie ergriff die kalte, venenüberzogene Hand ihrer Mutter.

»Hallo, Mom. Wie geht's dir? Hast du heute wieder den Vögeln zugeschaut? Gefällt ihnen das neue Vogelhäuschen, das ich ihnen letztes Mal mitgebracht habe?«

Verwirrung malte sich in Miriams Gesicht, gefolgt von einem irritierten Stirnrunzeln. Sie warf ihrem Mann einen flehenden Blick zu.

»Das ist Angie, Liebes«, sagte er. »Unsere Angie.«

Miriam begann, in ihrem Stuhl vor und zurück zu schaukeln. »Angie«, sagte sie und das Stirnrunzeln vertiefte sich. »Angie. Angie. Wer ist Angie?«

Angie zog ihr Handy hervor. »Ich wollte dir etwas zeigen, Mom.« Sie öffnete ein Foto, das Ginny mit ihrem eigenen Handy von Angie im Brautmodengeschäft geschossen hatte. Sie hielt es ihrer Mutter hin.

Mit leicht zitternden Händen nahm Miriam das Handy und betrachtete das Bild. Nun wirkte sie verwundert. Mit einem Finger strich sie über das Display.

»Eine Prinzessinnenbraut«, flüsterte sie. »Sie ist so schön.« Sie sah Angie an. »Das bist du. Sie ist unsere Angie. Mein kleines Mädchen heiratet?«

Tränen traten Angie in die Augen. Sie räusperte sich. »Vielleicht. Erinnerst du dich noch an Detective James Maddocks? Ich habe ihn einmal mit hergebracht, damit ihr euch kennenlernt – ein großer Mann mit dunklen Haaren und blauen Augen?« Sie blickte zu ihrem Dad, der ebenfalls mit den Tränen zu kämpfen schien.

»Wir haben darüber gesprochen, dass wir es wagen wollen. Würdest du mich denn hergeben, Dad? Wenn es so weit kommt?«

Ihr Vater starrte sie an. Dann wandte er sich an seine Frau. Er nickte, während er versuchte, die Tränen wegzublinzeln. Als er sprach, klang seine Stimme heiser und weich: »Dann verzeihst du uns also, Angie? Das, was wir getan haben? Die Geheimnisse, die wir vor dir hatten?«

Sie stand auf und umarmte ihren Vater. Er zog sie an sich und schloss sie fest in die Arme. Sie fühlte, dass er weinte. Er roch so richtig, nach seinem alten Pullover, nach seinem Aftershave. Wie ihr Vater. Und sie verbarg das Gesicht an seinem Wollpulli mit den Lederflicken an den Ellbogen.

»Ich liebe dich, meine Kleine«, flüsterte er ganz nah an ihrem Ohr. »Ich liebe dich so sehr. Und es tut mir so, so leid, dass wir nicht …«

»Schhh.« Sie löste sich von ihm und legte ihm beide Hände fest auf die Schultern. Sie hielt seinen Blick. »Sag es nicht. Du bist ein guter Mann, Dad.«

Ein so viel besserer Mann als Dr. Doug Hart. Dein Kollege. Auch ein Akademiker im gleichen Alter.

»Ich bin froh, dass ihr mich gefunden habt.« Sie küsste ihn auf die Wange.

Der Augenblick schien sich zu dehnen. Regen trommelte gegen die Scheiben des Wintergartens, und der Himmel wurde noch dunkler. »Ich habe mir so gewünscht, dass du das sagst, Ange – du kannst dir nicht vorstellen, wie sehr ich mir das gewünscht habe.«

»Und ich habe mir gewünscht, es zu sagen. Ich liebe euch.« Sie sah auf ihre Mom hinab, deren Blick den Regenspuren am Fenster folgte. »Ich liebe euch beide. Von ganzem Herzen.«

Ihre Mutter begann sich wieder vor und zurück zu wiegen, dann erhob sie sanft die Stimme und sang.

Ave Maria
Vergin del ciel
Sovrana di grazie e madre pia …

»Vielleicht kann Mom das ja auch auf der Hochzeit singen«, sagte Angie zu ihrem Vater.

»Vielleicht.« Er lächelte.

* * *

Trotz ihrer Müdigkeit fühlte sich Angie von einer unfassbaren Leichtigkeit erfüllt, während sie nach Hause fuhr. Sie bog in die Straße an der Wasserfront ein. Die Lichter der Schaufenster leuchteten warm und freundlich durch den kalten, nebligen Abend, während kauffreudige Menschengrüppchen die Bürgersteige entlangliefen, die Schirme schützend gegen den Wind gestemmt. Bald würde der Dezember beginnen. Ein ganzes Jahr, seit Holgersen und sie zum Einsatz im Fall Gracie Drummond gerufen worden waren. Damals hatte sie dem drohenden Weihnachtsfest voller Unbehagen entgegengeblickt, wie immer schon, aus Gründen, die sie nicht verstanden hatte. Doch dann war sie James Maddocks begegnet, und er hatte ihr Leben auf den Kopf gestellt. Er war zu ihrem Partner geworden, zu ihrem Chef, zu ihrem Liebhaber. Und nun war er, vielleicht, ihr zukünftiger Ehemann. Der Gedanke schimmerte in ihr, als sie an einer roten Ampel hielt.

Ihr Handy klingelte, während sie den Fußgängern zusah, die vor ihr die Straße überquerten. Sie antwortete via Bluetooth.

»Angie hier.«

»Spricht dort die Privatdetektivin Angie Pallorino?« Eine Frauenstimme. Zögerlich.

Irgendetwas am Tonfall der Frau ließ Angie aufhorchen. »Genau die. Mit wem spreche ich?«

Ein Räuspern. »Ich bin Sophie Rosenblum. Sophie Sinovich Rosenblum. Ich war eine enge Freundin von Jasmine Gulati auf der Universität. Ich … ich bin gerade aus dem Urlaub mit meiner Familie zurückgekommen. Ich habe gehört, dass man Jasmines Leiche gefunden und identifiziert hat. Meine Haussitterin hat mir ausgerichtet, dass Sie hier waren und ein paar Fragen hatten und dass sie Ihnen Mias Kontaktdaten gegeben hat.«

»Oh, danke für den Anruf, Sophie.« Die Ampel sprang auf Grün. Angie fuhr an. »Mia konnte mir bei meinen Fragen weiterhelfen, danke.«

»Ich habe Mia angerufen. Sie hat mir gesagt, dass sie Ihnen von Jasmines Abtreibung erzählt hat.«

»Ja, hat sie.«

»Jasmine hat es nicht durchgezogen.«

Angies Herz machte einen Satz. Ihr Gehirn schien einen Salto zu schlagen. Sie trat auf die Bremse und kam quietschend in einer Ladezone zum Stehen. »Was haben Sie gesagt?«

»Ich bin mit Jasmine in die Frauenklinik auf dem Festland gefahren, aber im allerletzten Moment hat sie einen Rückzieher gemacht. Sie konnte es damals einfach nicht. Jasmine hatte nie eine Abtreibung.«

Kapitel 41

»Ich brauche mal deinen Rat«, sagte Angie und rutschte auf die Bank in einer Sitznische gegenüber der forensischen Pathologin Dr. Barb O'Hagan. Sie legte den vorläufigen Bericht des Coroners über Jasmine Gulatis Tod auf den Tisch zwischen sie. »Danke, dass du dich so kurzfristig mit mir triffst.« Sie hob die Hand, um dem Kellner ein Zeichen zu geben.

Angie hatte die ruppige alte Pathologin vom Auto aus angerufen, direkt nachdem Sophie Sinovich Rosenblum die Bombe hatte platzen lassen. Barb O'Hagan war mehr als eine ehemalige Kollegin für Angie. Sie war eine Freundin und Vertraute, die sich über die Gelegenheit gefreut hatte, sich mit Angie im Farrier John's, einem Pub im Tudor-Stil in der Innenstadt, zum Abendessen zu treffen.

»Und ich habe schon gedacht, du hättest Sehnsucht nach meinem Lächeln gehabt.«

Angie lachte. Der Kellner kam. »Was nimmst du, Barb? Das Übliche?«

»Warum nicht? Hält meinen alten Magen auf Trab.«

»Keine Überraschungen, wenn irgendjemand irgendwann einmal deinen zähen alten Körper auf dem Tisch in der Leichenhalle hat, was?«

»Ganz genau.«

Angie wandte sich an den Kellner. »Einen Lagavulin, sechzehn Jahre, einen Doppelten. Und … ach, zum Teufel, ich nehm auch einen. Meinen bitte mit Eiswürfeln. Und zwei Guinness-Pies und Pommes und Erbsen.« Sie sah Barb an und hob fragend eine Braue, um sicherzugehen. Die Pathologin nickte, und der Kellner ging, um die Getränke zu holen.

Angie zog eine Grimasse. »Meine Mutter hat mich früher immer dazu gezwungen, Erbsen zu essen, und jetzt bestelle ich sie freiwillig?«

»Und dazu noch zermanschte.«

»Na, hoffentlich schmecken sie wenigstens.«

»Glaub mir, was Besseres hast du verdammt lang nicht mehr gegessen. Wie geht's dir, Angie? Ich habe gehört, du hast einen Riesentreffer mit deinen Ermittlungen für die gute alte Jukebox Jilly gelandet. Wer hätte das gedacht – ein vierzehnjähriges Mädchen? Faszinierende Pathologie. Das wird ein Fall für die Psychologiestudenten. Allerdings bin ich inzwischen schon so lang dabei, dass mich eigentlich nichts mehr überraschen sollte.«

»Von wem hast du das denn? Von Leo?«

O'Hagan lachte gackernd und zeigte die Lücke zwischen ihren Vorderzähnen. »Nein, diesmal war es Holgersen. Er ist heute vorbeigekommen, weil er mit mir über irgendeinen alten Fall sprechen wollte, den Maddocks ihm und Leo aufs Auge gedrückt hat. Sie arbeiten in einer neuen Einheit, die unter der Schirmherrschaft von iMIT entstanden ist. Unter anderem nehmen sie sich auch die Akte der vermissten Annelise Janssen noch einmal vor. So ein komischer Kauz, dieser Holgersen. Er hat erzählt, dass das ganze Revier völlig aus dem Häuschen ist, weil du mit dieser Sache am Nahamish River möglicherweise eine ganze Mordserie aufgeklärt hast. Er meint, die Filmemacherin Rachel Hart hätte der RCMP ein volles Geständnis gegeben und ihr eigenes Kind als Gulatis Mörderin entlarvt. Gut gemacht.«

»Ich glaube, es ist noch nicht vorbei, Barb.«

Das Lächeln der Ärztin verblasste beim Klang von Angies Stimme. Die Getränke kamen. Sie verstummten, während der Kellner die Gläser auf die Untersetzer stellte.

»Das Essen kommt gleich«, kündete der Kellner an.

Angie griff nach ihrem Glas. »Cheers.« Sie nippte an ihrem Whisky. Ein warmes Brennen breitete sich in ihrer Brust aus, und sofort spürte sie, wie sie sich entspannte. Sie atmete tief durch und genoss diesen Moment. Die warme Dusche und der Besuch bei Maddocks würden warten müssen, aber dieser Drink und eine Portion Soulfood würden bis dahin ausreichen. Sie stellte das Glas ab und klappte den Ordner auf.

»Ich habe gerade ein paar zusätzliche Informationen von einer alten Freundin von Gulati bekommen, und da passt etwas nicht zusammen. Ich brauche deine Meinung. Nichts Formelles, nur ein bisschen Brainstorming.« Sie klappte die Seite mit den Bildern der postpartalen Furchen auf Jasmine Gulatis Becken auf. Sie schob Barb die Aufnahmen hin. »Deiner Meinung nach, wie verlässlich kann man aus diesen Narben auf eine Schwangerschaft schließen?«

»Hübscher Ring«, sagte O'Hagan, als ihr der Solitär an Angies Hand auffiel. »Dann macht ihr es also offiziell?«

Angie sah auf und ihr Magen zog sich in einem plötzlichen Anfall von Nervosität und Vorfreude zusammen. Sie hatte den Ring nicht abgenommen, und sie fragte sich, ob sie das wohl tun sollte, bevor sie sich mit Maddocks traf. Oder ob er es als Zeichen dafür sehen würde, dass sie es ernst meinte, wenn sie mit dem Ring am Finger auf seinem Boot auftauchte. Sie war hin- und hergerissen. Für so etwas sollte es Handbücher geben, denn sie war damit hoffnungslos überfordert. »Ähm, ja, vielleicht. Ich … Dazu komme ich später.«

Barb hob die Brauen. Ein seltsames kleines Lächeln zupfte an ihrem Mundwinkel. »Glückwunsch. Freut mich für euch beide.« Sie zog die Akte näher zu sich heran, nippte an ihrem Whisky und stellte dann das Glas ab. Sie fischte ihre kleine Lesebrille aus der Brusttasche und setzte sie sich auf die Nase. O'Hagan verstummte, während sie den pathologischen Bericht studierte und die Fotos musterte.

»Eindeutige Furchen und Einkerbungen auf der dorsalen Oberfläche der Schambeinfuge«, bestätigte sie und beugte sich noch tiefer über den Bericht. »Geschichtlich gesehen betrachtet man diese Art von Narben tatsächlich als Anzeichen für eine erlebte Geburt, besonders in Kombination mit verlässlichen Informationen über ein solches Ereignis in der Vergangenheit der Verstorbenen.« Sie sah auf. »Aber ohne eine solche Vorgeschichte ...« Sie schüttelte den Kopf. »Das Urteil darüber, ob man diese Furchen als verlässliche Indikatoren für eine Geburt betrachten kann, steht noch aus.«

»Aber sie könnten auf eine Schwangerschaft hinweisen?«

»Nicht auf eine Schwangerschaft an sich, sondern darauf, dass eine Frau ein Kind ausgetragen und vaginal zur Welt gebracht hat. Eine Schwangerschaft allein verändert die Knochenstruktur einer Frau nicht. Während des Geburtsvorgangs teilt sich das Schambein, damit das Kind in den Geburtskanal gelangen kann. Die Bänder der Schambeinfuge werden gedehnt, und sie können reißen und eine Blutung verursachen, wo sie in den Knochen einwachsen. Später können durch die Wundheilung an diesen Stellen kleine runde oder lineare Einbuchtungen an der Innenseite der Schambeinfuge entstehen.«

Sie tippte auf die Bilder von Jasmine Gulatis Becken. »Diese Furchen zeigen an, dass eine Frau möglicherweise eine vaginale Geburt erlebt hat. Aber neuerliche Studien haben ergeben, dass mittelgroße bis große Narben dieses Typs auch an männlichen Beckenknochen und den Beckenknochen von Frauen nachgewiesen wurden, von denen man weiß, dass sie kein Kind bekommen haben.« Wieder trank sie einen kleinen Schluck.

»Schlussfolgernd muss man diese Knochenveränderungen als Indikator für eine Geburt erneuten Untersuchungen unterziehen, und das ist es auch, was die Pathologin hier in ihrem Bericht erwähnt hat.«

Angie starrte die Ärztin an, während Sophie Sinovich Rosenblums Worte in ihrem Kopf kreisten.

Sie konnte es damals einfach nicht. Jasmine hatte nie eine Abtreibung.

»Hast du eventuell Zugang zu geburtshilflichen Unterlagen der Verstorbenen?«, fragte O'Hagan.

»Nein. Das Krankenhaus ist nur dazu verpflichtet, die Akten sechzehn Jahre lang aufzubewahren, und Jasmines Tod ist schon viel länger her. Aber ihre engsten Freundinnen von damals und ihre letzte noch lebende Angehörige sagen aus, dass Jasmine auf keinen Fall ein Kind bekommen haben konnte.« Angie griff ebenfalls nach ihrem Glas und nahm nachdenklich einen Schluck. »Aber wer weiß? Alle Familien haben Geheimnisse. Vielleicht wurde eine mögliche Schwangerschaft nur sehr gut vertuscht. Die Sache ist nur …« Sie stellte das Glas ab »Jasmine Gulati war schwanger, als sie ertrank. Jedenfalls nach Aussage ihrer Freundin. Trotzdem gab es bei ihren sterblichen Überresten kein Anzeichen auf einen Fetus. Wenn es einen Fetus gegeben hätte, dann müsste man doch Hinweise darauf gefunden haben, oder?«

Barb O'Hagans Augen funkelten vor Interesse. Die Ärztin liebte gute Rätsel ebenso sehr wie Angie selbst. »Nach fast zwei Jahrzehnten? Einen Teil der Zeit hat sie unter Wasser gelegen und danach in einem flachen Erdgrab.« Sie schüttelte den Kopf. »Das ist eine lange Zeit mit so vielen Variablen. Die Überreste könnten über ein unfassbar großes Gebiet verteilt worden sein, sowohl im Fluss als auch an Land. Tierfraß könnte der Grund für fehlende Körperteile sein. Die weichen Teile des Bauches sind die ersten …«

»Sieh dir das an.« Angie blätterte um und zeigte Barb O'Hagan das Foto von Jasmine Gulatis Skelett am Fundort. Die Knochen steckten noch in der Wathose, sorgfältig von der obersten Erdschicht befreit. »Das Skelett war vollständig. Alle ihre Knochen wurden gefunden. Die Leiche steckte immer noch in der brusthohen Neoprenwathose, die sie beim Unfall getragen hatte. Ihr Verlobungsring steckte noch am Ringfinger. Und der Armreif immer noch am Arm.«

Die Ärztin pfiff leise. »Das ist … allerdings interessant. In diesem Fall wäre es ungewöhnlich, dass keine Hinweise auf einen Fetus gefunden wurden, wenn sie in einem so guten Zustand war.« Sie sah auf. »Bist du sicher, dass sie schwanger war?«

»Ihre Freundin hat mir gesagt, sie sei es gewesen. Sie hatte einen Abtreibungstermin, hat aber offensichtlich im letzten Moment einen Rückzieher gemacht. Direkt danach ist sie zu der Flussreise aufgebrochen. Außerdem hat sie in ihr Tagebuch geschrieben, dass sie von Dr. Hart schwanger war. Aber das sind alles nur Indizien, keine Beweise. Außerdem gibt es Anzeichen dafür, dass die Verstorbene selbst pathologische Probleme hatte – sie *könnte* diese ganze Schwangerschaftsgeschichte auch einfach erfunden haben. Allerdings hat sie den Ring getragen, den Doug Hart nach eigener Aussage für sie gekauft hat …« Angie hielt inne, als sie zwei vertraute Gestalten den schwach erleuchteten Pub betreten sah.

»Na, toll«, flüsterte sie. »Schau mal, wer da gerade reinkommt. Holgersen und diese junge Polizistin, die Maddocks vor Kurzem eingestellt hat.«

Doc O'Hagan drehte sich um. Sie grinste. »Keine Überraschung. Das Revier ist ja nur einen Block von hier entfernt – und du glaubst doch nicht, dass er mit seinem Date ins Pig geht, oder? Es ist Samstagabend. Natürlich geht er da aus.«

»Willst du mich verkohlen? Holgersen geht mit niemandem aus.« Angie beobachtete das Paar, das in der Menschentraube am Tresen verschwand. »Er ist zölibatär seit was weiß ich wie lang schon.«

»Behauptet er jedenfalls.« Barb grinste. »Jeder leistet sich mal einen Fehltritt, egal bei welchem Laster.«

»Ja«, stimmte Angie leise zu. »Ich frage mich nur, warum Holgersen Sex als Laster betrachten sollte.«

O'Hagan musterte sie, dann tippte sie auf die Akte vor sich. »Hey, spann mich nicht auf die Folter, Pallorino. Sprich mit mir. Der Fall.«

»Ja«, wiederholte sie und dachte nach, während ihr Blick noch einen Moment länger auf Holgersens Schopf ruhte, der aus der Menschentraube herausragte. Dann konzentrierte sie sich wieder auf O'Hagan. »Ich habe mir also das Tagebuch der Verstorbenen noch einmal vorgenommen. Gulati hat eine Notiz über den Termin bei der Frauenklinik gemacht, danach aber nichts mehr über die Abtreibung erwähnt. In der Zeit um den Abtreibungstermin herum hat sie nichts in ihrem Tagebuch festgehalten, aber dann ist es mit Einträgen über die Flussreise weitergegangen. Keine Erwähnung einer Schwangerschaft. Zuerst habe ich angenommen, dass sie deshalb nichts über die Abtreibung geschrieben hat, weil es noch zu frisch war und sie erst Zeit brauchte, um diese Sache zu verarbeiten. Außerdem hat Jasmine auf der Reise eine Menge getrunken. Und sie war promiskuitiv – sie hat mit ihrem Guide geschlafen. Mir kam das nicht wie das Verhalten einer Frau vor, die mit jemandem verlobt ist oder die ein Kind ihres zukünftigen Ehemanns erwartet. Also habe ich angenommen, dass es kein Baby gibt.« Angie trank einen weiteren Schluck Scotch und lächelte schief. »Man sollte nie etwas als gegeben hinnehmen, was? Das sollte ich doch eigentlich besser wissen. Weil mir Sophie Sinovich Rosenblum gerade erzählt hat, dass sie zwar mit Jasmine zur Frauenklinik gefahren ist, dass es aber nie zur Abtreibung gekommen ist. Also, wo ist der Fetus?«

Sorgfältig blätterte O'Hagan den Bericht der Pathologin durch. »Wenn die Verstorbene tatsächlich schwanger war und dazu noch diese Furchen kommen …«

»Du denkst, was ich denke, nicht wahr? Du fragst dich, ob sie dieses Baby bekommen hat.« Angie beugte sich vor, das Blut rauschte schneller durch ihre Adern. »Aber *wie* sollte das möglich sein? Gulati ist in ihrer Wathose über den Wasserfall gestürzt und wurde nie wiedergesehen. Dann findet man sie in derselben Wathose, in der sie ertrunken ist, in einem flachen Grab neben dem Fluss, der in den vergangenen vierundzwanzig Jahren zweimal über die Ufer getreten ist.«

Das Essen kam. Rasch schloss O'Hagan die Akte, und die beiden Frauen schwiegen, während der Kellner die Teller vor ihnen abstellte. Sobald er wieder fort war, öffnete die Ärztin die Akte wieder und studierte sie noch einmal ausführlich. Sie tippte auf ein Foto. »Diese antemortalen Vernarbungen am Schultergelenk der Verstorbenen, die passen zu einer chronischen Dislokation der Schulter. Die Vernarbungen deuten auf einen Heilungsprozess hin, allerdings wurde die Schulter offensichtlich nie richtig behandelt und konnte daher nicht so verheilen, wie es angemessen gewesen wäre.«

»Kannst du beurteilen, wie lang vor ihrem Tod sie sich diese Verletzung zugezogen haben muss?«

Die Ärztin schürzte die Lippen und schüttelte den Kopf. »Dafür müsste ich die Originale der Röntgenaufnahmen sehen oder noch besser das Skelett selbst. Und ich würde den Rat einer forensischen Anthropologin einholen.«

»Aber es könnte eine Verletzung sein, die erst relativ kurz vor ihrem Tod aufgetreten ist? Nicht schon in ihrer Kindheit oder so?«

Die Ärztin nickte, griff nach ihrer Gabel und durchbrach die Kruste ihres Pies. Dampf stieg von dem Loch im Teig auf, und ein Duft breitete sich aus, der Angie daran erinnerte, wie hungrig sie war. Sie nahm ihre eigene Gabel und deutete damit auf den Bericht.

»Was ist mit der Drehfraktur am linken Arm? Die Pathologin meinte, so etwas sei typisch für reißend einwirkende Kräfte.«

Die Ärztin nickte. »Aber diese Verletzung ist perimortal aufgetreten. Zum Zeitpunkt des Todes oder um diesen Zeitpunkt herum – kein Anzeichen einer Heilung.«

»Könnte so etwas passiert sein?«

»Das würde passen, ja, wenn ihr Arm zwischen Felsen eingeklemmt worden wäre, während ihr restlicher Körper von der Strömung weggerissen wurde.«

Angie durchbrach die Kruste ihres eigenen Pies und schob sich eine Gabel voll Pastete in den Mund, wobei sie sich beinahe die Zunge verbrannte. »Das schmeckt richtig gut«, sagte sie um den Mundvoll Pie herum. »Du hattest recht.«

»Hab's dir ja gesagt.« Die Ärztin grinste.

Angie schlang ihr Mahl herunter, während O'Hagan auf ihrem eigenen Teller herumpickte und den Bericht ein weiteres Mal sorgfältig durchging. Ihre Stirn furchte sich zunehmend.

Angie griff nach ihrem Glas. »Ist das möglich, Barb?« Sie beugte sich vor. »Ist es auch nur im Entferntesten möglich, dass Jasmine Gulati nicht bei ihrem Sturz über die Wasserfälle gestorben ist? Dass sie dabei verletzt wurde, aber noch lang genug gelebt hat, damit bei den Verletzungen die Heilung einsetzen konnte? Verletzungen, die nie ärztlich behandelt wurden – wie beispielsweise eine ausgekugelte Schulter. Und dass sie lang genug gelebt hat, um ihr Kind zur Welt zu bringen?«

O'Hagan biss sich auf die Lippe. »Hier steht zumindest nichts, das gegen dieses Szenario sprechen würde, Ange.«

Angies Herz begann heftig zu pochen. »Aber? Ich höre da ein *Aber* heraus, Barb.«

»Aber was ist mit der Wathose? Sie hatte noch immer die Wathose an.«

Angie pickte die letzten Krümel auf ihrem Teller auf und schob ihn dann beiseite. Sie wischte sich den Mund mit der Serviette ab und lehnte sich zurück. »Also, gehen wir das noch einmal durch. Jasmine verlässt das Lager mit ihrer Angelrute. Sie geht hinunter zur Bucht. Dann verlassen die beiden Guides Garrison Tollet und Jessie Carmanagh ebenfalls das Lager, um Feuerholz zu sammeln. Rachel Hart begibt sich auf einen Felsvorsprung, um Jasmine im Abendlicht beim Fischen zu filmen. Eden Hart behauptet, sie müsse mal pinkeln, und verlässt das Lager dann auch. Aber stattdessen geht Eden hinab zur Bucht, wo Jasmine steht. Ihre Mutter filmt von oben, wie ihre Tochter Jasmine mit einem Holzscheit einen Schlag versetzt.« Angie dachte an ihren eigenen Besuch der Bucht zurück. Das kalte, vorbeiströmende Wasser. Die glänzenden, rutschigen Felsen am Ufer. Claires Worte.

Da ist es. Da hat man Jasmines Angelrute gefunden. Mein Dad hat mir erzählt, dass auf der glitschigen Schicht auf den Felsen Spuren zu sehen waren. Es sah aus, als wäre sie trotz ihrer Stollensohlen ausgerutscht.

Dieses nagende Gefühl tauchte zehnfach verstärkt wieder aus ihrem Unterbewusstsein auf. Ihr zog sich der Magen zusammen. »Verdammt. Gib mal her, Barb!« Sie warf sich über den Tisch und schnappte sich die Akte. Eilig blätterte sie durch die Seiten, bis zu der Liste von Jasmines Besitztümern, die man an ihre Eltern übergeben hatte. Darunter auch zwei Paar Wathosen, Schuhgröße 9. Eine mit Filz-, die andere mit Gummisohlen.

Es sah aus, als wäre sie trotz ihrer Stollensohlen *ausgerutscht.*

»Unterschiedliche Stiefel. Scheiße.« Aufgeregt sah sie Barb an. »Die beiden Rentner aus Dallas, die mit mir und

Maddocks beim Angeln waren, hatten Wathosen mit unterschiedlichen Stiefeln für unterschiedliche Situationen dabei. Ein Paar mit Filzsohlen und ein Paar mit Stollensohlen. Jasmine Gulati hat dieser Liste zufolge ebenfalls verschiedene Wathosen mitgenommen.«

»Und?«

»Sie muss auf der Reise also Wathosen mit einer Art Neoprensocken getragen haben, über die man dann die Watstiefel nach Wahl ziehen kann. Garrison Tollet hat seiner Tochter erzählt, dass die Rutschspuren auf den schleimigen Felsen darauf hingedeutet haben, dass sie Stiefel mit Stollen getragen hat.« Sie deutete auf den Bericht. »Aber schau mal hier.«

Barb zog sich den Bericht heran und las den Text auf der entsprechenden Seite. »Die Verstorbene wurde in einer brusthohen Wathose mit eingearbeiteten Watstiefeln der Marke Kinabulu gefunden. Die Watstiefel haben Gummisohlen. Größe 9.«

»Mit eingearbeiteten Watstiefeln«, sagte Angie. »Die Stiefel sind mit der Hose verbunden. Und sie hatten keine Stollen.«

»Was?«

Angie schnappte sich den Bericht zurück und blätterte ihn durch. »Hier, in dem separaten SAR-Bericht von vor vierundzwanzig Jahren wird es erwähnt. Spuren in der Moosschicht der Felsen, die darauf hindeuten, dass sie mit ihren Stollenstiefeln ausgerutscht ist.« Sie trank ihren Whisky aus und lehnte sich zurück, ihre Gedanken wirbelten umher. »Größe 9«, flüsterte sie, mehr zu sich selbst als zu der Ärztin. »Jasmine hat Stiefel der Größe 9 getragen. Das entspricht der Damenschuhgröße 40. Sie war eine große Frau. Die Stiefel der Wathosen, in denen man sie gefunden hat, wiesen ebenfalls Größe 9 auf.« Sie beugte sich vor. »Aber für Frauen oder für Männer? Für Männer entspräche das der Schuhgröße 42.«

O'Hagan überprüfte es im Bericht. »Hier steht nicht ausdrücklich, ob es eine Größe 9 für Männer oder für Frauen war. Da wirst du noch einmal nachfragen müssen. Du hast ja erwähnt, dass es ein vorläufiger Bericht ist.«

»Ja, Justice Monaghan hat ihn direkt vom Coroner. Es ist nicht der offizielle Endbericht.«

»Vielleicht ist das noch einmal präzisiert worden, bevor man den endgültigen Bericht herausgegeben hat.«

»Das wäre ein Unterschied von zwei Schuhgrößen«, warf Angie ein.

»Du glaubst, die Wathose, in der man sie gefunden hat, war gar nicht ihre?«

»Wie ist das möglich?«

»Hey, Palloriiino und Doc Tod. Nett, euch hier zu sehen.«

Beim Klang der vertrauten Stimme rissen sie beide den Kopf hoch.

»Herrgott, Holgersen«, fauchte Angie. »Warn uns beim nächsten Mal vor, klar? Was willst du hier eigentlich?«

Sein Blick fiel auf die offene Akte auf dem Tisch. »Wollte nur mit 'nem Kumpel was trinken. Hab euch hier in der Ecke geseh'n und dachte, ich sag mal Hi und Glückwunsch zur Lösung vom großen Gulati-Fall.«

»Warum nicht im Flying Pig?«, fragte Angie und schloss rasch die Akte, ohne seinem forschenden Blick zu begegnen. Das Letzte, was sie wollte, war, dass er zum Revier zurückmarschierte und verkündete, sie habe es verbockt und der Fall sei noch gar nicht gelöst.

Etwas, das ganz nach einem schlechten Gewissen aussah, stahl sich in seine Miene, und sein Blick schoss im Raum umher. »Ich quatsche nur mit 'nem Kollegen über einen Fall. Musste mal weg von der ganzen Meute, Leo und so, wisst ihr?«

Angie sah zur Bar hinüber und sah dort Corporal Rebecca Webb am Tresen sitzen. Webb hob die Bierflasche und nickte ihr zu. Angie zwang sich zu einem Lächeln und erwiderte das Nicken. »Lass dich von uns nicht aufhalten«, sagte sie zu Holgersen. »Deine Begleitung wartet.«

»Ich hab's nich eilig. Hab zwei ganze Wochenendtage frei.« Er grinste. »Big Boss ist mal wieder für 'n paar Tage aufs Festland. Irgendeine Geschäftssache mit den Cops von der E-Division.«

Das überraschte Angie. »Er ist nicht in der Stadt?«

Holgersen und die Ärztin tauschten einen schnellen Blick, und sofort bereute Angie ihre Worte.

»Stimmt«, fügte sie rasch hinzu. »Hab ich ganz vergessen.« Das war gelogen. Aber sie wollte nicht, dass es so aussah, als wüsste sie von nichts.

»Tja«, sagte Holgersen und musterte Angie mit so etwas wie Mitleid im Gesicht, was ihr gar nicht gefiel. »Jedenfalls schön, euch zu sehen, Pallorino, Doc.«

»Ja.« Angie sah ihm nach, während er sich einen Weg zwischen den Tischen hindurch zurück zu Webb bahnte.

O'Hagan musterte sie. Erkannte etwas. »Noch einen Drink?«

»Ich gehe jetzt lieber. Ich …«

»Wir sind noch nicht fertig, Ange. Na los, trink noch was.«

Sie atmete tief durch. »Okay«, willigte sie dann ein. »Ein Whisky geht noch.«

Die Ärztin winkte dem Kellner, hob zwei Finger und deutete auf ihre Gläser. Dann wandte sie sich wieder an Angie. »Bei einer Sache bin ich mir ziemlich sicher«, sagte sie und nickte in Richtung der Akte. »Die stumpfe Gewalteinwirkung auf Gulatis Schädel hätte sie auf jeden Fall erledigt. Ob das nun im Wasser oder an Land passiert ist, bleibt ungeklärt.«

Die Drinks kamen, und der Kellner räumte die Teller ab.

»Okay«, sagte Angie und griff nach ihrem Whiskyglas. »Wenn Gulati nicht im Fluss gestorben ist, wenn sie sich bei dem Sturz über den Wasserfall nur verletzt hat, dann aber irgendwie an Land gespült wurde und noch lang genug gelebt hat, um ihr Kind auszutragen und es zur Welt zu bringen …« Sie fluchte leise. »Dann ergeben sich so viele neue Fragen. Wo war sie die ganze Zeit? Warum hat sie keine medizinische Hilfe in Anspruch genommen und ist auch nicht nach Hause zurückgekehrt? Was ist aus dem Baby geworden? Ist es bei der Geburt gestorben? Wo wurde es dann beerdigt? Wie ist Jasmine in Wathosen und mit einem Loch im Schädel in ihrem Grab beim Fluss gelandet? Und *warum*?«

»Wenn sie nicht im Fluss gestorben ist, dann muss sie sich diese Spiralfraktur am Arm an Land zugezogen haben, gleichzeitig mit dem Schädeltrauma. Ich habe solche Drehbrüche schon gesehen, hauptsächlich bei einem Massengrab in Burundi. Dort waren die Frauen eines Dorfes von Soldaten vergewaltigt und ermordet worden. Einige von ihnen hatten versucht zu entkommen und sich so heftig gegen den Griff ihrer Häscher um ihren Arm gewehrt, dass der Knochen gebrochen ist, was solche Drehfrakturen zur Folge hatte.«

»Dann … dann hat sie also möglicherweise versucht zu entkommen. Sie ist in dieser Wathose, die ihr nicht gehörte, geflohen. Man hat sie gepackt. Sie hat sich gegen den Griff gewehrt. Dann hat sie vielleicht ein stumpfer Gegenstand am Kopf getroffen, wie … ein Hammer oder ein Schraubenschlüssel oder so etwas.«

Dieses Szenario würde meiner Meinung nach zu den Ergebnissen des Autopsieberichts passen.«

Angie hob ihr Glas und ließ sich gegen die weiche, lederbezogene Lehne ihrer Sitzbank sinken. »Und was ist dann aus ihrem Baby geworden? Das ergibt einfach keinen Sinn. Das …« Da traf sie die Erkenntnis. Hart.

»Was ist los?«, fragte Barb.

Eine weitere Erinnerung. Axel Tollets Hütte. Die sich in der Nähe des Flusses befand. Nicht weit von dem Wäldchen entfernt, in dem man Jasmine gefunden hatte. Ein Quad. Pfeile mit weiß-gelber Befiederung. Ein kleiner Teddybär. Fläschchen für die Bärenjungen …

»Similac«, sagte sie. »Womit füttert man Bären, Barb?«

»Wie bitte?«

»Kleine verwaiste Bärenjungen, die noch nicht entwöhnt sind – womit füttert man die?«

»Keine Ahnung. Mit Babyfläschchen. Und irgendeinem Milchersatz.«

Aber wenn nötig, ruft er bei der »Wild Critter Care« an, einer Auffangstation für Wildtiere, und dort beraten sie ihn inoffiziell.

Das hatte Claire gesagt. Angie griff nach ihrem Handy und öffnete eine Suchmaschine. Sie gab »Wild Critter Care« ein, und die Website mitsamt Kontaktdaten erschien. Sie sah auf die Uhr und sagte: »Moment, Barb, ich muss kurz jemanden anrufen.«

Eine Frau nahm den Anruf entgegen und stellte sich als die Leiterin der Einrichtung vor. Angie erklärte ihr, wer sie war, und kam gleich zur Sache.

»Ich habe eine Wildtierfrage, die während eines Falles aufgekommen ist, an dem ich arbeite. Welche Nahrung würde man einem verwaisten Bärenjungen füttern, um die Muttermilch zu ersetzen?«

»Die Milch von Muttersäuen hat einen hohen Fettgehalt und keine Kohlenhydrate. Bärenjungen kommen mit einer kohlenhydratreichen Milch nicht gut zurecht.«

»Könnte man auch ein Präparat für Menschenbabys nehmen? Zum Beispiel Similac?«

»Nein. Wenn man ein kommerzielles Milchpulver verwenden wollte, dann beispielsweise Esbilac. Für Welpen.«

Angie legte auf. Eine Energiewoge durchströmte sie.

»Was ist los?«

»Einer der Männer, die in der Nähe des Flusses leben, hat Babyfläschchen in seinem Schuppen und einen kleinen Teddybären. Seine Nichte hat gesagt, die Fläschchen und der Teddy wären für ein paar Bärenjunge gewesen, die er einmal gerettet hat. Aber bei den alten Blechdosen auf dem Regal stand auch eine Dose Similac – für Menschenbabys.« Sie hielt kurz inne. »Was, wenn er tatsächlich ein Menschenbaby gefüttert hat? Verdammt …« Sie fuhr hoch. »Wathosen. An der Schuppenwand hingen auch zwei Paar Wathosen.«

»Das beweist noch nicht …«

»Ich muss noch einmal da raus. Ich muss mir seinen Schuppen und seine Hütte ansehen und ihm weitere Fragen stellen. Sein Profil könnte passen, Barb. Er hat in seiner Jugend ein brutales Sexualverbrechen überlebt, angeblich wurde er von einer Gruppe Jungen aus seiner Schule vergewaltigt, die ihn schon über einen längeren Zeitraum tyrannisiert hatten. Er hat eine Gruppenvergewaltigung durchstehen müssen, und er hat nie medizinische oder therapeutische Hilfe bekommen. Der Vorfall wurde vertuscht. Er ist zum Einzelgänger geworden, hat sich selbst isoliert und ist in den Wald gezogen. Er rettet Tiere, die er im Wald findet. Bärenjungen, Rehkitze, Waschbären …«

»Und eine halb ertrunkene Frau? Glaubst du, *das* könnte passiert sein? Er hat sie gerettet und dann einfach behalten? Und dann hat sie ihr Baby bekommen, und es hat zumindest so lang gelebt, dass es Milch aus einem Fläschchen brauchte?«

Angie stieß einen Mundvoll Luft aus. »Ich muss das überprüfen. Ich muss nachsehen, ob es möglich ist.« Ihr Blick wanderte zu Holgersen an der Bar, und ein Plan nahm in ihren Gedanken Gestalt an.

Kapitel 42

Sonntag, 29. November

Angie fuhr auf dem Insel-Highway nach Norden, während Holgersen neben ihr auf dem Beifahrersitz saß, auf einem Nikotinkaugummi herumkaute und den vorläufigen Bericht des Coroners über Jasmine Gulati las.

»Kann's immer noch nicht fassen, dass du mich da mit reingezogen hast«, kommentierte er und blätterte um.

»Ach komm, du findest es super. Gib's zu – du fühlst dich geschmeichelt. Was hättest du denn sonst mit deinem freien Tag anstellen sollen?«

»Ich hab ein Leben, Pallorino. Auch wenn du keins hast.«

»Gehören Pub-Abende mit Webb auch zu diesem Leben?«

Er warf ihr einen Seitenblick zu. »Und wenn?«

»Du verwirrst mich, Holgersen. Ich dachte, du wärst zölibatär.«

»Ich hab ja auch nicht gesagt, dass ich mit ihr schlafe, oder?«

Sie zuckte beiläufig mit einer Schulter. »Warum überhaupt ausgehen, wenn da nichts, du weißt schon, Körperliches ist?«

»Sie ist eine Freundin. Ich bin gern mit ihr zusammen. Wir haben was getrunken, das war's.«

»Weiß Maddocks davon? Sie ist doch in deiner Einheit, oder?«

»Das geht den Big Boss nichts an. Dich auch nich. Sie ist nicht in meiner Cold-Case-Abteilung. Da sitzen nur ich und die Dumpfbacke.« Er klang verärgert oder vielleicht auch frustriert. Angie ließ das Thema auf sich beruhen. Sie würde später noch einmal darauf zurückkommen, weil, na ja, weil sie eben neugierig war. Holgersen machte sie einfach neugierig. Er war ein tiefes Wasser.

»Okay«, sagte er und blätterte um. »Also war Jasmine Gulati *vielleicht* schwanger.«

»Ja, vielleicht. Ich habe dazu nur die Aussagen von Jasmines Freundinnen, denen sie erzählt hat, sie würde Dr. Harts Baby bekommen. Sie hat es auch in ihr Tagebuch geschrieben, aber ich weiß nicht, wie viel in diesem Tagebuch tatsächlich der Wahrheit entspricht. Jasmine hat ihren Freundinnen gesagt, dass sie einen Termin für eine Abtreibung gemacht hat. Zuerst hat sie Mia Smith gebeten, sie zu begleiten, aber dann hatten Mia und sie einen heftigen Streit wegen der Abtreibung, woraufhin sich Jasmine an Sophie Sinovich gewandt hat. Sophie zufolge hat Jasmine im allerletzten Moment einen Rückzieher gemacht.«

»Also, nur um das klarzustellen, Sophie Sinovich hat nur Jasmine Gulatis Wort dafür, dass sie tatsächlich einen Termin für eine Abtreibung gemacht hat?«

Angie nickte. »Ich habe heute Morgen in der Frauenklinik auf dem Festland angerufen. Dort hat man mir bestätigt, dass ihre Aufzeichnungen nicht so weit zurückreichen – medizinische Akten müssen nur sechzehn Jahre lang aufbewahrt werden. Also gibt es keinen Beweis für ihre Schwangerschaft. Es sind alles nur Indizien.«

»Und diese Beckenfurchen sind auch nur Indizien?«

»Korrekt.«

»Da man also kein Anzeichen für einen Fetus bei ihrem Skelett gefunden hat, könnte sie auch einfach nicht schwanger gewesen sein. Alles könnte genau so sein, wie es aussieht. Ertrunken. Angespült. Vierundzwanzig Jahre später gefunden. Und die Narben auf dem Becken haben nichts mit einer Schwangerschaft zu tun. Ihre Schulter könnte sie sich auch schon vor der Reise verletzt haben. Dazu kommt Rachel Harts Geständnis, dass sie gesehen hat, wie ihre Tochter Jasmine Gulati einen Schlag versetzt und sie so in den Fluss gestoßen hat.« Er ließ das Fenster hinunter. Wind rauschte in den Wagen, als er seinen Kaugummi auf den Highway spuckte. Er kramte in seiner Tasche nach der Packung und machte sich daran, einen weiteren Kaugummi aus dem Zellophan zu befreien. »Dieser Truck, der dich verfolgt hat – der Fahrer wollte dich vielleicht nur verjagen, bevor du den ganzen alten Mist über Porter Bates wieder ausgraben konntest. Dasselbe gilt für die Pfeile im Wald.«

»Oder möglicherweise waren das mit den Pfeilen auch Jäger, die versehentlich auf uns geschossen haben. So was passiert oft genug.«

»Dann könnte also alles so sein, wie es scheint.«

»Oder auch nicht.« Sie warf ihm einen kurzen Blick zu. »Und genau deswegen muss ich noch einmal mit Axel Tollet sprechen und ein bisschen mehr herumstochern, nur um sicherzugehen.«

»Du könntest die Sache einfach ruhen lassen.«

»Nein, kann ich nicht. Wenn Jasmine Gulati den Wasserfall überlebt hat, dann kann ich nicht zulassen, dass jemand dafür wegen Mordes verurteilt wird.«

»Sie haben gestanden.«

»Vielleicht war es ein Fehler. Vielleicht hat Eden zwar versucht, Jasmine Gulati zu töten, es aber nicht geschafft. Vielleicht wurde Jasmine ans Ufer getrieben, und irgendjemand anderes hat sie später getötet und ihr Kind irgendwo an einer anderen Stelle vergraben.«

»Wie Axel Tollet zum Beispiel?«

»Ja. Er passt ins Profil. Ich glaube, er wäre zu so etwas fähig.«

»Dann könnte er also gefährlich sein.«

Als sie den äußersten Stadtrand von Nanaimo erreichten, fuhr Angie langsamer und hielt schließlich an einer roten Ampel. »Vielleicht. Ich hatte so ein komisches Gefühl, was ihn und sein Zuhause betrifft, als ich dort war. Auch seine Nichte hat mir zu verstehen gegeben, dass er möglicherweise zu Gewalt fähig ist, wenn man ihn in die Ecke treibt. Allerdings tut er mir auch leid. Er hat ein brutales Sexualverbrechen und jahrelange Tyrannei überlebt. Geächtet. Beschämt. Vielleicht ist seine Sexualität davon beeinträchtigt worden. Er rettet Lebewesen und hält sie in Käfigen. Aber er lässt sie wieder frei, nachdem er sie gesund gepflegt hat.«

»Schon, aber wenn er eine halb ertrunkene Frau aus dem Fluss gefischt und sie lang genug behalten hat, damit sie ihr Baby bekommen konnte, dann kann er sie irgendwie nicht mehr freilassen, weil sie ihn dann beschuldigen könnte. Dafür würde man ihn wegsperren.« Endlich hatte Holgersen den Kaugummi aus der Verpackung gelöst und steckte ihn sich in den Mund.

»Du holst dir noch 'ne Überdosis von dem Zeug«, kommentierte Angie und trat aufs Gas, als die Ampel grün wurde.

»Besser davon als von irgendeinem anderen Mist. Und warum genau sollte ich jetzt mitkommen?«

»Hab ich dir doch gesagt. Ich brauche Rückendeckung. Und ich kann Corporal Darnell Jacobi nicht darum bitten, ohne dadurch möglicherweise Axel und die ganze Gang vorzuwarnen. Außerdem habe ich nichts Konkretes, mit dem ich zu Jacobi gehen könnte. Oder zu irgendeinem anderen Polizeirevier außerhalb von Port Ferris. Und mir fehlen handfeste Gründe dafür, warum ich die Polizei von Port Ferris überhaupt zu umgehen versuche. Wenn du mich begleitest und vielleicht etwas siehst, das für einen Durchsuchungsbefehl ausreichen könnte, dann bist du bei iMIT genau an der richtigen Stelle. Ihr könnt ressortübergreifend agieren. Du könntest die Ermittlung offiziell in Gang setzen. Du könntest ein Spurensicherungsteam anfordern oder Axel sogar verhaften, wenn es so weit kommt.«

Holgersen verstummte, während er darüber nachdachte. »Du sagst, dieser Axel Tollet arbeitet als Fahrer für Sea-Tech?«

»Ja. Die Frachtabteilung von Sea-Tech wird von Wallace Carmanagh geleitet, einem echt aggressiven Typen, der möglicherweise der Hauptverantwortliche im Fall des Mordes an Porter Bates ist. Mir wurde gesagt, dass er bei der Arbeit ein Auge auf Axel hat. Jessie Carmanagh ist Wallaces Bruder. Jessie kümmert sich um den Bereich der Agrarindustrie in der Firma.«

Holgersen hantierte an seinem Smartphone herum und recherchierte über Sea-Tech. »Hey, schau mal«, sagte er, als die Website des Unternehmens auf dem Display erschien. »Das gehört zu denen, die wir gerade unter die Lupe nehmen.«

Sie warf ihm einen Blick zu. »Was meinst du?«

»Ich mein das Logo. Schau.« Er hielt ihr sein Handy hin. Rasch musterte sie das Display. Es zeigte ein dunkelblaues Logo, das einen stilisierten Adlerkopf mit seitlich ausgebreiteten Flügeln darstellte. Etwas, das an die Darstellung auf einem Totempfahl erinnerte.

»Weißt du noch?«, fragte er. »Ich hab dir doch erzählt, dass wir nach weißen Mercedes-Bussen suchen. Mit ungefähr so einem Logo auf den Seiten.«

Sie runzelte die Stirn. »Habt ihr bei Sea-Tech denn irgendwas gefunden, das die Firma mit diesen alten Fällen in Verbindung bringt?«

»Nee. Die stehen nur auf unserer Liste der Unternehmen, die wir uns genauer ansehen wollen. Ich glaube nicht mal, dass wir schon bei Sea-Tech angekommen sind. Es gibt echt krass viele Unternehmen da draußen – das glaubst du nich –, die weiße Kleinbusse mit einem dunklen Logo auf der Seite in der Flotte haben.«

»Doch, glaube ich. Habe ich dir ja selbst gesagt.«

Er tippte eine Nummer in sein Handy.

»Wen rufst du an?«

»Maggie, die Analystin, die in unserer neuen kleinen Cold-Case-Abteilung arbeitet. Sie ist diejenige, die sich durch die ganzen Unternehmen, die Querverbindungen, die Zeiten und Daten der Lieferungen und die Fahrzeugmodelle in den Vermisstenfällen kämpfen muss. Ich hinterlasse ihr nur schnell eine Nachricht, damit sie Sea-Tech ganz oben auf die Liste setzt, wenn sie am Montag wiederkommt. Zusammen mit diesem Axel-Tollet-Typ.«

»Warum?«

»Weil du mir gerade gesagt hast, dass dieser Fahrer zu einer gewissen verdächtigen Perversen-Pathologie passen könnte und dass er Autos mit Logos an der Seite fährt. Und weil auf dieser Website steht, dass Sea-Tech seine Lieferungen auf der ganzen Insel verteilt und auch auf dem Festland und an ein paar Orten in den Vereinigten Staaten. Und das seit Jahren. Da wären wir schön blöd, wenn wir uns die *nicht* zuerst vornehmen würden.«

Sein Anruf wurde zur Mailbox durchgestellt. »Hey, Maggie, hier is Holgersen. Am Sonntag. Ich weiß, dass du nicht da bist, aber ich brauche dringend was, sobald du wieder am Platz bist.« Er gab ihr die Details durch und legte dann auf. Angie spürte die neu erwachte Anspannung in ihm. Es war ansteckend. Sie spürte es selbst, eine Erwartung, die wuchs, je näher sie Port Ferris kamen. Dunkle, dichte Wolken wälzten sich die verlassenen und bewaldeten Berghänge vor ihnen herab.

Kapitel 43

Garrison Tollet stand vor dem Wohnzimmerfenster und sah hinaus. Es war 11:45 Uhr an einem Sonntagvormittag, und Schnee mischte sich in den leichten Regen, der draußen niederging. Ein Feuer knisterte im Kamin der Lodge. Shelley, Claire und er hatten einen entspannten Brunch genossen, mit Waffeln, die Claire gemacht hatte.

Er liebte diese ruhige, faule Zeit zwischen den Touristensaisons, wenn Mutter Natur sich für den Winter-schlaf auf die Seite rollte und mit dichtem Schnee zudeckte. Im Dezember und in den nachfolgenden Wintermonaten gab es Buchungen in der Predator Lodge. Langläufer, die von der Lodge aus ihre Touren unternahmen. Vielleicht würde er auch ein paar Einsätze als Guide haben, wenn es Nachfragen gab, aber ihre meisten Wintergäste waren selbstständig. Im Frühling würde es wieder hektisch werden, aber fürs Erste wollte Garrison die langsamere Gangart genießen und sich auf die Reparaturarbeiten und ein paar Heimwerkerprojekte konzentrieren.

Claire stand in der großen Küche und machte den Abwasch. Shelley hatte es sich im Nähzimmer gemütlich gemacht und mit dem Quilten begonnen. Beim Essen hatten sie über die Schlagzeilen der Nachrichten gesprochen – Rachel Hart hatte gestanden, ihre Tochter Dr. Eden Hart, mittlerweile achtunddreißig Jahre alt, dabei gesehen zu haben, wie sie Jasmine Gulati den Todesstoß versetzte.

Die Nachrichtensprecherin hatte Angie Pallorino den Erfolg dafür zugesprochen, dieses seit vierundzwanzig Jahren vergrabene Geheimnis ans Licht geholt zu haben.

Während Garrison noch immer das Wetter draußen musterte, die Hände tief in den Hosentaschen, trat Claire neben ihn, die sich noch die Finger an einem Küchentuch abtrocknete.

»Warum hat sie das getan? Was denkst du? Ich meine, warum beschließt ein vierzehnjähriges Mädchen einfach, auf einer Reise eine Frau anzugreifen und zu töten? Das ist doch verrückt.«

Er nickte. »Manche Menschen sind eben verrückt.«

Aber die Fragen seiner Tochter machten ihn nervös. Von Jessie wusste er, dass sich die kleine Hart damals das Tagebuch geschnappt und einen Blick hineingeworfen hatte. Von Shelley wusste er außerdem, was darin gestanden hatte: eine detaillierte Beschreibung, wie er in der ersten Nacht der Reise mit Jasmine Gulati geschlafen hatte. Shelley hatte ihm alles erzählt, nachdem sie Angie Pallorino weggeschickt hatte. Er war zutiefst erschüttert gewesen, weil Shelley all die Jahre genau gewusst hatte, was zwischen Jasmine und ihm geschehen war. Und weil Shelley bereit gewesen war, das alles einfach zu vergessen. Hauptsächlich war er jedoch erleichtert darüber, dass Claire nichts von seiner Affäre erfahren und dass Shelley diese Seiten herausgerissen und verbrannt hatte.

Aber der Fall vor Gericht würde sich über Jahre hinziehen. Eden und Rachel Hart und die anderen würden aussagen. Vielleicht würde Eden Hart sogar erwähnen, was sie in diesem Buch gelesen hatte. Möglicherweise war das der Grund dafür gewesen, warum sie Jasmine in den Fluss gestoßen hatte, denn Shelley zufolge hatte darin auch gestanden, dass Jasmine eine

Affäre mit dem Vater der kleinen Eden gehabt hatte. Vielleicht würde Claire die bittere Wahrheit also dennoch herausfinden.

Wäre das denn so schlimm? Wenn der Fall vor Gericht kam, würde Claire sogar noch älter sein und ihr eigenes Leben führen. Sie hatte selbst erlebt, was für ein liebevoller und guter Ehemann er all die Jahre gewesen war. Vielleicht würde sie ihm vergeben.

Er lächelte sie an.

»Was ist?«

»Ich hab dich lieb, Kleines.«

Sie schnaubte. »Was ist das denn für ein plötzlicher Gefühlsausbruch?«

»Ich bin nur froh, dass es vorbei ist. Dass wir endlich wissen, was passiert ist.«

Sie runzelte die Stirn, dann sagte sie: »Wissen wir das denn? Wirklich?«

Er spannte die Schultern. »Wie meinst du das?«

»Ich meine, wir wissen, was damals mit Jasmine Gulati passiert ist, aber … ich habe gehört, was Onkel Axel zugestoßen ist.«

»Was ist ihm denn zugestoßen?«

»Als er dreizehn war, Dad.«

Garrison fühlte, wie alles Blut aus seinem Kopf wich. Er streckte die Hand nach dem Sofa aus und ließ sich langsam darauf sinken.

»Angie hat mir erzählt, dass er von ein paar Jungen an der Schule vergewaltigt wurde. Ein Junge namens Porter Bates und seine Freunde. Danach haben ein paar Kerle Porter Bates in den Wald gelockt, ihn überwältigt und ihn angeblich beim Steinbruch ertränkt.«

Er starrte ins Feuer, in die knisternden Flammen. Es war noch nicht vorbei. Noch lange nicht. Er holte tief Luft, dann sagte er: »Das wird jedenfalls behauptet, ja. Es war furchtbar, und wir reden nicht darüber. Axel … Es ist besser für ihn, wenn man die Geschichte nicht erwähnt. Dann kann er so tun, als wäre es nie passiert.«

»Nie passiert?« Claire setzte sich vor ihren Vater. »Dass ein Junge ertränkt wurde? *Ermordet*?«

»Er ist verschwunden. Es gab keine Beweise.«

Sie musterte ihn. »Wer waren die Kerle, die ihn vergewaltigt haben?«

»Porters Gang.«

»Und man hat sie nie angezeigt?«

»Die Vergewaltigung wurde nie offiziell gemeldet.«

»Wer hat sich Porter geschnappt?«

»Ich … ich weiß es nicht.«

Sie glaubte ihm nicht, das sah man ihr an. »In dieser kleinen Stadt? Er ist dein Cousin, Dad. Er ist BoJos Bruder. Ihr wart alle in einer Gang mit Wallace und Jessie Carmanagh. Du musst doch eine Ahnung haben, wer Onkel Axel beschützt und Rache für ihn genommen hat?«

Garrison hörte seinen Herzschlag in den Ohren donnern. Ihm war schwindlig. »Ich weiß es nicht. Wirklich nicht.«

»Na gut.« Sie knüllte das Tuch zusammen und warf es Richtung Küche. Knapp vor dem Tisch fiel es zu Boden. »So viele verdammte Geheimnisse.« Sie stand auf, holte sich das Tuch und verschwand wieder in der Küche.

»Warum hat Angie dir davon erzählt?«, rief er ihr nach. »Was geht sie das überhaupt an?«

Claire trat wieder zurück durch die Tür. Die Miene seiner Tochter versetzte ihm einen Stich.

»Angie hat versucht herauszukriegen, was für Verbindungen es in der Stadt gibt. Ich glaube, sie hat sich gefragt, ob ein paar Kerle, die imstande waren, Porter Bates umzubringen, vielleicht auch Jasmine getötet haben könnten. Sie wären durch das Geheimnis des ersten Mords miteinander verbunden, also würde vielleicht auch niemand ein Wort über den zweiten verlieren.« Sie hielt inne und musterte ihn. »Anscheinend hat Jasmine ein paar Leute im Pub an ihrem ersten Abend in der Stadt sehr wütend gemacht.«

Er starrte Claire an, das Herz schlug ihm bis zum Hals. »Tja«, sagte er leise. »Wie sich herausgestellt hat, lag Angie Pallorino da falsch, weil niemand hier Jasmine auch nur ein Haar gekrümmt hat. Es war Eden Hart, und jetzt ist es endlich vorbei.«

Sie hielt seinen Blick. »Du weißt wirklich nicht, wer Porter Bates ertränkt hat?«

»Ich weiß, dass das sehr lang her ist, Claire. Wenn du das wieder an die Oberfläche zerrst und in der Stadt darüber sprichst, dann wird es deinem Onkel Axel wehtun.«

Das Telefon auf der Eichenkommode neben dem Esstisch klingelte. Claire sah hinüber, wandte sich gereizt ab und verschwand wieder in der Küche. Garrison erhob sich, erkannte an der Nummer auf dem Display, wer es war, und rief über die Schulter: »Ist für mich. Ich gehe im Arbeitszimmer ran.«

Sobald er in seinem Büro stand, schloss er rasch die Tür hinter sich und griff nach dem Telefonhörer auf seinem Schreibtisch.

Die Stimme am anderen Ende der Leitung klang kalt, fest. »Ihr Mini Cooper steht auf dem Parkplatz beim Autoverleih. Sie ist wieder da.«

Es war ein Schock. Garrison hielt den Blick auf die Tür gerichtet und senkte die Stimme. »*Was?* Warum ist sie zurückgekommen?«

»Ich habe Freddie ein bisschen ausgefragt. Den vom Autoverleih. Er sagt, sie und ein Cop aus der Stadt haben einen Wagen mit Allradantrieb gemietet, weil sie den Ziehweg auf der Südseite des Nahamish entlangfahren wollen. Aber zuerst haben sie bei Sea-Tech angerufen und nachgefragt, ob Axel zu Hause oder bei der Arbeit ist.«

»Scheiße«, flüsterte er. »Ich dachte, es ist vorbei.«

»Sie muss irgendwas wissen. Wenn sie da rausfahren und sich in seiner Hütte umsehen, dann werden sie auch was finden, mit dem sie ihm Druck machen können. Du kennst Axel. Er wird reden. Und wenn er redet, dann sind wir geliefert. Wir alle. So richtig. Lebenslänglich.«

»Bates. Ich habe ihn nur in die Falle gelockt. Ich habe nicht mitgemacht bei …«

»Hör mir jetzt genau zu, Garrison. Du hast Axel dabei geholfen, diese Frau zu vergraben. Du hast ihm dabei geholfen, alles zu vertuschen, weil er sonst die Sache mit Bates verraten hätte. Dass du ihm geholfen hast, war ein Fehler. *Du* hast uns da alle mit reingezogen. Jetzt steckst du genauso tief in der Scheiße wie wir anderen.«

Seine Gedanken rasten. Gleich würde er sich übergeben müssen. Wenn es herauskam …

»Was willst du tun?« Es war kaum mehr als ein Flüstern.

»Was wir tun müssen, Garrison. Wir müssen diese Sache zu Ende bringen.«

»Axel?«

Stille.

»Herrgott, nein. Nein …«

»Entweder er. Oder wir. Wir sind schon auf dem Weg. Und du triffst dich dort mit uns, weil wir das nicht allein machen werden. Entweder wir alle oder keiner.«

* * *

Vorsichtig legte Claire den Hörer wieder auf. *Diese Frau zu vergraben? Axel geholfen? Lebenslänglich?*

Sie hörte, wie unten die Tür ins Schloss fiel, und hastete ans Fenster. Sie sah gerade noch, wie der Truck ihres Vaters rückwärts aus dem Carport fuhr und losraste. Er bog nach Westen auf den Ziehweg ein.

Angst und Sorge sickerten in ihren Magen.

Sie hatte die Stimme am Telefon erkannt. Nichts davon ergab einen Sinn.

Sie eilte den Flur entlang und blieb kurz stehen, um nach ihrer Mutter zu sehen. Ihre Mom hatte den Kopf über die Nähmaschine gebeugt, im Radio lief laut irgendeine Talkshow. Claire hatte gesehen, auf welch seltsame Art ihre Mutter Angie neulich weggeschickt hatte. Sie hatte vom oberen Fenster aus zugeschaut. Sie ging in ihr Zimmer und fand die Visitenkarte, die Angie ihr dagelassen hatte.

Sie biss sich von innen auf die Wange und betrachtete die Karte mit hämmerndem Herzen. War es ein Verrat? Oder würde sie damit verhindern, dass noch mehr Menschen verletzt wurden? Würde es ihren Vater aufhalten, bevor er noch etwas Schreckliches tun konnte? Nein, nicht Angie. Claire hatte eine bessere Idee. Sie schnappte sich ihr Handy von der Kommode und wählte die Nummer des Polizeireviers in Port Ferris. Sofort wurde angehoben.

»Hallo, hier ist Claire Tollet. Ist … ist Officer Jacobi zu sprechen?«

Kapitel 44

Angie und Holgersen navigierten in einem kleinen Subaru Crosstrek den holprigen Ziehweg entlang. Es war kalt, aber auch ergreifend schön am Fluss. Wolkenfetzen, die zwischen den dicht stehenden, tropfenden Bäumen hindurchwaberten. Während sie an Höhe gewannen, verwandelte sich der Regen zusehends in Graupel, der Boden wurde allmählich weiß.

Holgersen fuhr, während Angie an ihrer Garmin das GPS aktivierte und die Orte, die sie bereits voreingestellt hatte, aufrief. Sie kamen an einen Weg, der links von ihnen zwischen die Bäume führte. Holgersen wurde langsamer und spähte in den Wald. »Was ist da unten?«, fragte er.

»Sieht aus, als würde der Weg zu Budge Hargreaves' Hütte führen«, antwortete Angie, den Blick auf die GPS-Karte gerichtet. Dieses Gebiet kam ihr von dieser Seite aus kein bisschen vertraut vor. Claire und sie waren von hinten gekommen. »Die Straße, auf der wir gerade fahren, sollte gleich vom Fluss wegführen und einen großen Bogen machen. Rechts kommen wir an einem Wanderpfad vorbei, der hinunter zum Grab führt. Dann kommt ein schmaler, aber befahrbarer Weg, der uns zu Axel Tollets Hütte bringt.«

»Verdammt abgelegen hier draußen«, sagte Holgersen, als sich der Wald noch dichter um sie schloss. »Nichts außer Berge und Flüsse, und das meilenweit, soweit ich das sehen kann. Keine Ahnung, warum irgendjemand hier draußen leben will.«

»Offensichtlich wollen Tollet und Hargreaves aber genau das. Isolation.«

Die Wolken senkten sich noch tiefer herab und die Landschaft wirkte allmählich abweisender. Die Bäume drängten an den Weg heran, groß, mit hängenden Ästen voller Flechten. Holgersen drehte die Heizung hoch und schaltete die Scheibenwischer einen Gang höher. Schnee sammelte sich zu einer rutschigen, gelatineartigen Schicht auf dem Weg.

»Hey, mach mal kurz langsam«, sagte Angie plötzlich, als sie etwas vor ihnen auf dem Weg entdeckte.

Holgersen ging vom Gas.

Sie deutete auf Abdrücke im Schneematsch. »Reifenspuren?«

»Sieht ganz so aus.« Holgersen beugte sich vor, um durch die Scheibenwischerbögen zu spähen. »Frisch. Vielleicht von mehr als einem Auto.«

Die Fenster des Crosstreks beschlugen. Holgersen drehte die Lüftung auf. Langsam wuchs die Anspannung zwischen ihnen. Für ihr ungeübtes Auge war nicht zu erkennen, ob diese Spuren auf der Straße von Fahrzeugen stammten, die vor ihnen her oder in entgegengesetzter Richtung gefahren waren. Vielleicht war es Axel gewesen, der gekommen oder gegangen war. So oder so, er war nicht allein gewesen. Soweit Angie wusste, gab es keinen Grund, jenseits von Axels Hütte noch weiterzufahren. Von dort an bis zur weit entfernten Westküste der Insel gab es nur noch Wildnis.

»Jäger vielleicht?« Holgersen warf ihr einen raschen Blick zu.

»Ich dachte zwar, dass die Jagdsaison vorbei ist, aber ja, könnte sein.«

Holgersen schaltete die Scheinwerfer und Nebelschlussleuchten ein, während sie immer tiefer in den Wald vordrangen, der das schluckte, was von dem grauen Tageslicht noch übrig war. Es war zwar erst zwei Uhr nachmittags, aber die Dämmerung schien bereits eingesetzt zu haben.

»Da!« Angie deutete auf eine Gabelung in der Straße. »Da lang geht's zu Axel Tollets Hütte.«

Holgersen bog auf einen holprigen, schmalen Pfad ein. Die Reifenspuren vor ihnen waren unter einer frischen Schneeschicht immer noch sichtbar. Vor ihnen öffneten sich die Bäume. Angies Puls wurde schneller.

»Mach langsam«, sagte sie. »Bleib vor der Lichtung stehen, damit wir uns erst mal ein Bild der Lage machen und sehen können, ob er Besuch hat.«

Holgersen brachte das Fahrzeug zum Stehen. Angie und er orientierten sich. Der Motor lief, die Scheibenwischer arbeiteten.

Links von ihnen, hinter einer dichten Baumgruppe, stand der Schiffscontainer, halb von einem Erdhügel bedeckt und von Brombeersträuchern überwuchert. Rechts von dem Container stand eine kleine Blockhütte. Gelbes Licht fiel auf den Schnee. Rauch drang aus dem Kamin, wurde vom Wind davongetragen und vermischte sich mit den Wolken. Die Schuppentüren waren alle geschlossen. Axel Tollets Truck stand unter dem Carport, genauso wie sein Quad. Der Schnee hüllte alles in Weiß und verbarg allmählich die Reifenspuren, die zur Hütte führten.

»Sieht aus, als wäre er zu Hause«, sagte Holgersen, den Blick auf das Blockhaus gerichtet. »Sitzt wahrscheinlich gemütlich am Feuer. Aber wo sind die Fahrzeuge, die diese Spuren gemacht haben?«

Ein weiteres Mal ließ Angie den Blick über die Lichtung schweifen und konzentrierte sich dabei auf den Waldrand jenseits der Grenzen des Grundstücks.

»Ich weiß es nicht«, antwortete sie.

»Sind das da drüben die Käfige?«

Sie nickte.

»Echt gruselig, wie aus Grimms Märchen«, kommentierte er. Am Rande ihres Blickfelds sah sie, wie Holgersens Hand zu seiner Waffe fuhr, um ihren Sitz im Holster unter seinem Jackett zu prüfen. Er war nervös. Sie spürte es auch – irgendetwas war seltsam.

»Seit wann liest du denn Märchen, Holgersen?«, fragte sie leise, während sie nacheinander die Außengebäude musterte und auslotete, ob sich vielleicht ein warnendes Prickeln in ihrem Nacken bemerkbar machte.

»Ich kenne Hänsel und Gretel. Und ich weiß, dass ihre Holzfällereltern die Kinder töten wollten. Haben sie einfach im dunklen Wald zurückgelassen. Meine Grandma hat uns immer solche Geschichten vorgelesen.«

Da sah Angie es. Eine kleine schwarze Gestalt vor einem der Schuppen. Die Flügel im Schnee ausgebreitet. »Poe«, flüsterte sie.

»Was?«

»Da drüben. Axels Krähe oder Rabe oder was auch immer er ist. Oder war. Er hat ihn gerettet, und Claire Tollet hat ihm diesen Namen gegeben. Er war ein Haustier. Scheint tot zu sein. Irgendetwas ist ihm zugestoßen. Da stimmt was nicht.«

»Nicht mal annähernd. Wie wollen wir da rangehen?«

Sie biss sich auf die Lippe, bearbeitete mit den Zähnen die Stelle, wo sich ihre Narbe über den Mund zog. Eigentlich hatte sie einfach nur mit Axel sprechen wollen. Ihm ein paar Fragen über die alten Dosen und die Babymilch stellen, sich auf dem Grundstück noch einmal umsehen, einen Blick auf die Wathosen an seiner Schuppenwand werfen, die Größe prüfen, nachsehen, ob es irgendetwas gab, das als Begründung für einen Durchsuchungsbefehl oder eine offizielle Ermittlung ausreichen würde. Sie war auch für die Möglichkeit offen gewesen, dass sie mit ihrer Theorie, Jasmine hätte den Sturz über den Wasserfall überlebt haben können, vollkommen falschlag.

»Wir lassen das Auto hier, ich gehe zur Eingangstür«, entschied sie. »Ganz offen, Hände sichtbar, während du von hinten durch die Bäume gehst und um die Schuppen da drüben herumkommst. Gib mir Deckung.«

Er sah sie an. »Ein Hochrisikoeinsatz? Meinst du, er …«

»Ich meine, dass er eindeutig zum Problem werden könnte, wenn er sich bedroht fühlt. Und mir gefällt nicht, dass wir die Fahrzeuge, die diese Spuren hinterlassen haben, nicht sehen. Aber ich will Axel zeigen, dass ihm keine Gefahr droht. Nur ich, die ein bisschen nett mit ihm plaudern möchte. Sobald ich das Gefühl habe, dass er sich entspannt, sage ich ihm, dass du auch hier bist, und frage ihn, ob wir uns mal seine Schuppen anschauen können. Ich kann ein paar Fotos machen und ihn über die Wathosen und deren Größen und die Dosen auf seinen Regalen befragen. Mal sehen, was ich herauskriege.«

Doch Holgersen war auf einmal still geworden. Sein Blick war starr auf etwas gerichtet.

»Was ist los?«, fragte sie.

»Dieser Container. Warum sitzt der in einem Erdhügel? Und das ganze Grünzeugs, das da drüber wächst? Siehst fast so aus, als würde er ihn verstecken wollen oder so.«

»Aber warum sollte er ausgerechnet den verstecken wollen? Bei den vielen Gebäuden auf seinem Grundstück.«

»Fragen wir ihn doch. Komm, los geht's.«

Wie geplant stieg Holgersen aus und verschwand in den Schatten zwischen den Bäumen. Angie näherte sich langsam von vorn, die Hände gut sichtbar an den Seiten. Ihre Stiefel machten schmatzende Geräusche, während sie durch den Schlamm stapfte.

Der Wind pfiff ihr eisig um die Ohren. Überall tropfte es. Der Holzrauch aus dem Kamin roch scharf und verlieh der kalten Luft einen Hauch von Kieferndupft und den Geruch nach verbranntem Lehm. Angie klopfte an die Hüttentür. Während sie wartete, drehte sie sich um und musterte die Lichtung und die Außengebäude noch einmal aus dieser anderen Perspektive. Wieder landete ihr Blick bei dem Vogel im Schnee. Sein Hals war in einem unnatürlichen Winkel verdreht.

Ein seltsames Gefühl fächerte in ihr auf. Da war es wieder. Diese bizarre Ahnung, dass etwas sie aus dem Wald beobachtete. Sie dachte an die Reifenspuren.

Noch einmal klopfte sie. »Axel Tollet? Ist jemand zu Hause?«

Benzin. Auf einmal roch sie es, als der Wind drehte. Adrenalin flutete ihr Blut. Ein Knacken erklang. Sie fuhr herum, ihr Herz polterte los, ihre Muskeln spannten sich.

Holgersen trat hinter einem Schuppen hervor. »Pallorino! Hier rüber! Schnell!«

Während sie zu ihm rannte, glaubte sie, im Wald eine Gestalt zu erkennen. Sie zögerte, doch es war nur ein Ast, der im Wind wippte. Sie eilte zu Holgersen.

Er hatte sich hinter einem der Schuppen über eine menschliche Gestalt am Boden gebeugt.

Axel.

Ihr stockte der Atem.

Der große Mann lag mit ausgestreckten Armen und Beinen im Schnee. Zwei Pfeile ragten aus seiner Brust. Gelb-weiße Befiederung. Holgersen tastete an seinem Hals nach einem Puls. Axels Augen, grün wie der Fluss, starrten blicklos in den fallenden Schnee hinauf. Sein Gewehr lag neben seiner Hand.

Angie hob es auf und trat einen Schritt zur Seite, den Rücken an der Schuppenwand. Sie spähte in die Schatten im Wald, sah jedoch nichts. Sie überprüfte das Gewehr. Es war geladen, eine Kugel steckte bereits in der Kammer.

»Es ist zu spät, er ist tot«, sagte Holgersen. Sein Blick huschte umher, er wirkte wie eine gespannte Feder. »Er ist noch warm. Wer auch immer das getan hat …«

Ein Sirren, dann der Einschlag. Es geschah so plötzlich, dass sie beide es nicht hatten kommen sehen. Holgersen stieß einen kehligen Laut aus. Angie drehte sich zu ihm um. Ein Pfeil hatte glatt seinen Hals durchschlagen. Holgersens Augen wurden groß. Es war unglaublich viel Weiß um die Iris zu sehen. Er hob die Hände an den Hals. Dann knickten seine Knie ein, langsam sank er zu Boden und fiel auf die Seite. Bevor Angie begriff, was sie da gerade gesehen hatte, erklang hinter ihr ein Zischen, gefolgt von einem Knall. Der Schuppen ging in Flammen auf.

Die Kraft der Explosion warf Angie nach vorn zu Boden. Das Gewehr flog ihr aus der Hand. Orientierungslos lag sie im Schneematsch. Ihre Ohren klingelten. Die Zeit schien sich zu dehnen. Langsam, ganz vorsichtig wandte sie den Kopf, um zum Schuppen zu blicken. Schwarzer Rauch stieg von dem Gebäude auf. Hitze strahlte von den Flammen ab. Das Feuer knisterte und zischte im fallenden Schnee. Angie kämpfte sich auf Hände und Knie hoch. Alles drehte sich und ihre Sicht verschwamm.

Holgersen.

Sie kroch zu ihm. Der schwarze Rauch verbarg sie vor dem Wald. Irgendwo im Hinterkopf stieg die Erinnerung auf, dass sie vorhin Benzin gerochen hatte. Irgendjemand hatte gewollt, dass der Schuppen hochging. Sie dachte an ihren früheren Besuch mit Claire. In dem Schuppen hinter der Hütte hatten mehrere Gasbehälter, ein Generator und Benzinkanister gestanden. Sie musste sich beeilen.

Sie streckte die Hand nach Holgersen aus.

Reglos lag er da, mit geschlossenen Augen, die Lippen leicht geöffnet. Der Pfeil war direkt durch seinen Hals gedrungen. Sie wollte ihn berühren. »Holgers…«

Eine weitere Explosion schleuderte sie zu Boden. Ein zweiter Schuppen ging in Flammen auf. Das Feuer brüllte und knallte. Angie hustete, mit tränenden Augen spähte sie zu ihrem Auto hinüber. Sie musste versuchen, Holgersen zum Crosstrek zu kriegen. Da krachte ein Schuss, und sie spürte ein Zischen an ihrem Gesicht.

Scheiße.

Sie ließ sich flach auf den Boden fallen.

Irgendjemand schoss vom Wald aus auf sie. Ein Windstoß teilte den Rauch und gab kurz die Sicht auf den Container frei. Angies Herz schien stehen zu bleiben, während ihr Gehirn versuchte zu begreifen, was sie da sah.

Ein Gesicht.

Hinter dem kleinen Fenster. Ein weißes Gesicht.

Eingerahmt von einer wilden Haarmähne.

Handflächen, die gegen das Glas schlugen. Eine Frau. Den Mund in einem stummen Schrei weit geöffnet.

Im Container war eine Frau gefangen!

Auf einmal schoss eine Flammenspur empor und raste von der Hütte zum Container. Das Feuer schlug an der Front des Containers empor und entzündete die Brombeerranken. Das Gestrüpp brannte sofort lichterloh. Eine weitere Kugel schlug auf dem Boden neben Angies Hüfte ein. Sie dachte schnell. Vorsichtig drehte sie den Kopf, um Holgersen anzusehen. Ihr früherer Partner lag reglos knapp außerhalb ihrer Reichweite. Seine Waffe ganz nah an ihrer Hand.

Aus einem weiteren Schuppen schossen Flammen empor, als etwas darin explodierte. Wieder stieg eine Wolke aus schwarzem Rauch empor und schirmte Angie kurz vor den Blicken desjenigen ab, der aus dem Wald auf sie schoss.

Triage, verdammt, Triage, dachte sie. Das Bestimmen der Handlungsreihenfolge im Notfall. Sie hatte eine Frau in diesem Container, die vom Feuer bedroht wurde. Einen gefallenen Partner – Pfeil durch den Hals. Reglos. Kein Atem. Sie war für so etwas ausgebildet. *Wenn dein Partner fällt, nimmst du, was du kriegen kannst, um dir selbst zu helfen. Dann rettest du diejenigen, die du noch retten kannst.* Sie griff nach Holgersens Waffe.

Immer noch im Schutz des wabernden schwarzen Rauchs rannte Angie geduckt auf den Container zu. Sie erreichte die umfunktionierte Behausung und drückte sich gegen die Metallwand, die das Feuer noch nicht erreicht hatte. Sie hielt die Waffe in der Hand, nahe am Sternum, und musterte die Szene. Sie versuchte, sich im Hier und Jetzt zu verankern, indem sie bewusst atmete. Vier Sekunden lang ein, vier Sekunden lang aus.

Die Glasscheiben der Hütte barsten und spien Feuerwolken in den Himmel. Bald würde auch der Schuppen mit den Gastanks an der Reihe sein. Bevor das geschah, musste sie die Frau geholt haben und hier verschwunden sein.

Angie schlich auf die Containertür zu. Ein Riegel war von außen davorgelegt. Sie kämpfte damit, während die Flammen näher rückten und die Hitze immer stärker wurde. Wieder und wieder rutschte sie an dem kalten, nassen Metall ab. Schließlich hob sie einen Stein auf und schlug damit auf den Riegel ein. Er glitt zurück. Sie riss die Tür auf.

Rauch hatte sich im Container gesammelt. Mit gezückter Waffe trat Angie hinein und musste sofort husten. Sie hatte keine Ahnung, was sie hier erwartete – Freund oder Feind.

Da entdeckte sie die Frau und erschrak. Sie hatte sich mit vor Angst aufgerissenen Augen an die Rückwand des Containers gedrückt. Angie konnte nicht schätzen, wie alt sie war. Jung. Vielleicht noch ein Teenager oder Anfang zwanzig. Abgemagert, barfuß. Sie trug ein schmutziges Etuikleid, das Haar stand ihr wild vom Kopf ab. Draußen brüllte das Feuer. Es wurde heiß im Container.

Rasch überprüfte Angie ihre Umgebung. Ein Bett mit Decken und Kissen darauf. Eine winzige Küchenzeile. Ein paar Bücher auf einem Regalbrett. Ein kleiner Tisch mit einem Stuhl. Auf dem Tisch lagen mehrere Blatt Papier, mit winzigen, schräg stehenden Buchstaben bedeckt. Ein Stift daneben.

Eine zweite Tür rechts von Angie führte vermutlich zu einer Art Badezimmer.

Sie hob die linke Hand, die Handfläche nach vorn, während sie die Waffe noch immer in der rechten hielt. »Schon gut, schon gut«, sagte sie, hustete wieder und machte einen Schritt auf die Frau zu. »Ist noch jemand hier drin?«

Die Frau schüttelte den Kopf und drückte sich noch fester gegen die Wand.

»Es ist alles gut.« Sie machte einen weiteren Schritt nach vorn. Wie ein verschrecktes Tier sank die Frau an der Wand hinab und kauerte sich auf dem Boden zusammen.

Angie streckte die Hand nach ihr aus. »Es ist alles in Ordnung, Liebes. Wir sind hier, um dir zu helfen. Wir müssen dich hier rauskriegen, bevor das Feuer reinkommt, okay?«

Angie griff nach ihrem Arm. Die Frau hatte kein Gramm Fett am Körper, sie zitterte wie Espenlaub. Tränenspuren zogen sich über ihre schmutzigen Wangen. Angie verstärkte ihren Griff. »Komm, steh auf. Ich heiße Angie. Ich helfe dir, okay? Wir gehen jetzt. Und zwar schnell. Sobald wir draußen sind, rennen wir los. Ich bringe dich zu meinem Auto.«

Die Frau begann zu weinen. Ein weiteres Krachen, gefolgt von schwarzem Rauch, der nun hereindrang. Er kroch durch die Lüftungsschächte und durch ein Rohr, das zum Dach hinaufführte.

»Wie heißt du, Liebes?«

Sie schüttelte heftig den Kopf.

»Kein Name?«

Wieder ein entschiedenes Kopfschütteln.

»Okay, komm.« Angie zog sie zur Tür, doch auf einmal stürzte die Frau zum Tisch, als sie an ihm vorbeigingen. Hastig schnappte sie sich die Papiere darauf und stopfte sie vorn in ihr Kleid. Angie umfasste ihren Arm noch fester und zerrte sie weiter. »Keine Zeit. Los jetzt.«

Als sie bei der Tür waren, spähte Angie hinaus. Alles war voller Rauch, überall loderten Flammen. Immerhin konnte man sie so vom Waldrand aus nicht sehen. Angie trat ins Freie und zog die Frau mit sich, deren nackte Füße sofort im Schneematsch versanken. Ohne ihren Griff zu lockern, rannte Angie los. Hustend erreichten sie den Crosstrek.

Gott sei Dank hatte Holgersen den Schlüssel stecken lassen. Angie schubste die Frau auf den Beifahrersitz, während sie sich hastig umsah. Sie befürchtete, ihre Angreifer könnten die Lichtung mittlerweile umrundet haben oder einer von ihnen könnte sie hier erwarten. Sie hatten Spuren von mindestens zwei Fahrzeugen gesehen.

Es krachte hinter ihr. Eine Kugel schlug ins Autoblech ein. Fluchend machte Angie einen Satz auf die Fahrertür zu, stieg ein, ließ den Motor an und machte eine harte Kehrtwende. Sie stieg aufs Gas, schlingernd rutschten sie durch Schnee und Schlamm die Zufahrt entlang, die zum besser ausgebauten Ziehweg führte. Diese Straße – wenn man es denn so nennen konnte – würde sie auf einer langen und gefährlichen Route durchs Tal zum Highway bringen. Angie bezweifelte, dass sie es bis dorthin schaffen würden, bevor ihre Angreifer sie einholten.

Als sie um die letzte Kurve vor dem Ziehweg bogen, schlug eine Kugel im Rückfenster ein. Die Frau schrie.

Kapitel 45

Scheißescheißescheiße. Angie warf einen Blick in den Rückspiegel und versuchte, durch die gesprungene Scheibe etwas zu erkennen. Keine Lichter hinter ihr. Noch nicht.

»Anschnallen«, befahl sie der Frau neben ihr und riss das Lenkrad herum, als die nächste Kurve vor ihnen auftauchte. Die Scheibenwischer kämpften wie wild gegen den Schnee an.

Die Frau – oder das Mädchen, es war schwer zu sagen – zitterte so heftig, dass sie zu keiner feinmotorischen Bewegung in der Lage zu sein schien. Sie versuchte, die beschriebenen Blätter wieder aus dem Ausschnitt ihres Kleids zu ziehen.

»Leg die Seiten ins Handschuhfach«, sagte Angie barsch und packte das Lenkrad fester, als der Crosstrek um eine weitere Kurve rutschte. Sie versuchte, sich daran zu erinnern, an welcher Stelle des Ziehwegs der Handyempfang abgerissen war. Sie waren noch kilometerweit von dort entfernt. Sie brauchten aber jetzt sofort Hilfe. »Steck die Seiten einfach ins Handschuhfach und schnall dich an, verdammt noch mal.« Was auch immer in diesen Papieren stand, es konnte sich als relevant für den Fall erweisen.

Endlich gelang es der Frau zu tun, was Angie ihr befahl.

»Wie heißt du?«

Sie begann zu weinen. »Kein … Name.«

»Du hast keinen Namen?«

»Namenlos. Er hat gesagt, ich bin namenlos. Er hat mich einfach … Dezember genannt.« Ihre Stimme klang rau und heiser, so als wäre sie das Sprechen nicht gewöhnt.

»Dezember?«

»Er … er hat mich im Dezember geholt. Eine andere war … war September. Ich … ich glaube, davor hat es noch mehr gegeben. Spuren von ihnen in der Hütte.«

»Er hat noch andere Frauen entführt? Er hat sie nach den Monaten benannt, in denen er sie sich geholt hat?«

Sie nickte und begann zu schluchzen.

»Wo hat er dich gefunden?« Das Auto geriet ins Rutschen. *Verdammt.* Sie ging vom Gas und versuchte, auf dem schwammigen Untergrund gegenzulenken. Fast wären sie von der Straße abgekommen, doch es gelang Angie, den Wagen wieder in den Griff zu bekommen. Unter ihnen lag nun der Fluss. Sie waren um eine Haarnadelkurve herumgekommen und befanden sich jetzt auf dem Teil der Straße, der parallel zum Fluss verlief. Endlich hatte Angie eine ungefähre Vorstellung davon, wo sie sich befanden – irgendwo flussaufwärts der Wasserfälle. Wieder warf sie einen Blick in den Rückspiegel und ihr Magen krampfte sich zusammen.

Lichter, die näher kamen. Verwischte gelbe Flecken, die im Nebel größer wurden. Eine Reihe Jagdscheinwerfer auf dem Dach einer Truckkabine. Der Dodge RAM.

Schnell holte er auf, verringerte die Distanz zwischen ihnen immer weiter.

Das Herz schlug Angie bis zum Hals, als sie das Gaspedal voll durchtrat. Aber der Truck war trotzdem schneller, ragte immer gewaltiger hinter ihnen auf, während sie die schneeglatte, trügerische Straße entlangrasten. Sie hatte keinen Zweifel daran, dass die Männer in dem Truck sie und diese Frau töten würden. Verzweiflung brannte in ihrer Brust. Jede mögliche Hilfe war noch kilometerweit entfernt. So würden sie es niemals bis dorthin schaffen.

Fieberhaft dachte sie nach. Holgersens Fall. Mögliche Verbindungen zu Sea-Tech. Transporter. Der Container auf Axels Grundstück. Dezember – diese Frau war im Dezember entführt worden.

»Bist … du Annelise Janssen? Ist das dein Name?«

Die Lichter hinter ihnen waren inzwischen riesengroß. Wieder geriet der Crosstrek ins Rutschen, und Angie spürte, wie der Allradantrieb einsetzte. Trotzdem blieb sie auf dem Gas, während sie die gewundene Bergstraße entlangschossen, neben ihnen der Abhang und unter ihnen der Fluss.

Die Frau nickte.

Das versetzte Angie einen Energiestoß. Neue Kraft erfüllte sie.

»Er hat dich fast *ein ganzes Jahr* lang gefangen gehalten? In diesem Container? Er hat dich an dem Bushäuschen beim Campus gefunden, nachdem du dich mit deinem Freund gestritten hattest?«

Sie nickte, wimmerte, Tränen liefen ihr übers Gesicht und ihr ganzer Körper bebte. Gott, diese Frau würde sterben, wenn Angie sie nicht schleunigst ins Warme bekam und dafür sorgte, dass sie medizinisch versorgt wurde. Sie drehte die Heizung voll auf. »Hinten liegt eine Jacke.« Holgersens Regenjacke. Bei diesem Gedanken krampfte sich ihr Herz zusammen. Der Pfeil durch seinen Hals. »Hol sie dir und zieh sie an. Wenn da auch eine Mütze ist, dann nimm sie ebenfalls.«

Die Frau versuchte, im schlingernden Wagen an die Jacke heranzukommen. Schließlich gelang es ihr. Sie hatte auch die Mütze erwischt, zog sie über und hüllte sich in Holgersens

Regenjacke. Ein Hauch von Zigarettenrauch drang Angie in die Nase und sie spürte Tränen in den Augen.

»*Wer* hat dich entführt? Hast du seinen Namen gehört? War es Axel? Oder … Wallace? Oder Beau oder Joey?«

Eine weitere Kugel schlug hinten in den Wagen ein. *Scheiße.* Der Dodge kam immer näher. Sie hatten wieder zu schießen begonnen. Ein weiterer Schuss traf die gesprungene Rückscheibe, und sie zerbarst. Sofort pfiff der Wind herein und es war eiskalt im Wagen. Angie fluchte laut, als sie um die nächste Kurve schlitterten. Der Truck war nun direkt hinter ihnen. Sie konnte die silbernen RAM-Lettern lesen. Eine Hand tauchte aus dem Seitenfenster auf, ein Kopf mit roter Sturmhaube, dann ein Teil des Oberkörpers. Sie sah die Waffe. Der Mann feuerte.

Mit einem lauten Knall explodierte einer der hinteren Reifen des Crosstreks. Angie keuchte. Die Frau schrie. Das Auto machte einen Satz und geriet außer Kontrolle. Sie rasten durch Brombeergestrüpp, rammten einen Baum, noch mehr Bäume, einen Felsen, dann kippten sie über den Abhang.

Angie presste die Augen zu und schlang die Arme schützend um den Kopf, während sie sich überschlagend die Böschung hinabstürzten, hinab zum Fluss, in einem Wirbel aus kreischendem Metall, strudelndem Grün und Braun und Annelises Schreien.

Endlich prallten sie gegen einen gewaltigen Felsblock und einen Baumstamm. Ein Ast stürzte herab. Dann war alles still. Angie atmete schwer. Sie roch Nadelbäume, Erde, Benzin und Metall. Sie schmeckte Blut im Mund und hinten im Rachen. Sie hörte das Rauschen des Flusses.

Vollkommen orientierungslos versuchte sie, einen klaren Gedanken zu fassen. Aus einem Schnitt an ihrem Kopf lief ihr warmes Blut in ein Auge. Ein sengender Schmerz raste durch ihr linkes Bein. Sie zwang sich dazu, langsam zur Seite zu schauen. Annelise hing reglos im Sicherheitsgurt und starrte mit wildem Blick geradeaus. Blut tropfte ihr vom Ohr.

»Annelise?«, flüsterte Angie. In ihren Ohren schwoll ein immer lauter werdendes Donnern an. Das Pulsieren ihres eigenen Bluts. Angst blitzte auf. »Annelise?«

Keine Antwort.

Ihr blieb das Herz stehen.

Dann wandte die Frau den Kopf und starrte Angie an. Deren Herz begann zu rasen wie ein wildes Tier, das aus ihrer Brust auszubrechen versuchte. »Bist du … verletzt? Schlimm verletzt? Kannst du den Gurt lösen?«

Stumm, wie ein Zombie bewegte Annelise die Hände und schnallte sich ab. Angie tat dasselbe. Es gelang ihr, aus dem kaputten Seitenfenster zu klettern. Dann lief sie zur Beifahrerseite herum. Der Crosstrek war an einem gewaltigen Steinbrocken und an einem alten Baumstumpf hängen geblieben. Unter ihnen befand sich ein Felsvorsprung und darunter nichts mehr, nur der weiß und grün strudelnde Fluss. Schneeflocken fielen durch die Bäume. Angie hörte Stimmen oben an der Böschung. Sie sah den Strahl einer Taschenlampe durch den Nebel tanzen. Sie kamen.

»Schhh«, flüsterte sie und half Annelise aus dem Auto. »Kein Wort.« Angie wollte die Männer nicht wissen lassen, dass sie noch lebten.

Annelise bebte wie ein kleiner Vogel, als ihre nackten Füße in Schnee und Tannennadeln versanken. Die kleinen Steine, die durch die Schneedecke ragten, sahen scharfkantig aus. Angie bekam die Tasche im Heck des Crosstreks zu fassen und zog sie durch das zerbrochene Seitenfenster.

»Versuch, zu diesem Felsvorsprung hinunterzuklettern«, flüsterte sie eilig. »Ich suche nach Turnschuhen für dich.« Angie nahm immer ihre Joggingsachen mit, wenn sie verreiste.

Irgendwo in der Tasche mussten ihre Laufschuhe sein. »Geh schon. Ich komme nach. Los, beweg dich.«

Annelise wollte nicht allein gehen.

»Los!«, zischte Angie. Die Stimmen zwischen den Bäumen wurden lauter. Weitere Taschenlampenstrahlen tauchten auf. Es waren mehrere Männer. Bewaffnete Jäger, die ihre Beute einkreisten.

Langsam rutschte Annelise auf dem Hintern zum Felsvorsprung hinab. Angie fand die Sneakers und dazu ein paar Handschuhe. Einen Fitnessriegel. Sie stopfte den Riegel und die Handschuhe in die Tasche zu Holgersens Pistole. Ihre einzige andere Waffe war das Messer an ihrer Hüfte. Sie überprüfte, ob sie die Garmin noch bei sich hatte, und warf einen Blick auf ihr Handy. Kein Balken. Immer noch kein Empfang. Da waren die Stimmen wieder. Angie fuhr erschrocken zusammen, als sie das Japsen eines Hundes hörte. Dann das Klingeln eines Bärenglöckchens.

Gottverdammt. Sie suchten mit einem Hund nach ihnen? Sie dachte an das Pfeifen an jenem Tag beim Moosgrab, als die Pfeile sie nur knapp verfehlt hatten. Tucker? War Budge bei ihnen? Oder ein anderer Hund? Rasch folgte sie Annelise.

»Hey, hier«, flüsterte sie, sobald sie die junge Frau eingeholt hatte. »Zieh dir die Sneakers und die Handschuhe an.« Während Annelise zitternd darum kämpfte, die Füße in die Schuhe zu bekommen, behielt Angie die Bäume über ihnen im Blick und lauschte. Wieder hörte sie das leise Fiepen des Hundes, dann einen ermutigenden Befehl von einem der Männer.

Angie spähte nach links und nach rechts. Überall steiler Hang. In diesem Gelände würden sie sich niemals schnell genug bewegen können. Zur Straße hinaufzuklettern kam nicht infrage. Und dann war da noch der Hund. Wenn es ein ausgebildeter Spürhund war, der ihren Geruch vom Crosstrek aufnehmen konnte – und Annelise roch sicher stark –, dann hatten sie nicht den Hauch einer Chance, ihren Häschern zu entkommen.

Sie blickte auf das wirbelnde grüne Wasser hinab, dann zum Ufer auf der anderen Seite. Konnten sie es schaffen? Wenn es ihnen gelang, diagonal durch die Strömung zu schwimmen, dann konnten sie das andere Ufer vielleicht erreichen und irgendwo Hilfe bekommen. Aber das Wasser des Nahamish stammte aus dem Carmanagh Lake, einem Gletschersee. Der Fluss war so kalt wie kaum geschmolzenes Eis. Wahrscheinlich würde die Unterkühlung sie lähmen, bevor sie das andere Ufer erreichten. Annelise war vermutlich bereits unterkühlt. Kein Gramm Fett, das ihren Körper vor der Kälte schützte.

Auf einmal heulte der Hund auf. Die Männer riefen durcheinander. Die Lichtstrahlen huschten wie verrückt hin und her. Der Hund hatte ihre Fährte aufgenommen. Sie kamen. Schnell.

Angie nahm Annelises Hand und näherte sich dem Felsvorsprung über dem Fluss.

»Wohin … gehen wir? Was machst du?« Die junge Frau wehrte sich gegen Angies Griff. Ihre Zähne klapperten. Angie tat das Herz weh. Dieses arme Mädchen war verschleppt und gefangen gehalten worden. Missbraucht … Nicht jetzt. Jetzt musste sie logisch vorgehen. Triage. Überleben. Schlicht und einfach. Es war das Einzige, was sie noch für Holgersen tun konnte. Sie musste diese junge Frau retten. Die Frau, nach der ihr früherer Partner gesucht hatte. Allerdings hätte sich Holgersen sicher nicht träumen lassen, sie noch lebend zu finden. Sie musste es schaffen. Für Holgersen. Sie konnte nicht zulassen, dass er umsonst gestorben war. Sie musste dafür sorgen, dass diese Überlebenskünstlerin überlebte. Sie musste Annelise nach Hause bringen.

Sie berührte die schmutzige Wange der Frau. »Schau mich an, Annelise. Hör mir zu. Ich bringe dich zurück zu deiner

Familie. Ich werde alles tun, was ich kann. Und ich möchte, dass du etwas weißt – dein Vater und deine Mutter, sie haben dich nie aufgegeben. Sie haben nicht aufgehört, nach dir zu suchen. Sie warten darauf, dass du nach Hause kommst. Hast du das verstanden? Und genau das wirst du auch. Mein Kollege Kjel Holgersen ist auch hergekommen, weil er dich finden wollte.« Sie bog die Wahrheit ein wenig zurecht, um sowohl Annelise als auch sich selbst einen Ansporn zu geben. Sie musste Holgersens Tod eine Bedeutung, einen Grund geben. »Er hat den Mann gejagt, der dir das angetan hat. Er wollte dich nach Hause bringen. Und genau das werden wir beide jetzt zu Ende bringen. Für ihn. Für dich. Für deine Familie.« Sie würde es schaffen. Sie würde es schaffen oder bei dem Versuch sterben. Für Holgersen. Tränen traten ihr in die Augen. Bebend holte sie Luft.

Tu es. Der Fluss ist unsere einzige Überlebenschance.

Sie hörte den Hund anschlagen, noch näher. Es waren etwa sechs Meter freier Fall bis zum Fluss. Felsen im Wasser. Dichter Nebel verschleierte das gegenüberliegende Ufer.

Unsere einzige Chance.

Ein Schuss krachte hinter ihnen. Angies Herz machte einen Satz.

»Wir springen. Okay? Bereit?«

Annelise blickte zum Fluss hinab. Schweigend. Mit weit aufgerissenen Augen. Jenseits von Tränen. Angie erkannte die Anzeichen des einsetzenden Schocks.

»Hör zu. Wir *müssen* springen. Das ist unsere einzige Hoffnung.«

Annelise wich zurück und schüttelte den Kopf.

Angie packte ihr Handgelenk fest und zog sie zu sich. »Wenn wir es nicht tun, dann werden wir sterben. Verstanden? Ich halte dich fest.«

»Ich … ich kann nicht schwimmen.«

Scheißescheißescheiße. »Ist schon okay. Das macht nichts …« Noch ein Schuss. Die Kugel schlug in einem Baum neben ihnen ein. Ein Mann brüllte, als er Angie und Annelise erblickte.

»Sie sind da unten! Wir haben sie.«

Angie sprang und riss Annelise mit sich. Sie hörte die junge Frau schreien, während sie wie Steine hinabstürzten.

Kapitel 46

Beim Aufprall auf dem Wasser blieb Angie das Herz stehen. Sie tauchten unter. Kälte raste durch ihren Körper und Schmerz explodierte in ihrem Kopf, in ihrer Stirnhöhle. Der schlimmste Kältekopfschmerz, den sie je erlebt hatte. Der Kupfergeschmack des Blutes aus ihrer Nase füllte ihre Kehle.

Sie sanken hinab. Tief, tief hinab in den eiskalten Nahamish River. Weiße Blasen stiegen von Angies Mund und Nase auf, und ihr rotes Haar trieb um ihr Gesicht. Sie hielt Annelise fest, die in Holgersens zu großer Jacke aussah wie ein wabernder schwarzer Schatten. Alles andere war wassergrün.

Während sie zum Grund hinabsanken, tauchte in Angies Gedanken das Bild von Axels offenen Augen auf. Die beiden Pfeile in seiner Brust. Sie sah Holgersen reglos unter dem kalten Novemberhimmel liegen, den Pfeil mit der gelb-weißen Befiederung seitlich im Hals. Schneeflocken auf seinem Gesicht. Sie sah Maddocks' Lächeln. Sie sah Ginnys Miene, mit der sie Angie in ihrem Brautkleid betrachtet hatte. Sie sah, wie ihre Mutter zärtlich über das Foto von ihr in dem Kleid strich. Sie fühlte die Arme ihres Vaters, fest um sie geschlungen, und sie hörte gesungene Worte.

Ave Maria
Vergin del ciel

Sovrana di grazie e madre pia …

Angie riss sich zusammen. Sie würde nicht sterben. Sie durfte es nicht. Sie würde diese Frau für Holgersen retten. Sie würde Annelise heimbringen. Sie würde Maddocks heiraten. Sie würde diese Hochzeit bekommen … Wild entschlossen hielt sie Annelise fest, als die junge Frau auf einmal begann, wild um sich zu schlagen und gegen die Strömung zu kämpfen, die sie nun ergriff und auf die Wasserfälle zutrieb.

Festhalten, festhalten, festhalten …

Dieses Mantra wiederholte sie immer und immer wieder in Gedanken. Ihre Lungen drohten zu platzen. Da berührten ihre Stiefel den felsigen Grund. Sie stieß sich ab, kickte wie wahnsinnig nach unten und benutzte ihren freien Arm, um an die Oberfläche zu gelangen, während sie weiterhin Annelises dünnes Handgelenk umschlossen hielt.

Die Strömung warf, schleuderte und wirbelte sie herum, sie trieben schneller flussabwärts als hinauf an die Oberfläche. Angies Körper brannte vor Schmerz. Ihre Sicht verschwamm. Dann war sie oben und ihr Kopf durchbrach die Wellen. Verzweifelt schnappte sie nach Luft und trat wie wild mit den Beinen, während sie Annelise nach oben riss.

Der Kopf der jungen Frau tauchte auf. Haarsträhnen klebten ihr im Gesicht und sie hustete und keuchte. Die Bäume am Ufer flogen vorbei, während die beiden Frauen auf die Wasserfälle zugetrieben wurden.

Äste und anderes Treibgut wirbelten um sie herum. Brodelndes weißes Wasser. Annelise schlug panisch um sich und drohte Angies Griff zu entgleiten. Würgende Kälte hielt sie umfangen, Angie konnte ihre Glieder nicht mehr spüren.

Sie prallten gegen einen Felsen, rutschten wieder ab und wurden seitlich weg in einen Strudel gerissen. Dann stieß Angies Schulter gegen einen weiteren Felsen und sie schlug sich hart den Kopf an. Benommen kämpfte sie darum, bei Bewusstsein zu bleiben. Sie trat weiter mit den Beinen, um nicht unterzugehen und um sich dem anderen Ufer zu nähern. Auf einmal kamen sie in einen ruhigen, aber schnell fließenden Teil des Flusses. Angie schöpfte einen Moment lang Atem, hielt den Kopf mit Mühe über der Oberfläche und wollte Annelise zu sich heranziehen. Doch ihr Körper versagte ihr den Dienst. Ihre Finger konnten nichts mehr festhalten. Sie hatte keine Kontrolle mehr. Ihr Verstand wurde unscharf. Das Denken fiel ihr schwer. Sie spürte, wie ihr warm wurde, immer wärmer. Irgendwie begriff sie, was mit ihr geschah. Unterkühlung.

Ihr Blut wurde in die Körpermitte gezogen, um die lebenswichtigen Organe zu schützen, während alles andere heruntergefahren wurde. In Momenten wie diesem begannen Menschen, die in Schnee und Eis verloren gegangen waren, sich die Kleider herunterzureißen. Wenn die Rettungskräfte schließlich eintrafen, fanden sie das Opfer bizarrerweise halb nackt vor.

Sie konnte nicht mehr denken. Keine Logik. Sie war müde. Unglaublich müde. Annelise war erschlafft, sie schien das Bewusstsein verloren zu haben. Ihr Haar trieb auf dem Wasser. Angie spürte, wie sie ihr entglitt. Sie sah, wie die Strömung die junge Frau davontrug. Angie versuchte, die Hand zu heben, zu schwimmen. Sie versuchte, mit den Beinen zu treten. Aber der Fluss nahm sie in seine kalten Arme und zog sie sanft nach unten.

***

»Angie! *Angie*!«

Sie spürte, wie sie aus der Tiefe emporgezogen wurde. Zurück an die Oberfläche. Ein kräftiges Etwas, das sie dem Todesgriff des Flusses mit seinen eisigen Klauen entriss. Eine Hand an ihrem Arm? Mehrere Hände? Ein Seil um ihre Brust? Ziehen und zerren. Sie versuchte, nach Luft zu schnappen, schluckte stattdessen Wasser. Würgte. Eine weitere Hand. Noch höher hinauf. Etwas Hartes an ihrem Körper. Sie wurde darübergezogen. Boot. Seitendeck. Luft in ihrer Lunge, einatmen. Husten, Würgen, Schaum und Galle. Wasser lief ihr über die Augen. Haare klebten an ihren Wangen. Sie öffnete die Augen, sah hoch, erkannte ein Gesicht. Ein weißes Gesicht. Umrahmt von schwarzem Haar. Grüne Augen, riesige Augen, die auf sie hinabblickten. Hellgrüne Augen voller Sorge. Grün wie der Nahamish im Sonnenlicht, grün wie Frühlingsblätter an einem schönen Tag.

»Angie! Hörst du mich? Angie!«

Claire? Das war Claire. Orangefarbene Schwimmweste unter ihrem Gesicht. Ihr schwarzes Haar war nass und Wasser lief ihr über die milchweiße Haut. Hinter ihr ragte ein weiterer Schatten auf. Schwarz, ebenfalls mit orangeroter Weste. Angie begriff, dass sie in einem der Lodge-Boote lag. Claire musste zu ihr ins Wasser gesprungen sein und ein Seil um sie gebunden haben. Dann hatte sie Angie ins Boot gezogen. Der Motor brüllte auf und die Nase des Bootes hob sich aus dem Wasser. Bewegung.

Annelise?

»Wo … wo ist … A…« Sie würgte und drehte sich zur Seite. Sie spuckte Wasser und Schaum. Claire wickelte sie in eine Notfalldecke.

»Wir haben sie, Angie. Wir haben die andere Frau. Wie heißt sie? Wer ist sie?«

»Ist sie … ist sie … okay? Ist …« Ihre Stimme erstarb und ihr Bewusstsein schwand langsam wieder.

Ein Mann rief irgendetwas über das Heulen des Motors hinweg. Sie blinzelte und versuchte, sich auf den Mann hinter Claire zu konzentrieren. Auf den Mann, der das Boot steuerte.

Langsam nahmen seine Gesichtszüge Konturen an.

Ein Schauer jagte ihr über den Rücken.

Jacobi.

Das Boot raste in Richtung Ufer. Dort, vor den Bäumen, die sich wie Speerspitzen in den Himmel reckten, stand ein weiterer Mann in Schwarz. Mit einem Gewehr in den Händen.

»Cl… Claire?«, versuchte sie verzweifelt zu flüstern. Furcht stieg in ihrer Brust auf, aber trotz Aufbietung ihrer letzten Kräfte brachte sie die Worte nicht laut genug heraus. »Wo … wo ist dein … Vater?«

»Schhh«, sagte Claire. »Nicht sprechen. Wir kümmern uns später um alles. Ganz ruhig.«

Jacobi musterte sie von oben. Wie ein Adler, der sie aus seinen glimmenden schwarzen Augen betrachtete und über ihr kreiste … kreiste … lauernd auf den besten Moment, um seine Beute zu packen … um seine Klauen in sie zu schlagen und den Geisterfisch aus dem Fluss zu reißen. Angies Gedanken verschwammen, während sie in Jacobis durchdringende Augen blickte, dann wurde alles schwarz.

Kapitel 47

Dienstag, 27. November

Langsam kam Angie zu sich. Sie fühlte sich wie betrunken, hatte keine Ahnung, wo sie war, und wusste nichts über Vergangenheit und Gegenwart. Sie wollte die Augen öffnen und den Kopf drehen. Graues Licht traf ihre Pupillen. Schnell drückte sie die Lider wieder zu gegen diesen grellen Ansturm, dann lag sie ganz still, horchte, versuchte herauszufinden, wo sie war.

Da war dieser Geruch. Sie erkannte ihn … *Krankenhaus.* Sie riss die Augen auf. Ihr Herz hämmerte. Doch wieder traf sie das Licht mit voller Wucht und jagte Schmerzen durch ihren Schädel, als hätte ihn ein Messer durchbohrt. Rasch kniff sie die Augen wieder zu, sie atmete keuchend. Eine Hand legte sich auf ihre. Groß. Warm. So warm und stark und vertraut. Ihr Atem beruhigte sich.

Langsam und ganz vorsichtig hob sie die Lider und sah hinauf in ein Gesicht. Verschwommen. Und schon musste sie die Augen wieder schließen.

»Ruhig«, sagte eine Männerstimme. »Mach langsam.«

Ja. Langsam. Seine Stimme … so tief und tröstlich und schön in den Ohren. Er ist hier. Er ist hier, und ich lebe noch. Ich glaube …

Vergangenheit und Gegenwart, Fantasie und Realität liefen ineinander. Aus dem Strudel der Gedanken tauchte eine Erinnerung auf. Das erste Mal, als sie Sergeant James Maddocks gesehen hatte. Sie hatte an der Bar im Foxy gesessen, auf der Jagd nach einer heißen und anonymen Nummer, dem verzweifelten Drang folgend, Dampf abzulassen und ihre Gefühle zu betäuben.

In dem Moment, in dem er die Bar betrat, wusste sie, dass er der Richtige war. Er schob sich durch die sich windende Menge, die sich unter der funkelnden Discokugel vor ihm teilte wie das Rote Meer vor Moses. Er bewegte sich mit einer zwingenden Präsenz … und ließ den Blick über die Leute an der Theke schweifen, so als suchte er nach jemandem. Er war einen guten Kopf größer als die meisten anderen, seine Schultern waren auffallend breit. Lichtreflexe tanzten in seinem Haar, das zerzaust und schwarzblau wie eine Rabenschwinge war. Seine Haut war blass. Seine Augen … Aus dieser Entfernung konnte sie die Farbe nicht erkennen, aber sie standen weit auseinander und dichte Brauen schwangen sich darüber. Kräftige Gesichtszüge, irgendwo zwischen schön und interessant. Er hatte etwas Andersartiges an sich, eine leicht verlebte, aber dennoch unglaublich wachsame Ausstrahlung.

Er fing ihren Blick auf …

Langsam, ganz, ganz langsam und mit trockenem Mund öffnete sie die Augen erneut, um aus ihrem Traum zu erwachen – oder aus ihren Erinnerungen?

»Maddocks … bist du das?«, flüsterte sie.

»Schhh.« Er strich ihr über die Wange. Sie spürte Tränen aufsteigen. »Ganz langsam, Ange. Und ganz ruhig.« Seine andere Hand ruhte auf ihrem Diamantring. Unwillkürlich drehte er ihn an ihrem Finger. Seine dunkelblauen Augen glitzerten feucht. Seine Wimpern wirkten unglaublich dicht und lang. So schön, dachte sie. *Er ist so schön. Innerlich und äußerlich.* Dieser Mann, den sie von ganzem Herzen liebte, dieser eine Mensch, der ihr mehr bedeutete als alles andere auf der Welt. Er war hier, an ihrer Seite. Aber er wirkte blass. Erschöpft. Müde.

»Bin ich …«

»Es ist alles in Ordnung mit dir, Ange. Das wird wieder. Aber eine Weile haben wir uns ganz schön Sorgen um dich gemacht. Dein Vater war vorhin noch hier, aber dann ist er kurz ins Motel gefahren – jetzt ist er schon wieder auf dem Weg hierher. Seit man dich eingeliefert hat, bist du zwar manchmal aufgewacht, hast das Bewusstsein allerdings immer wieder verloren. Aber sie haben dich wieder warm gekriegt, und die Ärzte sagen, dass du ganz schnell wieder bei Kräften sein wirst.« Er lächelte. »Du warst schlimm unterkühlt, aber du hast noch alle Finger und Zehen und Gliedmaßen. Nur ein paar Beulen und Schnitte und Abschürfungen. Die werden noch eine ganze Weile wehtun.«

Da tauchte eine weitere Erinnerung auf, und ihr wurde wieder eiskalt.

Holgersen.

Sein Körper. Totenstill. Der Pfeil, der seinen blassen Hals durchbohrt hatte. Sie schmeckte Galle in der Kehle. Ihre Augen füllten sich mit Tränen.

»Ich … ich habe ihn verloren, Maddocks. Ich … Holgersen. Er … Der Pfeil, das Feuer …« Sie konnte nicht sprechen. Tränen liefen ihr aus den Augenwinkeln und tropften aufs Kissen, eine überwältigende Woge der Trauer erfasste sie.

»Angie, hör zu.«

Sie schüttelte den Kopf, warf ihn hin und her und stöhnte, als sie die Erinnerung von Holgersen, wie er da im Schnee lag, mit voller Intensität traf.

»Angie. Konzentrier dich. Hör mir zu.« Er legte ihr eine Hand ans Gesicht und hielt sie fest. »Schau mich an.«

Langsam schlug sie die Augen auf und sah hinauf in seine.

»Er lebt. Er kommt durch, dieser Mistkerl. Verdammt, ich schwöre dir, Kjel hat neun Leben, und er legt gerade erst los.«

Sie starrte ihn an, verwirrt. »Der Pfeil – er … Sein Hals. Er hat nicht geatmet. Er …«

»Er hat geatmet. Wenn dieser Pfeil ihn nur einen Millimeter weiter links oder rechts getroffen hätte oder etwas höher oder tiefer, oder wenn der Schütze eine gefährlichere Pfeilspitze verwendet hätte, eine etwas breitere zum Beispiel, dann hätte der Pfeil eine Hauptschlagader durchbohrt. Er hätte lebenswichtige Strukturen verletzt. Aber Kjel hat noch gelebt, als man ihn gefunden hat. Sie haben ihn mit dem Hubschrauber ausgeflogen und nach Vancouver gebracht. Dann hat man ihn gescannt, um zu sehen, ob der Pfeil irgendetwas Entscheidendes getroffen hatte, und schließlich wurde das Ding erfolgreich rausoperiert.« Er lächelte, und Angie glaubte, ihr Herz müsse bersten. »Er ist stabil. Auf dem Weg der Besserung.« Ein Lachen. »So schnell werden wir diesen Freak nicht los, und leider wird er auch wieder sprechen und seine vermaledeiten grünen Kaugummis kauen können.«

»O Gott«, flüsterte sie, als sie allmählich begriff. »Er … hat noch gelebt, als ich ihn zurückgelassen habe. Ich habe ihn einfach da liegen lassen. Ich … die Explosion. Seine Augen waren zu. Er hat sich nicht bewegt. Sie haben auf uns geschossen, und das Feuer … Ich habe ein Gesicht hinter dem Containerfenster gesehen …« Sie verstummte, versuchte sich mit aller Macht zu erinnern. »Sie war es. Annelise Janssen. Er hat sie gefangen gehalten, in diesem Container, und es hat gebrannt. Triage. Das Feuer. Ich musste es tun. Ich … ich habe ihn einfach im Stich gelassen.«

»Schhh.« Wieder schüttelte er den Kopf und streichelte ihre Wange. »Claire hat die RCMP in Port Ferris verständigt, bevor du überhaupt am Tatort eingetroffen bist. Sie hat im Revier angerufen, sobald sie gehört hatte, dass ihr Vater zu Axel Tollets

Hütte fahren wollte. Sie hat das Schlimmste befürchtet, und sie hatte recht. Jacobi ist sofort gekommen und hat Verstärkung angefordert. Ein Helikopter hat ein paar Männer abgesetzt, und denen ist es gelungen, Holgersen zu stabilisieren. Wenn du versucht hättest, ihn zu bewegen, Angie, dann hättest du ihn umgebracht. Der Kerl hat echt einen Schutzengel. Und du auch.«

Nun liefen ihr die Tränen haltlos übers Gesicht, und sie versuchte nicht einmal, sie zu unterdrücken. »Und Annelise?«

»Ernst, aber stabil. Sie wurde auch per Helikopter ausgeflogen. Man hat sie ins Vic General gebracht. Ihre Eltern sind jetzt bei ihr. Ihre ganze riesige Familie ist dort. Du hast sie gerettet, Angie. Nach all den Monaten hatten ihre Mutter und ihr Vater die Hoffnung fast aufgegeben. Es war inzwischen so gut wie ausgeschlossen, sie noch lebend zu finden. Vor dem Krankenhaus campiert ein ganzes Medienheer. Auch die internationale Presse ist dabei.«

»Nicht ich – Holgersen. *Er* hat sie gerettet. Er war ihr schon auf der Spur, bevor ich ihn mit da rausgeschleift habe. Er hatte Axel und Sea-Tech bereits im Visier, und er hat zwei und zwei zusammengezählt und sich gedacht, dass Axel der Fahrer des Kleinbusses sein könnte, der Annelise von der Bushaltestelle mitgenommen hat.«

Maddocks setzte sich neben ihr Bett und hielt ihre Hand. Dann sagte er: »Ja, sobald unsere iMIT-Technikerin heute Morgen seine Nachricht bekommen hat, ist sie den Unterlagen von Sea-Tech nachgegangen und hat Axel Tollets Lieferrouten und alle alten Fahrtenaufzeichnungen mit den Cold Cases abgeglichen, von denen Holgersen glaubte, dass sie mit Annelise Janssens Fall in Verbindung stehen. Dabei kam Tollet als Treffer heraus – seine Lieferrouten, der Kleinbus, das Logo, die Daten, alles passte.«

»Eine Serie?«

Maddocks nickte. »Ich habe doch gewusst, dass Holgersen bei den Cold Cases richtig ist. Ich hatte einfach im Gefühl, dass er etwas aus diesen Akten herausholen würde. Der Bürgermeister und die Führungsriege der Polizei klopfen sich schon gegenseitig auf die Schulter und streichen die Lorbeeren dafür ein, weil sie die neue Abteilung bewilligt haben.«

»Das heißt, Jasmine Gulati …«

»War offenbar Tollets erste entführte Frau. Jedenfalls glauben wir das bisher. Anscheinend hat er sie am Ufer unterhalb der Wasserfälle gefunden, angespült und schwer verletzt. Also hat er sie ›gerettet‹. Er hat sie eingesperrt und ihr keine Schuhe gegeben, damit sie ihm nicht so leicht weglaufen konnte. Er hat sie sexuell missbraucht und als Geschenk seines heiligen Flusses betrachtet. Dann hat er bemerkt, dass sie schwanger war. Er hat ihr das Containerhaus gebaut, es mit Erde bedeckt und Brombeeren darauf angepflanzt, vielleicht, um seine Gefangene zu verstecken oder um ihr die Flucht noch schwerer zu machen. Genau wissen wir es noch nicht. Sie hat in diesem Container ihr Kind geboren.«

»Woher habt ihr das alles?«

»Ein paar Dinge hat uns Garrison Tollet erzählt. Er hat sofort angefangen zu reden, und er hat bestritten, dass er irgendetwas mit einem der Todesfälle zu tun hatte. Weder mit dem Mord an Porter Bates noch mit Jasmine Gulatis Tod.«

»Axel hat Jasmine umgebracht?«

Maddocks gab ein leises Schnauben von sich und strich ihr eine Haarsträhne aus dem Gesicht. »Ja. Als sie versucht hat zu fliehen. Sie hatte zwar immer noch keine Schuhe, aber gegen Ende ihrer Schwangerschaft ist er nachlässig geworden. Offenbar hat er sie regelmäßig aus dem Container gelassen, damit sie ein bisschen in der Sonne sitzen und barfuß herumlaufen konnte. Nach der Geburt war Jasmine wild entschlossen, sich zu befreien. Sie hatte wohl die Wathosen an seiner Schuppenwand gesehen. Sie muss gewusst haben, dass sie aus Neopren sind und sie warm halten würden, auch wenn sie ihr nicht richtig gepasst haben. Und die Hosen hatten Stiefel. Als das Baby zwei Monate alt war, ist sie mit ihrem Kind abgehauen. Axel Tollet hat ihre Flucht allerdings schon kurz danach bemerkt und sie sehr schnell eingeholt, weil sie in den Watstiefeln nicht schnell rennen konnte. Nur Minuten, nachdem sie geflohen ist, hat er sie umgebracht.«

Angie schloss die Augen wieder und versuchte, das alles zu begreifen. Ihr Kopf funktionierte noch immer nicht richtig. Sie leckte sich über die Lippen. Sie waren trocken und aufgesprungen. Maddocks hielt ihr ein Glas Wasser an den Mund, und sie nippte daran. Schließlich ließ sie sich zurück ins Kissen sinken.

»Wer hat dann Axel Tollet umgebracht? Und warum? Wer hat auf Holgersen und mich geschossen? Wer hat das Feuer gelegt?«

»Garrison Tollet zufolge ist es Wallace Carmanagh gewesen, der Axel getötet hat. Er sagt, dass Wallace auch die Pfeile im Mooswald auf euch abgeschossen hat. Wallace hatte am meisten zu verlieren, wenn du herausgefunden hättest, was mit Porter Bates passiert ist, da er ihn laut Garrison ermordet hat. Ertränkt. Als Rache dafür, was er Axel angetan hatte. Die Zwillinge haben ihm geholfen, Porter Bates zum Steinbruch zu tragen, und sie haben Wache gestanden. Garrison hat Bates zu diesem abgeschiedenen Waldpfad gelockt, wo die anderen ihm aufgelauert haben. Sie haben ihn verprügelt und verschnürt wie ein Rodeokalb, dann haben sie ihn zum Steinbruch geschleift, ihn mit Betonblöcken beschwert und ins Wasser geworfen. Aber nachdem du angefangen hast herumzustochern, glaubten sie, dass Axel reden und sie als Bates' Mörder enttarnen würde.«

»Und die anderen vermissten Frauen, die Holgersen mit dem Fall von Annelise Janssen in Verbindung gebracht hat – was ist aus ihnen geworden? Wie passt das alles zusammen? Wie …«

»Die Tollet-Carmanagh-Gang hatte keine Ahnung, dass es noch andere gegeben hat, Ange. Sie wussten nur von Jasmine. Sie dachten, Jasmine wäre eine seltsame einmalige Sexgeschichte für den armen Axel gewesen, der in seinem ganzen Leben keine intime Beziehung zu einer Frau hatte, nachdem Porter Bates und seine Freunde ihn vergewaltigt hatten. Sie waren schockiert, als sie erfahren haben, dass Annelise in diesem Container gefangen gehalten wurde – sie haben es erst herausgefunden, als sie Axel ermordet und alles niedergebrannt haben.«

»Sie hatten keine Ahnung?«

»Nicht wenn man Garrison Tollet glauben will. Die Gang wollte es so aussehen lassen, als wäre der Brand ein Unfall gewesen. So wollte sie den Mord an Axel vertuschen und alle alten Spuren, die es vielleicht noch von Jasmine gab, vernichten. Aber dann seid Holgersen und du aufgetaucht und habt ihnen einen Strich durch die Rechnung gemacht. Der Detective, mit dem ich gesprochen habe, hat erzählt, dass die RCMP glaubt, Axel hätte Jasmine zufällig gefunden, kurz nachdem sie angespült worden war. Ein Gelegenheitsverbrechen. Allerdings hat er aus der Erfahrung mit Jasmine gelernt, dass es ihm gefällt, weibliche Gesellschaft zu haben, und er wollte mehr. Außerdem ist er so darauf gekommen, dass er Sex von den Frauen bekommen konnte, die er gefangen hielt.«

»Was ist aus seinen anderen Opfern geworden? Wie viele hat es gegeben?«

»Das weiß bis jetzt noch niemand. Vielleicht werden wir es nie wissen. Die Ermittlung wird eine Weile dauern. Im Moment arbeitet ein riesiges forensisches Spurensicherungsteam auf seinem Grundstück. Jedenfalls waren alle vier Männer – Garrison, Joey, Beau und Wallace – bei Axels Hütte, als ihr gekommen seid. Sie sind mit zwei Fahrzeugen dort gewesen, aber verfolgt haben sie euch alle zusammen in einem Truck. Wallace hat einen Hund, mit dem sie euch aufgespürt haben, bevor Annelise und du in den Fluss gesprungen seid. Aber Darnell Jacobi und Claire Tollet sind euch schon vom anderen Ufer aus zu Hilfe gekommen.«

Er half ihr dabei, ein weiteres Schlückchen Wasser zu trinken, und stellte das Glas dann wieder ab.

»Jacobi hatte nach Verstärkung gerufen, die schon unterwegs war. Jacobi und Claire Tollet waren unterwegs zur Anlegestelle unterhalb der Wasserfälle. Sie hatten das Boot auf dem Hänger und wollten damit über den Fluss. Sie haben gesehen, wie ihr von der Straße abgekommen und kurz darauf ins Wasser gesprungen seid. Claire hat das Boot verdammt schnell in den Fluss bekommen. Sie ist ausgebildet für den Rettungseinsatz und sie kann hervorragend mit der Strömung umgehen, nur deshalb konnten Jacobi und sie euch beide rechtzeitig aus dem Wasser ziehen. Es ging unglaublich schnell. Jacobi hat per Funk medizinische Hilfe angefordert, während Claire und er euch stabilisiert haben.« Er hielt inne. »Claire und Jacobi haben euch das Leben gerettet. Wenn sie nicht da gewesen wären, dann wärt ihr über die Wasserfälle gestürzt, genau wie Jasmine damals.«

Angie holte tief Luft. Sie war nicht sicher gewesen, wem die Loyalität der jungen Frau gelten würde. Aber sie hatte Claire richtig eingeschätzt. Sie war empathisch und ihr Gerechtigkeitssinn war unerschütterlich. Sie hatte ein Gewissen. Doch nun musste sie sich der Tatsache stellen, dass ihr Vater ein paar sehr schlimme Dinge getan hatte. Armes Mädchen. Arme Shelley. Das Leben in der Lodge, so wie die Familie es gekannt hatte, war vorbei.

Er musterte sie, während sie das alles verarbeitete.

»Maddocks«, sagte sie auf einmal. »Was ist mit Jasmines Kind passiert?«

Er hielt ihren Blick und nahm ihre Hand. Angie spannte sich an. Irgendetwas an seiner Miene brachte sie dazu, sich auf schlechte Nachrichten gefasst zu machen.

»Als Jasmine aus ihrer Gefangenschaft geflohen ist«, sagte er leise, »da hat sie ihr Baby in einer improvisierten Trage mitgenommen. Als Axel sie in dem Wäldchen einholte, in dem ihre Überreste gelegen haben, hat sie die Trage auf dem Moos abgelegt und sich ihm zum Kampf gestellt. Sie hat mit einem Schraubenschlüssel nach ihm geschlagen, den sie aus einem der Schuppen mitgenommen hatte. Aber er hat sie am Handgelenk gepackt. Sie hat versucht, sich loszureißen.«

Barb O'Hagans Worte fielen ihr wieder ein.

Ich habe solche Drehbrüche schon gesehen, hauptsächlich bei einem Massengrab in Burundi. Dort waren die Frauen eines Dorfes von Soldaten vergewaltigt und ermordet worden. Einige von ihnen hatten versucht zu entkommen und sich so heftig gegen den Griff ihrer Häscher um ihren Arm gewehrt, dass der Knochen gebrochen ist, was solche Drehfrakturen zur Folge hatte.

»Die Spiralfraktur an ihrem Arm?«

Er nickte. »Wahrscheinlich.«

Sie runzelte die Stirn. »Das hat Garrison dir auch erzählt?«

»Er hat es bei der RCMP ausgesagt. Sie haben ihn verhaftet, und er kooperiert uneingeschränkt, wahrscheinlich hofft er auf mildernde Umstände, wenn er Wallace und die anderen ausliefert. Offenbar hat Axel ihm beschrieben, wie Jasmine gestorben ist, und bisher passt seine Aussage zum Autopsiebericht. Die Schulterverletzung stammte von ihrem Sturz über den Wasserfall. Sie wurde nie medizinisch versorgt. Die Schädelfraktur ist perimortal aufgetreten. Als sich Jasmine mit aller Kraft gegen Axel gewehrt und dabei so laut geschrien hat, wie sie konnte, hat er ihr mit dem Schraubenschlüssel auf den Kopf geschlagen. Er wollte, dass sie still ist. Er wollte sie nicht umbringen, aber er hat Panik bekommen und musste sie irgendwie zum Schweigen bringen. Der Schlag hat sie sofort getötet.«

Angie dachte an den Schädel in der Erde. An die schmutzverkrustete Augenhöhle. Ein Schauer lief ihr über die Haut.

Maddocks fuhr fort: »Garrison hat der RCMP erzählt, dass Axel es nicht mochte, wenn ein Lebewesen unnötigerweise sterben musste. Er war tief bestürzt darüber, Jasmine getötet zu haben.«

Angie starrte ihn an und dachte an ihre Unterhaltung mit Claire im Mooswald zurück.

Er tötet lieber selbst für das Fleisch, das er isst, und zwar auf humane Art, anstatt eine Industrie zu unterstützen, die panische Tiere in einem Schlachthof umbringt. Und er zieht Pfeil und Bogen vor, weil er dem Tier damit ebenbürtiger ist … Er verkauft das Fleisch nicht einmal an meinen Dad für die Lodge. Er sagt, jeder sollte für sich selbst jagen.

»Was ist aus dem Baby geworden, Maddocks? Er hätte kein Kind töten können.«

»Da hast du recht. Er hat es nicht getan. Axel hat das winzige Baby in seiner Trage zu Garrison und Shelley in die Lodge gebracht. Er wusste nicht, was er sonst tun sollte. Er hat sie angefleht, ihm dabei zu helfen, das Baby irgendwo hinzubringen und ein Zuhause für es zu finden. Natürlich waren sie schockiert, als sie erfuhren, dass Jasmine den Fluss überlebt hatte und woher das Baby kam. Shelley hat das Kleine gefüttert und sich darum gekümmert. Garrison hat Axel geholfen, Jasmine im Mooswald zu begraben. Garrison glaubte, es würde schon alles wieder in Ordnung kommen – man hielt Jasmine schon längst für tot. Und …«

»Und Shelley und er hatten schon lang versucht, ein Kind zu bekommen«, flüsterte Angie. »Shelley hatte mehrere Fehlgeburten erlitten und emotional sehr damit zu kämpfen.« Das hatte Garrison Tollet ihr selbst erzählt.

Wir hatten gerade erst die Lodge von meinem Vater übernommen und wollten den Tourismuszweig weiter ausweiten. Aber das Geld war knapp. Außerdem hatten wir schon sehr, sehr lang versucht, Kinder zu bekommen. Shelley hatte bereits zwei Fehlgeburten erlitten und sich völlig in sich selbst zurückgezogen. Sie ist immer distanzierter geworden. Und körperliche Nähe hat ihr keine Freude mehr gemacht.

»Claire?«, flüsterte sie, als sie das ganze Ausmaß des Schreckens traf. »*Claire* ist dieses Baby?«

Er nickte.

Angies Herz schlug schneller, Spannung und Adrenalin durchströmten heiß ihren Körper. Es waren nicht die Tollet-Gene, die bei Claire so stark zum Ausdruck kamen, wie Angie geglaubt hatte. Ihre prachtvolle schwarze Haarmähne – die hatte sie von ihrer Mutter. Dr. Douglas Hart war Claire Tollets biologischer Vater. Sowohl Jasmine als auch Doug Hart mussten das Gen für grüne Augen an sie weitergegeben haben. Im Grunde war Claire als Baby entführt und von einer fremden Familie großgezogen worden.

»Shelley konnte das Kind nicht mehr hergeben, Ange«, erklärte Maddocks. »Selbst wenn sie gewollt hätte, wären doch Fragen laut geworden, wenn sie mit einem winzigen Baby in Port Ferris aufgetaucht wäre. Es hätte Probleme gegeben und irgendwann wäre herausgekommen, was Axel getan hatte. Die Polizei hätte weiter nachgebohrt, und schließlich wäre auch der Mord an Porter Bates ans Tageslicht gekommen. Durch diese Tat waren alle Männer der Gang lebenslang miteinander verbunden. Ihr Geheimnis war nur so stark wie das schwächste Glied ihres Bundes. Und das war Axel.«

»Bates' Opfer.«

»Ja. Indem er Axel half, hat Garrison letztendlich die ganze Gang in sein Verbrechen hineingezogen, weil Axel gedroht hatte, alles zu erzählen, wenn Garrison und Shelley ihm nicht mit dem Baby halfen. Also ist Shelley im folgenden Winter zu Hause geblieben und erst im Frühling wieder mit dem Baby in der Stadt aufgetaucht. Sie haben das Kind als ihr eigenes ausgegeben und einfach behauptet, es sei eine Hausgeburt gewesen. Alle ihre Freunde wussten, dass sie schon lang ein Kind haben wollten, und diese Familie war bekannt dafür, ihre Angelegenheiten selbst zu regeln und sich in den Wäldern allein zu versorgen. Besonders während der langen Winter, wenn die Straße durch die Berge gefährlich wird. Niemand hat es infrage gestellt.«

Maddocks griff nach einer Aktentasche auf dem Boden und zog eine Plastikhülle mit mehreren Papieren darin hervor.

»Ich habe dir Kopien gemacht.« Er zog die Papiere aus der Hülle und reichte sie Angie. Es waren Scans von Seiten, die mit einer winzigen schrägen Schrift bedeckt waren. Die Zeichen waren so klein, als wäre Papier rar gewesen und als hätte es viel zu erzählen gegeben.

»Was ist das?«

»Jasmine Gulati hat auch im Container Tagebuch geführt. Sie hat jeden Fetzen, den sie finden konnte, mit winzigen Schriftzeichen beschrieben und alles unter einer Holzlatte des Betts versteckt, das Axel für sie gebaut hatte. Auf diesen Seiten steht genau, was passiert ist, nachdem Axel sie gefunden hatte – ihre ersten Tage als Gefangene, ihre Schwangerschaft, die Geburt. Annelise hat Jasmines Seiten unter der Bettlatte gefunden. So hat sie erfahren, dass sie nicht als Einzige dort gefangen gehalten worden war. Jasmines Worte haben sie getröstet. Sie hat der RCMP erzählt, dass sie Hoffnung daraus schöpfen konnte und sich weniger einsam fühlte. Sie hat immer weiter durchgehalten, weil sie nach dem Lesen der Seiten glaubte – oder glauben wollte –, dass es Jasmine geschafft hatte zu fliehen.«

»Sind das Scans der Seiten, die Annelise aus dem Container mitgenommen hat?«

Er nickte. »Sie wurden im Handschuhfach eures Crosstreks gefunden. Annelise hat sie vor Axel geheim gehalten. Als es angefangen hat zu brennen, hat sie die Seiten geholt. Sie wollte sie retten.«

Angie stieß heftig die Luft aus. Sie blickte auf die Blätter in ihren Händen. Ein Satz war unterstrichen.

In Gefangenschaft habe ich Dich geboren. Ein winzig kleines Mädchen. Ich habe für Dich überlebt, und ich habe Dich Claire genannt.

Wieder stiegen ihr Tränen in die Augen. Langsam sah sie auf. »Weiß Claire Bescheid?«

»Ja.«

»Auch, dass Dr. Doug Hart ihr Vater ist?«

»Ja. Man hat es ihr gesagt.«

»Und ihr seid sicher, dass er auch wirklich der Vater ist? Ich meine, besteht die Möglichkeit, dass vielleicht doch Garrison oder Axel …«

»Sie hat eine DNS-Probe abgegeben. Doug Hart hat es auch getan. Die RCMP hat einen Vaterschaftstest durchgeführt. Sie ist Doug Harts Tochter. Jasmine ist ihre Mutter.«

»Ich möchte sie sehen.«

»Sie will niemanden sehen, Angie. Sie spricht mit niemandem. Und ganz besonders dich will sie nicht sehen.«

Angie schloss die Augen. Alles um sie herum drehte sich Übelkeit erregend. »Ich weiß, wie es ihr geht, Maddocks. Ich … ich weiß, wie man sich fühlt, wenn man erfährt, dass sein ganzes Leben, seine ganze Welt eine Lüge ist. Das habe ich selbst erlebt. Ich kann ihr helfen. Ich *muss* mit ihr sprechen.«

Er streichelte ihren Handrücken. »Dräng sie nicht, Angie. Es geht ihr schlecht. Sehr schlecht. Man hat ihr ihre Familie genommen. Die Menschen, die sie für ihre Eltern gehalten hat, sind in Wahrheit ihre Entführer. Ihr Onkel hat ihre leibliche Mutter getötet. Der Mann, den sie für ihren Vater gehalten hat, war dabei, als ihre Mutter verscharrt wurde. Es war ihre Halbschwester – wie sich herausgestellt hat –, die ihre Mutter in den Nahamish gestoßen hat, die versucht hat, sowohl Jasmine als auch ihr ungeborenes Kind zu töten. Claire weiß, dass du für diese Situation verantwortlich bist – du hast das alles ans Licht gebracht. Sie wird dir gegenüber vielleicht nie wieder freundliche Gefühle hegen. Im Moment gibt sie dir die Schuld.«

Es klopfte. Ginny erschien in der Tür, in einen schwarzen Mantel und einen roten Schal gewickelt. Auf dem Arm trug sie Jack-O.

»Angie«, flüsterte sie. Dann kam sie ins Zimmer geeilt, und Maddocks nahm ihr Jack-O ab. Ginny küsste und umarmte Angie. »O Gott, es geht dir gut, Gott sei Dank.« Sie warf ihrem Vater einen Blick zu, und ein schuldbewusster, besorgter Ausdruck erschien auf ihrem Gesicht.

»Ange, es tut mir leid. Ich musste ihm davon erzählen. Von dem Kleid. Ich habe es ihm auf der Fahrt hierher gesagt. Nachdem wir die Nachricht bekommen haben, dass du im Krankenhaus liegst – wir wussten nicht, ob du …« Ihre Stimme brach. Wieder sah sie ihren Vater an. »Wir wussten nicht, ob du wieder in Ordnung kommst. Dad hat sich solche Sorgen gemacht. Das … das war das Einzige, das ihn auf dieser endlosen Fahrt aufrecht gehalten hat, und dann auch hier, bis du endlich allmählich wieder zu dir gekommen bist. Ich habe ihm von Father Simon erzählt, von der Kirche und davon, dass mein Chor bei eurer Hochzeit singen möchte. Ich meine …« Besorgt ließ sie den Blick auf ihrem Vater ruhen. »Das heißt, wenn ihr zwei … ich … wenn …«

»Gin, Ginny, hör auf.« Angie griff nach ihrer Hand und schon wieder schwammen ihre Augen in Tränen. »Ich hab dich lieb, Ginny. Ist schon gut. Es ist alles in Ordnung. Ich verstehe das.« Sie sah Maddocks an, und auf einmal war ihr bang ums Herz, als sie den seltsamen Ausdruck auf seinem Gesicht wahrnahm. »Ich liebe euch alle so sehr«, flüsterte sie. »Auch diesen hässlichen Köter da.« Sie schniefte, wischte sich über die Nase und rang darum, die überwältigende Gefühlsflut wieder einzudämmen, die sie mitzureißen drohte, einfach nur, weil sie am Leben war. Und weil diese beiden und der kleine Hund jetzt bei ihr waren. »Ich möchte nie wieder ohne euch sein.«

Maddocks sah sie an. Angie schluckte.

»Heirate mich, James Maddocks.«

»Dad«, sagte Ginny und nahm ihrem Vater den Hund ab. »Ich glaube, Jack-O muss mal raus.«

Er ließ zu, dass Ginny ihm das Tier aus dem Armen nahm. Seine Tochter warf ihm einen leicht besorgten Blick zu, dann wandte sie sich an Angie. »Das wird schon.«

Sobald Ginny draußen war, sagte Angie: »Sag was, Maddocks. Du machst mich nervös.«

Er nahm ihre Hand und strich wieder über den Ring. »Du hast ihn anpassen lassen.«

Sie nickte.

Seine Augen schimmerten und er verzog das Gesicht, so als versuchte er, einen Tsunami der Empfindungen einzudämmen.

»Was hat sich verändert, Angie? Hat sich denn wirklich etwas verändert? Vielleicht lässt du dich gerade einfach nur von der Euphorie des Augenblicks mitreißen. Von dem Glück darüber, dass du überlebt hast. Vielleicht …«

»Ich habe den Ring nicht aus einer Laune heraus anpassen lassen, Maddocks. Ich … habe in den vergangenen Wochen etwas begriffen. Ich habe es immer schon gewollt. Du. Ich. Zusammen. Ich dachte … ich dachte, ich hätte mich mit meiner Angst auseinandergesetzt.«

»Mit der Angst davor, dich festzulegen?«

»Mit der Angst davor, wieder verlassen zu werden. Der Angst davor zuzugeben, wie sehr ich dich liebe, und zu riskieren, dass du trotzdem einfach gehst.«

»Angie …«

»Nein. Ich muss es aussprechen. Ich dachte, ich hätte das durchgearbeitet. Und das habe ich auch. Aber als ich meinen Job als Polizistin verloren habe, da habe ich auch meine Unabhängigkeit und mein Selbstbild verloren. Und Letzteres war sowieso schon ziemlich angegriffen, nachdem ich von meiner Vergangenheit erfahren hatte. Ich habe mich unglaublich verletzlich gefühlt, als ich diesen Schritt mit uns wagen sollte, und … und, ja, das hat mir Angst gemacht. Meine Unabhängigkeit, meine Fähigkeit, für mich selbst zu sorgen, meine eigene Wohnung zu haben, bei meiner Arbeit respektiert zu werden – das war alles auf einmal nicht mehr da. Davor hatte ich nicht gewusst, wie sehr ich mich auf dieses Gefühl von Unabhängigkeit und Selbstständigkeit verlassen habe. Meine Berufsaussichten als Privatdetektivin waren bestenfalls wackelig, und dann habe ich das auch noch verloren.«

»Wenn ich mit dir zusammen war, Angie, wenn ich von uns als Paar gesprochen habe, dann ging es mir nie darum, dir deine Selbstständigkeit zu nehmen. Es geht darum, ein Team zu werden. Sich den Herausforderungen des Lebens gemeinsam zu stellen.«

Sie zog ein Taschentuch aus dem Spender auf ihrem Nachttisch und putzte sich die Nase. »Ich weiß. Da war nur dieser Widerstand in mir. Diese Angst, du könntest mich verlassen, wenn ich dir alles gebe.« Sie schnäuzte sich noch einmal herzhaft. »Dass du mich dann auch noch gefragt hast, ob ich Kinder möchte, hat das Fass endgültig zum Überlaufen gebracht, weil mir auch das schreckliche Angst macht. Die Vorstellung, ich könnte Mutter sein.«

»Du wärst eine fantastische Mutter.«

»Oh, bitte.«

Ein schiefes Lächeln erschien auf seinem Gesicht und in seine Augen trat ein Funkeln, während er ihren Blick hielt.

»Wenn du mich noch willst«, flüsterte sie. »Wenn du wirklich bereit bist, dich mit meinem ganzen Mist auseinanderzusetzen, dann möchte ich es versuchen, Maddocks. Jetzt kann ich es sehen. Einen Weg nach vorn. Komme, was wolle. Ich weiß … Ich glaube, dass ich endlich wirklich daran glaube, dass wir alles, was uns vielleicht noch erwartet, durchstehen können. Zusammen. Bis dass der Tod uns scheidet.«

Er verlor die mühsam gewahrte Beherrschung. Die Tränen liefen über, und er beugte sich vor und küsste sie. Sie schmeckte Salz, als er ihr ins Ohr flüsterte: »Du bist so stur, dass du die Sache umdrehen musstest, was? Du musstest den Antrag selbst in die Hand nehmen.«

Lächelnd wischte sie sich über die Wangen. »Hey, du hast mir doch gesagt, dass ich erst zurückkommen soll, wenn ich sicher bin.« Auf einmal wurde sie wieder ernst. »Jetzt bin ich sicher, James Maddocks. Wenn du es immer noch willst, dann heirate mich am siebenundzwanzigsten April. An einem Samstag im Frühling. In der Kathedrale dieser Stadt. Mein Kleid habe ich schon, und mein Dad sagt, dass er mich hergeben würde.« Sie zögerte und hielt seinen Blick. »Und vielleicht wird meine Mutter singen. Mit Ginny im Chor.«

»Du hast es ihnen erzählt?«, fragte er leise.

»Ich habe gesagt, dass es vielleicht so weit kommt.«

Er verstummte und schien erneut mit seinen Gefühlen zu ringen. »Ja, Angie Pallorino.« Seine Stimme bebte. »Bis dass der Tod uns scheidet.« Er betrachtete sie. »Aber das mit dem Tod überstürzen wir nicht, ja? Jetzt können wir erst mal ein bisschen Ruhe und Frieden vertragen.«

Sie lachte. Erleichtert, befreit und voller Liebe. Dann küsste er sie wieder auf die Lippen, und Angie hatte das Gefühl, nach Hause gekommen zu sein. Bis zu diesem Moment hatte sie nicht gewusst, wie sich das wirklich anfühlte. Nun wusste sie es. Ihr Zuhause waren diese Menschen. Zuhause waren jene, die man liebte. Und eine Familie konnte aus vielen verschiedenen Teilen zusammengesetzt werden, ungeachtet der Vergangenheit. Oder vielleicht gerade deswegen.

Kapitel 48

Funkel, funkel, kleiner Stern … Durch das winzige Fenster des Containers, in dem er mich gefangen hält, sehe ich den Abendstern … Er erinnert mich an längst vergangene Nächte wie diese, in denen ich mit meinem Vater, der mir das Fliegenfischen beigebracht hat, als ich noch ein kleines Mädchen war, am Lagerfeuer gesessen bin – das war der Beginn der Reise, die mich an diesen Punkt geführt hat, an diesen Fluss, wo ich dem Tod ins Auge geblickt habe. Zu diesem Container. Das Leben ist wie ein Fluss, hat Rachel gesagt. Das Leben ist absurd. Das einzig Konstante ist der Strom der Veränderung. Sie hat recht. Ich befinde mich nun an einer anderen Stelle dieses Stroms, und jetzt zählst nur noch Du. Ich habe überlebt – ich überlebe immer weiter –, nur für Dich. Ich konnte Dich nicht loswerden. Ich wollte es, aber irgendetwas hat mich zurückgehalten, an jenem Tag mit Sophie. Ich dachte, ich könnte auf der Flussreise noch weiter darüber nachdenken. Ich hatte immer noch Zeit. Und ich habe gegen Dich getan, was ich konnte – ich habe getrunken und mit anderen Männern geschlafen. Ich habe mich damit gequält, weil ich Angst hatte. So viel Angst. Davor, meine Unabhängigkeit zu verlieren. Meine Entscheidungsfreiheit. Davor, verantwortlich für ein anderes Leben zu sein. Doch als ich in die kalten Augen des Todes geblickt habe, als ich mich entscheiden musste, der Verlockung nachzugeben und loszulassen oder weiterzumachen, da hast Du die Führung übernommen.

Ich habe es für Dich getan. Und Deine Geburt hat alles verändert. Sie hat mich zum glücklichsten Menschen der Welt gemacht, sogar in diesem Container. Ich habe Leben in die Welt gebracht. Ich habe in Deine winzigen Augen geblickt und gesehen, dass sie so grün sind wie der Fluss, der mich verändert hat. Und ich habe Dir den Namen Claire gegeben … Und eines Tages werde ich mit Dir am Lagerfeuer sitzen, Claire. Eines Tages werden wir frei sein …

Donnerstag, 29. November

Angie entdeckte Claire auf dem Dock in Port Ferris.

Die junge Frau stand ganz am Ende des Stegs, der in das stahlgraue Wasser hinausragte. Am Horizont tanzten weiß gekrönte Wellen. Einzelne Sonnenstrahlen fielen durch Lücken in der dichten Wolkendecke. Claires langes Haar wehte offen im Wind, und sie hatte die Hände tief in den Jackentaschen vergraben. Sie schien weder das Kreischen der Möwen zu bemerken noch den Mann, der hinter ihr seinen Krabbenkäfig auf das Dock hievte. Der Mann war alt und gebeugt. Er begann, seinen Fang zu sortieren, und warf die zu kleinen Krustentiere zurück ins Meer. Als sich Angie dem Mann näherte, musste sie an den forensischen Wissenschaftler Jacob Anders denken. An sein Labor am Meer und an die Taphonomiestudien, die er in Zusammenarbeit mit der Simon Fraser University durchführte, um herauszufinden, wie lange es dauerte, bis Leichen unter Wasser vollständig verwest waren. Und welche Meereskreaturen, wie beispielsweise Krabben, ihr Fleisch fraßen. Er hatte Angie bei der Suche nach ihrer Schwester geholfen. Sie hatte einen langen Weg zurückgelegt, seit der kleine Fuß ihrer Schwester am Strand von Tsawwassen angetrieben worden war.

Wie bei Claire hatte die Erkenntnis, dass sie nicht die war, die sie zu sein geglaubt hatte, sie vollkommen verstört. Die Tatsache, dass sie mit einer Lüge aufgewachsen war. Dass ihr ganzes Leben eine Lüge war.

Später hatte sie jedoch begriffen, dass diese Lügen aus Liebe entstanden waren. Aus fehlgeleiteter Liebe, ja, aber Liebe war nun einmal nicht einfach. Nichts im Leben war einfach, schwarz oder weiß. Das Leben war wie das Meer in der Bucht dort draußen und wie der Himmel darüber. Unzählige Abstufungen von Grau. Ein unablässiges Spiel des Lichts mit der Dunkelheit und hier und da ein paar Sonnenstrahlen.

Man hatte Angie an diesem Morgen aus dem Krankenhaus entlassen. Maddocks und Ginny warteten auf sie, um sie in die Stadt zu fahren, von wo aus sie direkt in ein Flugzeug steigen und zu Holgersen fliegen würde, der im Krankenhaus in Vancouver lag. Vorher musste sie jedoch Claire noch einmal sehen. Besonders nachdem sie gelesen hatte, was Jasmine als Gefangene im Container geschrieben hatte.

Am vergangenen Abend hatte sie Claire vom Krankenhaus aus angerufen und sie darum gebeten, sich mit ihr zu treffen. Claire hatte abgelehnt. Angie hatte behauptet, dass es notwendig sei, um noch ein paar lose Enden der Ermittlung zu verknüpfen. Daraufhin hatte Claire widerwillig zugestimmt. Aber nur, wenn sie sich irgendwo im Freien treffen würden. Auf neutralem Boden. An einem Ort, an dem sie frische Luft atmen und wenn nötig entkommen konnte.

Angie verstand das.

Sie stellte den Kragen gegen den kalten Meereswind hoch und ging das Dock entlang zu Claire. Neben ihr blieb sie stehen.

»Danke, dass du gekommen bist.«

Claire nickte, sagte aber nichts und sah Angie auch nicht an. Sie hatte ein ausdrucksstarkes Profil. Nun, da sie die Wahrheit kannte, begriff Angie verblüfft, wie ähnlich Claire ihrer biologischen Mutter sah. Das genetische Echo von Jasmine und Doug Hart zeigte sich in ihrer Größe, ihren langen, schlanken Gliedern, ihrer glatten und ebenmäßigen Haut und in den strahlend grünen Augen. Angie spürte einen Stich im Herzen, das voller Zuneigung für diese Frau war. Und voller Trauer.

»Ich wollte mich bedanken«, sagte Angie leise.

Claire holte tief Luft und sah einem Boot zu, das in die Bucht einlief. Möwen segelten und jagten im Kielwasser. Das ferne Dröhnen des Motors wehte zu ihnen herüber, begleitet von einem schwachen Benzingeruch.

Claire warf ihr einen raschen Blick zu. Die Augen der jungen Frau waren rot gerändert. Schmerz und Zorn und Einsamkeit standen darin. Es schnürte Angie die Kehle zu. Schuldgefühle meldeten sich wispernd.

»*Deshalb* hast du mich hierhergeholt – um dich zu bedanken?«

»Zum Teil. Du hast mir das Leben gerettet. Dafür muss ich mich bedanken. Außerdem hast du auch eine junge Frau gerettet, die seit fast einem Jahr gefangen gehalten wurde. Ihr Name ist Annelise Janssen. Du hast sie zu ihren Eltern zurückgebracht, Claire, indem du Darnell Jacobi gerufen und ihn deinem Vater nachgeschickt hast. Und indem du uns aus dem Fluss gezogen hast.« Sie zögerte. »Du hättest es auch einfach nicht tun können. Du hättest zulassen können, dass wir alle mitsamt der Wahrheit verschwinden. Niemand hätte je von Annelise erfahren. Oder davon, was mit Jasmine geschehen ist.«

Sie schnaubte. »Mit meiner leiblichen Mutter? Die mein Onkel vor meiner Geburt eingesperrt hat?« Tränen traten ihr in die Augen und ihre Stimme wurde rau. »Ich habe mich immer irgendwie darüber gewundert, wie sehr er sich um mich gesorgt hat. Dass er mich in gewisser Weise geliebt hat wie seinen Schützling. So wie er diese verdammten Babybären und Rehkitze geliebt hat. Weil ich genau *das* für ihn war. Ein Findelkind, das er gerettet hat. Er hat mich im Bauch meiner Mutter aus dem Fluss gezogen. Und meine … meine … Ich weiß nicht einmal, wie ich meine Eltern jetzt nennen soll. Garrison und Shelley – meine Entführer, die ich mein ganzes Leben lang Mom und Dad genannt habe, die ich von ganzem Herzen geliebt habe und die jetzt meine Kidnapper sind? Du musst mir nicht danken, Angie. Ich empfinde keine Freude und auch keine Zufriedenheit darüber, dass ich mir selbst das angetan habe. Ich habe nicht einmal mehr ein Zuhause. In die Lodge kann ich nicht zurückkehren.«

»Wo wohnst du dann jetzt?«

»Bei einer Freundin in der Stadt. Ich durfte in ihre Einliegerwohnung ziehen.«

»Weißt du, Axel Tollet hat dich tatsächlich geliebt, Claire. Und auch Garrison und Shelley haben dich geliebt und dich als ihr eigenes Kind großgezogen. Das ist zum Teil der Grund dafür, dass sie die Wahrheit so verzweifelt zu verbergen versucht haben. Weil sie nicht wollten, dass du es herausfindest. Sie wollten dir nicht wehtun. Und dich nicht verlieren.«

»Vielleicht sollte die Wahrheit manchmal einfach begraben bleiben. Vielleicht war schon Gerechtigkeit geübt worden. Porter Bates hat bekommen, was er verdient hat.«

»Und Annelise? Ihre Eltern? Und die anderen Frauen, die er sich geholt hat – von denen wir noch nicht einmal wissen? Jasmine? Ihre Eltern, ihre Großmutter – was ist mit ihnen?«

Claire presste die Lippen aufeinander und kämpfte um Fassung.

»Ich verstehe dich, Claire. Wirklich. Ich weiß, was du gerade durchmachst.«

»Du hast keinen blassen Schimmer, was ich durchmache.« Sie fuhr zu ihr herum und grünes Feuer loderte in ihrem Blick. »In einem Moment – nein, mein ganzes Leben lang bin ich Claire Tollet. Für diesen Menschen halte ich mich selbst. Und dann tauchst du auf. Und plötzlich bin ich es nicht mehr. Ich … ich weiß nicht einmal, wer ich bin. Ich weiß nicht, wie du das machst … Wie bringst du es fertig, das Leben der anderen in Stücke zu reißen und nachts trotzdem noch zu schlafen?«

»Doch, ich weiß, was du durchmachst. Und du weißt, dass es so ist.«

Claires Blick schien sie zu durchbohren. Ihre Haltung hatte etwas Kämpferisches, Herausforderndes.

Möwen kreischten und segelten über ihnen durch die Luft.

»Ich war das Engelskrippenkind, schon vergessen? Man hat mich in einer Babyklappe abgeladen, mir das Gesicht zerschnitten und mich ohne Vergangenheit und Erinnerung zurückgelassen. Man hat mich gerettet, mir aber nie gesagt, woher ich komme. Man hat mich einfach in das Leben eines toten Mädchens eingepasst und mich mein Leben lang belogen. Man hat mir Kinderbilder gezeigt, Fotos von der Geburt eines Mädchens, das nicht mehr lebt, und man hat mir weisgemacht, das sei ich. Man hat mir sogar den Namen dieses toten Mädchens gegeben. Bis alles zerrissen ist, das ganze Lügengeflecht. Bis ich erfahren habe, dass ich eine Zwillingsschwester hatte, dass ich die Tochter eines grausamen Menschenhändlers und einer jungen Frau bin, die er entführt hat. Ein Mann, der versucht hat, mich zu töten, und der meine Schwester und meine Mutter umgebracht hat.« Angie hielt inne und sah Claire unverwandt in die Augen. »Also verstehe ich zumindest teilweise, was du gerade empfindest, Claire, und ich bin für dich da. Ich bin hier, und ich weiß Bescheid. Ich bin diesen Weg selbst gegangen. Und am Ende wirst du begreifen, dass die Wahrheit immer das Beste ist. Dass man damit den Kreis schließt. Nicht nur für dich, sondern auch für alle anderen, die von den Wellen, die dieses Verbrechen verursacht hat, mitgerissen wurden. Denn alles, was geschieht, hat Folgen.«

Finster ruhte Claires Blick auf ihr. Ein Schimmern trat in ihre Augen.

»Hier, ich habe dir etwas mitgebracht.« Vorne aus der Jacke zog Angie die Plastikhülle mit den beschriebenen Seiten, die Maddocks für sie kopiert hatte. Sie reichte sie Claire.

»Was ist das?«

»Das hat deine biologische Mutter in Gefangenschaft geschrieben. Es ist ein Beweismittel, das vor Gericht verwendet werden wird, aber Maddocks hat diese Kopien für dich und mich gemacht. Diese Seiten, diese Worte haben Jasmine gehört. Du bist ihre nächste Angehörige, also hast du ein Recht darauf.« Sie zögerte. »Sie hat sie an dich geschrieben, Claire.«

Claire senkte den Blick auf die winzige Schrift. »Nächste Angehörige«, flüsterte sie. Sie nahm die Seiten und begann zu lesen. Schon nach den ersten Sätzen schien alle Kraft aus ihr zu weichen, und ihre Knie gaben nach. Sie ließ sich auf eine Holzbank am Geländer des Docks sinken und hielt sich die im Wind tanzenden Haarsträhnen aus dem Gesicht, während sie die Worte in einem kaum hörbaren Flüstern las.

Funkel, funkel, kleiner Stern … Ich habe in Deine winzigen Augen geblickt und gesehen, dass sie so grün sind wie der Fluss, der mich verändert hat. Und ich habe Dir den Namen Claire gegeben … Und eines Tages werde ich mit Dir am Lagerfeuer sitzen, Claire. Eines Tages werden wir frei sein …

Sie wischte sich über die Wangen. »Sie hat mir meinen Namen gegeben?«

»Das hat sie.«

»Sie ist für mich gestorben. Sie ist gestorben, als sie versucht hat, uns beide zu befreien.«

Angie setzte sich neben sie. »Halte diese Liebe fest, Claire. Geheimnisse werden im Namen der Liebe geschmiedet und gehütet. Genau wie Schmerz.«

Claire sah auf und blickte auf das Grau in Grau des Meeres und des Himmels hinaus. Der saubere, salzige Wind färbte ihre Wangen und ihre Nase rosa. Tränen benetzten ihr Gesicht. Sie holte tief Luft.

»Was ist dann überhaupt noch wichtig?«, fragte sie. »Was ist wirklich wichtig, wenn das ganze Leben auf Lügen gebaut ist?«

»Ich weiß es nicht. Aber ich will die Wahrheit sagen. Die Wahrheit ist wichtig. Sie ist es, die mich jetzt leitet.«

Claire schwieg. Anscheinend versuchte sie zu fassen, was sie da in Händen hielt. Die Worte ihrer Mutter.

»Du musst an deinen Träumen festhalten, Claire. Das Rettungsteam, die Spürhundearbeit. Finde die Vermissten. Du kannst anderen dabei helfen, abschließen zu können. Und dadurch wirst du auch dich selbst finden.«

»Ist es das, was du jetzt tust? Glaubst du, dass du anderen hilfst? Treibt dich das an?«

Angie lächelte schief. »Ich weiß es nicht. Vielleicht.« Sie hielt inne. »Ich möchte dir jemanden vorstellen.«

»Wen?«

»Sie ist heute Morgen in aller Herrgottsfrühe aus der Stadt hergefahren. Warte hier.«

Angie stand auf und ging ein kurzes Stück das Dock entlang. Sie hob die Hand und winkte.

Sie sahen, wie sich die Tür eines Wagens auf der Straße öffnete. Langsam stieg eine gebeugte Gestalt aus – eine Frau in einem braunen Mantel und mit einer Wollmütze. Sie war alt und musste sich auf zwei Krücken stützen. Sie beugte sich gegen den Wind und trat mit soldatenhafter Disziplin ihren schleppenden Gang das Dock entlang an, wie eine arthritische alte Krabbe.

Ich bin Jasmines einzige noch verbliebene Familie … Ich möchte lediglich einige Antworten, bevor ich die sterblichen Überreste meiner Enkeltochter angemessen und endgültig zur letzten Ruhe bette.

»Sie ist deine Familie, Claire. Deine Urgroßmutter. Sie ist eine Richterin des Supreme Courts im Ruhestand. Ihr Name ist Jilly Monaghan, und sie möchte dich gern kennenlernen.«

Kapitel 49

Freitag, 30. November

Kjel Holgersen saß an seine Kissen gelehnt im Bett. Sein Hals wurde von einer Stütze aufrecht gehalten. Der Schmerz war im Moment allgegenwärtig. Und sein Gehirn war schwammig und schwerfällig von den Medikamenten. Draußen wurde es dunkel und der Novemberregen lief am Krankenhausfenster hinab. Morgen würde der Dezember anbrechen. Dann würde Weihnachten kommen.

Er warf einen Blick auf die Uhr. Die Besuchszeit war fast vorbei. Niemand war gekommen, um ihn zu sehen. Warum er auch nur gewagt hatte, es zu hoffen, verstand er selbst nicht. Er griff nach seinem iPad, das neben dem Bett lag, und klappte den Schutzdeckel zurück. Dann öffnete er eine Nachrichtenseite und begann, die Meldungen zu lesen, die sich um seine und Pallorinos Entdeckung eines Serientäters am Nahamish River entfalteten. Die Medien feierten ihn als Helden.

So fühlte er sich aber nicht.

Nichts an seinem verkorksten Leben war heldenhaft. Wahrscheinlich hätte ihn nicht mal jemand vermisst, wenn er da draußen im Schnee gestorben wäre. Warum er diese zweite Chance überhaupt bekommen hatte, war ihm schleierhaft.

Er klappte den Schutzdeckel wieder zu und schloss die Augen. Er dachte an die Fallakten, die Leo als irrelevant abgetan hatte. Als unlösbar, reine Zeitverschwendung. Vielleicht war das der Grund.

Weil niemand reine Zeitverschwendung sein sollte.

Er konnte immer noch eine Rolle spielen. Wie bei Annelise Janssen. Indem er zusammen mit Pallorino dafür gesorgt hatte, dass sie endlich nach Hause kam.

Kjel nahm sich fest vor, die Akten dieser Straßenkids noch einmal durchzugehen und zu prüfen, ob ihm beim letzten Mal nicht doch etwas entgangen war. Denn gerade weil Leo sie für nutzlos hielt, glaubte Kjel, dass sie es wert waren, genauer hinzusehen. *Und ich möchte, dass du Detective Leo beobachtest. Mit Argusaugen.*

Mit geschlossenen Augen trieb er allmählich davon, an einen warmen Ort mit einem Strand. Ein glitzernder Ozean. Und Drinks, die blau, orange und lila leuchteten und mit tropischen Blumen und kleinen Papierschirmchen verziert waren.

»Holgersen?«

»Gleich zwei«, murmelte er und hob zwei Finger. »Ich hätte gern zwei davon.«

»Holgersen.« Jemand rüttelte ihn am Arm. Benommen tauchte er aus seiner tropischen Vision auf. Dann hob er die Lider.

»Oh, Scheiße«, murmelte er, als er sah, wer da vor ihm stand. »Ich dachte, du bist meine Barkeeperin. Wo sind meine Drinks? Was zum Teufel machst du hier, Pallorino? Du … du siehst aus wie schon mal gegessen.« Unter Mühen richtete er sich etwas höher auf, aber der Schmerz ließ ihn schließlich aufgeben. Er atmete langsam, versuchte, das Pulsieren in seinen Nervenenden zu beruhigen. Den Kopf zu drehen.

»Selber, du Gollum.« Angie legte ein Päckchen Nikotinkaugummis auf seinen Nachttisch. »Die hat Maddocks in deinem Schreibtisch gefunden. Aber vielleicht fragst du besser bei deinen Ärzten nach, bevor du noch Nikotin in deinen Medikamentencocktail mischst.«

Vorsichtig grinste er und flüsterte: »Herzlichsten Dank. Alles klar bei dir?«

Sie nickte. Sie war unheimlich blass. Ihr Gesicht war zerschrammt und blau verfärbt, und über die Stirn zog sich eine Reihe winziger schwarzer Stiche. Ihre Nase war geschwollen. Er hatte Mühe, nicht loszuplärren, einfach, weil sie lebte. Gerade so eben gelang es ihm, sich seine tiefe Zuneigung zu diesem Mädel nicht anmerken zu lassen. Knallhart und gleichzeitig so weich. Irgendwie liebte er sie. Er hatte gehört, dass sie mit dem Auto den Hang hinabgestürzt und schließlich im Fluss gelandet war.

Sie berührte ihn am Arm. »Und du – wie geht's dir?«

Fast hätte er genickt, doch dann zuckte er nur wieder zusammen, weil schon die leiseste Bewegung wehtat. »Muss ja.« Seine Stimme würde noch eine ganze Weile wie ein heiseres Flüstern klingen, hatten die Ärzte gesagt. »Bin im Nullkommanichts wieder am Schreibtisch.«

Sie lachte. »Klar. Schauen wir mal. Was sagen denn die Ärzte?«

»Sie sagen, der Einzige andere, der mal einen Pfeil so mitten durch den Hals gekriegt und knapp überlebt hat, weil die Spitze nichts Wichtiges erwischt hat, war irgendein Russe. Vater von zwei Kindern, der in Moskau im Park am Sportcenter vorbeigelaufen ist. Jemand vom Bogenschießverein hat sich verschossen, und der Typ hat den Pfeil in den Hals gekriegt. Einfach so aus dem Nichts. Das Leben ist schon krass.«

Sie hielt seinen Blick, und ihre Miene wurde ernst. »Ja«, stimmte sie zu. »Ist es. Aber meistens immer noch besser als die Alternative.«

»Meistens.« Da war sich Holgersen nicht so sicher.

Sie deutete auf einen Stapel Zeitungen, den sie auf seinem Nachttisch abgelegt hatte. »Die Medien feiern dich als Helden. Und der Chief und der Bürgermeister und einfach alle. Du hast eine ›Tochter der Stadt‹ gerettet. So nennen sie Annelise, weil ihr Vater so ein hohes Tier ist.«

»Hab's auf dem iPad gesehen. Du hast Annelise gerettet, nicht ich.«

»Quatsch. Wir waren ein gutes Team.«

»Ja, vielleicht.«

»Holgersen, es … es tut mir leid, dass ich dich einfach zurückgelassen habe. Ich …«

»Hey, das hätte ich genauso gemacht, Pallorino. Du hast getan, worauf du trainiert wurdest. Du bist ein guter Cop.«

»Nur dass ich eben kein Cop mehr bin.«

»Tja, stimmt. Aber die bösen Jungs hast du trotzdem erwischt. Du machst immer noch einen guten Job.«

Sie schnaubte. »Eigentlich bin ich hergekommen, weil ich dich zu einer Hochzeit einladen will.«

Er starrte sie an, und Freude begann leise in ihm zu wachsen. »Echt jetzt?«

»Echt jetzt.« Sie lächelte. Ein richtiges Lächeln. Und es stand ihr ziemlich gut. Für diesen einen Moment machte Pallorinos waschechtes Lächeln die Welt zu einem besseren Ort.

Es gab Kjel das Gefühl, dass er vielleicht doch zu etwas nütze war. Weil er bei vielen kleinen Gelegenheiten dabei geholfen hatte, dieses Lächeln in ihr Gesicht zu zaubern.

Ja, vielleicht war das wirklich besser als die Alternative. Fürs Erste.

Kapitel 50

Freitag, 1. März

Angie saß am Schreibtisch in ihrem Apartment, eine Tasse mit heißem Kaffee an ihrer Seite, während sie die Akten eines neuen Falls durchging, an dem sie arbeitete. Es lief gut mit Coastal Investigations. Brixton hatte die vertragliche Zusammenarbeit mit ihr ausgeweitet. Genau genommen hatte er sich fast überschlagen nach dem positiven Ausgang des Moosmädchenfalls, wie er ihn nannte, und der darauffolgenden ausgedehnten Medienberichterstattung. Als Brixton all die Schlagzeilen gesehen hatte, da hatte er geschäftlichen Erfolg gewittert. Angie war zuversichtlich, dass sie schon bald ihre Lizenz haben würde, und dann würde ihr eigenes Unternehmen folgen. Fürs Erste war sie zufrieden. Sie bekam Fälle, mit denen sie arbeiten konnte.

Das Handy auf ihrem Schreibtisch klingelte. Sie hob es hoch und nahm den Anruf entgegen.

»Pallorino.«

»Angie, hey, hier ist Claire. Ich bin in der Stadt, um meine Urgroßmutter zu besuchen. Hast du heute viel zu tun?«

Angie sah auf, sie freute sich, die Stimme der jungen Frau zu hören. Draußen vor dem Fenster war der Himmel blau. Frühling lag in der Luft. Sie war so in ihre Fallakten vertieft gewesen, dass sie nicht einmal gemerkt hatte, dass es schon nach Mittag war.

»Na ja, essen muss man ja irgendwann auch mal was«, sagte sie lächelnd. »An was hast du denn gedacht?« Es war das dritte Mal, dass Claire Tollet sie anrief, um sich mit ihr zu treffen, wenn sie Justice Jilly Monaghan in Victoria besuchte. Die alte Richterin und ihre Urenkelin lernten einander kennen, Schrittchen für Schrittchen, und das wärmte Angie das Herz. Ihretwegen war eine Familie auseinandergerissen worden, aber immerhin hatte sie dabei helfen können, diese neue und ungewöhnliche Familie zusammenzubringen. Es gab ihr das Gefühl, etwas Lohnenswertes getan zu haben. Bei ihrem letzten Besuch hatte Claire ihr erzählt, dass sie ihre Ausbildung beim Rettungsdienst abgeschlossen hatte und nun ein vollwertiges Teammitglied bei Search and Rescue Port Ferris war. Sie arbeitete ehrenamtlich dort, sah sich jedoch nach einem weiter entfernten neuen Ort zum Leben um. Sie hatte gesagt, dass sie einen sauberen Schnitt brauchte. Vielleicht würde sie irgendwann zurückkehren und zu einer Übereinkunft mit Garrison und Shelley kommen können. Vielleicht nach den Gerichtsverhandlungen, hatte Claire gesagt. Es würde allerdings noch lange dauern, bis man Garrison und seine Frau, Beau und Joey Tollet sowie Wallace und Jessie Carmanagh vor Gericht bringen würde. Das Team der Forensik durchkämmte immer noch penibel die Erde auf Axel Tollets Grundstück und versuchte, die Knochen, die sie bisher gefunden hatten, vermissten Personen zuzuordnen. Bisher hatte man mindestens vier weitere Opfer gefunden, darunter, wie Holgersen vermutet hatte, die sterblichen Überreste einer Prostituierten, die im Jahr 2002 aus Vancouvers Downtown Eastside verschwunden war, und die Leiche einer Frau, die im Jahr 2009 in der Nähe von Blaine in Washington State als vermisst gemeldet worden war, nachdem sie auf dem Highway eine Autopanne gehabt hatte. Die anderen beiden Leichen waren bisher noch nicht identifiziert worden. Man ging davon aus, dass vielleicht noch weitere Knochen in der Erde ruhten.

»Wollen wir uns bei Fisherman's Wharf treffen?«, fragte Claire. »Es ist so ein schöner Tag, und« – sie zögerte – »dieses Mal habe ich jemanden, den ich *dir* gern vorstellen würde.«

»Wen?«, fragte Angie, sofort neugierig geworden.

»Wirst du schon sehen. In einer Stunde?«

»Ich bin da.«

Angie klappte den Aktenordner zu, griff nach ihrer Jacke und ging zum Aufzug. Als sie unten im Eingangsbereich ihres Wohnhauses ausstieg, sah sie frische grüne Blätter, die an den Zweigen draußen zu knospen begannen. Die Sonne glitzerte auf dem Wasser des Gorge, also beschloss sie, zu Fuß zu gehen.

Als sie Fisherman's Wharf erreichte und die Gangway zu den Docks entlangging, war sie ausgehungert. Claire wartete bereits auf sie. Angie erkannte sie sofort, sie saß mit dem Rücken zu ihr in einer roten Jacke an einem der Picknicktische am Wasser. Ihr langes schwarzes Haar schimmerte in der Sonne. Aber es war niemand bei ihr.

Angie stockte kurz und fragte sich, ob die Person, die sie hatte kennenlernen sollen, vielleicht Reißaus genommen hatte.

»Hey«, rief sie, als sie fast beim Tisch angekommen war.

Claire drehte sich um und grinste breit. Angie blinzelte überrascht. Vorn in Claires Jacke steckte ein kleines, flauschiges schwarzes Fellbündel mit glänzenden Knopfaugen. Ein Labradorwelpe mit rotem Halsband.

Angie blieb stehen. Eine Woge der Gefühle schlug beim Anblick des Hundes über ihr zusammen.

Claire stand auf. »Angie, das hier ist Echo«, sagte sie. »Mein neuer Rettungswelpe in der Ausbildung.«

Eine Gänsehaut überlief Angie, als sie den Ausdruck reiner Liebe und Freude in Claire Tollets grünen Augen erkannte. Einen Moment lang fehlten ihr die Worte.

»Echo ist meine zweite Chance«, sagte Claire. »Wir ziehen in den Norden, nach Smithers aufs Festland. Dort werden wir im Fährtensuchen ausgebildet und darin, Witterung aufzunehmen – man hat uns eine Stelle im SAR-Team dort oben angeboten.« Während sie sprach, öffnete sie den Reißverschluss ihrer Jacke und nahm den dicken kleinen Fellball heraus. Sie reichte Angie den Welpen.

Echo war warm. Und weich. Und rund, und sie hatte zu viel Haut für ihren kleinen Körper und roch genau so, wie Welpen riechen sollten. Sie wand sich in Angies Armen und versuchte, ihr quer übers Gesicht zu lecken. Angie lacht laut heraus.

Während Claire ihr Echo wieder abnahm und den Welpen auf das Dock setzte, erzählte sie: »Echo und ich schlagen ein neues Kapitel auf.« Einen Moment lang sah sie Angie in die Augen. »Wir werden die Vermissten finden. Wir werden unserem Traum folgen.«

Und Angie wusste, dass Claire an das dachte, was sie ihr auf dem Pier in Port Ferris gesagt hatte.

Du musst an deinen Träumen festhalten, Claire. Das Rettungsteam, die Spürhundearbeit. Finde die Vermissten. Du kannst anderen dabei helfen, abschließen zu können. Und dadurch wirst du auch dich selbst finden.

Angie konnte nicht einmal ansatzweise ausdrücken, wie viel ihr das bedeutete – dass sie einen Unterschied gemacht hatte. Dass sie einen Einfluss auf das Leben dieser Frau hatte. Dafür war es das alles wert gewesen. Es trieb sie an, ließ sie weitermachen. Es bestärkte sie darin, ihrem eigenen Traum zu folgen und ihr eigenes neues Kapitel aufzuschlagen.

Angie und Claire kauften sich Fisch-Tacos an einer der Buden und setzten sich zum Essen in die Sonne, während Echo an der Leine spielte und zwischen ihren Füßen herumtollte und die Möwen durch die klare Meeresluft segelten.

»Wie geht es Maddocks?«, fragte Claire kauend.

»Gut. Sehr gut. Wir haben ein Gebot für ein Haus abgegeben.«

»Was? Im Ernst? Wo?«

»James Bay. Nur ein Stück die Straße rauf von hier aus. Es hat einen kleinen Garten.« Angie lächelte. »Als ob ich eine Ahnung hätte, was ich damit anfangen soll.«

Claire lachte. »Das lernst du schon. Fang mit Kräutern an. Mit einem Topf Petersilie kann man nichts falsch machen.«

»Das sagst du. Aber Maddocks freut sich drauf.«

Sie plauderten eine Weile über Angies Arbeit, darüber, Maddocks' Boot in ihr Büro umzuwandeln, über Ginny und Jack-O und Holgersen. Und darüber, wie Claire mit Jilly Monaghan zurechtkam.

»Sie ist eine interessante Frau«, kommentierte Claire. »Kratzbürstig. Aber ich mag sie.« Sie trank einen Schluck aus ihrem Kaffeebecher.

»Ich mag sie auch«, stimmte Angie ihr zu. »Sie ist stark. Ich bin froh, dass ihr euch kennengelernt habt, Claire.«

Claire nickte. »Ich auch. Was wird eigentlich aus Eden Hart?«

»Sie wird für versuchten Mord angeklagt. Sie war damals zwar erst vierzehn, aber angesichts der Art des Angriffs will der Staatsanwalt sie nach Erwachsenenrecht verurteilen lassen.«

»Was ist mit den Ermittlungen zum Tod ihres kleinen Bruders und der Ex-Freundin ihres Mannes?«

»Die laufen noch. Bisher gibt es allerdings wohl keine Beweise. Vielleicht kann man sie in diesen beiden Fällen nie überführen.«

»Sie will also kein Geständnis ablegen? Im Austausch gegen ein geringeres Strafmaß oder so?«

Angie schüttelte den Kopf und steckte sich das letzte Stück Taco in den Mund. Kauend wischte sie sich mit einer Papierserviette über die Lippen. »Ich glaube, Dr. Eden Hart benutzt ihr Schweigen als Waffe. Es ist ihre Art, wenigstens ein bisschen Kontrolle zu behalten. Aber irgendwie habe ich so die Vermutung, dass sie eines Tages reden wird, besonders wenn sie erst eine Weile im Gefängnis gesessen hat. Ihr Drang, im Mittelpunkt stehen zu müssen, ist pathologisch, und ich habe gerüchteweise gehört, dass sie schon vorsichtig Kontakt mit Dr. Reinhold Grablowski aufgenommen hat.«

»Der True-Crime-Autor? Der forensische Psychologe, der das Buch über dich geschrieben hat?«

Angie nickte. »Würde mich nicht wundern, wenn mich Dr. Hart um die ganze Aufmerksamkeit beneidet. Das liegt in ihrer Natur, es ist eine Art Spiel für sie. Ich nehme an, von Dr. Hart werden wir noch eine ganze Menge hören.«

Als sie mit dem Essen fertig waren, gingen Claire, Angie und Echo zum Parkplatz, wo Claires Auto stand. Claire setzte Echo in ihren Hundekorb auf dem Rücksitz, dann wandte sie sich an Angie.

»Dann verabschiede ich mich mal. Fürs Erste.«

»Wann ziehst du um?«

»Morgen fahren wir nach Smithers.«

»Kommst du denn zur Hochzeit?«

»Natürlich. Das lasse ich mir doch auf keinen Fall entgehen. Jilly auch nicht.« Claire beugte sich vor und umarmte sie. Angie spannte sich an, eine reflexhafte Reaktion auf unerwartete körperliche Nähe, aber dann entspannte sie sich willentlich und schloss Claire ebenfalls fest in die Arme.

Claire sah sie unverwandt an. »Danke. Für alles.«

Angie schluckte. Sie spürte ein Prickeln hinter den Augen. Sie nickte, brachte auf einmal aber kein Wort mehr heraus.

Claire hatte soeben ihre Welt geradegerückt. Sie hatte dem, was Angie jetzt tat, Bedeutung verliehen. Angie hatte das Gefühl, endlich auf dem richtigen Weg zu sein und zu dem Menschen zu werden, der sie sein sollte.

Echo mochte Claires neues Kapitel sein. Dies hier war ihres.

Die Hochzeit

Samstag, 27. April

Die schweren Türen der Kathedrale schwangen auf und gaben den Blick auf Angie in ihrem Brautkleid frei. Ihre Hand ruhte in der Armbeuge ihres Vaters, der bis über beide Ohren strahlte vor Stolz. Sie spürte, dass er leicht zitterte. Oder war sie das?

Die ersten Klänge der Prozessionshymne erhoben sich in der uralten Kathedrale. Das Licht der Frühlingssonne fiel durch die hohen Buntglasfenster und tauchte die Hochzeitsgäste in den hölzernen Bankreihen in einen Regenbogenschimmer. Am anderen Ende des Mittelgangs – vor dem Altar und neben Father Simon in seiner weißen Robe – stand Maddocks in voller Polizeiuniform.

Sein Anblick traf Angie mitten in den Bauch, und ihr blieb glatt die Luft weg.

»Na, dann mal los«, flüsterte ihr Vater.

An seiner Seite betrat Angie die Kirche. Während sie den Gang entlangschritten, schwoll die Musik an, schwang sich zu den Türmen empor und hallte von den Steinwänden wider. Ginny hatte die Musik ausgesucht, eine eindringliche Komposition, die Ginn als Solo in der Idioglossie hatte singen wollen, in der sie geschrieben worden war. In einer idiosynkratischen Sprache, die nur von einer oder von sehr wenigen

Menschen erfunden und gesprochen wurde. Eine Privatsprache. Wie die Zwillingssprache, die Angie einmal mit ihrer Schwester Mila geteilt hatte.

»Es ist wunderschön, spirituell, lyrisch und romantisch«, hatte Ginny gesagt. »Und es klingt fast wie Latein. Es wäre ein Tribut an Mila, an deine andere Hälfte, Angie. Damit deine Zwillingsschwester im Geist auch dabei sein kann.«

Und Angie spürte, dass Mila jetzt bei ihr war. Das kleine Geistermädchen in Rosa, das aus den tief vergrabenen Erinnerungen ihrer Kindheit emporgestiegen war und sie heimgesucht hatte, bis die Wahrheit aufgedeckt und Milas Knochen gefunden worden waren. Bis sie ihre Schwester und ihre Mutter angemessen zur Ruhe gebettet hatte. Ganz ähnlich, wie es Jilly Monaghan und Claire Tollet mit Jasmine Gulati hatten tun können.

Neben Maddocks und Father Simon stand der Trauzeuge Kjel Holgersen. In der Hand hielt er eine rote Leine, an deren anderem Ende der dreibeinige Jack-O mit einer rot-weiß gepunkteten Fliege um den Hals saß.

Beim Anblick all dieser Menschen verwandelten sich Angies Beine in Gummi. Ihr Herz wurde so groß, dass es zu bersten drohte, und sie geriet ins Stolpern. Sie konnte mit einer Waffe im Anschlag einen Tatort stürmen, sie konnte einen Angreifer mit einem Messer abwehren, sie konnte einen passablen Muay-Thai-Kick austeilen, aber das? Sie hatte keine Ahnung, wie sie das hinkriegen sollte. Sie wusste nicht, wie sie heil bis ans Ende des Mittelgangs kommen sollte. Sie klammerte sich an den Arm ihres Vaters. Sanft flüsterte er ihr zu: »Komm schon, Ange. Wir schaffen das.«

Wir.

Sie holte tief Luft und ging langsam weiter, Schritt für Schritt, im Takt der Musik.

Ginny trat aus dem Chor nach vorn. In ihrem schimmernden Goldkleid sah sie hinreißend aus. Sie begann zu singen. Ihre Stimme wurde lauter, schwang sich zum Crescendo empor und erfüllte die Kathedrale bis zu den Dachsparren mit dieser geheimnisvollen, seltsamen Sprache. Wie ein Engel, der zum Himmel sprach, im Namen von allem, was Liebe war. Angie spürte Tränen in den Augen brennen, und sie sah das Schimmern in den Augen aller Gäste, an denen sie vorbeiging.

Sie staunte darüber, wie viele gekommen waren. Ihre früheren Kollegen vom MVPD nahmen gleich mehrere Bankreihen ein. Stolz standen sie da, ein Meer sorgfältig gebügelter schwarzer Uniformen. Unter ihnen entdeckte sie auch Barb O'Hagan, die sich sogar in ein Kleid geworfen hatte. Neben Barb stand Charlie Alphonse in seinem besten Anzug und mit Krawatte. Auf der anderen Seite des Ganges standen Jock Brixton, Daniel Mayang und ein Grüppchen aus Mitarbeitern von Coastal Investigations. Sie war nun eine von ihnen.

Schritt für Schritt ging Angie den Gang entlang auf den Mann zu, den sie liebte. Der Mann, der ihr gezeigt hatte, wie man die Angst losließ. Wie man vertraute. Wie man sich selbst liebte. Unter den Blicken dieser Menschen, die nun zu ihr gehörten und die ihr Leben im vergangenen Jahr mitgeformt hatten, in dem sie in ihre stürmische Vergangenheit gereist und mit einer Zukunft wieder hervorgetreten war.

Ihr Therapeut und früherer Mentor Dr. Alex Strauss war ebenfalls hier. Genau wie die Mutter des Mordopfers Gracie Drummond.

In der zweiten Reihe von vorn stand Justice Jilly Monaghan, auf der einen Seite gestützt von Claire Tollet, auf der anderen von Gudrun Reimer. Claire würde zurechtkommen. Davon war Angie jetzt überzeugt. Sie würde zurechtkommen, weil sie anderen half.

Miriam Pallorino saß neben der ersten Reihe in ihrem Rollstuhl, gekleidet in den Fliederton der Brautmutter. Sie strahlte und schien glücklich darüber zu sein, sich wieder in ihrer geliebten und vertrauten katholischen Kirche zu befinden, eingehüllt in den Glauben, der einstmals so tief in ihrer Psyche verankert gewesen war.

Maddocks lächelte, als Angie und ihr Vater bei ihm ankamen. Es war ein reines, tiefgründiges Lächeln, und es erhellte seine dunkelblauen Augen, füllte sie mit Liebe, Bewunderung und Stolz. Dieser Stolz bedeutete Angie alles.

Ihr Vater nahm ihre Hand und legte sie in den starken Griff ihres Detectives. Ihres Sergeant James Maddocks.

Die Musik verstummte, und es wurde still in der Kirche.

Feierlich verband Father Simon sie im heiligen Bund der Ehe. Sie tauschten ihre Treueschwüre. Dann sagte Father Simon: »Sie dürfen die Braut jetzt küssen.«

Als Maddocks sie auf die Lippen küsste, stimmte die alte Orgel das Ave-Maria an. Joseph Pallorino schob seine Frau zum Chor und reichte ihr ein Mikrofon. Mit zitternder Hand nahm Miriam es entgegen und begann, in verblüffend klarem Mezzosopran zu singen. Der Chor stimmte ein, und die Stimmen erfüllten das uralte Gebäude. Eine Gänsehaut überlief Angie.

Maddocks flüsterte ihr ins Ohr: »Denk dran, mit dem Bis-dass-der-Tod-uns-scheidet lassen wir uns Zeit.«

Angie lachte und fühlte, wie die Musik sie tief in der Seele berührte, die Hymne, die früher einmal so seltsame und dunkle Erinnerungen in ihr geweckt hatte, die sie von nun an aber nur noch hiermit verbinden würde – mit diesem glücklichen Moment. Einem Versprechen für die Zukunft.

Sie verließen die Kirche und traten in gelbes Sonnenlicht hinaus. Die Glocken der Kathedrale begannen zu läuten, und ihr Klang hallte die Gassen und Straßen der Stadt entlang, als eine sanfte Brise vom Meer heranstrich und Kirschblütenblätter von den Bäumen wehte.

Uniformierte Polizisten flankierten die Steinstufen. Körbe wurden verteilt, voller Blütenblätter, die von den Gästen überschwänglich in die Luft geworfen wurden und wie Frühlingsschnee auf Angie und Maddocks hinabfielen. Ein rosa-weißer Teppich senkte sich auf den Weg vor der Kirche.

Draußen auf der Straße hatte sich ein Trupp aus Journalisten zusammengeschart. Kameralichter blitzten auf. Aber dieses Mal würden die Schlagzeilen von einem glücklichen Ereignis im Leben der Ex-Polizistin und ihrer Angehörigen berichten, die Annelise Janssen, eine Tochter der Stadt, lebendig nach Hause geholt hatte.

Maddocks nahm Angies Hand. Das Licht in den Augen ihres Mannes, als er sie ansah, sagte alles. Liebe.

Vielleicht ging es nicht nur um die Wahrheit. Vielleicht war das, was allem zugrunde lag – allem, was menschlich war, sogar der Dunkelheit –, vielleicht war es Liebe.